L'OSSESSIONE DI MOLOTOV

LA DILOGIA COMPLETA

ANNA ZAIRES

♠ MOZAIKA PUBLICATIONS ♠

Pubblicato da Mozaika Publications, stampato da Mozaika LLC.
www.mozaikallc.com

Cover di Coverluv Book Designs
www.coverluv.com

ISBN: 978-1-63142-947-7
Print ISBN: 978-1-63142-951-4

LA TANA DEL DIAVOLO

1

CHLOE

IL MOTORE DI UN'AUTO HA UN RITORNO DI FIAMMA E LO SCOPPIO della marmitta manda in frantumi la vetrina a sinistra del negozio, lanciando frammenti di vetro dappertutto.

Mi blocco, così stordita che sento a malapena il vetro che mi incide il braccio nudo. Poi, le urla mi raggiungono.

"Sparano! Chiamate il 911" sta urlando qualcuno per strada, e l'adrenalina mi inonda le vene, mentre il mio cervello collega la detonazione al vetro ridotto in frantumi.

Qualcuno sta sparando.

A me.

Mi hanno trovata.

I miei piedi reagiscono prima del resto del corpo, spingendomi a saltare proprio mentre sento un altro colpo secco raggiungere le mie orecchie, e il registratore di cassa all'interno del negozio vola in mille pezzi.

Lo stesso registratore che era davanti a me un secondo fa.

Assaporo il terrore. È rosso, come il sangue. Forse *è* sangue.

Forse mi hanno sparato, e sto morendo. Ma no, sto correndo. Mi riecheggia nelle orecchie il battito accelerato del mio cuore, i polmoni pompano il più possibile, mentre corro lungo l'isolato. Sento il bruciore alle gambe, quindi sono viva.

Per adesso.

Perché mi hanno trovata. Di nuovo.

Svolto bruscamente a destra, mi precipito lungo una stradina laterale, e dietro di me intravedo due uomini a mezzo isolato di distanza, che mi inseguono a tutta velocità.

I miei polmoni stanno già reclamando aria, le gambe minacciano di cedere, ma assumo una velocità disperata e mi precipito in un vicolo, prima che girino l'angolo. Una rete metallica alta un metro e mezzo divide il vicolo a metà, ma mi ci arrampico e la scavalco in pochi secondi, l'adrenalina che mi presta l'agilità e la forza di un atleta.

Il retro del vicolo si collega a un'altra strada, e un singhiozzo di sollievo mi esce dalla gola, quando mi rendo conto che è quello in cui ho parcheggiato la macchina prima del colloquio.

Corri, Chloe. Puoi farlo.

Respirando disperatamente, corro lungo la strada, esaminando il marciapiede alla ricerca di una Toyota Corolla malconcia.

Dov'è?

Dove ho lasciato quella dannata macchina?

Era dietro il camioncino blu o quello bianco?

Per favore, fa' che sia lì. Per favore, fa' che sia lì.

Finalmente la vedo, mezza nascosta dietro un furgone bianco. Armeggiando nella tasca, estraggo le chiavi e, con mani furiosamente tremanti, premo il pulsante per aprire la macchina.

Sono già dentro e inserisco la chiave nell'accensione,

quando vedo i miei inseguitori uscire dal vicolo un isolato dietro di me, ciascuno con una pistola in mano.

Tremo ancora cinque ore dopo, quando arrivo a una stazione di servizio, la prima che ho visto su questa tortuosa strada di montagna.

Ci sono andati vicino, troppo vicino.

Stanno diventando più audaci, più disperati.

Mi hanno sparato sulla fottuta strada.

Le mie gambe sembrano di gomma, quando scendo dall'auto, stringendo la mia bottiglia d'acqua vuota. Ho bisogno di bagno, acqua, cibo e benzina, in quest'ordine—e idealmente di un veicolo nuovo, dato che potrebbero aver preso il numero di targa della mia Toyota. Cioè, supponendo che non lo avessero già.

Non ho idea di come mi abbiano trovata a Boise, nell'Idaho, ma potrebbero averlo fatto mediante la mia macchina.

Il problema è che quel poco che so su come sfuggire a dei criminali intenzionati a uccidere proviene da libri e film, e non ho idea di cosa *possano* effettivamente rintracciare i miei inseguitori. Per sicurezza, però, non uso alcuna delle mie carte di credito, e ho abbandonato il telefono dal primo giorno.

Un altro problema è che ho esattamente trentadue dollari e ventiquattro centesimi nel portafogli. Il posto di cameriera per il quale ho fatto il colloquio questa mattina a Boise sarebbe stato un vero toccasana, dato che il proprietario del bar era disponibile a pagarmi in contanti sottobanco, ma mi hanno trovata prima che potessi fare un solo turno.

Qualche centimetro più a destra, e il proiettile avrebbe attraversato la mia testa invece di quella vetrina.

Sangue che cola sul pavimento della cucina... Vestaglia rosa su piastrelle bianche... Sguardo vitreo, che non mette a fuoco.

Il mio battito cardiaco aumenta e il tremore si intensifica, mentre le ginocchia minacciano di piegarsi sotto di me. Appoggiandomi al cofano della mia macchina, trascino un respiro tremante, cercando di far rallentare il pazzo tamburo del mio polso, mentre spingo i ricordi in profondità, dove non possono stringermi la gola in una morsa.

Non posso pensare a cosa sia successo. Se lo faccio, cadrò a pezzi, e loro avranno vinto.

Potrebbero vincere comunque, perché non ho soldi e non ho idea di cosa stia facendo.

Una cosa alla volta, Chloe. Un piede davanti all'altro.

La voce di mamma arriva, calma e ferma, e mi costringo ad allontanarmi dalla macchina. Quindi, che cosa succede se la mia situazione è passata da disperata a critica?

Sono ancora viva, e intendo rimanerci.

Ho rimosso tutti i frammenti di vetro dal braccio un paio d'ore fa, ma la maglietta che avevo avvolto attorno ad esso per fermare l'emorragia sembra stravagante, quindi prendo la mia felpa con cappuccio dal bagagliaio e metto il cappuccio per nascondere la faccia da telecamere di sicurezza, che potrebbero essere all'interno della stazione di servizio. Non so se le persone che mi inseguono sarebbero in grado di accedere a quel filmato, ma è meglio non rischiare.

Di nuovo, supponendo che non stiano già monitorando la mia macchina.

Concentrati, Chloe. Un passo alla volta.

Facendo un respiro profondo, entro nel piccolo minimarket

annesso alla stazione di servizio e, con un piccolo cenno all'anziana donna dietro la cassa, vado direttamente al bagno sul retro. Dopo essermi presa cura dei miei bisogni più urgenti, mi lavo le mani e il viso, riempio la bottiglia d'acqua dal rubinetto e tiro fuori il portafogli per contare le banconote, solo per essere certa dell'importo.

No, non ho sbagliato i calcoli. Trentadue dollari e ventiquattro centesimi sono tutti i soldi che mi rimangono.

Il viso nello specchio del bagno è quello di una sconosciuta, tutto teso e con le guance incavate, con occhiaie sotto gli occhi castani troppo grandi. Non mangio, né dormo normalmente da quando sono in fuga, e si vede. Sembro più vecchia dei miei ventitré anni, dato che l'ultimo mese mi ha fatta invecchiare di dieci anni.

Sopprimendo l'inutile attacco di autocommiserazione, mi concentro sul pratico. Primo passo: decidere come allocare i fondi a disposizione.

La più grande priorità è la benzina per l'auto. Ha meno di un quarto di serbatoio, e non si sa quando troverò un'altra stazione di servizio in questa zona. Fare il pieno mi toglierà almeno trenta dollari, lasciandomene solo un paio per il cibo e per placare il mordace vuoto nello stomaco.

Ancora più importante, la prossima volta che rimarrò senza benzina, sarò fottuta.

Uscendo dal bagno, mi dirigo alla cassa e dico all'anziana cassiera che devo pagare venti dollari di benzina. Prendo anche un hot dog e una banana, e divoro il primo, mentre lei conta lentamente il resto. Nascondo la banana nella tasca anteriore della mia felpa con cappuccio per la colazione di domani.

"Ecco qua, cara" dice la cassiera con voce gracchiante,

porgendomi il resto insieme a una ricevuta. Con un caldo sorriso, aggiunge: "Ti auguro una buona giornata."

Con mio grande stupore, la mia gola si contrae e le lacrime mi pizzicano dietro gli occhi, la semplice gentilezza che mi ha completamente annullata. "Grazie. Anche a lei" replico con voce soffocata, e infilando il resto nel portafogli, mi affretto verso l'uscita, prima di poter allarmare la donna, scoppiando in lacrime.

Sono quasi fuori dalla porta, quando un giornale locale cattura la mia attenzione. È in un cestino con l'etichetta "GRATUITI", quindi lo prendo, prima di proseguire verso la mia macchina.

Mentre il serbatoio si riempie, tengo sotto controllo le mie emozioni indisciplinate e apro il giornale, andando dritta verso la sezione inserzioni sul retro. Ci sono poche possibilità, ma forse qualcuno qui intorno sta assumendo per qualche lavoretto, come lavare le finestre o tagliare le siepi.

Anche cinquanta dollari potrebbero aumentare le mie possibilità di sopravvivenza.

All'inizio, non vedo nulla sulla falsariga di ciò che sto cercando, e sto per piegare il foglio delusa, quando un'inserzione in fondo alla pagina attira la mia attenzione:

Cercasi tutor per bambino di quattro anni. Buona istruzione, esperienza con i bambini e disposto a trasferirsi in una remota tenuta di montagna. $3000/settimana in contanti. Per candidarsi, inviare un'e-mail con il curriculum a tutorcandidates459@gmail.com.

Tremila dollari alla settimana in contanti? Che cosa?

Incapace di credere ai miei occhi, rileggo l'annuncio.

No, tutte le parole sono sempre le stesse, il che è folle. Tremila dollari a settimana per un tutor? In contanti?

È una bufala, deve esserlo.

Con il cuore in gola, finisco di riempire il serbatoio e salgo in macchina. La mia mente sta correndo. Sono la candidata perfetta per questa posizione. Non solo mi sono appena laureata in Scienze della Formazione, ma ho fatto la babysitter e ho insegnato ai bambini durante le scuole superiori e l'università. E il trasferimento in una remota tenuta di montagna? Magari! Più è remota, meglio è.

È come se l'annuncio fosse stato creato solo per me.

Aspetta un attimo. Potrebbe essere una trappola?

No, questo è un pensiero veramente paranoico. Fin dalla chiamata ravvicinata di questa mattina, guido senza meta con l'unico obiettivo di frapporre più distanza possibile tra me e Boise, rimanendo lontana dalle strade principali e dalle autostrade per evitare le telecamere del traffico. I miei inseguitori avrebbero dovuto avere una sfera di cristallo per indovinare che sarei finita in questa zona remota, tantomeno che avrei preso in mano questo giornale locale. L'unico modo in cui questa potrebbe essere una trappola è se avessero pubblicato annunci simili su tutti i giornali di tutto il Paese, nonché su tutti i principali siti di lavoro, e anche in questo caso, sembra un'ipotesi esagerata.

No, è improbabile che questa sia una trappola tesa appositamente per me, ma potrebbe trattarsi di qualcosa di altrettanto sinistro.

Esito un attimo, poi scendo dalla macchina e torno nel negozio.

"Mi scusi, signora" dico, avvicinandomi all'anziana cassiera. "Vive in questa zona?"

"Perché? Sì, cara." Un sorriso illumina il suo viso rugoso. "Nata e cresciuta a Elkwood Creek."

"Fantastico. In tal caso"—apro il giornale e lo appoggio sul bancone—" ne sa qualcosa?" Indico l'annuncio.

Tira fuori un paio di occhiali da lettura e strizza gli occhi al piccolo testo. "Uh. Tremila alla settimana per un tutor—dev'essere ancora più ricco di quanto si dice."

Il mio polso salta per l'eccitazione. "Sa chi ha inserito questo annuncio?"

Alza lo sguardo, con occhi umidi che sbattono le palpebre dietro le lenti spesse dei suoi occhiali. "Beh, non posso esserne certa, cara, ma gira voce che un ricco russo abbia acquistato la vecchia proprietà Jamieson, in cima alle montagne, e vi abbia costruito un posto nuovo di zecca. Ha assunto ragazzi del posto per alcuni lavori casuali, pagando sempre in contanti. Nessuno ha parlato di un bambino, però, quindi potrebbe non essere lui, ma non riesco a pensare a nessun altro da queste parti con tutto quel denaro, tantomeno a qualcosa di simile a una tenuta."

Santo cielo. Questo potrebbe effettivamente essere vero. Uno straniero ricco—questo spiegherebbe sia lo stipendio troppo alto che il pagamento in contanti. L'uomo—o più probabilmente la coppia, dato che è coinvolto un bambino—potrebbe non conoscere la retribuzione corrente per i tutor qui intorno o potrebbe non importargliene. Quando sei abbastanza ricco, qualche migliaio di dollari potrebbe non essere più significativo di qualche centesimo. Tuttavia, per me lo stipendio di una sola settimana potrebbe fare la differenza tra la vita e la morte, e se dovessi guadagnare tutti quei soldi per un mese, sarei in grado di acquistare un'altra macchina usata—e forse anche dei documenti falsi, così da poter lasciare il Paese e sparire per sempre.

Soprattutto, se la tenuta è abbastanza remota, potrebbe volerci un po', prima che i miei inseguitori mi trovino lì—se mai lo faranno. Con uno stipendio in contanti, non ci sarebbe alcuna traccia cartacea, niente che mi colleghi alla coppia russa.

Questo lavoro potrebbe essere la risposta a tutte le mie preghiere... se lo ottengo, voglio dire.

"C'è una biblioteca pubblica da qualche parte qui intorno?" chiedo, cercando di mitigare la mia eccitazione. Non voglio crearmi false speranze. Anche se il mio curriculum fosse il migliore che ricevono, la procedura di assunzione potrebbe richiedere settimane o mesi, e non è sicuro restare qui così a lungo.

Se mi hanno trovata a Boise, mi troveranno anche qui.

È solo questione di tempo.

La cassiera mi sorride. "Ma certo, cara. Vai verso nord per circa dieci miglia, e quando vedi i primi edifici, gira a sinistra, oltrepassa due incroci e sarà alla tua sinistra, proprio accanto all'ufficio dello sceriffo."

"Fantastico, grazie. Ha una penna?" Quando me la porge, annoto le indicazioni sul fronte del giornale.

È davvero una seccatura non avere uno smartphone con GPS.

"Buona giornata" dico all'anziana signora, e quando esco questa volta, il mio passo è decisamente più spedito.

La minuscola biblioteca chiude alle cinque del pomeriggio, quindi scrivo in fretta il mio curriculum e la mia lettera di presentazione su uno dei computer pubblici, poi invio tramite e-mail entrambi all'indirizzo indicato nell'annuncio. Anziché un numero di telefono e un indirizzo e-mail, metto solo quest'ultimo nel curriculum; spero che sia sufficiente.

Quando ho finito, la biblioteca sta chiudendo, quindi torno in macchina e guido fuori dalla cittadina, svoltando a caso su strade strette e tortuose, finché non trovo quello che sto cercando.

Una radura nel bosco dove posso parcheggiare la mia Toyota dietro gli alberi, nascosta alla vista di chiunque passi.

Con l'auto al sicuro, apro il bagagliaio e tiro fuori un maglione dalla valigia che ho avuto la fortuna di portare con me, quando la mia vita è andata in pezzi. Arrotolando il maglione, mi stendo sul sedile posteriore, metto il cuscino improvvisato sotto la testa e chiudo gli occhi.

Il mio ultimo pensiero prima che il sonno abbia la meglio su di me è la speranza di rimanere in vita abbastanza a lungo da vedere come andrà a finire con questo lavoro.

2

NIKOLAI

QUALCUNO CHE BUSSA ALLA PORTA MI DISTRAE DALL'E-MAIL CHE sto leggendo, e alzo lo sguardo dal mio laptop, mentre Alina apre la porta ed entra con grazia nel mio ufficio.

"Abbiamo ricevuto una domanda promettente stasera" mi informa, avvicinandosi alla mia scrivania. "Ecco, dai un'occhiata." Mi passa una spessa cartellina.

La apro. La foto della patente di guida di una giovane donna mi fissa dalla prima pagina. I suoi occhi castani sono così grandi che dominano il piccolo viso a forma di diamante, e anche sulla stampa granulosa, la sua carnagione abbronzata sembra brillare, come illuminata da una candela invisibile. Ma è la sua bocca che cattura la mia attenzione. Piccola ma perfettamente paffuta, è un mix tra il broncio della bambola di Cupido e qualcosa che si potrebbe trovare su una porno star.

Non sorride in questa foto; la sua espressione è solenne, i capelli raccolti in una coda o in uno chignon. La pagina successiva, tuttavia, mostra una foto di lei che ride, la testa gettata all'indietro e il viso incorniciato da onde bruno-dorate, che scompaiono sotto le spalle snelle. È bellissima in questa foto, e così radiosa che sento qualcosa dentro di me diventare pericolosamente immobile e silenzioso anche se il mio battito accelera con una risposta maschile primordiale.

Sopprimendo la bizzarra reazione, capovolgo la pagina e leggo le informazioni sulla patente di guida.

Chloe Emmons ha ventitré anni, è alta un metro e sessantadue e risiede a Boston, nel Massachusetts—il che significa che è molto lontana da casa.

"Come ha saputo di questo impiego?" chiedo, alzando lo sguardo su Alina. "Pensavo avessimo pubblicato l'annuncio solo sui giornali locali."

Sposta le stampe con le foto da parte e poggia un'unghia con lo smalto rosso sulla pagina sottostante. "Leggi la lettera di presentazione."

Rivolgo la mia attenzione alla pagina. A quanto pare, Chloe Emmons sta facendo un viaggio post-laurea e le è capitato di passare per Elkwood Creek, quando si è imbattuta nel nostro annuncio e ha deciso di candidarsi per il posto. La lettera di presentazione è ben scritta e ben formattata, così come il curriculum che segue. Posso capire perché Alina pensava che fosse promettente. Sebbene la ragazza abbia appena conseguito la triennale in Scienze della Formazione al Middlebury College, ha fatto più stage di insegnamento e lavori di babysitter rispetto ai tre candidati precedenti messi insieme.

Segue il rapporto di Konstantin su di lei. Come al solito, ha fatto fare al suo team un'immersione profonda sui suoi social media, documenti criminali e registri della motorizzazione, rendiconti finanziari, trascrizioni scolastiche, cartelle cliniche e tutto il resto della sua vita in qualche modo informatizzato. È una lettura più lunga, quindi guardo Alina. "Eventuali campanelli d'allarme?"

Esita. "Forse. Sua madre è morta un mese fa—apparentemente suicidio. Da allora, Chloe è praticamente sparita nel nulla: nessun post sui social media, nessuna transazione con carta di credito, nessuna chiamata dal suo cellulare."

"Quindi, o ha problemi ad affrontarlo o sta succedendo qualcos'altro."

Alina annuisce. "Scommetto sulla prima opzione; sua madre era l'unica famiglia che aveva."

Chiudo la cartella e la spingo via. "Questo non spiega la mancanza di transazioni con carta di credito. Qualcosa non va qui. Ma anche se è quello che pensi, una donna emotivamente disturbata è l'ultima cosa di cui abbiamo bisogno."

Un sorriso privo di allegria sfiora gli occhi verde giada di Alina. "Ne sei sicuro, Kolya? Perché sento che potrebbe adattarsi perfettamente."

E prima che io possa rispondere, mia sorella si volta e se ne va.

Non so cosa mi spinga a riprendere la cartella un'ora dopo—morbosa curiosità, molto probabilmente. Sfogliando la fitta pila di fogli, trovo il rapporto della polizia sul suicidio della madre. A quanto pare, Marianna Emmons, cameriera, quarantenne, è stata trovata sul pavimento della sua cucina, con i polsi tagliati. È stato un vicino a dare la notizia; la figlia, Chloe, non si trovava da nessuna parte—e non si è mai presentata per identificare o seppellire il corpo.

Interessante. La graziosa ragazza potrebbe aver fatto fuori sua madre? È per questo che sta intraprendendo il suo "viaggio in incognito"?

Secondo il rapporto della polizia, non vi era alcun sospetto di omicidio. Marianna aveva una storia di depressione, e aveva già tentato il suicidio una volta, quando aveva sedici anni. Ma so quanto sia facile inscenare un delitto, se sai cosa stai facendo.

Tutto ciò che serve è un po' di lungimiranza e qualche abilità.

È un azzardo, ovviamente, ma non sono arrivato dove sono, presumendo il meglio delle persone. Anche se Chloe Emmons non è colpevole di matricidio, è colpevole di qualcosa. L'istinto mi dice che c'è di più nella sua storia, e il mio istinto raramente si sbaglia.

La ragazza è sinonimo di guai. Lo so senza ombra di dubbio.

Tuttavia, qualcosa mi impedisce di chiudere la cartella. Leggo il rapporto di Konstantin nella sua interezza, poi esamino gli screenshot dei suoi social media. Sorprendentemente, non sono molti i selfie; per essere una ragazza così carina, Chloe non sembra eccessivamente concentrata sul suo aspetto. Invece, la maggior parte dei suoi post consiste in video di cuccioli di animali e foto di punti panoramici, insieme a link a post di blog e articoli sullo sviluppo dell'infanzia e metodi di insegnamento ottimali.

Se non fosse per quel rapporto della polizia e per la sua scomparsa di un mese dalla rete, Chloe Emmons sembrerebbe essere esattamente ciò che afferma: una neolaureata con la passione per l'insegnamento.

Tornando all'inizio della cartella, studio la foto di lei che ride, cercando di capire che cosa mi intrighi della ragazza. Il suo bel viso, di sicuro, ma questa è solo una parte. Ho visto—e scopato—donne di gran lunga più classicamente belle di lei. Anche quella bocca da bambola del porno non è niente di speciale nel grande schema delle cose, anche se nessun uomo sano di mente si lascerebbe sfuggire la possibilità di sentire quelle labbra carnose e morbide avvolte intorno al suo uccello.

No, c'è qualcos'altro che esercita su di me quell'attrazione magnetica, qualcosa che ha a che fare con la radiosità del suo sorriso. È come vedere un raggio di sole che irrompe tra le nuvole in una giornata invernale. Vorrei toccarlo, sentire il suo calore... catturarlo, così da averlo per me.

Il mio corpo si indurisce al pensiero, mentre immagini oscure e proibite scivolano nella mia mente. Un uomo migliore —un padre migliore—chiuderebbe subito quella cartella, se non altro per la tentazione che rappresenta, ma io non sono quell'uomo.

Sono un Molotov, e non abbiamo mai fatto qualcosa di così prosaico come la cosa giusta.

Tamburellando con le dita sulla scrivania, prendo una decisione.

Chloe Emmons potrebbe essere troppo turbata per permetterle di avvicinarsi a mio figlio, ma voglio comunque incontrarla.

Voglio sentire quel raggio di sole sulla mia pelle.

3

CHLOE

IL CANCELLO DI METALLO ALTO CIRCA TRE METRI E MEZZO SCORRE di lato, mentre mi avvicino, il motore della mia Toyota che fatica per la ripida pendenza della strada sterrata che conduce alla montagna verso la tenuta. Afferrando saldamente il volante, attraverso il cancello aperto, il mio nervosismo che si intensifica secondo dopo secondo.

Non riesco ancora a credere di essere qui. Ero quasi certa che stamattina non avrei trovato alcunché nella mia casella di posta, quando sono andata in biblioteca. Era troppo presto per aspettarsi una risposta. Per ogni evenienza, però, volevo controllare la mia posta elettronica e poi passare qualche ora a cercare su internet altri lavori a una distanza di mezzo serbatoio di carburante. Ma l'e-mail era già lì, quando ho effettuato l'accesso; era arrivata la sera prima alle dieci.

Vogliono un colloquio con me.

Oggi a mezzogiorno.

I miei palmi sono scivolosi per il sudore, quindi mi asciugo prima una mano, poi l'altra sui jeans. Non ho niente che assomigli a un vestito adatto a un colloquio, quindi indosso il mio unico paio di jeans pulito e una semplice maglietta a maniche lunghe—ho bisogno delle maniche per coprire i graffi e le croste che i frammenti di vetro hanno lasciato sul mio braccio. Spero che i miei potenziali datori di lavoro non se la prendano per l'abito casual; dopotutto, sto facendo un colloquio per un posto da tutor in mezzo al nulla.

Per favore, fa' che ottenga quel lavoro. Per favore, fammelo avere.

L'elegante cancello di metallo che ho appena attraversato fa parte di una recinzione metallica della stessa altezza, che si estende nell'aspra foresta di montagna su ogni lato della strada. Mi chiedo se questo significhi che la recinzione scorra intorno all'intera proprietà. È difficile da immaginare—secondo il bibliotecario che mi ha dato le indicazioni, la proprietà consiste in oltre mille acri di terreno montagnoso selvaggio—ma non riuscivo a vedere dove finiva il recinto, quindi è possibile. E poiché il cancello si è aperto da solo al mio avvicinamento, devono esserci anche delle telecamere—il che, sebbene in qualche modo allarmante, è anche rassicurante.

Non ho idea del motivo per cui queste persone abbiano bisogno di così tanta sicurezza, ma se ottengo questo lavoro, sarò al sicuro anch'io nel loro complesso.

La tortuosa strada sterrata su cui mi trovo sembra non finire mai, ma finalmente, dopo circa due chilometri, la foresta ai lati comincia a diradarsi e il terreno si appiattisce. Evidentemente, mi sto avvicinando alla vetta della montagna.

Di sicuro, mentre svolto alla curva successiva, appare l'elegante palazzo a due piani.

Una meraviglia ultramoderna di vetro e acciaio dovrebbe risaltare come un pugno in un occhio in tutta questa natura selvaggia, invece è abilmente integrata nel suo ambiente, con una porzione della casa costruita su uno sperone roccioso. Mentre mi avvicino, scorgo una terrazza interamente in vetro che avvolge il retro, e mi rendo conto che la casa è arroccata su un dirupo, che si affaccia su un profondo burrone.

La vista dall'interno deve essere mozzafiato.

Respira profondamente, Chloe. Puoi farlo.

Spegnendo la macchina, liscio i miei palmi sudati sui jeans, mi sistemo la maglietta, mi assicuro che i capelli siano ancora in uno chignon ordinato e prendo il curriculum che ho stampato in biblioteca. Di solito me la cavo ai colloqui, ma non ho mai avuto così tanta posta in gioco prima d'ora. Ogni nervo del mio corpo è scosso, e il mio cuore batte così forte che mi sento stordita. Certo, potrei anche avere le vertigini, perché tutto quello che ho mangiato oggi è la banana, ma non voglio pensare a questo e al fatto che se non ottengo il lavoro, la fame potrebbe essere l'ultimo dei miei problemi.

Con il curriculum in mano, scendo dall'auto. Sono in anticipo di circa mezz'ora, il che è meglio che arrivare in ritardo, ma non ottimale. Avevo paura di perdermi senza un GPS, quindi ho lasciato la biblioteca e sono venuta qui non appena il bibliotecario mi ha spiegato dove andare, fornendomi una cartina locale. Non mi sono persa, però, quindi ora tutto ciò di cui ho bisogno è avvicinarmi a quella porta d'ingresso elegante e futuristica e suonare il campanello.

Preparandomi psicologicamente, mi appresto a fare esattamente questo, quando la porta si apre, rivelando un uomo alto e dalle spalle larghe che indossa un paio di jeans scuri e una camicia bianca abbottonata con le maniche arrotolate fino ai gomiti.

"Buongiorno" dico, sfoggiando un sorriso luminoso, mentre

cammino verso di lui. "Sono Chloe Emmons, qui per un colloquio per il..." Mi fermo, con il fiato sospeso nei polmoni, mentre esce alla luce e un paio di splendidi occhi color nocciola incontrano i miei.

Solo che "nocciola" è un termine troppo generico per definirli. Non ho mai visto occhi così. Un'ambra ricca e scura mescolata al verde foresta, sono incorniciati da spesse ciglia nere e brillano con una particolare fierezza, un'intensità che non sembrerebbe fuori luogo su un predatore della giungla. Occhi da tigre, appartenenti a un uomo che è potere e pericolo personificati—un uomo così crudelmente bello che il mio battito cardiaco già elevato diventa supersonico.

Zigomi alti e larghi, una lama dritta come naso, mascella abbastanza affilata da tagliare il marmo—l'assoluta simmetria di quei lineamenti sorprendenti sarebbe stata sufficiente per abbellire le copertine delle riviste, ma se combinata con quella bocca piena e cinicamente curva, l'effetto è assolutamente devastante. Come le sue ciglia, le sopracciglia sono folte e nere, proprio come i capelli, che sono abbastanza lunghi da coprirgli le orecchie e così dritti da sembrare l'ala di un corvo.

Chiudendo la distanza tra noi con passi lunghi e fluidi, allunga la mano verso di me. "Nikolai Molotov" dice, pronunciando il nome come farebbe un nativo russo—anche se non c'è alcuna traccia di accento nella sua voce profonda e ruvida. "È un piacere fare la tua conoscenza."

4

CHLOE

SCONVOLTA, GLI STRINGO LA MANO. È GRANDE E FORTE, CON LA pelle leggermente abbronzata e calda, mentre le sue lunghe dita si avvolgono intorno alle mie e stringono con una forza attentamente trattenuta. Un brivido mi percorre la spina dorsale alla sensazione, il mio corpo si riscalda dappertutto, e devo fare appello a tutto il mio autocontrollo per non ondeggiare verso di lui, mentre le mie ginocchia diventano gelatinose sotto di me.

Datti una calmata, Chloe. Questo è un potenziale datore di lavoro. Ricomponiti.

Con uno sforzo erculeo, tiro via la mano e mi aggrappo a ciò che resta della mia compostezza. "Piacere di conoscerla, Signor Molotov." Con mio sollievo, la mia voce esce ferma, il tono calmo e amichevole, come si addice a una persona che fa un colloquio di lavoro. Facendo un mezzo passo indietro, sorrido al padrone di casa. "Mi dispiace essere un po' in anticipo."

I suoi occhi da tigre brillano più luminosi. "Nessun

problema. Non vedevo l'ora di incontrarti, Chloe. E per favore, chiamami Nikolai."

"Nikolai" ripeto, il mio stupido battito cardiaco che accelera ulteriormente. Non capisco che cosa mi stia succedendo, perché provi questa reazione a quest'uomo. Non sono mai stata una che perde la testa per una mascella quadrata e addominali scolpiti, nemmeno quando ero un'adolescente in fase ormonale. Mentre le mie amiche si innamoravano dei giocatori di football e delle star del cinema, io uscivo con ragazzi di cui apprezzavo la personalità, e la loro mente mi attraeva più dei loro corpi. Per me, la chimica sessuale è sempre stata qualcosa che si sviluppa nel tempo, e non che è lì fin dall'inizio.

Ma non ho mai incontrato un uomo che trasuda un magnetismo animale così crudo.

Non sapevo che esistessero uomini come questo.

Concentrati, Chloe. Molto probabilmente è sposato.

Il pensiero è come una spruzzata di acqua fredda sulla faccia, che mi riporta alla realtà della mia situazione. Che cazzo sto facendo, sbavando per il padre di un bambino? Ho bisogno di questo lavoro per *sopravvivere*. Il viaggio di sessantaquattro chilometri fin qui ha consumato più di un quarto di serbatoio di benzina nell'auto, e se non guadagno presto un po' di soldi, sarò un facile bersaglio per gli assassini che mi inseguono.

Il calore dentro di me si raffredda al pensiero, e quando Nikolai dice: "Seguimi" ed entra di nuovo in casa, i miei nervi tremano per l'ansia invece di qualunque emozione si sia impossessata di me, vedendolo.

All'interno, la dimora è ultramoderna come appare all'esterno. Tutto intorno a me ci sono finestre dal pavimento al soffitto con viste sbalorditive, decorazioni degne di un museo d'arte moderna e mobili eleganti, che sembrano usciti direttamente dallo showroom di un designer di interni. Il tutto è realizzato nei toni del grigio e del bianco, addolcito in alcuni punti da accenti di legno naturale e pietra. È bello e più che un po' intimidatorio, proprio come l'uomo di fronte a me, e mentre mi conduce attraverso un soggiorno a pianta aperta fino a una scala a chiocciola in legno e vetro sul retro, non posso fare a meno di sentirmi come un piccione malridotto volato accidentalmente in una sala da concerto dorata.

Soffocando la sensazione inquietante, dico: "Ha una bella casa. Vive qui da molto?"

"Pochi mesi" risponde, mentre saliamo le scale. Mi guarda di traverso. "E tu? Nella tua lettera di presentazione hai scritto che stai facendo un viaggio in macchina."

"Sì." Sentendomi su un terreno più solido, spiego che mi sono laureata al Middlebury College a giugno e ho deciso di visitare il Paese, prima di immergermi nel mondo del lavoro. "Ma poi, naturalmente, ho visto il suo annuncio" concludo "e sembrava troppo perfetto per lasciarmelo sfuggire, quindi eccomi qui."

"Sì" replica dolcemente, mentre ci fermiamo davanti a una porta chiusa. "Eccoti qui."

Il mio respiro si blocca di nuovo, e le pulsazioni accelerano in modo incontrollabile. Scorgo qualcosa di snervante nella curva oscuramente sensuale della sua bocca, qualcosa di quasi... *pericoloso* nell'intensità del suo sguardo. Forse è il colore insolito dei suoi occhi, ma mi sento decisamente a disagio, quando preme il palmo della mano su un pannello discreto sul muro e la porta si apre davanti a noi, in stile film di spionaggio.

"Prego" mormora, facendomi cenno di entrare, e io eseguo, facendo del mio meglio per ignorare l'inquietante sensazione di entrare nella tana di un predatore.

La "tana" si rivela essere un grande ufficio illuminato dal sole. Due delle pareti sono realizzate interamente in vetro, rivelando panorami mozzafiato delle montagne, mentre un'elegante scrivania a forma di L al centro ospita diversi monitor di computer. Sul lato ci sono un tavolino rotondo con due sedie, ed è lì che mi guida Nikolai.

Nascondendo un'espirazione sollevata, mi siedo e appoggio il mio curriculum sul tavolo davanti a lui. Chiaramente, sono ansiosa, i miei nervi sfilacciati dopo aver trascorso l'ultimo mese, vedendo il pericolo ovunque. Questo è un colloquio per un lavoro come tutor, niente di più, e ho bisogno di riprendermi, prima di rovinare tutto.

Nonostante l'ammonimento, il mio battito cardiaco aumenta di nuovo, quando Nikolai si appoggia allo schienale della sedia e mi guarda con quegli occhi incredibilmente belli. Posso sentire l'umidità crescente dei miei palmi, e devo impegnarmi per non pulirli di nuovo sui jeans. Per quanto sia ridicolo, mi sento spogliata da quello sguardo, tutti i miei segreti e le mie paure esposti.

Smettila, Chloe. Non sa niente. Stai facendo un colloquio per diventare tutor, niente di più.

"Allora" dico disinvoltamente per nascondere la mia ansia "posso chiedere del bambino a cui dovrei insegnare? È suo figlio o sua figlia?"

Il suo viso assume un'espressione indecifrabile. "Mio figlio. Miroslav. Lo chiamiamo Slava."

"È un bel nome. È—"

"Parlami di te, Chloe." Chinandosi in avanti, prende il mio curriculum, ma non lo guarda. Invece, i suoi occhi sono puntati sul mio viso, facendomi sentire come una farfalla al microscopio. "Che cosa ti alletta di questo incarico?"

"Oh, tutto." Prendendo fiato per stabilizzare la voce, descrivo tutte le attività di babysitter e tutoraggio che ho svolto negli anni, e poi riporto i miei stage, compreso il mio ultimo lavoro estivo in un campo per ragazzi disagiati, dove mi sono rapportata con bambini di tutte le età. "È stata un'esperienza fantastica" concludo "sia stimolante che gratificante. La mia parte preferita, però, è stata insegnare matematica e leggere ai bambini più piccoli—motivo per cui penso che sarei perfetta per questo ruolo. L'insegnamento è la mia passione, e mi piacerebbe avere la possibilità di lavorare con un bambino individualmente, adattando il curriculum ai suoi interessi e capacità."

Riordina il curriculum, sempre senza preoccuparsi di guardarlo. "E come ti senti all'idea di vivere in un posto così lontano dalla civiltà? Dove non c'è nient'altro che landa selvaggia per decine di chilometri intorno e solo un contatto minimo con il mondo esterno?"

"Sembra..." *Un paradiso.* "...straordinario." Gli sorrido, senza nascondere la mia eccitazione. "Sono una grande fan della natura selvaggia e della natura in generale. Infatti, avevo scelto il Middlebury College in parte per la sua ubicazione rurale. Amo l'escursionismo e la pesca, e so come stare intorno a un falò. Vivere qui sarebbe un sogno che si avvera." Soprattutto viste tutte le misure di sicurezza che ho notato entrando—ma non lo dico, ovviamente.

Non posso sembrare nient'altro che una neolaureata in cerca di avventura.

Inarca le sopracciglia. "Non ti mancheranno i tuoi amici? O la famiglia?"

"No, io—" Con mio sgomento, la mia gola si contrae per un improvviso impeto di dolore. Deglutendo, ci riprovo. "Sono molto indipendente. Ho viaggiato da sola in tutto il Paese nell'ultimo mese, e inoltre, ci sono sempre telefoni, applicazioni per videoconferenze e social media."

Inclina la testa. "Eppure, non hai postato nulla nei tuoi profili sui social media nell'ultimo mese. Come mai?"

Lo fisso, il mio cuore che batte alle stelle. Ha guardato i miei social media? Come? Quando? Ho attivato le impostazioni di privacy più elevate; non dovrebbe essere in grado di vedere nulla di me oltre al fatto che esisto e uso i social media come una persona normale. Ha indagato? Ha in qualche modo violato i miei account?

Chi è quest'uomo?

"In realtà, non ho un telefono in questo momento." Un filo di sudore mi scorre lungo la schiena, ma riesco a mantenere il mio livello di tono. "Me ne sono sbarazzata, perché volevo scoprire se fossi in grado di cavarmela in questo viaggio senza ricorrere all'uso dell'elettronica. Una sorta di sfida personale."

"Capisco." I suoi occhi sono più verdi dell'ambra sotto questa luce. "Allora, come ti mantieni in contatto con la famiglia e gli amici?"

"E-mail, soprattutto" mento. Non posso assolutamente ammettere di non essere rimasta in contatto con nessuno e di non avere intenzione di farlo. "Ho visitato biblioteche pubbliche e uso i computer lì di tanto in tanto." Rendendomi conto che le mie dita sono strettamente intrecciate, apro le mani e mi sforzo di sorridere. "È abbastanza liberatorio non essere legata a un telefono, vede. La connettività estrema è al contempo una benedizione e una maledizione, e mi sto godendo la libertà di viaggiare in tutto il Paese come facevano le persone in passato, usando solo la guida di una semplice cartina."

"Una luddista della generazione Z. Che bello."

Arrossisco per la sottile presa in giro nel suo tono. So come suona la mia spiegazione, ma è l'unica cosa che posso escogitare per giustificare la mia mancanza di recente attività sui social media e, nel caso in cui guardasse attentamente il mio curriculum, l'assenza di un numero di cellulare. In realtà, è una buona scusa per tutto, quindi andrà bene.

"Ha ragione. Sono un po' luddista" ammetto. "Probabilmente è per questo che la vita di città mi attrae così poco, e il motivo per cui ho trovato il suo annuncio di lavoro così intrigante. Vivere qui"—faccio cenno alla splendida vista esterna—"e fare da tutor a suo figlio è il tipo di lavoro che ho sempre desiderato, e se mi assume, mi dedicherò completamente a questo."

Un lento, cupo sorriso gli incurva le labbra. "È così?"

"Sì." Sostengo il suo sguardo, anche se il mio respiro si fa superficiale e punte di calore mi percorrono la pelle. Davvero non capisco la mia reazione a quest'uomo, non capisco come possa trovarlo così magnetico anche se fa scattare tutti i tipi di allarmi nella mia mente. Paranoia o meno, il mio istinto urla che è pericoloso; eppure, il dito mi prude per la voglia di allungare la mano e tracciare i bordi chiaramente definiti delle sue labbra carnose e morbide. Deglutendo, distolgo i miei pensieri da quel territorio insidioso e dico con tutta la serietà che riesco a gestire: "Sarò il tutor più perfetto che possa immaginare."

Mi guarda senza battere ciglio, il silenzio che si estende per diversi lunghi secondi, e proprio quando sento che i miei nervi potrebbero spezzarsi come un elastico troppo tirato, si alza e dice: "Seguimi."

Mi guida fuori dall'ufficio e su un lungo corridoio, fino a raggiungere un'altra porta chiusa. Questa non deve avere alcuna sicurezza biometrica, poiché bussa e, senza aspettare risposta, entra.

All'interno, un'altra finestra dal pavimento al soffitto offre alte viste mozzafiato. Tuttavia, non c'è niente di elegante e moderno in questa stanza. Invece, sembra la conseguenza di un'esplosione in una fabbrica di giocattoli. Il caos colorato è ovunque io guardi, con pile di giocattoli, libri per bambini e pezzi LEGO sparsi su tutto il pavimento e un letto a misura di bambino coperto da un lenzuolo a tema Superman nell'angolo. I cuscini a tema Superman e la coperta del letto sono ammucchiati in un altro angolo, ed è solo quando il padrone di casa dice in tono di comando: "Slava!" che mi rendo conto che c'è un ragazzino che sta costruendo un castello LEGO accanto a quella pila.

Alla voce di suo padre, la testa del bambino si solleva di scatto, rivelando un paio di enormi occhi verde ambra—gli stessi occhi ipnotizzanti che possiede l'uomo accanto a me. Nel complesso, il bimbo è Nikolai in miniatura, con i capelli neri che gli cadono intorno alle orecchie in una tenda dritta e lucida, e il viso tondo da bambino che mostra già un accenno di quegli zigomi sorprendenti. Anche la bocca è la stessa, e manca solo la curva cinica e consapevole delle labbra di suo padre.

"Slava, *idi syuda*" ordina Nikolai, e il ragazzino si alza e si avvicina cautamente a noi. Mentre si ferma davanti a noi, noto che indossa un paio di jeans e una maglietta con un'immagine di Spider-Man sul davanti.

Guardando suo figlio, Nikolai inizia a parlargli rapidamente in russo. Non ho idea di cosa stia dicendo, ma deve avere qualcosa a che fare con me, perché il bimbo continua a guardarmi, la sua espressione sia incuriosita che timorosa.

Non appena Nikolai finisce di parlare, sorrido al bambino e mi inginocchio sul pavimento, in modo da essere allo stesso livello degli occhi. "Ciao, Slava" dico dolcemente. "Sono Chloe. È un piacere conoscerti."

Il ragazzino mi guarda perplesso.

"Non parla inglese" mi informa Nikolai, la sua voce dura. "Alina ed io abbiamo cercato di insegnarglielo, ma lui sa che parliamo russo e si rifiuta di impararlo da noi. Quindi, questo sarebbe il tuo lavoro: insegnargli l'inglese, insieme a qualsiasi altra cosa che un bambino della sua età dovrebbe sapere."

"Capisco." Tengo lo sguardo sul bimbo, sorridendogli calorosamente, anche se nella mia mente suonano altri campanelli d'allarme. C'è qualcosa di strano nel modo in cui Nikolai parla al bambino e in come ne parla. È come se suo figlio fosse un estraneo per lui. E se Alina—che presumo sia sua moglie e la madre del bambino—conosce l'inglese oltre al mio padrone di casa, perché Slava non dice almeno qualche parola? Perché avrebbe rifiutato di imparare la lingua dai suoi genitori?

In generale, perché Nikolai non prende in braccio il bambino e non lo abbraccia? O scherzosamente gli arruffa i capelli?

Dov'è la calda facilità con cui i genitori comunicano solitamente con i loro figli?

"Slava" dico dolcemente al bambino "sono Chloe." Indico me stessa. "Chloe."

Mi guarda con lo sguardo impassibile di suo padre per diversi lunghi momenti. Poi, la sua bocca si muove, plasmando le sillabe. "Klo-ee."

Gli sorrido. "Giusto. Chloe." Mi tocco il petto. "E tu sei Slava." Lo indico. "Miroslav, giusto?"

Annuisce solennemente. "Slava."

"Ti piacciono i fumetti, Slava?" Tocco delicatamente l'immagine sulla sua maglietta. "Questo è Spider-Man, non è vero?"

I suoi occhi si illuminano. "*Da*, Spider-Man." Lo pronuncia con accento russo. "*Ti znayesh o nyom?*"

Alzo lo sguardo su Nikolai, solo per scoprire che mi sta osservando con un'espressione cupa e indecifrabile. Un formicolio di sgradita consapevolezza mi scorre lungo la schiena, e il respiro si blocca per un'improvvisa sensazione di vulnerabilità. Non voglio stare in ginocchio con quest'uomo.

È un po' come scoprire la gola a un bellissimo lupo selvatico.

"Mio figlio sta chiedendo se conosci Spider-Man" dice, dopo un momento carico di tensione. "Presumo che la risposta sia sì."

Con sforzo, distolgo lo sguardo da lui e mi concentro sul bimbo. "Sì, conosco Spider-Man" dico, sorridendo. "Amavo Spider-Man, quando avevo la tua età. Anche Superman e Batman e Wonder Woman e Aquaman."

Il viso del bambino si illumina di più a ogni supereroe che nomino, e quando arrivo ad Aquaman, un sorriso malizioso appare sul suo viso. "Aquaman?" Arriccia il piccolo naso. "*Nyet, nye* Aquaman."

"Aquaman no?" Spalanco gli occhi in modo esagerato. "Perché no? Cos'ha che non va Aquaman?"

Ridacchia. "*Nye* Aquaman."

"Va bene, hai vinto. Aquaman no." Lascio uscire un triste sospiro. "Povero Aquaman. Piace a così pochi bambini."

Il bambino ridacchia di nuovo e corre verso una pila di fumetti accanto al letto. Afferrandone uno, lo porta indietro con sé e indica la foto sul davanti. "Superman *samiy sil'niy*" dichiara.

"Superman è il migliore?" Tiro a indovinare. "Il tuo preferito?"

"Ha detto che è il più forte" dice Nikolai in modo uniforme, poi passa al russo, con una voce che assume lo stesso tono di comando.

La faccia del bimbo si contrae e abbassa il libro, la sua postura abbattuta.

"Torniamo nel mio ufficio" mi dice Nikolai, e senza rivolgere un'altra parola a suo figlio, si dirige verso la porta.

5

NIKOLAI

Mentre esco dalla stanza, posso sentirla salutare mio figlio, la sua voce dolce e allegra, e il doloroso tonfo nel mio petto si intensifica, la rabbia che si mescola alla lussuria più forte che abbia mai provato.

Sei mesi.

Sei mesi, e non ho tirato fuori neppure un sorriso dal bambino. Alina c'è riuscita, però, e ora anche questa ragazza, questa totale sconosciuta.

Slava ha riso con lei.

Le ha mostrato il suo libro preferito.

Le ha lasciato toccare la sua maglietta.

E per tutto il tempo in cui l'ho guardata con mio figlio, non ho fatto altro che pensare a come sarebbe apparsa nuda sotto di me, i suoi capelli striati dal sole liberati dallo stretto chignon che li limitava e i suoi grandi occhi castani puntati su di me, mentre mi seppellisco nella sua carne setosa, ripetutamente.

Se avessi avuto bisogno di ulteriori prove sul fatto di non essere idoneo a fare il padre, eccole qui, a palate.

"Siediti, per favore" dico a Chloe, quando torniamo nel mio ufficio. Nonostante i miei migliori sforzi, la mia voce è tesa, il calderone ribollente di emozioni dentro di me troppo potente per essere contenuto. Voglio afferrare la ragazza e scoparla sul posto, e allo stesso tempo, voglio scuoterla e chiederle di dirmi come ha fatto la sua magia su Slava così velocemente... perché mio figlio ha risposto a lei in pochi minuti, mentre io per mesi non sono riuscito a tirargli fuori più di poche parole.

Si siede sulla stessa sedia di prima, appollaiata sul bordo del sedile delicatamente come una farfalla su un fiore. I suoi occhi sono fissi sul mio viso, la sua espressione perfettamente composta, e se non fosse per le sue piccole mani annodate insieme sul tavolo, penserei che sia fredda come sembra. Ma è nervosa, questo bel mistero di ragazza, nervosa e più che un po' disperata.

Non so perché sia così, ma lo scoprirò.

"Che cosa ne pensi di mio figlio?" chiedo, il mio tono che si addolcisce, mentre mi appoggio allo schienale della sedia. Ora che siamo lontani da Slava, la strana tensione che spesso provo nella mia cassa toracica quando sono con lui si sta allentando, la rabbia irrazionale e la gelosia che svaniscono, fino a ridursi a una debole pulsazione in fondo alla mia mente.

E se al ragazzino piacesse di più questa sconosciuta?

Ciò significa che potrebbe effettivamente essere in grado di svolgere il lavoro per cui sto per assumerla.

Non so esattamente quando ho preso questa decisione, a che punto ho deciso che la mia attrazione per Chloe Emmons giustificasse il pericolo che potrebbe rappresentare per la mia famiglia. Forse è stato quando ha mentito con disinvoltura sul motivo per cui ha smesso di usare i social media, o mentre stava sostenendo senza paura il mio sguardo, dopo aver giurato di dedicarsi al lavoro. O forse è stato quando sono uscito di casa e quei morbidi occhi castani si sono posati su di me per la prima volta, facendo rizzare ogni pelo del mio corpo con ardente consapevolezza.

Attrazione è una parola troppo debole per descrivere ciò che provo verso di lei. Le mie mani si contraggono letteralmente per l'impulso di toccarla, di far scorrere le mie dita sulla sua mascella finemente modellata e vedere se la sua pelle abbronzata è morbida come sembra. Nelle foto, era carina, il suo splendore che illuminava la pagina. Di persona, è tutto questo e molto di più, il suo sorriso pieno di calore inconsapevole, il suo sguardo risoluto che parla sia di vulnerabilità che di forza.

E sotto tutto questo, si cela la disperazione. Posso vederla, sentirla... annusarla. Paura, disperazione—ha un profumo, come il sangue. E come il sangue, attira le parti più oscure di me, la bestia che tengo attentamente al guinzaglio. Peggio ancora, questa scomoda attrazione non è unilaterale.

Chloe Emmons è attratta da me.

Mascherato dal suo sorriso luminoso e amichevole, c'è un interesse puramente femminile, una risposta primordiale come la mia reazione a lei. Quando le ho stretto la mano, ho sentito un tremore percorrerla sulla pelle, ho visto le sue labbra aprirsi in un'espirazione superficiale, mentre le sue dita delicate si contraevano nella mia presa.

No, la ragazza non è affatto indifferente, e questo la rende una facile preda.

"Penso che Slava sia molto intelligente" risponde, e il mio sguardo cade sulla forma allettante della sua bocca. Il suo labbro superiore è un po' più pieno di quello inferiore, dando l'impressione di un leggero sovramorso, quando non sorride. "Non so per quale motivo si rifiuti di imparare l'inglese da voi, ma sono sicura che sarò in grado di insegnarglielo" continua, mentre medito se quella piccola imperfezione renda i suoi lineamenti più o meno attraenti. Più attraenti, decido, mentre spiega i metodi di insegnamento che intende utilizzare. Sicuramente più attraenti, perché tutto quello a cui riesco a pensare è quanto desideri assaporare la morbidezza soffice di quelle labbra e sentirle sul mio corpo.

Con sforzo, mi concentro sulle sue parole.

"—e quindi inizieremo con il—"

"Che cosa ne pensi della disciplina corporale per i bambini?" la interrompo, sporgendomi in avanti. Ho sentito abbastanza da sapere che è in grado di svolgere il lavoro. C'è solo un'altra cosa che devo sapere ora. "Credi nelle sculacciate e cose simili?"

Mi lancia un'occhiata sgomenta. "Ovviamente no! Questa è l'ultima cosa— No, non lo giustificherei mai." I suoi occhi si socchiudono ferocemente, mentre si china, le mani snelle che si stringono a pugno sul tavolo. "*Lei* sì?"

"No."

Si rilassa visibilmente, e io nascondo un sorriso soddisfatto. Per un secondo, sembrava che stesse per prendermi a pugni con quelle manine. E quella reazione non è stata una finzione; ogni muscolo del suo corpo si è irrigidito contemporaneamente, come se stesse per lanciarsi in battaglia. La semplice possibilità che mio figlio venisse sculacciato le ha fatto dimenticare tutto ciò che c'era dietro la sua disperazione, trasformandola in una mamma orsa.

Non è la reazione di una donna che farebbe mai del male a un bambino. Qualunque sia il pericolo che Chloe Emmons rappresenti, non è del tipo violento—almeno nessuno che possa essere una minaccia per Slava.

I giudici non si sono ancora espressi sulla vera causa della morte di sua madre.

Probabilmente è un altro segno che non sono adatto ad essere un genitore, ma una parte di me non vede l'ora di affrontare i guai che potrebbe portare. È tranquillo qui, in questo angolo remoto dell'Idaho—bello e fin troppo silenzioso. La vita che mi sono lasciato alle spalle non è affatto come quella che ho condotto negli ultimi sei mesi, e non posso negare che mi manca l'adrenalina di essere al timone di una delle famiglie più potenti della Russia.

Questa ragazza con le sue bugie intriganti e la bocca da bambola del porno non me la sostituirà, ma in un modo o nell'altro, mi procurerà un po' di divertimento.

Appoggiandomi allo schienale, intreccio le mie dita sulla cassa toracica e le sorrido. "Allora, Chloe... quando puoi iniziare?"

6

CHLOE

Quasi balzo in piedi e grido: "Subito! In questo minuto. In questo secondo." Solo che questo tradirebbe la mia disperazione e rovinerebbe tutto, quindi rimango al mio posto e dico con una parvenza di compostezza: "Quando vuole lei. Sono disponibile da subito."

Gli occhi di Nikolai brillano d'oro scuro. "Benissimo. Vorrei che iniziassi oggi. Devo presumere che va bene lo stipendio indicato nell'annuncio?"

"Sì, grazie. È adeguato." Con questo intendo dire che sono più soldi di quanto avrei potuto sperare di guadagnare altrove, ma tutti i libri sui colloqui ti dicono di non sembrare troppo ansiosa e di negoziare. Non ho le palle per fare la seconda cosa, ma posso provare la prima. Cercando di usare un tono normale, chiedo: "Con quale frequenza verrò pagata?"

"Settimanalmente. Conteremo oggi come il tuo primo giorno, quindi martedì prossimo riceverai il primo stipendio. Va bene per te?"

Annuisco, troppo emozionata per parlare. Tra una settimana —o meglio sei giorni e mezzo—da ora avrò i soldi. Soldi veri, reali, sostanziosi, del tipo che mi fornirebbero cibo e benzina per mesi, se dovessi scappare di nuovo.

"Eccellente." Si alza in piedi. "Vieni, ti accompagno in camera."

Lo seguo, facendo del mio meglio per non notare il modo in cui i jeans firmati gli abbraccino le cosce muscolose e come la sua camicia ben aderente si distenda sulle spalle potenti. L'ultima cosa di cui ho bisogno è desiderare il mio datore di lavoro, un uomo che molto probabilmente è sposato con una donna che devo ancora incontrare. Il che, a pensarci bene, è strano.

Perché la madre di Slava non è stata coinvolta in questa decisione di assunzione?

Raggiungendo Nikolai, mi schiarisco la gola per attirare la sua attenzione. "Potrò incontrare Alina presto?" gli chiedo, quando il suo sguardo si posa su di me. "O è via?"

Alza le sopracciglia. "Lei è—"

"Proprio qui." Una splendida giovane donna esce dalla stanza in cui stavamo per entrare. Alta e snella, indossa un vestito rosso che potrebbe provenire direttamente da una passerella di Parigi. Ai piedi indossa un elegante paio di tacchi color carne, e i suoi lunghi capelli lisci e neri incorniciano un viso straordinariamente bello. Le sue labbra carnose sono dipinte di rosso per abbinarsi al suo vestito, e un'abile applicazione di eyeliner nero sottolinea l'inclinazione da gatto dei suoi occhi verde giada.

Allungando una mano perfettamente curata verso di me, dice dolcemente: "Alina Molotova. Immagino che il colloquio sia andato bene?" Come suo marito, parla un inglese americano impeccabile, con solo la pronuncia del nome che tradisce le sue origini straniere.

Riprendendomi dallo shock del suo aspetto, le stringo la mano. "È un piacere conoscerla, Signora Molotova." Pronuncio il suo nome come ha fatto lei, con una "a" alla fine; ricordo dal mio corso di letteratura russa che i cognomi russi hanno un genere. "Io sono—"

"Chloe Emmons, lo so. E ti prego, chiamami Alina." Sorride, rivelando un minuscolo spazio tra i denti anteriori— un'imperfezione che non fa che esaltare la sua straordinaria bellezza.

"Grazie, Alina." Ricambio il sorriso, anche se un dolore sgradevole mi stringe il petto.

La moglie di Nikolai è più che splendida e, per qualche ragione, detesto questa cosa.

Stranamente, l'uomo non sembra soddisfatto nemmeno di lei. "Che cosa ci fai qui?" Il suo tono è duro, le sopracciglia scure che si uniscono in un cipiglio.

Il sorriso di Alina diventa felino. "Naturalmente stavo preparando la stanza di Chloe. Cos'altro?"

La sua risposta in russo è rapida e tagliente, ma lei ride—un bel suono simile a una campana—e mi dice: "Benvenuta nella nostra casa, Chloe."

Detto questo, se ne va, il suo passo aggraziato come quello di una modella su una passerella.

Esalando un respiro, mi volto di nuovo verso Nikolai, solo per vederlo entrare nella stanza. Lo seguo e mi ritrovo in una camera da letto spaziosa e ultramoderna con una finestra dal pavimento al soffitto che mostra panorami splendidi.

"Wow." Mi avvicino alla finestra e guardo le cime innevate di montagne lontane velate da una foschia bluastra. "Questo è... semplicemente wow."

"Bello, non è vero?" dice, e il mio battito cardiaco sussulta, quando mi rendo conto che si è avvicinato a me, il suo sguardo sul magnifico panorama. Di profilo, è ancora più sorprendente, i suoi lineamenti duri e perfetti come se fossero stati scolpiti nel dirupo su cui siamo appollaiati, e il suo corpo potente è una forza della natura tanto quanto quella selvaggia che ci circonda.

Pericoloso.

La parola mi frulla nella mente, e questa volta non riesco a convincermi che sia semplicemente paranoia. È pericoloso, questo mio misterioso datore di lavoro. Non so come, non so perché, ma lo sento. Un mese fa, i paraocchi che avevo indossato per tutta la vita—quelli indossati da tutte le persone normali—sono stati violentemente strappati via, e non posso fingere di non vedere l'oscurità nel mondo, non posso mentire a me stessa. E vedo l'oscurità in Nikolai.

Sotto quella straordinaria bellezza maschile e quei modi gentili si cela qualcosa di selvaggio... qualcosa di terrificante.

Si volta verso di me, e devo fare appello a tutto il mio coraggio per restare al mio posto e incontrare il suo sguardo luminoso da tigre. Il cuore mi batte forte nel petto, e una corrente incandescente sembra attraversare lo spazio tra noi, le particelle d'aria che assumono una carica elettrica. Le mie terminazioni nervose sfrigolano, riscaldando la mia pelle e rendendo il respiro superficiale e irregolare.

Scappa, Chloe.

Deglutendo forte, faccio un passo indietro, la voce di mia madre che risuona nella mia testa chiaramente come se fosse qui. E vorrei disperatamente ascoltarla, ma ho pochi dollari nel portafogli e un quarto di serbatoio di benzina nella mia vecchia auto. Quest'uomo, che mi attrae e allo stesso tempo mi terrorizza, è la mia unica speranza di sopravvivenza, e qualunque sia il pericolo che devo affrontare qui non può essere peggiore di quello che mi aspetta, se me ne vado.

I suoi occhi brillano di oscuro divertimento, mentre faccio un altro passo indietro e poi un altro, e ho di nuovo la sensazione inquietante che mi stia leggendo dentro, che in qualche modo percepisca sia la mia paura che la mia vergognosa attrazione per lui.

Costringendomi a voltarmi, mi guardo intorno, fingendo interesse per ciò che mi circonda—come se qualcosa qui intorno potesse essere affascinante quanto lui. "Quindi, questa sarà la mia stanza?"

"Sì. Ti piace?"

"La adoro." Alzo lo sguardo su una grande TV che pende dal soffitto sopra il letto, poi mi avvicino a una porta di fronte a quella che dà sul corridoio. Conduce a un elegante bagno bianco con un box doccia in vetro abbastanza grande da ospitare cinque persone. Un'altra porta nasconde un vano armadio delle dimensioni della mia stanza del dormitorio del college, tutto vuoto e in attesa dei miei magri averi.

È un tipo di lusso che ho visto solo nei film, e aumenta il mio disagio.

Chi è questa gente? Da dove proviene la loro ricchezza? Come ha fatto Nikolai a sapere della mia assenza dai social media, se tutti i miei profili sono privati?

Perché hanno bisogno di tanta sicurezza in un luogo così remoto?

Prima non volevo riflettere troppo a fondo su nulla di tutto questo—il mio obiettivo era ottenere il lavoro—ma ora che sono qui, ora che questo è reale, non posso fare a meno di chiedermi in cosa mi sia cacciata. Perché c'è una risposta facile a tutte le mie domande, una parola che, grazie a Hollywood, mi viene in mente, quando penso ai ricchi russi.

Mafia.

È questo che sono i miei nuovi datori di lavoro?

7

CHLOE

Con il cuore martellante, mi volto a guardare Nikolai. Mi sta osservando con lo stesso divertimento inquietante, e improvvisamente mi sento come un topo alle prese con un gatto grande e meraviglioso.

Che può far parte della mafia.

"Allora" comincio a dire con disagio "probabilmente dovrei—"

"Dammi le tue chiavi della macchina." Mi si avvicina. "Farò portare su le tue cose."

"Va bene. Posso farlo da sola. Ho solo—" Chiudo la bocca, perché allunga la mano con il palmo verso l'alto, la sua espressione senza compromessi.

Armeggiando nella mia tasca, estraggo le chiavi e le faccio cadere sul suo ampio palmo. "Ecco qui."

"Grazie." Mette in tasca le chiavi. "Mettiti comoda. Pavel ti porterà le valigie tra un minuto."

"Ce n'è solo una—una piccola valigia nel bagagliaio" dico, ma sta già uscendo.

Lasciando uscire un respiro che non mi rendevo conto di trattenere, crollo sul letto. Ora che il colloquio è finito, l'adrenalina che mi ha sostenuta sta calando, e mi sento esausta, così completamente svuotata che tutto quello che posso fare è sdraiarmi lì e fissare il soffitto alto con aria assente. Dopo un po', mi riprendo abbastanza da registrare il fatto che il copriletto bianco sotto di me è fatto di un materiale morbido, e allargo i palmi delle mani su di esso, accarezzandolo come un animale domestico.

Qualcuno che bussa alla porta mi fa uscire dal mio stato semi-catatonico. Sedendomi, grido: "Avanti!"

Entra un uomo dalle dimensioni di un orso delle caverne, portando la mia valigia, che sembra più una borsetta nella sua mano enorme. I tatuaggi gli ricoprono i lati del collo spesso, e il suo viso segnato dalle intemperie mi ricorda un mattone— duro, rossastro e squadrato. I suoi capelli corti come un militare sono di un'indeterminata sfumatura di marrone cosparsa di grigio, e i duri occhi grigi mi ricordano i proiettili fusi.

"Ciao" dico, raccogliendo un sorriso, mentre mi alzo in piedi. "Tu devi essere Pavel."

Annuisce, ma la sua espressione non è cambiata. "Dove la vuoi?" chiede con un ringhio profondo e fortemente accentato.

"Proprio qui va bene, grazie. Ci penso io." Mi avvicino per prendergli la valigia e, mentre lo faccio, mi rendo conto che dev'essere l'uomo più grosso che abbia mai incontrato, in termini di altezza e di larghezza. Altri tatuaggi decorano il dorso delle sue mani e fanno capolino dallo scollo a V del maglione, che si allunga strettamente sui suoi pettorali prominenti.

Cercando di non deglutire nervosamente, mi fermo davanti a lui e afferro il manico della valigia che ha appena posato sul pavimento. "Grazie." Faccio un sorriso più luminoso, alzando lo sguardo. Molto in alto—il collo mi fa davvero male per quanto devo piegarlo all'indietro.

Annuisce di nuovo, la mascella spessa irrigidita, poi si volta ed esce.

Va bene. Impossibile fare amicizia con altri membri del personale. Qual è il ruolo dell'uomo-orso qui, a proposito? Guardia del corpo?

Tutore mafioso, forse?

Respingo il pensiero. Anche se il tizio incarna perfettamente lo stereotipo, mi rifiuto di soffermarmi su questa possibilità. Quale sarebbe il punto? Anche se i miei nuovi datori di lavoro fossero mafiosi, starei più al sicuro qui che là fuori.

Lo spero.

Chiudo la porta alle spalle di Pavel, disfaccio i bagagli—una procedura che richiede dieci minuti—e guardo con desiderio il letto con il suo copriletto bianco sfocato. Sono esausta e non solo per il colloquio. Tra gli incubi che mi perseguitano di notte e la preoccupazione costante durante il giorno, non dormo più di quattro ore da settimane. Ma non posso dormire il pomeriggio.

Sono stata assunta per svolgere un lavoro, e ho intenzione di farlo.

Per riprendermi, faccio una doccia veloce nell'enorme bagno e mi metto una nuova maglietta—l'ultima. Devo informarmi su dove fare il bucato al più presto, ma prima le cose più importanti.

È ora che conosca il mio giovane studente.

La porta della stanza di Slava è aperta, mentre mi avvicino, e vedo Alina all'interno, che parla al ragazzino in un russo melodioso. Udendo i miei passi, mi guarda e inarca le sopracciglia in un modo che mi ricorda suo marito.

"Non vedi l'ora di iniziare?"

Le sorrido. "Se non ti dispiace, stavo pensando che Slava e io potremmo conoscerci questo pomeriggio." Colgo lo sguardo del bambino e gli faccio l'occhiolino, guadagnandomi un enorme sorriso.

L'espressione di Alina si scalda alla reazione di suo figlio. "Ovviamente non mi dispiace. Gli stavo solo spiegando che vivrai qui e gli insegnerai. È piuttosto entusiasta all'idea."

"Anch'io." Mi accovaccio davanti al bambino. "Ci divertiremo un sacco, non è vero, Slava?"

Chiaramente non capisce cosa sto dicendo, ma sorride a prescindere e snocciola qualcosa in russo.

"Ti sta chiedendo se ti piacciono i castelli" dice Alina.

"Sì, mi piacciono" rispondo a Slava. "Mostrami cos'hai lì. Questa è la tua fortezza?" Indico il progetto LEGO parzialmente costruito.

Il ragazzino ridacchia e si lascia cadere tra i pezzi. Raccogliendone due, li attacca alle mura del castello, e io lo aiuto attaccandone altri due. Solo che a quanto pare ho sbagliato, perché lui scuote la testa e toglie i miei pezzi, poi li mette proprio accanto a dove li ho attaccati.

"Oh, capisco. Stai lasciando spazio per le finestre. Finestre, giusto?" Indico quella gigante nella sua stanza.

Annuisce. "*Da, okna. Bol'shiye okna.*" Afferrandomi il polso, mi mette un altro pezzo nel palmo e mi guida la mano nella posizione corretta sul muro. "*Nado syuda.*"

"Capito." Sorridendo, attacco il pezzo successivo. "In questo modo, giusto?"

"*Da*" risponde eccitato e afferra altri pezzi. Procediamo in quel modo, con lui che mi guida nell'assembleare il castello, finché Alina non si schiarisce la gola.

"Sembra che voi due siate sulla stessa lunghezza d'onda, quindi vi lascio fare" dice, quando alzo lo sguardo. "Manca mezz'ora alla merenda di Slava. Hai fame per caso, Chloe?"

Il mio stomaco risponde prima che possa farlo io, emettendo un forte brontolio, e Alina ride, i suoi occhi verdi che si illuminano dal divertimento.

"Immagino che sia un sì. Qualche preferenza alimentare o allergie?"

"Mi va bene qualsiasi cosa" replico, grata che il mio tono di pelle più scuro nasconda il rossore per l'imbarazzo. Non riesco a immaginare il suo corpo elegante e longilineo che emetta mai un rumore così indiscreto—anche se, come umana, a volte deve. Ovviamente, non ho ancora deciso che lo sia.

Con quei tacchi alti e quel vestito stupendo, la moglie di Nikolai sembra troppo affascinante per essere reale.

Un po' del mio imbarazzo deve manifestarsi, perché il suo divertimento aumenta, e le sue labbra si incurvano in un modo che ancora una volta mi ricorda suo marito. "Molto accomodante da parte tua. Lo farò sapere a Pavel."

Pavel? L'uomo-orso è il loro cuoco o qualcosa del genere? Prima che io possa chiedere, Alina si rivolge a suo figlio e dice qualcosa in russo, poi esce, lasciandomi sola con la mia responsabilità.

8

NIKOLAI

"Allora, dimmi, fratello... l'hai assunta per Slava o per te stesso?"

Mi fermo, mentre metto i gemelli e mi giro per incontrare lo sguardo freddamente beffardo di Alina. "Importa?" Non ho idea di come abbia fiutato il mio interesse per la nostra nuova assunta, ma non sono sorpreso.

Mia sorella ha sempre saputo leggermi meglio di chiunque altro.

Si appoggia allo stipite della porta del mio vano armadio, dove mi cambio per la cena. "Immagino che me lo sarei dovuta aspettare. È carina, vero?"

"Molto." Le volto deliberatamente le spalle. Alina vive per provocarmi, ma stasera non avrà successo. E non mi convincerà a stare lontano da Chloe.

La ragazza mi intriga troppo per questo.

"Sai che ha passato l'intero pomeriggio con Slava, vero?"

Entra più a fondo nel mio armadio e prende la mia cravatta nera sottile, quella che stavo per indossare.

Resistendo all'impulso di prenderne una diversa solo per farle un dispetto, le tiro la cravatta e la indosso con abili movimenti. "Sì, certamente."

Ci sono telecamere nella stanza di mio figlio, e ho passato il *mio* pomeriggio a guardarlo giocare con la sua nuova tutor. Hanno finito di costruire il castello a cui Slava stava lavorando, hanno mangiato il piatto di frutta e formaggio che Pavel aveva portato, poi hanno fatto un gioco, in cui Chloe lo inseguiva per la sua camera e lungo il corridoio, facendolo ridere così forte da rimanere senza fiato. In seguito, gli ha letto alcuni dei suoi fumetti preferiti—quelli in lingua inglese, non le traduzioni russe che Alina aveva introdotto di nascosto per farsi strada nelle grazie del bambino. Mentre parlava, Slava sembrava affascinato dalla sua bellissima giovane insegnante, qualcosa per cui non posso biasimarlo.

Ucciderei per averla accanto a me a leggere qualcosa con quella voce dolce e un po' rauca, per sentire la sua mano giocare con i miei capelli nel modo in cui giocava così casualmente con quelli di mio figlio, quando si è accoccolato al suo fianco come se la conoscesse da sempre.

"È brava con lui" continua Alina, mentre finisco di allacciarmi la cintura e prendere la giacca. "Veramente brava."

"L'ho notato."

"Eppure, la scoperai comunque. Proprio come avrebbe fatto *lui*."

Mantengo il mio livello di tono. "Non ho mai affermato di essere diverso."

"Ma puoi esserlo. Kolya..." Mi appoggia la mano sul braccio, e quando incontro il suo sguardo, dice a bassa voce: "Siamo andati via. Siamo venuti qui. Questa è la nostra occasione per ricominciare da capo, per trasformarci in chi vogliamo essere. Dimentica nostro padre. Dimentica tutto. Gli hai dedicato molto del tuo tempo; ora è il turno di Valery e Konstantin."

Una risatina secca mi sfugge dalla gola. "Che cosa ti fa pensare che voglia ricominciare? O essere qualcosa di diverso da quello che sono?"

"Il fatto che te ne sei andato. Il fatto che siamo qui, a discutere di questa cosa." La sua espressione è seria, aperta per una volta. "Lascia che la ragazza sia la maestra di Slava e nient'altro. Divertiti altrove. È troppo giovane per te. Troppo innocente."

"Ha ventitré anni, non dodici. E io ne ho appena compiuti trentuno—una differenza di età appena percepibile."

"Non sto parlando dell'età. Non è come noi. È tenera. Vulnerabile."

"Esattamente. E tu l'hai portata alla mia attenzione." Sorrido crudelmente. "Cosa pensavi che sarebbe successo?"

Il suo volto si indurisce. "La distruggerai. D'altra parte"—le sue labbra si piegano in un sorriso amaro, mentre fa un passo indietro—"questo è il modo di fare dei Molotov, non è vero? Goditi pure il tuo nuovo giocattolo, Kolya. Non vedo l'ora di vederti giocare con lei a cena."

E senza aggiungere un'altra parola, se ne va.

9

CHLOE

Tenendo la mano di Slava, mi avvicino alla sala da pranzo, le mie gambe che tremano. Non so perché sono così nervosa, ma lo sono. Il solo pensiero di rivedere Nikolai mi fa sentire come se un rabbioso tasso del miele si fosse insediato nel mio stomaco.

È per la questione della mafia, mi dico. Ora che l'idea mi è venuta in mente, non riesco più a togliermela, non importa quanto ci provi. Ecco perché il mio respiro accelera e i miei palmi si inumidiscono ogni volta che immagino la curva cinica delle labbra del mio datore di lavoro. Perché potrebbe essere un criminale. Perché avverto in lui un lato oscuro e spietato. Non ha niente a che vedere con i suoi sguardi e il calore che mi scorre nelle vene ogni volta che i suoi intensi occhi verde-oro si posano su di me.

Non può avere niente a che fare con questo, perché è sposato e non ci proverei mai con il marito di un'altra donna, specialmente quando è coinvolto un bambino.

Tuttavia, non posso fare a meno di chiedermi da quanto tempo Nikolai e sua moglie stiano insieme... se lui la ami. Finora li ho visti insieme solo brevemente, quindi è impossibile dirlo—anche se ho percepito una certa mancanza di intimità tra loro. Ma sono sicura che fosse solo un pio desiderio da parte mia. Perché il mio datore di lavoro non dovrebbe amare sua moglie? Alina è bellissima quanto lui, tanto che si somigliano quasi. Non mi sorprende che Slava sia un bambino così bello; con genitori così, ha vinto alla lotteria genetica, alla grande.

Guardo in basso verso il bambino e lui ricambia il mio sguardo, i suoi occhi enormi come quelli di suo padre. La sua espressione è seria, l'esuberanza che mostrava quando giocavamo insieme sparita. Come me, sembra in ansia per il nostro imminente pasto, quindi gli rivolgo un sorriso rassicurante.

"Cena" dico, indicando il tavolo a cui ci stiamo avvicinando. "Stiamo per cenare."

Sbatte le palpebre verso di me, restando in silenzio, ma so che sta archiviando la parola, insieme a tutto il resto che gli ho detto oggi. I bambini piccoli sono come spugne, assorbono tutto ciò che gli adulti dicono e fanno, e il loro cervello forma connessioni a una velocità incredibile. Quando ero al liceo, facevo da babysitter per una coppia cinese. La loro bambina di cinque anni non parlava una sola parola di inglese quando l'ho incontrata, ma dopo alcune settimane all'asilo e una dozzina di serate con me, lo parlava quasi correntemente. La stessa cosa succederà a Slava, non ho dubbi.

Già alla fine di questo pomeriggio stava ripetendo alcune parole dopo di me.

Non c'è ancora nessuno in sala da pranzo, anche se Pavel mi aveva detto burbero di essere qui alle sei, quando ha portato il vassoio di frutta e formaggio in camera di Slava. Tuttavia, la tavola è già apparecchiata con ogni sorta di insalate e antipasti, e mi viene l'acquolina in bocca, vedendo la delizia che ci aspetta. Sebbene lo spuntino pomeridiano abbia placato buona parte della fame che mi attanagliava, sono ancora famelica, e devo far appello a tutta la mia forza di volontà per non lanciarmi voracemente sui vassoi di panini al caviale, pesce affumicato, verdure arrosto e insalate a foglia verde disposti ad arte. Invece, aiuto Slava a salire su un seggiolone per bambini, e poi comincio a indicare i nomi dei diversi cibi in inglese. "Chiamiamo questo piatto *insalata*, e la cosa verde dentro è *lattuga*" dico, mentre il tic-tic dei tacchi alti annuncia l'arrivo di Alina.

La guardo con un sorriso. "Ciao. Slava e io stavamo solo—"

"Perché non si è cambiato?" Le sue sopracciglia scure si uniscono, mentre osserva l'aspetto del bambino. "Lui sa che ci cambiamo per cena."

Sbatto le palpebre. "Oh, io—"

Lei interrompe con un rapido flusso di parole in russo, e vedo le spalle del bambino irrigidirsi, mentre si accascia sul sedile, come se volesse scomparire. Rendendosi conto che sta turbando suo figlio, Alina ammorbidisce il tono e alla fine ottiene quella che sembra una scusa pentita dal bambino.

Mi guarda. "Slava sa che non deve scendere così, ma se ne è dimenticato per l'emozione."

Mi brucia la faccia, quando mi rendo conto che "così" significa con i suoi normali vestiti casual, che non sono diversi dai jeans e dalla maglietta a maniche lunghe che indosso. La moglie di Nikolai, d'altra parte, ora indossa un vestito ancora più glamour—un abito lungo e blu-argento fino alla caviglia—e sembra che sia sulla buona strada per una première di Hollywood.

"Mi dispiace" dico, sentendomi come un turista col marsupio incappato in una sfilata di moda parigina. "Non mi ero resa conto che ci fosse un codice di abbigliamento."

"Oh, tu stai bene." Alina agita una mano elegante. "Non è una disposizione per *te*. Ma Slava è un Molotov, ed è importante che impari le tradizioni di famiglia."

"Capisco." Non è vero, in realtà, ma non spetta a me discutere le tradizioni familiari, per quanto assurde possano essere.

"E non preoccuparti" aggiunge, sedendosi di fronte a Slava. "Se anche tu desideri vestirti in modo appropriato, sono sicura che Kolya ti comprerà degli abiti appropriati."

Kolya? È così che chiama suo marito?

"Non è necessario, grazie—" comincio, solo per cadere in un silenzio sbalordito, quando vedo Nikolai che si avvicina al tavolo. Come sua moglie, si è cambiato per cena, con i suoi jeans firmati di fascia alta e la camicia abbottonata sostituiti da un completo nero personalizzato, una camicia bianca e una cravatta nera sottile—un vestiario che non sarebbe fuori posto in un matrimonio di alto ceto sociale... o alla stessa première del film a cui Alina ha intenzione di partecipare. E mentre un uomo dall'aspetto normale potrebbe facilmente passare per bello con un completo come questo, la bellezza oscura e mascolina di Nikolai è accresciuta a un livello quasi insopportabile. Mentre scruto il suo aspetto, il mio polso va alle stelle e i miei polmoni si restringono, insieme alle zone inferiori del—

Sposato, Chloe. È sposato.

Il promemoria è come uno schiaffo in faccia, che mi strappa

dalla mia trance. Spingendo un respiro nei miei polmoni privi di ossigeno, rivolgo al mio datore di lavoro un sorriso accuratamente trattenuto, uno che *non* rivela che il mio cuore sta accelerando nel mio petto e che desidererei che Alina non esistesse. Soprattutto perché il suo sguardo sorprendente è puntato su di me, invece che sulla sua splendida moglie.

"Sei in ritardo" dice Alina, mentre lui tira fuori una sedia e si siede accanto a lei. "È pronto—"

"So che ore sono." Non distoglie gli occhi da me, mentre risponde a lei, il suo tono freddamente sprezzante. Poi, il suo sguardo si sposta sul bimbo al mio fianco e i suoi lineamenti si irrigidiscono, mentre osserva il suo aspetto informale.

"Mi dispiace, è colpa mia" dico, prima che anche lui possa rimproverare il bambino. "Non sapevo che dovevamo vestirci bene per la cena."

L'attenzione di Nikolai ritorna su di me. "Certo che non lo sapevi." Il suo sguardo viaggia sulle mie spalle e sul mio petto, rendendomi acutamente cosciente della semplice maglietta a maniche lunghe e del sottile reggiseno di cotone sotto che non fa nulla per nascondere i capezzoli inspiegabilmente turgidi. "Alina ha ragione. Ho bisogno di comprarti dei vestiti adeguati."

"No, davvero, è—"

Alza il palmo. "Regole della casa." La sua voce è dolce, ma il viso avrebbe potuto essere scolpito nella pietra. "Ora che sei un membro di questa famiglia, devi rispettarle."

"Io... d'accordo." Se lui e sua moglie vogliono vedermi in abiti eleganti a cena e non si preoccupano di spendere i soldi perché ciò accada, così sia.

Come ha detto, casa loro, regole loro.

"Bene." Le sue labbra sensuali si curvano. "Sono contento che tu sia così accomodante."

Il mio respiro accelera, il viso che si scalda di nuovo, e distolgo lo sguardo per nascondere la mia reazione. Tutto quello che ha fatto l'uomo è stato sorridere, cazzo, e io sto arrossendo come una vergine di quindici anni. E davanti a sua moglie, oltretutto.

Se non riesco a gestire questa ridicola cotta, verrò licenziata prima della fine del pasto.

"Vuoi un po' di insalata?" chiede Alina, come per ricordarmi la sua esistenza, e io sposto su di lei la mia attenzione, grata per la distrazione.

"Sì, grazie."

Con grazia, mette una porzione di insalata nel mio piatto, poi fa lo stesso per suo marito e suo figlio. Nel frattempo, Nikolai mi tende il piatto con i panini al caviale, e io ne prendo uno, sia perché ho abbastanza fame da mangiare qualsiasi cosa ci sia sul pane, sia perché sono curiosa della famigerata prelibatezza russa. Ho mangiato questo tipo di uova di pesce—il tipo grande arancione—nei ristoranti di sushi un paio di volte, ma immagino che sia diverso in questo modo, servito su una fetta di baguette francese con uno spesso strato di burro sotto.

Di sicuro, quando lo mordo, il ricco sapore di umami esplode sulla mia lingua. A differenza delle uova di pesce che ho assaggiato, il caviale russo sembra essere conservato con abbondanti quantità di sale. Sarebbe troppo salato da solo, ma il pane bianco croccante e il burro morbido lo bilanciano perfettamente, e divoro il resto del panino in due bocconi.

Con gli occhi luccicanti dal divertimento, Nikolai mi offre di nuovo il piatto. "Ancora?"

"Sto bene, grazie." Mi piacerebbe un altro panino al caviale— o venti—ma non voglio sembrare avida. Invece, scavo nella mia insalata, che è anch'essa deliziosa, con un condimento dolce e piccante che mi fa formicolare le papille gustative. Poi, provo un boccone di tutto ciò che è sul tavolo, dal pesce affumicato a una specie di insalata di patate alle melanzane grigliate condite con una salsa allo yogurt e cetriolo.

Mentre mangio, tengo d'occhio il mio allievo, che sta mangiando tranquillamente accanto a me. Alina ha dato a Slava una piccola porzione di tutto ciò che gli adulti mangiano, compreso il panino al caviale, e il ragazzino sembra non avere problemi con questo. Non ci sono richieste di bastoncini di pollo o patatine fritte, nessun segno dei tipici capricci di un bambino di quattro anni. Persino le sue maniere a tavola sono quelle di un bambino molto più grande, con solo un paio di casi in cui afferra un pezzo di cibo con le dita invece che con la forchetta.

"Vostro figlio è molto ben educato" dico ad Alina e Nikolai, e quest'ultimo solleva le sopracciglia, come se lo sentisse per la prima volta.

"Ben educato? Slava?"

"Certamente." Lo guardo accigliata. "Non crede?"

"Non ci ho pensato molto" risponde, guardando il ragazzino, che sta diligentemente trafiggendo un pezzo di lattuga con la sua forchetta da adulto. "Suppongo che si comporti ragionevolmente bene."

Ragionevolmente bene? Un bambino di quattro anni che siede con calma e mangia tutto ciò che gli viene servito senza piagnucolii o interruzioni della conversazione adulta? Che usa le posate come un professionista? Forse questa è la normalità in Europa, ma di certo non l'ho mai vista in America.

Inoltre, perché il mio datore di lavoro non ha pensato molto al comportamento di suo figlio? I genitori non dovrebbero preoccuparsi di cose del genere?

"Ha frequentato molti altri bambini della sua età?" chiedo a Nikolai con un presentimento, e per un attimo la sua bocca si appiattisce.

"No" risponde seccamente. "Non l'ho fatto."

Alina gli lancia un'occhiata indecifrabile, poi si volta verso di me. "Non so se mio fratello te l'abbia detto" spiega con tono misurato "ma abbiamo appreso dell'esistenza di Slava solo otto mesi fa."

Soffoco su un pomodoro in salamoia che ho appena morso e scoppio in un attacco di tosse, perché i succhi speziati dell'aceto sono andati nel tubo sbagliato. "Aspetta, che cosa?" Rimango senza fiato, quando posso parlare.

Otto mesi fa?

E ha appena chiamato Nikolai suo *fratello*?

"Vedo che questa è una novità per te" osserva Alina, porgendomi un bicchiere d'acqua, che bevo con piacere. "Kolya"—guarda di traverso Nikolai, che ha un'espressione dura e chiusa—"non ti ha detto molto di noi, vero?"

"Ehm, no." Metto giù il bicchiere e tossisco di nuovo per cancellare la raucedine dalla mia voce. "Non proprio." Il mio nuovo datore di lavoro non ha detto molto, ma io ho azzardato ogni sorta di ipotesi, e anche quelle sbagliate.

Alina è la sorella di Nikolai, non sua moglie. Il che significa che il bambino non è suo figlio.

Non sapevano che esistesse fino a otto mesi fa.

Dio, questo spiega così tanto. Non c'è da stupirsi che padre e figlio si comportino come se fossero estranei l'uno per l'altro— lo *sono*, a tutti gli effetti. E avevo ragione, quando ho percepito una mancanza di intimità tra Nikolai e Alina.

Non sono amanti.

Sono fratelli.

Guardandoli ora, non capisco come possa essermi sfuggita la somiglianza—o meglio, perché la somiglianza che ho notato non mi ha fatto comprendere la loro relazione familiare. I lineamenti della donna sono una versione più morbida e delicata dell'uomo seduto di fronte a me, e sebbene i suoi occhi verdi non abbiano le profonde sfumature ambrate dello sguardo sbalorditivo di Nikolai, la forma dei suoi occhi e delle sopracciglia è la stessa.

Sono chiaramente, inconfondibilmente fratelli.

Il che significa che Nikolai non è sposato.

O almeno, non sposato con Alina.

"Dov'è la madre di Slava?" chiedo, cercando un tono disinvolto. "È—"

"È morta." La voce di Nikolai è abbastanza fredda da provocare il gelo, così come lo sguardo che rivolge ad Alina. Voltandosi per guardarmi in faccia, spiega in modo pacato: "Abbiamo avuto un'avventura di una notte cinque anni fa, e non mi ha detto di essere incinta. Non avevo idea di avere un figlio, fino a quando lei è deceduta in un incidente d'auto otto mesi fa, e una sua amica ha trovato un diario, dove lei mi definiva come padre."

"Oh, dev'essere..." deglutisco. "Dev'essere stato molto difficile. Per lei, e soprattutto per Slava." Guardo il bambino al mio fianco, che sta ancora mangiando con calma, come se non avesse alcuna preoccupazione al mondo. Ma non è affatto così, ora lo so. Il figlio di Nikolai è sopravvissuto a una delle più grandi tragedie che possano accadere a un bambino, e per quanto possa sembrare ben adattato, non ho dubbi che la perdita di sua madre abbia lasciato profonde cicatrici sulla sua psiche.

Sono un'adulta, e ho problemi ad affrontare il mio dolore. Non riesco a immaginare cosa significhi per un bambino.

"Lo è stato" concorda piano Alina. "In realtà, mio fratello—"

"È sufficiente." Il tono di Nikolai è ancora perfettamente equilibrato, ma posso vedere la tensione nella sua mascella e nelle sue spalle. L'argomento è spiacevole per lui, e non c'è da stupirsi. Non riesco a immaginare come debba essere scoprire di avere un figlio che non hai mai incontrato, sapere che ti sei perso i primi anni della sua vita.

Ho un milione di domande che vorrei fare, ma posso dire che ora non è il momento di soddisfare la mia curiosità. Invece, prendo altro cibo e trascorro i minuti successivi a complimentarmi con lo chef—che, a quanto pare, è davvero il burbero russo simile a un orso.

"Pavel e sua moglie, Lyudmila, sono venuti con noi da Mosca" spiega Alina, mentre l'uomo-orso in persona appare dalla cucina, portando un grande piatto di costolette di agnello circondate da patate arrosto con funghi. Con un grugnito, mette il cibo sul tavolo, afferra un paio di piatti da antipasto vuoti e scompare di nuovo in cucina, mentre Alina continua. "Lyudmila sta poco bene oggi, quindi Pavel sta facendo tutto il lavoro. Normalmente, lui cucina e pulisce, mentre lei serve il cibo. Il suo lavoro principale, però, è prendersi cura di Slava."

"Sono le uniche due persone che vivono qui oltre alla vostra famiglia?" chiedo, accettando una costoletta di agnello e una cucchiaiata di patate con funghi, quando mi tende il piatto, dopo aver dato una porzione di dimensioni adeguate a Slava— che di nuovo scava senza problemi.

"Sono le uniche persone che risiedono in casa con noi" risponde Nikolai. "Le guardie hanno un bunker separato sul lato nord della tenuta."

Il mio cuore sussulta. "Guardie?"

"Abbiamo alcuni uomini che proteggono il complesso" dice Alina. "Dal momento che siamo così isolati qui e tutto il resto."

Faccio del mio meglio per nascondere la mia reazione. "Sì, certo, ha senso." Ma non ce l'ha. Se non altro, la posizione remota dovrebbe renderlo più sicuro. Da quello che ho potuto vedere sulla cartina, solo una strada conduce su per la montagna, e lì c'è già un cancello dall'aspetto impenetrabile, per non parlare di quella recinzione di metallo incredibilmente alta.

Solo delle persone con nemici potenti e pericolosi riterrebbero necessario assumere guardie oltre a tutte queste misure.

Mafia russa.

Le parole frullano di nuovo nella mia mente, e il mio battito cardiaco si intensifica. Abbassando lo sguardo sul piatto, taglio la costoletta di agnello, facendo del mio meglio per mantenere la mano ferma, nonostante l'ansioso turbinare dei miei pensieri.

Sono in pericolo qui? Sono saltata dalla padella alla brace? Dovrei—

"Raccontaci di più di te, Chloe."

La voce profonda di Nikolai penetra nella mia contemplazione nervosa, e alzo lo sguardo per trovare i suoi occhi da tigre su di me, le sue labbra curve in un sorriso sardonico. Ancora una volta, ho la sconcertante sensazione che lui mi legga dritto nella testa, che sappia esattamente cosa sto pensando e temendo.

Spingendo via la sensazione inquietante, sorrido di rimando. "Che cosa vorrebbe sapere?"

"La tua patente di guida dice che risiedi a Boston. È lì che sei cresciuta?"

Annuisco, infilzando un pezzo di costoletta di agnello. "Mia madre ci ha trasferite lì dalla California, quando ero piccola, e sono cresciuta nell'area di Boston." Mordo la carne tenera e perfettamente condita e di nuovo devo tessere le mie lodi a Pavel—è la miglior costoletta di agnello che abbia mai mangiato. Anche le patate con i funghi sono fantastiche, tutte all'aglio e burrose, così buone che potrei mangiarne un chilo in una volta sola.

"E tuo padre?" chiede Alina, quando sono a metà della costoletta di agnello. "Dov'è?"

"Non lo so" rispondo, passandomi il tovagliolo sulle labbra. "Mia madre non mi ha mai detto chi sia."

"Perché no?" La voce di Nikolai si fa più acuta. "Perché non te l'ha detto?"

Sbatto le palpebre, colta alla sprovvista, finché non mi viene in mente cosa sta pensando. "Oh, non gli ha nascosto la gravidanza. Sapeva che era incinta e ha scelto di andarsene." O almeno, è quello che ho raccolto sulla base dei pochi indizi che mia madre aveva lasciato nel corso degli anni. Per qualche motivo, odiava questo argomento così tanto che ogni volta che chiedevo risposte, si metteva a letto con l'emicrania.

Il tono di Nikolai si ammorbidisce un po'. "Capisco."

"Penso che non fosse pronto per quel tipo di responsabilità" dico, sentendo il bisogno di spiegare. "Mia madre aveva solo diciassette anni, quando mi ha avuta, quindi immagino che anche lui fosse molto giovane."

"Immagini?" Alina solleva le sopracciglia perfettamente modellate. "Tua madre non ti ha nemmeno rivelato la sua età?"

"Non le piaceva parlarne. È stato un momento difficile della sua vita." La mia voce si irrigidisce, mentre un'altra ondata di dolore mi travolge, e il mio petto si stringe con un dolore così intenso che riesco a malapena a respirare.

Mi manca mia madre. Mi manca così tanto che fa male. Anche se ho visto il suo corpo con i miei occhi, una parte di me ancora non riesce a credere che sia morta, non riesce a elaborare il fatto che una donna così bella e vivace se ne sia andata per sempre da questo mondo.

"Stai bene, Chloe?" chiede Alina dolcemente, e io annuisco, sbattendo rapidamente le palpebre per trattenere le lacrime che mi bruciano gli occhi.

"Sei sicura?" insiste, il suo sguardo pieno di pietà, e in un lampo d'intuizione, mi rendo conto che lei lo sa—e anche Nikolai, che mi guarda con un'espressione indecifrabile.

In qualche modo, entrambi sanno che mia madre è morta.

Una scarica di adrenalina scaccia il dolore, mentre la mia mente va su di giri. Non ci sono dubbi ora: hanno fatto indagini su di me prima del nostro colloquio. È così che Nikolai sapeva della mia mancanza di post sui social media, e perché Alina mi guarda in questo modo.

Sanno un mucchio di cose su di me, compreso il fatto che ho mentito per omissione.

Pensando velocemente, deglutisco visibilmente e guardo il mio piatto. "Mia madre..." Lascio che la mia voce si spezzi. "È morta un mese fa." Lasciando che le lacrime mi inondino gli occhi, alzo lo sguardo, incontrando quello di Nikolai. "Questo è un altro motivo per cui ho deciso di intraprendere un viaggio. Avevo bisogno di tempo per elaborare le cose."

I suoi occhi brillano di una tonalità d'oro più scura. "Le mie più sentite condoglianze per la tua perdita."

"Grazie." Mi asciugo l'umidità sulle guance. "Mi dispiace non averlo menzionato prima. Non è qualcosa che mi sono sentita di menzionare casualmente in un colloquio." Soprattutto visto che mia madre è stata uccisa e gli uomini che l'hanno fatto mi stanno cercando. Spero davvero che Nikolai non lo *sappia*.

Ma non mi avrebbe assunta in quel caso. Non è il genere di cose che desideri intorno alla tua famiglia.

"Mi dispiace molto per la tua perdita" dice Alina, con una sincera espressione di comprensione sul viso. "Dev'essere stato difficile per te perdere il tuo unico genitore. Hai altri parenti? Nonni, zie, cugini?"

"No. Mia madre è stata adottata in un orfanotrofio in Cambogia da una coppia di missionari americani. Sono morti in un incidente d'auto, quando lei aveva dieci anni, e nessuno della loro famiglia la voleva, quindi è cresciuta in affidamento."

"Quindi, ora sei tutta sola" mormora Nikolai, e io annuisco, il dolore che mi stringe il petto che ritorna.

Crescendo, non mi ero mai preoccupata per la mancanza di una famiglia allargata. Mamma mi aveva dato tutto l'amore e il sostegno che potevo desiderare. Ma ora che se n'è andata, ora che non siamo più noi due contro il mondo, sono dolorosamente consapevole di non avere nessuno su cui fare affidamento.

Gli amici che mi ero fatta a scuola e all'università sono impegnati con le loro vite, infinitamente meno incasinate.

Rendendomi conto che mi sto avvicinando pericolosamente all'autocommiserazione, distolgo lo sguardo dagli occhi indagatori di Nikolai e rivolgo la mia attenzione al bambino al mio fianco. Ha finito le sue patate e ora sta lavorando industriosamente alla sua costoletta di agnello, la sua faccina che è l'immagine stessa della concentrazione, mentre lotta per tagliare un pezzo di carne di dimensioni ridotte, usando una forchetta e un coltello che qualcuno ha lasciato nel suo piatto.

Non un coltello da pane smussato, mi rendo conto con un sussulto.

Un vero coltello da bistecca affilato.

"Lascia stare, tesoro, lascia fare a me" dico, afferrandolo, prima che possa tagliarsi le dita. "Questo è—"

"Qualcosa che deve imparare a maneggiare" conclude Nikolai, allungando una mano sul tavolo per prendermi il coltello. Le sue dita sfiorano le mie, mentre stringe il manico, e lo sento come una scossa elettrica, il calore della sua pelle che accende una fornace dentro di me. Le mie viscere si irrigidiscono, il respiro accelera, e devo davvero impegnarmi per non tirare indietro la mano come se fosse ustionata.

Almeno non è sposato, una vocina insidiosa mi sussurra nella testa, e la zittisco con vendetta.

Sposato o no, è ancora il mio datore di lavoro, e quindi rigorosamente proibito.

Mordendomi il labbro, lo guardo restituire il coltello al bambino, che riprende il suo pericoloso compito.

"Non la preoccupa che possa ferirsi?" Non riesco a mantenere il giudizio fuori dalla mia voce, mentre fisso le piccole dita avvolte attorno a un'arma potenzialmente letale. Slava sta maneggiando il coltello con un ragionevole livello di abilità e destrezza, ma è ancora troppo piccolo per avere a che fare con qualcosa di così affilato.

"Se succede, andrà meglio la volta successiva" risponde Nikolai. "La vita non si impara crescendo nella bambagia."

"Ma ha solo *quattro* anni."

"Quattro anni e otto mesi" precisa Alina, mentre il bimbo riesce a tagliare un pezzo di costoletta di agnello e, con aria compiaciuta, se lo infila in bocca. "Il suo compleanno è a novembre."

Sono tentata di continuare a discutere con loro, ma è il mio primo giorno e ho già oltrepassato i limiti più di quanto sia saggio. Quindi, tengo la bocca chiusa e mi concentro sul cibo per evitare di guardare il bambino che brandisce un coltello accanto a me... o il suo insensibile, ma pericolosamente attraente padre.

Sfortunatamente, il suddetto padre continua a guardarmi. Ogni volta che sollevo lo sguardo dal mio piatto, trovo i suoi occhi ipnotizzanti su di me, e il mio battito cardiaco sussulta, la mia mano che formicola al ricordo di ciò che ho sentito, quando le sue dita hanno sfiorato le mie.

Questo non va bene.

Affatto.

Perché mi guarda così?

Non può essere attratto anche lui da me... vero?

10

NIKOLAI

Se avevo qualche dubbio sul fatto che mi divertirò a svelare il mistero che è Chloe, scompare, quando Pavel tira fuori il dessert. Tutto di lei mi affascina, dal mix di verità e bugie che cadono così facilmente dalle sue labbra al modo in cui divora delicatamente ed educatamente cibo sufficiente per nutrire due difensori di una squadra di football. E sotto il mio fervore si cela un'attrazione primordiale più potente di qualsiasi cosa io abbia sperimentato. Non ho mai desiderato una donna così tanto e con così poca provocazione. Non sta flirtando, non sta facendo alcunché per attirare la mia attenzione; eppure, dal momento in cui mi sono seduto di fronte a lei, sono stato duro, la vista delle sue labbra morbide che si chiudevano attorno a una forchetta che mi eccitava più del più erotico strip show a Mosca.

Neanche parlare di Ksenia e del modo in cui mi ha ingannato con Slava poteva raffreddare il fuoco che ardeva dentro di me.

68

"Questa deve essere la cosa più deliziosa che abbia mai mangiato" dice Chloe, dopo aver provato una forchettata del dolce Napoleon, e mormoro il mio assenso, anche se riesco a malapena a gustare la torta di pasta sfoglia a più strati. La mia mente è occupata dal gusto che avrà *lei*, quando la porterò a letto.

Ho la sensazione che la nuova tutor di mio figlio sarà la cosa più deliziosa che abbia *mai* avuto.

"No, Kolya" dice Alina in russo, quando Chloe si rivolge a Slava e inizia a insegnargli la parola inglese per *torta*. "Per favore, ti prego, lasciala fare."

Guardo mia sorella, irritato. "Non ho intenzione di forzarla." Non è il mio modus operandi, e inoltre, dopo aver visto la ragazza lanciarmi sguardi furtivi nell'ultima ora, sono ancora più sicuro che questa attrazione sia reciproca.

Sarà mia. È solo questione di tempo.

"Comincio a pensare che potresti essere peggio di lui" dice Alina a bassa voce. "Almeno lui ha cercato di giustificarlo con scuse di merda. Ma tu non ci provi nemmeno, vero? Fai solo quello che cazzo vuoi, indipendentemente da chi viene ferito."

"Giusto." Le rivolgo un sorriso duro. "E farai bene a ricordarlo."

Se mia sorella pensa che paragonarmi a nostro padre cambierà qualcosa, non potrebbe sbagliarsi di più. So di essere come lui. Lo sono sempre stato—motivo per cui non ho mai voluto avere figli.

Il nostro piccolo scambio di parole in russo cattura l'attenzione di Chloe, e i suoi occhi incontrano i miei, mentre mi guarda. Immediatamente, distoglie lo sguardo, ma non prima che io abbia visto la sua gola liscia muoversi per una deglutizione nervosa, mentre la sua lingua schizza fuori per inumidire il labbro inferiore.

Oh, sì, è attratta da me. Attratta e preoccupata per questo.

Spingo via il mio dolce mangiato solo in parte e prendo la mia tazza di tè per berne un lungo sorso. Tornando a guardarla, poso la tazza e le rivolgo un lento, deliberato sorriso. "Allora, cosa ne pensi del tuo primo pasto russo, Chloe?"

"È stato fantastico." La sua voce è leggermente senza fiato. "Pavel è un cuoco straordinario."

Lascio che il mio sorriso diventi più profondo. "Lo è, non è vero?" È ancora più abile in altre cose, come il lavoro con il coltello, ma non ho intenzione di dirglielo. Sta già mettendo insieme due più due per fare quattro. Ho visto come ha reagito, quando ho menzionato le guardie. Sospetta che non siamo solo una famiglia benestante, e questo la rende nervosa quasi quanto la sua attrazione per me.

Mi chiedo se sia la naturale diffidenza di una civile protetta, o se ci sia qualcosa di più in questo... come i segreti che sta cercando di nascondere.

La cosa intelligente, la cosa prudente, sarebbe stata scoprire quei segreti prima di assumerla, ma ci sarebbe voluto del tempo e non volevo rischiare che scivolasse via e scomparisse. Inoltre, dopo averla osservata durante tutto il pasto, sono ancora più convinto che non rappresenti una minaccia fisica per la mia famiglia. Il modo in cui ha strappato il coltello a Slava ha tradito non solo la sua iperprotettività verso il ragazzino, ma anche la sua mancanza di abilità con una lama. Teneva il coltello come qualcuno che non l'ha mai usato come arma, né in modo offensivo né difensivo, e dubito che fosse una recita, visto che la sua paura per Slava era del tutto reale.

Pensa che mio figlio, un Molotov, debba essere protetto da qualcosa di innocuo come una lama affilata.

L'inspiegabile senso di oppressione al petto ritorna, e devo fare appello a tutte le mie forze per non guardare il bambino. Se lo faccio, peggiorerà soltanto. Invece, mi concentro su Chloe e sul modo in cui le sue ciglia si abbassano in risposta al mio sorriso, il suo petto che si alza e si abbassa a un ritmo più veloce. I suoi capezzoli sono di nuovo duri, noto con feroce soddisfazione; qualunque reggiseno indossi sotto la maglietta, ammesso che ci sia, è abbastanza rivelatore.

Non vedo l'ora di vederla con un bel vestito firmato, le spalle snelle scoperte. Qualcosa di sinuoso e color crema, che evidenzi la tonalità calda della sua carnagione. Lo indosserà per me prima di cena, e io trascorrerò l'intero pasto fantasticando su come glielo strapperò di dosso più tardi quella sera—non che io abbia bisogno che sia vestita in un modo particolare, perché quelle fantasie si manifestino nella mia mente.

La maglietta da quattro soldi e i jeans che indossa funzionano bene per quello scopo.

"Se vuoi, puoi andare a dormire, Chloe" dice Alina, quando Pavel tira fuori un vassoio con gli aperitivi, poi aiuta Slava ad alzarsi dal seggiolone e lo porta di sopra per prepararlo ad andare a letto. "Non sentirti obbligata a restare qui con noi. Sono sicura che sei stanca dopo una giornata così lunga."

"E io sono sicuro che può restare per un drink" ribatto, prima che Chloe possa fare di più che rivolgere ad Alina un sorriso grato. Non c'è modo che io lasci che la ragazza scappi così velocemente. "In realtà" proseguo, lanciando un'occhiata dura a mia sorella "non stavi dicendo che *tu* sei stanca? Forse dovresti unirti a Pavel nel leggere a Slava una favola e andare a letto presto."

Alina vorrebbe discutere con me, lo vedo, ma anche lei sa che non è una buona idea spingermi oltre in questo momento. È diventata più audace da quando abbiamo lasciato Mosca, più libera con la sua lingua tagliente. Pensa che poiché ho temporaneamente consegnato le redini ai nostri fratelli, mi sia ammorbidito, ma non potrebbe sbagliarsi di più.

La bestia dentro di me è viva e vegeta... e concentrata su una nuova dolce preda.

"Va bene" dice, dopo un momento di tensione. "In tal caso, buonanotte. Goditi il drink."

Si alza, e Chloe segue il suo esempio. "Penso che—"

"Siediti" dico con un gesto di comando, e la ragazza ricade a terra, sbattendo le palpebre come un cerbiatto spaventato, mentre Alina si allontana con un'ultima occhiata nella mia direzione.

Aspetto che se ne sia andata, prima di adornare la mia preda con un sorriso. "Allora, dimmi, Chloe..." Allungo il braccio verso le caraffe sul vassoio. "Preferisci il cognac, il brandy o il whisky per il tuo aperitivo?"

11

CHLOE

Fisso Nikolai, il cuore che mi batte forte. Ho frainteso la situazione o l'ha progettata in modo da farci finire da soli al tavolo?

"Io... in realtà, non bevo" dico, con la gola secca. Lo sguardo nei suoi occhi riccamente colorati mi fa sentire di nuovo come un topo intrappolato da un gatto molto grande—tranne per il fatto che nessun topo proverebbe una tale attrazione verso un felino predatore.

Voglio toccarlo quasi quanto voglio scappare.

Inarca le sopracciglia scure. "Niente alcol mai? Lo trovo difficile da credere."

"Non è quello che intendevo. È solo che, sa, di solito birra o vino a una festa..." La mia voce si spegne, mentre solleva una delle caraffe di cristallo e versa due dita di liquido color ambra in un bicchiere da whisky, poi lo fa scorrere verso di me.

"Prova questo. È uno dei migliori cognac al mondo. E dammi pure del tu."

Sollevo esitante il bicchiere e ne annuso il contenuto. Non ho mai bevuto del cognac. Bicchieri di vodka un sacco di volte, sì. Tequila in alcune occasioni memorabili, di sicuro. Ma non il cognac—e, a giudicare dai forti fumi di alcol che mi colpiscono le narici, non è qualcosa che dovrei bere insieme a Nikolai stasera o in qualsiasi altra notte.

Non quando sono così confusa su quello che sta succedendo tra di noi.

Versa un bicchiere anche per sé. "Alla nostra nuova partnership." Alza la bevanda per brindare, e io non ho altra scelta che far tintinnare il mio bicchiere contro il suo. Portandolo alle labbra, bevo un sorso—e scoppio in un attacco di tosse, gli occhi lacrimanti, mentre gola e petto si accendono per il bruciore.

Dannazione, questa roba è *forte*.

Nikolai mi guarda, il divertimento oscuro che brilla nel suo sguardo. "Non sei proprio una gran bevitrice" osserva, quando finalmente ho ripreso fiato. "Riprova, ma questa volta più lentamente. Lascialo in bocca per alcuni secondi, prima di ingoiarlo. Assorbi il gusto, la consistenza... il calore."

Questa è una cattiva idea, lo so, ma seguo le sue istruzioni, prendendo un altro sorso e trattenendolo per un po', prima di lasciarlo scendere nella gola. Mi brucia ancora l'esofago, ma non tanto quanto la prima volta, e sulla scia della sensazione ardente, un piacevole calore si diffonde attraverso le mie membra.

"Meglio?" chiede dolcemente, e io annuisco, incapace di distogliere gli occhi dal suo sguardo ipnotico. Forse è l'alcol che sta già incasinando le mie inibizioni, o il fatto che siamo soli, ma questo sembra stranamente come un incontro... come se ci fosse un senso di intimità che si sta costruendo tra noi. Voglio allungare la mano sul tavolo e tracciare la curva sensuale delle sue labbra, appoggiare la mia mano sul suo ampio palmo e sentire la sua forza e il suo calore.

Voglio che mi baci, e se non sto valutando male il calore ribollente nei suoi occhi, potrebbe essere quello che vuole anche lui.

"Perché mi hai chiesto di restare a bere qualcosa?"

Voglio rimangiarmi le parole non appena escono dalla mia bocca, ma è troppo tardi. Un sorriso sardonico appare sul suo viso, e inclina la testa di lato, facendo roteare indolentemente il cognac nel bicchiere. "Secondo te?"

"Io non..." Mi inumidisco le labbra. "Non lo so."

"Ma se dovessi azzardare un'ipotesi?"

Il mio battito cardiaco accelera. Non c'è modo di dire quello che sto pensando. Se sbaglio, andrà molto male per me. In effetti, non vedo come potrebbe andare bene. Se ho ragione e lui è attratto da me, questo creerà un mare di guai. E se ho immaginato tutto—

"Non pensarci troppo, *zaychik*." La sua voce è ingannevolmente gentile. "Questo non è uno dei tuoi esami scolastici."

Giusto. E preferirei di gran lunga che lo fosse—perché l'unica cosa di cui dovrei preoccuparmi è un voto negativo. La posta in gioco è infinitamente più alta qui. Se sbaglio, se lo irrito, potrei perdere il lavoro e, con esso, ogni speranza di salvezza.

Là fuori, oltre i confini di questa tenuta, ci sono mostri che mi danno la caccia, e qui c'è un uomo che potrebbe essere altrettanto pericoloso... e non solo perché sembra divertirsi a giocare a questo giochino sadico con me.

"Cosa significa?" chiedo cautamente. "Zay-qualcosa?"

"Zaychik?" L'oscurità brilla nel suo sorriso. "Significa *coniglietta*. Una specie di nomignolo russo."

Il mio viso si scalda, le pulsazioni assumono un ritmo irregolare. Le probabilità che mi sbagli diminuiscono di momento in momento, e questo mi rende ancora più nervosa. Non sono vergine, ma non ho mai frequentato nessuno neanche lontanamente come quest'uomo. I miei ragazzi al college erano proprio questo—ragazzi che precedentemente erano stati miei amici—e non ho idea di come gestire questo estraneo pericolosamente magnetico, che è anche il mio capo.

E che potrebbe far parte della mafia.

È l'ultimo pensiero che porta la chiarezza tanto necessaria al groviglio contraddittorio di emozioni nella mia testa.

Raddrizzando i miei nervi tremanti, mi alzo in piedi. "Grazie per la cena e il drink. Se non ti dispiace, adesso vado a letto. Alina ha ragione—è stata una lunga giornata."

Per due lunghi secondi, nessuna parola gli fuoriesce dalla bocca; si limita a guardarmi con quel sorriso beffardo, e la mia ansia aumenta, il mio stomaco che si stringe in nodi. Ma poi, posa il bicchiere e dice dolcemente: "Dormi bene, Chloe. Ci vediamo domani mattina."

E improvvisamente, sono libera—e in egual misura sollevata e delusa.

12

NIKOLAI

MI RIGIRO PER DUE ORE, CERCANDO DI ADDORMENTARMI, MA NON ci riesco. Alla fine, mi arrendo e rimango sdraiato lì, fissando il soffitto scuro, i miei muscoli tesi e il mio uccello duro e dolorante, nonostante il sollievo che è riuscito a trovare grazie alla mia mano.

Che cosa c'è che mi attira in questa ragazza? Il suo aspetto? Il mistero che rappresenta? Ho dovuto davvero impegnarmi per lasciarla andare questa sera, per indietreggiare e permetterle di andare a letto, invece di allungare la mano sul tavolo per tirarla verso di me.

Che cosa avrebbe fatto, se avessi agito d'impulso?

Si sarebbe irrigidita, avrebbe urlato... o si sarebbe sciolta contro di me, i suoi occhi castani morbidi e annebbiati, le sue labbra aperte per il mio bacio?

Imprecando sottovoce, mi alzo, indosso una vestaglia e mi avvicino al computer. È tarda mattinata a Mosca, quindi potrei anche sentire i miei fratelli per affari.

Qualsiasi cosa è meglio che soffermarsi su Chloe e sul dolore frustrante alle palle.

Konstantin non risponde alla mia videochiamata, quindi provo Valery. Mio fratello minore risponde subito, il suo volto inespressivo come sempre. Nonostante la differenza di età di quattro anni tra noi, ci assomigliamo abbastanza da essere scambiati per gemelli—e spesso lo siamo, insieme a nostro fratello maggiore, Konstantin, e a nostro cugino, Roman.

I geni Molotov sono una cosa potente e tossica.

"Ti manchiamo già?" Il tono di Valery non tradisce alcunché delle sue emozioni—se ne ha, voglio dire. È possibile che mio fratello sia così poco dispiaciuto come mostra. Non l'ho mai visto perdere la pazienza, nemmeno da bambino, e di certo non l'ho mai visto piangere. Ma sono stato in collegio per gran parte della sua infanzia, quindi non posso affermare di essere un esperto di Valery.

Non siamo legati, i miei fratelli e io; nostro padre ha voluto così.

"Hai ottenuto l'autorizzazione per l'impianto di produzione?" chiedo, invece di rispondere. "O è ancora in sospeso?"

Mi guarda con fare impassibile. "È sulla scrivania del Presidente, mentre parliamo. Ha promesso di rimandarmelo entro domani."

"Bene." È un accordo su cui ho lavorato per diversi mesi, prima di lasciare Mosca, e voglio assicurarmi che vada a buon fine. "E la legge sul credito d'imposta?"

"Sta facendo progressi come sperato." Mio fratello inclina la testa. "Perché la telefonata a tarda notte? Tutto questo avrebbe potuto aspettare fino a domani."

Alzo le spalle. "Ho solo qualche problema a dormire."

Il suo sguardo si acuisce. "Ha qualcosa a che fare con Slava?"

"No." Almeno non nel modo in cui pensa. "Dov'è Konstantin?" Voglio che il suo team indaghi più profondamente su Chloe Emmons, con un focus specifico sull'ultimo mese.

Ho bisogno di sapere cos'ha fatto e dov'è andata, mentre non era rintracciabile.

"Berlino" risponde. "Acquisizione di altri server."

"Ancora?"

È il suo turno di alzare le spalle. In mia assenza, i miei fratelli hanno suddiviso le responsabilità in base ai loro interessi e punti di forza, con la tecnologia che rientra esattamente nel dominio di Konstantin. Non che fosse mai stato diversamente; anche quando eravamo alle elementari, nostro fratello maggiore poteva competere con i migliori programmatori della nazione. La differenza principale ora è che Valery rimane fuori dagli affari di Konstantin, lasciandogli fare ciò che vuole, mentre quando guidavo l'organizzazione di famiglia, supervisionavo tutto io, comprese le iniziative del dark web di Konstantin.

"Bene" dico. "Mi metterò in contatto con lui lì. Ora aggiornami sul resto."

E Valery lo fa. Quando terminiamo la chiamata, mi sento come se fossi tornato nel giro—o almeno tanto quanto è possibile, mentre mi trovo a mezzo mondo di distanza. Gran parte della nostra attività si svolge di persona, nelle serate di gala, nei teatri dell'opera e nei ristoranti di fascia alta frequentati dai potenti broker dell'Europa orientale. Non puoi corrompere sottilmente un politico tramite e-mail, non puoi intimidire un fornitore, ottenendo uno sconto su Skype. Si tratta di stare gomito a gomito con le persone giuste, di essere al posto giusto al momento giusto—e di non lasciare tracce, digitali o di altro tipo, se devi superare un limite per fare le cose.

Spegnendo il portatile, mi tolgo la vestaglia e mi avvicino alla finestra, dove una mezza luna catturata parzialmente dietro una nuvola fornisce un'illuminazione appena sufficiente per distinguere le cime degli alberi sul pendio della montagna. Sono ancora teso, ogni muscolo del mio corpo contratto. La chiamata mi ha distratto, come speravo, ma ora che è finita, penso di nuovo a Chloe. La desidero di nuovo.

Fanculo.

Forse non avrei dovuto permetterle di lasciare il tavolo. Mi piaceva il suo nervosismo, la diffidenza nei suoi begli occhi castani. Mi ha ricordato una coniglietta selvatica, pronta a fuggire al primo segnale di pericolo, e avrei voluto inseguirla, se lo avesse fatto.

Ma non l'ho fatto. L'ho lasciata andare. Sembrava stanca, e non il tipo di stanchezza che si prova dopo aver dormito male per una notte o due. Era uno sfinimento, profondo e totale. I suoi vestiti erano larghi su di lei, come se avesse perso peso di recente, e i lineamenti delicati erano più prominenti che nelle immagini, i suoi occhi circondati da occhiaie profonde. Qualunque cosa le sia accaduta, l'ha portata sull'orlo di un collasso, e in quel momento, quando si è alzata dal suo posto, così fragile e coraggiosa, ho sentito uno strano bisogno di confortarla... di proteggerla da qualunque demone le avesse inciso quei segni di tensione sul viso.

No, tutto questo è idiota. Conosco appena la ragazza. Non volevo spingerla al punto di rottura, tutto qui.

Avvicinandomi al mio armadio, indosso un paio di pantaloncini da corsa, scarpe da ginnastica, ed esco dalla stanza. Forse è meglio che io l'abbia lasciata stare stasera. Domani mi metterò in contatto con Konstantin e inizierò l'attività per scoprire i suoi segreti. Nel frattempo, non farà male lasciarla riposare, orientarsi... acclimatarsi all'idea che la bramo.

A prescindere da cosa pensa il mio uccello, non c'è fretta.

Dopotutto, adesso è qui, e non andrà da nessuna parte.

13

CHLOE

"No!"

Atterro carponi, ansimando, tutto il corpo tremante e coperto di sudore. È buio e sono nuda, e non ho idea di dove mi trovi o cosa stia succedendo. Poi, registro la sensazione del pavimento in legno sotto i miei palmi e la debole luce lunare che entra dalla finestra grande quanto una parete, e mi è tutto chiaro.

Sono nella mia camera nella tenuta Molotov, e niente di quello che ho visto era reale.

È stato un altro incubo.

Trasalendo, mi metto sulle ginocchia—che immediatamente urlano per protesta. Devo averle ferite, quando mi sono buttata giù dal letto.

Esile braccio marrone in una pozza di sangue... Pistola in una mano col guanto nero... Enorme camioncino che sfreccia verso di me...

Una nuova ondata di adrenalina mi spinge in piedi nonostante il dolore. Aspirando aria profondamente, armeggio nell'oscurità alla ricerca di un interruttore della luce. La mia mano si posa sul letto, e mi avvicino tentoni al comodino.

La lampada lì sopra si accende al mio tocco, illuminando la stanza di un tenue bagliore dorato. Le mie ginocchia cedono per il sollievo, e sprofondo sul materasso, lasciando che la luce allontani i persistenti frammenti dell'incubo.

Era solo un sogno.

Sono al sicuro.

Non possono raggiungermi qui.

Dopo un paio di minuti, mi sento abbastanza stabile da stare in piedi, e vado in bagno per eliminare il sudore che si sta asciugando sulla mia pelle. Prima di farlo, ho spento la lampada, poiché non avevo più i vestiti puliti per la notte da indossare, ma non ero riuscita a capire come chiudere le persiane della finestra. Probabilmente c'è un pulsante nascosto da qualche parte, ma ero troppo stanca per trovarlo ieri sera. Non appena sono arrivata in camera, mi sono spogliata, ho lavato a mano la maglietta e le mutande nel lavandino, in modo da avere qualcosa di pulito da indossare la mattina, e mi sono addormentata nel momento in cui la mia testa ha colpito il cuscino.

Neanche le preoccupazioni per il mio inquietante e attraente datore di lavoro sono riuscite a tenermi sveglia.

Ora, però, mentre mi trovo sotto la doccia, la mia mente torna su di lui, e il mio battito cardiaco va su di giri, il mio respiro che accelera con un mix di ansia ed eccitazione.

Nikolai mi desidera.

Credo.

Forse.

Potrei sbagliarmi.

Oppure… no.

Il calore si accumula nella mia pancia, i miei seni che si stringono, mentre immagino lo sguardo cupo e intento nei suoi occhi e ripeto le cose che ha detto... e come le ha dette. No, non mi sbaglio. Almeno, non sulla sua attrazione per me. È possibile che stesse solo giocando con me e non abbia intenzione di agire su questa attrazione, ma non credo.

Penso che abbia intenzione di fottermi, e non ho idea di come mi senta al riguardo.

In realtà, è una bugia. La mia mente potrebbe essere lacerata, ma il mio corpo è molto diretto nei suoi sentimenti. Il calore dentro di me si intensifica, una tensione famelica che si raccoglie nel profondo del mio intimo, mentre immagino come sarebbe, se venisse nella mia stanza in questo preciso momento e bussasse alla mia porta... poi, non ottenendo risposta, l'aprisse ed entrasse.

Se fosse seduto sul letto, in attesa di vedermi uscire dal bagno nuda.

I miei occhi si chiudono, le mie mani mi coprono il seno, poi scivolano lungo il mio corpo, mentre lo immagino in piedi e che cammina verso di me... allungandosi per toccarmi. Le mie dita scivolano tra le mie cosce, dove sono umida e smaniosa, e immagino che sia la sua mano, la sua bocca crudelmente sensuale laggiù. Il mio respiro si blocca, mentre la smania si trasforma in una calda pulsazione, i muscoli delle gambe che tremano per la crescente tensione, e con un'improvvisa esplosione di sensazioni, vengo, le dita dei piedi che si arricciano sulle piastrelle bagnate, mentre mi appoggio alla parete di vetro del box, ansimando per l'aria.

Stordita, apro gli occhi e tiro via la mano, il cuore che mi batte all'impazzata nel petto.

Non riesco a credere a quello che è appena successo. Non

sono mai stata in grado di raggiungere l'orgasmo in questo modo prima d'ora, solo con le mie dita. Normalmente, ho bisogno di un minimo di quindici minuti con il vibratore—o che un ragazzo mi pratichi sesso orale per mezz'ora—e anche in questo caso, è una scommessa; dipende da quanto sono stressata o stanca. L'eccitazione è una cosa molto mentale per me, motivo per cui non ho mai cercato incontri casuali.

Devo conoscere un uomo per entrare in intimità con lui.

Deve piacermi e devo fidarmi di lui.

O almeno, questo è quello che avevo sempre pensato. Non ho idea se mi piaccia Nikolai, e di certo non mi fido di lui.

Allora, perché il solo pensiero di lui mi porta sull'orlo dell'orgasmo?

Perché sono attratta da un uomo che mi fa sentire come una preda braccata?

La luce che mi accarezza il viso mi risveglia da un sonno profondo, e gemo, rotolando per evitarla. Ma è ovunque, luminosa e calda, e mi rendo conto che deve essere mattina, anche se non sembra.

Sforzandomi per aprire gli occhi, mi siedo e strofino il viso. Anche se sono tornata subito a dormire dopo la mia sessione di masturbazione improvvisata, mi sento ancora stanca, come se avessi avuto solo poche ore di sonno invece delle nove o dieci che devo aver effettivamente dormito. Non ho idea di che ore siano adesso, ma sono abbastanza sicura di essere andata a letto prima delle dieci.

Devono essere tutte quelle settimane insonni che hanno chiesto il conto.

Facendo dondolare le gambe sul pavimento, osservo la splendida vista fuori dalla finestra. Nonostante la luce del sole, tracce di nebbia avvolgono le lontane cime delle montagne, e il tutto sembra uscito da una cartolina. Sono tentata di sedermi e godermelo per un minuto, ma mi costringo ad alzarmi e ad andare in bagno per lavarmi. È la mia prima mattina di lavoro e non voglio fare una brutta figura, presentandomi tardi. Non che io sappia cosa sia "tardi"—ieri non abbiamo discusso del mio orario di lavoro o del programma di Slava.

Sono pulita grazie alla mia doccia notturna, quindi la mia routine mattutina richiede pochi minuti. La maglietta e la biancheria intima che ho lavato a mano sono ancora un po' umide, ma le indosso lo stesso, e prendo nota mentalmente di parlare con Pavel o con qualcuno della situazione del bucato il prima possibile. Oltre che del mio orario.

Devo capire quali sono le aspettative di Nikolai, in modo da poterle soddisfare.

Il mio battito inizia a correre al pensiero di lui, e mi concentro per raccogliere i capelli in uno chignon come distrazione dalle farfalle sempre più attive nel mio stomaco. Sono andata a letto con i capelli bagnati, quindi hanno assunto pieghe molto strane e, in ogni caso, è più professionale tenerli lontani dal viso.

Tornando in camera, rifaccio il letto, mi infilo le scarpe da ginnastica e raddrizzo le spalle.

Posso farlo.

Devo farlo, a prescindere da come mi faccia sentire il mio nuovo capo.

14

CHLOE

Non vedo nessuno nella sala da pranzo o nel soggiorno al piano di sotto, quindi vado in giro, finché non trovo la cucina. Entrando, vedo una donna formosa con capelli biondi tinti tagliati in un caschetto corto e gonfio. Vestita con un abito rosa e bianco a fiori, è china su un lavandino e sta lavando un piatto, così mi schiarisco la gola per avvertirla della mia presenza.

"Ciao" dico con un sorriso, quando lei si volta, asciugandosi le mani su un asciugamano. "Tu devi essere Lyudmila."

Mi fissa, poi abbassa la testa. "Lyudmila, sì. Tu insegnante di Slava?" Il suo accento russo è ancora più marcato di quello di suo marito, e il suo viso tondo dalle guance rosee mi ricorda una matrioska dipinta, una di quelle che hanno altre bambole all'interno, come strati di cipolla. Immagino che abbia circa trentacinque anni, anche se la sua pelle è così liscia che potrebbe facilmente sembrare dieci anni più giovane.

"Sì, ciao. Sono Chloe." Mi avvicino, tendendo la mano. "È un piacere conoscerti."

Mi stringe le dita con cautela e mi scuote brevemente la mano, mentre le chiedo: "Sai dov'è Slava e se ha già fatto colazione?"

Sbatte le palpebre senza capire, quindi ripeto la domanda, facendo attenzione a pronunciare lentamente ogni parola.

"Ah, sì, Slava." Indica la grande finestra alla mia sinistra, che scopro si affaccia sul davanti della casa, dove ho parcheggiato la macchina. Solo che la macchina non c'è. Aggrotto le sopracciglia, poi mi rendo conto che Pavel deve averla riparcheggiata ieri, quando ha portato su la mia valigia.

Dovrò chiedergli dov'è, insieme alle chiavi. Non credo che me le abbiano mai restituite.

Prima di poter porre la domanda a Lyudmila, individuo il mio giovane studente. Sta scorrazzando lungo il vialetto, con Pavel alle calcagna. L'uomo-orso sta trasportando un enorme pesce agganciato all'amo, e il ragazzino ha un grande sorriso sul viso. Devono aver pescato di prima mattina.

Do un'occhiata all'orologio del microonde e sussulto.

No, non di prima mattina. Più a metà mattinata.

Sono quasi le dieci.

Il mio stomaco brontola, come se fosse un segnale, e un sorriso taglia la faccia tonda di Lyudmila. "Mangiare?" chiede, e io annuisco, sorridendo mestamente.

Almeno, il mio stomaco parla una lingua universale.

"Va bene se prendo qualcosa?" chiedo, indicando il frigorifero, ma lei si dà da fare da sola e tira fuori un vassoio di quelle che sembrano crepes ripiene.

"Questo bene?" chiede, e io annuisco con gratitudine. Non sono un tipo schizzinoso, e se quelle crepes sono qualcosa di simile al delizioso cibo russo che ho mangiato ieri sera, sarò al settimo cielo.

"Grazie" dico, avvicinandomi per prenderle il piatto, ma lo mette nel microonde e fa un gesto verso il bancone dietro il lavandino.

"Siediti. Faccio io per te."

La ringrazio ancora e mi siedo su uno degli sgabelli dietro al bancone. Non voglio essere un peso, ma con la barriera linguistica, la mia protesta educata potrebbe essere interpretata erroneamente come rifiuto o antipatia.

"Tè? Caffè?" chiede.

"Caffè, per favore. Con latte e zucchero, se ce l'hai."

Lei si dà da fare, e io mi guardo intorno nella cucina. È moderna come il resto della casa, con armadi bianchi e lucidi, ripiani in quarzo grigio ed elettrodomestici in acciaio inossidabile nero. Una parte della grande isola della cucina al centro è occupata da una lunga fila di erbe aromatiche in vaso, e sopra di esse è appeso ad arte un portabottiglie con una varietà di bottiglie.

Il microonde suona dopo un minuto, e Lyudmila mi porta il vassoio di crepes, insieme a un piatto pulito, posate e un barattolo di miele.

"Wow, grazie" dico, mentre mi mette una delle crepes, ci versa sopra del miele e poi mi fa il gesto di tagliarla e mangiarla. "Sembra fantastica."

Taglio un pezzo di crepe e ne esamino il contenuto. Sembra ricotta con uvetta, e quando ne metto in bocca un pezzo, la trovo dolce e salata al contempo, e ancora più deliziosa di quanto mi aspettassi. Il mio stomaco brontola di nuovo, più forte, e Lyudmila sorride al suono.

"Ti piace?"

"Oh, sì, grazie. È così buona" mormoro, la mia bocca già piena per il secondo boccone, e Lyudmila annuisce, soddisfatta.

"Bene. Tu mangi. Così piccolo." Muove le mani in aria, come se misurasse le dimensioni della mia vita, e fa un verso di disapprovazione. "Troppo piccolo."

Rido a disagio e continuo col mio cibo, mentre lei torna a lavare i piatti. È divertente la sua critica schietta alla mia figura, ma anche vera. Sono sempre stata magra, ma dopo un mese di pasti sporadici, sono diventata decisamente pelle e ossa, i muscoli del mio corpo che si sciolgono insieme a quel poco grasso che avevo. Persino il sedere che una volta avevo ritenuto troppo prominente è a malapena presente ora; probabilmente dovrò fare un milione di squat per riaverlo.

Cosa che farò, una volta che tutto questo sarà finito.

Se mai finirà.

No, non se. Mi rifiuto di pensare in questo modo. Sono arrivata fin qui, eludendo i miei inseguitori contro ogni previsione, e ora le cose stanno migliorando. Per la prima volta da quando è iniziato questo incubo, ho dormito tutta la notte, ho la pancia piena, e sono da qualche parte in cui non possono tendermi un'imboscata. E tra sei giorni avrò il mio primo stipendio e, con esso, più opzioni—compreso andarmene da qui, se è quello che devo fare per essere al sicuro.

Se l'oscurità che ho percepito in Nikolai è qualcosa di più di un prodotto della mia immaginazione.

In questa cucina luminosa e soleggiata, le mie paure sulla mafia sembrano esagerate, irrazionali, così come la mia conclusione che lui mi desideri. Come ha sottolineato Lyudmila, a malapena sembro stare al meglio, e sono sicura che un uomo ricco e stupendo come il mio datore di lavoro sia abituato alle bellezze di livello mondiale. Più ci penso, più sembra che la mia attrazione per lui possa avermi portata a interpretare male la situazione la scorsa notte. Il nomignolo, le domande indagatrici, il tono basso e seducente della sua voce—poteva essere tutto un caso di differenze culturali. Non so molto degli uomini russi, ma è possibile che siano sempre così con le donne—così come è possibile che i russi ricchi siano abituati ad avere guardie a causa degli alti livelli di corruzione e criminalità nel loro Paese.

Sì, probabilmente è così. Con tutto lo stress dell'ultimo mese, ho lasciato correre la mia immaginazione. Perché una famiglia mafiosa dovrebbe stabilirsi qui, in questo deserto remoto? New York, certo; Boston, molto probabilmente. Ma l'Idaho? Non ha senso.

Scuotendo la testa per la mia stupidità, divoro il resto delle crepes e bevo il caffè preparato da Lyudmila. Poi, sentendomi ottimista e piena di speranza per la prima volta da settimane, mi alzo, porto i piatti al lavello—dove Lyudmila li prende nonostante le mie proteste—e vado a cercare il mio studente.

Posso farlo.

Posso davvero.

In realtà, non vedo l'ora.

Sto girando l'angolo del soggiorno, camminando veloce, quando mi imbatto in un corpo grande e duro. L'impatto fa uscire l'aria dai miei polmoni e quasi mi fa volare, ma prima che possa cadere, mani forti si chiudono intorno alle mie braccia, trascinandomi contro il suo corpo.

Stordita, completamente senza fiato, guardo il mio rapitore —e il mio battito cardiaco attraversa la stratosfera, quando incontro lo sguardo luminoso di Nikolai.

"Buongiorno, zaychik" mormora, la sua bella bocca curva in un sorriso beffardo. "Dove vai così di fretta?"

15

CHLOE

OGNI CELLULA DEL MIO CORPO SI ACCENDE CON IL CALORE, IL mio polso che accelera incredibilmente. La mia parte inferiore del corpo è infuocata contro la sua, le mie cosce premute contro le dure colonne delle sue gambe e il mio stomaco modellato contro il suo inguine. Sento la sua colonia, qualcosa di sottile e complesso, con note di cedro e bergamotto, e sotto, il muschio pulito della calda pelle maschile. Ed *è* calda. Anche se siamo entrambi completamente vestiti, posso sentire il suo calore animale—e, con mio shock, la crescente durezza che preme nel mio ventre.

"Stai bene?" mormora, e mi rendo conto che lo sto fissando stordita, come un coniglio in una trappola. Che è più o meno come mi sento. Le sue lunghe dita circondano completamente le mie braccia, la sua presa indistruttibile. Ed è enorme. Fino a questo momento non mi ero resa conto di quanto fosse alto e muscoloso. Sono di statura media per una donna, ma mi fa sentire piccola in ogni modo—e, a giudicare dallo spessore del rigonfiamento premuto contro di me, è costantemente grosso dappertutto.

La mia pelle si scalda di altri mille gradi, e le mie viscere si contraggono in un improvviso struggimento. "Sto... sto bene." Solo che sembro tutt'altro che tale, la mia voce soffocata che tradisce l'agitazione. Non riesco a pensare, non posso elaborare nulla, tranne il fatto che la sua erezione preme contro di me e, per qualche motivo, non mi lascia andare.

Mi tiene contro di lui come se non potesse *più* lasciarmi andare, il suo sguardo che diventa sempre più attento di secondo in secondo. Lentamente, come attirati da una calamita, i suoi occhi si spostano sulle mie labbra e—

"Kolya." La voce di Alina è tesa. "Konstantin vuole parlare con te."

Nikolai si irrigidisce e solleva la testa, le sue dita che si stringono sulle mie braccia, fino al punto di farmi male. Un rantolo involontario mi sfugge dalla gola, e lui allenta la presa— ma continua a non lasciarmi.

"Digli che lo richiamo" dice a sua sorella. Il suo tono è freddo e uniforme, come se fossimo tutti seduti a un tavolo e non mi stesse tenendo come se fossimo sul punto di ballare un tango. La mia faccia, invece, brucia per l'imbarazzo.

Non riesco nemmeno a immaginare cosa stia pensando Alina in questo momento.

"Vuole parlarti subito" insiste. "Tra pochi minuti andrà a una riunione e dopo sarà occupato."

Nikolai borbotta quella che suona come un'imprecazione in russo e finalmente mi libera. Scossa, inciampo all'indietro su gambe instabili e mi volto verso Alina, che sta guardando suo fratello allontanarsi con uno sguardo fisso. Poi, i suoi occhi si spostano su di me e le sue labbra rosse e piene si irrigidiscono.

"Mi sono imbattuta in lui" dico, prima che lei possa accusarmi di qualcosa. "È stato un incidente. Sarei caduta, ma lui—"

"Mio fratello non fa incidenti." I suoi occhi sono come giada immersa nel ghiaccio. "Faresti bene a ricordartelo, Chloe."

E con questo, se ne va, lasciandomi più scossa di prima.

Dopo pochi minuti, mi sono ricomposta abbastanza da riprendere la mia ricerca di Slava—questa volta a un ritmo molto più calmo. Quando arrivo in camera sua, però, lui non c'è, quindi torno di sotto a cercarlo.

Non vedo né lui, né Pavel in nessuna delle aree comuni, quindi torno in cucina, sperando di trovare Lyudmila lì. Ma anche lei se n'è andata.

Forse sono tutti fuori?

Aprendo la porta d'ingresso, esco alla luce del sole. È una splendida giornata senza nuvole, la brezza profumata di bosco fresca e rinfrescante sul mio viso. Non c'è nessuno sul vialetto, ma esco comunque, respirando a pieni polmoni l'aria fresca di montagna per calmarmi ulteriormente.

Non c'è motivo di impazzire.

Non è successo niente.

Nikolai mi ha presa perché sarei caduta, ecco tutto.

Tranne che... sarebbe potuto succedere qualcosa, se Alina non avesse interrotto. Sono sicura al novanta per cento che Nikolai stava per baciarmi. E sicuramente non ho immaginato il duro rigonfiamento premuto contro di me.

Mi desidera.

Non ci sono più dubbi su questo.

Faccio un altro respiro profondo, ma il mio cuore continua a battere, i palmi che sudano come matti. Strofinandoli sui jeans, cammino intorno alla casa, ammirando la vista sulle montagne nel tentativo di calmare i miei turbolenti pensieri.

Va bene. Va tutto bene. Solo perché Nikolai è attratto da me non significa che succederà qualcosa tra noi. Sono sicura che si renda conto di quanto sia inopportuna l'intera faccenda. A prescindere da quello che ha detto Alina, *è* stato un incidente, ci siamo scontrati. Non so perché abbia insinuato il contrario. Forse pensava che stessi andando da lui? Ma no. Sembrava quasi che mi stesse avvertendo di allontanarmi da lui, come se—

Il suono di voci attira la mia attenzione, e mentre giro l'angolo vedo Pavel e Slava. Sono in piedi vicino a un tronco di albero a una quindicina di metri da me, con il grosso pesce adagiato su di esso. Mentre mi avvicino, vedo l'uomo-orso aprirlo a metà, poi passare il coltello apparentemente affilato a Slava.

Che diavolo? Si aspetta che il bambino finisca il lavoro?

Sì. E Slava lo fa. Quando arrivo lì, il ragazzino sta raccogliendo interiora di pesce con le sue manine e le sta gettando in un sacchetto di plastica che Pavel gli sta utilmente tenendo aperto.

Okay. Immagino che sappiano cosa stanno facendo. Ho pulito il pesce un paio di volte io stessa—la mia compagna di stanza quando ero una matricola, un'appassionata di pesca e caccia, mi ha insegnato come farlo—quindi non sono disgustata, ma è inquietante vederlo fare da un bambino di quattro anni.

Non sono *affatto* preoccupati per lui con i coltelli.

Fermandomi davanti al tronco, sfoggio il mio sorriso più luminoso. "Buongiorno. Posso unirmi a voi?"

Il bimbo mi sorride e snocciola qualcosa in russo. Pavel, tuttavia, sembra poco contento di vedermi. "Abbiamo quasi finito" ringhia con la sua voce dal forte accento. "Puoi aspettare in casa, se vuoi."

"Oh, no, sto bene qui. Hai bisogno di aiuto con questo?" Faccio un gesto verso il pesce.

Pavel mi guarda in cagnesco. "Sai come rimuovere le squame?"

"Sì." In realtà, preferirei non farlo, per non sporcare i miei unici vestiti puliti, ma voglio continuare a insegnare a Slava, e il modo migliore per farlo è passare del tempo con lui in qualunque attività stia facendo.

Nella mia esperienza, i bambini imparano meglio al di fuori di una classe—e così fanno la maggior parte degli adulti.

"Ecco, allora." Pavel mi porge un coltello squamapesce. "Mostra al bambino come farlo."

A giudicare dal sorrisetto sul suo viso simile a un mattone, pensa che stia bluffando—motivo per cui mi dà un grande piacere prendere il coltello da lui e dire con dolcezza: "Okay."

Facendo attenzione a non schizzare la maglietta, mi metto al lavoro, spiegando al ragazzino per tutto il tempo cosa sto facendo e come. Gli dico come si chiama ogni parte del pesce e gli faccio ripetere le parole, poi gli faccio provare la desquamazione. È bravo a farlo come lo era a tagliare, e mi rendo conto che l'ha già fatto in passato.

Quando Pavel mi ha chiesto di mostrarglielo, mi stava solo mettendo alla prova.

Nascondendo il mio fastidio, lascio che Slava finisca il lavoro e rimetto il pesce pulito nel secchio. Pavel lo porta in casa, e io e Slava lo seguiamo. L'uomo-orso va dritto in cucina —probabilmente per preparare il pesce per il pranzo—e lo informo che porto Slava di sopra per cambiarsi. A differenza mia, il piccolo ha macchie di pesce su tutta la maglietta.

Pavel grugnisce qualcosa di affermativo, prima di scomparire in cucina, e io accompagno Slava nel bagno più vicino. Ci laviamo entrambi accuratamente le mani, e poi lo accompagno in camera sua.

Con mia grande sorpresa, Lyudmila è lì quando entriamo, intenta a disporre meticolosamente una maglietta pulita e dei jeans per Slava sul letto.

"Grazie" dico con un sorriso. "Ha un disperato bisogno di cambiarsi."

Lei sorride e dice qualcosa a Slava in russo. Le si avvicina, e lei lo aiuta a togliersi i vestiti sporchi. Con tatto gli volto le spalle—il piccolo è abbastanza grande da essere timido davanti agli estranei. Quando sembra che abbiano finito, mi volto e vedo Lyudmila che lo aiuta con la fibbia della cintura.

"Tutto fatto" annuncia dopo un momento, facendo un passo indietro. "Adesso tu insegnare."

Le sorrido. "Grazie, lo farò." Vedendola raccogliere i vestiti sporchi di Slava, le chiedo: "C'è una lavatrice da qualche parte in casa? Devo fare il bucato."

Si acciglia, non capendo.

"Bucato." Indico la pila di vestiti nelle sue mani. "Sai, per lavare i vestiti?" Strofino i pugni, imitando qualcuno che fa il bucato a mano.

La sua faccia si illumina. "Ah sì. Vieni."

"Torno subito" dico a Slava, e seguo Lyudmila al piano di sotto. Mi porta oltre la cucina e lungo un corridoio fino a una stanza senza finestre dalle dimensioni della mia camera da letto. Ci sono due lavatrici e asciugatrici—immagino che funzionino per più carichi contemporaneamente—insieme a un asse da stiro, uno stendino, cesti per la biancheria e altre comodità.

"Questo, sì?" Indica le macchine, e io annuisco, ringraziandola. Tornando nella mia camera, raccolgo tutti i miei vestiti e li porto giù. Lyudmila a quel punto non c'è più, così comincio a caricare le lavatrici. Tra mezz'ora scenderò di nuovo per spostare i panni nelle asciugatrici, e per l'ora di cena sarà tutto pulito.

Le cose stanno davvero migliorando, nonostante la situazione con il mio capo.

Il mio battito cardiaco accelera al pensiero, le farfalle nello stomaco che prendono nuovamente vita. Slava e Pavel hanno fornito una distrazione tanto necessaria, ma ora che sono lontana da loro, non posso fare a meno di pensare a quello che è successo. La mia mente passa in rassegna tutto, ancora e ancora, finché le farfalle si trasformano in vespe.

Ho sentito l'erezione di Nikolai contro di me.

Sembrava che stesse per baciarmi.

Non mi ha lasciata andare, quando c'era sua sorella.

È l'ultima parte che mi spaventa di più, perché significa che mi sbagliavo. Ha intenzione di agire su questa attrazione. Se Alina non avesse insistito, affinché rispondesse alla chiamata, mi avrebbe baciata, e forse sarebbe anche andato oltre. Forse in questo preciso momento, saremmo a letto insieme, con il suo corpo potente che mi sarebbe entrato dentro come—

Interrompo la fantasia, prima che possa progredire ulteriormente. Mi sento già eccessivamente calda, i miei seni pieni e turgidi, il mio sesso che pulsa per una smania crescente. Dev'essere una strana conseguenza della mia sessione di masturbazione improvvisata la scorsa notte; questa è l'unica spiegazione del motivo per cui ho improvvisamente acquisito la libido di un'adolescente.

Facendo respiri lenti e profondi per calmarmi, finisco di caricare la biancheria. La situazione è senza dubbio complicata. Una relazione con il mio datore di lavoro sarebbe poco saggia per diversi motivi, eppure non sono certa della mia capacità di resistergli. Se vado in fiamme solo pensando a lui, come sarebbe se mi toccasse? Se mi baciasse?

Il mio autocontrollo evaporerebbe come l'acqua su una padella?

C'è solo una soluzione che possa vedere, solo una cosa che possa fare per prevenire questo disastro.

Devo evitarlo—o almeno non restare da sola con lui—per i prossimi sei giorni.

Risolto questo, metto in funzione le lavatrici e mi giro—solo per bloccarmi sul posto.

In piedi sulla soglia, gli occhi dorati luccicanti e la bocca curva in un sorriso devastante, c'è il diavolo che occupa i miei pensieri.

"Eccoti" dice dolcemente, e mentre lo guardo, paralizzata dallo shock, si inoltra ulteriormente nella stanza e chiude la porta.

16

CHLOE

"Tɪ sᴛᴀᴠᴏ ᴄᴇʀᴄᴀɴᴅᴏ" ᴄᴏɴᴛɪɴᴜᴀ Nɪᴋᴏʟᴀɪ, ᴀᴠᴠɪᴄɪɴᴀɴᴅᴏsɪ ᴄᴏɴ passo morbido come una pantera. "Pavel ha detto che eri di sopra con Slava."

Deglutisco forte, mentre si ferma davanti a me. "Sì, sono venuta qui solo un momento per portare un po' di biancheria. Spero che vada bene." Nonostante i miei migliori sforzi, la mia voce vacilla, e devo davvero impegnarmi per non fare un passo indietro nel tentativo di frapporre più spazio tra noi. Non che sia troppo vicino—almeno un metro ci separa—ma ora che conosco l'odore della sua colonia, posso cogliere le sottili note di cedro e bergamotto nell'aria, e la mia memoria riempie il resto, dal calore che arriva dalla sua pelle ai contorni duri del suo corpo premuti contro di me. E quel grosso, spesso rigonfiamento... Le mie ginocchia oscillano, e quasi ondeggio verso di lui, ma mi riprendo all'ultimo momento, irrigidendo le gambe e la colonna vertebrale.

Un calore oscuro invade il suo sguardo, e realizzo che ha

notato la mia reazione. Le mie guance bruciano e il mio cuore martella più velocemente, spine gelide che mi attraversano la pelle.

Perché è qui?

Perché mi stava cercando?

Perché ha chiuso quella porta?

"Sì, certo, non è un problema." La sua voce è dolce e profonda, e quel calore inquietante è ancora nei suoi occhi. "Vivi qui ora, quindi fa' come se fossi a casa tua."

"Lo farò, grazie." Dannazione, ora sembro tutta roca e senza fiato. Ricomponendomi con impegno, gli rivolgo il mio miglior sorriso da dipendente modello. "In realtà, stavo per chiederti una cosa. Ho un programma di lavoro? Cioè, ci sono momenti specifici in cui vorresti che lavorassi con Slava? Idealmente, mi piacerebbe insegnargli tutto il giorno, invece di avere lezioni formali, ma se preferisci il contrario, sono flessibile."

Ecco, va meglio. Sono riuscita a stabilizzare la mia voce e a farla sembrare semi-professionale. Se tutto va bene, questo gli ricorderà che sono qui per insegnare a suo figlio, non per sciogliermi al suo sguardo ardente come—beh, probabilmente come ogni donna eterosessuale che abbia mai incontrato.

Un altro sorriso maliziosamente sensuale sfiora le sue labbra. "Dipende da te, zaychik. Il tuo allievo, i tuoi metodi. Tutto quello che cerco sono i risultati. L'unica cosa che ti chiedo è che ti unisca alla nostra famiglia per l'ora dei pasti, in modo che Pavel e Lyudmila non debbano cucinare e pulire più volte."

"Sì, naturalmente. A che ora sono la colazione e il pranzo?" Mi dispiace che Lyudmila mi abbia dato quelle crepes; visto che mi sono svegliata tardi, avrei potuto aspettare fino al successivo pasto programmato.

"Di solito facciamo colazione alle otto e il pranzo alle dodici e mezzo. Va bene per te?"

"Assolutamente." Se c'è qualcosa che ho imparato nell'ultimo mese, è che il cibo, sempre e ovunque, di qualsiasi varietà, va bene per me.

Uno stomaco pieno è qualcosa che non darò mai più per scontato.

"Bene. Allora, ci vediamo oggi a pranzo." Si volta per andarsene, ed esalo un respiro tremante, di nuovo sollevata e perversamente delusa—solo per sentire il mio cuore che salta un battito, mentre lui si ferma e mi guarda di nuovo.

"Quasi dimenticavo" dice, con gli occhi luccicanti. "I tuoi abiti nuovi verranno consegnati questo pomeriggio. Pavel li porterà in camera tua, e ti sarei grato se ne indossassi uno per cena."

"Oh, certo. Grazie. Lo farò." Abiti nuovi? Quanti ne ha acquistati? E come fa a farli consegnare così velocemente? Sto morendo dalla voglia di chiederglielo, ma non voglio prolungare questo incontro snervante.

Sono ancora consapevole di quella porta chiusa.

"Bene. Fammi sapere se qualcosa non ti va bene." Il suo sguardo si posa sul mio corpo, e le spine gelide ritornano, il mio respiro che diventa debole, mentre i capezzoli si stringono nel reggiseno. *Un altro reggiseno di cotone sottile che sta facendo poco per nascondere la mia reazione.* Il mio viso brucia per il calore di mille Soli, e quando i suoi occhi incontrano di nuovo i miei, sento il cambiamento nell'atmosfera, l'aria che assume quella carica pericolosamente elettrica.

Con la bocca secca, faccio un mezzo passo indietro, anche se quello che voglio veramente è piegarmi su di lui. L'attrazione è talmente intensa che è quasi paragonabile a una forza fisica—e, a giudicare dal modo in cui la sua mascella si flette, mentre osserva la mia ritirata, non sono la sola a percepirla.

Corri, Chloe. Liberatene.

La voce di mamma questa volta è più calma, meno urgente, ma spazza via un po' della foschia nel mio cervello. Raccogliendo i brandelli appassiti della mia forza di volontà, faccio un altro passo indietro e dico nel modo più uniforme che posso: "Grazie. Lo farò."

Le sue narici si dilatano, e ho di nuovo la sensazione di essere in presenza di qualcosa di pericoloso... qualcosa di oscuro e selvaggio che si nasconde sotto l'aspetto urbano di Nikolai.

"Va bene" replica dolcemente. "Buona fortuna con il bucato, zaychik. Ci vediamo presto."

E aprendo la porta, esce.

17

NIKOLAI

MI DISTRAGGO PER TUTTI I QUINDICI MINUTI DOPO ESSERE arrivato in ufficio. Controllo la posta, pago alcune fatture, rispondo a uno dei miei contabili. Quindi, imprecando sottovoce, accendo l'audio sul mio laptop e attivo la ripresa della telecamera nella stanza di mio figlio.

Come previsto, Chloe è lì, dopo aver terminato il suo compito in lavanderia. Famelicamente, la guardo, mentre gioca a macchine e camion con Slava, parlando con lui per tutto il tempo come se potesse capirla. Ogni tanto, indica qualcosa come una ruota e gli fa ripetere la parola inglese dopo di lei, ma per la maggior parte parla soltanto—e Slava la ascolta rapito, affascinato dalle sue espressioni facciali e dai suoi gesti quanto me.

A un certo punto, ride per il modo in cui il suo camion sorpassa la macchina di Chloe, e lei sorride e gli scompiglia i capelli, le sue dita sottili che scivolano casualmente tra le ciocche setose. Il mio petto si stringe dolorosamente, la mia lussuria che si mescola a un'intensa gelosia. Non so nemmeno chi di loro invidio di più—Slava, per aver provato il suo tocco, o Chloe, per aver conquistato l'affetto di mio figlio. Tutto quello che so è che vorrei essere lì, a crogiolarmi nel suo sorriso solare, a sentire la risata di mio figlio di persona invece che attraverso la telecamera.

Fanculo.

Questo è patetico.

Che cosa sto facendo?

Mi sposto per chiudere il video, ma mi fermo all'ultimo secondo, passando il cursore sulla X. Ha aperto un libro e sta leggendo a Slava ora, la sua voce dolce e leggermente rauca che mi fa venire voglia di irrompere nella camera di mio figlio, afferrarla e portarla a letto. Voglio sentire quella voce gemere il mio nome, mentre affondo nel suo calore umido e stretto, sentirla supplicare e implorare, mentre la porto sull'orlo ancora e ancora, prima di concederle finalmente la dolce grazia dell'orgasmo.

Voglio tormentarla quasi quanto voglio scoparla, punirla per avermi ridotto così.

Stringendo i denti così forte da rischiare il mal di denti, chiudo lo schermo e scatto in piedi. Nonostante la notte in gran parte insonne, sono traboccante di energia irrequieta. Ho bisogno di un'altra corsa defatigante, o forse di una sessione di sparring con Pavel.

Lancio un'occhiata all'orologio sopra la porta del mio ufficio.

Meno di un'ora prima del pranzo.

Pavel è probabilmente impegnato a preparare il cibo, e se opto per la corsa lunga e dura di cui ho bisogno, non avrò la possibilità di fare la doccia e cambiarmi, prima che sia ora di unirmi agli altri a tavola.

Espirando un respiro frustrato, mi siedo e apro di nuovo la casella della posta in arrivo. È troppo presto per aspettarmi qualcosa da Konstantin—solo stamattina gli ho chiesto di fare un tuffo nel mese mancante di Chloe—ma controllo comunque.

Niente.

Fottuto inferno. Ho davvero bisogno di una distrazione. Le mie dita non vedono l'ora di aprire di nuovo la telecamera e guardarla interagire con mio figlio. Ma se lo faccio, questa irrequietezza non farà che peggiorare, intensificando la mia fame di lei. Avendola abbracciata stamattina, so come sia averla schiacciata contro di me, quanto abbia un odore dolce e pulito, come fiori di campo in una frizzante mattina di primavera. Ho dovuto fare appello a tutte le mie forze per liberarla, anche con Alina lì, e quando l'ho trovata sola nella lavanderia, ogni istinto oscuro e primordiale ha insistito che la prendessi, che la spogliassi e la piegassi su una lavatrice, reclamandola sul posto.

E avrei fatto esattamente questo, se si fosse avvicinata a me.

Se non avesse fatto altro che indietreggiare, sarei stato dentro di lei, invece di stare seduto qui, a lottare con me stesso come un pazzo.

No, fanculo.

Scatto in piedi.

Ho bisogno di uno scontro duro e sanguinoso, e poiché Pavel non è disponibile, dovrò accontentarmi delle guardie.

Arkash e Burev sono fuori a pattugliare il complesso, quando arrivo al bunker delle guardie, ma Ivanko, Kirilov e Gurenko sono seduti davanti a un falò con alcuni dei nostri dipendenti americani. Come i barbari che sono, stanno arrostendo un intero cervo allo spiedo e scambiandosi i loro soliti insulti.

Ivanko mi vede per primo. "Capo." Afferrando il suo M16, balza in piedi. "Qualcosa non va?"

Anche Kirilov e Gurenko sono già in piedi, armi pronte, proprio come ai nostri giorni in Crimea.

"Tranquilli, ragazzi." Sorridendo cupamente, mi tolgo la camicia e la appendo sul ramo di un albero vicino. "È tutto a posto." O lo sarà tra poco.

Tre contro uno è esattamente il tipo di disparità in cui speravo.

18

CHLOE

Con mio sollievo, il pranzo con i Molotov è molto più informale della cena. Beh, Alina è ancora vestita come se fosse a un cocktail party di lusso, ma Nikolai indossa jeans scuri con una polo bianca, e nessuno rimprovera Slava per i suoi pantaloncini e la maglietta, mentre ci sediamo a tavola—che è di nuovo carica di tutti i tipi di insalate, salumi e contorni appetitosi.

Tutti i russi mangiano come gli zar, o solo questa famiglia? Se questa è una cosa da ogni pasto, non capisco come facciano a non essere grassi. Sono ancora sazia, avendo fatto colazione solo un paio d'ore fa, ma non ho assolutamente intenzione di rinunciare a ingozzarmi di queste prelibatezze.

Sembra tutto così dannatamente buono.

"Com'è stata la tua prima notte con noi, Chloe?" chiede Alina, quando abbiamo riempito tutti i nostri piatti. "Hai dormito bene?"

Le sorrido, sollevata sia dalla domanda innocua che dal tono amichevole. Avevo paura che potesse essere ancora arrabbiata con me dopo l'incidente di questa mattina. "Ho dormito molto bene, grazie." Ed è vero—a parte l'incubo, è stata la migliore dormita che abbia fatto nelle ultime settimane.

"Bene" dice Alina, tagliando quello che sembra un uovo alla diavola. "Pensavo di aver sentito qualcosa dalla tua stanza verso le tre, ma doveva essere mio fratello che tornava da una delle sue corse notturne." Lancia a Nikolai un'occhiata di traverso, e io mi occupo del cibo nel piatto, contenta per la spiegazione.

Devo aver gridato forte la scorsa notte. Oppure Alina mi ha sentita cadere dal letto.

"Sono andato a correre" conferma Nikolai "quindi dev'essere stato così." Quando alzo lo sguardo, però, il suo è puntato su di me, studiandomi con un'espressione illeggibile.

Sospetta qualcosa?

Dio, spero che *lui* non mi abbia sentita urlare o cadere.

Combattendo l'impulso di dimenarmi sulla sedia, abbasso lo sguardo—e mi fermo, fissando le sue mani. In una tiene un coltello e nell'altra una forchetta, in stile europeo, ma non è questo che attira la mia attenzione.

Sono le sue nocche. Sono rosse e gonfie, come se avesse preso a pugni qualcuno.

Le mie pulsazioni aumentano, mentre distolgo lo sguardo, poi osservo di nascosto le sue mani.

Sì. Non lo immaginavo. Le sue nocche sono un disastro. In generale, le sue grandi mani maschili sembrano essere state molto in azione, con calli sui bordi dei pollici e cicatrici sbiadite in alcuni punti. Nemmeno le unghie corte e ben curate possono nascondere la verità.

Queste non sono le mani di un ricco playboy. Appartengono

a un uomo che conosce intimamente il duro lavoro manuale o la violenza.

I sospetti che avevo quasi represso riaffiorano, e questa volta non posso fingere che siano privi di fondamento. Qualcosa dei Molotov mi innervosisce. Chi sono? Perché sono qui? Posso vedere una ricca famiglia straniera che trascorre un paio di settimane in un posto come questo come "disintossicazione nella natura", ma trasferirsi qui? Qualcuno affascinante come Alina appartiene a Parigi, Milano o New York, non a un angolo dell'Idaho, dove ci sono più orsi che persone. Lo stesso vale per Nikolai, con i suoi modi pacati e cosmopoliti e l'insistenza sull'abbigliamento alla *Downton Abbey* per cena.

I miei nuovi datori di lavoro sono l'epitome del jet set— almeno se si ignorano le mani da attaccabrighe di strada di Nikolai.

Mi costringo a distogliere lo sguardo da quelle nocche selvagge ed eccitanti e mi concentro sul bambino accanto a me, che sta di nuovo mangiando con calma e in silenzio. In modo impressionante, mi rendo conto. Quale bambino di quattro o cinque anni non gioca almeno un po' con il suo cibo? O richiede occasionalmente l'attenzione di un adulto? So che il piccolo può sorridere, ridere e giocare come qualsiasi altro bambino della sua età, quindi perché si trasforma in un robot a misura di ragazzino durante i pasti?

Sentendo il mio sguardo su di lui, Slava alza la testa, i suoi grandi occhi verde-oro straordinariamente solenni. Gli sorrido brillantemente, ma lui non risponde al sorriso. Si limita a concentrarsi sul piatto e riprende a mangiare. Mangio anch'io, ma continuo a guardarlo, il mio senso di colpa che si intensifica di secondo in secondo. C'è qualcosa di innaturale nel comportamento del mio studente, qualcosa di profondamente preoccupante. Forse il bimbo è più traumatizzato dalla morte di sua madre di quanto sembri in superficie, o forse sta succedendo qualcos'altro... qualcosa di ben peggiore.

Rivolgo un'altra occhiata alle nocche di Nikolai, un pensiero orribile che si insinua nella mia mente.

Con mio infinito sollievo, le ferite sembrano fresche, come se avesse appena sbattuto i pugni su qualcosa o qualcuno. Dato che Slava è stato con me tutta la mattina, non avrebbe potuto essere quel qualcuno. Inoltre, solo un impatto di grande forza avrebbe potuto causare quel tipo di contusioni, e non c'è nulla nel modo in cui il figlio di Nikolai è seduto o si muove che indicherebbe che è stato picchiato così duramente—o anche solo lievemente.

Qualunque sia la colpa del mio datore di lavoro, non si tratta di abusi sui minori, grazie a Dio. Non so cosa farei in quel caso. No, mi correggo. Lo so. Chiamerei i Servizi di Tutela dei Minori e scapperei, correndo i miei rischi con gli assassini di mia madre.

Il che mi ricorda: non ho ancora riavuto le chiavi della macchina.

Sto per chiedere a Nikolai al riguardo, quando Alina mi sorride e domanda: "Hai sempre desiderato essere un'insegnante, Chloe?"

Annuisco, posando la forchetta. "Più o meno. Ho sempre amato sia i bambini che l'insegnamento. Anche da piccola, giocavo spesso con bambini più piccoli di me, così da poter interpretare il ruolo della loro istruttrice." Sorrido, scuotendo la testa. "Penso che mi piacesse che mi ammirassero. Che accarezzassero il mio ego e tutto il resto."

Mentre parlo, mi rendo conto degli occhi di Nikolai su di me, intenti e incrollabili. Lo sguardo di un predatore, carico di desiderio e infinita pazienza. La mia pelle brucia sotto il suo peso, e devo fare appello a tutta la mia forza di volontà per tenere lo sguardo su Alina e prendere la forchetta come se nulla stesse accadendo.

Mi chiede della mia scelta del college come domanda successiva, e le racconto di come ho avuto la fortuna di ottenere una borsa di studio lì.

"Non avevo mai nemmeno pensato di fare domanda per una scuola così costosa" dico tra bocconi di delizioso pesce affumicato e insalata di barbabietole riccamente aromatizzata. Aiuta, se mi concentro sul cibo invece che sull'uomo che mi fissa. "Mia madre lavorava come cameriera, e i soldi erano limitati dacché possa ricordare. Stavo per andare all'università pubblica, per poi trasferirmi in una scuola statale, usando una combinazione di borse di studio, prestiti e studio-lavoro per pagarmela. Ma proprio quando ho iniziato il mio ultimo anno di liceo, ho ricevuto un invito a fare domanda per questo programma speciale di borse di studio al Middlebury. Era per i figli di genitori single a basso reddito, e copriva il cento per cento delle rette scolastiche, vitto e alloggio, oltre a fornire un'indennità per libri e spese varie. Naturalmente, ho fatto domanda—e in qualche modo, sono entrata."

"Perché in qualche modo?" chiede Nikolai. "Non eri una brava studentessa?"

Non ho altra scelta che incontrare il suo sguardo penetrante. "Lo ero, ma c'erano studenti nelle mie condizioni che erano molto più qualificati e non l'hanno ottenuta." Come la mia amica Tanisha, che aveva ottenuto un punteggio perfetto ai suoi SAT e si era diplomata tenendo un discorso di commiato. Le avevo parlato della borsa di studio, e anche lei aveva fatto domanda per il programma, solo per essere immediatamente respinta. Ancora oggi, mi chiedo perché abbiano scelto me e non lei; se si trattava di sopravvivere alle avversità, Tanisha aveva una situazione familiare peggiore, con sua madre parzialmente disabile, che cresceva da sola non uno ma tre figli, uno di loro—il fratello minore di Tanisha—con bisogni speciali.

"Forse hanno visto qualcosa in te" azzarda Nikolai, i suoi occhi che tracciano ogni centimetro del mio viso. "Qualcosa che li ha incuriositi."

Alzo le spalle, cercando di ignorare il calore che mi scorre sotto la pelle. "Forse. Più probabilmente, però, è stata solo una stupida fortuna." Doveva essere così, perché un paio di mesi dopo, Tanisha ha ricevuto lettere di accettazione da tutte le scuole a cui aveva fatto domanda, inclusa Harvard, che ha finito per frequentare grazie a un generoso pacchetto di aiuti finanziari. Non così generoso come la borsa di studio che ho ottenuto io—si è laureata con settantamila dollari di prestiti studenteschi—ma abbastanza buono da farmi smettere di sentirmi in colpa per aver preso il posto che avrebbe dovuto essere suo.

Essendo una brava persona, non ha mai mostrato risentimento verso di me, ma so quanto il rifiuto del comitato per le borse di studio l'abbia devastata.

"Non credo che sia stata una stupida fortuna" replica piano Nikolai. "Penso che tu stia sottovalutando il tuo fascino."

Oh, Dio. Il mio battito cardiaco aumenta, il viso che brucia incredibilmente di più, mentre Alina si irrigidisce, il suo sguardo che rimbalza tra me e suo fratello. Non c'è dubbio sul suo significato, e non si tratta di un complimento casuale sulle mie capacità scolastiche, e lei lo sa bene quanto me.

Tuttavia, ci provo. Fingendo che sia tutto uno scherzo,

sorrido ampiamente. "È molto carino da parte tua. E voi due? Dove andavate a scuola?"

Eccolo. Il cambio di argomento. Sono orgogliosa di me stessa, fino a quando mi rendo conto che se, per qualche motivo, uno dei fratelli *non* fosse andato al college, la mia domanda potrebbe offenderli.

Per fortuna, Alina non batte ciglio. "Io sono andata alla Columbia, e Kolya è finito alla Princeton." È di nuovo composta, i suoi modi amichevoli ed educati. "Nostro padre voleva che frequentassimo il college in America; pensava che fornisse le migliori opportunità."

"È per questo che parli l'inglese così bene?" le chiedo, e lei annuisce.

"Sì, e abbiamo frequentato qui anche il collegio."

"Oh, questo spiega la mancanza di accento. Mi chiedevo come foste riusciti a non averlo."

"Abbiamo avuto tutor americani anche dopo il ritorno in Russia" spiega Nikolai, con un mezzo sorriso beffardo sulle labbra. Chiaramente, sa che sto cercando di alleviare la tensione, e trova i miei sforzi divertenti. "Non dimenticarlo, Alinchik."

Sua sorella si irrigidisce di nuovo per qualche motivo, e io mi tengo occupata ripulendo il resto del mio piatto. Non ho idea di quale mina terrestre abbia calpestato, ma so che è meglio non procedere con questo argomento. Mentre sto finendo di mangiare, guardo Slava e noto che anche lui ha finito.

"Ne vuoi ancora?" chiedo sorridendo, mentre faccio un gesto verso il suo piatto vuoto.

Mi guarda sbattendo le palpebre, e Alina dice qualcosa in russo, presumibilmente traducendo la mia domanda.

Lui scuote la testa, e io gli sorrido di nuovo, prima di guardare gli altri adulti al tavolo. Con mio sollievo, sembra che anche loro abbiano finito, con Nikolai che si è appena appoggiato allo schienale, guardandomi, e Alina che si pulisce con grazia le labbra con un tovagliolo. Miracolosamente, il suo rossetto rosso non lascia tracce sul panno bianco—anche se probabilmente non dovrei essere sorpresa, dato che il colore brillante è sopravvissuto all'intero pasto senza sbavare o sbiadire.

Uno di questi giorni, le chiederò di condividere con me i suoi segreti di bellezza. Ho la sensazione che la sorella di Nikolai sappia di più in fatto di trucco e vestiti di dieci influencer di YouTube messe insieme.

Sto per scusare me stessa e Slava, in modo da poter riprendere le nostre lezioni, quando Pavel e Lyudmila entrano. Lui ha in mano un vassoio con belle tazze, un barattolo di miele e una teiera di vetro piena di tè nero. Lo poggia sul tavolo, mentre Lyudmila toglie i piatti.

"Niente per me, grazie" dico, quando mi mette davanti una tazza. "Non bevo il tè."

Mi lancia un'occhiata, considerandomi poco più di un animale selvatico, poi porta via la mia tazza e versa il tè per tutti gli altri, incluso il mio piccolo studente. La delicata porcellana sembra ridicola nelle sue mani enormi, ma gestisce il compito abilmente, facendomi chiedere se abbia lavorato in qualche ristorante di fascia alta, prima di unirsi alla famiglia Molotov.

"Grazie per l'ottimo pasto. Era tutto delizioso" gli dico, quando mi passa accanto, ma si limita a grugnire in risposta, impilando i piatti che sua moglie non ha ancora preso in una piramide accuratamente sistemata in cima al vassoio, prima di portarli via tutti. È solo quando se n'è andato che ricordo qualcosa di importante.

Mi volto verso Nikolai, il mio viso che si scalda di nuovo, quando incontro il suo sguardo da tigre. "Continuo a dimenticarmi di chiedere... Pavel ha parcheggiato la mia macchina da qualche parte? Non l'ho vista davanti casa. Inoltre, non credo di aver mai riavuto le chiavi."

"Davvero? È strano." Aggiunge un cucchiaio di miele al suo tè e mescola il liquido. "Glielo chiederò." Passa il barattolo di miele a Slava, che aggiunge diversi cucchiai nella *sua* tazza—il ragazzino deve avere un vero debole per i dolci.

"Sarebbe fantastico, grazie" dico, prendendo il mio bicchiere di acqua naturale—l'unico liquido oltre al caffè che mi piaccia bere. "E la macchina? C'è un garage o qualcosa del genere nelle vicinanze?"

"Sul retro della casa, appena sotto la terrazza" risponde Alina al posto del fratello. "Pavel deve averla spostata lì."

"Va bene, fantastico." Sorrido, inspiegabilmente sollevata. "Avevo quasi paura che aveste deciso che era troppo un pugno nell'occhio e l'aveste spinta nel burrone."

Alina ride della mia battuta, ma Nikolai si limita a sorridere e sorseggia il suo tè zuccherato al miele, guardandomi con un'espressione imperscrutabile.

19

CHLOE

IL RESTO DEL POMERIGGIO VOLA VIA. APPENA FINITO IL PRANZO, trovo il garage—l'ingresso è sul retro della casa, subito dopo la lavanderia—e verifico che la mia macchina sia effettivamente lì, con un aspetto ancora più vecchio e arrugginito accanto agli eleganti SUV e alle cabriolet dei miei datori di lavoro. Poi, dato che il tempo è bello—ventuno gradi e soleggiato—porto Slava a fare una passeggiata nella parte boscosa della tenuta piuttosto che fare lezione nella sua stanza. Percorriamo un prato pieno di fiori selvatici, scendiamo fino a un laghetto che troviamo a meno di ottocento metri a ovest e inseguiamo una dozzina di scoiattoli tra gli alberi. In realtà, Slava li insegue, ridacchiando maniacalmente; io lo osservo semplicemente con un sorriso.

È un ragazzino completamente diverso qui fuori rispetto alla sala da pranzo con la sua famiglia.

Mentre ci inoltriamo nel bosco, lui chiacchiera in russo e io rispondo in inglese ogni volta che riesco a indovinare cosa sta dicendo. Mi assicuro anche di fornirgli parole in inglese per tutto ciò che incontriamo, e faccio del mio meglio per imparare le parole russe che mi insegna.

"*Belochka*" dice, indicando uno scoiattolo, solo per scoppiare a ridere, quando mangio la parola nel tentativo di ripeterla. Lui, invece, pronuncia perfettamente le parole inglesi quasi al primo tentativo; ho il sospetto che stia guardando cartoni animati in inglese o che sia davvero portato.

I bambini inclini alla musica tendono a padroneggiare gli accenti più velocemente dei loro coetanei.

"Ti piace la musica?" chiedo, mentre torniamo a casa. Canticchio alcune note. "O cantare?" Faccio la mia migliore interpretazione di "Baby Shark", che lo fa scoppiare a ridere.

Nel caso ci fossero dubbi, io *non* sono portata per la musica.

Mentre ci avviciniamo alla casa, Pavel esce per salutarci, uno sguardo feroce sul viso. "Dov'eri? Sono quasi le cinque, e lui non ha mangiato lo spuntino."

"Oh, eravamo—"

"E i tuoi vestiti sono stati consegnati. Sono nella tua camera." Guardando con disapprovazione le scarpe sporche di Slava, tira su il ragazzino e lo porta in casa, borbottando qualcosa in russo.

Mortificata, tolgo le mie scarpe da ginnastica infangate e li seguo. Probabilmente avrei dovuto concordare la nostra escursione con i custodi di Slava, o almeno avere una migliore cognizione del tempo. Ho portato un paio di mele per Slava da sgranocchiare, se avesse avuto fame—le ho prese in cucina, prima di andarmene—ma immagino che non sia un pasto completo come il vassoio di formaggio e frutta che Pavel ha portato ieri.

Quando arrivo in camera, mi lavo le mani e mi sistemo lo chignon; un mucchio di sottili ciocche sono sfuggite ai fermagli e stanno incorniciando il mio viso in un'aureola disordinata. Poi, vado al mio armadio per controllare la consegna.

Santo cielo.

L'armadio a muro—vuoto al novantacinque per cento dopo aver disfatto la mia valigia—è ora stipato all'inverosimile. E non sono solo gli abiti eleganti che i miei datori di lavoro esigono a cena. Ci sono jeans e pantaloni da yoga, canotte, magliette e maglioni, prendisole casual e gonne eleganti, calzini, pigiami e cappelli. E biancheria intima, di tutti i tipi, dai perizoma a comode mutandine di cotone, reggiseni sportivi e reggiseni push-up di pizzo, tutti improbabilmente della mia taglia. Ci sono persino capi per l'esterno—tantissimi capi per l'esterno, che vanno da giacche impermeabili leggere ed eleganti cappotti di lana a parka imbottiti, che sarebbero adatti in un clima artico.

È un armadio per tutte le stagioni e per tutte le occasioni e, a giudicare dalle targhette, è tutto nuovo di zecca.

Stordita, leggo un'etichetta appesa a un maglione bianco dall'aspetto morbido.

$395.

Che cazzo?

Afferro la targhetta dal parka più vicino, di un bel colore blu con cappuccio foderato di pelliccia.

€3.499. Made in Italy.

"Ti piace?"

Sobbalzo e mi giro per vedere Alina, che è in piedi all'ingresso del vano armadio.

"Scusa, non volevo spaventarti" dice, scuotendo i capelli neri lucenti sopra la spalla. Si è già cambiata in un altro splendido abito, un indumento rosso lungo fino alle caviglie con uno spacco all'altezza della coscia, che mostra il frammento di una gamba lunga e tonica. Ha anche rinfrescato il trucco, allungando l'eyeliner per enfatizzare l'aspetto felino dei suoi occhi a mandorla.

"Ho bussato, ma nessuno ha risposto" continua "quindi, ho pensato che stessi esplorando le tue nuove cose."

"Stavo—sto..." Guardo oltre la mia spalla verso le grucce e gli scaffali pieni di roba. "È... tutto per me?"

"Ovviamente. Per chi altro sennò? Io non ne ho bisogno, questo è certo." Avvicinandosi per mettersi accanto a me, tira fuori un lungo vestito giallo e me lo porta al petto, poi lo appende e ne tira fuori uno rosa pallido.

"Ma è davvero troppo" dico, mentre lei avvicina il vestito rosa. "Non ho bisogno di tutto questo. Qualche vestito per cena, certo, ma il resto—"

"Questo è mio fratello. Nikolai non conosce mezze misure." Rovista nel resto degli abiti con velocità praticata e tira fuori un indumento color pesca scintillante. *Versace*, afferma l'etichetta, e non c'è alcun cartellino del prezzo in vista—probabilmente perché l'importo sarebbe spaventoso. Tenendolo contro di me, Alina annuisce soddisfatta. "Prova questo." Lo mette tra le mie braccia.

"Adesso?"

Inarca le sopracciglia. "Posso voltarmi, se sei timida." Abbinando l'azione alle parole, mi dà le spalle.

Sopprimendo un sospiro esasperato, tolgo rapidamente i vestiti e mi infilo l'abito—che in qualche modo calza perfettamente, lo chiffon color pesca screziato d'oro che drappeggia sul mio corpo con straordinaria eleganza. La gonna a trapezio cade con grazia ai miei piedi, e il corpetto squadrato ha un reggiseno incorporato che ingrossa le mie modeste coppe B, dandomi un accenno di scollatura. Le larghe bretelle nascondono le mie spalle, ma le braccia e la parte superiore della schiena sono lasciate nude, esponendo le croste, dove i frammenti di vetro mi hanno perforato la pelle.

Dannazione. Speravo di evitare di mostrarle, finché non fossero guarite.

"Pronta?" Alina sembra impaziente.

"Solo un secondo." Ruoto il braccio dietro la schiena, cercando di sollevare completamente la cerniera. "Pensi di poter...?"

"Ovviamente." Fa alzare la cerniera e fa un passo indietro per darmi un'occhiata. Immediatamente, il suo sguardo si fissa sulle croste. "Che cos'è successo qua?" chiede, un minuscolo cipiglio che increspa la sua fronte liscia.

"Non è niente." Faccio una smorfia, come se fossi imbarazzata dalla mia sbadataggine. "Sono inciampata e sono caduta su un vetro rotto."

La spiegazione deve soddisfarla, perché mi lascia andare e riprende il suo esame minuzioso. "Molto bello" dichiara infine. "Ma quello chignon deve sparire."

"Oh, no, sta bene—"

"Vieni." Afferrandomi la mano, mi trascina fuori dal vano armadio e in bagno, dove mi mette davanti allo specchio. "Vedi? Devi portare i capelli sciolti con questo. Inoltre, il trucco è fondamentale."

Fisso il mio riflesso nello specchio, lo chignon disordinato, le occhiaie e tutto il resto. Ha ragione. Un vestito così glamour merita il meglio. Sfortunatamente, ho solo un tubetto di lucidalabbra con me, avendo buttato la maggior parte degli oggetti nella mia borsa del trucco, quando ho liberato la mia stanza del dormitorio dopo la laurea. Ho pensato che sarei andata a fare shopping con mia madre una volta tornata a casa. Amava quel genere di cose, e andavamo sempre—

Interrompo quel pensiero e inspiro per eliminare la dolorosa costrizione nel petto. "Posso sciogliermi i capelli, ma non ho davvero—"

"Sì, fallo." Apre uno dei cassetti accanto al lavandino, rivelando una selezione di tubetti e flaconi che renderebbero orgoglioso un truccatore professionista. "Mi sono assicurata che Nikolai avesse tutto il necessario" spiega.

"L'hai aiutato tu a comprare tutto questo?"

"Chi altro?" Sorride, rivelando quel piccolo spazio perfettamente imperfetto tra i suoi denti bianchi e diritti. "Nessuno dei miei fratelli distingue il mascara dal rossetto."

Le mie orecchie si rizzano. "Fratelli?"

Annuisce, allungando la mano nel cassetto. "Siamo in quattro. Io sono la più giovane e l'unica femmina." Apre una bottiglietta di fondotinta e mi prende la mano, sollevandola con il palmo verso l'alto. Spalmando una striscia color bronzo sulla parte interna del mio polso, lo osserva in modo critico, poi apre una sfumatura leggermente più dorata e lo prova.

"Dove sono gli altri tuoi fratelli?" le chiedo, guardandola lavorare affascinata. Pensavo che sarebbe stato carino ricevere una lezione da lei un giorno, ed eccoci qui. Ho sempre avuto problemi a trovare il fondotinta giusto; la maggior parte dei marchi di farmacie offre sfumature troppo chiare, troppo scure o troppo cineree. Ma il secondo colore che Alina prova si fonde perfettamente con la mia carnagione—sa sicuramente cosa sta facendo.

"Sono entrambi a Mosca" risponde, tappando la bottiglietta. "Beh, in questo momento, Konstantin è in viaggio d'affari a Berlino, ma sai cosa intendo." Appoggia la bottiglietta sul ripiano davanti a me, insieme a mascara, eyeliner e un mucchio di altre cose, inclusa una spugna a forma di uovo, che bagna sotto il rubinetto. Incontrando il mio sguardo nello specchio, mi chiede: "Ti dispiace se trucco il tuo viso? O preferiresti farlo da sola?"

"No, per favore, fai pure." Sono più che ansiosa che lei continui. Lezione di bellezza a parte, questa è un'opportunità per me di saperne di più sui miei misteriosi datori di lavoro senza che la presenza oscuramente magnetica di Nikolai mi incasini la testa.

"Va bene, allora lavati la faccia e vieni."

Faccio come dice, mentre rimette via tutto il trucco che aveva tirato fuori e lo ripone in una piccola custodia d'argento. Dopo aver asciugato e idratato il viso con una crema dall'aspetto stravagante che trovo in un altro cassetto, mi riconduce in camera da letto, dove mi mette davanti alla finestra alta quanto il soffitto—la luce naturale è la migliore, spiega. Appoggiando la valigetta per il trucco sul comodino lì accanto, mi si avvicina e, piegando la testa con uno sguardo di intensa concentrazione, inizia ad applicare il fondotinta con la spugna umida.

"Devi sempre picchiettare, non strofinare" spiega, tamponandomi le guance. "Il colore si fonde al meglio in questo modo."

"Buono a sapersi, grazie." Aspetto che abbia finito con il mio mento, prima di chiederle: "Allora, cosa ha fatto decidere a te e Nikolai di venire qui? Immagino che debba essere un grande cambiamento rispetto a Mosca."

Si ferma, i suoi occhi che incontrano i miei. "Oh, lo è. Mosca è... tutto un altro mondo." Le sue labbra rosse si sollevano senza umorismo. "Non sempre un bel mondo."

"Davvero?"

Riprende la sua attenta applicazione. "È tranquillo qui. Calmo. E la natura è bellissima. Nikolai lo voleva per suo figlio."

"Quindi, siete qui per Slava?"

"Mio fratello sì." Si acciglia, studiando il mio viso, e usa l'estremità appuntita della spugna per aggiungere un po' di fondotinta sotto i miei occhi. Le occhiaie devono infastidirla. "Io avevo solo bisogno di una pausa" continua, mentre si avvicina al ponte del mio naso "una tregua, se vuoi."

"Dalla vita a Mosca?"

"Qualcosa del genere. Chiudi gli occhi."

Obbedisco, metabolizzando silenziosamente ciò che ho imparato, mentre applica l'ombretto sulle mie palpebre e il mascara sulle ciglia. Ha senso che siano qui per il ragazzino—il tempismo del loro trasferimento in questo complesso è in linea con l'apprendimento di Nikolai dell'esistenza di suo figlio. E suppongo che se stai cercando una natura tranquilla e calma, non puoi trovare molto di meglio rispetto a questo posto.

Tuttavia, qualcosa non mi torna. Sono sicura che in Russia e in altri Paesi vicini ci siano zone selvagge non toccate dalla civiltà. Perché muoversi dall'altra parte del mondo, se la bellezza della natura è tutto ciò che cerchi? La sola differenza di fuso orario deve rendere difficile restare in contatto con la famiglia o condurre qualsiasi tipo di attività—ammesso che ci *sia* un'attività.

Aspetto che Alina abbia finito di tracciare le mie labbra con una matita, prima di aprire gli occhi e chiedere: "Che lavoro fanno i tuoi fratelli?"

"Oh, diverse cose." Applica con cura il rossetto, mi fa chiudere le labbra su un fazzoletto per togliere un po' di colore e ripete il procedimento altre due volte. Finalmente soddisfatta, mette via il rossetto e prende un piccolo contenitore di blush e un pennello per il trucco dal manico lungo. "La nostra famiglia possiede un gruppo di aziende in vari settori—energia, tecnologia, immobiliare, farmaceutica" dice, passando il pennello sulle mie guance con colpi rapidi ed esperti. "Nikolai sovrintende a tutto... o lo ha fatto fino a poco tempo fa. Quando abbiamo saputo di Slava, ha ceduto la maggior parte delle responsabilità a Valery e Konstantin, così ha potuto trasferirsi qui e trascorrere del tempo con suo figlio."

La fisso incredula. Sta parlando dello stesso Nikolai? Il padre freddamente distante che interagisce a malapena con suo figlio? Non riesco a immaginarlo che lasci presto una riunione di lavoro per stare con lui, tantomeno che si dimetta da capo di qualche importante gruppo aziendale.

Devo essermi persa qualcosa. Oppure Slava è una comoda scusa per qualcosa di losco.

"E tu?" le chiedo, quando si allontana e osserva il suo lavoro con occhio critico. "Anche tu sei coinvolta nell'azienda di famiglia?"

Ride, un suono leggero e trillante. "Oh, non fa per me." Facendo mezzo passo avanti, mi liscia il sopracciglio sinistro con il pollice. "Non male" dichiara. "Adesso dobbiamo solo sistemarti i capelli. Vieni." Afferrandomi la mano, mi trascina di nuovo in bagno, dove tira fuori un'intera gamma di prodotti per lo styling da un altro cassetto, mentre guardo a bocca aperta il mio riflesso nello specchio.

Non ho mai e poi mai avuto un simile aspetto prima, nemmeno quando mamma sborsò cinquanta dollari per farmi truccare professionalmente per il ballo del liceo.

La ragazza nello specchio è più che carina, la sua pelle liscia e luminosa, i suoi occhi castani grandi e misteriosi sopra gli zigomi delicatamente sagomati e le labbra morbide e carnose di colore rosa scuro.

Non somiglio ad Alina, con le sue labbra rosso vivo e il teatrale trucco con occhi da gatta. In realtà, sembra che non lo indossi affatto. È come se fossi stata photoshoppata, tutte le mie imperfezioni levigate.

"Wow." Alzo la mano per toccarmi il viso. "Questo è…"

Alina mi allontana la mano. "Non toccare, rovinerai tutto. In generale, meno tocchi il viso, meglio è. Hai una carnagione bella e luminosa, ma sarà ancora meglio se tieni le mani lontane. L'olio e lo sporco sulle nostre dita ostruiscono i pori, facendoli sembrare più grandi nel tempo."

"Va bene, va bene." Castigata, tengo le mani lungo i fianchi, mentre lei va a lavorare sui miei capelli, prima liberandoli dallo chignon, poi vaporizzandoli con acqua e applicando vari prodotti per lo styling per stuzzicare l'onda nelle ciocche altrimenti flosce.

"Ecco fatto" dice dopo pochi minuti. "Ora hai bisogno di scarpe e saremo pronte."

Oh, cavolo. "Non credo di avere—" comincio a dire, ma lei sta già uscendo dal bagno.

La seguo e la vedo diretta verso il mio armadio. Un secondo dopo, emerge con una scatola da scarpe. *Jimmy Choo*, dichiara il logo sulla scatola. Poggiandola sul pavimento, tira fuori un paio di scarpe dorate col tacco e me le porge. "Prova queste."

Mi hanno comprato anche delle scarpe? Impedendo al mio cervello di fare i conti sulla fortuna non così piccola che deve essere stata spesa per il mio guardaroba, le indosso—come il vestito, calzano perfettamente—e mi avvicino allo specchio a figura intera appeso accanto all'armadio.

"Come ti sembrano?" chiede Alina, venendo a mettersi

accanto a me. Con mia grande sorpresa, ora è solo pochi centimetri più alta di me; quei tacchi alti che indossa sempre mi avevano indotta a pensare che avesse l'altezza di una modella.

Provo a spostare il mio peso da un piede all'altro. "Sorprendentemente comode." Non sono comode come le mie scarpe da ginnastica, ovviamente, ma posso stare in piedi e camminarci meglio che con qualsiasi scarpa elegante abbia mai indossato. Allo stesso modo, l'abito color pesca non punge né graffia da nessuna parte; tutte le cuciture sono lisce e morbide sulla mia pelle, la fodera interna setosa piacevolmente fresca.

Non c'è da stupirsi che Alina sia sempre in grado di vestirsi come una regina. Se tutti i suoi vestiti sono di questa qualità, sembrare affascinante non è neanche lontanamente un grosso inconveniente come immaginavo.

"Manca solo una cosa" dice, sorridendo al mio riflesso. "Rimani qui. Torno subito." Si precipita fuori dalla stanza, e io resto davanti allo specchio, meravigliandomi del modo in cui l'abito luccicante avvolga il mio corpo troppo magro, dando l'illusione di curve sinuose.

Non sarò mai bella come Alina, ma sono sicuramente la versione migliore di me stessa.

Ritorna un minuto dopo con un piccolo portagioie in mano. Posandolo sul comodino, lo apre ed estrae un paio di orecchini di diamanti e un ciondolo a forma di cuore su una sottile catena d'oro.

"Grazie, ma non posso" dico, mentre viene verso di me, tenendo in mano i gioielli. "Sembrano davvero costosi."

"Non preoccuparti. Sono solo dei ninnoli." Ignorando le mie proteste, mi avvolge la catena d'oro intorno al collo e la chiude, quindi inserisce i perni dei diamanti nelle mie orecchie. "Ecco, ora l'abbigliamento è completo."

Lei fa un passo indietro, e io mi volto di nuovo verso lo specchio.

Ha ragione. I gioielli hanno aggiunto quel tocco di classe finale, il diamante a forma di cuore che brilla un centimetro sopra il debole accenno di scollatura creato dal corpetto del vestito. Sembro in parti uguali elegante e sexy, come una principessa dei giorni nostri, che sta per partecipare a un ballo.

Se mamma mi avesse vista così, ne sarebbe stata orgogliosa. Mi avrebbe scattato un milione di foto in dozzine di pose diverse e avrebbe impostato le migliori come salvaschermo e sfondo del telefono, in modo da poterle mostrare ai suoi colleghi al ristorante. Avrebbe—

Sbatto le palpebre e mi volto per guardare Alina. "Grazie" dico, la mia voce solo leggermente tesa. "Lo apprezzo molto."

"Il piacere è tutto mio." I suoi occhi verdi brillano, mentre mi guarda un'ultima volta. "Andiamo a cena. Non vedo l'ora che Nikolai ti veda così."

E prima che possa chiedermi cosa intenda dire, esce dalla camera, non lasciandomi altra scelta che seguirla.

20

NIKOLAI

"Che cazzo pensi di fare?" La mia voce è bassa, la mia espressione neutra, mentre mi rivolgo a mia sorella in russo. Di fronte a me, Chloe ha la testa china verso Slava, gli parla del cibo nel piatto come se lui potesse capirla, e tutto quello a cui riesco a pensare è quanto vorrei allungare la mano sul tavolo e strapparle quella collana dalla gola liscia e sottile—subito dopo aver strangolato la persona che gliel'ha data.

"Mi hai chiesto tu di aiutarla a vestirsi." Il tono di Alina corrisponde al mio, anche se il gelido divertimento le brilla negli occhi. "Non ti piacciono i risultati?"

"Dove l'hai presa?" Abbasso ulteriormente la voce, mentre Slava ci guarda con curiosità. A differenza della sua insegnante americana, comprende esattamente quello che stiamo dicendo, se non il contesto di tutto. "Pensavo fosse andata persa."

"La collana preferita di mamma? Assolutamente no." Il sorriso di Alina è gelido e luminoso come il diamante che luccica sul petto di Chloe. "Me l'ha data per conservarla.

129

Proprio prima... lo sai." Aspetta la mia risposta. Non ottenendola, sbatte le ciglia con esagerata innocenza. "Non ti piace su di lei? Pensavo fosse perfetta per questo vestito—e per il tuo nuovo giocattolino."

I miei molari si stringono, ma il comportamento esteriore rimane calmo. Ora capisco a che gioco sta giocando Alina, e non ho intenzione di lasciarla vincere. "Hai ragione. *È* perfetta, e anche lei. Grazie per essere stata così disponibile."

Senza aspettare la sua reazione, rivolgo la mia attenzione a Chloe, ignorando la rabbia incandescente che mi scorre nelle vene ogni volta che la pietra scintillante cattura il mio sguardo. Quel ciondolo è tutto ciò che ho potuto vedere da quando la ragazza è venuta a tavola, quindi ora studio il suo aspetto—e, mentre lo faccio, la furia ardente dentro di me si trasforma in lussuria.

Lei è stupenda. No, di più. È mozzafiato, il dipinto di una dea greca che prende vita. Come nella foto che ho visto prima, i suoi capelli cadono sulle spalle esili in una cascata di onde castane striate dal sole, e la sua pelle liscia risplende di una misteriosa luce interiore. Qualunque cosa abbia fatto mia sorella ha migliorato la radiosità che mi ha catturato sin dall'inizio, enfatizzando la bellezza luminosa e tenera di Chloe.

Il tipo di bellezza che quasi implora di toccarla.

Il mio sguardo passa dal suo viso alle fragili clavicole, poi, superando con determinazione il ciondolo, all'accenno di ombra tra i suoi seni, spinti in su dal corpetto aderente del vestito. Con vivida chiarezza, immagino come sembreranno i suoi capezzoli turgidi, quando toccherò quei piccoli, deliziosi globi, il sapore che avranno, quando li succhierò. Gemerà, la sua testa si inarcherà all'indietro e le sue braccia sottili si alzeranno per—

Mi fermo, la fantasia che svanisce, mentre fisso le croste rosso scuro sul suo bicipite sinistro.

Che cazzo?

Sembrano ferite da punta, profonde.

"Ha detto che è caduta su un vetro rotto" mormora Alina in russo, stranamente in grado di leggermi nel pensiero, come sempre. "Interessante, non è vero?"

Lo è, davvero. Sebbene sia teoricamente possibile cadere su vetri rotti e procurarsi ferite da punta, è molto più probabile procurarsi dei tagli—e non vedo niente del genere sul suo braccio.

"Mi chiedo se sia stata pugnalata o colpita da schegge" continua Alina, facendo di nuovo eco ai miei pensieri. "Che cosa ne pensi? La mia scommessa è su quest'ultima opzione."

Mi costringo a sembrare disinteressato, annoiato dall'argomento. "Penso che sia caduta su un vetro rotto." Non ho detto a mia sorella del rapporto aggiuntivo che ho commissionato al team di Konstantin, e non ho intenzione di farlo.

Chloe è il mio mistero da svelare, il mio puzzle da risolvere.

Il mio bel giocattolo con cui giocare.

I suoi occhi incontrano i miei e distoglie velocemente lo sguardo, la mano che si stringe sulla forchetta, mentre il suo piccolo petto si alza e si abbassa a un ritmo più veloce. Sorrido cupamente, guardandola. La sconvolgo, la innervosisco, e non è solo la tensione sessuale che scalda l'aria tra di noi. Ho colto il modo in cui ha guardato le mie nocche rovinate durante il pranzo, ho scorto le domande nei suoi occhi.

La mia zaychik è abbastanza intelligente da diffidare di me.

Lei sa, nel profondo, che tipo di uomo sono.

La studio per tutto il pasto, godendomela, mentre si gusta i frutti del lavoro in cucina di Pavel. È ancora discreta, ma almeno tre porzioni colme di *plov*, la specialità georgiana di riso pilaf di Pavel, scompaiono dal suo piatto in breve tempo, seguite da una porzione di ogni insalata e contorno sul tavolo, insieme a un intero piatto di kebab di agnello, il piatto forte di stasera.

Il suo appetito fuori dagli schemi mi diverte e allo stesso tempo mi turba, perché rivela qualcosa di importante.

Mi dice che ha conosciuto la vera fame nel recente passato.

La realizzazione si aggiunge alla mia frustrazione, così come i segni sul suo braccio. Konstantin non ha ancora inviato il rapporto, e mi sta facendo impazzire. Voglio sapere cosa le è successo. Ho *bisogno* di saperlo. Sta rapidamente diventando un'ossessione—e lo è anche lei. Questo pomeriggio, quando è andata a fare la passeggiata nel bosco con Slava, mi sono sentito inerme, perché non potevo guardarla attraverso le telecamere. Voglio sapere cosa fa in ogni momento di ogni giorno, e non importa quanto cerchi di distrarmi, è tutto ciò a cui riesco a pensare.

Mentre il pasto volge al termine, penso di convincerla a restare per un aperitivo con me, ma quando la sorprendo a coprire uno sbadiglio, decido di non farlo. L'abilità di Alina con il trucco ha nascosto i segni esteriori dell'esaurimento di Chloe, ma è ancora fragile, ancora debole... troppo per tutte le cose oscure e sporche che voglio farle. Inoltre, stasera non posso essere certo del mio autocontrollo.

Il desiderio che mi brucia le vene sembra troppo potente, troppo selvaggio per una dolce seduzione.

Presto, prometto a me stesso, mentre la guardo uscire dalla sala da pranzo e scomparire su per le scale.

Presto verrò a capo dei misteri di Chloe Emmons e potrò placare questa bramosia.

Sono quasi le due del mattino, quando ammetto la sconfitta e mi alzo per andare a correre. Dopo aver dormito a malapena la scorsa notte e aver esaurito gran parte della mia incessante energia combattendo con le guardie, avrei dovuto essere morto per il mondo. Invece, sono rimasto sveglio per ore, il mio corpo che bruciava dal desiderio insoddisfatto e la mia mente piena di pensieri irrequieti. Ogni volta che ero vicino ad appisolarmi, vedevo il fottuto ciondolo penzolare sopra di me e la rabbia mi inondava le vene, facendomi svegliare di scatto.

Mia sorella sapeva cosa stava facendo, quando ha appeso quel gingillo attorno al bel collo di Chloe.

Il cielo notturno è limpido, quando esco di casa, la luce della mezza luna che illumina il mio cammino, mentre inizio a fare jogging lungo il vialetto. Non che ne abbia bisogno—ho un'eccellente visione notturna. Mentre la foresta si infittisce intorno a me, accelero, finché non corro lungo il sentiero che porta al cancello. A metà strada, svolto bruscamente a destra ed entro nel bosco, le mie scarpe da ginnastica che scricchiolano su foglie e ramoscelli, mentre mi avventuro tra gli alberi. È più buio qui, più pericoloso, con il terreno irregolare e i rami caduti, ma la sfida è quello che cerco. Correre in questo modo mi costringe a concentrarmi, a esercitarmi sia mentalmente che fisicamente. Allo stesso tempo, qualcosa nella foresta notturna mi calma. Il tranquillo fruscio delle creature selvagge tra i cespugli, il grido di una civetta sopra la mia testa, il profumo della vegetazione in decomposizione—fa tutto parte dell'esperienza, parte di ciò che mi attrae di questo posto.

Corro, fino a quando i miei polmoni bruciano e i miei muscoli sembrano di piombo, finché il sudore mi scorre lungo il viso in rivoli. Quando le mie gambe minacciano di cedere, mi volto indietro e corro su per la montagna, spingendomi oltre il punto di esaurimento, oltre i limiti del mio corpo e i ricordi che invadono la mia mente. Corro, finché non riesco a pensare a niente, tantomeno a immaginare il ciondolo a forma di cuore sul petto di Chloe.

Alla fine, mi fermo e cammino per il resto della strada, lasciandomi raffreddare. Quando entro nella casa buia e silenziosa, il mio respiro si è calmato e le mie gambe iniziano a sentirsi attaccate al corpo. Togliendo le scarpe sporche, chiudo a chiave la porta d'ingresso e mi avvio su per le scale, il peso della privazione del sonno che cala su di me come uno strato di mattoni. Non vedo l'ora di cadere nel mio letto e—

Un grido soffocato mi blocca di colpo.

Mi fermo in cima alle scale, tutti i miei sensi in allerta, mentre scruto il corridoio buio.

Un attimo dopo, lo sento di nuovo.

Un urlo soffocato, proveniente dalla camera di Chloe.

L'adrenalina mi attraversa il corpo. Non mi fermo a pensare, agisco e basta. Silenziosamente, percorro il corridoio, ogni muscolo del mio corpo che si attorciglia per la battaglia. Se qualcuno è entrato, se le sta facendo del male... Il solo pensiero tinge di rosso la mia vista. Solo una vita di allenamento mi impedisce di buttare giù la porta e precipitarmi dentro. Invece, mi fermo a un metro dalla sua camera da letto e premo il palmo contro il muro, cercando una minuscola sporgenza. Quando la trovo, premo, e con un leggero ronzio, un piccolo riquadro del muro scivola via, rivelando uno dei mini arsenali che ho nascosto in tutta la casa.

Muovendomi silenziosamente, mi allungo nella nicchia e afferro una Glock 17 carica, poi mi avvicino alla porta della ragazza.

Tutto è di nuovo calmo, ma non mi lascio ingannare.

Qualcosa non va. Lo so. Lo sento.

Togliendo la sicura con il pollice destro, giro con cautela la maniglia della porta con la mano sinistra e apro uno spiraglio.

Segue un altro grido, seguito da un singhiozzo soffocato.

Fanculo.

Spalanco la porta ed entro, pronto a combattere.

Solo che nessuno mi attacca.

Non ci sono proiettili volanti, nessun movimento di alcun tipo.

La debole luce lunare non rivela nessuno nella camera buia oltre a me e un fagotto sotto le coperte del letto—un fagotto che sussulta all'improvviso, emettendo un'altra di quelle grida soffocate.

Naturalmente.

Abbasso la pistola, il peggio della tensione che si allenta nei miei muscoli. Questo dev'essere quello che Alina ha sentito ieri notte. Non c'è da stupirsi che Chloe sembrasse così a disagio, quando mia sorella ha sollevato l'argomento.

Ha gli incubi. Quelli brutti.

Dovrei andarmene ora che so che è al sicuro, ma rimango fermo al mio posto, fissando quel fascio di coperte, mentre il mio battito cardiaco assume un ritmo duro e martellante. *È qui, sta dormendo a solo un paio di metri di distanza.* L'adrenalina nelle mie vene si trasforma in un bisogno acuto e caldo, una smania così feroce e potente che tremo per lo sforzo di contenerla.

Voglio sentire la sua pelle liscia e calda sotto le mie dita, annusare il suo profumo fresco e dolce di fiori di campo... affondare in profondità nel suo calore umido... Il polso mi rimbomba nelle orecchie, il corpo è così duro da farmi male e le gambe si muovono contro la mia volontà, portandomi avanti.

No. Cazzo, no.

Mi fermo a mezzo metro dal letto, la mascella serrata.

Torna indietro, cazzo. Adesso.

Per qualche miracolo, i miei piedi obbediscono.

Un passo.

Un altro.

Un terzo.

Sono a metà strada verso la porta, quando il fagotto sul letto sussulta di nuovo e inizia a dimenarsi selvaggiamente, riempiendo l'aria di grida incontrollate e strazianti.

21

CHLOE

"No!"

I miei piedi scivolano nel sangue, mentre mi lancio in avanti, cadendo in ginocchio sul corpo di mamma. Il suo bellissimo viso espressivo è rilassato, i morbidi occhi castani vitrei che non vedono. La sua vestaglia rosa, il mio regalo di Natale dell'anno scorso, si apre in alto, rivelando il seno sinistro, e il suo braccio destro è spinto di lato, il sangue dal profondo squarcio verticale nell'avambraccio che si accumula sulle piastrelle bianche, filtrando nella stuccatura perfettamente mantenuta. Il suo braccio sinistro è premuto contro il fianco, ma c'è sangue anche lì. Così tanto sangue...

"Mamma!" Le premo le dita gelide sul collo. Non riesco a sentire le pulsazioni, o forse semplicemente non so dove trovarle. *Perché ci sono. Devono esserci. Non mi farebbe questo. Non adesso. Non di nuovo.* Sono contemporaneamente frenetica e insensibile, i miei pensieri che corrono alla velocità della luce anche se sono inginocchiata lì, rigida e bloccata. *Sangue. Così tanto sangue sul pavimento della cucina.* La mia testa si alza di scatto con il pilota automatico, e i miei occhi cercano un rotolo di carta da cucina sul tavolo. Mamma sarà così arrabbiata per le macchie sulla stuccatura. Ho bisogno di ripulire questo, ho bisogno di—

Chiamare il 911. Questo è ciò che devo fare.

Mi alzo in piedi, toccando freneticamente le tasche, mentre il mio sguardo rimbalza per la cucina.

Il mio telefono. Dov'è il mio fottuto telefono?

Aspetta, la mia borsa.

L'ho lasciata in macchina?

Mi volto verso la porta d'ingresso, respirando a fatica. *Chiavi.* L'auto ha bisogno delle chiavi. *Dove ho messo le mie fottute chiavi?* Il mio sguardo cade su un tavolino vicino all'ingresso e corro verso di esso, il cuore che batte così forte che mi fa venire la nausea.

Chiavi. Macchina. Borsa. Telefono.

Posso farlo.

Solo un passo alla volta.

Le mie dita si chiudono attorno al portachiavi peloso, e sto per afferrare la maniglia della porta, quando lo sento.

Il rombo basso e profondo delle voci maschili nella camera da letto di mamma.

Mi trasformo in pietra, ogni muscolo del mio corpo che si blocca.

Uomini. Qui nell'appartamento. Dove mamma giace in una pozza di sangue.

"—doveva essere qui" sta dicendo uno di loro, la sua voce che diventa più forte di secondo in secondo.

Senza pensare, salto nella nicchia del muro nel corridoio che funge da guardaroba. Il mio piede sinistro atterra su una pila di stivali, la mia caviglia si torce in modo doloroso, ma sopprimo il grido e mi sistemo i cappotti invernali per nascondermi.

"Controlla di nuovo il telefono. Forse c'è qualcosa." La voce dell'altro uomo suona più vicina, così come i suoi passi pesanti.

Oh Dio, oh Dio, oh Dio.

Mi sbatto entrambe le mani sulla bocca, le chiavi che stringo che mi affondano dolorosamente nel mento, mentre le tengo ferme, senza osare respirare.

I passi si fermano vicino al mio nascondiglio, e attraverso gli ingombranti strati di cappotti, li vedo.

Alti.

Robusti.

Maschere nere.

Una pistola in una mano guantata.

Spine di terrore mi attraversano la schiena, la mia vista screziata di macchie scure per la mancanza d'aria.

Non svenire, Chloe. Stai ferma e non svenire.

Come se sentisse i miei pensieri, l'uomo più vicino a me si volta di fronte al mio nascondiglio e si toglie la maschera, rivelando la testa di uno squalo. Mostrando i denti simili a coltelli in un sorriso macabro, mi punta la pistola contro.

"No!"

Mi tiro indietro violentemente, solo per rimanere impigliata nei cappotti. Sono dappertutto, mi soffocano, mi tengono prigioniera. Mi agito con crescente disperazione, suppliche rauche e singhiozzi di panico che mi escono dalla gola, mentre il dito guantato di nero si stringe sul grilletto e—

"Shhh, va tutto bene, zaychik. È tutto a posto." I cappotti si stringono intorno a me, solo che questa volta il loro peso è confortante, come essere avvolti in un abbraccio. Hanno anche un buon profumo, una miscela intrigante di cedro, bergamotto e sudore maschile terroso. Inspiro profondamente, il mio terrore che si allenta, mentre la testa dello squalo e la pistola si ritirano in una nebbia e la consapevolezza di altre sensazioni si insinua.

Calore. Muscolo liscio e duro sotto i palmi. Una voce profonda e ruvida che mormora qualcosa di rassicurante nel mio orecchio, mentre braccia potenti mi tengono stretta, proteggendomi, tenendomi al sicuro dagli orrori che aleggiano oltre la nebbia.

I miei singhiozzi si placano, i miei respiri a scatti rallentano, mentre l'incubo allenta la presa su di me. Ed *è* stato un incubo. Ora che il mio cervello inizia a funzionare, so che non esiste niente come la testa di uno squalo su un corpo umano. La mia mente addormentata l'ha evocata, abbellendo il ricordo, proprio come ora sta abbellendo—

Aspetta, questo non sembra un sogno.

Mi irrigidisco, con una scarica di adrenalina che spazza via la foschia persistente, e mi rendo conto che un uomo grosso, caldo, a torso nudo, *molto reale* mi sta cullando sulle sue ginocchia. La mia faccia è sepolta nell'incavo del suo collo, le mie mani stringono i muscoli duri delle sue spalle, mentre i suoi grandi palmi callosi mi accarezzano dolcemente la schiena. Mormora parole di conforto in un misto di inglese e russo, e la sua voce dolce e profonda è terribilmente familiare, così come il profumo maschile accattivante.

Non può essere.

Non è possibile.

Eppure…

"Nikolai?" sussurro, sentendomi come se stessi implodendo internamente—e mentre sollevo la testa dalla sua spalla e apro gli occhi, la debole luce lunare che filtra dalla finestra illumina i lineamenti nettamente scolpiti del suo viso, dandomi la risposta.

22

CHLOE

Una grande mano calda si posa sulla mia nuca, scacciando la tensione che permea ogni muscolo del mio corpo. "Stai bene, zaychik?" mormora, la tenue luce lunare che si riflette nei suoi occhi, mentre l'altra mano mi accarezza il braccio. "È finito il brutto sogno?"

Non riesco a trovare le parole per rispondere. Lo shock è come un milione di minuscoli aghi che mi pungono la pelle, il mio termostato interno che passa da caldo a freddo e viceversa.

Nikolai e io siamo a letto.

Insieme.

Mi sta tenendo sul grembo.

Il termostato si accende fino a bruciare, aumentando il mio battito e inviando una vertiginosa lancia di calore direttamente al mio intimo. Siamo quasi nudi—la canotta e i pantaloncini del pigiama sono oltremodo fragili, e anche lui deve indossare solo pantaloncini o slip, perché posso sentire le sue cosce nude contro le mie. La sua pelle è ruvida per i peli, i muscoli delle gambe così duri da sembrare pietra.

E questa non è l'unica durezza simile alla pietra che sento.

Il mondo intero sembra svanire, sostituito dalla cruda consapevolezza della nostra posizione intima e dall'oscura forza magnetica che ci ha attratti l'uno verso l'altra sin dall'inizio. Il mio cuore batte violentemente nella cassa toracica, ogni battito che mi riverbera nelle orecchie, mentre il mio respiro balbetta attraverso le labbra aperte. Il suo viso è a pochi centimetri dal mio, le sue braccia potenti mi circondano, tenendomi in un abbraccio, che è in parti uguali protettivo e restrittivo.

"Chloe, zaychik..." Una nota tesa entra nella sua voce profonda. "Stai bene?"

Bene? Sto bruciando, sto morendo per la tempesta di fuoco dentro di me. È così vicino che posso sentire il calore del suo respiro, annusare un accenno di dentifricio alla menta mescolato alle note sensuali della sua colonia e alle sfumature salate del sudore maschile pulito e sano. I suoi occhi brillano di luce lunare punteggiata di ombre, i capelli neri si fondono con la notte, e ho il pensiero surreale che *lui* sia fatto di oscurità... che come una creatura degli inferi, esista fuori dalla portata della luce.

La trepidazione mi avvolge, mescolandosi al calore che mi brucia nelle vene, intensificandolo in un modo strano e inquietante. I miei capezzoli si induriscono, i muscoli interni si contraggono per un bisogno crescente e vuoto, e il mio corpo agisce su un impulso che ribolle da molto tempo, con le mie dita che si stringono sui muscoli duri delle sue spalle, mentre le mie labbra premono contro le sue.

Per un breve momento, non succede nulla, e ho l'orribile

pensiero di aver valutato male la situazione, che l'attrazione sia unilaterale, dopotutto. Ma poi, un suono basso e ruvido gli rimbomba nella gola, e mi bacia di rimando con un'attrazione selvaggia, le braccia che si stringono a formare una gabbia di ferro intorno a me. Le sue labbra divorano le mie, la sua lingua mi pugnala in profondità, assaporandomi, invadendomi in una sfacciata imitazione dell'atto sessuale, e la mia mente si svuota completamente, tutti i pensieri e le paure che evaporano sotto la brutale sferzata del desiderio.

Non ho mai conosciuto un bacio così rude e carnale, non ho mai provato un'eccitazione così intensa da far male. La mia pelle brucia, il mio cuore batte come un pugno contro la cassa toracica, e il mio intimo pulsa per un disperato bisogno di liberazione. Mi inchioda sotto il suo peso, e tutto quello che posso fare è gemere impotente nella sua bocca, mentre le mie unghie affondano nelle sue spalle e le mie gambe gli avvolgono i fianchi, schiacciando il clitoride palpitante contro il duro rigonfiamento della sua erezione.

Un gemito irregolare gli sfugge dalla gola, e lui fa scorrere una mano lungo il mio corpo, il suo tocco che sprigiona il fuoco nella sua scia. Duramente, mi solleva la canotta e il suo palmo calloso si chiude sul mio seno sinistro, massaggiandolo con una pressione affamata, mentre le sue labbra schiacciano le mie, il suo bacio che mi consuma, rubando ogni respiro dai miei polmoni. Senza fiato, stordita, mi dimeno contro di lui, le mie mani che scivolano verso l'alto per afferrargli i capelli setosi. La sensazione del suo palmo caldo sul mio capezzolo mi suscita sollievo e irritazione contemporaneamente; calma il desiderio febbrile del suo tocco, mentre intensifica il rapido accumulo di tensione. Come una molla carica, la pressione si raccoglie sempre più forte nel mio intimo, ogni movimento stridente dei miei fianchi che mi avvicina al limite, al sollievo che sto cercando disperatamente.

Sto per venire. La realizzazione mi attraversa per un attimo prima del climax. La mia schiena si curva, le gambe si stringono intorno al suo sedere muscoloso, e un grido soffocato esplode dalla mia gola, mentre un caldo piacere si diffonde attraverso il mio corpo. L'orgasmo è così potente che spazza via ogni pensiero, ogni ragione, ed è solo quando mi sdraio sulla schiena e apro gli occhi che mi rendo conto che lui è immobile sopra di me, la sua testa girata verso la porta e il suo corpo potente che quasi vibra per la tensione.

Una frazione di secondo dopo, mi rendo conto del perché.

"Chloe, sei tu? Stai—"Alina si blocca sulla soglia, la sua figura delineata dalla luce che filtra dal corridoio.

Una luce che deve aver acceso, quando ci ha sentiti.

O più specificamente, quando mi *ha* sentita.

Una vampata di calore mi brucia il viso e il collo, mentre realizzo esattamente quello che ha sentito—e quello che sta vedendo.

Io, a letto con suo fratello seminudo nel cuore della notte, la canotta del pigiama alzata fino alle ascelle.

Non è possibile farlo passare per un incidente, non può scambiarlo per qualcosa di diverso da quello che è.

"Scusa." Il tono di Alina diventa gelido. "La porta era aperta. Non volevo intromettermi."

Scompare nel corridoio, e Nikolai borbotta qualcosa che suona come un'imprecazione in russo. Rotolando via da me con un movimento esplosivo, si avvicina alla porta spalancata e la chiude, sbattendola, facendoci precipitare di nuovo nell'oscurità.

Mi metto seduta, tirando giù la canotta, mentre sento i suoi passi di ritorno. *Fanculo. Fanculo. Fanculo. Che cosa sto facendo?* La mia mano vaga freneticamente sul comodino in cerca dell'interruttore della lampada, e la luce si accende proprio mentre il materasso affonda sotto il suo peso.

Per alcuni istanti, ci fissiamo a vicenda, e noto ogni sorta di dettagli che fanno sciogliere le mutandine, come il modo in cui i suoi capelli neri e lisci sono scompigliati dalle mie dita e come le sue labbra sensuali sono rosse e gonfie, lucide per i nostri baci appassionati. Le mie devono avere lo stesso aspetto, perché le sento, umide e pulsanti, doloranti per i suoi tocco e sapore che creano dipendenza. Indossa solo un paio di pantaloncini da corsa, e il petto e le spalle sono tutti muscoli magri, i suoi addominali ben definiti. A differenza delle potenti gambe, che sono cosparse di peli scuri, il suo busto è liscio, la pelle leggermente abbronzata segnata solo da una cicatrice chiara e rugosa sulla spalla sinistra.

Il mio battito cardiaco aumenta.

Ferita da proiettile.

Non ne ho mai vista una, ma sono certa di aver ragione. O quello o una punta di trapano gli ha perforato la spalla.

Il bagliore persistente dell'orgasmo si dissolve, mentre filtra la paura nata da un pensiero più lucido. Chi è quest'uomo meraviglioso che sembra conoscere così intimamente il pericolo?

Perché è nella mia camera da letto, sul mio letto?

Lentamente, mi allontano, senza staccare gli occhi dai suoi. La ferita da proiettile, le nocche ammaccate, il muro intorno al complesso e le guardie... C'è una storia qui, e non è bella. La violenza, in qualche forma, sembra far parte della vita del mio nuovo datore di lavoro, e non voglio averci niente a che fare, non importa quanto il mio corpo desideri che concludiamo quello che abbiamo iniziato.

Quello che *io* ho iniziato, baciandolo così sconsideratamente, così sfacciatamente.

Al mio ritiro, i suoi occhi da tigre si restringono e sento la sua frustrazione, la furia ribollente di un predatore che assiste all'inevitabile fuga della sua preda. Solo che nel nostro caso non è inevitabile—con la sua taglia e forza superiori, può fermarmi in qualsiasi momento, e il fatto che rimanga fermo nonostante la tensione evidente nei suoi potenti muscoli è più che un po' rassicurante.

Deve rendersi conto di quello che sto pensando, perché la sua espressione si addolcisce, la postura che assume un atteggiamento rilassato, quasi pigro. "Non preoccuparti, zaychik. Non ho intenzione di saltarti addosso." La sua voce è dolce, il tono delicatamente beffardo. "Se non vuoi questo, dillo e basta. Non ho l'abitudine di portare a letto le non consenzienti... o chiunque finga di esserlo."

Ho la sensazione che qualcuno stia bruciando carboni sotto la pelle del mio viso. Senza dubbio si riferisce al mio orgasmo improvvisato, qualcosa a cui non mi sono ancora permessa di pensare. Perché per quanto svergognato sia stato il mio comportamento stasera, niente può essere più eccitante che azzannarlo come una cagna in calore—e poi venire.

"Non sto—" mi fermo, realizzando che stavo per lanciarmi in smentite infantili. "Hai ragione" dico con un tono più pacato. "Ti chiedo scusa. Non avrei dovuto baciarti. Era del tutto inappropriato e—"

"E succederà di nuovo." I suoi occhi sono come gioielli d'ambra nella calda luce proiettata dalla lampada. "Mi bacerai e noi scoperemo, e tu verrai ancora e ancora. Verrai sulle mie dita e sulla mia lingua, e con il mio cazzo sepolto in profondità nella tua figa stretta e bagnata. Verrai, mentre ti fotto la gola e il culo. Verrai così fottutamente che dimenticherai come ci si senta a non venire—e chiederai ancora di più."

Lo fisso, la gola secca e le mutande bagnate. Il mio clitoride pulsa in sintonia con le sue parole pronunciate a bassa voce, il cuore che martella come un picchio anche se i miei polmoni lottano per tirare un solo respiro. Non ho mai avuto un uomo che mi parlasse in questo modo, non ho mai saputo che le parolacce potessero contemporaneamente accendermi e farmi bruciare dalla vergogna.

"Questo non è... io non sono..." trascino ossigeno. "Non succederà."

"Oh, lo farai, zaychik. Sai perché?"

Scuoto la testa, non fidandomi di parlare.

"Perché questo è inevitabile. Dal momento in cui ti ho vista, ho capito che sarebbe stato così... caldo, selvaggio e crudo, completamente incontrollabile. E lo sai anche tu. Ecco perché riesci a malapena a guardarmi durante i pasti, perché stare da sola con me ti fa così paura." Si sporge, gli occhi che brillano. "Mi vuoi, Chloe... e credimi, ti voglio anch'io."

Cerco qualcosa da dire, ma non mi viene in mente nulla. Dove dovrebbero esserci i pensieri, c'è un grande vuoto. Allo stesso tempo, il mio corpo vibra di consapevolezza elettrica, ogni terminazione nervosa visceralmente conscia della sua vicinanza e del calore oscuro in quegli occhi leonini e ipnotici. Tutto ciò è così lontano dal mio regno di esperienza che non ho alcun episodio con cui confrontarlo, alcun indizio su come reagire, tantomeno agire. È il mio datore di lavoro, il padre del mio allievo, e anche se non lo fosse, ci sarebbe comunque quell'aura di pericolo, di violenza, che indossa come un'aura letale. L'unica soluzione sensata è chiudere, negare di volerlo, ma non riesco a dar voce all'ovvia bugia.

Aspetta che parli e, quando non lo faccio, le sue labbra si piegano in un mezzo sorriso beffardo. "Pensaci, zaychik" consiglia dolcemente, i muscoli del suo potente corpo che si increspano, mentre si alza in piedi. "Pensa a quanto sarà bello, quando verrai da me."

Quando finalmente formulo una risposta, se n'è andato, lasciando una debole traccia di bergamotto e cedro sulle mie lenzuola—e un totale tumulto nella mia mente e nel mio corpo.

23

NIKOLAI

Devo fare appello a tutto l'autocontrollo che ho raccolto negli anni per entrare nella mia camera e chiudere la porta alle mie spalle. La lussuria, oscura e potente, pulsa dentro di me, chiedendomi di tornare da Chloe e continuare da dove avevamo lasciato.

Invece, vado nel mio bagno. Mi tolgo i pantaloncini fradici di sudore, apro la doccia e imposto la temperatura su freddo. Poi, mi metto sotto al getto, lasciando che il gelo dell'acqua raffreddi il fuoco che infuria nel mio sangue.

Troppo presto.

Avrei potuto spingerla oltre, lo so, ma sarebbe stato troppo presto. Non è pronta per questo, per me. L'incubo le ha fatto abbassare la guardia, ma la prematura interruzione di mia sorella le ha ricordato tutte le ragioni per cui non dovrebbe volermi, tutte le ragioni per cui pensa che sia sbagliato. Il suo corpo potrebbe desiderarmi, ma la sua mente sta combattendo l'attrazione. La spaventa, l'intensità di ciò che ribolle tra di noi, e non posso biasimarla.

Quasi spaventa me.

C'è qualcosa di diverso nel mio desiderio per la ragazza, qualcosa di tenero e violento... una possessività che va oltre la semplice lussuria. Quando credevo che fosse nei guai, tutto quello a cui riuscivo a pensare era raggiungerla, proteggerla, distruggere chiunque le avesse fatto del male. E quando ha iniziato a dimenarsi in preda al suo incubo, il bisogno di confortarla era troppo potente per negarlo. Ho mantenuto una sufficiente lucidità mentale per mettere via la pistola nel corridoio, e poi ero lì, tenendola stretta, mentre lei tremava e singhiozzava, il suo evidente terrore che mi lacerava, riempiendomi di frustrazione e furia impotente.

È stata traumatizzata, ferita da qualcuno o qualcosa, e non so da chi o cosa.

Non lo so, e ho bisogno di sapere.

Ne ho bisogno, così potrò proteggerla.

Ne ho bisogno, perché nella mia mente lei è già mia.

Sono ancora sotto il getto freddo, un'oscura consapevolezza che mi attraversa.

Alina ha ragione a temere per Chloe.

Sono un pericolo per lei, anche se non per il motivo che mia sorella immagina. Pensa che io voglia la ragazza come un giocattolo usa e getta, un giocattolo casuale, ma si sbaglia. Per quanto desideri seppellirmi nel corpicino stretto di Chloe, voglio entrare ancora di più nella sua mente. Voglio conoscere ogni pensiero dietro quegli occhi castani, mettere a nudo ogni suo desiderio e bisogno... ogni cicatrice e ferita. Voglio scavare in profondità nella sua psiche, e non solo per i segreti che nasconde.

Non voglio svelare solo il mistero che rappresenta.

Voglio svelare *lei*.

Voglio smontarla e comprendere cosa motivi le sue scelte.

Voglio farlo per spingerla solo verso di me, in modo che sia solo mia.

La voglio come mio padre un tempo deve aver voluto mia madre... una vita fa, prima che il loro amore si trasformasse in odio.

Per un lungo secondo, che mi fa venire il voltastomaco, contemplo di fare la cosa giusta. Considero di allontanarmi, o meglio, di lasciare che lo faccia Chloe. Per prima cosa domani, potrei darle due mesi di paga, senza vincoli, e mandarla via... guardala uscire di qui con la sua fatiscente Toyota.

Lo considero, e abbandono l'idea.

Potrebbe essere troppo presto per lei occupare il mio letto, ma è troppo tardi per me fare la cosa giusta.

Era troppo tardi, quando ho posato gli occhi su di lei... forse anche il momento in cui sono nato.

Intendevo quello che le ho detto stasera.

Questo *è* inevitabile. Sento la certezza di questo nel profondo delle mie ossa.

Verrà da me, attratta dallo stesso bisogno oscuro e primordiale che si contorce sotto la mia pelle.

Si concederà a me, e segnerà il suo destino.

Chiudendo l'acqua fredda, esco e mi tolgo l'asciugamano, quindi vado silenziosamente in camera mia. Le luci incassate nella testiera sono accese, proiettando una luce soffusa sulle lenzuola di seta bianche, ma il letto non sembra accogliente. Non come il *suo*, con dentro il suo corpo piccolo e caldo. Non come si sentiva *lei*, contorcendosi contro di me, non chiedendo ma prendendo il suo piacere da me, le sue labbra come miele e peccato, il suo sapore come innocenza e oscurità combinate.

Il mio uccello si indurisce di nuovo, un'ondata di desiderio ardente che scaccia il freddo che indugia dalla doccia. Mi siedo sul letto, apro il cassetto del comodino e guardo un paio di chiavi su un portachiavi rosa peloso—quelle che Pavel mi ha dato ieri sera, subito dopo aver riparcheggiato l'auto di Chloe.

Con attenzione, con riverenza, le raccolgo e me le porto al naso. Le chiavi profumano di metallo, ma la pelliccia rosa contiene una vaga traccia di fiori di campo e primavera, la sua dolcezza fresca e delicata. Inspiro profondamente, assorbendo ogni nota, ogni sfumatura.

Poi, rimetto le chiavi nel cassetto e lo chiudo.

24

CHLOE

Sospirando, mi giro sulla schiena e mi metto un braccio sugli occhi per ripararli dalla luce del sole. Ho impiegato ore per addormentarmi, dopo che Nikolai se n'è andato, e mi sento un disastro totale. Tutto quello che voglio fare è annullare la stupida luce del sole e—

Un momento, luce del sole?

Mi alzo di scatto, fissando la luce intensa che filtra dalla finestra.

Dannazione.

Sono in ritardo per la colazione?

Getto uno sguardo frenetico intorno alla stanza, ma non c'è l'orologio. Tuttavia, la TV è appesa al soffitto, e vedo un telecomando poggiato sul comodino. Lo prendo e premo il pulsante di accensione, sperando che non sia una di quelle complicate configurazioni home theater che richiedono una laurea in informatica per funzionare.

La TV si accende, sintonizzata regolarmente su un canale di notizie, e tiro un sospiro di sollievo.

7:48

Se mi sbrigo, scenderò in tempo.

Corro in bagno e affretto la mia routine mattutina, poi mi dirigo verso il mio armadio. La TV è ancora accesa, il giornalista continua a parlare delle prossime elezioni, mentre prendo un paio dei miei nuovi jeans e una morbida maglietta a maniche lunghe, un altro nuovo acquisto. Secondo la striscia blu informativa sul fondo dello schermo della TV, la temperatura è sui dieci gradi stamattina, significativamente più fresca di ieri. Inoltre, non fa male coprire quelle croste ancora in via di guarigione sul mio braccio—ho visto Nikolai che le osservava la scorsa notte.

Esco dal vano armadio completamente vestita alle 7:55 e, come pensiero dell'ultimo minuto, afferro il portagioie con il ciondolo e gli orecchini e me li infilo in tasca, così potrò restituirli ad Alina. Il telegiornale sta ora mostrando una clip dei dibattiti delle primarie presidenziali di ieri sera, in cui uno dei candidati, un popolare senatore della California, sta decimando i suoi avversari con una raffica di fatti e cifre espressi in modo intelligente. Non seguo veramente la politica —mia madre pensava che tutti i politici fossero la feccia della Terra, e le sue opinioni mi hanno contagiata—ma questo ragazzo, Tom Bransford, è abbastanza popolare da sapere chi è. A cinquantacinque anni, è uno dei candidati più giovani alla corsa presidenziale, ed è così bello e carismatico che è stato paragonato a John F. Kennedy. Non che sia più bello del mio datore di lavoro.

Se Nikolai si candidasse alla presidenza, l'intera popolazione femminile degli Stati Uniti avrebbe bisogno di un cambio di mutandine dopo ogni dibattito.

L'ora sullo schermo passa alle 7:56 e spengo la TV. Forse stasera avrò la possibilità di guardare qualcosa, preferibilmente una commedia leggera e divertente. Niente di romantico, però —ho bisogno di distogliere la mente da Nikolai e dalla situazione confusa tra noi, non di ricordarmelo.

Non voglio un'altra notte insonne in cui il mio corpo soffra per l'eccitazione e i miei pensieri oscuri e proibiti si ripetano continuamente, riproponendo le sue sporche promesse e le immagini sexy che evocano.

Con mia grande sorpresa, Nikolai non è al tavolo, quando scendo alle 7:59 in punto. Sua sorella lo è, però, e lo è anche Slava. Il bambino mi fa un sorriso luminoso, che contrasta con quello molto più freddo di Alina, e sorrido a entrambi, anche se il pensiero di ciò che la donna ha visto la scorsa notte mi fa venir voglia di sgattaiolare via e non mostrare mai più la mia faccia in questa casa.

"Buongiorno" dico, prendendo il mio solito posto accanto a Slava. Sono tentata di evitare lo sguardo di Alina, ma sono determinata a non cedere al mio imbarazzo.

E anche se mi ha beccata a pomiciare con suo fratello? Non è che sono una governante in epoca vittoriana, che è stata vista flirtare con il signore del maniero.

"Buongiorno." Il tono di Alina è neutro, la sua espressione attentamente controllata. "Nikolai è al telefono, quindi non si unirà a noi per la colazione."

"Oh, okay." Sperimento di nuovo quello strano mix di

delusione e sollievo, come se un duro test per il quale stavo studiando fosse stato riprogrammato. Anche se stamattina ho cercato di non pensare a lui, devo essermi inconsciamente esaltata all'idea di vederlo qui, perché mi sento vuota, nonostante l'allentamento della tensione nelle mie spalle.

Infilando la mano in tasca, tiro fuori il portagioie e lo passo ad Alina. "Grazie per avermelo prestato ieri sera."

Le sue lunghe ciglia nere scendono verso il basso, mentre lo prende da me. "Nessun problema. Un po' di *grechka*?" chiede, indicando un vaso di grano scuro accanto a lei. La colazione qui sembra essere molto più semplice, con solo un barattolo di miele e alcuni piatti di bacche, noci e frutta tagliata che accompagnano il piatto principale.

Annuendo contenta, le porgo la mia tazza. "Ne vorrei un po', grazie." Sono oltremodo felice che si comporti normalmente. Spero che continui.

Quando mi restituisce la tazza, provo un cucchiaio del grano che ha chiamato "grechka." Risulta essere sorprendentemente saporito, con un gusto ricco e di noci. Imitando quello che sta facendo, aggiungo bacche fresche e noci e condisco il tutto con il miele.

"È grano saraceno tostato" spiega, mentre affondo il cucchiaio. "A casa, di solito viene mangiato come contorno saporito, spesso mescolato con qualche variazione di carote, funghi e cipolle saltati in padella. Ma a me piace così, più simile alla farina d'avena."

"Penso che sia più gustoso della farina d'avena."

Alina annuisce, versando a Slava la sua porzione di grano. "Ecco perché mi piace a colazione." Copre la scodella di Slava con bacche, noci e un generoso filo di miele e lo mette di fronte al bambino, che immediatamente ci infila il cucchiaio. Invece di mangiare, tuttavia, inizia a inseguire un mirtillo intorno alla scodella, mentre fa il rumore di un motore sotto il suo respiro.

Sorrido, realizzando che finalmente lo vedo giocare con il suo cibo come un bambino normale. Catturando il suo sguardo, faccio l'occhiolino e inizio a impilare i miei mirtilli uno sopra l'altro, come se stessi costruendo una torre. Arrivo solo al secondo piano, prima che i frutti di bosco rotolino via, atterrando nella porzione del grano resa appiccicosa dal miele.

Faccio una smorfia, fingendo sgomento, e Slava ridacchia e inizia a costruire una torre tutta sua. Risulta molto meglio della mia, dato che usa il miele come colla e sostiene i suoi mirtilli con fragole tagliate.

"Molto bene" dico con un'espressione stupita. "Sei davvero un architetto nato."

Mi sorride e raccoglie con orgoglio un cucchiaio di grechka insieme a un pezzo della sua creazione di bacche. Se lo infila in bocca, mastica trionfante, mentre io lo lodo per essere così intelligente. Incoraggiato, costruisce un'altra torre, e io lo faccio ridere di nuovo, facendo in modo che una delle mie more insegua un mirtillo che continua a rotolare via dal mio cucchiaio.

"Ti piacciono davvero i bambini, vero?" mormora Alina, quando Slava e io ci stanchiamo del gioco e riprendiamo a mangiare. La sua espressione è decisamente più calda, gli occhi verdi carichi di una strana malinconia, mentre guarda suo nipote. "Non è solo un lavoro per te."

"Ovviamente no." Le sorrido. "I bambini sono fantastici. Possono farci vedere il mondo come una volta... farci provare quel senso di gioia e meraviglia che gli anni che passano ci rubano. Sono la cosa più vicina che abbiamo a una macchina del tempo—o almeno a una finestra sul passato."

Le sue ciglia si abbassano di nuovo, nascondendo lo sguardo nei suoi occhi, ma non mi sfugge l'improvvisa tensione che la avvolge. "Una finestra sul passato..." La sua voce contiene una nota stranamente fragile. "Sì, è esattamente quello che è Slava."

E prima che possa chiederle cosa intenda, sposta la conversazione sul clima più fresco di oggi.

25

———

NIKOLAI

"ABBIAMO UN PROBLEMA" DICE KONSTANTIN INVECE DI SALUTARE, mentre il suo viso—una mia versione più snella, più ascetica, con gli occhiali cerchiati di nero appollaiati in alto sul suo naso da falco—riempie lo schermo del mio laptop.

Mi avvicino alla telecamera, il battito che accelera per l'attesa. "Che cos'hai trovato?"

Aggrotta la fronte. "Oh, sulla ragazza? Ancora niente. Il mio team ci sta ancora lavorando." Ignaro della fitta di delusione che ha appena provocato, continua. "Si tratta del mio progetto nucleare. Il governo tagiko ha appena ritirato i nostri permessi."

Inspiro e rilascio l'aria lentamente. In momenti come questo, vorrei strangolare mio fratello maggiore. "E allora?" Deve sapere che non me ne frega un cazzo dei suoi progetti preferiti, specialmente di quelli che rasentano la fantascienza.

Ma forse non lo sa. Nonostante il suo quoziente intellettivo di livello geniale—o forse proprio per questo—Konstantin può

160

essere incredibilmente ignaro di ciò che accade intorno a lui, in particolar modo se sono coinvolte persone invece di numeri.

"Allora, Valery pensa che siano i Leonov" dice, con gli occhi che brillano dietro le lenti degli occhiali. "Atomprom ha effettuato un rilancio sulla nostra offerta, e Alexei è stato avvistato a pranzo con il capo della Commissione per l'Energia a Dushanbe."

Fanculo. Devo impegnarmi per nascondere il lampo di rabbia che mi pervade.

Mi sbagliavo. Mio fratello è molto consapevole di quello che sta facendo, coinvolgendomi in questo. Se fosse chiunque altro tranne i Leonov, *non* me ne fregherebbe un cazzo—gli affari sono affari—ma non posso assolutamente lasciar passare la loro interferenza.

Non dopo Slava.

"Valery ha—" comincio a dire cupamente, ma Konstantin sta già scuotendo la testa.

"La Commissione per l'Energia ha rifiutato di parlare con lui. Hanno sollevato la stronzata che vogliono evitare un'influenza indebita. Valery ha alcune idee su come procedere, ma ho pensato che avrei parlato con te, prima di intraprendere quella strada."

Faccio un altro respiro per calmarmi e costringo le mie spalle tese a sciogliersi. "Hai fatto la cosa giusta." Le tattiche di persuasione che piacciono molto a nostro fratello minore potrebbero attirare un'attenzione non necessaria e, dopo la polvere sollevata dai Leonov due anni fa, siamo già sul filo del rasoio con le autorità tagike.

È necessario un approccio più delicato; per questo motivo Konstantin si è rivolto a me.

"Chiamerò il capo della Commissione e fisserò un incontro" dico. "Eravamo insieme in collegio. Mi riceverà."

Konstantin abbassa la testa. "Ci vediamo a Dushanbe. Quando puoi essere lì?"

"Domani. Partirò stamattina." Prima finisco con queste stronzate, prima tornerò qui.

Per la prima volta da quando ho lasciato Mosca, questo tranquillo rifugio nella natura selvaggia mi eccita più di qualsiasi altra città al mondo.

26

CHLOE

Dopo aver fatto colazione e preso Slava con me, le nuvole grigie sostituiscono il sole splendente che mi ha svegliata, e la temperatura cala ulteriormente, quando inizia a cadere una leggera pioggia. Secondo Alina, sono previsti temporali entro mezzogiorno, quindi scarto l'idea di portare il mio studente a fare un'altra passeggiata.

In alternativa, lascio che il bimbo scelga cosa vuole fare in casa, e mi unisco a lui in quell'attività—che sembra essere un altro assemblaggio di torri LEGO. È una buona cosa per me, poiché ci permette di fare pratica con alcune delle parole che ha imparato. Quando si stanca di questo, costruiamo un forte con cuscini e coperte e giochiamo a campeggiatori e orsi, dove ringhia, mentre lo inseguo per tutta la casa, rimediando occhiate di disapprovazione da Lyudmila e Pavel, che si stanno preparando per il prossimo pasto in cucina. In seguito, gli leggo i suoi fumetti preferiti e giochiamo con auto e camion, i nostri veicoli scelti che corrono l'uno contro l'altro, mentre io commento come un giornalista sportivo delle gare NASCAR.

Il bambino è davvero brillante e divertente; è un piacere insegnargli. Eppure, non importa quanto siano coinvolgenti i nostri giochi, non riesco a concentrarmi su di essi, o su di lui, completamente. Una parte della mia mente è altrove, su un diverso paio di occhi dorati. Dopo che Nikolai se n'è andato, sono rimasta sveglia per ore, la mia pelle arrossata e il cuore col battito accelerato. Ogni volta che chiudevo gli occhi, sentivo la sua voce profonda e dolce fare quelle promesse carnali, e il dolore pulsante tra le mie gambe tornava, rendendomi scivolosa, gonfia e così sensibile che riuscivo a malapena a tollerare il tocco dei pantaloncini del pigiama. È stato solo quando ho ceduto e ho usato le mie dita per raggiungere un altro orgasmo che sono riuscita ad addormentarmi—e anche allora, il mio sonno è stato irregolare, pieno di sogni erotici confusi intervallati da frammenti di incubi.

Ma non i miei soliti incubi.

In questi, c'era solo un uomo con una maschera, e non voleva uccidermi.

Voleva catturarmi.

Voleva farmi sua.

Io e Slava siamo sdraiati a pancia in giù sul suo letto, sfogliando un libro sull'ABC, quando mi accorgo di una sensazione di formicolio tra le scapole. Getto uno sguardo curioso sopra la mia spalla—e il calore pervade il mio intero corpo, quando incontro lo sguardo di Nikolai.

È appoggiato allo stipite della porta e ci osserva, la sua

espressione accuratamente velata. Non so da quanto sia lì, ma non ricordo di aver sentito la porta aprirsi, quindi dev'essere passato un po' di tempo.

"Va' avanti, finisci quello che stai facendo" mormora. "Non voglio interrompere la lezione."

Deglutendo a fatica, riporto la mia attenzione su Slava e sul libro. Anche lui ha individuato suo padre, ma la sua reazione è molto più docile. È leggermente sottomesso, mentre riprendiamo a nominare gli oggetti che iniziano con la stessa lettera, ma quando arriviamo alla P e faccio dei rumori per accompagnare l'illustrazione del porcellino, è tornato a essere vivace e allegro.

Non potendo farne a meno, lancio un'altra occhiata alle mie spalle—e il mio cuore sussulta. Nikolai non sta guardando me ora, ma suo figlio, e scorgo qualcosa di morbido e doloroso nei suoi occhi... una sorta di desiderio strano e disperato.

Sbatto le palpebre, e alla stessa velocità, la sua attenzione si sposta su di me, la strana espressione che scompare, sostituita dal familiare caldo torrido. Arrossendo, distolgo lo sguardo e riprendo la lezione, con il battito cardiaco irregolare. Devo aver immaginato quello sguardo, o l'ho interpretato male in qualche modo. Non ha senso per Nikolai desiderare un figlio che è proprio di fronte a lui. Se vuole essere più vicino al ragazzino, tutto ciò che deve fare è raggiungerlo, sorridergli, parlargli... conoscerlo.

Può provare a *essere* davvero un papà, invece di questa figura autoritaria distante di cui Slava sembra non sapere cosa fare.

Ma io ho sempre trovato facile relazionarmi con i bambini. Ecco perché ho scelto questo percorso di carriera. Se Nikolai ha avuto un'esposizione minima ai bambini prima di apprendere dell'esistenza di suo figlio, forse si sente solo perso e insicuro—

per quanto sia difficile crederlo di un uomo così potente e sicuro di sé.

D'impulso, mi giro in posizione seduta davanti a lui. "Vorresti unirti a noi? Forse possiamo finire di ripassare insieme le ultime lettere con Slava."

Una strana immobilità lo avvolge. "Noi due?"

"Oppure puoi farlo da solo, se preferisci." Comincio a sentirmi sciocca. È molto probabile che abbia interpretato male l'intera faccenda, attribuendo a Nikolai pensieri ed emozioni che riflettono il mio pio desiderio. Solo perché ho segretamente sognato di incontrare mio padre e di crescere vicino a lui non significa che ogni relazione genitore-figlio debba aderire a una dinamica specifica o—

"Mi unirò a voi." Nikolai si allontana dallo stipite e si avvicina al letto con quei passi lunghi e aggraziati che mi ricordano un gatto della giungla.

Gli faccio spazio, mentre lui si siede sul materasso accanto a me, ma con Slava disteso tra me e il muro, non posso andare lontano. Nikolai è così vicino a me che quasi ci tocchiamo, e il respiro mi si ferma in gola, mentre il suo sensuale profumo di cedro e bergamotto mi avvolge, ricordandomi la notte scorsa. Vivide immagini erotiche invadono la mia mente e più calore mi scorre dentro, inumidendo i miei slip e mandando il mio cuore alle stelle. Consapevole degli occhi spalancati di Slava su di noi, cerco di reprimere la mia eccitazione, ma il calore non si dissipa, il mio polso che rifiuta di stabilizzarsi a un ritmo più costante.

È stata una cattiva idea. Una pessima idea. Dovrei mantenere le distanze dal mio datore di lavoro, non emettere ciò che equivale a un invito a coccolarci su un letto matrimoniale. C'è appena abbastanza spazio per me e il bambino. L'unico modo per adattarci tutti è se—

"Sdraiati, zaychik" dice piano Nikolai, un mezzo sorriso malvagio che curva le sue labbra, mentre si allunga intorno a me per prendere il libro. "Così posso unirmi a voi."

Il sangue che affluisce al mio viso sembra lava, mentre obbedisco con riluttanza, girandomi a pancia in giù accanto a Slava—che sembra affascinato da ciò che sta accadendo. Nikolai si stende accanto a me, il suo corpo grande e duro che aderisce al mio, e tardivamente mi viene in mente che Slava dovrebbe essere in mezzo, a fungere da cuscinetto. Prima che io possa suggerirlo, Nikolai mi copre le spalle con un braccio pesante, bloccandomi in posizione e mettendo il libro davanti a me.

"Avanti" mormora nel mio orecchio, il suo respiro caldo che mi fa venire la pelle d'oca lungo il braccio. "Vediamo la tua magia d'insegnamento."

Magia? L'unica magia qui è che sono in qualche modo intatta e non una pozzanghera di sostanza appiccicosa sulle lenzuola—che è come si sente il mio corpo, mentre sono sdraiata nel suo abbraccio. Il polso mi batte forte nelle tempie, il respiro che mi sega le labbra, mentre la biancheria intima diventa ancora più scivolosa, e solo la presenza del bambino accanto a noi mi impedisce di ripetere l'errore di ieri sera, cedendo alla pericolosa e ipnotica attrazione che Nikolai esercita su di me.

Invece, cerco di concentrarmi sul compito a portata di mano. Schiarendomi la gola, leggo: "T sta per treno." La mia voce è un po' troppo roca, ma sono contenta che il mio cervello funzioni abbastanza da distinguere le parole sulla pagina. Fortunatamente, Slava non sembra notare alcunché di strano, mentre proseguo, indicando l'immagine del treno con un dito leggermente instabile.

Lanciando curiose occhiate a suo padre, ripete le parole dopo di me, la sua voce all'inizio calma e sommessa, poi sempre più vivace, e quando arriviamo alla Z, ride per le strisce sulla zebra e pronuncia di proposito male la parola, dimenticando il grande uomo sul letto con noi.

Dopo il suo terzo tentativo sbagliato, emetto un verso con la bocca con finta delusione e lancio un'occhiata a Nikolai. "Perché non provi a dirlo tu?" suggerisco, ignorando il modo in cui le mie pulsazioni aumentano, quando incontro il suo sguardo. "Forse avrai più fortuna."

L'espressione dell'uomo non cambia, ma il braccio appoggiato sulle mie spalle si irrigidisce leggermente. "Va bene" risponde in tono misurato e, guardando il libro, dice con un accento russo forte ed esagerato: "Zye-bruh."

Gli occhi di Slava diventano due piattini. Chiaramente non si aspettava che suo padre avesse problemi con la parola inglese. Emetto di nuovo il verso, scuotendo la testa come se fossi delusa dal tentativo di Nikolai, e dopo un breve istante carico di tensione, il bimbo scoppia a ridere.

"Zebra" corregge tra le risatine, la sua pronuncia perfetta come la mia. "Zebra, zebra."

"Oh, capisco." Nikolai mi guarda, un bagliore malizioso nei suoi occhi. "Allora... zee-bro?"

Slava sta praticamente morendo dalle risate ora, e non posso fare a meno di sorridere anch'io. Questo è un aspetto del mio datore di lavoro che non avevo mai visto prima e, a giudicare dalla reazione di Slava, nemmeno lui lo aveva fatto. Ridendo, corregge la pronuncia di suo padre, e Nikolai pasticcia di nuovo, scatenando di nuovo le risate del piccolo. Finalmente il ragazzino riesce a "insegnare" a Nikolai come si fa, e chiudiamo trionfalmente il libro, avendo coperto l'intero alfabeto.

Immediatamente, la tensione tra me e Nikolai ritorna, l'aria scoppiettante di carica sessuale. Ho fatto del mio meglio per ignorare la sensazione di lui premuto contro il mio fianco, ma senza la distrazione del libro è impossibile. Il suo grande corpo è caldo e duro accanto a me, il suo braccio pesante sulle mie scapole, e sebbene siamo entrambi completamente vestiti, l'intimità di stare sdraiati insieme in questo modo è innegabile.

Con mio sollievo, rimuove il braccio e si siede. Faccio lo stesso, tornando velocemente indietro per frapporre una certa distanza tra noi—una ritirata che lui osserva con oscuro divertimento, prima di dire qualcosa in russo a suo figlio.

Il ragazzino annuisce, ancora rosso per l'eccitazione, e Nikolai si alza in piedi.

"Andiamo nel mio ufficio" mi dice. "C'è qualcosa di cui vorrei parlare."

27

NIKOLAI

MI SIEDO AL TAVOLINO ROTONDO NEL MIO UFFICIO, E CHLOE SI siede davanti a me, guardandomi con quei begli occhi castani diffidenti. Le sue mani si intrecciano sul tavolo, mentre aspetta che io inizi la conversazione, e lascio che il momento si prolunghi, godendomi il suo nervosismo. Stare sdraiato accanto a lei sul minuscolo letto di Slava è stata una tortura; se non fosse stato per mio figlio, non sarei stato in grado di controllarmi. Mi è ancora difficile starle accanto, sentire il suo calore e respirare il suo profumo dolce e frizzante. Devo fare appello a tutto il mio autocontrollo per non allungare la mano e afferrarla qui e ora, distendendola proprio su questo tavolo.

Con sforzo, mi trattengo. È troppo presto, soprattutto perché partirò tra mezz'ora e non tornerò per diversi giorni. Una scopata veloce non è quello che cerco. Neanche lontanamente.

Una volta che avrò portato Chloe nel mio letto, intendo tenerla lì per ore. Forse anche giorni o settimane.

Inoltre, non è per questo che l'ho chiamata nel mio ufficio.

Appoggiando gli avambracci sul tavolo, mi chino in avanti. "Riguardo alla notte scorsa…"

Si irrigidisce, il polso nel suo collo che aumenta visibilmente.

"… si trattava di tua madre?"

Sbatte le palpebre. "Che cosa?"

"Il tuo incubo. Riguardava la morte di tua madre?" La domanda mi ha tormentato per tutta la mattina, e poiché Konstantin non ha mandato il rapporto, c'è solo un modo in cui possa apprendere la risposta.

Alla parola "morte", il suo mento vacilla quasi impercettibilmente. "È… sì, in un certo senso, riguardava lei…" Deglutisce a fatica. "La sua morte."

"Mi dispiace." Qualunque cosa nasconda, il suo dolore non è finto, e mi attira come un amo da pesca. "Com'è morta?"

So cosa diceva il rapporto della polizia, ma voglio sentire l'opinione di Chloe. Ho già scartato la possibilità che potesse aver ucciso sua madre—la ragazza che ho osservato negli ultimi due giorni non è un'assassina più di quanto io sia un santo—ma questo non significa che qualcosa *non* sia andato storto. Qualcosa che l'ha fatta sparire dalla circolazione e l'ha spinta a intraprendere un viaggio attraverso il Paese in un'auto che avrebbe dovuto essere demolita dieci anni fa.

Le sue mani si stringono più strettamente, gli occhi che scintillano di dolorosa luminosità. "È stato dichiarato un suicidio."

"E lo era?"

"Io… non lo so."

Sta mentendo. È chiaro come il sole che non crede a una parola di quel rapporto della polizia, che c'è qualcosa che non mi sta dicendo. Sono tentato di insistere, di costringerla ad aprirsi con me, ma è troppo presto anche per quello. Non ha ancora motivo di fidarsi di me; se insisto troppo, mi si ritorcerà contro.

L'ultima cosa che voglio è spaventarla, farle desiderare di scappare, mentre sono via.

"È dura" dico invece a bassa voce. "Non c'è da stupirsi che tu abbia incubi."

Annuisce. "È stata dura, sì." Con cautela, chiede: "E i tuoi genitori? Sono in Russia?"

"Sono morti." Il mio tono è eccessivamente duro, ma la mia famiglia non è un argomento che mi interessa approfondire.

I suoi occhi si spalancano, prima di riempirsi della prevista comprensione. "Mi dispiace tanto—"

Alzo una mano per fermarla. "Non hai un telefono, un laptop o qualche tipo di tablet, vero?"

Sembra sorpresa. "Vero. Non li ho portati con me durante il viaggio."

Mi alzo e mi avvicino alla scrivania. Aprendo uno dei cassetti, tiro fuori un portatile nuovo di zecca, ancora sigillato in una scatola, e lo porto sul tavolo.

"Ecco qui." Lo metto di fronte a lei. "Parto per il Tagikistan tra"—consulto il mio orologio—"quindici minuti. Non so per quanto tempo starò via, ma ci vorranno almeno tre o quattro giorni, e voglio che mi tenga aggiornato sui progressi di Slava."

"Sì, naturalmente." Anche lei si alza, i suoi occhi castani che mi fissano. "Vuoi che ti invii un'e-mail ogni giorno o...?"

"Ci sentiremo in videochiamata. Chiedi ad Alina di creare un account per te sulla piattaforma sicura che utilizziamo. Inoltre"—tiro fuori il mio biglietto da visita e glielo porgo —"ecco il mio numero di cellulare in caso di emergenza."

Ho intenzione di guardarla attraverso le telecamere anche nella stanza di Slava, ma non sarà sufficiente. Lo so già. Ho bisogno di maggior contatto con lei, ho bisogno di sentirla parlare con *me*, vederla sorridere a *me*, non solo a mio figlio. Nemmeno le videochiamate saranno sufficienti, ma è il meglio che possa fare per non impazzire durante il viaggio.

No, dovrò accontentarmi, e tenermi aggiornato sui progressi di Slava è una buona scusa per queste chiamate.

Il mio petto si stringe di nuovo al pensiero di mio figlio, ma questa volta il dolore è accompagnato da una sorta di calore inquietante. Slava ha riso con me, mi ha guardato con qualcosa di diverso dalla diffidenza questa mattina... ed è stato grazie a lei, perché era lì, prestandomi la sua dolcezza, la sua magia radiosa.

Ne voglio di più.

Voglio prendere tutto il suo sole, usarlo per illuminare ogni angolo oscuro e vuoto della mia anima.

Lentamente, facendo attenzione a non spaventarla, mi avvicino e incurvo delicatamente il palmo sulla sua guancia liscia come la seta. Mi fissa, immobile, respirando a malapena, con quelle morbide labbra imbronciate da bambola, e le mie budella si stringono in un violento impeto di bisogno, una smania tanto intensa quanto oscura. Per quanto desideri scoparla, voglio possederla ancora di più.

Voglio possederla dentro e fuori, incatenarla a me e non lasciarla più andare.

Qualcosa delle mie intenzioni deve mostrarlo, perché il suo respiro si blocca, la sua gola si muove in una deglutizione nervosa. "Nikolai, io..."

"Tieni acceso il portatile la sera" ordino a bassa voce e,

lasciando cadere la mano, faccio un passo indietro, prima di poter cedere al pericoloso vortice dentro di me.

Alla bestia che nessuna apparente signorilità può nascondere.

28

CHLOE

Con il cuore in gola, guardo dalla finestra nella camera di Slava, mentre Pavel carica una valigia sul sedile posteriore di un elegante SUV bianco e si mette al volante. Un minuto dopo, Nikolai si avvicina alla macchina. Vestito con un completo grigio e una camicia bianca a righe, con una borsa per laptop appesa su una spalla, sembra un potente uomo d'affari. Muovendosi con la sua consueta grazia atletica, sale sul sedile del passeggero e chiude la portiera.

Faccio un respiro tremante, il mio polso che rallenta, mentre l'auto si allontana e scompare lungo il vialetto tortuoso. Non ho idea di come mi senta riguardo alla sua partenza o a quello che è successo nel suo ufficio. Stava per baciarmi? Se non avessi detto il suo nome, avrebbe—

"Chloe?" Sento una vocina acuta e mi volto con un sorriso, mettendo in pausa tutti i pensieri sul mio datore di lavoro.

"Sì, tesoro?"

Slava tiene in mano una scatola di pezzi LEGO. "Castello?"

Sorrido. "Certo, facciamolo." Mi piace il fatto che si sia ricordato della parola, e che si senta abbastanza a suo agio da chiamarmi per nome. È davvero uno dei bambini più brillanti che abbia mai incontrato, e non ho dubbi che avrò molto da riferire a Nikolai, quando mi chiamerà.

Il mio battito cardiaco accelera di nuovo al pensiero di parlargli in video, e mi tengo occupata, tirando fuori i pezzi LEGO dalla scatola. Una parte di me è contenta che Nikolai se ne sia andato... che nei prossimi giorni non dovrò fare i conti con la sua pericolosa presenza magnetica. Ma un'altra parte più debole di me sta già piangendo la sua assenza. Il cielo coperto fuori sembra più scuro, più grigio, la casa più vuota e fredda.

È come se qualcosa di vitale fosse scomparso dalla mia vita, lasciandosi dietro una strana sensazione di vuoto.

Trascorro il resto della mattinata con Slava, giocando a vari giochi educativi, e poi pranziamo in sala, solo noi due, con Lyudmila che porta fuori tutti i piatti.

"Mal di testa" mi informa, quando le chiedo di Alina. "Tu mangi te stessa, okay?"

Annuisco, trattenendo una risata per lo sfortunato fraseggio. Forse la moglie di Pavel sarebbe aperta ad alcune lezioni di inglese, mentre io sono qui? Dovrò chiederglielo a un certo punto. Per ora, mi concentro nel dare a Slava una generosa porzione di tutto sul tavolo, e poi faccio lo stesso per me, mentre Lyudmila scompare in cucina. Non la vedo più fino a cena—cosa che Alina salta oltre al pranzo, lasciandomi cenare da sola con il mio allievo.

Non mi dispiace. In realtà, è un sollievo. Nonostante gli

indumenti raffinati che io e Slava indossiamo secondo le "regole della casa", la cena sembra infinitamente più informale solo con noi due, l'atmosfera priva di tutta la tensione che i fratelli Molotov portano con sé. Gioco con il mio cibo, facendo ridere il bimbo come un matto, e continuo a insegnargli parole per vari cibi, insieme a frasi di base per i pasti. In poco tempo mi chiede in inglese di passargli un tovagliolo e, utilizzando molti gesti ed espressioni facciali, riusciamo a discutere di quali cibi gli piacciono di più e quali non gli piacciono.

È solo quando Lyudmila porta via Slava per metterlo a letto e io salgo in camera che mi rendo conto di aver bisogno di Alina. È lei che dovrebbe creare un account per me sulla piattaforma di videoconferenza sicura. Dubito che Nikolai mi chiamerà stasera—molto probabilmente è ancora in volo—ma potrebbe facilmente chiamarmi domani mattina. O nel cuore della notte, mentre atterra.

Tuttavia, non voglio disturbarla, se non si sente bene.

Decido di iniziare a configurare il computer. È un MacBook Pro elegante e di fascia alta, e mentre lo tolgo dalla confezione, mi rendo conto di non aver mai avuto un laptop così costoso. È difficile credere che Nikolai lo avesse messo nel cassetto della scrivania come dispositivo di riserva.

Poi di nuovo, perché sono sorpresa? Questa famiglia ha chiaramente soldi da buttare.

Avvio il laptop ed eseguo la nuova routine di configurazione del computer. Ma quando provo ad accedere al Wi-Fi, non ci riesco—è protetto da password. Ho bisogno di Alina anche per questo. Suppongo di poter chiedere a Lyudmila, ma sta mettendo Slava a letto in questo momento, e non c'è alcuna garanzia che conosca la password, visto quanto siano paranoici i Molotov riguardo alla sicurezza, al digitale e ad altro.

Con un sospiro frustrato, chiudo il portatile. Senza Internet, è praticamente inutile.

Immagino che stasera potrò oziare guardando la TV.

Mi cambio l'abito da sera e indosso un paio di leggings morbidi come il burro e una maglietta di cotone a maniche lunghe—entrambi nuovi—e mi metto a mio agio sul letto. Accendendo la TV, individuo uno spettacolo sulla natura e trascorro l'ora successiva a scoprire le pianure del Serengeti. La narrazione di David Attenborough è meravigliosa come sempre, e mi ritrovo completamente assorbita dalla storia che si svolge sullo schermo, la mia mente calma per la prima volta da settimane. È solo quando guardo un leone che insegue una gazzella che i miei pensieri si rivolgono agli assassini che mi danno la caccia, e la mia inquietudine ritorna.

Ancora non so chi siano quegli uomini o cosa volessero da mia madre—perché l'abbiano uccisa, facendolo sembrare un suicidio. La possibilità più logica è che si sia imbattuta in loro, mentre stavano svaligiando l'appartamento, ma allora perché indossava la sua vestaglia come se si stesse rilassando a casa? E perché la polizia non ha trovato segni di effrazione o mancanza di oggetti?

Almeno, presumo che non se ne siano accorti. Altrimenti, l'aver decretato comunque la sua morte come suicidio... beh, questo solleverebbe tutta un'altra serie di domande.

L'altra possibilità, più probabile e molto più inquietante, è che siano venuti appositamente per ucciderla.

Spegnendo la TV, mi alzo e mi avvicino alla finestra per guardare il paesaggio che si sta rapidamente oscurando. Il mio petto è stretto, la mia mente di nuovo agitata. Mi sono arrovellata il cervello da quando è successo, cercando di pensare ai motivi per cui qualcuno avrebbe potuto voler uccidere mia madre, e non riesco a trovarne uno. Mamma non era perfetta—poteva avere la lingua tagliente, quando era stanca, ed era incline agli attacchi di depressione—ma non l'avevo mai vista deliberatamente cattiva o scortese con qualcuno. Dacché posso ricordare, ha svolto due o più lavori per sostenerci, cosa che le lasciava poco tempo ed energia per socializzare e farsi amici—o nemici. Per quanto ne so, non usciva nemmeno con qualcuno, anche se gli uomini le giravano sempre intorno.

Era bellissima... e aveva appena quarant'anni, quando è morta.

La mia gola si stringe forte, una pressione pungente che si accumula dietro i miei occhi. Non solo ho perso l'unica persona al mondo che mi amava incondizionatamente, ma i suoi assassini sono là fuori, liberi. La polizia non ha creduto a una sola parola che ho detto loro, i giornalisti che ho contattato non hanno risposto alle mie e-mail, e nessuno sta cercando gli assassini di mia madre. Nessuno sta dando loro la caccia come agli animali rabbiosi che sono.

Invece, gli assassini stanno dando la caccia a me.

Fanculo a questa merda.

Facendo perno sui talloni, vado a grandi passi verso il letto e prendo il portatile. Non posso sedermi a guardare la TV come se il mio mondo non fosse crollato un mese fa. Non quando sono finalmente al sicuro e ho un computer su cui posso fare ricerche a mio piacimento. Per settimane, sono passata da una crisi all'altra, tutte le mie energie concentrate sulla sopravvivenza, sulla fuga, ma ora le cose sono diverse. Ho la pancia piena, un posto sicuro dove riposare e—se riesco a ottenere la password Wi-Fi—un laptop connesso a Internet. Non devo più intrufolarmi in una biblioteca di qualche piccola città per rannicchiarmi sui loro lenti e vecchi desktop, mentre mi guardo le spalle ogni minuto; non devo più affrettarmi a scrivere e-mail composte frettolosamente, prima di correre alla mia macchina.

Qui, nella privacy della mia camera, posso prendere il mio tempo e cercare prove a sostegno delle mie affermazioni da portare alla polizia.

Posso provare a risolvere il mistero dell'omicidio di mamma e ribaltare la situazione dei suoi assassini, fare in modo che siano loro a dover scappare.

29

CHLOE

NON SO QUALE SIA LA CAMERA DI ALINA, MA DEV'ESSERE VICINA alla mia, per avermi sentita entrambe le sere. Tenendo il portatile contro il petto, busso alla porta più vicina alla mia camera e, quando non ottengo risposta, passo a quella successiva.

Ancora senza fortuna.

Provo altre tre porte, più l'ufficio di Nikolai, con la stessa mancanza di risultati. L'unica stanza rimasta è quella di Slava, e poiché lì è tutto tranquillo, deve già essersi addormentato.

Sopprimendo la frustrazione, scendo le scale. Sono abbastanza sicura che la stanza di Lyudmila e Pavel sia vicino alla lavanderia; ho sentito le loro voci provenire da lì ieri, mentre stavo tirando fuori i miei vestiti dall'asciugatrice. Spero che Lyudmila non sia ancora andata a letto e possa fornire la password o localizzare Alina per me.

Nessuno risponde ai miei colpi sulla porta—né Lyudmila è in cucina o in una delle altre aree comuni al piano di sotto. Sto

181

per arrendermi e tornare nella mia camera, quando una lontana risata raggiunge le mie orecchie.

Viene da fuori.

Finalmente.

Lasciando il portatile su un tavolino da caffè in soggiorno, corro alla porta d'ingresso ed esco nell'oscurità fresca e nebbiosa. Non piove più, ma l'aria mantiene ancora una fredda umidità, con fitte nuvole che bloccano ogni accenno di luce lunare. Se non fosse per la luce che fuoriesce dalle finestre e per le lampade solari del percorso che rivestono ogni lato del vialetto, sarebbe troppo buio per vedere. Il tutto è più che un po' inquietante, e mi avvolgo le braccia intorno al corpo per smettere di tremare, mentre cammino verso il retro della casa, seguendo il suono delle voci.

Trovo Alina e Lyudmila sedute su un paio di massi vicino al bordo del dirupo, un piccolo fuoco che scoppietta allegramente davanti a loro. Ridono e parlano in russo—e mi rendo conto, mentre mi avvicino, che stanno condividendo uno spinello.

L'odore dell'erba è inconfondibile.

Al mio avvicinamento, tacciono, Lyudmila che mi guarda con aperto sgomento e Alina con la sua solita espressione enigmatica. Facendo una tirata profonda, la sorella di Nikolai soffia lentamente fuori il fumo e mi tende la canna. "Ne vuoi un po'?"

Esito, prima di prenderla con cautela da lei. "Certo, grazie." Non sono estranea all'erba, avendone fumata più della mia giusta quantità durante il primo anno di college, ma è passato un po' di tempo dall'ultima volta.

Mi aiutava a rilassarmi, però, e potrei beneficiarne stasera.

Mi siedo su un masso accanto ad Alina e inspiro una boccata di fumo, godendomi il sapore acre ed erboso, poi passo lo spinello a Lyudmila dall'aria diffidente. Alina le mormora qualcosa in russo, e l'altra donna si rilassa visibilmente. Facendo un tiro, passa lo spinello ad Alina, che fa un tiro e me lo passa, e procediamo così in cerchio, fumando in un silenzio amichevole, finché rimane solo un piccolo, inutile mozzicone.

"Le ho detto che non lo riferirai a mio fratello." Alina lascia cadere il mozzicone nel fuoco e osserva la conseguente esplosione di scintille. "O a suo marito."

"A loro non piace l'erba?" La mia voce è roca e dolce, la mia mente piacevolmente confusa. Nemmeno la prospettiva di infastidire il mio datore di lavoro mi turba in questo momento, anche se so che dovrebbe. Inoltre, anche Alina è tecnicamente la mia datrice di lavoro, e mi ha offerto lei lo spinello, quindi non è colpa mia. O sì? Forse solo Nikolai è il mio datore di lavoro, dopotutto?

È difficile pensare in modo lucido.

"Nikolai può essere... rigido su certe cose. E Pavel non gli tiene segreti." Alina spinge una brace ardente con la punta della scarpa, e mi accorgo vagamente che indossa tacchi a spillo e un abito da cocktail blu, che sarebbe perfetto per l'apertura di una galleria d'arte. La sua unica concessione alla natura selvaggia che ci circonda è una pelliccia sintetica bianca drappeggiata intorno alle spalle snelle—presumibilmente per proteggersi dal freddo. Porta anche il suo solito rossetto e l'eyeliner.

"Lyudmila ha detto che avevi mal di testa" dico, prima che possa ripensarci. "Ti vesti bene e ti trucchi anche quando sei malata?"

Alina ride piano e accende un'altra canna. Facendo un tiro, la offre a Lyudmila, che fa lo stesso e me la offre. Comincio ad allungare il braccio, ma cambio idea. So per esperienza che sono fin troppo rilassata; qualcosa di più mi renderebbe solo melensa. Non che non lo sia già—quel primo spinello era qualcosa di potente, forte più di qualsiasi cosa avessi mai provato. Inoltre, c'era una ragione per cui sono venuta qui, e non era sballarmi.

"Basta così, grazie" dico, tirando indietro la mano, e con un'alzata di spalle, Lyudmila restituisce lo spinello ad Alina.

Guardo le fiamme scoppiettare e danzare, mentre loro due fumano e conversano in russo. Vorrei parlare la lingua in modo da poterle capire, ma non è così, e il ritmo regolare del loro discorso mi ricorda un gorgogliante ruscello di montagna, le parole che scorrono l'una dopo l'altra, sfidando la comprensione.

È così che è per Slava quando parlo? O per Lyudmila?

È così che è stato per mia madre, quando è stata portata in America per la prima volta dalla Cambogia?

Non aveva mai parlato molto dei suoi primi anni; tutto quello che so è che è stata adottata dalla coppia missionaria, quando aveva più o meno l'età di Slava. Non avevo mai insistito per i dettagli, non volendo evocare brutti ricordi. Avevo pensato che avremmo avuto una vita intera per parlare di qualunque cosa, e alla fine me l'avrebbe detto, se c'era qualcosa da dire.

Sono stata un'idiota miope.

Avrei dovuto imparare tutto quello che c'era da sapere su mia madre, quando ne avevo la possibilità.

La risata di Alina attira la mia attenzione, e sposto lo sguardo dalle fiamme danzanti al suo viso, studiandone ogni caratteristica sorprendente. Sarebbe facile invidiarla, sia per la sua straordinaria bellezza che per la ricchezza, ma per qualche motivo non ho l'impressione che la sorella di Nikolai sia particolarmente felice. Anche ora, quando dev'essere più che un po' sballata, percepisco un filo di fragilità nella sua risata... una fragilità particolare sotto la facciata lucida. E forse è il bagliore della luce del fuoco che ammorbidisce la perfezione di porcellana della sua pelle, ma stasera sembra avere meno dei venticinque/trent'anni che immaginavo avesse.

Molto più giovane.

"Quanti anni hai?" sbotto, improvvisamente preoccupata di aver accettato l'erba da un'adolescente. Una frazione di secondo dopo, ricordo che ha finito la Columbia, quindi deve avere almeno la mia età, ma ormai è tardi per rimangiare la mia domanda troppo personale.

Con mio sollievo, Alina non sembra pensare che sia inappropriata. "Ventiquattro" risponde in tono sognante. "Venticinque la prossima settimana." Con gli occhi leggermente fuori fuoco, si allunga e mi tocca i capelli, strofinando una ciocca tra le dita. "Qualcuno ti ha mai detto che assomigli un po' a Zoë Kravitz?" Senza aspettare una risposta, fa scorrere la punta delle dita sulla mia mascella. "Posso capire perché mio fratello ti desidera. Così carina... così dolce e fresca..."

Ridendo goffamente, le scaccio via la mano. "Sei così fatta." Riesco a sentire lo sguardo di Lyudmila su di noi, curioso e giudicante, e il mio viso si scalda, mentre rifletto su quante parole di Alina ha capito—e su ciò che già sa. Queste due sembrano buone amiche, e non sarei sorpresa, se almeno alcune delle loro risate precedenti fossero a mie spese.

"Estremamente fatta" concorda Alina, gettando il secondo mozzicone nel fuoco. "Ma questo non cambia i fatti." Appoggiando i gomiti sulle ginocchia, si sporge in avanti, la luce del fuoco danzante nei suoi occhi, mentre dice a bassa voce: "Non innamorarti di lui, Chloe. Non è il tuo cavaliere bianco."

Mi tiro indietro. "Non sto cercando un—"

"Invece sì." La sua voce rimane morbida, anche se il suo sguardo si acuisce fino a diventare la lama di un coltello, tutta la nebbia che scompare. "Hai bisogno di un cavaliere bianco, nobile, gentile e puro, un protettore che ti ami. E mio fratello non può essere questo per te o per nessuno. Gli uomini Molotov non amano, possiedono—e Nikolai non fa eccezione."

La fisso, il mio stomaco che diventa vuoto, mentre il piacevole stato di non preoccupazione indotto chimicamente si dissolve, la mia testa che si schiarisce sempre più di secondo in secondo. Non capisco cosa intenda, non completamente, ma non dubito che sia sincera, che il suo avvertimento abbia lo scopo di proteggermi.

Indietreggiando, Alina accende una terza canna e la allunga verso di me. "Ancora?"

"No grazie. Io, ehm…" Mi schiarisco la gola per liberarmi della raucedine residua. "In realtà, ho bisogno della password Wi-Fi. Ecco perché sono venuta qui a cercarti. Inoltre, Nikolai voleva che tu mi creassi un account sulla vostra piattaforma di videoconferenza—se ti va di farlo."

Fa una tirata profonda e mi soffia lentamente il fumo in faccia. "Suppongo che si possa organizzare." Consegnando la canna a Lyudmila, si alza in piedi. "Andiamo."

E con un'andatura solo leggermente instabile, mi riconduce a casa.

Quando arriviamo in soggiorno, le porgo il portatile e guardo, con non poco stupore, mentre naviga nelle impostazioni e inserisce la password, le sue dita eleganti che volano sulla tastiera. Se non fosse per il forte odore di erba attaccato ai suoi capelli e ai vestiti—e se non l'avessi vista personalmente fumare la maggior parte di quelle due canne, oltre a quante ne aveva condivise con Lyudmila prima del mio arrivo—non avrei mai capito che fosse fatta.

È altrettanto infallibile con la sua installazione del software di videoconferenza e la configurazione dell'account, le sue dita con la punta rossa che si muovono a una velocità che renderebbe orgoglioso un hacker.

"Sei davvero brava in questo" dico, dopo che mi ha passato il laptop e mi ha spiegato le basi del software. "Ti sei laureata in informatica o qualcosa del genere?"

"Accidenti, no." Ride. "Economia e PoliSci, come Nikolai. Konstantin è il secchione della famiglia—il resto di noi al massimo è bravo."

"Capito. In ogni caso, grazie per questo." Chiudo il portatile e me lo metto sotto il braccio. "Vado a letto. Tu...?" Saluto, indicando vagamente la porta d'ingresso.

Annuisce, sollevando un angolo della bocca in un mezzo sorriso. "Lyudmila mi sta aspettando. Buonanotte, Chloe. Sogni d'oro."

30

CHLOE

Tornata nella mia camera, faccio una doccia per cancellare la nebbia residua dalla mia mente e indosso il pigiama. Poi, traboccante di attesa, mi metto a mio agio sul letto, apro il portatile e avvio un browser.

Inizio cercando notizie sulla morte di mia madre. Non c'è molto, solo un necrologio e un breve articolo su un giornale locale, che riportava che una donna era stata trovata morta nel suo appartamento di East Boston. Nessuno dei due entra nei dettagli, omettendo con tatto qualsiasi accenno al suicidio. Avevo già letto sia l'articolo che il necrologio, quando mi sono fermata in una biblioteca in Ohio un paio di settimane fa, quindi non ci dedico molto tempo. Invece, prendo nota del nome della giornalista e cerco le sue informazioni di contatto, quindi accedo a Gmail e le invio una lunga e dettagliata e-mail, che descrive esattamente cos'è successo quel giorno di giugno.

Forse avrò più fortuna con lei che con gli altri giornalisti che ho contattato finora. Nessuno di loro si è preso la briga di rispondere—probabilmente liquidandomi come un caso mentale, proprio come aveva fatto la polizia. Ma quelli erano giornalisti delle principali agenzie di stampa, e senza dubbio vengono molestati da ogni sorta di pazzi. Nei film, è sempre il reporter di poco conto che si intriga abbastanza da indagare, e forse potrebbe essere così anche in questo caso.

Si può sempre sperare.

Successivamente, digito il nome di mamma su Google e vedo cos'altro posso trovare. Forse da qualche parte là fuori c'è un accenno al fatto che conduceva una doppia vita segreta, qualcosa che spiegherebbe perché qualcuno avrebbe voluto ucciderla.

E forse anche gli asini voleranno.

Trovo esattamente quello che mi aspettavo: un grosso grasso niente. L'unica cosa che compare con la mia ricerca è il profilo Facebook di mamma, e trascorro la mezz'ora successiva a leggere i suoi post, mentre trattengo le lacrime. Non amava l'idea di mettere in mostra la sua vita, quindi aveva pochi amici, e i suoi post sono pochi e rari. Una foto di noi due vestite a festa per andare in discoteca per il mio ventunesimo compleanno, un'istantanea del mazzo di fiori che i suoi colleghi al ristorante le avevano regalato per i suoi quarant'anni, un video di me, in cui porgevo della lattuga a una giraffa durante la nostra recente vacanza a Miami—il suo profilo tocca appena i momenti salienti della nostra vita, tantomeno rivela qualcosa che non sapevo già.

Tuttavia, rivedo diligentemente tutti i profili dei suoi amici di Facebook nella remota possibilità che uno di loro possa essere uno spacciatore così stupido da annunciarlo sui social media. Perché questa è la migliore teoria che possa ipotizzare.

Mamma è stata testimone di qualcosa che non avrebbe

dovuto vedere, ed è per questo che quegli uomini l'hanno seguita—proprio come ora stanno cercando me, perché li ho visti e so che la sua morte non è stata un suicidio.

Certo, le prove di questa teoria sono inesistenti, ma non riesco a pensare a un'alternativa ragionevole. Beh, posso—un furto con scasso andato storto—ma ci sono troppi problemi in questa ipotesi. Voglio dire, pistole con silenziatori? Quali ladri le portano?

Più ci penso, più mi convinco che quegli uomini siano venuti determinati a ucciderla.

La grande domanda è: perché?

Tre ore dopo, elimino la cronologia del browser e i cookie—nel caso in cui dovessi restituire il computer senza preavviso—e chiudo il laptop. Ho la sensazione che i miei occhi siano stati strofinati con la carta vetrata per quanto sono stata davanti allo schermo, e gli effetti rilassanti dell'erba sono svaniti da tempo, lasciandomi stanca e scoraggiata. Ho cercato su Google quasi tutto ciò a cui potevo pensare in relazione alla vita e alla morte di mamma, ho setacciato i giornali locali alla ricerca di rapporti di altri crimini nello stesso periodo—nel caso improbabile che gli assassini di mamma fossero due serial killer che lavoravano insieme—e ho stalkerato ciascuno dei suoi amici di Facebook e collaboratori di ristoranti con la perseveranza del troll online più devoto. Ho persino esaminato la morte dei suoi genitori adottivi, nel caso ci fosse qualcosa di più nel loro incidente d'auto di quanto mi fosse stato detto, ma sembra che sia stato un semplice caso di un guidatore ubriaco che ha sbattuto contro di loro in autostrada.

Non c'è niente, assolutamente niente da portare alla polizia. Non c'è da stupirsi che non mi credessero, quando sono entrata in stazione quel giorno, tremante e isterica.

Probabilmente dovrei lasciar perdere tutto e ripensarci domani a mente fresca, ma nonostante la stanchezza, la mia mente brulica di ogni sorta di domande inquietanti—solo alcune delle quali hanno a che fare con la morte di mia madre. Perché c'è un altro mistero a cui non mi sono ancora permessa di pensare, uno che potrebbe avere altrettanta importanza per la mia sicurezza.

Chi è esattamente Nikolai Molotov, e cosa intendeva Alina con il suo strano avvertimento?

Guardo il cuscino, poi il computer. È tardi, e dovrei davvero andare a dormire. Ma le probabilità di riuscire ad addormentarmi mentre mi trovo in questo stato sono basse, quasi inesistenti.

Al diavolo. Chi ha bisogno di dormire?

Aprendo il laptop, digito "Nikolai Molotov" nel browser e mi immergo.

31

NIKOLAI

La prima cosa che faccio all'arrivo in hotel è accendere il mio laptop, aprire il video della camera di Slava e controllare che mio figlio dorma pacificamente.

Lo sta facendo. La lampada notturna a forma di macchina che vuole che lasciamo accesa illumina i suoi lineamenti addormentati, rivelando un minuscolo pugno nascosto sotto la guancia dolcemente arrotondata. Il mio cuore batte più forte alla vista, un dolore ormai familiare che si diffonde attraverso il petto. Non lo capisco più di quanto capisca la mia crescente ossessione per la sua tutor, ma non posso negare che sia lì, reale e concreta come il mio odio per la donna che lo ha partorito.

Per Ksenia, e l'intero clan di vipere Leonov.

La rabbia si accende nel mio stomaco, e allontano i miei pensieri da loro. Domani avrò tutto il tempo per affrontare il loro ultimo boicottaggio; stasera ho cose più piacevoli a cui pensare.

Aprendo una nuova finestra, apro il video della webcam dal

laptop di Chloe, e un bagliore caldo si diffonde attraverso di me, mentre il suo bel viso riempie lo schermo. Nonostante l'ora tarda, è sveglia, la sua fronte liscia corrugata, mentre scruta attentamente il suo computer. Evidentemente sta facendo qualcosa online, perché vedo che il suo browser è attivo, e quando entro nella sua cronologia delle ricerche, sono lieto di scoprire che sta cercando informazioni su di me.

Speravo che stesse pensando a me, proprio come io sto pensando a lei.

Non ha idea che io possa vedere questo, ovviamente. Il laptop che le ho dato proviene da un lotto speciale modificato da una delle imprese più oscure di Konstantin. Sembra un normale Mac nuovo di zecca, ma è stato preinstallato con uno spyware non rilevabile, che ci consente di tenere d'occhio tutti i tipi di uomini d'affari e politici influenti.

Molti accordi commerciali sono stati portati a termine grazie a questo pratico software e ai segreti che ha rivelato.

La osservo per qualche minuto, divertito dai suoi tentativi di leggere un articolo di un giornale russo, utilizzando strumenti di traduzione web gratuiti. Arriccia il naso nel modo più adorabile, quando è perplessa, e i suoi occhi passano da strabuzzati a socchiusi e viceversa, i denti che spesso tirano il labbro inferiore. Voglio mordere quel labbro paffuto e lenirlo con un bacio, poi fare lo stesso su tutto il suo delizioso corpicino.

Il mio uccello si agita al pensiero, e prendo fiato per distrarmi dal calore che si accumula dentro di me. Per quanto sia piacevole osservarla, quello che voglio ancora di più è parlarle, sentire la sua voce dolce e roca, e vedere il suo sorriso solare. Mi manca quel sorriso.

Cazzo, mi manca *lei*.

È ridicolo, lo so—l'ho incontrata solo questa settimana e siamo separati da meno di un giorno—ma è così, è inevitabile. Il destino l'ha portata da me, e ora è mia, anche se ancora non lo sa. Se non fosse stato per questo viaggio, sarebbe già tra le mie braccia, ma i Leonov hanno infilato le loro luride mani nei nostri affari, ed eccoci qui.

Facendo un altro respiro per calmarmi, apro il software video di Konstantin ed effettuo la chiamata.

32

CHLOE

STO CONFRONTANDO MINUZIOSAMENTE LA TRADUZIONE DI BING dell'articolo russo con la versione di Google, nella speranza di dare un senso a tre frasi particolarmente confuse, quando sento un debole suono di campanello e compare una richiesta di videochiamata, con la foto di Nikolai al suo interno.

Il mio battito cardiaco aumenta, il respiro accelera in modo incontrollabile. È come se fosse il proverbiale diavolo, evocato dai miei pensieri—o dalle mie ricerche. È possibile? In qualche modo sa che sto leggendo di lui in questo preciso momento?

È per questo che chiama così tardi? Vuole licenziarmi per aver ficcato il naso nelle sue informazioni?

No, è assurdo. Probabilmente è appena atterrato, ha visto sull'app di videoconferenza che sono online e ha deciso di controllare.

Facendo un respiro tremante, mi liscio i capelli con i palmi delle mani e clicco su "Accetta."

Il suo viso splendido riempie lo schermo, facendomi battere

forte il cuore. "Ciao, zaychik." La sua voce è morbida e profonda, il suo sguardo ipnotizzante anche attraverso la telecamera. Nell'insieme, la qualità del video è pazzesca; è come un film in HD. Riesco a vedere tutto, dagli abili tocchi di pennello nel dipinto astratto appeso al muro a pochi passi dietro la sua sedia alle sfumature verde bosco nei suoi occhi color ambra. Dev'essere appena arrivato, perché indossa ancora la camicia e la cravatta con cui l'ho visto uscire, ma invece di sembrare stanco e arruffato, come sarebbe una persona normale dopo un volo transatlantico, è l'immagine stessa dell'eleganza naturale, ogni lucido capello nero a posto.

Rendendomi conto che lo sto fissando come un'ammiratrice in adorazione, costringo le mie corde vocali ad agire. "Ciao." La mia gola è ancora un po' irritata dal fumo, ma spero che attribuisca la voce roca all'ora tarda. "Com'è andato il tuo volo?"

Le sue labbra sensuali si piegano in un caldo sorriso. "È filato tutto liscio. Come mai sei ancora sveglia? È mezzanotte passata laggiù."

"Semplicemente... non ho sonno." Soprattutto ora che gli parlo. Ricevere questa chiamata è stato come buttare giù cinque bicchierini di caffè espresso; anche la mia stanchezza è svanita, sostituita da una sorta di eccitazione nervosa—collegata solo in parte a ciò che stavo leggendo.

Come sospettavo, i Molotov sono schifosamente ricchi e molto noti in Russia. "Una delle più potenti famiglie di oligarchi" è una nota tradotta da Google di un articolo russo, e ci sono molte citazioni di Nikolai e dei suoi fratelli—e prima ancora, di Vladimir, il loro padre—nella stampa russa. Ho persino trovato una foto dell'anno scorso, in cui Nikolai è seduto accanto al presidente russo in un evento in cravatta nera a Mosca, sembrando fresco e a suo agio come alle sue cene di famiglia.

Quello che non ho trovato, con mio grande sollievo, è che i Molotov siano mafiosi o abbiano legami criminali, anche se forse non ho scavato abbastanza a fondo. Anche con l'aiuto degli strumenti di traduzione web, è difficile trovare i giusti termini di ricerca in russo, e sorprendentemente c'è poco scritto sulla famiglia di Nikolai in inglese—una menzione passeggera sulla CNN di un oleodotto in Siria costruito da una delle loro compagnie petrolifere, un paragrafo di Bloomberg su un nuovo farmaco contro il cancro sviluppato da una delle loro società farmaceutiche, una riga su Vladimir Molotov in un articolo del *New York Times* che discute dell'enorme ricchezza in Russia. Non ci sono voci di Wikipedia su di loro, niente nei tabloid. Non compaiono nemmeno in alcuna lista di *Forbes*, anche se ci sono molti miliardari russi, e i Molotov sembrano ancora più ricchi.

Ovviamente è possibile che non sia riuscita a trovare nulla a causa di tutti i riferimenti ai cocktail Molotov che intasano i risultati di ricerca. Dovrò chiedere a Nikolai o a sua sorella se hanno qualche relazione con il ministro degli esteri sovietico, dal quale gli esplosivi artigianali prendono il nome in senso peggiorativo.

Alla mia risposta, Nikolai si acciglia nella telecamera, con aria preoccupata. "Non hai avuto un altro incubo, vero?"

Scuoto la testa con un sorriso. "Non sono ancora andata a dormire."

Forse è la mancanza di scoperte allarmanti nella mia ricerca, o la semplice realtà che lui non è qui a far vibrare visibilmente il mio corpo, ma mi sento più calma a parlargli stasera... più sicura. Dopotutto, è possibile che le esperienze dell'ultimo mese mi abbiano distrutto i nervi, portandomi a vedere il pericolo dove non esiste, e che tutti i presunti campanelli d'allarme—la sua cicatrice da proiettile e le nocche danneggiate, le guardie e tutte le misure di sicurezza—abbiano spiegazioni innocue.

"Sei mai stato nell'esercito?" chiedo impulsivamente, e altra tensione lascia le mie spalle, mentre Nikolai annuisce, un debole sorriso che danza sulle sue labbra, mentre si appoggia allo schienale della sedia.

"La mia famiglia ha una lunga storia di illustre servizio al Paese, e mio padre ha insistito affinché io e i miei fratelli seguissimo la tradizione. Tutti e tre ci siamo arruolati a diciotto anni e abbiamo prestato servizio per diversi anni." Inclina la testa, guardandomi pensieroso. "Te lo stavi chiedendo?" Si tocca la spalla sinistra.

"Sì" ammetto timidamente. Sto cominciando a sentirmi un'idiota per aver lasciato correre la mia immaginazione prima. "Che cos'è successo? Ti hanno sparato?"

Annuisce. "Un cecchino mi ha conficcato una pallottola. Per fortuna mi ha mancato."

"Mancato?"

I suoi denti bianchi lampeggiano in un sorriso. "Non sono morto, vero?"

"No, grazie a Dio." Tuttavia, il mio petto si stringe, mentre immagino quella cicatrice e il dolore che deve aver provato, quando il proiettile gli ha lacerato la carne. "Hai impiegato molto tempo per riprenderti?"

"Alcune settimane. All'epoca avevo solo vent'anni, il che ha aiutato."

"Tuttavia, non riesco a immaginare che sia stato divertente." Incapace di resistere alla tentazione, chiedo: "Continui il tuo allenamento ancora oggi? Ad esempio... combattere e cose del genere?"

Sto cercando di essere discreta, ma comunque mi legge dentro.

Sorridendo maliziosamente, alza le mani, girandole per mostrare le nocche ammaccate alla telecamera. "Stai chiedendo di queste, presumo? Sono dovute allo sparring con alcune delle mie guardie. Provengono dalla mia ex unità e ci sfidiamo una volta ogni tanto—almeno quando Pavel non è a disposizione."

Gli sorrido di rimando, così sollevata che potrei piangere. Ovviamente le guardie sono i suoi compagni dell'esercito; questo ha molto senso, e la dice lunga sulla sua persona. "Anche Pavel era nell'esercito con te?" Posso facilmente immaginare l'uomo-orso in divisa militare, armato di un M16 e forse con un carro armato sulle spalle.

Con mia grande sorpresa, Nikolai scuote la testa. "In realtà, ha fatto il militare sotto mio padre. Si è arruolato a quattordici anni e glielo hanno permesso, dato che aveva già la sua stazza attuale e sembrava averne venticinque."

"Oh, wow. Quindi, conosce la tua famiglia da prima che tu nascessi?"

"Da molto prima" conferma. "Mio padre lo ha assunto direttamente dall'esercito, e da allora è con la nostra famiglia."

"Anche Lyudmila?"

"No, sono sposati solo da circa dieci anni." Ride. "Alina ha avuto una crisi, quando ci ha presentato Lyudmila per la prima volta. Penso che mia sorella avesse l'idea che Pavel fosse sua proprietà esclusiva."

I miei occhi si spalancano. "Aveva una cotta per lui?"

"Non esattamente, no. Penso che lo vedesse più come un secondo padre." Il suo sorriso svanisce, e qualcosa di tetro guizza nei suoi occhi, prima che le labbra assumano la solita curva oscuramente sensuale—quel sorriso cinico e seducente che, ora mi rendo conto, nasconde le sue vere emozioni. Avvicinandosi alla telecamera, dice dolcemente: "Basta parlare di loro. Raccontami della tua giornata, zaychik. Che cosa avete fatto tu e Slava, mentre io ero via?"

Giusto, è per questo che ha chiamato: per avere un rapporto su suo figlio. Nascondendo una fitta irrazionale di delusione, indosso il cappello da tutor e lo informo sulle nostre attività e sui progressi compiuti da Slava. Ascolta attentamente, interrompendo di tanto in tanto per fare domande, e mentre la nostra conversazione continua, mi rendo conto che devo rivedere un'altra opinione negativa che avevo di lui.

Nikolai si preoccupa per suo figlio. Molto.

L'ho intravisto stamattina, quando Slava e io eravamo distesi sul letto, e ora lo vedo nel modo in cui il suo viso si addolcisce, quando parlo del ragazzino. Non so perché si rifiuti di proteggere suo figlio da pericoli così evidenti come un coltello affilato, ma non è perché non lo ama. Lo fa—anche se a giudicare dal modo in cui si comporta con Slava, non sarei sorpresa se avesse problemi ad ammetterlo.

Penso che Nikolai voglia essere più vicino a suo figlio, ma non sa come.

Penso... che potrebbe essere un brav'uomo, dopotutto.

L'avvertimento di Alina si intromette di nuovo nella mia mente, ma lo respingo. Era drogata, e c'è chiaramente tensione tra fratello e sorella, un tipo di storia di cui non sono a conoscenza. Inoltre, non so cosa pensa stia succedendo tra me e Nikolai, ma l'amore non è da nessuna parte sul tavolo. Il sesso, forse—sono abbastanza realista da ammettere che la mia determinazione a non andare a letto con il mio capo si sta dimostrando non all'altezza della potente attrazione tra noi—ma l'amore è tutta un'altra storia. Sarei un'idiota a innamorarmi di un uomo come Nikolai, che senza dubbio è abituato alle donne più belle del mondo che si lanciano ai suoi piedi. Se andassimo a letto insieme, non avrebbe alcun significato per lui —e non posso lasciare che sia l'opposto per me.

Meglio ancora, non dovremmo andare a letto insieme.

In questo modo, nessuno si farebbe male.

Parliamo di Slava per altri venti minuti, prima che l'ora tarda mi raggiunga e uno sbadiglio mi sfugga a metà di una frase. Lo soffoco subito, ma Nikolai non si lascia ingannare.

"Sei esausta, vero?" mormora, guardandomi preoccupato. "Avresti dovuto dirmelo, zaychik. Non volevo tenerti sveglia."

"No, no, va tutto bene. Sto solo..." Un altro sbadiglio incontrollabile interrompe le mie parole e lo copro con il dorso della mano, prima di rivolgergli un sorriso mesto. "Va bene, sì, è ora di dormire per me. Come fai ad essere così sveglio? Devi avere il jet lag in cima a tutto."

Le sfumature verdi nei suoi occhi brillano più luminose. "Non ho bisogno di dormire molto."

Ovviamente no. Non sarei sorpresa se fosse in parte sovrumano—questo spiegherebbe quel bell'aspetto straordinario che condivide con sua sorella.

"Beh, comunque buonanotte" dico, combattendo un altro sbadiglio. "E buona fortuna con tutti gli affari che hai lì."

"Grazie, zaychik." Il suo sorriso racchiude una nota tenera. "Dormi bene. Ti chiamo domani sera."

Riattacca e, mentre metto via il laptop, mi rendo conto che il mio cuore batte con un nuovo ritmo irregolare, il petto che si riempie di un calore che non oso esaminare.

33

NIKOLAI

CHIUDO GLI OCCHI DOPO CHE CI SIAMO SCOLLEGATI, CERCANDO DI aggrapparmi all'insolita sensazione di benessere che parlare con Chloe ha generato, ma sta svanendo velocemente. Al suo posto, c'è la cupa consapevolezza di ciò che devo fare oggi, mista a oscura attesa.

Sono passati sei mesi da quando sono in questo nuovo mondo. Sei mesi da quando mi sono lasciato coinvolgere nella nostra attività a qualsiasi livello oltre a quello più superficiale. E anche se mi piacerebbe affermare che detesto essere tornato, non posso negare che una parte di me si diverta in tutto questo... che il mio sangue stia scorrendo più velocemente nelle vene.

Aprendo gli occhi, chiudo il portatile e mi alzo in piedi.

È ora di mettersi al lavoro.

Pavel sta già aspettando nella hall dell'hotel, e usciamo insieme. La nostra destinazione è una piccola taverna a pochi isolati di distanza, o più precisamente il suo seminterrato.

Lo spettacolo che ci accoglie quando scendiamo non è carino. Un uomo è appeso per i polsi a una catena fissata al soffitto, le dita dei piedi con gli stivali che raschiano appena il nudo pavimento di cemento. Il suo viso pallido è livido e gonfio, l'area decentrata sotto il naso incrostata di sangue scuro. Due degli uomini di Valery sono in piedi accanto a lui, i loro volti duri e gli occhi privi di emozioni.

"Ha parlato?" chiedo a uno di loro, che scuote la testa.

"Afferma di non avere il codice di accesso. È una bugia. L'abbiamo visto usarlo."

"Hmm." Mi avvicino al prigioniero e faccio un lento giro intorno a lui, notando come il suo respiro aumenti. Un odore acre di urina esce dalla sua zona inguinale, e ci sono macchie di sporco e sangue sulla sua uniforme Atomprom beige.

Il poveretto sa di essere fottuto.

"Come ti chiami?" gli chiedo, fermandomi davanti.

Mi fissa, la bocca tremante, poi esplode: "Non conosco il codice. Non lo conosco!"

"Ho chiesto il tuo nome. Quello lo conosci, vero?"

"Iv—" La sua voce si incrina, come se fosse un adolescente invece che un ventenne. "Ivan."

"Va bene, Ivan. Ti dirò una cosa: so che non vuoi far incazzare il tuo datore di lavoro, ma non hai davvero scelta." Gli rivolgo un sorriso comprensivo. "Lo capisci, vero?"

"Non conosco il codice!" Gocce di sudore si formano sulla sua fronte. "Lo giuro—lo giuro sulla vita di mia madre."

"Ma è morta, Ivan. È morta in un incendio in una fabbrica, quando avevi quindici anni. È stato tragico, mi dispiace."

Il suo viso diventa bianco come il lino, e io continuo con lo stesso tono comprensivo. "Ascolta, non sei un cattivo ragazzo, Ivan. Hai avuto una vita difficile, e hai fatto tutto il possibile per aiutare la tua famiglia e prenderti cura di tua sorella minore. Lei è, dove, in terza media adesso?"

"F-fi..." Sta tremando quasi troppo per parlare. "Figli di puttana!"

Emetto un verso con la bocca. "Gli insulti non ti porteranno da nessuna parte. Adesso ascoltami, Ivan. Posso lasciare che"— faccio un gesto alle guardie prive di espressione—"ti cavino la risposta di bocca. E se falliscono, c'è sempre il mio socio"— guardo Pavel, che sta tranquillamente in piedi in un angolo—"e la sua abilità con i coltelli. Per non parlare di ogni sorta di tattica meno gustosa che a mio fratello piace usare. Ma perché coinvolgere loro, quando possiamo fare un accordo, io e te?"

Il suo pomo d'Adamo si muove in una deglutizione nervosa. "C-che genere di accordo?"

Gli sorrido dolcemente. "Hai paura dei Leonov, vero? Ecco perché sei così coraggioso. Non ti potrebbe importare di meno della fabbrica che stai proteggendo. A te cosa importa, se otteniamo il codice di ingresso, giusto? Ma la famiglia Leonov..." Faccio un altro lento giro intorno a lui. "...possono fare cose a te, ai tuoi cari. Alla tua sorellina." Mi fermo davanti a lui. "Annuisci se è così."

Affonda il mento per un cenno appena percettibile, il sudore che gli cola lungo il viso.

"È quello che pensavo." Tiro fuori un fazzoletto di carta dalla tasca e gli tampono la fronte. "Allora, che ne dici di questo: tu ci dici il codice di ingresso e condividi tutto quello che sai sul protocollo di sicurezza dello stabilimento in cui lavori, e noi mettiamo te e la tua famiglia sul volo più vicino verso una destinazione di tua scelta. Può essere qualsiasi posto: Zimbabwe, Fiji, Tailandia... le Isole Cayman. Dacci un nome, e ti invieremo lì con una nuova identità e centomila dollari in contanti come bonus di trasferimento. Che ne pensi?"

Respirando irregolarmente, mi fissa, la speranza che combatte con la paura negli occhi.

"So cosa stai pensando, Ivan" proseguo dolcemente, lasciando cadere a terra il fazzoletto sporco. "Come puoi fidarti che soddisferò la mia parte dell'accordo? Che cosa ci impedisce di ucciderti non appena ci dici quello che vogliamo sapere, giusto?"

Deglutisce di nuovo. "G-giusto."

"La risposta è niente." Lascio che un accenno di crudeltà filtri nel mio sorriso. "Assolutamente niente. Ma non importa, perché fidarti di me è l'unica opzione che hai. Se non lo fai, ci racconterai tutto nel modo più duro—e quando i Leonov verranno a sapere della violazione nello stabilimento, cercheranno il colpevole. Quando scopriranno che sei tu, *verranno* a cercare la tua famiglia. Capisci, Ivan? Capisci cosa devi fare, se vuoi che tua sorella viva?"

Il suo mento trema, mentre mi fissa, le lacrime che gli sgorgano dagli angoli degli occhi. Alla fine, scuote la testa, sconfitto.

"Bene. Ora di' a questi signori quello che vogliono sapere."

Voltandomi, faccio un cenno col capo agli uomini di Valery, che prontamente si fanno avanti, tirando fuori i telefoni per iniziare a registrare.

"Non dovevi farlo personalmente, sai" dice Pavel a bassa voce, mentre usciamo dalla taverna. "Avrebbero potuto ottenere le risposte da lui. In caso contrario, sarei intervenuto io. Sarebbe stato più economico in questo modo."

"Può essere. Ma così, sappiamo che non ci sta raccontando stronzate solo per fermare il dolore." Osservo quella che è la mia guardia del corpo da una vita, il cui sguardo sta esplorando irrequieto ciò che ci circonda, nonostante le guardie di Valery abbiano già assicurato il perimetro. "Numerosi studi hanno dimostrato che le informazioni ottenute sotto tortura non sono affidabili."

"Non le informazioni che ottengo io" replica cupamente, e io ridacchio.

"Hai paura che il tuo coltello si arrugginisca?"

Pavel non lo nega. Gli manca essere nel bel mezzo delle cose, proprio come me—o com'ero io. In questo momento, preferirei di gran lunga essere nell'Idaho con Chloe. Voglio essere lì nel caso abbia un altro incubo. Voglio stringerla, consolarla, confortarla... e infine sedurla. La sua determinazione sta già vacillando, lo sento—ecco perché ho deciso di rassicurarla sui lividi sulle nocche e sulla cicatrice alla spalla.

Non ho intenzione di mentirle sul tipo di uomo che sono, ma non voglio che abbia paura di me.

Non le farò del male... non in quel modo, almeno.

"Hai già fissato un incontro con il capo della Commissione per l'Energia?" chiede Pavel, mentre ci fermiamo a un incrocio, e io annuisco, allontanando i miei pensieri da Chloe.

"Lo incontrerò lunedì a pranzo" rispondo, camminando lungo la strada, mentre il semaforo davanti a noi diventa verde. Ci sono volute tre telefonate per arrivare al tizio, ma ci sono riuscito, come sapevo che avrei fatto. "Questo è un altro motivo per cui ho seguito questa strada con Ivan" continuo. "Non c'era tempo per spezzarlo correttamente—avevamo bisogno di quel codice il prima possibile."

"Non ci avrei messo molto neanch'io" borbotta Pavel, e io rido, proprio mentre una motocicletta romba, girando l'angolo e sfrecciando verso di me.

34

NIKOLAI

REAGISCO IN UNA FRAZIONE DI SECONDO, MA PAVEL È ANCORA PIÙ veloce. Mi spinge proprio mentre mi tuffo di lato, ed entrambi colpiamo pesantemente il suolo, mentre la moto ci supera, così vicino che sento un sibilo d'aria calda sul viso.

L'adrenalina mi spinge subito in piedi, ma il motociclista è già a metà dell'isolato, muovendosi nel traffico alla velocità di una macchina da corsa. Tutto quello che posso dire da questa distanza è che si tratta di un uomo che indossa una giacca di pelle nera e un casco.

Anche Pavel è già in piedi, la mascella tesa per la rabbia. "Hai visto la sua faccia?"

"No." Mi sistemo la giacca e la cravatta e spazzolo via lo sporco e la ghiaia dai palmi graffiati. La spalla mi pulsa per esserci atterrato sopra, e la rabbia fredda brucia dentro di me, ma la voce è calma. "Il suo casco aveva una visiera a specchio. Forse uno dei ragazzi di Valery ha preso la sua targa." Osservo la folla di testimoni oculari, alcuni dei quali stanno tirando fuori i loro telefoni, presumibilmente per chiamare la polizia. "È meglio che ce ne andiamo di qui."

Pavel annuisce cupamente e ci dirigiamo rapidamente verso l'hotel.

Levan Abkhazi, capo della sicurezza locale di Valery, ci incontra nella mia stanza un'ora dopo. Un georgiano corpulento dell'età di Pavel, è completamente calvo, ma sfoggia un sopracciglio nero e spesso e una barba intonata.

Tirando fuori una cartellina, dispone sulla scrivania una serie di foto sgranate. "Questo è tutto ciò che siamo riusciti a ottenere dal negozio vicino e dalle telecamere del traffico" riferisce in un russo fortemente accentato. "La squadra posizionata sui tetti non ha avuto una buona angolazione per vedere la targa in nessun momento, e c'erano troppi civili per rischiare di sparargli."

Pavel e io esaminiamo le foto. Su una di esse è possibile distinguere una parte di numero, ma le altre immagini mostrano al massimo un angolo della targa. Il motociclista o è il figlio di puttana più fortunato che abbia mai camminato sulla Terra, oppure sapeva dove si trovava la squadra di Valery.

Guardo Pavel. "Opinioni?"

"Un professionista, decisamente." Il suo viso è segnato da linee dure. "Non ha rallentato, non ha reagito in alcun modo quasi travolgendoti. E sapeva come maneggiare quella moto—e come evitare le telecamere."

L'unico sopracciglio di Abkhazi si solleva. "Non credete che possa essere stato un incidente? Se il tizio è un professionista, dovrebbe sapere che investire qualcuno per strada non è il modo più efficiente per eseguire un attacco."

"Dipende se vuoi farlo sembrare un incidente o meno" ribatte Pavel. "Inoltre, non è stato un attacco."

Il georgiano gli rivolge un'occhiata confusa. "Che cos'è stato allora?"

"Un messaggio" dico, rimettendo le foto nella cartella. "Dai nostri amici, i Leonov. Volevano che sapessi che loro sanno. La domanda è: sanno cosa?"

35

CHLOE

Mɪ sᴠᴇɢʟɪᴏ sᴏʀʀɪᴅᴇɴᴅᴏ, ᴇ ᴘᴇʀ ᴜɴ ᴘᴀɪᴏ ᴅɪ ᴍɪɴᴜᴛɪ ʀᴇsᴛᴏ sdraiata lì, con gli occhi chiusi, fluttuando in quello stato beato tra i sogni e la realtà.

E che sogni sono stati.

La mia mano scivola tra le cosce, e premo sul dolce tormento che indugia lì, cercando di ricordare le scene sensuali che si sono ripetute nella mia testa tutta la notte. Ricordo solo dei frammenti ora, ma so che tutte avevano come protagonista Nikolai... il suo sorriso malvagio... la sua voce profonda... Soprattutto, sono stati gli unici sogni che abbia fatto la scorsa notte.

Gli incubi che mi hanno tormentata dalla morte di mamma sono rimasti lontani.

Con il sorriso che si allarga, apro gli occhi e mi siedo. C'è molta luce e il sole è alto, quindi probabilmente ho dormito troppo. Non sono preoccupata, però. Nikolai non è qui per far rispettare gli orari dei pasti, e in ogni caso, ora che lo conosco

211

meglio, non credo che mi licenzierebbe per una trasgressione così lieve.

Tuttavia, non voglio approfittarne, quindi salto giù dal letto e accendo i notiziari. Stanno di nuovo riferendo dei dibattiti sulle elezioni primarie, ma tutto quello che mi interessa è l'ora —9:20. È anche sabato, mi rendo conto, guardando la data. Mi chiedo se questo significhi che ho un giorno libero.

Probabilmente dovrei chiederlo a Nikolai la prossima volta che parliamo.

Un caldo bagliore mi riempie il petto al pensiero di lui che mi chiama di nuovo e di noi due che parliamo fino a tarda notte —quasi come una coppia che si frequenta. Perché è così che mi è sembrata quella videochiamata della scorsa notte: il tipo di cosa che fai con il tuo ragazzo mentre è via, una specie di appuntamento a distanza. Anche se abbiamo passato la maggior parte del tempo a parlare di Slava, come si addice al nostro rapporto datore di lavoro-tutor, ho scorto una certa morbidezza nel modo in cui Nikolai mi guardava e nel modo in cui parlava... una corrente sotterranea di tenerezza che mi fa saltare un battito di cuore ogni volta che ci penso.

È quasi come se iniziasse a prendersi cura di me, come se tra noi ci fosse qualcosa di più dell'attrazione animale.

Cerco di non pensarci, mentre vado avanti con la mia giornata, perché è un'idea davvero sciocca. Non è possibile che Nikolai stia sviluppando dei sentimenti per me. Non solo è troppo presto, ma sarei un'idiota a immaginare che un uomo del genere sarebbe interessato a me per qualsiasi motivo diverso dal nostro stretto contatto. *Sono* l'unica donna disponibile qui;

non può esattamente flirtare con Lyudmila o sua sorella. Quindi, cosa importa se ieri mi ha chiamata appena atterrato? Ciò non significa che stesse pensando a me durante il lungo volo.

Avrebbe potuto essere solo preoccupato per suo figlio.

Tuttavia, quel bagliore caldo rimane con me, mentre mi intrufolo in cucina per prepararmi una tarda colazione—quella ufficiale è finita—prima di portare Slava a fare una bella e lunga escursione. E persiste per tutto il pranzo, nonostante la presenza di Alina al tavolo mi ricordi il suo strano avvertimento.

"Come va il tuo mal di testa?" le chiedo, quando ci sediamo a mangiare, e lei scaccia la mia preoccupazione, sostenendo di essere completamente guarita. Tuttavia, non posso fare a meno di notare che è silenziosa e stranamente distante, e spesso fissa il vuoto durante il pasto. Mi domando se sia di nuovo fatta, ma decido di non chiedere.

La scorsa notte, il fuoco e l'erba hanno abbassato le inibizioni di tutte, creando un falso senso di intimità, ma oggi sembra di nuovo un'estranea. Così appare Lyudmila, che non mi sorride nemmeno, mentre tira fuori il cibo. Forse è imbarazzata che l'ho vista sballata? In ogni caso, affretto il pasto e, non appena Slava ha finito di mangiare, lo porto nella sua stanza per le nostre lezioni di gioco.

Costruiamo un altro castello e rivediamo l'alfabeto, e gli insegno a contare fino a dieci in inglese. Successivamente, giochiamo a nascondino e leggiamo alcuni libri, tra cui, su richiesta del bimbo, la storia di una famiglia di anatre. Prima di iniziare, mi mostra con orgoglio un libro in russo che sembra esserne la traduzione, e mi rendo conto che sta cercando di applicare la sua conoscenza della trama e dei personaggi per capire meglio le parole e le frasi inglesi che gli leggo ad alta voce.

"Sei un bambino così intelligente" gli dico, e lui mi sorride. Anche se dubito che comprenda esattamente quello che sto dicendo, il mio tono di approvazione è inconfondibile.

Mi siedo sul pavimento, la schiena appoggiata al letto, e Slava mi si arrampica sulle ginocchia, mentre iniziamo la storia —che si rivela sorprendentemente complessa per un libro per bambini. La famiglia delle anatre non è tutta felice e fortunata; litigano e hanno conflitti, e ad un certo punto l'eroe principale, un giovane anatroccolo, scappa di casa. Quando torna, scopre che Mamma Papera se n'è andata, e lui piange, pensando di averla spinta ad andarsene.

Tengo d'occhio Slava durante questa parte, preoccupata che questo possa far tornare alla mente ricordi sull'aver perso sua madre, ma l'espressione del bimbo rimane curiosa e rilassata. Tuttavia, quando arriviamo alla parte in cui il piccolo anatroccolo deve stare con suo nonno, Slava si irrigidisce e insiste per saltare le successive tre pagine.

"Non ti piace Nonno Papero?" tiro a indovinare, e il bambino alza le spalle, evitando il mio sguardo.

"Va bene. Non dobbiamo leggere di lui. Dimentica Nonno Papero." Sorridendo, gli scompiglio i capelli e passo a un capitolo meno problematico del libro.

Alina non si unisce a noi per la cena—un altro mal di testa, mi informa Lyudmila, burbera—così Slava e io facciamo un altro pasto rilassato, prima che io salga in camera mia per la sera. Togliendo l'abito formale da cena, mi metto a mio agio sul letto e apro il portatile—per fare altre ricerche, mi dico. Non per aspettare la chiamata di Nikolai come una ragazza innamorata. Quindi, che cosa importa se ha promesso che avrebbe chiamato? Forse lo farà, o forse no.

Non me ne dovrebbe importare, comunque.

Decisa a non restare seduta lì a mangiarmi le unghie, riprendo la mia ricerca sulla morte di mamma. La giornalista a cui ho inviato un'e-mail la scorsa notte non ha risposto, così trovo le informazioni di contatto di alcuni altri giornalisti della zona di Boston e mando un messaggio. Faccio ricerche anche sul proprietario del ristorante in cui lavorava mamma, nonché sulla società dietro l'hotel di lusso in cui si trova il ristorante.

Dev'esserci una ragione per cui quegli uomini hanno ucciso mia madre.

Trovo la stessa cosa di ieri: niente. Ciò di cui ho veramente bisogno è un investigatore privato, ma non posso permettermelo adesso. Anche se... non fa male informarsi sulle tariffe. Martedì, avrò dei soldi, e se rimango qui—cosa che non vedo perché non dovrei fare—potrei anche usare quei soldi per ottenere delle risposte.

Sì.

Questo è esattamente ciò che farò.

Incoraggiata, trovo alcuni contatti promettenti e chiedo un preventivo via e-mail. Poi, sentendomi realizzata per la serata, passo all'altro progetto: imparare tutto quello che posso su Nikolai.

Ho pensato ad altre frasi che posso tradurre in russo, e la mia ricerca rivela diverse foto di tabloid. Una è quella di Nikolai a un gala di beneficenza a Varsavia con un'alta bellezza bionda al braccio; un'altra lo mostra a una sfilata di moda di Mosca, seduto accanto a un'Alina dall'aria annoiata. Un altro paio lo mostra in vacanza in varie destinazioni esotiche, invariabilmente con qualche modella dalle gambe lunghe al suo fianco che lo fissa con adorazione.

Avevo ragione. È sempre circondato da donne bellissime. Per quanto ne so, potrebbe stare a letto con una modella stupenda in questo preciso momento, dopo essere andato a prenderla in un nightclub VIP la scorsa notte.

Il pensiero è come una spruzzata di acqua bollente sul mio petto. Non ho il diritto di sentirmi in questo modo, ma improvvisamente voglio strappare tutti i capelli dalla testa di questa donna immaginaria—proprio prima di fare la stessa cosa con Nikolai.

Metto da parte il portatile, salto giù dal letto e inizio a camminare.

Perché non chiama?

Ha detto che l'avrebbe fatto.

Ha promesso.

Deve sapere che ogni minuto che passa diventa più tardi qui.

È perché è impegnato con il lavoro—o con una donna? Immagino le sue labbra rosse lucide avvolte intorno al suo uccello, gli occhi che lo scrutano attraverso le ciglia finte applicate con abilità, mentre—

Sento un lieve suono di notifica provenire dal letto, e mi lancio verso il portatile aperto, con il battito alle stelle. Distendendomi a pancia in giù, tiro il computer verso di me e, con un dito instabile, premo "Accetta" alla richiesta di videochiamata di Nikolai.

Il suo viso riempie lo schermo, la sua camera d'albergo visibile dietro di lui, e rilascio un respiro tremante, la mia gelosia irrazionale che svanisce, quando vedo lo sguardo tenero nei suoi occhi da tigre.

"Ciao, zaychik" mormora, la sua voce profonda così vellutata che vorrei strofinarla contro la mia guancia. "Com'è stata la tua giornata?"

"È stata bella. Com'è stata la tua? Voglio dire, la tua mattina —o la tua giornata di ieri?" Sembro senza fiato, ma non posso farci niente. Il mio cuore sta battendo a un ritmo techno e ogni cellula del mio corpo vibra per l'eccitazione. Per quanto possa sembrare patetico, sono stata in attesa di questa chiamata tutto il giorno. Anche quando non ci stavo pensando consapevolmente, era in agguato in fondo alla mia mente.

Mi rivolge un sorriso ironico. "La mia mattinata è andata bene, così come il resto di ieri. Alcuni incontri, alcune stronzate —affari come al solito."

"Che tipo di affari?" Rendendomi conto di quanto possa sembrare ficcanaso, apro la bocca per rimangiare la domanda, ma lui sta già rispondendo.

"Energia pulita. Nello specifico, energia nucleare. Una delle nostre società ha sviluppato una tecnologia proprietaria che consente di realizzare piccoli reattori nucleari portatili, che possono essere utilizzati per fornire elettricità a basso costo in piccoli villaggi e altri insediamenti remoti."

"Wow. E sono sicuri? Non come—qual era quella famosa in Ucraina?"

"Chernobyl? No, non sono niente del genere. Per prima cosa, ogni reattore ha le dimensioni di un'auto, quindi anche in caso di incidente, la quantità di radiazioni rilasciate sarebbe molto inferiore. Ancora più importante, i nostri ingegneri hanno aggiunto così tanti accorgimenti che un incidente è quasi impossibile. Il nostro motto è *La Sicurezza Prima di Tutto*—a differenza dei nostri rivali." La sua voce si fa più dura nell'ultima parte.

"Ci sono altre aziende che fanno la stessa cosa?" chiedo, affascinata da questo scorcio di un mondo di cui non so nulla.

I suoi occhi brillano cupamente. "Una. Si stanno candidando contro di noi per un enorme contratto con il governo tagiko. Chi lo vincerà dominerà questa nascente industria dell'Asia centrale—motivo per cui mio fratello mi ha chiesto di partecipare."

"Davvero?"

"Il capo della Commissione per l'Energia del Tagikistan era un mio compagno di classe in collegio, e mio fratello spera che avrò più fortuna nello spiegargli il nostro caso." Un sorriso ironico gli sfiora le labbra. "Come probabilmente avrai intuito, le connessioni personali sono molto importanti negli affari."

Spalanco gli occhi in modo esagerato. "No! Davvero?"

Ride. "Lo so. Difficile da immaginare, vero? Lunedì ho un incontro a pranzo con lui e poi spero di poter tornare indietro."

"Quindi, tornerai martedì?" Sto già contando i giorni che mancano al mio primo stipendio, e ora avrò un altro motivo per desiderare di poter essere in grado di mettere le prossime cinquanta ore in avanzamento veloce.

"Dovrei, sì." Si ferma, poi aggiunge dolcemente: "Mi manchi, zaychik."

Il mio respiro si ferma, letteralmente, anche se il mio cuore martella più velocemente e la mia pelle formicola con un rossore. Indipendentemente da quello che pensavo di aver visto nei suoi occhi la scorsa notte—da quello che speravo potesse provare—non mi sarei mai sognata di sentirglielo dire così stasera con tanta disinvoltura... così apertamente.

Come un fidanzato.

Mi sta guardando, aspettando pazientemente la mia risposta, quindi non appena riprendo a respirare, mi costringo a parlare. "Mi... mi manchi anche tu. E a Slava. Gli manchi. Manchi a entrambi. Gli manchi davvero." So che quello che dico non ha alcun senso, ma non posso farci niente. Non ho mai avuto problemi a esprimere i miei sentimenti con i ragazzi con cui sono uscita, ma non sono mai uscita con qualcuno come Nikolai prima—non che ci stiamo frequentando. O sì? Forse gli manco solo in senso amichevole? O come tutor del figlio?

Dio, non ho idea di cosa stia succedendo.

Gli angoli delle sue labbra sensuali si contraggono per il divertimento represso, e ancora una volta ho l'inquietante sospetto che stia guardando dritto nel mio cervello e vedendo la confusione che c'è lì. "Dimmi di più, zaychik" mormora, avvicinandosi alla telecamera. "Che cosa ha combinato mio figlio oggi?"

Slava, cioè. Mi aggrappo all'argomento come un uomo che sta annegando aggrappato a una boa e mi lancio in una descrizione dettagliata di tutto ciò che Slava e io abbiamo fatto e imparato. Nikolai ascolta rapito, lo sguardo carico di quella speciale tenerezza che riserva a suo figlio. Tuttavia, quando arrivo al libro che io e il bambino abbiamo letto per ultimo—la storia degli anatroccoli—e cito ridendo l'apparente antipatia di Slava per Nonno Papero, ogni traccia di tenerezza scompare dalla sua espressione, gli occhi che assumono un bagliore duro e acuto.

"Ha detto qualcosa?" chiede. "Spiegato in qualche modo?"

"No, io... non l'ho chiesto." Mi ritraggo allo sguardo sul suo viso, un'espressione così scura e fredda che mi provoca un brivido attraverso il corpo. Questo è un lato di Nikolai che non ho mai visto e, improvvisamente, le mie precedenti preoccupazioni sulla mafia non sembrano così sciocche.

Posso immaginare quest'uomo ordinare un colpo—anche premere lui stesso il grilletto.

Un attimo dopo, tuttavia, i suoi lineamenti si addolciscono, lo sguardo gelido che scompare, mentre mi chiede di continuare, e mi ritrovo a chiedermi se la mia immaginazione indisciplinata non mi abbia giocato un brutto scherzo. Forse ho letto troppo in quel breve cambiamento di espressione... o forse ho dato un'occhiata a qualche dramma familiare Molotov. Potrebbe semplicemente essere che Nikolai non va d'accordo con il nonno di Slava—ammesso che ce ne sia uno da parte di sua madre.

Ci sono ancora molte cose che non so su questa famiglia.

Decidendo di rimediare, finisco il mio rapporto sui progressi di Slava, ripassando ciò che gli ho insegnato a cena, e poi con attenzione—molto cautamente, per non calpestare le mine terrestri—chiedo a Nikolai di parlarmi dei suoi fratelli.

Per fortuna, la mia richiesta non lo turba. "Sono il secondo più grande" mi dice. "Valery ha quattro anni meno di me, e Konstantin—il genio della famiglia—ha due anni più di me. Gestisce tutte le nostre iniziative tecnologiche, mentre Valery supervisiona l'intera organizzazione."

"Cosa che facevi tu, giusto?" chiedo, ricordando quello che mi ha detto Alina.

"Giusto." Non sembra sorpreso che io lo sappia. "Ma è difficile farlo da remoto, quindi ho chiesto a Valery di sostituirmi, mentre ero via."

"Perché *sei* via?" chiedo, incapace di resistere alla domanda che ho in mente da tanto tempo. "Che cosa ti ha portato in quest'angolo di mondo?"

Sorride alla mia sfacciata curiosità. "Lo so. È strano, vero?"

"Estremamente strano." È così strano, infatti, che ho

ipotizzato una folle storia di mafia nella mia testa, ma tengo la bocca chiusa su questo.

Si appoggia allo schienale della sedia, il sorriso che svanisce, finché rimane solo una traccia della curva sensuale. "È una lunga storia, zaychik, e si sta facendo tardi. Dovresti andare a dormire."

"Va tutto bene, non sono stanca." E anche se lo fossi, lo negherei, perché sto morendo dalla voglia di ascoltare questa storia, qualunque sia la lunghezza. Sedendomi più dritta, sistemo il computer più comodamente sulle ginocchia e gli rivolgo i miei migliori occhi da cucciola, sbattendo le ciglia e tutto il resto. "Per favore, Nikolai... dimmelo."

Lo intendevo come uno scherzo, nel migliore dei casi un leggero flirt, ma il suo viso si irrigidisce, il suo sguardo che si oscura, mentre si china verso la telecamera. "Mi piace sentire il mio nome sulle tue labbra." La sua voce è bassa e mielosa. "E mi piace davvero, quando implori."

La mia bocca diventa secca come il Sahara, il battito cardiaco irregolare, mentre il fuoco mi attraversa le vene e mi centra nel profondo. Con lui così lontano e le nostre videochat che si concentrano principalmente su argomenti sicuri, in qualche modo mi sono permessa di dimenticare la tensione sessuale che cova tra noi, pronta a infiammarsi alla minima scintilla. Mi sono convinta di aver immaginato quella sensazione di essere una preda braccata... quella consapevolezza allarmante, ma stranamente eccitante di essere alla mercé di quest'uomo pericolosamente seducente.

"Quello—" Deglutisco, incerta se avventurarmi lì. "È quello il tuo genere? Donne che implorano?"

Il calore oscuro nei suoi occhi si intensifica. "Il mio *genere*, zaychik, sei tu. Ti voglio in ogni modo possibile... dolcemente e rudemente... in ginocchio, sulla schiena e sopra, cavalcandomi... Voglio divorarti la figa per dessert dopo ogni pasto e versarti il mio sperma in gola ogni mattina. Voglio scoparti così forte da farti urlare, e poi voglio coccolarti per ore. Soprattutto, voglio affogarti nel piacere... così tanto piacere che non ti dispiacerà l'occasionale morso di dolore... Infatti, lo supplicherai."

Oh. Mio. Dio.

Lo fisso, i miei respiri brevi e superficiali, il clitoride che pulsa e i capezzoli turgidi. Il mio corpo sembra uno dei suoi reattori nucleari fusi, il calore sotto la mia pelle così ardente che potrei bruciare spontaneamente. Oppure *venire.* Se mettessi pressione sul mio clitoride in questo momento, potrei sicuramente farlo.

Mi inumidisco le labbra, cercando di ignorare la pulsazione tra le gambe. "Quindi... ti piacciono *quelle* cose. Cose perverse."

Non appena le parole escono dalla mia bocca, rabbrividisco per il mio suono giovanile e innocente. E non sono un'amante del sesso standard. Almeno, non credo di esserlo. Le mie fantasie sessuali hanno sempre avuto una sfumatura più oscura, e ho avuto un ragazzo che mi ha legata una o due volte—e un'altra volta mi ha sculacciata. Niente di tutto questo mi ha eccitata, ma il mio ragazzo non era davvero coinvolto. Era imbarazzante e forzato con lui... infantile, in qualche modo.

Ho la sensazione che non sarà niente del genere con Nikolai.

L'uomo non conosce il significato di infantile e goffo.

Di sicuro, le sue labbra si incurvano in un altro sorriso oscuramente sensuale. Con una voce simile a seta riscaldata, mormora: "Chloe, zaychik... mi piace tutto—purché sia con te."

Stavolta, è il mio cuore a entrare in modalità fusione. Perché suona molto come... "Stai dicendo che non vuoi vedere altre donne?" sbotto, e voglio subito prendermi a calci per sembrare ancora una volta una liceale. Sta solo flirtando, non prendendo alcun tipo di impegno di esclusività. Non abbiamo nemmeno—

"È così" dice dolcemente, interrompendo bruscamente i miei pensieri. "Non voglio nessuno tranne te. È così dal momento in cui ci siamo incontrati."

"Oh." Lo fisso, incapace di aggiungere altro.

Questo è grande.

Davvero grande.

Non ci sono possibili malintesi qui, nessuna possibilità che io sia una sciocca romantica.

Nikolai mi sta dicendo che vuole me e nessun'altra... che praticamente *siamo* esclusivi.

"Questo ti spaventa?" chiede, sconcertantemente astuto. "È troppo per te?"

Lo è. Troppo. Eppure... "No" rispondo, raccogliendo il coraggio. "Non lo è. E io—nemmeno io voglio vedere qualcun altro."

Le sue narici si dilatano. "Bene. Una volta mia, non tratterò gentilmente alcun uomo che cercherà di sottrarti a me."

Una risata sorpresa mi sfugge dalla gola, ma lui non sorride in risposta. Il suo sguardo rimane fisso su di me, la sua espressione cupamente intenta, e con mio stupore, mi rendo conto che fa sul serio, che non è affatto uno scherzo.

Tento di fare una battuta, comunque. "Molto possessivo?"

"Con te" dice, il suo sguardo fermo "molto."

Il mio cuore si ferma di nuovo. "Perché io?" chiedo, quando ritrovo la voce. "È perché sono l'unica donna qui, a portata di mano? È una cosa di comodo o..." Mi interrompo, mentre il divertimento illumina l'oro scuro dei suoi occhi, evidenziando le sfumature verde bosco.

"Se fosse così" dice gentilmente "farei arrivare una donna diversa ogni settimana, e spesso l'ho fatto prima che tu arrivassi. Non mancano candidate disposte a fare il viaggio, credimi, zaychik."

Oh, gli credo. Anche prima di imbattermi in quelle foto dei tabloid, sapevo che doveva avere una schiera di donne stupende a sua completa disposizione. Come poteva non essere così, con il suo aspetto, la sua ricchezza e il suo sex appeal?

La cosa sorprendente non è che le donne siano disposte a volare, bensì che non siano accampate nei boschi.

"Allora, perché?" chiedo barcollante. "Perché io?"

Inclina la testa. "Credi nel destino, zaychik?"

"Destino? Come Dio o il fato?"

"O la predestinazione. Tutti noi siamo connessi, come fili di un arazzo che è stato tessuto molto prima della nostra nascita."

Lo fisso, perplessa. "Non lo so. Non ci ho mai pensato molto."

Le sue labbra si incurvano in un debole sorriso. "Io sì. E penso che ad un certo punto della tessitura di questo arazzo, il tuo filo si sia unito al mio. Le nostre strade erano destinate a intersecarsi, la data del nostro incontro fissata molto prima che ti vedessi. Tutto quello che è successo nelle nostre vite ci ha condotti a quel punto, a quel luogo e tempo... tutte le cose belle e quelle brutte." La sua voce si fa ruvida. "Soprattutto quelle brutte."

Come la morte di mia madre. Se non fosse stato per quello, non avrei mai intrapreso questo viaggio, non avrei mai visto l'annuncio di lavoro, non avrei mai incontrato lui. Non che questo significhi che sia destino. Ma Nikolai sembra crederci, e devo ammettere che non saremmo qui oggi senza il violento sconvolgimento della mia vita. E, sembra, senza qualche sconvolgimento della sua.

"Quali brutte cose ti sono successe?" chiedo dolcemente. "O è questa la lunga storia che continui a promettermi?"

Il suo sorriso assume una sfumatura mesta. "Più o meno. Sfortunatamente, zaychik, devi andare a dormire, e io devo incontrare mio fratello. Che ne dici se ti chiamo domani più o meno alla stessa ora e parliamo ancora un po'?"

"Oh, certo. Non volevo trattenerti."

"Non l'hai fatto." Quello sguardo tenero è di nuovo nei suoi occhi, facendomi battere il cuore a un ritmo irregolare e gioioso. "Se potessi, ti parlerei tutto il giorno."

"Anch'io" ammetto con un timido sorriso.

Il suo sorriso di risposta è abbagliante. "A domani, allora. Dormi bene, zaychik."

E mentre disconnette la chiamata, tolgo il computer dal mio grembo e faccio un ballo per la stanza, sorridendo così forte che mi fanno male le guance.

36

NIKOLAI

"SEI DI BUON UMORE PER ESSERE QUALCUNO CHE È STATO QUASI ucciso ieri" osserva Konstantin, dopo che abbiamo ordinato al cameriere, e mi rendo conto che ho sorriso così tanto che perfino mio fratello socialmente ignaro lo ha notato. Ed è tutto a causa sua.

Di Chloe.

Sta rapidamente diventando la mia droga del benessere.

Mi piace che inizi a fidarsi di me, ad accettare ciò che sta accadendo tra noi. Non volevo partecipare con troppa intensità alla nostra chiamata oggi, ma era ora che conoscesse le mie intenzioni—e ora ne è stata messa al corrente. Ancora più importante, le ho fatto ammettere che ricambia i miei sentimenti.

Il suo dolce, mormorato "anch'io" sta ancora risuonando nella mia mente a ripetizione.

"Hai il rapporto?" chiedo, ignorando il commento di Konstantin. Non sono affari suoi il tipo di umore in cui mi trovo o perché. Inoltre, niente è paragonabile all'essere vicini alla morte per poter apprezzare la vita e tutte le sue meravigliose possibilità—come portare Chloe a letto non appena tornerò a casa.

"Non ancora" risponde, prendendo la sua tazza di tè. "Si spera più tardi oggi o domani. Ma abbiamo verificato le informazioni fornite dalla guardia di sicurezza, e tutto verrà controllato. L'operazione terminerà stasera."

"Perché ci vuole così tanto tempo? I tuoi hacker di solito risolvono tutto entro poche ore."

Sbatte le palpebre dietro le lenti degli occhiali. "Stai ancora parlando del rapporto sulla ragazza?"

Stringo i denti. "Cos'altro?"

"Il mio team è stato impegnato, e non è un compito facile quello che gli hai assegnato."

"Come mai? Ti ho chiesto soltanto di esaminare la morte di sua madre e i suoi movimenti nell'ultimo mese. Quanto è difficile? So che è stata fuori dalla rete, ma devono esserci telecamere del traffico, telecamere della stazione di servizio—"

"Sembra che ci sia qualche interferenza." Sorseggia il suo tè. "Alcuni dei nastri di sicurezza che i miei ragazzi hanno esaminato sono stati danneggiati o cancellati."

Mi blocco. "Cancellati?"

"Un lavoro professionale, a quanto pare." Posa la tazza. "Hai detto che è solo una civile, giusto? Nessun'affiliazione?"

"Nessuna di cui io sia a conoscenza" replico in modo uniforme.

È possibile?

Potrebbe avermi ingannato?

La dolce piccola Chloe è coinvolta con la mafia... o peggio, con il governo?

"Perché non me l'hai detto prima?" chiedo a Konstantin, che, ancora una volta ignaro della bomba che ha sganciato, sta tranquillamente spalmando il pesto di pomodori secchi su un pezzo di pane di segale appena sfornato. "Non credi sia importante per me saperlo?"

Morde il pane e mastica tranquillamente. "Te lo sto dicendo adesso" spiega dopo aver deglutito. "Inoltre, i miei ragazzi hanno capito cosa sta succedendo solo ieri sera. Un paio di nastri danneggiati potrebbero essere solo una sfortuna. Ma diversi—questo è uno schema."

"Quindi, fammi capire bene. Mi stai dicendo che qualcuno ha cancellato tutti i nastri di sicurezza dove lei appare."

"Non tutti." Prende un altro pezzo di pane. "La mia squadra è stata in grado di ricostruire i suoi movimenti per la maggior parte dell'ultimo mese. Solo alcuni nastri... quelli che sospetto possano contenere le risposte che cerchi."

Fanculo.

Questa è una cosa grossa.

Non so cosa pensavo che gli hacker di Konstantin avrebbero scoperto, ma non era questo.

Un pensiero si insinua nella mia mente, un sospetto così terribile che mi si contorce lo stomaco. "Pensi che siano i—"

"Leonov?" Konstantin posa il pane. "Ne dubito. I miei ragazzi si sono già imbattuti nel lavoro dei loro hacker, e non sembrerebbe."

"Non sembrerebbe?"

La luce brilla sulle lenti dei suoi occhiali. "È difficile da spiegare a un non tecnico, ma sì. C'è una certa trascuratezza nel modo in cui è stato fatto che non si addice ai Leonov."

"Pensavo avessi detto che erano professionisti."

"Ci sono diversi livelli di professionalità. I miei ragazzi sono di prim'ordine, la squadra di Leonov non è molto indietro, e molti sono decisamente peggiori. Questi ragazzi sono da qualche parte nel mezzo, motivo per cui penso che la mia squadra scoprirà la verità. Hanno solo bisogno di più tempo."

Prendo fiato e lo lascio uscire lentamente. La sola possibilità che Chloe possa essere stata ingaggiata dai miei nemici è sufficiente ad aumentare la mia pressione sanguigna. Ma Konstantin sa di cosa sta parlando, e se non pensa che siano loro, devo mettere a tacere quel sospetto per ora. Inoltre, se i Leonov avessero saputo abbastanza da infiltrare Chloe nel mio complesso, dubito che avrebbero mandato un tizio su una motocicletta come avvertimento.

Non ci sarebbe stato alcun avvertimento, solo guerra diretta.

"Riguardo al motociclista" dico. "Hai avuto fortuna a rintracciarlo?"

"No. E questo ha le impronte digitali Leonov dappertutto. Se dovessi indovinare, Alexei è incazzato che tu sia qui, interferendo con la sua offerta."

"Probabilmente hai ragione." Rimango in silenzio, mentre il cameriere ci serve con le portate che abbiamo ordinato. Una volta che se ne va, continuo. "Deve aver saputo del mio incontro con il capo della Commissione."

"Valery raddoppierà la tua sicurezza fino ad allora, per ogni evenienza. Adesso"—Konstantin condisce la sua insalata greca —"parliamo dei tuoi punti di discussione per domani."

E mentre esamina le specifiche tecniche del nostro prodotto, faccio del mio meglio per concentrarmi sulle sue parole anziché sul numero crescente di domande su Chloe e sulla mia ossessione per lei.

37

CHLOE

Non mi sono mai sentita così stordita come questa domenica. Per tutto il giorno, mi sorprendo a sorridere in modo incontrollabile e a camminare come se stessi fluttuando su una nuvola. È imbarazzante, davvero, ma non riesco a smettere. Ogni volta che penso alla videochiamata di ieri sera, il mio battito cardiaco accelera per l'eccitazione.

Nikolai mi vuole.

Gli manco.

Desidera una relazione esclusiva.

Mi sento come un'adolescente la cui star del cinema per cui ha una cotta le ha appena chiesto di uscire. Che, in un certo senso, è ciò che sta accadendo.

Nikolai vuole che usciamo insieme, o più precisamente, che abbiamo una relazione.

Dovrebbe sembrare folle e, in un certo senso, lo è. Ci conosciamo da meno di una settimana, e negli ultimi due giorni non è stato qui di persona. È troppo presto per parlare di esclusività, figuriamoci di destino e fato. Ma non posso negare la forza dell'attrazione che arde tra noi, quella potente forza magnetica che mi ha terrorizzata fin dall'inizio. Tuttavia, non era l'attrazione in sé che temevo—era il fatto di rimanere ferita. Avevo paura di innamorarmi di un uomo che, nella migliore delle ipotesi, pensasse a me come a qualche notte di divertimento. Ma non è così per Nikolai. L'ha chiarito ieri sera e, sebbene possa essere ingenuo da parte mia, gli credo.

Non vedo motivo per cui dovrebbe mentirmi.

Ci sono altri ostacoli alla nostra relazione, ovviamente— come il suo status di mio datore di lavoro e il fatto che sono in fuga da una coppia di assassini spietati. Ad un certo punto, presto, dovrò rivelarlo e non ho idea di come reagirà. Ma riserverò questa preoccupazione per un altro giorno.

In questo momento, non desidero altro che vederlo sullo schermo del mio computer stasera.

"Qualcuno ti insegue?" chiede Alina a cena, e mi blocco, il mio cuore che si ferma per un secondo, prima di rendermi conto che si sta riferendo alla velocità con cui sto divorando il mio cibo.

"Ho solo fame" dico dopo aver deglutito. "Scusa, se sono scortese."

Alza le spalle aggraziate, che sono lasciate scoperte dal suo abito da sera senza spalline. "Non importa. Sono solo curiosa del motivo per cui hai tanta fretta."

Ho tanta fretta, perché non vedo l'ora di andare in camera mia nel caso Nikolai chiamasse presto, ma non è proprio il caso che glielo dica. "Nessun motivo diverso dal cibo delizioso."

Slava ridacchia al mio fianco. "Buonissimo. È una delizia per il mio pancino."

Gli sorrido. "Sì." Abbiamo passato tutto il giorno a imparare varie parole e frasi, inclusa questa, e sono estremamente contenta che la ricordi.

"Di questo passo, lo farai parlare inglese tra una settimana" osserva Alina, tagliando un pezzo di pollo e mettendolo nel piatto.

Le sorrido. "Lo spero—ma più realisticamente, tra un paio di mesi."

Mi sorride e riprende a mangiare, e lo faccio anch'io, ansiosa di finire e sistemarmi comodamente nel mio letto con il portatile. Come Alina, indosso un abito da sera e non vedo l'ora di mettere il pigiama. Anche se... forse non dovrei. Nikolai potrebbe divertirsi a vedermi così, anche attraverso la telecamera.

In effetti, probabilmente dovrei rinfrescarmi il trucco, prima che chiami.

"Vuoi gareggiare?" chiedo a Slava e imito il rumore del motore su di giri per ricordargli il nostro gioco di corse con le macchinine. "Vedere chi riesce a mangiare più velocemente?"

Sbatte le palpebre, non comprendendo, così prendo la forchetta e comincio a conficcarmi il cibo in bocca con una velocità esagerata. Capendo, fa lo stesso, e puliamo i nostri piatti a tempo di record. Alina, che mangia a un ritmo normale, guarda la nostra gara divertita e, quando abbiamo terminato, spinge via il suo pollo mangiato a metà.

"Penso di aver finito anch'io" dice seccamente. Più forte, grida: "*Lyuda, Slava gotov!*"

Lyudmila appare dalla cucina, asciugandosi le mani sul grembiule. Sorrido e la ringrazio per il pasto delizioso—anche se, a dire il vero, non era neanche lontanamente buono come quello che prepara suo marito. Il pollo era secco, le patate troppo salate, e la maggior parte degli antipasti e dei contorni erano avanzi. Ma non ho intenzione di puntualizzare: il cibo è cibo, e sono grata di averlo.

Sorridendomi, Lyudmila prende Slava, e così la mia serata è libera.

Non appena arrivo in camera, rifaccio completamente il trucco —tutto quello che avevo a cena era un leggero strato di fondotinta e una mano di mascara—e mi sistemo i capelli. Non sembro ancora così curata come quando Alina mi ha truccata, ma spero che a Nikolai non dispiacerà.

Durante le nostre ultime due telefonate ero struccata e in pigiama, quindi questo è un netto miglioramento.

Sentendomi di nuovo eccitata, sorrido al mio riflesso. Sto molto meglio di quando sono arrivata qui. Le mie guance non sono più dolorosamente incavate e i cerchi scuri sotto gli occhi sono sbiaditi, così come lo sguardo di disperazione che racchiudevano. La scorsa notte è stata un'altra senza incubi, solo sogni erotici, e devo ringraziare Nikolai per questo. Forse mi sono svegliata bagnata e dolorante, con la mano premuta tra le cosce, ma almeno ho dormito tutta la notte.

Dio, non vedo l'ora di parlare con lui.

Affrettandomi verso il letto, mi sdraio a pancia in giù e afferro il portatile, desiderando che mi chiami in questo preciso momento.

Non lo fa. Immagino che i miei poteri della mente non siano all'altezza.

Sospirando, entro nella mia casella di posta per controllare eventuali risposte dei giornalisti. Non c'è niente, naturalmente —anche se *trovo* un preventivo di una delle società di investigazioni, che descrive in dettaglio le tariffe orarie e l'acconto da pagare.

Le sfoglio e sussulto. È molto, molto più di quanto possa sperare di coprire con lo stipendio della mia prima settimana, almeno considerato il numero di ore che prevedo dovranno impiegare. Avrò bisogno di almeno un paio di settimane di paga solo per l'acconto. Forse gli altri investigatori saranno più economici, ma non hanno ancora risposto, quindi devo aspettare.

Come sto aspettando Nikolai, *che ancora non sta chiamando.*

Prendendo fiato, ricordo a me stessa di essere paziente. Ha detto che mi avrebbe chiamata più o meno alla stessa ora di ieri, e non è neanche lontanamente quell'ora. Per adesso, ho bisogno di distrarmi con qualcosa, quindi ricomincio a fare ricerche sugli amici e sui colleghi di mia madre nella remota possibilità che mi sia sfuggito qualcosa la prima volta.

Sto scorrendo le foto della festa dei quindici anni della figlia del suo manager, quando viene visualizzata la richiesta di chiamata, mandando il mio battito alle stelle.

Raggiante, mi liscio i capelli e clicco su "Accetta".

NIKOLAI

IL SORRISO DI CHLOE È COSÌ RADIOSO CHE MI SEMBRA DI ESSERE uscito da un bunker sotterraneo su una spiaggia assolata. "Ciao" dice, leggermente senza fiato, mentre si siede contro una pila di cuscini e appoggia il computer sulle ginocchia. "Come va? Come vanno le tue offerte nucleari?"

Le sorrido di rimando, il piacere che si diffonde dentro di me come miele fuso. "Va tutto bene, zaychik, grazie."

Ed è vero. L'operazione di Valery si è svolta senza intoppi e la Commissione per l'Energia si sta già adoperando intorno alla centrale Atomprom, cercando di contenere la ricaduta del reattore esploso durante la notte. La dispersione di radiazioni è minima, come previsto, ma il danno alla reputazione di Atomprom è significativo—il che ci predispone bene per il mio pranzo di oggi con il capo della Commissione.

Ancora più importante, nell'ultima ora ho osservato le attività online di Chloe ed esaminato la cronologia del suo browser di ieri, e ho concluso che è improbabile che sia affiliata a un governo o a un'organizzazione rivale. Se fosse una talpa, saprebbe già tutto di me e non avrebbe bisogno di tradurre articoli russi con l'aiuto di strumenti online gratuiti. Né farebbe ricerche sugli amici e i colleghi di sua madre, utilizzando nient'altro che i loro social media pubblici o esaminando le società investigative.

C'è qualcos'altro in lei, qualcosa che trovo tanto preoccupante quanto intrigante.

La mia scommessa migliore è convincerla ad aprirsi con me, a dirmi la verità, ma se insistessi adesso, potrebbe spaventarsi e provare a scappare—e non voglio. Non quando sono a un oceano di distanza. La seconda migliore opzione è far hackerare il suo Gmail dal team di Konstantin; lo spyware mi consente di vedere su quali siti si trova, ma non il loro contenuto, come le singole e-mail.

In ogni caso, otterrò le risposte. Devo solo pazientare ancora un po'.

"Com'è stata la tua giornata?" chiedo, sistemandomi più comodamente sulla mia sedia. "Che cos'avete fatto tu e Slava?"

Il suo sorriso diventa incredibilmente più luminoso, e mi racconta tutto sugli incredibili progressi di mio figlio, il suo piccolo viso così animato che non riesco a staccarvi gli occhi. Sembra orgogliosa come un genitore, e per la prima volta da quando ho appreso dell'esistenza di Slava e della morte di Ksenia, il mio petto non si sente così dolorosamente stretto, quando penso a lui e al futuro che lo attende a causa del sangue contaminato che scorre nelle sue vene. Invece, provo un briciolo di speranza, mentre immagino Chloe con il bambino, che gioca con lui, lo coccola, lo ama... dandogli ciò che sua madre non può dare.

Ciò che *io* non posso dare.

E questo fa parte, mi rendo conto, del motivo per cui la voglio così tanto. La voglio non solo per me, ma per mio figlio. Voglio che la luce del sole di Chloe lo tocchi, lo riscaldi... che tenga lontana l'oscurità della sua eredità il più a lungo possibile. La voglio come l'ho vista attraverso le telecamere nella stanza di Slava, rivolgendo a mio figlio il suo sorriso radioso, facendolo sentire come se fosse la persona più importante al mondo per lei.

E voglio che lo sia.

Voglio che ami Slava ancora più di quanto voglio che ami me.

Avidamente, l'ascolto parlare di lui, assorbendo ogni parola, ogni espressione. Indossa uno dei suoi nuovi abiti da sera, uno giallo pallido con bretelline sottili che mettono a nudo le sue spalle delicate. I suoi occhi castani brillano e, anche attraverso la telecamera, la pelle abbronzata risplende nella luce dorata proiettata dalla sua lampada da comodino. È mozzafiato, questo dolce mistero di una ragazza—e il mio. Tutto mio. Potrei non averla ancora reclamata fisicamente, ma ciò non cambia i fatti. È stata creata per me, la sua luce è il complemento ideale per il vuoto oscuro che ho dentro, il suo calore riempie ogni crepa fredda del mio cuore. Non mi interessa scoprire chi sia o quali segreti possa nascondere.

Criminale o vittima, appartiene a me, qualunque cosa accada.

Quando ha finito di parlarmi di Slava, le chiedo dei suoi libri e della sua musica preferiti, e leghiamo grazie al nostro amore reciproco per le band degli anni Ottanta e i romanzi di Dean Koontz. Non sono sorpreso che abbiamo cose in comune; è così che funziona spesso, quando trovi la tua altra metà, il pezzo del puzzle che ti completa. È il mio opposto sotto molti aspetti, eppure ci sono fili che ci legano, che ci uniscono da molto prima che ci incontrassimo.

Parliamo per un'ora intera, e scopro di più sulla sua infanzia e adolescenza, sulla sua giovane madre e su quanto abbia lavorato duramente per crescere Chloe da sola. Mi racconta di aver passato il tempo in centro con i suoi amici e di essere andata in vacanza in Florida con sua madre, di aver lottato con la matematica al liceo e di aver fatto due lavori per tre estati consecutive per comprare la sua traballante Corolla da sola.

"È vecchia quasi quanto me" dice con affetto "ma funziona ancora. Anche dopo tutti i chilometri che ho percorso, guidando attraverso il Paese. A proposito, hai mai avuto la possibilità di chiedere a Pavel le chiavi della mia macchina? Non le ho ancora riavute."

Copro la mia espressione, nascondendo la bestia che si agita dentro di me al pensiero di lei che entra nel suo barattolo arrugginito di macchina e se ne va. "Ha detto che non le ha trovate. Le cercheremo quando torneremo."

È una bugia, ma non posso dirle la verità. Non capirebbe. Io stesso non lo capisco completamente. Tutto quello che so è che dormo meglio, sapendo che le chiavi di quella carretta arrugginita sono in mio possesso, che la mia zaychik è sana e salva sotto il mio tetto.

Un lieve cipiglio le corruga la fronte. "Oh, okay. Ma lui le troverà, giusto?"

"Sono sicuro che lo farà. In caso contrario, ti comprerò un'altra macchina."

Ride, pensando chiaramente che sia uno scherzo, ma sono completamente serio. Le *comprerò* un'auto, qualcosa di meglio, più sicuro della Corolla. È un miracolo che non si sia rotta su qualche strada deserta, lasciandola bloccata senza telefono, alla mercé di qualsiasi assassino o stupratore che avrebbe potuto essere di passaggio.

Il solo pensiero di lei in quella situazione mi fa sudare freddo.

"Chiamerò un fabbro" dice, quando smette di ridere. "Ci sarà qualcuno a Elkwood Creek che ripara le serrature, giusto?"

"Sono sicuro che ce ne sia almeno uno." E sono altrettanto sicuro che non si avvicinerà neanche lontanamente alla macchina di Chloe. Più penso a lei che attraversa il Paese da sola, più il mio umore si incupisce. Le sarebbe potuto succedere qualsiasi cosa, assolutamente qualsiasi cosa—e per quanto ne so, è successo.

I suoi incubi potrebbero non avere nulla a che fare con la vicenda di sua madre e tutto a che fare con qualche malvivente che l'ha aggredita per strada.

La rabbia brucia dentro di me, mentre la immagino essere attaccata, ferita e traumatizzata, e devo davvero sforzarmi di non chiedere la verità in questo momento, così da poter individuare i responsabili. Solo la paura che possa tirarsi indietro e cercare di andarsene mi fa tacere. Questo e il pensiero di quei nastri manomessi, quelli che indicano che sta succedendo qualcosa di più, che è coinvolta con qualcuno o qualcosa con le risorse per occultare i suoi movimenti.

Ignara della tempesta che mi assale, sorride e dice: "Va bene, allora. Puoi dire a Pavel di non preoccuparsi. Immagino che sia turbato per averle perse."

"Parlerò con lui, non preoccuparti." E lo farò. Devo spiegare la situazione e chiedergli di scusarsi con Chloe. In questo momento, non ha idea di quello che le ho raccontato. "Per quanto riguarda—"

Una leggera vibrazione mi interrompe e, con mio

disappunto, vedo che è ora di andare alla mia riunione. Ho impostato una sveglia sul telefono in modo da non fare tardi.

"Devi andare?" chiede Chloe astutamente, e io annuisco, abbottonandomi la giacca.

"Questa è la riunione per cui sono qui. La buona notizia è che, se tutto va come previsto, subito dopo sarò su un aereo diretto a casa."

I suoi occhi si illuminano. "Veramente? A che ora parte il tuo volo?"

"Quando chiedo di andare. È il mio aereo." Appoggiandomi alla telecamera, mormoro: "Non vedo l'ora di rivederti di persona."

Mi fa un dolce sorriso. "Anch'io. Buona fortuna per il tuo incontro e torna a casa sano e salvo."

"Grazie, zaychik." Con voce ruvida, consiglio: "Dormi bene stanotte, ne avrai bisogno."

E mentre le sue labbra si aprono per un sospiro sbalordito, riattacco, ansioso di concludere l'incontro così da poter essere in volo, sulla strada verso di lei.

———

Sono già al tavolo, quando Yusup Bahori entra da Al Sham, uno dei migliori ristoranti mediorientali di Dushanbe e, secondo la ricerca di Konstantin, uno dei posti preferiti di Yusup. Dopo l'obbligatoria mezz'ora passata a parlare dei nostri ricordi scolastici preferiti e a discutere dei nostri compagni di classe e altre conoscenze in comune, sposto la conversazione sui nostri permessi e sulle offerte per il contratto con il governo tagico.

"Nikolai, sai che non posso—" inizia, ma sollevo la mano, interrompendo le stronzate.

"Non scherziamo. Sappiamo entrambi che il nostro prodotto è superiore a quello di Atomprom. Allora, perché i nostri permessi sono stati ritirati?"

Sbatte le palpebre, non aspettandosi che io sia così diretto. "Beh, c'erano problemi di sicurezza e—"

"Non abbiamo mai avuto un crollo o una perdita. I nostri protocolli di sicurezza vanno al di là di qualsiasi requisito governativo e, soprattutto, i nostri reattori possono fornire energia pulita ed economica a ogni insediamento e villaggio, non importa quanto inaccessibile o remoto."

Sospira, spingendo via il suo kebab che non ha ancora finito di mangiare. "Ascolta, non conosco i particolari, ma se i nostri ispettori—"

"Sono gli stessi ispettori che hanno dato il via all'offerta di Atomprom? In caso affermativo, per quanto?"

Ha la grazia di arrossire. "Abbiamo appena avviato le indagini sull'incidente di ieri sera" dice rigidamente. "Se si scopre che c'è stata una condotta impropria, prenderemo le misure appropriate. Non tolleriamo corruzione e tangenti. La sicurezza dei nostri cittadini e dell'ambiente è una priorità per noi."

Annuisco, raccogliendo la forchetta. "Ecco perché Atomprom non è mai stata l'azienda giusta per collaborare con voi. La loro sicurezza è terribile."

Con calma, mangio due bocconi di falafel, lasciandolo rimuginare, e non sono minimamente sorpreso, quando dice bruscamente: "Bene. Posso esaminare i permessi per te. Forse qualche ispettore è stato troppo zelante."

"Lo apprezzerei molto. E se scoprissi che c'è stato un malinteso, ti saremmo grati se annullassi la decisione e mettessi una buona parola per noi durante l'offerta."

Si lecca le labbra. "Capisco."

Certo che lo fa. La gratitudine dall'organizzazione Molotov è una cosa molto redditizia. Come lo è la gratitudine dei Leonov—ma quella l'ha già ricevuta.

La sua nuova villa a Khujand ne è la prova.

Sarebbe facile sottolinearlo, usare le prove della corruzione che gli hacker di Konstantin hanno scoperto per indurlo a fare quello che vogliamo, ma a differenza di Valery, credo nel metodo di mostrare la carota, prima di usare il bastone.

Le cose tendono ad andare più lisce in questo modo.

Obiettivo raggiunto, torno su argomenti neutri, e il resto del pasto trascorre in una piacevole conversazione. Non solleva i dettagli della nostra "gratitudine", e nemmeno io. Lascerò che non possa negare l'evidenza, quando il nostro pagamento arriverà nel suo conto offshore; non potrà assolutamente rifiutare.

Quando abbiamo finito, si dirige verso la sua macchina, e io mi fermo in bagno prima del lungo viaggio verso il piccolo aeroporto, dove il mio jet sta aspettando. Mi sto lavando le mani, quando la porta si apre ed entra un uomo alto e atletico della mia età.

Un uomo che riconosco immediatamente.

"Caspita, se non è il fratello Molotov scomparso" strilla Alexei Leonov, appoggiandosi alla porta e incrociando le braccia tatuate sul petto. "È straordinario incontrarti qui."

39

NIKOLAI

Mɪ ᴀsᴄɪᴜɢᴏ ᴅɪsɪɴᴠᴏʟᴛᴀᴍᴇɴᴛᴇ ʟᴇ ᴍᴀɴɪ ᴄᴏɴ ᴜɴ ᴛᴏᴠᴀɢʟɪᴏʟᴏ ᴅɪ carta e lo lascio cadere nel cestino della spazzatura. Mentre lo faccio, scruto il mio nemico alla ricerca di eventuali armi nascoste. Nessuna è in vista, ma questo non ha alcun significato. Potrebbe avere una pistola allacciata alla caviglia o infilata nel retro dei jeans. E ci sono sicuramente uno o due coltelli nei suoi stivali da motociclista.

Alexei Leonov è noto per la sua propensione alla violenza.

"La coincidenza è una cosa divertente" dico con calma, pronto a impugnare la Glock legata al petto sotto la giacca. "Che cosa ti porta a Dushanbe?"

Sorride con fare tagliente. "La stessa cosa tua, immagino." Sciogliendo le braccia, si allontana dalla porta e mi si avvicina. Fermandosi di fronte a me, chiede: "Com'è la vita in... dove sei in questi giorni? Tailandia? Filippine?" Anche da vicino, i suoi occhi castano scuro sembrano quasi neri, corrispondenti alla tonalità dei capelli.

243

"La vita è fantastica. Come sta il tuo vecchio?" Se pensa che abbia intenzione di rivelare il mio rifugio dopo tutti i guai che Konstantin ha dovuto affrontare per tenerlo nascosto, si sbaglia di grosso. "Ancora vivo e vegeto?"

Fa un sorriso a trentadue denti. "Sai come sono questi vecchi. Praticamente indistruttibili. Devi *davvero* convincerli a crepare."

Non abbocco nemmeno a questa esca. "Salutalo da parte mia. E saluta tuo fratello."

I suoi occhi brillano severamente. "Non mia sorella? Oh, sì, è fottutamente morta."

Devo davvero impegnarmi per rimanere inespressivo. "Ho saputo. Mi dispiace." È una bugia—Ksenia merita di marcire con i vermi—ma qualcosa di più della risposta più neutra potrebbe tradirmi, e sembra già nutrire qualche sospetto.

Il suo sorriso feroce ritorna. "A proposito di sorelle... come sta la mia promessa?"

Non posso chiudere un occhio su questo. Sostengo il suo sguardo, lasciandogli vedere il ghiaccio nei miei occhi. "Alina non è tua. Non lo è mai stata, mai lo sarà."

"Non è quello che prevede il nostro contratto."

"Quel contratto è stato annullato dalla morte di mio padre, e tu lo sai."

"Davvero?" Si sporge, finché non siamo quasi naso a naso. Nessun accenno di umorismo rimane sul suo viso, stampando i suoi lineamenti duri con un'inconfondibile patina di crudeltà. In un tono letalmente morbido, aggiunge: "Di' ad Alina che è ora. Sono stufo di essere paziente."

E facendo un passo indietro, esce dalla porta.

———

Una furia rovente mi brucia ancora nel petto, quando la Tesla di Konstantin si ferma davanti all'aereo.

"Grazie per avermi aspettato" dice, scendendo. "Ho pensato che sarebbe stato meglio dartela di persona." Mi passa una chiavetta USB.

"Chloe?"

Annuisce. "È una vera chicca. Hai fatto bene a farmi scavare più a fondo. La ragazza non è ciò che sembra."

Fanculo. "Mafia?"

"Forse. Guarda il video. I miei ragazzi stanno facendo del loro meglio per saperne di più."

Figli di puttana. Voglio tutte le risposte, ora, ma l'aereo è pronto per partire, e devo informarlo del mio incontro con Alexei. Rapidamente, lo faccio, e quando arrivo alla parte su Alina, scorgo la stessa rabbia riflessa sul suo viso.

"Lo ucciderò, se respirerà l'aria dove lei cammina" dice Konstantin selvaggiamente. "Se pensa che onoreremo quel fottuto contratto medievale, stipulato quando nostra sorella aveva appena quindici anni, è—"

"Dubito che fosse serio. Molto probabilmente, stava cercando di provocarmi per vendicare l'esplosione nel loro impianto. Ad ogni modo, non sa per certo che lei è con me. Stava tirando a indovinare."

Konstantin prende fiato, ricomponendosi visibilmente. Di noi tre, è il più legato ad Alina, avendo passato del tempo a farle da babysitter durante le vacanze scolastiche e quelle estive. Non ho mai avuto quel lusso; nostro padre aveva deciso fin da subito che ero il figlio più adatto ad assumere la leadership nella nostra organizzazione, e tutta la mia infanzia e l'adolescenza le ho trascorse apprendendo l'attività di famiglia.

"Hai ragione" replica in tono più calmo. "È incazzato, e vuole farci incazzare. Per ogni evenienza, però, di' ad Alina di stare in guardia."

"Non credo che sia una buona idea. Ha... avuto dei problemi negli ultimi due giorni."

Le sue sopracciglia si uniscono. "I mal di testa sono tornati?"

Annuisco cupamente. "Lyudmila dice che ha assunto i farmaci piuttosto duramente, mentre ero via. Anche erba."

Alina pensa che non sia a conoscenza di quest'ultima parte, ma lo so—e ho chiesto a Lyudmila di tenerle compagnia ogni volta che vuole fumare. Non sono un fan delle sostanze che alterano la mente, ma so perché mia sorella ne ha bisogno, e l'erba è preferibile ad alcune delle prescrizioni nel suo comodino.

Il cipiglio di Konstantin si fa più profondo. "Sta di nuovo crollando."

"Speriamo di no." Ma se è così, questo è un altro motivo per affrettarmi a tornare. Anche se io e mia sorella andiamo a malapena d'accordo, qualcosa della mia presenza la tiene in equilibrio—forse anche l'attrito che esiste tra noi. Le dà un focus esterno, una distrazione dal suo tumulto interiore.

Con me, ha un obiettivo chiaro, invece delle ombre in agguato nella sua mente.

"Ascolta" gli dico "devo andare. Ti farò sapere come sta, quando la vedrò di persona. Di' alla tua squadra di continuare a fare quello che stanno facendo—Alexei non può scoprire dove siamo."

La sua mascella si irrigidisce. "Non preoccuparti. Non lo farà."

"Grazie."

Rivolgendo un'ultima occhiata a mio fratello, salgo sull'aereo.

Pavel mi sta aspettando sul divano nella cabina principale del jet, un laptop aperto sul tavolino davanti a lui. Senza parole, mi siedo accanto a lui e inserisco la chiavetta nel computer.

Ci sono due file: uno intitolato "Rapporto aggiornato" e l'altro "Telecamera del negozio, Boise, 14 luglio."

Il mio battito cardiaco aumenta, mentre la tensione pervade il mio corpo.

Quello è lo stesso giorno in cui ha presentato domanda per diventare la tutor di Slava.

Clicco sul video.

La registrazione sfocata mostra una strada anonima con alcuni negozi, una caffetteria, alcune auto parcheggiate e pedoni occasionali. Un orologio nell'angolo mi informa che sono appena passate le dieci del mattino.

All'inizio sembra che non stia succedendo alcunché, ma dopo circa trenta secondi intravedo una figura snella e familiare. Chloe, vestita con una maglietta e un paio di jeans, sta camminando a passo svelto per la strada.

Sta passando davanti a una boutique di abbigliamento, quando succede.

Con un'improvvisa esplosione, la vetrina alla sua sinistra va in frantumi.

Pavel emette un'imprecazione sorpresa, ma lo ignoro, tutta la mia attenzione rivolta alla piccola figura bloccata della ragazza. Ogni muscolo del mio corpo è paralizzato, la paura e la furia che pulsano dentro di me in onde disgustose. Anche nel video sfocato, posso scorgere lo shock sul suo viso, mentre gli occhi spalancati scrutano la strada senza capire. Poi, si sentono urla per dei colpi di pistola e qualcuno inizia a chiamare il 911, e lei si lancia in uno sprint—proprio mentre si sente un altro scoppio e un altro vetro vola intorno a lei.

In pochi secondi, lei scompare dalla vista, e il video si interrompe.

"Figlio di puttana" mormora Pavel, ma sto già aprendo l'altro file.

Il report aggiornato.

40

CHLOE

Non dormo bene. Affatto. Chi lo farebbe, con quel tipo di avvertimento?

Dormi bene stanotte—ne avrai bisogno.

Non riesco a pensare a qualcosa che Nikolai avrebbe potuto dire che avrebbe avuto *meno* probabilità di turbarmi. Tanto valeva che dicesse che aveva intenzione di scoparmi fino allo sfinimento, non appena fosse tornato a casa.

In realtà, me l'ha detto, più o meno, prima di andarsene. Le sue sporche promesse hanno fornito nutrimento sufficiente per i miei sogni bagnati e le sessioni di masturbazione sotto la doccia—inclusa quella lunga, dopo la nostra chiamata di ieri sera.

Ho pensato che un paio di orgasmi avrebbero potuto rilassarmi, ma in realtà hanno peggiorato le cose. Per tutto il tempo in cui ho giocato con me stessa, ho continuato a pensare a cosa mi avrebbe fatto una volta tornato... a come sarebbero state le sue mani e le sue labbra su di me... a come sarebbe stato il suo uccello dentro di me. La mia immaginazione si è scatenata, dipingendo tutti i tipi di scenari, e si stanno ancora ripetendo nella mia mente ora, nella luce brillante del mattino, inumidendo le mie mutande e mantenendo il mio battito alle stelle.

Non aiuta il fatto che Alina non si veda di nuovo da nessuna parte. Non scende per colazione o pranzo, e quando chiedo a Lyudmila informazioni al riguardo, mi informa che la sorella di Nikolai ha un altro mal di testa.

"Le succede spesso?" le chiedo a pranzo, preoccupata, e Lyudmila annuisce, il viso teso, mentre distoglie lo sguardo.

Mi pongo delle domande, ma Lyudmila non è esattamente loquace con me, quindi decido di non interrogarla ulteriormente. Invece, passo il pomeriggio insegnando a Slava e conto alla rovescia i minuti fino all'ora di cena, che è l'ora in cui Nikolai dovrebbe essere qui.

Il mio allievo è altrettanto impaziente. Lyudmila deve avergli detto che suo padre tornerà oggi, perché continua a saltare in piedi e a correre verso la finestra, mentre stiamo ripassando l'alfabeto.

"Vuoi fare una sorpresa a tuo papà?" gli chiedo, quando torna dalla sua spedizione per la quinta volta. "Renderlo felice?"

Le sue sopracciglia si sollevano. "Felice?"

"Sì, felice." Disegno una faccia sorridente con un pastello giallo. "Vuoi che tuo padre sia felice?"

Annuisce, lasciandosi cadere sul pavimento accanto a me.

"Allora, ripeti dopo di me: 'Ciao, papà.'"

Resta in silenzio. Conosce entrambe le parole dai libri che abbiamo letto, e ha ripetuto le frasi dopo di me, quando gliel'ho chiesto, quindi so che non è un problema di comprensione.

Delicatamente, ci riprovo. "Ciao, papà."

Fissa le sue scarpe da ginnastica. "Ciao, papà." La sua voce è appena al di sopra di un sussurro, ma le parole sono chiare, così come la diffidenza nei suoi grandi occhi dorati, quando alza lo sguardo.

È titubante, e non posso biasimarlo. Nonostante i piccoli progressi che abbiamo fatto con la nostra sessione di lettura congiunta l'altro giorno, padre e figlio sono ancora praticamente sconosciuti.

Mi allungo per prendere le sue mani nelle mie. "Sono molto orgogliosa di te. Sei coraggioso e forte, come Superman."

Il suo piccolo viso si illumina. "Superman?"

"Superman" confermo, stringendogli delicatamente le mani, prima di rilasciarle. "Coraggioso e forte."

"Coraggioso e forte" sussurra, provando le parole. Indica il suo petto. "Coraggioso e forte?"

Gli sorrido. "Sì, sei coraggioso e forte, proprio come Superman. E renderai molto felice tuo padre."

Mi fa un gran sorriso. "Felice, sì." Indica il disegno della faccina sorridente e gonfia il petto magro. "Molto felice."

È così adorabile che non posso evitare di abbracciarlo, e il mio cuore si scioglie, quando le sue braccia corte mi avvolgono il collo, stringendomi forte. Questo è il motivo per cui amo così tanto i bambini. Tutto ciò che vogliono è amore e affetto, e una volta che li hanno, li restituiscono in abbondanza.

Nikolai non lo capisce ancora, ma lo farà.

Richiederà solo un po' di tempo e un piccolo sforzo da parte mia.

Un'ora prima di cena, lascio Slava con Lyudmila e vado nella mia stanza a cambiarmi e prepararmi. Sono così eccitata e nervosa che riesco a malapena a trattenere le mani dal tremare, mentre applico il trucco e mi liscio i capelli in una parvenza delle onde perfette che Alina è stata in grado di creare per me. Se si sentisse bene, le chiederei di ripetere la sua magia, ma dal momento che non l'ho vista in alcun momento questo pomeriggio, devo presumere che sia ancora giù per il mal di testa.

Povera ragazza. Spero che presto si senta meglio.

Dopo aver sistemato capelli e trucco, mi dedico alla mia collezione ridicolmente ampia di abiti da sera per trovare quello migliore in assoluto. Senza Nikolai qui, ho afferrato quello che sembra più comodo e più facile da indossare, ma stasera, voglio fare uno sforzo extra.

Voglio vedere il suo respiro bloccarsi e gli occhi accendersi di quel calore oscuro e selvaggio che mi eccita e mi allarma.

Mi accontento di un delicato abito avorio che ha sottili fili d'oro intrecciati. Fatto di un materiale diafano, è senza spalline, con un corpetto a forma di cuore che mi solleva il seno e definisce la mia vita. La gonna aderente mi sfiora i fianchi nel modo più lusinghiero che si possa immaginare, e quando cammino, uno spacco all'altezza della coscia sul lato sinistro rivela accenni della mia gamba. Abbino l'abito con le Jimmy Choo dorate che ho indossato per la mia prima serata formale qui, e sono pronta.

Pronta a incontrare Nikolai e a portare avanti la nostra relazione.

La macchina si ferma, mentre scendo le scale. Lo scorgo in una delle grandi finestre, e il mio cuore batte più forte. Lyudmila e Slava sono già in soggiorno, con il bimbo vestito al meglio per la serata. Mentre mi avvicino, mi sorride timidamente, e gli do una stretta incoraggiante sulla spalla.

"Ricorda, coraggioso e forte, come Superman" sussurro, cercando di controllare il mio nervosismo, e lui ridacchia—solo per tacere al suono della porta d'ingresso che si apre, seguita da passi diretti nella nostra direzione.

Pavel appare per primo, ma la sua figura delle dimensioni di una casa si nota a malapena nella mia visione. Tutta la mia attenzione è rivolta all'uomo alto e oscuramente bello dietro di lui, il cui sguardo luminoso come una tigre si fissa su di me con un'intensità che mi brucia la carne e ferma i polmoni.

Nell'arco degli ultimi due giorni, ho dimenticato cosa vuol dire essere vicino a lui, sperimentare l'impatto devastante della sua presenza. Non lo vedo soltanto, lo sento con ogni centimetro della mia pelle, ogni singola cellula del mio essere. Impotenti, i miei occhi tracciano i suoi lineamenti, osservando gli angoli intransigenti della sua mascella e la forma sensuale delle labbra, lo spessore sorprendente delle sue ciglia nere e il modo in cui i capelli corvini vengono spazzolati indietro dalla sua fronte, rivelando quegli zigomi alti e larghi. È vestito in modo più casual rispetto a quando se n'è andato, con una camicia blu abbottonata infilata in pantaloni su misura, e ha un aspetto così delizioso che devo impegnarmi per restare in piedi. Il mio cuore batte all'impazzata, tutto il mio corpo che ronza come se una rete di cavi sotto tensione fosse collocata sotto la mia pelle, e sono solo marginalmente consapevole di Lyudmila, che si fa avanti per abbracciare suo marito, mentre chiacchiera emozionata in russo.

Nikolai dev'essere sotto lo stesso potente incantesimo, perché per un lungo momento rimane immobile, gli occhi scintillanti, mentre osserva il mio aspetto.

Poi, viene verso di me.

Senza fiato, lo fisso, mentre si ferma davanti a me. È molto più vicino che sullo schermo di un computer. Più grande, più alto... più pericolosamente, primitivamente maschio. Con il suo fascino seducente e gli indumenti raffinati, è possibile dimenticare quella qualità cruda e animale che possiede, la sensazione che qualcosa di selvaggio si nasconda sotto la sua bella facciata... qualcosa che mi attira a lui anche se mi fa rizzare i peli fini sulla parte posteriore del collo in allerta.

A distanza, era facile respingere la mia immaginazione sul fatto che fosse pericoloso.

Da vicino, è infinitamente più difficile.

"Ciao, papà."

Il suono di quella vocina acuta mi fa uscire dalla trance—e ha un effetto ancora più forte su Nikolai. Ogni muscolo del suo viso si irrigidisce, mentre il suo sguardo salta sul piccolo che sta coraggiosamente al mio fianco.

Per un momento, padre e figlio si fissano a vicenda. Poi, Nikolai cade lentamente su un ginocchio.

"Ciao" dice con voce roca, mentre un miscuglio di emozioni appare sul suo viso. "Ciao, Slavochka."

Il mio cuore si stringe per un'ondata di calore. Quella versione del nome del bambino è un vezzeggiativo; ho sentito abbastanza russo negli ultimi giorni da saperlo.

Slava sorride incerto a suo padre, prima di guardarmi.

"Hai detto bene" dico rauca, lisciando il palmo della mano sui suoi capelli setosi. "Proprio come Superman." Sorridendo, colgo lo sguardo di Nikolai. "Digli che ha detto bene."

Il suo viso si contorce, qualcosa di oscuro e agonizzante che lampeggia nei suoi occhi, prima che riprenda il controllo. "Hai detto bene" dice al piccolo senza tono, e alzandosi in piedi, fa un passo indietro, la sua espressione chiusa ancora una volta.

Confusa, comincio a parlare, ma mi interrompe.

"Ho bisogno di parlarti" mi dice con voce dura, e prendendomi la mano in una stretta inevitabile, mi conduce nel suo ufficio.

41

CHLOE

IL MIO STOMACO SI AGITA E IL MIO POLSO È INCREDIBILMENTE veloce, mentre si siede di fronte a me al tavolo rotondo, i suoi occhi carichi di un'oscurità che non riesco più a convincermi provenga esclusivamente dalla mia immaginazione. Non rimane traccia dell'uomo tenero e seducente con cui ho parlato per così tante ore in video, un uomo così aperto sui suoi sentimenti per me. Al suo posto, c'è uno sconosciuto bello e terrificante, il volto teso dalla rabbia.

La parte peggiore è che non ho idea di cos'ho fatto, cos'è successo per turbarlo così tanto. Si tratta di quello che ha detto Slava? O il mio maldestro suggerimento di lodare il ragazzino per—

"Mi hai mentito, zaychik" dice con un tono letalmente dolce, e il mio cuore cessa di battere.

Mi sbagliavo.

Questo non ha niente a che fare con Slava.

È infinitamente peggio.

Ingoio un respiro. "Nikolai, io—"

Alza una mano, poi apre un laptop che ho notato solo ora sul tavolo. "Guarda questo" ordina, girando lo schermo verso di me.

Guardo—e quello che vedo trasforma il mio sangue in gelida poltiglia.

Sono io, quel giorno a Boise.

Il giorno in cui mi hanno sparato apertamente.

Non c'è niente di più dannoso che Nikolai potesse scoprire, nessun incidente che parli più chiaramente del pericolo che rappresento per la sua famiglia—un pericolo a cui non mi sono permessa di pensare in alcun modo, concentrandomi invece sulla *mia* situazione, sulla *mia* sopravvivenza. È solo ora, con quel video sgranato davanti a me, che capisco quanto sono stata sconsiderata, egoista.

Ho due assassini violenti che mi danno la caccia, ed eccomi qui, a giocare a travestirmi con i vestiti che ha comprato per me, fingendo di essere al sicuro in una tenuta che ha costruito per suo figlio, un bambino brillante e dolce che già adoro.

Un bambino che è in pericolo ogni secondo in cui sono qui.

In qualche modo, l'avevo bloccato dalla mia mente, insieme al terrore schiacciante di quel giorno, ma non posso più farlo. Tremando, malata dentro, mi alzo in piedi. "Nikolai, mi dispiace così tanto. Me ne andrò. Vado subito via—"

"Siediti." La sua voce è ancora più dolce, un contrasto spaventoso con la ferocia selvaggia nei suoi occhi. "Non andrai da nessuna parte."

"Ma—"

"Siediti."

Le mie ginocchia cedono sotto di me, obbedendo al suo comando.

Si china in avanti, inchiodandomi con lo sguardo. "Voglio la verità. Tutta la verità. Chiaro?"

Annuisco, anche se dentro di me sto crollando, tutte le mie speranze e i miei sogni che si infrangono.

Glielo dirò.

Gli dirò tutto.

Dopo tutte le bugie, merita la verità.

42

CHLOE

"Tutto è iniziato quando sono tornata a casa in macchina dopo la laurea" dico, cercando—e fallendo—di mantenere la voce ferma. "Dovevo arrivare in tempo per la cena, ma il traffico era insolitamente intenso ed ero in ritardo di quasi un'ora. Non appena ho trovato un parcheggio davanti al nostro palazzo, sono corsa a casa, lasciando la valigia in macchina. Ho pensato che l'avrei presa dopo aver mangiato.

Avevo le mie chiavi, così sono entrata e sono andata direttamente in cucina, dove pensavo che mamma stesse scaldando qualcosa da mangiare. Ma quando sono arrivata—" Mi fermo per ingoiare il nodo che minaccia di raggiungermi la gola.

"Era morta" ipotizza Nikolai cupo, e io annuisco, con lacrime calde che mi bruciano dietro gli occhi.

"Giaceva in una pozza di sangue sul pavimento della cucina, i polsi tagliati. Non riuscivo a sentire il battito, così sono corsa a prendere il mio telefono—ero rientrata così di fretta che avevo dimenticato la borsa con il telefono in macchina. Ma prima che potessi uscire dall'appartamento, ho sentito voci, voci maschili, provenire dalla camera da letto di mamma."

I suoi occhi si stringono pericolosamente. "Loro erano lì? Nell'appartamento con te?"

"Sì. Sono saltata nella piccola nicchia dell'armadio vicino alla porta e mi sono nascosta dietro i cappotti. Li ho visti, allora. Due grandi uomini in passamontagna. Sono usciti dall'appartamento, poi sono rientrati subito. Li ho sentiti rientrare in camera da letto, e siccome ero proprio vicino alla porta, sono corsa. Sono corsa giù per tutte e cinque le rampe di scale, e poi ho continuato a correre, finché non sono arrivata alla mia macchina." Faccio un respiro tremante, allontanando il ricordo di quel panico intorpidito, dell'iperventilazione e dei singhiozzi, mentre tentavo di infilare la chiave di accensione.

Nikolai mi concede un momento per ricompormi. "Che cos'è successo dopo?"

"Ho chiamato il 911 e sono andata alla stazione di polizia più vicina. Ho raccontato loro cos'era successo e hanno inviato un'unità nel mio appartamento. Ma a quel punto gli assassini se n'erano andati, e la polizia ha stabilito—" La mia voce si spezza. "Ha stabilito che si trattava di un suicidio."

Le sue sopracciglia scattano insieme. "Non capisco. Hai detto loro dei due uomini? Hai presentato un rapporto ufficiale di polizia?"

"L'ho fatto. Ho parlato loro delle maschere e delle pistole con i silenziatori e—"

"Pistole con silenziatori?"

Annuisco, avvolgendomi le braccia intorno. Sento così freddo che i denti iniziano a battere. "Le ho viste, attraverso i cappotti nel corridoio. Beh, in verità, ho notato solo una pistola, ma più tardi, quando li ho visti di nuovo, ce n'erano due, quindi presumo—"

"Dopo?" La sua mascella si flette. "Li hai visti di nuovo da vicino?"

"Non da vicino, no. Erano a circa un isolato di distanza. È stato dopo questo." Faccio un cenno con il mento verso il laptop. "Mi hanno inseguita, e li ho visti. Ognuno di loro aveva una pistola."

"Anche i passamontagna?"

"Sì." Mi sforzo di ricordare le due figure, ma a parte le loro dimensioni generali e le pistole nelle mani, sono sfocate nella mia mente. "Almeno, sono abbastanza sicura."

Lo sguardo di Nikolai si acuisce. "Ma non sei sicurissima?"

"Io… no." Il che è stupido da parte mia. Avrei dovuto prestare attenzione, avrei dovuto memorizzare ogni minimo dettaglio, in modo da poter—

"È stata l'unica altra volta in cui li hai visti? L'unica volta in cui sono venuti a cercarti?"

"No." Un brivido mi scuote il corpo. "Neanche per sogno."

Il suo volto è una maschera di furia a malapena trattenuta. "Dimmi tutto."

Lo faccio. Gli racconto del camioncino nero con i vetri oscurati che mi ha quasi investita, mentre uscivo dalla stazione di polizia, e di come sia successo di nuovo in un parcheggio di Walmart appena un'ora dopo aver segnalato il primo tentativo. Gli racconto dell'incendio al motel locale, dove avevo prenotato una stanza per evitare di dormire in casa, e di un furgone che mi ha quasi fatta finire fuori strada una volta che ero già in fuga. Gli racconto dello scampato pericolo in un Airbnb a Omaha, dove mi sono fermata per un tanto necessario riposo un paio di settimane fa, solo per finire scappando dalla finestra nel cuore della notte, quando ho sentito dei rumori graffianti sulla porta.

"La serratura. La stavano forzando." La mascella di Nikolai è serrata. "Se non ti fossi svegliata—"

"Sì. E ci sono stati altri casi in cui ho pensato che potessero essere vicini, come la volta in cui ho notato un pick-up nero con i vetri oscurati che si avvicinava a una stazione di servizio proprio mentre stavo uscendo. A quel punto ero così paranoica che avrebbe potuto essere la mia immaginazione. O forse no. Forse erano loro. Non lo so. Tutto quello che so è che continuavano a inseguirmi, e l'unica cosa che potevo fare era continuare a spostarmi. Cioè, finché non ho finito i soldi."

"Ed è allora che ti sei imbattuta nel mio annuncio."

"Sì." Deglutisco a fatica. "Mi dispiace, Nikolai. Davvero. Non stavo pensando lucidamente, quando ho fatto domanda per il posto. Mi erano rimasti solo pochi dollari, ed ero terrorizzata, perché mi avevano appena ritrovata, e stavano diventando più audaci, sparandomi in pieno giorno. Me ne andrò, giuro che lo farò. Non devi nemmeno pagarmi per la settimana. Troverò un altro lavoro e—"

"Di che cazzo stai parlando?" Alzandosi di scatto, punta i pugni sul tavolo e si appoggia. La sua voce è dura. "Te l'ho detto, non andrai da nessuna parte."

Mi alzo in piedi e indietreggio. "Nikolai, per favore. Mi dispiace *davvero*. Non volevo mettere in pericolo la tua famiglia. Me ne andrò oggi. Proprio adesso. Prima che si rendano conto che sono qui e..." Il cuore mi sale in gola, mentre lui avanza verso di me, occhi come fuoco e zolfo. "Ti prego. Giuro che—"

Le sue mani si chiudono intorno alle mie braccia in una presa di ferro. "Non te ne andrai" ringhia e, tirandomi verso di lui, schiaccia le sue labbra sulle mie.

43

NIKOLAI

Divoro la sua bocca con tutta la rabbia e la paura dentro di me, tutta la smania che ho trattenuto. Tutto ha senso ora: il suo aspetto affamato e il suo appetito da boscaiolo, le ferite sul braccio e gli incubi che la assalgono ogni notte. Per settimane le hanno dato la caccia, cercando di sterminarla, di farla scomparire, e quel giorno a Boise ci sono quasi riusciti.

Un paio di centimetri a destra, e il proiettile le avrebbe squarciato il cranio.

Durante l'intero volo di ritorno a casa, ho tremato dalla rabbia, e questo prima che sapessi il resto. Prima che sapessi quante volte è stata vicina alla morte. Se non si fosse svegliata per sentire le serrature che venivano forzate, o se non fosse riuscita a evitare quel camioncino... Cazzo, se avesse respirato più forte nell'armadio dei cappotti, non sarebbe qui oggi.

Non starei qui a stringerla, ad assaggiarla.

Non saprei cosa significhi aver trovato l'altra metà della mia anima.

La sua testa ricade sotto la pressione brutale delle mie labbra, le sue mani si aggrappano disperatamente alle mie braccia, e so che dovrei rallentare, essere gentile, ma non posso. Tutto il mio controllo si è dissolto, ridotto in cenere nel fuoco della mia furia, decimato dalla paura per lei.

C'era così poco di quello che mi ha detto nel rapporto di Konstantin, così tanti spazi vuoti sospetti nei fascicoli della polizia che lui aveva tirato fuori per me. Nessuna menzione dei due uomini mascherati nell'appartamento di sua madre, niente sui tentativi di provocare incidenti d'auto. Nemmeno le sue e-mail ai giornalisti, quelle che gli hacker di Konstantin hanno trovato nella sua cartella dei messaggi inviati, sembrano aver raggiunto la loro destinazione, come se qualcuno avesse bloccato i suoi messaggi o fossero stati contrassegnati come spam. E poi, ci sono tutti i nastri cancellati e danneggiati, probabilmente quelli che sarebbero serviti come prova degli altri attentati alla sua vita.

Qualcuno ha avuto problemi enormi nell'uccidere sua madre e coprire le proprie tracce, qualcuno con enormi risorse, e il fatto di non sapere chi sia mi divora come l'acido.

Respirando affannosamente, allontano la mia bocca dalla sua e incontro il suo sguardo stordito. "Non te ne andrai."

Non volevo lasciarla andare prima, ma ora che so che è in pericolo di vita, farò tutto il possibile per tenerla qui. La incatenerò letteralmente a me, se devo.

Sbatte le palpebre, le sue labbra gonfie di baci che si socchiudono. "Ma—"

"Ma niente. Non voglio sentirlo di nuovo. Ora sei mia, capito?" La mia voce è aspra, gutturale. La sto spaventando, lo vedo, ma non riesco a trattenermi, non riesco a domare la bestia che è in me.

Apre la bocca per rispondere, ma non glielo permetto. Duramente, faccio scivolare la mano tra i suoi capelli e la stringo a pugno, tenendola ferma, mentre piombo su di lei per un altro bacio appassionato e predatore. C'è qualcosa di oscuro e contorto nel modo in cui ho bisogno di lei, in questa compulsione che sento per rivendicarla. La mia voglia di lei si sprigiona dalla parte più profonda e selvaggia di me, quella che ho fatto del mio meglio per nascondere a lei e al mondo in generale... quella che mia sorella ha visto in quella terribile notte invernale, a suo discapito.

Chloe ha ragione a diffidare di me.

Non sono un uomo normale e gentile.

I miei modi civili sono solo un altro completo che indosso.

All'inizio si irrigidisce sotto il mio assalto, ma dopo un momento, il suo corpo si ammorbidisce contro il mio, le sue braccia si avvolgono intorno al mio collo, mentre cede al bisogno ardente che ci consuma. Mi abbraccia, mentre la scopo con la lingua e le divoro le labbra morbide e lussureggianti, e lei si aggrappa a me, mentre la porto sul tavolo, le mie mani che vagano avidamente sui suoi fianchi, sul torace, sui piccoli e paffuti seni.

Il suo vestito è d'intralcio, quindi lo strappo sul corpetto, troppo impaziente per affrontare tutti i ganci e le cerniere. Sotto non indossa il reggiseno, e il suo seno si riversa nelle mie mani, tondo e perfetto, appuntito da splendidi capezzoli marroni. Mi viene l'acquolina in bocca alla vista, e chino la testa, succhiandone uno. Ha il sapore di sale e frutti di bosco, di tutto ciò che non ho mai saputo di desiderare, e mentre si inarca in me con un grido ansimante, le sue piccole mani che mi stringono i capelli, so che non ne avrò mai abbastanza di lei.

È assolutamente impossibile.

Il mio uccello è così duro che fa male, le mie palle strette contro il mio corpo, mentre sposto la mia attenzione sull'altro capezzolo, succhiandolo in profondità, prima di mordere con forza calcolata. Grida di nuovo, le sue unghie che affondano nel mio cranio, e lenisco la fitta con delicati colpi di lingua, prima di dare un altro morso.

Adesso sta ansimando, si sta contorcendo sotto di me, e capisco che avevo ragione su di lei, riguardo alla nostra compatibilità. La bestia in me richiama la sua immagine speculare in lei, accentuando l'oscura chimica tra di noi. Dolore e piacere, violenza e lussuria—hanno convissuto dall'alba dei tempi, nutrendosi l'uno dell'altro, formando una sinfonia sensuale come nessun'altra.

Una sinfonia che intendo suonare con lei.

Lasciando il capezzolo, mi muovo lungo il suo corpo, strappandole il vestito a metà lungo il percorso. Era un abito molto carino, ma gliene comprerò un altro. Le comprerò tutto, mi prenderò cura di ogni sua esigenza. Non soffrirà mai più la fame, non conoscerà mai più il bisogno. Perché ora è mia, il suo corpo e la sua mente, i suoi segreti, le sue paure e i suoi desideri.

Voglio tutto da lei.

Afferrandole le mani, le inchiodo ai suoi fianchi, mentre trascino baci ardenti sulla sua cassa toracica ansante, sul ventre piatto, sulla vulnerabile V sotto l'ombelico. Indossa un perizoma bianco, e strappo anche quello, poi le inchiodo di nuovo le mani, mentre continuo la mia esplorazione orale del suo corpo. È bellissima, tutta snella e tonica, la sua carnagione color bronzo come seta calda sotto le mie labbra. I peli della sua figa sono delicati e fini, come se stessero crescendo dopo una ceretta, e la gelosia mi brucia come un brodo infernale, mentre la immagino depilarsi per un ex ragazzo... per un uomo che non sono io.

Mai più.

Nessun altro la toccherà.

Sventrerò chiunque ci provi.

I suoi respiri accelerano, mentre le mie labbra si avvicinano al suo sesso, i muscoli delle sue cosce che si irrigidiscono anche se le gambe si aprono e i fianchi si sollevano dal tavolo. Lo desidera, molto, e anche se muoio dalla voglia di assaporarla appieno, prolungo il suo tormento, strofinando il naso appena al di fuori delle sue morbide pieghe, respirando il suo profumo e lasciando che l'attesa si accumuli.

"Nikolai, per favore..." La sua voce trema, le sue mani si flettono nella mia presa, mentre bacio e lecco la cucitura della fessura, dandole solo una frazione in più. "Oh Dio, per favore—" Sussulta, mentre la mia lingua finalmente scava tra le sue pieghe, e lecco l'evidenza cremosa del suo desiderio, assaporandone la dolce e ricca essenza. È tutto ciò che ho immaginato, tutto ciò che ho sempre desiderato, e il mio cazzo pulsa violentemente per il bisogno di essere dentro di lei, di scivolare in profondità nel suo calore umido. Invece, trovo il suo clitoride e l'attacco avidamente, alternativamente succhiando e leccando, e, mentre viene con un grido soffocato, spingo due dita nella sua carne fremente, intensificando l'orgasmo e preparandola per quello che verrà.

Perché non sarò gentile, quando la prenderò.

Non posso esserlo.

Non questa volta.

44

CHLOE

LE SCOSSE DI ASSESTAMENTO STANNO ANCORA INCRESPANDO IL mio corpo, quando apro gli occhi e trovo Nikolai chino su di me, una mano appoggiata sul tavolo accanto a me e l'altra che stringe possessivamente a coppa il mio sesso, due dita lunghe e spesse sepolte dentro di me. I suoi occhi sono ferocemente socchiusi, la mascella tesa. "Adesso ti scoperò." La sua voce è dura e gutturale, pericolosamente selvaggia. "Capisci?"

Sì. È tanto un avvertimento quanto una dichiarazione.

Sta succedendo, e non si torna indietro.

La parte sana di me vuole fuggire, ritrarsi dall'oscura intensità del suo sguardo, anche se qualcosa di contorto in me si bea della sua perdita di controllo, della fame cruda sul suo viso. I suoi capelli neri e lisci sono scompigliati dalle mie dita, le sue labbra luccicano per la mia umidità e gli mancano i primi bottoni della camicia, come se li avesse strappati via.

Questo non è l'uomo elegante e sofisticato che impone orari rigidi per i pasti.

È l'essere selvatico che ho sentito in agguato dentro di lui.

"Io..." mi inumidisco le labbra, il mio corpo che si stringe sulle sue dita. "Capisco."

La sua mascella si flette violentemente, e poi è su di me, le sue labbra e la lingua che mi consumano, mentre le sue dita si spingono più in profondità, trovando un punto che fa danzare scintille ai bordi della mia vista. Ha il sapore della foresta, primordiale e selvaggia, il suo profumo di cedro e bergamotto che si mescola al sottofondo muschiato della mia eccitazione. Ansimando nella sua bocca, mi inarco contro di lui, aggrappandomi ai suoi fianchi, mentre inizia a scoparmi con quelle dita, spingendole dentro di me con un ritmo duro e implacabile che fa salire la tensione alle stelle nel mio intimo. Riesco a sentire l'orgasmo che mi colpisce con la velocità di una locomotiva in fuga, e poi si schianta su di me, facendomi esplodere con un piacere incandescente e vertiginoso.

Ansimante, mi sdraio sfinita sulla dura superficie del tavolo, ma Nikolai non ha finito con me. Prima che possa riprendermi, tira fuori le dita e si allontana da me. Forzando le mie palpebre pesanti, lo guardo, mentre tira giù la cerniera e avvolge un preservativo sulla sua erezione.

Un'erezione molto grande.

Avevo ragione sulla sua taglia. È più grande di qualsiasi ragazzo abbia conosciuto.

Un brivido di allarme puramente femminile mi attraversa, ma lui è già sopra di me, afferrandomi i polsi per inchiodarli sopra la mia testa, mentre reclama le mie labbra in un altro bacio ardente. La punta larga e spessa del suo membro pungola la mia entrata e, quando la trova, si spinge dentro.

Sono bagnata e morbida per i due orgasmi, ma la dilatazione brucia ugualmente, il mio corpo che lotta per adattarsi alla sua taglia, mentre scivola più in profondità. Un verso di angoscia mi sfugge dalla gola, e lui si ferma, alzando la testa.

Respirando pesantemente, ci fissiamo e, spontaneamente, le sue parole mi vengono in mente. Parole folli, sulla predestinazione e sui fili del destino... sull'inevitabilità di noi. Non so ancora se ci credo, ma non posso negare la potente connessione che pulsa tra noi, non posso confutare che questo sembri più un legame che semplice sesso.

Deve sentirlo anche lui, perché il fuoco selvaggio nei suoi occhi si intensifica e la sua presa sui miei polsi si stringe. "Sì, zaychik..." La sua voce è rauca, profonda e oscura. "Sei mia ora."

E con un forte colpo, spinge fino in fondo.

Lo shock dell'invasione sta ancora riverberando nel mio corpo, mentre inizia a muoversi, i suoi occhi fissi nei miei. I suoi colpi sono martellanti, così duri e profondi che fanno male, ma il dolore è presto attenuato da un tipo più oscuro di piacere, che è solo parzialmente correlato alla fresca tensione che si raccoglie nel mio intimo. Ogni spinta spietata sbatte il suo bacino contro il mio, premendo sul mio clitoride, ma è lo sguardo nei suoi occhi che spinge la mia eccitazione più in alto, provocando l'esplosione di un altro orgasmo dentro di me.

È uno sguardo di possessività, completo e totale, mescolato a qualcosa di pericolosamente tenero e intenso.

Viene qualche istante dopo di me, ancora sostenendo il mio sguardo, e il mio cuore batte all'impazzata, mentre osservo il suo splendido volto contorcersi per il piacere-dolore della sua liberazione, mentre si frantuma dentro di me, svuotandosi profondamente nel mio corpo.

È la cosa più intima che abbia mai vissuto, e la più bella.

I nostri corpi sono ancora uniti, i miei polsi tenuti prigionieri nella sua presa, quando abbassa la testa e preme il bacio più morbido e dolce sulle mie labbra, poi appoggia la sua guancia contro la mia, il suo alito caldo che scorre sulla mia spalla nuda. Voglio le mie mani libere per poterlo stringere, ma va bene anche così, confortante in qualche strano modo. Il tavolo è freddo e duro sotto la mia schiena, la mia carne interiore che pulsa per il suo rozzo possesso, ma mi sento completamente in pace, il mio respiro accelerato che rallenta, mentre ogni residuo di tensione si scarica dal mio corpo.

Potrei giacere così per ore, giorni, settimane, ma dopo alcuni lunghi istanti si agita, sollevando la testa per guardarmi e rivolgermi un tenero sorriso. Rilasciando i miei polsi, si allontana con cautela da me e si alza. "Stai bene, zaychik?" mormora, facendo scorrere un palmo caldo e calloso sul mio braccio, e io annuisco, arrossendo, mentre mi siedo.

"Più che bene" ammetto, tirando insieme i bordi del mio vestito strappato, mentre getta il preservativo in un cestino della spazzatura vicino alla scrivania.

"Bene" dice dolcemente, chiudendosi la cerniera dei pantaloni. "Perché non abbiamo affatto finito."

E sollevandomi contro il suo petto, mi porta fuori dall'ufficio.

45

CHLOE

Quasi mi aspetto di incontrare Alina o Lyudmila, ma arriviamo nella camera di Nikolai senza incontrare nessuno. È un enorme sollievo, date le condizioni del mio vestito—e, mi rendo conto, vedendomi allo specchio, del mio viso e dei capelli.

Con le labbra gonfie per i suoi baci e i capelli arruffati, non sembro essere stata solo fottuta poco fa.

Sembro essere stata divorata.

Ed è più o meno come mi sento, mentre mi fa sdraiare sul suo letto matrimoniale e inizia a spogliarsi, il calore vulcanico che si accende di nuovo nei suoi occhi dorati. Non so se ho voglia di rifarlo così presto, soprattutto con le domande che mi pongo vedendo i monitor che incombono su di noi, ma quando è completamente nudo, il suo magnifico corpo scoperto davanti al mio sguardo, non riesco a trovare la volontà di protestare, mentre si arrampica su di me e prende le mie labbra in un profondo bacio teneramente erotico.

Questa volta facciamo l'amore, non una scopata. Adora ogni centimetro del mio corpo, portandomi a un altro orgasmo con le sue labbra e la lingua, prima di incunearsi con cura nella mia carne dolorante. In qualche modo, riesco a venire di nuovo, e poi, esausta, mi sdraio tra le sue braccia come una bambola di pezza, prima di addormentarmi.

Mi sveglio con la sensazione di essere immersa nell'acqua calda. Sbattendo le palpebre, mi rendo conto che siamo entrambi mezzi distesi nel bagnoschiuma, con Nikolai che mi tiene da sotto, in modo che non scivoli dentro e anneghi.

"Rilassati, zaychik" mi mormora all'orecchio, facendo scorrere una spugna insaponata sul mio seno e sullo stomaco. "Chiudi gli occhi, lascia che mi prenda cura di te."

Non ha bisogno di chiederlo due volte. Dopo la notte insonne che ho passato e con il mio corpo ridotto in gelatina da tutti quegli orgasmi, sto già andando alla deriva nel mondo dei sogni. Vagamente, mi rendo conto che mi sta lavando dappertutto, poi mi solleva dalla vasca e mi avvolge un grande asciugamano soffice. A quel punto, mi sveglio abbastanza da chiedere privacy per usare il bagno, e poi mi ritrovo davanti al suo letto, dove mi sta aspettando con un vassoio di cibo.

Assonnata, gli concedo di darmi da mangiare uva, formaggio e creme spalmabili varie su cracker—dato che abbiamo saltato la cena a favore del sesso e tutto il resto—e poi svengo nel suo abbraccio, sentendomi al sicuro e protetta.

Sentendomi come se avessi trovato la mia nuova casa.

46

CHLOE

FACCIAMO L'AMORE ALTRE DUE VOLTE DURANTE LA NOTTE, CON Nikolai che mi procura due orgasmi ogni volta, e al mattino sono così dolorante che non riesco a muovermi; eppure, sono così soddisfatta che ne vale la pena. Ovviamente, è possibile che non riesca a muovermi, perché il suo braccio pesante è adagiato sul mio torace, legandomi a lui mentre dorme—quasi come un bambino con un orsacchiotto.

Sorridendo al pensiero inappropriato, mi divincolo con cautela dal suo abbraccio ed entro in punta di piedi nel bagno adiacente, dove trovo uno spazzolino nuovo di zecca preparato con cura per me. Cercando di essere silenziosa, mi lavo i denti e mi occupo dei miei bisogni, poi indosso una vestaglia enorme e morbida che trovo appesa alla porta. È ovviamente sua, ma spero che non gli dispiacerà, se la indosso solamente per tornare nella mia stanza.

Dopotutto, ha distrutto il mio vestito.

Il pensiero è sia inquietante che esilarante, il mio battito cardiaco che accelera, quando penso a come ha reagito, quando ho proposto di andarmene. Non so quale sarebbe stata la sua reazione, se avesse saputo come mi sentivo, ma è andata così.

Niente è risolto tra di noi, ma c'è una cosa che ora so per certo, e mi riempie di immensa gratitudine e speranza.

Nonostante il pericolo che mi porto appresso, Nikolai non vuole che me ne vada.

Non sono sorpresa di trovarlo ancora addormentato, quando torno in camera. Tra il jet lag e il lungo volo—più tutto quel sesso—doveva essere esausto. Sollevando i lati della vestaglia per evitare che si trascini sul pavimento, mi avvicino silenziosamente alla porta, ma mentre passo vicino al letto, non resisto all'impulso di fermarmi e fissare il mio nuovo amante.

Perché questo è ciò che è il mio meraviglioso e misterioso datore di lavoro russo ora.

Il mio amante.

Coperto fino alla vita, giace metà su un fianco, metà sulla schiena, il volto parzialmente girato verso di me e un braccio muscoloso piegato sopra la testa. Alcuni uomini sembrano più giovani a riposo, più miti, ma non Nikolai. Il sonno migliora solo quella qualità pericolosa e animalesca che ho percepito in lui—anche se ne accentua la straordinaria bellezza maschile. Con quegli intensi occhi chiusi, posso vedere quanto sono lunghe e spesse le sue ciglia nero corvino, come sono scolpiti nettamente gli zigomi. Le labbra sono leggermente aperte, ma anche in questo stato rilassato, scorgo qualcosa di cinico nella loro curva, una sensualità malvagia nel modo in cui la loro morbidezza contrasta con l'accenno di barba che oscura le linee dure e modellate della sua mascella.

Potrei restare in piedi e fissarlo per un'ora intera, ma sarebbe inquietante, e in ogni caso, ho bisogno di tornare nella mia stanza e vestirmi, prima che il resto della famiglia si svegli. Non so che ore siano, ma a giudicare dalla luce soffusa che filtra dalle persiane, non è passato molto tempo dal sorgere del sole—il che ha senso, visto quanto mi sono addormentata presto la scorsa notte.

Con un'ultima occhiata a Nikolai addormentato, esco in punta di piedi dalla stanza. Come speravo, non c'è nessuno in giro, e la casa è completamente silenziosa, mentre mi dirigo verso la mia camera. Non sono particolarmente imbarazzata per quello che è successo—prima o poi tutti sapranno che stiamo insieme—ma Nikolai e io dobbiamo prima parlarne, insieme a tutto il resto.

Mi sento ancora male per aver messo in pericolo lui e la sua famiglia, ed è solo la consapevolezza che hanno tutte quelle guardie e misure di sicurezza che mi impedisce di saltare in macchina e fuggire comunque. Beh, questo e il fatto che ancora non ho le chiavi della macchina.

Insisterò seriamente per avere un fabbro qui al più presto.

Entrando nella mia stanza, mi chiudo la porta alle spalle, e sto per togliermi la vestaglia, quando vedo una figura sul mio letto.

Il cuore mi balza in gola, anche se riconosco chi è.

"Tu e Kolya vi siete fatti una bella scopata?" chiede Alina, alzandosi in piedi—e mentre viene verso di me barcollante, a piedi nudi e con indosso solo una vestaglia trasparente, scorgo il luccichio eccessivamente luminoso dei suoi occhi, e mi rendo conto che ha fumato qualcosa.

Qualcosa di molto più forte dell'erba.

47

CHLOE

"CHE COSA CI FAI QUI?" CHIEDO, IL MIO BATTITO CARDIACO CHE aumenta, mentre lei si ferma davanti a me, ondeggiando. Se avevo dei dubbi sul suo stato, si dissolvono, mentre osservo le sue enormi pupille nere e annuso l'odore dolciastro del suo alito. Per la prima volta da quando conosco la sorella di Nikolai, non è truccata, e il suo bel viso è pallido e gonfio, gli occhi verdi cerchiati di rosso e sottolineati dalle occhiaie.

"Ti stavo aspettando." Le sue belle labbra sono esangui, mentre si piegano in un sorriso irregolare. "Mio fratello voleva che tu fossi pagata per la prima settimana entro ieri a mezzogiorno, ma non sono stata abbastanza bene per alzarmi dal letto fino a tarda sera, e poi sono venuta qui per lasciare i soldi." Agita una mano con noncuranza verso la spessa busta sul comodino.

"Sei stata qui *tutta la notte*?"

Ride, un suono troppo acuto. "Non essere sciocca. Ho lasciato la busta e me ne sono andata. Ma non riuscivo a dormire, quindi stamattina sono passata a controllarti di nuovo —e tu non eri ancora qui. Quindi..." Il suo sguardo cade sulla mia vestaglia. "Ti sei divertita a scopare mio fratello? Dicono che abbia capacità pazzesche."

Il calore mi invade il viso. "Penso che faresti meglio ad andare."

"Lo farò. Dimmi solo una cosa, Chloe... Ti sei già innamorata di lui? Quel suo bel viso ti ha ingannata, facendoti credere che fosse il tuo cavaliere dall'armatura scintillante, nonostante tutto?"

Faccio un respiro profondo. "Alina, ascolta... non so cosa ci sia tra te e tuo fratello, ma penso che sia meglio se parliamo quando ti sentirai meglio. Nikolai e io abbiamo iniziato a frequentarci, ma questo non significa—"

Oscilla verso di me. "Povero tesoro. Ti ha ingannata, vero?"

"Uh-uh." Le afferro le spalle, sostenendola; poi, la giro e la faccio marciare verso la porta. "Ne parleremo più tardi."

Si libera dalla mia presa. "Non capisci. Sto cercando di aiutarti." I suoi occhi vitrei sono spalancati, imploranti. "Devi ascoltarmi. È proprio come *lui*."

Non dovrei ascoltare niente di ciò che afferma in questo stato, ma non posso trattenermi. "Lui?"

"Nostro padre. Kolya è la sua copia carbone, in *tutti* i sensi." Afferra i risvolti della mia vestaglia. "Capisci? È un mostro, un assassino. Lui—" Si interrompe, il suo viso che diventa ancora più pallido, quando si rende conto di quello che ha detto.

Lasciando andare la mia vestaglia, indietreggia, mentre la guardo, il mio stomaco che si agita con ogni sospetto che abbia mai nutrito sui Molotov che riaffiora all'improvviso. Alina è chiaramente fuori di testa, ma chiamare suo fratello un assassino?

Non è un'accusa che si getta in giro senza motivo, nemmeno quando si è ubriachi o fatti.

Sta già raggiungendo la maniglia della porta, quando mi scuoto di dosso la paralisi indotta dallo shock e le corro dietro. "Di cosa stai parlando?" Afferrandola per il braccio, la faccio voltare. "Di che cazzo stai parlando?"

Sta scuotendo la testa, le lacrime che le fuoriescono dagli angoli degli occhi. "Niente. Non è niente. Dimenticalo. Solo che... non volevo che finissi come lei."

"Lei?"

"Vattene e basta, Chloe. Vai, prima che sia troppo tardi."

Stringo i denti. "Non posso. Pavel ha perso le chiavi della mia macchina. Ma anche se le avessi, non potrei semplicemente—"

"Le ho trovate. Nel cassetto del comodino di Kolya."

Faccio un passo indietro, barcollando. "Che cosa? Quando?"

"Ieri mattina, quando sono entrata nella stanza di Kolya per prenderti i soldi." I suoi occhi verde giada sembrano tormentati. "È stato allora che ho capito."

Un brivido avvolge la mia spina dorsale. "Capito cosa?"

Ignorando la mia domanda, fa un passo intorno e incerta si dirige verso il letto, dove inizia a scavare tra le pieghe della coperta. "Ecco." Solleva un paio di chiavi attaccate a un portachiavi peloso rosa. "Questo è un altro motivo per cui sono venuta qui—per dartele."

La fitta allo stomaco si intensifica. Sta mentendo. Dev'essere così. Avrebbe potuto trovare le chiavi ovunque, in qualunque posto Pavel le avesse perse. Perché se non sta mentendo, se ieri mattina erano nel comodino di Nikolai, allora non sono mai state perse. Oppure Nikolai le ha trovate prima di partire per il suo viaggio—prima della nostra videochat in cui affermava che Pavel non riusciva a rintracciarle.

Come se mi leggesse nel pensiero, Alina dice in modo irregolare: "Pavel non perde le cose, comunque. Lo conosco da tutta la vita, e non ha mai perso nemmeno un calzino—almeno non accidentalmente. È come mio fratello in questo senso. Qualunque cosa faccia è pianificata."

Il mio cuore batte nel torace come un martello. "Dammi le chiavi." Facendo un passo verso di lei, gliele strappo dalla mano e le infilo nella tasca della vestaglia. La mia mente sta correndo, i pensieri che rotolano l'uno sull'altro come pezzi di vetro colorato in un caleidoscopio. Non so cosa pensare, cosa credere.

Perché Nikolai avrebbe mentito sulle mie chiavi?

Perché avrebbe dovuto farlo Alina?

"Che cosa intendevi quando hai chiamato tuo fratello un assassino?" domando, fissando i suoi occhi annebbiati dalla droga. "Chi è *lei*?"

Il suo viso si rabbuia. "Faresti meglio a non saperlo. Credimi."

"Lo voglio sapere. Dimmelo."

Scuote la testa, altre lacrime che le escono dagli occhi.

"Alina, per favore... devo sapere. Devo sapere perché— perché hai ragione. Io—" Faccio un respiro, il mio petto che si stringe, mentre la verità affonda le sue zanne dentro di me. "Mi sto innamorando di lui, e velocemente."

Le sue spalle tremano in singhiozzi silenziosi, mentre cade a terra, la schiena contro il letto e i lunghi capelli che cadono in avanti per nasconderle il viso, mentre si abbraccia le ginocchia.

Disperata, mi inginocchio davanti a lei. "Per favore, Alina.

Devo sapere. In che senso è come tuo padre? In che senso è un mostro? Che cos'è successo? Chi avrebbe ucciso?"

Per diversi lunghi momenti, non c'è risposta. Alla fine, alza la testa e, attraverso il velo nero dei suoi capelli, vedo l'agonia urlante nei suoi occhi. "Nostro padre." Le parole escono in un sussurro spezzato e irregolare. "L'ha uccisa. E poi Kolya ha ucciso lui. L'ha fatto a pezzi, proprio lì—" La sua voce si incrina. "Proprio di fronte a me."

E mentre la guardo, muta dall'orrore, nasconde il viso nelle ginocchia e piange.

48

CHLOE

Il mio stomaco è un blocco di ghiaccio e acido ribollente, le mie dita intorpidite e goffe, mentre infilo i miei vecchi vestiti nella valigia. Alina è sul mio letto, svenuta, con la droga e la notte insonne che hanno finalmente avuto la meglio.

Non so dove stia andando o cosa stia facendo; so solo che devo andarmene. Subito. Prima che Nikolai si svegli. Verità o bugia, realtà o follia, non ho alcuna possibilità di sistemare tutto mentre sono qui, sotto il suo tetto e alla sua mercé, con quella chimica opprimente che ribolle tra noi, che mi trascina più a fondo sotto il suo incantesimo letale.

Non sono sicura di quello che ho sentito dire da Alina. Un'ammissione che sono mafiosi, dopotutto? E forse lo sono. A questo punto, niente mi sorprenderebbe. Fin dall'inizio, il mio istinto mi ha avvertita su Nikolai, e avrei dovuto dargli ascolto.

Avrei dovuto ascoltare quella voce nella mia testa.

Non te ne andrai.

Ieri, la sua dichiarazione fervidamente pronunciata

sembrava romantica, anche se un po' autocratica, la sua possessività eccitante piuttosto che un motivo di allarme. Ma ora, con le rivelazioni di Alina che mi risuonano nelle orecchie e le mie chiavi non più perse che sbattono sulla mia gamba attraverso la tasca dei jeans, non posso fare a meno di vedere le sue parole sotto una luce diversa, infinitamente più sinistra.

Non mi avrebbe mai restituito le chiavi?

Sono stata di fatto una prigioniera per tutto il tempo?

Freneticamente, butto dentro gli ultimi vestiti e chiudo la valigia, poi infilo le mie vecchie scarpe da ginnastica e prendo la busta con i soldi dal comodino, infilandola in tasca. Il mio cuore batte così forte da far male, o forse sono semplicemente afflitta.

Solo che... non volevo che finissi come lei.

Non so ancora a chi si riferisse Alina; dopo la lieve apertura, è diventata incoerente, singhiozzando fino a svenire per la stanchezza—e non c'era da stupirsi. Sembra che abbia assistito all'omicidio del padre da parte di Nikolai, e forse anche di questa misteriosa "lei." Una sua ex fidanzata? O peggio, la loro madre? O dicendo "l'ha uccisa" si riferiva al loro padre, anche lui presumibilmente un mostro?

Sforzo la memoria per ricordare ogni menzione di come sono morti i genitori di Nikolai e Alina, ma non c'era nulla negli articoli russi in cui mi sono imbattuta. Nikolai ha reagito con forza, quando ho chiesto dei suoi genitori quella volta, ma l'ho attribuito al dolore. Ma se ci fosse di più? E se ci fossero sensi di colpa e rabbia, il disprezzo di sé di un uomo che ha commesso l'imperdonabile, il più atroce dei crimini?

Non so se crederei questo di Nikolai. Non voglio crederci. Nonostante l'oscurità che ho percepito in lui, nonostante la sua selvaggia fame di me, ieri sera mi sono sentita al sicuro nel suo abbraccio. La sua ruvidezza è stata temperata dalla tenerezza, la sua forza accuratamente messa al guinzaglio. E il modo in cui si è preso cura di me dopo, lavandomi, nutrendomi, tenendomi così teneramente...

Un mostro è capace di premure?

Può uno psicopatico fingere un'emozione così bene?

Forse niente di quello che ha detto Alina è vero. Forse è uno stratagemma per costringermi ad andarmene, per rompere una relazione che lei ha disapprovato fin dall'inizio. Forse se parlo con Nikolai, lui spiegherà tutto, e mi dimostrerà che Alina è semplicemente malata, fuori di testa con tutte quelle droghe.

È un pensiero così allettante che mentre esco dalla mia stanza, mi fermo e guardo con desiderio lungo il corridoio, dove la porta della camera di Nikolai è ancora ben chiusa. Voglio fidarmi di lui e, in circostanze diverse, lo farei. Se fossimo una coppia normale che si incontra in un appartamento di una città, marcerei lungo quel corridoio e chiederei una spiegazione, ascoltando la sua versione della storia, prima di decidere cosa fare. Ma non posso correre questo rischio, non quando sono così completamente in suo potere in questa tenuta remota e altamente sicura.

Nessuno sa che sono qui.

Nessuno lo saprà e a nessuno importerà, se sparisco per sempre.

L'unica cosa ragionevole da fare è andare via subito, partire e valutare la situazione da lontano. Una volta che sarò in un motel da qualche parte, potrò contattare Nikolai, fargli sapere cos'è successo e perché me ne sono andata. Possiamo parlarne via e-mail o al telefono, e posso fare ulteriori ricerche online, vedere se riesco a scoprire qualcosa sulla morte dei suoi genitori.

Non dev'essere per sempre, solo per il momento.

Solo finché non saprò la verità.

Tuttavia, il mio cuore è dolorosamente affranto, mentre porto la mia valigia giù per le scale e verso l'ingresso del garage sul retro. Non solo mi mancherà Slava, ma la semplice possibilità di non rivedere mai più Nikolai mi riempie di un terrore freddo e vuoto. Così come la consapevolezza che sto andando là fuori, dove gli assassini di mia madre mi stanno ancora dando la caccia. Ma li ho elusi prima, e devo credere che sarò in grado di farlo di nuovo—specialmente con tutti quei soldi a portata di mano. Quando sono fuggita da Boston, avevo solo un paio di banconote da venti dollari nel portafogli, più quelle da cinquecento che ho ritirato da un bancomat, prima di abbandonare la mia carta di debito insieme a tutto ciò che poteva essere rintracciato.

Andrà tutto bene.

Ce la farò.

Devo crederci.

Ingoiando il nodo che ho in gola, mi avvicino alla macchina e getto la valigia nel bagagliaio. Quindi, premo il pulsante per aprire la porta del garage e la guardo alzarsi. Nessun meccanismo lento e rumoroso qui, grazie a Dio. Il più silenziosamente possibile, accendo la macchina ed esco dal garage, quindi giro intorno alla casa fino al vialetto.

Ho bisogno di tutto il mio autocontrollo per guidare giù dalla montagna con calma, come se non avessi fretta. Se le guardie stanno sorvegliando la strada, non posso farle insospettire. Il sudore gelido mi scorre lungo la schiena, e le mie nocche sbiancano sul volante, mentre mi avvicino all'alto cancello di metallo.

E se Nikolai avesse dato loro istruzioni di non lasciarmi uscire?

E se fossi veramente prigioniera qui?

Ma il cancello scivola di lato, quando mi avvicino, e nessuno mi ferma, mentre lo attraverso. Tremando dal sollievo, mantengo la mia velocità lenta e costante per altri trenta secondi circa, fino a quando non sono fuori dalla vista, e poi schiaccio l'acceleratore, allontanandomi velocemente da quel rifugio sicuro che potrebbe essere la tana del diavolo.

Dall'uomo che desidero con ogni fibra del mio cuore.

49

NIKOLAI

MI SVEGLIO CON IL CORPO APPAGATO E LA MENTE COLMA DELLA più grande pace che abbia mai conosciuto. La scorsa notte è stata tutto quello che pensavo sarebbe stata, e anche di più. Posso ancora sentirla, annusarla, gustarla sulle mie labbra. Sorridendo, mi giro, accarezzando le lenzuola in cerca del suo corpo piccolo e caldo, e quando la mia mano non incontra altro che una coperta ammucchiata, apro gli occhi e scruto la stanza.

Chloe non è qui, il che è deludente ma non sorprendente, vista la luce del sole. Probabilmente ha già fatto colazione e sta insegnando a Slava; forse stanno anche facendo un'escursione. Normalmente l'avrei sentita alzarsi—ho il sonno leggero—ma venivo da più di trenta ore senza dormire e il jet lag si è fatto sentire.

Il mio umore si incupisce un po', i livelli di adrenalina aumentano, mentre penso al video che ha dominato i miei pensieri durante il volo, impedendomi di chiudere gli occhi, e a tutto il resto che Chloe mi ha rivelato. L'idea che qualcuno là fuori voglia ferirla, ucciderla, mi riempie di rabbia incandescente, temperata solo dalla consapevolezza che non possono raggiungerla nel mio complesso.

Le precauzioni che tengono la mia famiglia al sicuro dai nostri nemici manterranno Chloe al sicuro dai suoi, mentre lavoro per capire chi sono.

Ansioso di iniziare, mi alzo e invio un'e-mail a Konstantin, descrivendo tutto ciò che ho saputo la scorsa notte. Poi, salto nella doccia per un rapido risciacquo, mi vesto e vado alla ricerca della ragazza.

Inizio con la stanza di mio figlio. Non c'è nessuno, quindi scendo le scale. La sala da pranzo è vuota, ma sento voci provenire dalla cucina, e quando entro, sono sorpreso di trovare Lyudmila, che sta servendo la colazione a Slava tutta sola.

Mi sorride timidamente, e il mio petto si riempie di un calore insolito, mentre ricordo come lui mi ha salutato ieri sera. Anche se ero concentrato sulle risposte di Chloe, non ho potuto fare a meno di reagire a quella piccola, dolce voce che mi chiamava *papà*.

Non sapevo quanto avessi desiderato ardentemente ascoltarla, finché non è successo.

Fino a quando *lei* l'ha fatto accadere.

"Buongiorno, Slavochka" mormoro, scendendo in ginocchio davanti alla sua sedia. Passando al russo, chiedo: "Hai passato una buona notte?"

Annuisce, gli occhi grandi e diffidenti, e la mia cassa toracica si irrigidisce con un familiare dolore lancinante. Vorrei allontanarmi, terminare la conversazione per liberarmi del disagio; invece, mi chino, permettendomi di provare emozioni, mentre sorrido dolcemente a mio figlio.

È così tanto—troppo—simile a me, ma forse con Chloe nella sua vita, non seguirà le mie orme.

Forse non crescerà odiando me come io ho odiato il mio vecchio.

"Dov'è Chloe?" gli chiedo, e il mio sorriso si allarga, quando i suoi occhi si illuminano alla menzione di quel nome.

"Non lo so" risponde timidamente e alza lo sguardo su Lyudmila, che sta mettendo i frutti di bosco nella sua scodella di crema di grano.

"Non l'ho vista stamattina" dice. "Forse sta ancora dormendo?"

Il mio sorriso svanisce, una sensazione spiacevole che si agita nelle viscere. Non ho controllato nella stanza di Chloe, ma ho pensato che avesse lasciato il mio letto per iniziare la giornata, non per dormire nel suo. Alzandomi in piedi, dico a Slava: "Vado a cercare la tua insegnante. Non vedi l'ora di iniziare le tue lezioni di inglese, vero?"

Annuisce vigorosamente, e gli sorrido. D'impulso, gli scompiglio i capelli nel modo in cui l'ho visto fare a Chloe, e, ignorando lo sguardo sorpreso sul viso di Lyudmila, torno di sopra.

La porta della camera di Chloe è chiusa, quindi busso e aspetto qualche secondo. Quando non arriva alcuna risposta, la apro ed entro.

Le persiane sono ancora chiuse, bloccando la maggior parte della luce del giorno, ma vedo un piccolo rigonfiamento sul letto sotto le coperte.

Dopotutto, *sta* dormendo.

Un tenero sorriso mi solleva le labbra, mentre mi avvicino al letto e mi siedo sul bordo. È sdraiata e voltata dall'altra parte, la coperta che la copre fino al collo, lasciando solo i capelli sparsi sul cuscino. Per qualche ragione, sembra molto più buio con questa luce, mancando le fessure dorate della finestra.

Chinandomi su di lei, alzo la mano per toglierle delicatamente i capelli dal viso—solo per tirare indietro le dita, mentre il mio cuore si lancia in un galoppo furioso.

"Che cazzo ci fai qui?" ringhio a mia sorella, mentre si gira sulla schiena e sbatte le palpebre per aprire gli occhi. "Dov'è Chloe?"

Sbatte le palpebre ancora qualche volta, poi si siede lentamente. "Che cosa?" dice con voce roca, scostandosi i capelli dal viso con mano instabile. Sento l'odore di un cocktail di droga, la mia furia che cresce, mentre lei chiede stordita: "Che cosa ci fai nella mia stanza?"

Ho il coltello a serramanico ai miei piedi. "La *tua* fottuta stanza?"

Mi fissa. "Io non..." I suoi occhi scrutano la camera, e la confusione sul suo viso si trasforma lentamente, mentre comincia a comprendere, inorridita. "Oh, merda. Chloe."

Il mio stomaco si stringe con una terribile premonizione, e devo far appello ad ogni brandello di moderazione che possiedo per non afferrarla e scuoterla. "Dove cazzo è lei? Che cos'hai fatto?"

La colonna vertebrale di mia sorella si raddrizza, i suoi occhi si restringono sul mio viso. "Io? Che cosa ci fai *tu* nella sua camera?"

"Alina" la avverto a denti stretti, e qualunque cosa scorga sul mio viso la convince che non può scherzare con me in questo momento.

"Ascolta, potrei aver..." Si inumidisce le labbra. "Potrei averle detto alcune cose."

"Quali cose?"

"Di te e... e di nostro padre."

Fanculo. "Che cosa le hai detto esattamente?"

"Probabilmente più di quanto avrei dovuto" ammette, anche se il suo mento si solleva con aria di sfida. "Ma merita di sapere in cosa si sta cacciando, non credi?"

Le mie mani si flettono lungo i fianchi, la rabbia che pulsa in ogni cellula del mio corpo. Se fosse stata chiunque altro tranne mia sorella, starebbe già sanguinando. "Quindi, le hai detto... cosa? Che l'ho ucciso? Che l'ho sventrato come un fottuto pesce?"

Sbianca, ma non distoglie lo sguardo. "Non ricordo, esattamente."

Naturalmente. Era fottutamente sballata—lo è ancora, probabilmente.

Chinandomi sul letto, le tiro via la coperta. È colpa mia per averla viziata, lasciandola crogiolarsi nella debolezza. "Alzati e vestiti" sbotto, mentre lei indietreggia, gli occhi spalancati. "Setacceremo questo posto da cima a fondo, e, quando la troveremo, le dirai che hai inventato tutto. Ogni singola parola, chiaro?"

"Kolya..." Sento una nota strana nella sua voce. "Hai guardato in garage?"

Il mio sangue si ghiaccia. "Che cosa?"

"Ho trovato le chiavi nel tuo comodino" dice con aria di sfida. "E gliele ho restituite. È una persona, non una cosa, e se vuole andarsene, non hai il diritto—"

"Fottuta idiota" sussurro, così sopraffatto dalla rabbia e dal terrore che riesco a malapena a parlare. "Ha degli assassini alle calcagna. Se se ne andasse di qui e arrivassero a lei..."

E mentre mia sorella sbianca, faccio perno sui talloni e corro nel garage.

La Toyota è sparita, la porta del garage alzata.

Imprecando violentemente, corro di nuovo in casa—solo per falciare quasi Lyudmila, che è uscita dalla cucina per vedere cosa stia succedendo.

"Di' a Pavel che ho bisogno di lui. Adesso" ringhio contro la sua faccia spaventata e corro di sopra nel mio ufficio.

Afferrando il mio computer, apro il filmato dalle telecamere del cancello e riavvolgo la registrazione, finché non vedo l'auto di Chloe che si avvicina al cancello. L'orologio indica le 7:05— ben più di due ore fa.

Ormai potrebbe essere ovunque.

Potrebbe essere morta.

Il pensiero è così insopportabile, così paralizzante, che smetto di respirare per un momento. Quindi, entra in gioco la logica.

A meno che i nemici di Chloe non fossero accampati proprio fuori dal mio complesso, non è possibile che l'abbiano trovata così in fretta. E con i nostri droni a infrarossi che pattugliano la zona, le mie guardie l'avrebbero saputo, se fossero stati lì.

Lo scenario più probabile è che stia bene, anche se spaventata dalle rivelazioni di Alina. Ho ancora tempo per trovarla e riportarla qui, dove sarà al sicuro.

Un po' più calmo, videochiamo Konstantin.

"Ho bisogno che scansioni il filmato di ogni telecamera in un raggio di trecento chilometri dal mio complesso per qualsiasi avvistamento dell'auto di Chloe nelle ultime due ore" dico non appena la faccia di mio fratello riempie il mio schermo. "Inizia con le stazioni di servizio—Pavel ha detto che l'auto era a corto di carburante."

Konstantin non fa domande. "Lo dirò subito ai miei ragazzi."

"Chiamami, quando ce l'hai. Io sarò in macchina."

Annuisce e si disconnette.

Poi, chiamo le mie guardie. "Prendi Kirilov e venite a casa" ordino, quando Arkash risponde. "Attrezzatura completa. Stiamo partendo per un viaggio."

Non mi aspetto di avere problemi per recuperare Chloe, ma solo un idiota non si prepara al peggio.

"Saremo lì tra dieci minuti" risponde Arkash.

Mentre riattacco, bussano alla mia porta ed entra Pavel.

"La ragazza?" chiede conciso, e io annuisco, già a grandi passi verso il muro in fondo.

Appoggio il palmo della mano su un pannello nascosto, e una sezione del muro scivola via, rivelando una piccola nicchia piena di armi ed equipaggiamento da battaglia—l'armeria principale della casa.

"Preparati" gli dico, togliendomi la camicia. "La riporteremo indietro."

Indosso un giubbotto antiproiettile e abbottono la camicia per evitare di apparire sospetto. Pavel fa lo stesso, e ognuno di noi indossa diverse armi.

Se dovessimo avere problemi, saremo pronti.

Kirilov e Arkash stanno già arrivando a casa con un SUV blindato, quando usciamo. Pavel e io saltiamo sul sedile posteriore e attraversiamo il vialetto, volando sulla ghiaia. Non ho in mente una destinazione concreta, ma c'è solo una strada che scende dalla montagna, e dovunque sia Chloe quando Konstantin mi chiamerà, saremo più vicini a lei che se restassimo qui ad aspettare. Inoltre, possiamo iniziare anche con le stazioni di servizio vicine, vedere se qualcuno potrebbe aver individuato Chloe in una di quelle.

"Che cos'è successo?" chiede piano Pavel, mentre superiamo il cancello. "Perché se n'è andata?"

Il mio labbro superiore si piega. "Alina."

"Ah." Poi tace, fissando fuori dal finestrino, e io faccio lo stesso, cercando di ignorare il forte tonfo nel petto—e il crescente dolore del tradimento che si diffonde attraverso di esso.

La mia zaychik è fuggita.

Mi ha lasciato.

Proprio così, senza nemmeno un addio.

Non è ragionevole sentirsi in questo modo, lo so. *Sono* il tipo di uomo che dovrebbe temere e disprezzare. Qualunque cosa le abbia detto mia sorella, mentre era sotto l'effetto di droghe, deve avermi dipinto nella peggiore luce possibile, ma questo non significa che la storia di Alina sia falsa.

Ho ucciso nostro padre davanti a lei.

Tuttavia, l'abbandono di Chloe fa male. Si è concessa a me. È venuta volentieri tra le mie braccia. La scorsa notte è stato molto più che sesso, la nostra connessione così profonda che la sento nelle ossa. Ma per lei evidentemente non è stato lo stesso. Perché in quel caso, avrebbe saputo che non le avrei mai fatto del male; si sarebbe fidata di me per la sua protezione. Il fatto che preferisca essere là fuori, affrontando un pericolo letale, la dice lunga sulla sua opinione di me.

Ha paura.

Pensa che io sia un mostro.

La mia mascella si indurisce, un'oscura determinazione che si insedia, mentre l'auto prende velocità. Avrei dovuto custodire quelle chiavi in cassaforte, non nel mio comodino—e avrei dovuto assolutamente avvertire le guardie di non aprire il cancello per la sua macchina. Non mi è venuto in mente che sarebbe fuggita la scorsa notte, ma poteva accadere—e non commetterò più quell'errore.

Quando la riavrò, non se ne andrà più.

Non glielo permetterò.

Farò tutto il necessario per tenerla al sicuro.

La prima stazione di servizio nella quale ci fermiamo è presidiata da un ventenne pallido e brufoloso con un accenno di pancia da birra.

"No, non l'ho vista" dice, dopo aver guardato la foto di Chloe. "Ragazza carina, però. È in parte asiatica? Latina?"

"Che mi dici di una Toyota Corolla blu di fine anni Novanta?" chiedo a bassa voce, e qualunque cosa il ragazzo veda sulla mia faccia gli fa perdere quel poco colorito che possiede. "Hai visto passare una macchina simile?"

"No, mi dispiace, amico." Deglutisce. "L'avrei notata. Oggi ho avuto solo altri due clienti."

Guardo Pavel, che fa un cenno con il mento verso l'uscita.

Come me, non pensa che il ragazzo stia mentendo.

La stazione di servizio più vicina è quella nei pressi della città. Una cassiera dai capelli bianchi alza gli occhi da un giornale, mentre io e Pavel entriamo, il suo sguardo che si acuisce, osservando il nostro aspetto.

Mi avvicino al bancone e tiro fuori la foto di Chloe. "Ha visto questa ragazza? O una Corolla blu di fine anni Novanta?"

L'anziana donna indossa un paio di occhiali ed esamina attentamente la foto, prima di sollevare lo sguardo su di me. "Voi due siete poliziotti o qualcosa del genere?" chiede con voce gracchiante.

Trattengo la mia impazienza con sforzo. "Qualcosa del genere. L'ha vista stamattina o no?"

"Non questa mattina, no." Mi guarda attraverso gli occhiali. "Rimane impresso un bel viso... proprio come uno su quelle riviste. Ed è anche ben vestita. Sei il suo ragazzo, caro?"

La mia mano si stringe sul bordo del bancone. "Quando l'ha vista?"

"Oh, circa una settimana fa. Si è fermata per fare benzina, ha chiesto informazioni su un annuncio di lavoro sul giornale. Non l'ho più vista da allora, e l'ho detto a loro."

Il ghiaccio mi riempie il petto. "Loro?"

"Due ragazzi, più o meno della tua altezza. Sono venuti ieri, a fine giornata. Mi hanno mostrato la sua foto e tutto il resto. Ho detto loro che l'avevo vista solo una volta, e che non avevo idea di dove fosse andata—"

"Che aspetto avevano esattamente?" Pavel interviene, mentre io resto congelato, la mia mente che inizia a lavorare velocemente.

Loro sono qui.

Sanno che è stata qui.

Peggio ancora, sanno che stava leggendo il mio annuncio di lavoro.

"I due ragazzi? Beh, alti, come ho detto. Uno ha i capelli scuri, un po' più chiari dei tuoi"—fa un cenno verso di me

—"l'altro è più simile a te. Sai, sale e pepe, tranne un accenno di calvizie."

La mascella di Pavel si stringe. "Età? Razza? Corporatura?"

"Caucasici. Trenta—quaranta per il più grande, forse. Un po' grossi e muscolosi." Mi guarda dall'alto in basso. "Non belli come lui, questo è certo."

"Qualche altra cosa?" chiede Pavel. "Tatuaggi, cicatrici? Che cosa indossavano?"

"Jeans, credo. O kaki? Non ricordo bene. Camicie nere o grigie, forse blu navy. Qualcosa di scuro. Niente cicatrici, non credo. Oh, ma"—si illumina—"il più grande aveva un tatuaggio all'interno del polso. Ne ho visto il bordo sotto la manica."

"Hanno chiesto informazioni sull'annuncio di lavoro?" chiedo, mantenendo la voce calma, nonostante la rabbia e la paura che martellano dentro di me.

Devo sapere quanto è grave la situazione, quanto sono vicini a trovarla.

La donna annuisce. "Certo che sì. Volevano sapere tutto, chi, cosa e dove. Ho risposto che non lo sapevo per certo, ma che probabilmente era quella vecchia proprietà Jamieson sulle montagne, quella che è stata acquistata da quel ricco russo. Sai"—guarda Pavel—"da dove viene quel vostro accento? Voi ragazzi non venite da—"

"Grazie" dico conciso e tiro fuori il telefono per chiamare Konstantin, mentre torniamo di corsa alla macchina.

Non appena mio fratello risponde, snocciolo la descrizione che abbiamo ricevuto e chiedo un aggiornamento sulla ricerca.

È infinitamente più urgente trovare Chloe ora, prima che lo facciano gli assassini.

"Ancora niente" replica Konstantin. "In realtà— Aspetta un

minuto. Lascia che ti richiami. Penso che abbiamo appena ricevuto un aggiornamento."

Stavo per saltare sul SUV, ma ora ci cammino davanti, i miei livelli di adrenalina che aumentano ogni secondo che passa.

Forse è già troppo tardi.

Sanno della mia tenuta e dell'interesse di Chloe per essa.

Forse non erano accampati vicino al cancello, quando lei è uscita, ma non potevano essere lontani.

Girandomi, busso sul finestrino accanto a Pavel. "Fa' venire un'équipe medica al complesso" gli dico conciso. "Potremmo averne bisogno."

Il mio telefono vibra nella tasca e lo afferro rapidamente. "Sì?"

"Nessun avvistamento, ma abbiamo un nastro parzialmente cancellato" riferisce Konstantin. "Stessa firma digitale degli altri. Due ore sono state spazzate via—e sembra che sia stato fatto circa mezz'ora fa. Se dovessi tirare a indovinare, direi che hanno colto il suo profumo e non vogliono che qualcuno lo sappia."

Sono già a metà della macchina. "Da dove viene il nastro?"

"Una stazione di servizio a sessanta chilometri a ovest da te. Ti mando le coordinate."

Riattacco e ordino a Kirilov di premere sull'acceleratore.

50

CHLOE

La strada si offusca davanti ai miei occhi per l'ennesima
volta, e mi asciugo a scatti l'umidità sulle guance. Non so
perché non riesco a fermare le lacrime, perché mi fa male il
petto come se avessi appena perso mamma di nuovo. La banana
che ho preso a una stazione di servizio è sul sedile del
passeggero, mangiata a metà, e sebbene sia l'unico cibo di cui
mi sia nutrita oggi, il pensiero di dare un altro morso mi fa
venire voglia di vomitare.

Sto guidando di nuovo alla cieca, senza andare da nessuna
parte. Devo essere stata sotto shock per le prime due ore,
perché riesco a malapena a ricordare come sono arrivata qui.
So di aver rifornito la macchina da qualche parte, perché
l'indicatore del carburante mostra che il serbatoio è pieno, ma
ho solo un vago ricordo di essere entrata in uno squallido
negozio e di aver pagato. La banana è venuta da lì, ne sono certa
—l'ho afferrata con il pilota automatico—ma non ricordo di
averla mangiata, anche se devo averlo fatto.

Sono abbastanza sicura che non vendano frutta smangiucchiata, nemmeno nelle stazioni di servizio più squallide.

La strada davanti a me sale e curva bruscamente, e mi sforzo di concentrarmi. L'ultima cosa di cui ho bisogno è cadere in un dirupo. Sento che è più o meno quello che sto facendo a ogni chilometro di distanza che frappongo tra me e Nikolai.

Ho fatto la cosa giusta, la cosa intelligente.

Continuo a ripetermelo, ma non aiuta, non diminuisce la sensazione di aver commesso un terribile errore. Sono passate solo poche ore da quando me ne sono andata, eppure mi manca così tanto che è come se fossimo separati da mesi. Quando era via per un viaggio d'affari, sapevo che lo avrei rivisto, sapevo che avremmo parlato ogni sera, ma ora non c'è alcuna certezza del genere.

Potrebbe rifiutarsi di parlare con me, quando lo chiamerò.

Potrebbe essere così arrabbiato che me ne sia andata da non volere che torni.

Ora che sono qui fuori, lontano dal complesso, le rivelazioni di Alina sembrano ancora di più le divagazioni di una mente malata e drogata, e anche se non posso ignorarle del tutto, rabbrividisco al pensiero di affrontare Nikolai e chiedere se abbia davvero ucciso suo padre.

Quale uomo innocente non sarebbe offeso da quella domanda?

Quale ragazzo non sarebbe furioso, se la sua ragazza credesse a bugie così mostruose?

Sarei dovuta restare. Cazzo, sarei dovuta restare. Anche se sembrava rischioso, avrei dovuto ascoltare Nikolai in modo imparziale. Le chiavi non dimostrano alcunché. Alina potrebbe averle sempre avute; avrebbe potuto persino rubarle a Pavel. Se

Nikolai avesse voluto privarmi della libertà, avrebbe potuto intraprendere altre azioni—come quella di dire alle guardie di non lasciarmi uscire.

Ed è questo il punto, mi rendo conto all'improvviso. Ecco perché quello che sembrava così razionale quando stavo facendo i bagagli ora sembra un errore così terribile. È perché nel momento in cui ho attraversato il cancello, ho avuto la prova che *potevo* andarmene, che Nikolai non aveva intenzione di tenermi lì con alcune intenzioni sinistre. All'inizio ero stata troppo presa dal panico per rendermene conto, ma più guidavo, più profonda era la consapevolezza, le conseguenze delle mie azioni impulsive che mi pesavano di più ad ogni chilometro che passava.

Sarei dovuta tornare indietro ore fa.

In effetti, avrei dovuto farlo nel momento in cui ho superato il cancello.

Getto un'occhiata frenetica intorno a me. Alberi e dirupi ovunque. Sono di nuovo nel profondo delle montagne, la strada davanti a me così stretta che sono appena due corsie. Non posso fare inversione a U qui; sarebbe un suicidio provare.

Stringendo più forte il volante, continuo a guidare—e finalmente lo vedo.

Un po' di spazio in più a sinistra di dove la strada curva.

Guardo nello specchietto, poi dritto avanti e indietro.

Niente. Niente auto. Sono tutta sola.

Frenando bruscamente, faccio un'inversione a U illegale e torno indietro.

Sono trascorsi venti minuti da quando ho iniziato il mio viaggio di ritorno e cerco disperatamente di ricordare se devo svoltare a destra o a sinistra al prossimo incrocio, quando un pick-up nero svolta sulla strada, venendo nella mia direzione.

Un brivido mi attraversa la schiena, i peli sottili sulla nuca che si rizzano.

Potrebbe essere la paranoia che mi sta giocando un brutto scherzo, ma quei vetri oscurati mi sembrano familiari.

Non c'è tempo per azzardare ipotesi; tra altri trenta secondi passeremo l'una accanto all'altro. Con un brusco strattone al volante, faccio svoltare la macchina su una piccola strada sterrata che sale sulla montagna alla mia destra, e premo sul gas, ignorando il lamento del vecchio motore della Corolla.

Se non sono loro, non mi seguiranno.

Mi sentirò un'idiota, ma meglio che morta.

Il mio cuore martella violentemente nella cassa toracica, ogni secondo scandito da una mezza dozzina di battiti, mentre il mio sguardo volteggia tra lo specchietto retrovisore e la strada ripida e piena di buche davanti a me. *Per favore, fa' che non siano loro. Per favore, fa' che non—*

Il pick-up appare nello specchietto, la sua sagoma scura che guadagna rapidamente terreno su di me.

Spingo sul pedale dell'acceleratore fino in fondo, il mio respiro che esce in rantoli irregolari, mentre la mia macchina rimbalza su una serie di buche. L'adrenalina mi scorre nelle vene, accelerando il mio battito, finché tutto quello che riesco a sentire è il suo ruggito nelle orecchie.

Boom!

Il mio specchietto laterale destro esplode, e il terrore raddoppia, quando vedo un uomo che si affaccia dal finestrino sul lato passeggero del veicolo, con la pistola in mano.

Istintivamente, ruoto il voltante a sinistra e il proiettile successivo frantuma il finestrino posteriore e fa un buco nel parabrezza, ad appena trenta centimetri dalla mia testa.

Il terzo proiettile sibila vicino alla mia spalla, e assaporo la morte. Sento le sue dita gelide e squamose. È tutto lasciato incompiuto, non detto, tutte le cose che non avverranno. È Nikolai che mi sussurra all'orecchio quanto mi desidera, mi ama, e Slava che ridacchia, mentre mi abbraccia forte. È l'amara consapevolezza che questi uomini se la caveranno, come hanno fatto con l'omicidio di mamma, e rimpiango che nessuno saprà mai come sono morta.

Un quarto proiettile perfora il sedile a un centimetro dal mio fianco destro, e io scatto di nuovo sul volante, disperata per evitare l'inevitabile, per vivere almeno un secondo in più. Il pick-up è proprio dietro di me ora, incombendo sulla mia Corolla come una montagna nera, e mentre cerco di evitare la traiettoria del proiettile successivo, il suo paraurti colpisce il mio, con forza, facendomi balzare la testa in avanti.

Boom!

Il fuoco mi colpisce la parte superiore del braccio, la sensazione così acuta e improvvisa che all'inizio non fa male. Invece, sento qualcosa di caldo e umido scivolare lungo il mio braccio, mentre il furgone sbatte di nuovo contro la mia macchina, facendola vibrare per l'enorme scossa. Adesso, sento il dolore, un'ondata nauseante, e con la disperazione di un animale morente, mi tolgo la cintura di sicurezza e apro la portiera.

Boom!

Quello che resta del parabrezza va in frantumi, mentre colpisco il terreno con tanta aria che mi esce dai polmoni. Stordita, rotolo due volte, prima di atterrare sulla schiena e guardare con orrore, mentre il furgone si infila un'ultima volta nella mia Corolla, mandandola fuori strada e schiacciandola contro un grosso albero. Con uno stridio assordante di metallo che frantuma il metallo, la vecchia macchina si accartoccia e poi, proprio come nei film, prende fuoco. Il furgone indietreggia immediatamente, e un po' di forza residua mi spinge in piedi.

Corri, Chloe.

Con un respiro affannoso, barcollo verso gli alberi su gambe che sembrano fiammiferi spezzati, le mie ginocchia che minacciano di cedere ad ogni passo che faccio. Il mio piede centra una radice, e il dolore mi colpisce la caviglia sinistra—la stessa che ho slogato nascondendomi nell'armadio di mamma—ma stringo i denti e mi sforzo di allungare i passi, ignorando il sangue caldo che mi gocciola lungo il braccio e le vertigini che arrivano a ondate. Non posso arrendermi, non se voglio vivere, quindi proseguo, continuando a zoppicare in avanti in una mezza corsa.

Una voce maschile urla qualcosa dietro di me, e mi costringo a prendere velocità, singhiozzi irregolari che mi escono dalle labbra, mentre un altro proiettile mi sibila vicino all'orecchio, scheggiando un ramo davanti a me.

"Fottuta cagna!"

Il sesto senso mi fa abbassare, e un proiettile sbatte contro un albero, mancandomi, mentre barcollo di lato.

Corri, Chloe.

La voce di mamma è più chiara che mai, e con un'ondata di forza che non sapevo di possedere, mi lancio in una corsa disperata. La mia caviglia urla ogni volta che il piede colpisce il suolo, la mia vista che si annebbia per la nausea e le ondate di dolore, ma corro con tutte le forze residue.

Solo che non è abbastanza.

Non è affatto abbastanza.

Una forza simile a un camion mi colpisce, facendomi cadere a terra, e un peso enorme mi schiaccia nel terriccio disseminato di foglie. Non riesco nemmeno ad ansimare, mentre la cassa toracica si appiattisce e poi, miracolosamente, il peso sparisce e vengo ribaltata sulla schiena.

Quando la mia vista si schiarisce, vedo un enorme uomo dai capelli scuri a cavalcioni su di me, la pistola puntata sul mio viso e la bocca contorta in un ringhio trionfante.

"Ti ho presa, piccola cagna" dice, ansimando. "E dato che ci hai fatto faticare troppo, ci devi un po' di divertimento."

51

CHLOE

L'ARIA AFFLUISCE RAPIDAMENTE NEI MIEI POLMONI AFFAMATI DI ossigeno, e agito il pugno alla cieca, mirando a quella faccia compiaciuta. Lo intercetta con facilità, dita brutali che mi afferrano il polso e lo bloccano a terra, mentre mi punta la canna della pistola sotto il mento.

"Muoviti di nuovo e ti faccio saltare la testa" ringhia, e gli credo.

Vedo la mia morte nei suoi occhi piatti e scuri.

"Che cazzo, Arnold?" esclama una seconda voce, e un altro uomo appare sopra di noi. Anche lui armato di pistola, sembra avere una dozzina di anni in più del mio avversario, con i capelli sale e pepe che iniziano a diradarsi e la pelle arrossata per lo sforzo della corsa. Respirando pesantemente, ordina: "Ficcale una pallottola nel corpo e facciamola finita."

"Non ancora" mormora Arnold, gli occhi incollati alla mia bocca. "È carina. L'hai mai notato?"

La voce dell'altro si fa burbera. "Non è così che facciamo le cose."

"A chi importa? Comunque, è carne morta. A chi importa, se ci godiamo il bocconcino, prima di seppellirlo?"

Il mio stomaco si contorce per una nuova ondata di nausea, e solo la fredda canna premuta sotto il mento mi impedisce di cavare gli occhi al coglione, mentre mi lascia andare il polso e preme un pollice grosso e sporco sulle mie labbra serrate.

"Finisci questo cazzo di lavoro."

Il tono dell'uomo più grande è più acuto, più impaziente e, per un momento, provo per metà paura e per metà speranza che Arnold obbedirà. Ma si limita ad avvicinarsi e trascina una lingua umida sulla mia guancia, come un cane—e mentre un involontario grido di disgusto mi sfugge dalla gola, mi infila il pollice nella bocca, spingendolo in profondità dentro di me.

"Così, puttana" sussurra, con gli occhi luccicanti di lussuria ed eccitazione selvaggia. "È proprio—"

Un colpo acuto infrange il silenzio, e lui ritira la mano. Un millisecondo dopo, è in piedi sopra di me, sollevando la pistola, mentre gira su se stesso come un fulmine—ma non abbastanza velocemente.

Il secondo proiettile lo sbatte contro l'albero dietro di me, e, mentre indietreggio sulle mani e sul sedere, vedo l'uomo più grande già a terra, la bocca aperta e il cranio frantumato, il cervello che fuoriesce come ricotta ammuffita.

52

NIKOLAI

Mi muovo prima che il suono del mio ultimo sparo svanisca, balzando da dietro la copertura degli alberi per ridurre la distanza tra me e Chloe. Il suo sguardo scruta al di sopra del corpo morto al suo fianco, il viso rigato di sporcizia e sangue, gli occhi castani confusi, mentre si allontana, la bocca che si apre in un urlo silenzioso, mentre mi avvicino.

"Shh, va tutto bene. Sono io." Cadendo in ginocchio, la tiro contro di me, sentendo il tremito convulso del suo corpo—e del mio. Tremo per il sollievo, la rabbia e le conseguenze del terrore agghiacciante, la terribile paura di arrivare troppo tardi.

Eravamo quasi alla stazione di servizio, quando Konstantin mi ha chiamato di nuovo con la notizia che la sua squadra aveva compiuto l'impresa quasi impossibile di hackerare un satellite della NSA e che era stata in grado di individuare l'esatta posizione dell'auto di Chloe—e del pick-up nero che era a meno di mezz'ora dietro di lei.

Affermare che abbiamo infranto ogni limite di velocità

esistente sarebbe un eufemismo. Arkash si sta ancora riprendendo dalla mezza dozzina di volte in cui abbiamo rischiato di volare oltre un dirupo. E comunque, quasi non ce l'abbiamo fatta. Il terrore che mi ha assalito, quando ho visto la sua macchina in un mucchio accartocciato e in fiamme... Se non fosse stato per il pick-up vuoto nei paraggi e il rumore di spari nelle vicinanze, avrei perso la testa.

In realtà, l'ho persa, quando l'ho vista a terra con l'assassino dai capelli scuri a cavalcioni su di lei, la lussuria contorta dipinta sul suo viso.

Il figlio di puttana stava per violentarla, prima di ucciderla.

Era l'unico motivo per cui non fosse già morta.

Le mie braccia si stringono intorno a lei di riflesso, che emette un debole suono di sofferenza.

Mi tiro subito indietro. "Sei ferita, zaychik? Ferita da qualche parte?"

Non risponde, limitandosi a fissarmi con enormi occhi vuoti, le pupille gonfie così larghe che le iridi sembrano nere. È sotto shock, e non c'è da stupirsi. Anche un soldato addestrato sarebbe traumatizzato.

Delicatamente, la distendo e comincio a esaminarla per scoprire eventuali ferite, iniziando dalle costole e dallo stomaco. Sono sollevato di trovare solo graffi e lividi sul suo busto, ma mentre la mia mano sfiora il suo braccio destro, lei sussulta con un grido di dolore, il viso che diventa grigio. Tiro indietro la mano, il battito cardiaco che raddoppia alla vista della macchia rossa sulle mie dita, mentre chiude gli occhi, il suo respiro dolorosamente superficiale.

Fanculo. *È* ferita.

Tenendo salde le mani, le strappo la manica.

"L'hanno colpita?" mi chiede Pavel in russo, apparendo al

mio fianco, e io annuisco cupamente, strappandomi via un pezzo della camicia per fare una benda improvvisata.

"Sembra che la pallottola sia fuoriuscita, ma sta perdendo una buona quantità di sangue."

"Anche lui" dice Pavel, e distolgo lo sguardo dalla ragazza per lanciare un'occhiata al suo aggressore. È seduto accasciato contro un tronco d'albero a pochi metri di distanza, con Kirilov che fa pressione sulla sua ferita al petto e Arkash che fa la guardia.

"Non credo che resisterà abbastanza a lungo da riportarlo al complesso" aggiunge Pavel, mentre finisco rapidamente di legare la benda e riprendo la mia ispezione su Chloe. Il suo colorito è leggermente migliore, ma gli occhi sono ancora chiusi e il respiro è troppo superficiale per i miei gusti. "Se vuoi interrogarlo, devi farlo ora."

Fanculo. Ho cercato deliberatamente solo di ferire il figlio di puttana, in modo da poterlo interrogare. Se muore, lo farà anche la nostra possibilità di ottenere risposte.

Finisco velocemente di controllare Chloe e balzo in piedi. Per quanto voglia portare subito la mia zaychik da un medico, le sue ferite non sono pericolose per la vita—ma potrebbe esserlo non sapere chi siano i suoi nemici.

Questi uomini sono professionisti, il che significa che qualcuno li ha assoldati, qualcuno di potente, e ho bisogno di sapere chi è.

"Veglia su di lei" dico a Pavel, e mi avvicino al nostro prigioniero.

Respira affannosamente, la sua faccia completamente pallida e l'intera parte anteriore del corpo intrisa di sangue.

Pavel ha ragione. Non gli resta molto tempo. Volevo sparargli alla spalla, ma si è girato troppo velocemente, allertato dalla mia presenza, quando ho dovuto infilare un proiettile nel cranio del suo compare. Con Pavel e il resto della squadra incapaci di tenere il passo con il mio sprint alimentato dal terrore, non ho avuto altra scelta che mettere fuori gioco rapidamente entrambi gli assassini, prima che potessero fare qualsiasi cosa a Chloe.

Col senno di poi, avrei dovuto ferire entrambi.

Mentre mi accovaccio di fronte all'uomo morente, le sue palpebre si sollevano, rivelando minacciosi occhi scuri.

"Chi cazzo siete?" gracchia, solo per richiuderli, esausto per lo sforzo.

"Non preoccuparti di questo." Nonostante la rabbia vulcanica che ribolle nelle mie vene, la mia voce è letalmente calma, controllata. "Chi ti ha assoldato? Perché le state dando la caccia?"

Il suo labbro superiore si attorciglia in un ringhio. "Vaffanculo."

"Stai morendo, lo sai. Posso lasciarti spegnere in pace oppure"—prendo il mio coltello a serramanico e lo apro —"posso ridurti in strisce e farti sentire il dolore fino all'ultima fetta."

I suoi occhi si aprono pesantemente. "Vaffanculo."

Lancio un'occhiata alle mie spalle. Chloe giace perfettamente immobile, gli occhi chiusi. Spero che sia svenuta, o almeno così profondamente sdioccata che non ricorderà la parte successiva.

In ogni caso, non ho scelta.

Ho bisogno di ottenere risposte, velocemente.

Colgo lo sguardo di Arkash. "Fallo."

La guardia tira fuori una siringa e trafigge l'assassino morente al collo, iniettandogli il farmaco brevettato dalla nostra divisione farmaceutica—quello per cui l'esercito russo paga milioni.

All'inizio l'uomo reagisce a malapena, schiacciando solo il punto dell'iniezione con una mano debole. Un attimo dopo, tuttavia, i suoi occhi si spalancano e si siede in posizione eretta, il suo respiro che accelera, mentre il colorito gli inonda le guance pallide.

"Epinefrina mescolata con altre sostanze divertenti" lo informo crudelmente. "Ti manterrà completamente sveglio fino al momento in cui tirerai le cuoia. Che durerà pochi normali o terrificanti minuti a partire da ora. La scelta è tua."

Sta ansimando ora, il sudore che gli cola sul viso. "Chi cazzo *sei*?"

"L'uomo che renderà i tuoi ultimi momenti un inferno, se non inizi a parlare." Faccio un cenno col capo ad Arkash e Kirilov, che afferrano le braccia dell'uomo, sollevandole facilmente sopra la sua testa, nonostante i suoi sforzi.

"Ultima possibilità" insisto, ma il figlio di puttana mi guarda fisso.

Sorrido cupamente. Speravo che si sarebbe rivelato difficile. Per quanto preferisca giocare lealmente, questa è l'unica volta in cui non vedo l'ora di applicare le abilità che Pavel mi ha insegnato.

Con la velocità di un potente serpente a sonagli, conficco il mio coltello nel rene dell'uomo e giro la lama.

L'urlo che gli squarcia la gola è a malapena umano. Il farmaco non solo lo mantiene cosciente, ma aumenta tutte le sensazioni, amplificando il dolore mille volte.

Prima che possa riprendersi, tiro fuori la lama e gliela infilo due volte nello stomaco, squarciando pelle, grasso e muscoli per formare una grande X.

Strabuzza gli occhi, un altro urlo disumano che gli esce dalla gola, mentre sollevo i lembi triangolari della carne, rivelando le sue viscere.

"Ti sei mai chiesto come ci si senta ad avere un intestino tagliato senza anestesia?" domando in modo colloquiale. "No? Perché stai per scoprirlo. In realtà, aspetta—penso che potrebbe ucciderti troppo in fretta. Inizieremo più in basso." Con un altro movimento rapido, taglio il cavallo dei suoi jeans, esponendo l'uccello flaccido e i testicoli.

"Aspetta!" I suoi occhi sono selvaggi, mentre la mia lama scende di nuovo. "Io—te lo dirò."

Mi fermo a un centimetro dal suo pene raggrinzito. "Continua."

"Non so perché, va bene? Non ce l'ha mai detto." Tossisce, sputando sangue. "Ha solo detto che dovevamo ucciderle."

"Ucciderle?"

"La donna e... la ragazza."

Fanculo. "Avreste dovuto uccidere entrambe quel giorno?"

"Sì." La sua faccia è più pallida ad ogni momento che passa. "Solo che la ragazza era in ritardo. E poi, in qualche modo ci ha visti e..." Tossisce di nuovo, debolmente, e capisco che la droga sta perdendo la battaglia contro il suo corpo morente.

"Chi è stato?" chiedo urgentemente, mentre le sue palpebre si abbassano. "Chi ti ha assoldato?" Gli premo la punta affilata del coltello contro le palle. "Dammi un fottuto nome!"

I suoi occhi si aprono annebbiati, e gracchia tre sillabe—un nome che quasi mi fa cadere il coltello. Il mio sguardo sbalordito incontra quello di Arkash e di Kirilov; stampato sui loro volti scorgo lo stesso senso di incredulità.

"Hai appena detto—" comincio, riportando la mia attenzione sull'assassino, solo per tacere dalla frustrazione.

I suoi occhi sono vuoti, il petto immobile, mentre la sua testa ciondola da un lato.

È finita. Il figlio di puttana è andato.

Balzo in piedi, mentre la mia mente riflette furiosamente su ciò che so.

L'uomo che ha menzionato avrebbe sicuramente le risorse per farlo, ma qual è la motivazione? La connessione? Come si sarebbero incrociate la sua strada e quella di Chloe?

A meno che... non si siano mai incrociate.

Chloe non era l'unica persona nella sua lista; c'era anche sua madre.

E poi, come una valanga, mi colpisce.

California. Giovane madre, ancora minorenne al momento della nascita di Chloe. Un padre che non ha mai conosciuto. Una borsa di studio venuta fuori dal nulla.

Un uomo diverso, con una famiglia normale e amorevole, non salterebbe mai a una conclusione così contorta, così oscura. Ma io sono un Molotov, e so che il sangue condiviso non produce lealtà o sicurezza.

So che l'amore può essere più violento dell'odio.

Con il cuore che batte forte, mi volto a guardare Chloe.

Se è come penso, la sua stessa esistenza è uno scandalo in grado di porre fine a una carriera—e un altro cosiddetto padre merita il mio coltello.

53

CHLOE

Sono all'inferno. O intrappolata in un incubo. Il mio braccio è in fiamme, le mie viscere stanno ribollendo, e ogni volta che la foschia oscura nella mia mente si dirada e apro le palpebre, vedo Nikolai fare qualcosa di sempre più terribile, mentre la sua voce profonda e liscia pronuncia minacce che mi fanno risalire la bile nella gola. E le urla che seguono... Il mio stomaco si contorce, e devo sforzarmi per non rotolare e vomitare.

Questo non è reale.

Non può esserlo.

La foschia minaccia di sommergermi di nuovo, e mi concentro sul fare piccoli respiri superficiali e tenere gli occhi chiusi. Dev'essere un sogno, un sogno orribile, o un'allucinazione provocata da un terrore estremo. Come avrebbe potuto Nikolai essere qui? Come avrebbe fatto a trovarmi?

Inoltre, come hanno fatto gli assassini di mia madre?

La mia coscienza deve spegnersi di nuovo, perché quando apro gli occhi la volta successiva, sono sul sedile posteriore di un SUV in movimento, comodamente seduta sulle ginocchia di un uomo. Il grembo di Nikolai—riconoscerei quel profumo di cedro e bergamotto ovunque. Le sue braccia potenti sono intorno a me, mi tengono stretta, e il mio battito cardiaco sussulta di gioioso sollievo, quando mi rendo conto che non è un sogno.

Nikolai è qui.

È venuto a cercarmi.

Devo aver emesso qualche suono, perché si tira indietro, gli occhi ferocemente dorati sul viso teso. "Ci siamo quasi" promette, la voce più ruvida di quanto abbia mai sentito. "Il dottore sta già aspettando."

Mentre parla, mi rendo conto di un dolore lancinante al braccio destro e della sensazione generale di vertigini e di estrema debolezza, insieme a quella di essere stata picchiata dappertutto con una mazza. Quest'ultima dev'essere la conseguenza dell'essere saltata fuori dall'auto e anche dell'essere stata sbattuta a terra dal giovane assassino. Il mio battito cardiaco accelera, quando ricordo il suo viso sopra di me, la bramosia sfrenata in quegli occhi piatti e scuri.

Come sono passata da lì a qui?

Com'è che Nikolai—

All'improvviso, la mia mente si schiarisce e i ricordi riaffiorano, uno più nauseante dell'altro. L'uomo più grande con il cranio spappolato... Nikolai che balza verso di me, la pistola tenuta come un'estensione della sua mano... Il suo interrogatorio dell'uomo che aveva intenzione di violentarmi; le minacce fatte da Nikolai e il modo brutale e abile con cui brandiva quel còltello a serramanico... E le urla, quelle urla crude, agghiaccianti...

Comincio a tremare, mentre il mio sguardo spazia sulla macchina, osservando la presenza impassibile di Pavel accanto a noi e i due uomini dall'aria pericolosa davanti. Non li ho mai visti prima, ma devono essere le guardie della tenuta. I miei occhi tornano di scatto sul viso di Nikolai, quel viso perfettamente scolpito che può sembrare alternativamente selvaggio e tenero, e noto una striscia bruno-rossastra su uno degli zigomi alti.

Sangue. Sangue secco.

Il mio tremore si intensifica. Interpretando male la causa, Nikolai mi accarezza la mascella, la sua feroce espressione che si addolcisce. "Va tutto bene, zaychik, sei al sicuro. Non possono farti del male."

Ma *lui* può. Sono dolorosamente, acutamente consapevole di essere alla mercé di quest'uomo bellissimo e terrificante. Essere tenuta sulle sue ginocchia non fa che evidenziare le differenze di dimensioni e forza tra noi; il suo corpo grande e potente mi circonda completamente, la fascia muscolosa del suo braccio sulla mia schiena inevitabile come una catena di ferro. Non che sarei in grado di scappare in ogni caso—non con i suoi uomini qui, non mentre il SUV è lanciato a tutta velocità.

Sarebbe meglio non saperlo, ma non riesco a trattenere la domanda. "Sei stato tu, non è vero?" La mia voce emerge come un sussurro teso. "Gli hai sparato alla testa."

È come se un velo cadesse sul volto di Nikolai, facendo sparire ogni accenno di espressione. "Non ho avuto scelta. Se l'avessi solo ferito, avrebbe potuto ucciderti, mentre mi occupavo del suo socio. Con loro due lì, ho dovuto eliminarne uno, in fretta."

"E l'altro uomo..." Ingoio un'ondata di nausea al ricordo delle urla. "Lui è...?"

"Morto per le ferite, sì." Non c'è rimorso nella sua voce, nessun segno di colpa nel suo sguardo fisso, e frammenti di ghiaccio si formano nelle mie vene, mentre mi rendo conto che l'ha già fatto.

Ha ucciso e torturato altri.

Compreso, molto probabilmente, suo padre.

"Ferma la macchina!" Le parole volano fuori dalla mia bocca, prima che possa considerarne la saggezza. Ignorando la vertiginosa vampata di dolore al braccio, metto le mani tra noi e spingo contro il suo torace—che, per qualche motivo, sembra placcato d'acciaio. Disperata, supplico. "Per favore, Nikolai, fammi uscire. Ho bisogno... mi serve solo un minuto."

Non si muove, e nemmeno i suoi uomini, mentre replica a bassa voce: "Siamo quasi a casa, zaychik. Solo qualche altro minuto."

Casa? Il mio sguardo in preda al panico balza sul finestrino, e la paura mi stringe il petto, quando riconosco la strada che conduce alla tenuta, le cui curve ripide ho percorso proprio questa mattina, mentre fuggivo dall'uomo che mi sta stringendo... l'uomo che non credevo davvero fosse un assassino.

"Non preoccuparti. Ho fatto venire qui il dottore e il suo team" spiega Nikolai, rispondendo a una domanda che ha appena iniziato a formarsi nella mia mente. "Hanno portato tutto ciò di cui hanno bisogno per curarti."

Assorbo la sua espressione implacabile, la mia paura che cresce ogni secondo che passa. "Preferirei un ospedale. Ti prego, Nikolai... portami in ospedale."

"Non posso." I suoi lineamenti cesellati sembrano di granito. "Non è sicuro."

"Sicuro? Ma—"

"Quei due erano solo dei sicari. Ce ne sono molti altri da dove provengono."

Mi si secca la gola. In preda al panico, mi ero quasi dimenticata del mistero delle motivazioni degli assassini. "È quello che ti ha detto? L'uomo che hai... interrogato?" La mia teoria è giusta, dopotutto? Mia madre ha assistito a qualcosa che non avrebbe dovuto vedere?

"Sì, e Chloe..." Incornicia la mia guancia con il suo palmo grande e caldo, il gesto tenero che smentisce i lineamenti duri. "Erano lì per uccidervi entrambe."

"Che cosa?" Mi ritraggo di scatto. "No, non è possibile—"

"È quello che ha detto l'assassino. Se non fossi arrivata tardi a casa..." Abbassa la mano, un muscolo che si flette violentemente nella sua mascella.

"Ma questo non—" Mi fermo un attimo, quando frammenti della conversazione che ho sentito quel giorno affiorano nella mia mente.

Dovrebbe essere qui... Forse c'è traffico...

Ho sentito gli assassini dirlo, ma per qualche motivo non ho messo insieme due più due, non rendendomi conto che stavano parlando di *me*, che stavano aspettando *me*.

"Non capisco." Tremo di nuovo per un brivido che non ha niente a che fare con l'aria condizionata all'interno dell'auto. "Perché qualcuno dovrebbe volermi morta? Non ho fatto niente, non conosco nessuno, sono solo—solo io."

L'espressione di Nikolai cambia, una strana compassione che appare nel suo sguardo. "No, zaychik, non credo che tu lo sia."

"Che cosa?" Spingo di nuovo contro il suo torace duro—e quasi svengo per la nuova esplosione di dolore al braccio. Il suo volto oscilla davanti ai miei occhi, e sto ancora lottando per non svenire, quando intuisco una cosa sorprendente.

Quella durezza è un giubbotto antiproiettile.

Nel momento successivo, tuttavia, dimentico tutto, perché chiede: "Il nome *Tom Bransford* ti dice qualcosa?"

All'inizio le sillabe non hanno senso. "Vuoi dire... il candidato alla presidenza?" Non appena la domanda esce dalle mie labbra, mi rendo conto di quanto sia assurda. Non è possibile che stia parlando del senatore della California che è al centro delle notizie in questi giorni, quello che stanno comparando a JFK. Devo aver capito male o—

"È lui." I suoi occhi brillano come l'oro. "A meno che non ci sia un altro Tom Bransford con le risorse per assumere assassini professionisti, cancellare i nastri di sicurezza e alterare i registri della polizia."

"Registri della polizia? Che cosa—"

"Ho esaminato tutti i fascicoli relativi al tuo caso" spiega gentilmente "e non c'è niente sugli uomini mascherati nell'appartamento di tua madre—né sul camioncino nero che ti ha quasi investita. In realtà, secondo il verbale ufficiale, è stato un vicino a scoprire tua madre; tu non ti sei mai presentata per identificare il corpo."

"Non è vero! Sono andata alla stazione e—"

"Lo so." Il suo sguardo si incupisce. "E c'è di più. Le tue e-mail ai giornalisti non sono mai arrivate a destinazione. Qualcuno con una serie di competenze molto specifiche si è assicurato che venissero bloccate o contrassegnate come spam —e si è anche sbarazzato di qualsiasi prova della tua storia, come le registrazioni delle telecamere del traffico e i nastri di sicurezza che avrebbero mostrato che venivi aggredita."

Mi sento come se una voragine si stesse aprendo sotto di me. "Come fai a sapere tutto questo?" La mia voce trema, i pensieri frullano come ramoscelli in un tornado. Non so cosa pensare, cosa credere, e il dolore lancinante al braccio non aiuta. "Come hai—"

"Perché ho anch'io delle risorse. Comprese alcune che Bransford non ha."

Ovviamente. Ecco come mi ha trovata così in fretta oggi—e perché sono completamente fregata, se intende farmi del male. Il mio cuore batte dolorosamente, un sudore freddo che inzuppa la mia camicetta, mentre un'altra ondata di vertigini mi aggredisce, facendo danzare punti neri agli angoli della vista. Perdita di sangue, mi rendo conto vagamente; questo dev'essere ciò che sta causando tutto questo. Disperatamente, mando giù aria, ma aiuta solo un po', e la mia voce sembra provenire da molto lontano, mentre chiedo tremante: "Perché sei venuto a cercarmi oggi? Perché—" Faccio un altro respiro. "Perché mi stai riportando indietro?"

I suoi occhi tornano alla loro brillante e selvaggia tonalità da tigre. "Perché non dovrei?"

Perché sono scappata, penso stordita. *Perché molto probabilmente sei uno psicopatico incapace di provare sentimenti reali. Perché niente di tutto questo, specialmente tu ed io, ha senso.*

Finisco per dare l'unica motivazione che posso, quella che mi pesa di più. "Perché se hai ragione su Bransford, tu e la tua famiglia siete in un pericolo ancora maggiore." La mia voce vacilla, mentre un'altra ondata di vertigini si abbatte su di me. Tuttavia, persevero. "Devi lasciarmi andare. Adesso. Prima che sia troppo tardi."

Una curva oscura sfiora le sue labbra sensuali, un barlume di ironico divertimento che si accende nel suo sguardo, mentre mi prende delicatamente a coppa una guancia. "Non so se l'hai capito, zaychik" dice dolcemente "ma io e la mia famiglia non siamo esattamente estranei al pericolo. In realtà, lo conosciamo bene."

Poi, mi bacia, dapprima dolcemente, poi con crescente urgenza, e nonostante tutto, un calore familiare mi brucia dentro. Approfondisce il bacio, la sua lingua che si accoppia con la mia in una danza primordiale che non tiene conto della nostra mancanza di privacy, e la mia testa gira, le vertigini che aumentano, finché non mi resta che lui come unica ancora solida nel mio mondo. Sopraffatta, mi aggrappo a lui, stringendo i pugni nella sua camicia, e con i pensieri che si dissolvono sotto l'oscura attrazione del desiderio, non importa se l'ho visto distruggere due vite oggi, che potrebbe essere la definizione stessa di un mostro.

Niente importa tranne noi due, e quando mi lascia riprendere fiato, abbiamo già superato il cancello, e siamo tornati nel suo regno.

"Non preoccuparti, zaychik" mormora, accarezzandomi il labbro inferiore con il pollice, mentre un brivido mi scuote il corpo martoriato. "Andremo fino in fondo, lo prometto. Ti terrò al sicuro." E nei suoi occhi, scorgo il non detto:

Anche se ti opporrai.

LA GABBIA DELL'ANGELO

1

CHLOE

Sono tornata. Nella tana del diavolo.

Il pensiero attraversa la mia mente stordita dal dolore, mentre l'auto si ferma davanti alla modernissima villa di montagna di Nikolai. Un uomo e due donne in camici da ospedale—presumibilmente il team medico di cui ha parlato Nikolai—ci stanno aspettando sul vialetto con una barella. Dietro di loro c'è Alina, la sorella di Nikolai, con il suo bel viso pallido e preoccupato.

Annoto tutto questo superficialmente. Tutti i miei sensi sono consumati dall'uomo che mi tiene possessivamente in grembo.

Nikolai Molotov.

Il diavolo in persona.

Le sue braccia potenti sono avvolte intorno a me, tenendomi stretta contro il suo grande corpo, e anche se l'ho appena visto uccidere due uomini, non posso fare a meno di trarre conforto dal suo tocco, dal suo calore, dal suo familiare profumo di cedro e bergamotto. Il suo sapore indugia sulla mia lingua, le mie labbra pulsano per il suo bacio, e per quanto desideri negarlo, la paura non è l'unica emozione che mi riempie la bocca dello stomaco al pensiero che lui mi tenga qui contro la mia volontà.

"Ancora qualche altro secondo, zaychik" mormora, lisciandomi i capelli, e un brivido mi attraversa, mentre i miei occhi incontrano il suo sguardo luminoso da tigre.

Riesco a scorgere il mostro che si cela sotto il suo bellissimo aspetto esteriore. Adesso è chiaro come il giorno.

Pavel salta fuori dalla macchina per primo, aprendoci la portiera, e un'ondata di vertigini si abbatte su di me, mentre Nikolai scende, tenendomi stretta al suo petto. Anche se è attento, il movimento mi provoca una fitta di dolore nauseabondo attraverso il braccio, e le lontane vette delle montagne vorticano in un cerchio disgustoso nella mia vista, mentre mi posiziona delicatamente sulla barella.

Socchiudendo gli occhi, mi concentro sulla respirazione e cerco di non svenire, mentre vengo portata dentro la casa, con Nikolai che ringhia ordini al team medico, mentre parla in russo con Alina e Lyudmila. Presumo che stia spiegando cos'è successo, ma provo troppo dolore per preoccuparmene, comunque.

Non ero mai stata colpita prima, e non è divertente.

Quando apro di nuovo gli occhi, sono nella mia camera da letto, con il dottore e il suo team che si danno da fare intorno alla mia barella. In pochi secondi, una flebo viene fissata al mio braccio sinistro e sono collegata a diversi monitor. Non ho idea da dove provengano tutte queste apparecchiature mediche, ma la mia camera sembra essere stata trasformata in una stanza d'ospedale.

Il dottore, che già indossa un camice e una mascherina chirurgica, mi chiede se sia allergica al lattice o a qualche farmaco, mentre si infila un paio di guanti.

"No" gracchio, e una delle infermiere attacca un sacchetto di liquido alla parte superiore del supporto per flebo. Immediatamente, una piacevole stanchezza si diffonde dentro di me, rendendo le mie palpebre pesanti.

L'ultima cosa che vedo prima che il mondo svanisca è Nikolai in piedi nell'angolo della stanza, i suoi occhi dorati puntati su di me con feroce intensità. C'è ancora una macchia scura sul suo zigomo—il sangue dell'uomo che ha torturato per ottenere risposte—ma con il dolce sollievo dell'anestesia che si diffonde nelle mie vene, non posso trattenere il sorriso sciocco che mi curva le labbra.

Ti terrò al sicuro, aveva detto, e mentre l'oscurità mi reclama, gli credo.

Mi terrà al sicuro da tutti tranne che da se stesso.

2

NIKOLAI

Mia sorella mi intercetta non appena esco dalla camera di Chloe. Dev'essere rimasta in piedi nel corridoio per tutto il tempo.

"Come sta?"

"Vivrà, non grazie a te." Il mio tono è duro, ma non me ne frega un cazzo.

È colpa di Alina se siamo in questo casino. Ha detto a Chloe che ho ucciso nostro padre. Le ha dato le chiavi della macchina, permettendole di fuggire.

Alle mie parole, Alina sussulta, ma mantiene la sua posizione. Il suo viso è ancora pallido e gonfio, ma i suoi occhi verdi sono limpidi e non ha più l'odore di un cocktail di droghe. "Voglio dire, qual è la sua condizione? Che cos'ha detto il dottore?"

Sospiro, passandomi una mano tra i capelli. "È stata fortunata. Il proiettile le ha attraversato il braccio, sfiorando appena l'osso. Ha perso una buona quantità di sangue, ma non abbastanza da richiedere una trasfusione. Ha anche una distorsione alla caviglia. A parte questo, ha solo contusioni e graffi dappertutto."

"Kolya..." Mia sorella sembra più triste che mai. "Mi dispiace tanto. Non sapevo del—"

"Basta." Non sono dell'umore giusto per ascoltare le sue scuse e giustificazioni. Forse non sapeva degli assassini che stavano dando la caccia a Chloe, ma questo non giustifica ciò che ha fatto. Nemmeno il fatto che fosse sotto l'effetto di droghe. Prima di dire qualcosa di cui mi pentirò, chiedo: "Dov'è Slava?"

"Lyudmila lo ha portato a visitare le guardie. Le ho chiesto di tenerlo fuori per ora, visto... lo sai." Fa un cenno verso la porta di Chloe.

"Buona idea." So che non dovrei tenere nella bambagia mio figlio, ma sono stranamente riluttante a esporlo alla brutale realtà della nostra vita, come fece nostro padre con me. La caccia e la pesca sono una cosa—sono felice che Pavel le insegni a Slava, insieme ad altre abilità fondamentali della vita—ma preferirei che non vedesse la sua tutor coperta di sangue.

Alla fine, imparerà cosa significa essere un Molotov, ma non ancora.

Alina sembra sollevata dalle mie lodi. "Allora, che cos'è successo?" chiede, seguendomi, mentre mi dirigo verso la mia stanza. "Chi ha mandato gli assassini a cercarla?"

"È una lunga storia." Una che sto ancora digerendo io stesso. "Ti dirò solo che è ancora in pericolo."

Mi afferra per la manica, interrompendomi. "Quindi, non hai...?"

"L'ho fatto." Ho piantato una pallottola nel cervello di uno degli assassini e ho ferito l'altro abbastanza gravemente da farlo morire poco dopo—ma non prima di avergli tirato fuori un nome.

Un nome con cui sto ancora cercando di fare i conti.

Mia sorella mi guarda con un'espressione accigliata incisa sulla fronte. "Ma pensi che ne arriveranno altri."

"Ne sono sicuro."

"Perché? Chi è lei, Kolya?"

"Questo è ciò che intendo scoprire."

Liberandomi della sua presa, entro nella mia camera e chiudo la porta.

Anche se Chloe è ancora sedata, sono ansioso di tornare da lei, quindi faccio la doccia e mi cambio velocemente. Poi, mando un messaggio a Konstantin, aggiornandolo su ciò che ho scoperto e chiedendo al suo team di hacker di indagare sull'uomo che l'assassino ha indicato come loro mandante.

Tom Bransford.

Il candidato alla presidenza che potrebbe essere il padre di Chloe.

Lei non conosce ancora l'ultima parte, e non so se dovrei riferirle qualcosa riguardo ai miei sospetti, finché non avrò prove più concrete. In questo momento, le prove sono nel migliore dei casi circostanziali, e se sbaglio, Chloe avrà ancora più motivi per credere che io sia un mostro contorto.

Cosa che sono. È solo che non voglio che lei pensi questo di me.

Il mio petto si stringe, mentre immagino il sorriso dolce e

radioso che mi ha rivolto, prima che i farmaci nella flebo prendessero il sopravvento. Voglio di più, non lo sguardo vuoto e terrorizzato che ha sfoggiato nel bosco, quando le sono andato incontro, con la pistola in mano, dopo aver ucciso uno dei suoi aggressori e ferito l'altro.

Non voglio più vedere quello sguardo sul suo viso.

Alina se n'è andata, quando ritorno nel corridoio e corro di nuovo nella stanza di Chloe. So che sta bene con il dottore e le infermiere che la sorvegliano, ma non posso fare a meno dell'ansia che mi dilania ogni momento in cui lei è fuori dalla mia vista. È arrivata così vicina alla morte. Se mi fossi presentato pochi minuti dopo, se la squadra di Konstantin non fosse stata in grado di penetrare nel satellite della NSA per individuare la sua posizione esatta, se il proiettile avesse perforato il suo corpo pochi centimetri a sinistra—c'è un numero infinito di modi in cui questa storia avrebbe potuto concludersi diversamente.

Un numero infinito di modi in cui avrei potuto perderla.

"Dovrebbe svegliarsi tra pochi minuti" mi informa il medico, quando entro nella sua camera. È uno dei migliori chirurghi traumatologici dello Stato; Pavel ha fatto volare lui e la sua squadra su un elicottero da Boise per una cifra esorbitante che include sia i loro servizi che la loro discrezione.

"Bene. Grazie." Ignorando gli sguardi delle due infermiere, mi avvicino a Chloe, e una fitta dolorosa mi schiaccia la cassa toracica, mentre noto la sfumatura grigiastra della sua pelle abbronzata. Le hanno rimosso il sangue e la sporcizia dal viso e dalle braccia e l'hanno vestita con un camice da ospedale, ma i suoi capelli sono ancora arruffati, con un paio di ramoscelli e foglie impigliati nelle ciocche castano-dorate.

Rimuovo i detriti, lasciandoli cadere sul tavolino accanto

alla sua barella. Detesto vederla così, piccola, fragile e ferita. Avrei dato qualsiasi cosa per poter prendere quel proiettile per lei, o meglio ancora, essermi svegliato poche ore prima, per poterle impedire di andarsene.

Allungandomi, accarezzo teneramente le mie nocche sulla sua mascella finemente sagomata. La sua pelle è morbida e calda. Incapace di trattenermi, strofino il pollice sulle sue labbra leggermente aperte. Labbra soffici, simili a quelle di una bambola, la parte superiore leggermente più piena di quella inferiore. Labbra peccaminose che potrebbero sedurre un santo —non che io lo sia o lo sia mai stato.

Allontanando la mano prima che il mio corpo possa reagire in modo inappropriato, mi dirigo verso una sedia in un angolo della stanza e rimango in attesa, finché il dottore scompare nel bagno. Le infermiere sistemano la strumentazione; non appena Chloe riprenderà conoscenza e sarà stabile, se ne andranno.

Come promesso dal medico, passano solo pochi minuti prima che Chloe si agiti, un debole suono che le sfugge dalle labbra, mentre le sue palpebre si aprono. Mi alzo subito, attraversando la stanza verso di lei.

"Ciao" mormora assonnata, sbattendo le palpebre. "Hanno già—"

"Sì, zaychik." Le prendo delicatamente la mano sinistra, facendo attenzione a non rimuovere la flebo dal braccio. Le sue dita delicate sono fredde nella mia presa, nonostante il lenzuolo la copra fino al petto. "Come ti senti? Vuoi qualcosa da bere?"

Sbatte di nuovo le palpebre, ancora chiaramente stordita, quindi premo un pulsante per sollevare la testa della sua barella in posizione semi seduta, e poi porto un bicchiere d'acqua con una cannuccia alle sue labbra. La succhia avidamente, strappandomi un sorriso.

Il dottore si dà da fare e io faccio un passo indietro, lasciando che lui e la sua squadra facciano il proprio lavoro. Le infermiere mettono il braccio destro di Chloe in un'imbracatura, mentre lui le fa alcune domande e le controlla i segnali vitali; quindi, rimuovono la flebo e tutte le apparecchiature di monitoraggio.

È ritenuta sveglia e stabile.

"Prendi queste per il dolore, se necessario" le dice il medico, posando una bottiglietta di pillole sul tavolo. "E fai attenzione a non bagnare la benda. Dovrà essere cambiata ogni ventiquattro ore." Guarda verso di me, e io annuisco.

Ho una discreta esperienza con le ferite da arma da fuoco e sarei più che felice di interpretare il ruolo dell'infermiere di Chloe. Quello di cui non sono felice sono gli antidolorifici, ma so che ne avrà bisogno.

La sua ferita non è potenzialmente letale, ma sarà comunque molto dolorosa.

"Ho capito" dico, mentre le infermiere si muovono per sollevare la ragazza, presumibilmente per trasferirla nel suo letto. Fermandole, la raccolgo con attenzione e la porto lì io stesso—compito non difficile, dato che è appena più pesante di Slava. Anche se ha mangiato come un tagliagna durante la settimana in cui è stata qui, la mia zaychik è ancora troppo magra dopo il suo mese in fuga.

Sussulta, mentre la adagio, e per me è come ricevere una pugnalata allo stomaco. Non sono mai stato così visceralmente in sintonia con un'altra persona prima d'ora, al punto che vivo il suo dolore come se fosse il mio. Se avevo qualche dubbio su quello che significava per me, è scomparso nel momento in cui ho visto la sua Toyota sparita dal garage.

Non avevo mai conosciuto tanta rabbia e terrore come

quando ho saputo che gli assassini erano nella zona—quando ho pensato che avrei potuto non trovarla in tempo.

Le mie budella si contorcono, e respingo tale pensiero, prima di essere tentato di strangolare Alina. La cosa importante ora è che Chloe sia al sicuro qui con me. Ho già detto a Pavel di rafforzare la nostra sicurezza, nel caso in cui gli assassini avessero scoperto chi aveva assunto Chloe e avessero trasmesso le informazioni al loro datore di lavoro prima che li trovassi. Ne dubito—quello che ho torturato sembrava non avere idea di chi fossi—ma non correrò rischi.

Inoltre, c'è sempre la minaccia dei Leonov. Alexei sarà ancora più incazzato ora che abbiamo sottratto il lucrativo contratto tagiko del reattore nucleare alla società Atomprom della sua famiglia.

Scacciando anche quel pensiero, mi concentro nel sostenere Chloe su un paio di cuscini e coprirla con una coperta, mentre il dottore e la sua squadra spingono la barella e tutta la loro attrezzatura fuori dalla stanza.

Un minuto dopo, siamo finalmente soli.

Mi siedo sul bordo del letto e le prendo la piccola mano. "Stai bene, zaychik?" chiedo, strofinandole il palmo gelido. "Posso portarti qualcosa? Qualcosa da bere, da mangiare? Immagino che tu debba avere fame."

Deglutisce e annuisce. "Un po' di cibo sarebbe fantastico." Ora sembra più vigile, i suoi grandi occhi castani decisamente diffidenti. La sua paura ha un effetto a doppio taglio su di me, facendomi dolere il petto anche se stimola quella parte primitiva e contorta di me che vuole inseguirla e marchiarla, reclamarla nel modo più brutale possibile.

Sopprimendo l'oscuro istinto, mi porto la sua mano alle

labbra e le bacio le nocche. "Te lo porto subito. Vuoi qualcosa per passare il tempo mentre aspetti? Un libro o—"

"Guarderò solo un po' di TV."

Sorrido e le porgo il telecomando. "Va bene. Torno subito."

Chinandomi, le do un rapido bacio sulla fronte e corro fuori dalla stanza.

3

——

CHLOE

CON IL CUORE CHE BATTE IN MODO IRREGOLARE, GUARDO LA
porta chiudersi dietro la figura alta e dalle spalle larghe di
Nikolai. La mia fronte continua a formicolare dove le sue
labbra hanno toccato la mia pelle, anche se la mia mente rivive
le urla crude e piene di agonia dell'uomo che ha torturato.

Come può uno spietato assassino agire in modo così
premuroso e tenero?

Qualcosa di tutto ciò è reale o è solo una maschera che
indossa per nascondere lo psicopatico all'interno?

In realtà, non ho fame—l'anestesia mi ha resa un po'
nauseata—ma ho bisogno di qualche minuto da sola. È
successo tutto così in fretta che non ho avuto la possibilità di
elaborare le mie domande, tantomeno di tentare di trovare
una risposta. Un momento prima, uno degli assassini di mia
madre era a cavalcioni su di me, la lussuria che brillava nei
suoi occhi piatti e scuri, e quello successivo, il cervello del suo
socio era su tutto il suolo della foresta, e Nikolai stava facendo

a fette il mio aggressore, minacciandolo di rimuovergli le budella.

Ingoiando un'ondata di nausea, metto da parte il ricordo. Per quanto brutali fossero i metodi di interrogatorio di Nikolai, hanno prodotto alcuni risultati, e con il peggio dello shock che svanisce e la mia mente che si schiarisce dalla foschia dell'anestesia, posso finalmente pensare ai risvolti di ciò che ho imparato.

Erano lì per uccidervi entrambe, mi aveva detto Nikolai in macchina, prima di chiedere se il nome Tom Bransford significasse qualcosa per me.

E la risposta è sì.

Perché ultimamente è stato su tutti i notiziari.

Con mano instabile, sollevo il telecomando e accendo la TV, sintonizzandomi su un canale di notizie.

Di sicuro stanno dibattendo sulle primarie, che Bransford sembra stia vincendo, mettendolo in testa in tutti i sondaggi.

Le mie viscere si agitano, mentre studio la sua immagine allo schermo. Se Nikolai mi sta dicendo la verità, questo è l'uomo responsabile dell'omicidio di mia madre.

Giovanile e in forma a cinquantacinque anni, il senatore della California trasuda fascino e carisma. I suoi folti capelli biondo dorato sono appena sfiorati dal grigio, i suoi occhi sono di un azzurro brillante e il sorriso è abbastanza brillante da illuminare un magazzino.

Non c'è da stupirsi che lo stiano paragonando a JFK; potrebbe essere il fratello ancora più bello del presidente morto.

Cerco segni del male sul suo viso dai lineamenti uniformi e non ne trovo. Ma perché dovrei? Per quanto sia bello Bransford, non può reggere il confronto con il fascino oscuro e magnetico di Nikolai, e so di cosa *lui* è capace. Non sono nemmeno l'unica abbagliata da Nikolai. Anche stordita dall'anestesia, non mi sono sfuggite le occhiate avide che le infermiere gli lanciavano di nascosto.

Non sono mai stata in pubblico con il mio datore di lavoro, ma immagino che le mutandine cadano dappertutto, quando cammina per strada.

Una bizzarra fitta di gelosia mi colpisce al pensiero, e mi rendo conto che mi sto distraendo dalla domanda chiave.

Perché?

Perché un importante candidato alla presidenza vorrebbe uccidere me e mia madre?

Non ha senso. Assolutamente non ce l'ha. Mamma non avrebbe potuto essere più lontana dalla politica nemmeno se avesse vissuto nella giungla amazzonica, e Dio sa che io non seguo quelle cose. Per quanto sia imbarazzante ammetterlo, non ho nemmeno votato alle ultime elezioni, essendo stata troppo impegnata con l'inizio del college e tutto il resto. Né ho mai incontrato Bransford in alcun modo; ho una buona memoria per i volti, e il suo si ricorda più di tanti altri.

Forse mamma lo aveva incontrato per caso? Al ristorante in cui lavorava, forse?

È possibile, in teoria. L'hotel di lusso a cui è annesso il ristorante è frequentato da tutti i tipi di VIP. Forse Bransford aveva soggiornato lì durante una visita a Boston, e mamma lo aveva visto fare qualcosa che non avrebbe dovuto.

Ma allora, perché avrebbe dovuto voler uccidere anche me? A meno che... aveva paura che mamma mi avesse detto tutto quello che sapeva di lui?

Santo cielo. Forse lei ha nascosto qualche tipo di prova nel suo appartamento, e lui pensa che io sappia dov'è.

Eccitata, mi metto a sedere, solo per ricadere sul mucchio di cuscini con un gemito. L'effetto dell'anestesia sta decisamente svanendo, perché quel movimento *fa male*. Molto. Mi sono sentita come se dei coltelli bollenti mi affondassero nel braccio, e il resto del mio corpo non se la cavava molto meglio.

È come se fossi stata investita da un vero camion, invece che da un assassino di quelle dimensioni.

Prima che possa riprendere fiato e rimettere a fuoco, la porta si apre ed entra Nikolai, con in mano un vassoio di piatti coperti.

Il mio cuore si lancia in uno scatto, e quel poco di respiro che ho recuperato lascia i miei polmoni.

Senza il velo dello shock che offusca i miei sensi e la distrazione del personale medico che si agita intorno a me, il suo effetto su di me è devastante, spaventosamente potente. Non ho mai conosciuto un uomo che potesse far reagire il mio corpo semplicemente entrando in una stanza. E non è solo il suo aspetto; è tutto di lui, dalla cruda intensità animale nel suo sorprendente sguardo verde ambra all'aura di potere, che indossa comodamente come uno dei suoi completi su misura.

In questo momento, è vestito in modo più casual con un paio di jeans scuri e una camicia azzurra abbottonata con le maniche arrotolate fino ai gomiti. Dev'essersi cambiato e aver fatto la doccia, mentre ero svenuta, mi rendo conto; non solo i suoi vestiti sono diversi da quelli che aveva indossato in macchina, ma la macchia sullo zigomo è sparita e i capelli corvini sono pettinati all'indietro, esponendo la netta simmetria dei suoi lineamenti sorprendenti.

Avidamente, i miei occhi tracciano il suo viso, dagli spessi tagli neri delle sue sopracciglia alla forma piena e sensuale della bocca. Per una volta, non è curvata in quel suo modo oscuro e cinico; invece, il sorriso sulle sue labbra è caldo, tinto di tenerezza inquietante.

"Ho chiesto a Pavel di scaldare alcuni avanzi e preparare una selezione di snack diversi" dice, attraversando la stanza verso di me, mentre spengo di riflesso la TV. La sua voce profonda e ruvida è come una carezza per le mie orecchie, molto più piacevole dei toni striduli del giornalista. Appoggia il vassoio sul comodino, si siede accanto a me e comincia a scoprire i piatti uno per uno. "Ho pensato che potessi avere a che fare con un po' di nausea, quindi ho anche dei toast semplici qui."

Wow. Potrebbe essere più premuroso? Se non l'avessi visto uccidere e torturare con i miei occhi, non lo avrei mai creduto capace di una tale crudeltà—anche con quell'atmosfera oscura e pericolosa che continuavo a ricevere da lui.

"Grazie" mormoro, cercando di non pensare alle sue mani che brandiscono la lama che ha squarciato un uomo, mentre allunga il vassoio verso di me, lasciandomi scegliere quello che voglio. C'è di tutto, dalla frutta tagliata ai blintz ripieni, ai salumi e ai formaggi vari, ma *sono* ancora nauseata, soprattutto con le immagini raccapriccianti che si rifiutano di lasciare la mia mente, quindi prendo solo il pane tostato e una manciata di uva.

Mi guarda mangiare con un mezzo sorriso di approvazione, e cerco di non pensare a quanto mi faccia sentire calda quel sorriso—e non solo in senso sessuale. È un'illusione, questa sensazione di sicurezza e conforto che mi dà, un residuo di quando pensavo fosse un brav'uomo, che aveva solo problemi a connettersi con il suo giovane figlio.

Stavo cominciando a innamorarmi di quell'uomo.

No. Sto mentendo a me stessa. Mi *sono* innamorata di lui, tanto che nonostante le terrificanti rivelazioni di Alina che mi riecheggiavano nelle orecchie, avevo girato la mia macchina e stavo tornando qui, quando gli assassini mi hanno teso un'imboscata.

Sua sorella mi aveva detto che era un mostro, e io non le ho creduto. Non volevo crederle.

Non le credo ancora.

"Dov'è Slava? Come sta?" chiedo, scegliendo l'argomento più innocuo a cui riesca a pensare. Ci sono così tante cose di cui dobbiamo discutere, dalle motivazioni di Bransford al fatto che io sia o meno una prigioniera qui, ma non sono ancora pronta per affrontare tutto questo.

Quest'ultima domanda, in particolare, è troppo inquietante per essere posta al momento.

"È appena tornato da una passeggiata con Lyudmila" risponde. "Alina glielo ha fatto portare via prima del nostro arrivo."

"Ah, bene." Ero preoccupata che il bambino potesse averci visti dalla sua finestra. "Che cosa gli dirai di... sai?" Indico la mia imbracatura con la mano sinistra.

"Diremo solo che sei caduta su un ramo." La sua mascella si irrigidisce. "Preferirei che non sapesse che l'hai abbandonato."

"Non ho—" Mi fermo, perché l'ho fatto. Stavo tornando, ma Nikolai non lo sa. Né ho intenzione di dirglielo.

Non voglio che sappia con quanta facilità mi ha ingannata, come anche adesso una parte di me si rifiuta di credere che sia un assassino spietato come gli uomini che hanno ucciso mia madre.

I suoi occhi da tigre si restringono per lo sguardo indagatore. "Non hai fatto cosa?"

"Niente." La parola esce rapidamente in modo poco

convincente. Mi affretto a coprirla. "Volevo solo dire che non l'ho abbandonato."

È come se una nube temporalesca passasse sul viso di Nikolai, bloccando ogni luce e calore. Il suo sguardo si rabbuia, i suoi magnifici lineamenti assumono una durezza simile a una statua. "Giusto. Hai abbandonato *me*. Per quello che ti ha detto Alina."

Deglutisco a fatica. Non sono sicura di essere pronta nemmeno per quell'argomento, ma sembra che non abbia scelta. Ignorando il dolore lancinante al braccio, mi spingo in una posizione più eretta. "Ha mentito?" La mia voce vacilla leggermente. "Ha inventato tutto?"

Mi fissa, il silenzio che si protrae per lunghi e penosi secondi. "No" dice alla fine. "Non l'ha fatto."

Qualcosa dentro di me appassisce. Fino a quel momento avevo ancora sperato che sua sorella si fosse sbagliata, che, nonostante quello che gli avevo visto fare ai due assassini, non fosse colpevole dell'orrendo crimine del parricidio. Ma ora non c'è spazio per i dubbi.

Per sua stessa ammissione, l'uomo di fronte a me ha ucciso suo padre.

"Che cos'è successo? Perché—" La mia voce si incrina. "Perché l'hai fatto?"

Non risponde per un altro lungo momento snervante. Il suo viso è quello di uno sconosciuto, oscuro e chiuso. "Perché se lo meritava." Le sue parole cadono come un martello, pesanti e brutali. "Perché era un Molotov. Come me."

Inumidisco le mie labbra secche. "Non capisco." Il mio cuore batte contro la cassa toracica, ogni battito che riecheggia nelle mie orecchie. Una parte di me vuole soffocarlo e scappare urlando, mentre l'altra, infinitamente più sciocca, desidera ardentemente curvare il mio palmo sulla linea dura e intransigente della sua mascella, offrendo conforto con il mio tocco.

Perché nascosto sotto quella facciata dura e priva di emozioni c'è il dolore.

Ci dev'essere.

Apre la bocca per rispondere, quando qualcuno bussa alla porta. Il suono è basso, incerto, ma uccide quell'attimo come se fosse uno sparo.

Balzando in piedi, Nikolai si avvicina alla porta per aprirla.

"Konstantin è al telefono" dice Alina dalla porta. "La sua squadra ha trovato qualcosa."

4

CHLOE

Il mio stomaco è annodato, quando Nikolai ritorna, il pane tostato che ho mangiato indurito come una roccia. So che Konstantin è suo fratello maggiore, il genio tecnologico della famiglia, e ho il forte sospetto che il "qualcosa" che il suo team ha trovato si riferisca alla mia situazione.

Ora che ho avuto la possibilità di pensarci, Konstantin è probabilmente il modo in cui Nikolai aveva saputo tutte quelle cose su di me fin dall'inizio—come il fatto che non avessi pubblicato sui miei social media altamente privati durante il mio mese in fuga. Ed è anche il modo in cui Nikolai ha avuto accesso agli archivi della polizia e ha scoperto che erano stati modificati per far sembrare l'omicidio di mia madre ancora più simile a un suicidio.

Konstantin e il suo team devono essere le "risorse" menzionate da Nikolai durante il viaggio in macchina, il vantaggio che ha su Bransford.

Di sicuro il volto di Nikolai è cupo, mentre si siede sul

bordo del mio letto e stringe la mia mano sinistra nel suo forte palmo. Il suo tocco mi riscalda e mi fa venire i brividi. "Chloe, zaychik..." Il suo tono gentile è preoccupante. "C'è qualcosa che dovresti sapere."

Il mio cuore, che già mi galoppava nel petto, fa un salto mortale all'indietro. Il suo sguardo non è più quello di un estraneo; invece, scorgo compassione nei suoi occhi dorati da tigre.

Qualunque cosa stia per dire è orribile, posso capirlo.

"Quanto sai sulle circostanze del tuo concepimento?" chiede con lo stesso tono gentile. "Tua madre ne ha mai parlato?"

È come se un vento gelido mi spazzasse le viscere, congelando ogni cellula lungo il percorso. "Il mio concepimento?" La mia voce sembra provenire da un'altra parte della stanza, da un'altra persona.

Non può intendere quello che penso stia dicendo. Non è possibile che Bransford sia—

"Ventiquattro anni fa, tua madre viveva in California" dice piano Nikolai. "A San Diego."

Annuisco automaticamente. Mamma mi aveva detto questo. In effetti, aveva vissuto in tutta la California meridionale. Dopo che la coppia missionaria che l'aveva adottata dalla Cambogia era rimasta uccisa in un incidente d'auto, era passata da una famiglia affidataria all'altra, fino a quando si era emancipata a diciassette anni—lo stesso anno in cui aveva dato alla luce me.

"Non era l'unica che all'epoca viveva a San Diego" continua. "La stessa cosa faceva un certo brillante giovane politico alla cui campagna locale lei si era offerta volontaria per ottenere un credito extra per il suo corso di storia americana."

Il vento gelido dentro di me si trasforma in una tempesta invernale. "Bransford." La mia voce è appena un sussurro, ma

Nikolai la sente e annuisce, stringendomi delicatamente la mano.

"Il solo e l'unico."

Lo fisso, ribollendo simultaneamente di emozioni e stordimento. "Che cosa intendi dire?"

"Tua madre ha tentato il suicidio, quando aveva sedici anni. Lo sapevi?"

La mia testa annuisce d'accordo. Quando ero piccola, mamma indossava sempre braccialetti intorno ai polsi, anche a casa, anche mentre cucinava, puliva e mi faceva il bagno. Fu solo quando avevo quasi dieci anni che entrai mentre si stava cambiando e scoprii le deboli linee bianche sui suoi polsi. Allora, mi fece sedere e mi spiegò che quando era un'adolescente, aveva attraversato un periodo difficile, che era culminato nel tentativo di togliersi la vita.

"Disse che era stato un errore." La mia gola è così stretta che ogni parola la graffia, mentre ne esce. "Mi disse che era contenta di aver fallito, perché poco dopo seppe di essere incinta. Di me."

I suoi occhi diventano opachi. "Capisco."

Capisce? Che cosa capisce? Improvvisamente infuriata, tiro via la mano dalla sua presa e mi siedo completamente, ignorando l'ondata di vertigini e dolore che accompagna il movimento. "Che cosa stai cercando di dirmi esattamente? Che cosa ha a che fare il suo tentativo di suicidio con Bransford? Anche quella volta ha cercato di ucciderla? È questo il suo fottuto modus operandi?"

"No, zaychik." Lo sguardo di Nikolai si riempie di nuovo di quella sconcertante compassione. "Temo che quel tentativo non sia stato organizzato. Ma c'è motivo di credere che Bransford *fosse* responsabile. Secondo i documenti dell'ospedale che la squadra di mio fratello ha riesumato, tua madre era stata al pronto soccorso due volte quell'anno: una per il tentativo di suicidio, e due mesi prima come vittima di stupro."

Vittima di stupro? Lo fisso, macchie nere che punteggiano i bordi del mio campo visivo. "Stai dicendo che Bransford l'ha violentata?"

"Non ha mai presentato accuse né nominato il suo aggressore, quindi non possiamo saperlo con certezza, ma la sua prima visita al pronto soccorso è coincisa con l'ultimo giorno del suo volontariato alla campagna. Non è più tornata dopo—e nove mesi dopo, ha dato alla luce una bambina. Te."

I punti neri si moltiplicano, occupando una parte maggiore del mio campo visivo. "No. No, non è... No." Barcollo, mentre la stanza si offusca dinnanzi ai miei occhi.

Le braccia forti di Nikolai sono già intorno a me. "Ecco, appoggiati." Vengo ricondotta sul mucchio di cuscini. "Fai qualche respiro profondo." Il suo palmo caldo mi allontana i capelli dalla fronte umida. "Ecco, proprio così" mormora, mentre cerco di obbedire, trascinando respiri superficiali nei miei polmoni innaturalmente rigidi. "Va tutto bene, zaychik. Respira e basta..."

Le vertigini migliorano, lentamente ma inesorabilmente, e quando Nikolai si ritira, il mio cervello funziona di nuovo e inizia a elaborare ciò che mi ha detto.

Mamma era stata violentata.

Nove mesi dopo, sono nata io.

Voglio vomitare.

Voglio strofinare la mia pelle e far bollire il mio DNA con la candeggina.

"Lei non..." La mia voce vacilla. "Non ha mai parlato di mio padre. Neanche una volta. E ho chiesto, ripetutamente."

Nikolai annuisce, guardandomi con la stessa inquietante compassione.

Le parole continuano a uscire dalla mia bocca, come l'acqua che fuoriesce da un tubo difettoso. "Mi ha detto che era stato un momento difficile della sua vita. Aveva abbandonato il liceo. Aveva ottenuto un lavoro come cameriera e aveva fatto domanda per l'emancipazione legale, a causa della gravidanza e tutto il resto."

Annuisce di nuovo, permettendomi di arrivarci da sola—e lo faccio. Perché per la prima volta così tante informazioni su mia madre hanno un senso. Mi aveva sempre lasciata perplessa il modo in cui fosse rimasta incinta perché, per quanto ne sapevo, era l'esatto contrario di un'adolescente selvaggia. Sebbene mamma parlasse raramente di se stessa, avevo raccolto abbastanza informazioni da sapere che era stata una studentessa modello prima di abbandonare gli studi, troppo tranquilla e introversa per andare alle feste e flirtare con i ragazzi. Né aveva mostrato alcun interesse a frequentare ragazzi da adulta; non si era mai portata a casa un solo ragazzo, non mi aveva mai lasciata con una babysitter per uscire e divertirsi. Da piccola, pensavo che fosse normale, ma quando sono diventata più grande, ho capito quanto fosse strano per una bellissima giovane donna chiudersi in quel modo.

Era come se avesse fatto voto di castità... *o non si fosse mai ripresa dal trauma dello stupro.*

"Pensi..." Deglutisco la bile acida nella mia gola. "Pensi che lui lo sapesse? Della sua gravidanza? Di... me?"

Ho sempre pensato che mio padre si fosse semplicemente allontanato dalla responsabilità, anche se mamma non l'aveva mai detto apertamente, ma solo sottinteso. Ho pensato che fosse stato lui stesso un adolescente, qualcuno che semplicemente non era pronto per essere un genitore. Ma questo—questo cambia tutto. Forse mamma non gli aveva nemmeno detto della mia esistenza. Perché avrebbe dovuto farlo, se l'aveva violentata?

Tranne che... ora deve saperlo.

Perché l'ha uccisa e ha cercato di fare lo stesso con me.

Oh, Dio.

Trattengo a malapena un'ondata di vomito.

Mio padre biologico non è solo uno stupratore—è un assassino.

Nikolai mi prende di nuovo la mano nella sua, il suo tocco incredibilmente caldo sulla mia pelle gelida. "Penso che lo sapesse" dice, facendo eco ai miei pensieri. "Forse non dall'inizio, ma più tardi, di sicuro."

"Perché ha cercato di ucciderci."

"Sì—e per via della borsa di studio che hai ottenuto."

Sbatto le palpebre, non comprendendo all'inizio. Poi, le sue parole filtrano. "Vuoi dire che... *lui* ha pagato per il mio college?"

"Konstantin sta tracciando la fonte esatta di quei fondi, ma sono quasi certo di quello che scoprirà." Gli occhi di Nikolai sono cupi sul mio viso. "Era una borsa di studio privata, zaychik, destinata a un solo beneficiario: tu. Ricordi come mi hai detto che la tua amica ha fatto domanda e non l'ha ottenuta, nonostante fosse ancora più qualificata di te? Questo perché non era stata pensata per lei. Quei soldi erano tuoi da sempre."

Fanculo. Ha ragione. La mia amica Tanisha era stata la nostra diplomata modello della classe con punteggi SAT perfetti, ma non aveva ottenuto questa borsa di studio completa al Middlebury—io sì. Ho anche detto a Nikolai quanto fosse strano. Tranne...

"Non capisco. Perché l'avrebbe fatto? Perché avrebbe pagato

per la mia istruzione, se odiava me e mia madre? Se aveva... pianificato di ucciderci?" Riesco a malapena a pronunciare le ultime parole.

Mi stringe la mano. "Non lo so per certo, ma ho una teoria. Penso che tua madre lo abbia contattato a un certo punto e gli abbia parlato di te. E penso che lo abbia minacciato. Probabilmente qualcosa del genere "se non garantisci i fondi per l'istruzione di nostra figlia, renderò pubblica la mia storia."

"Pensi che l'abbia ricattato?"

Al cenno con la testa di Nikolai, affondo ancora di più nei cuscini, scuotendo il capo. "No. No, ti sbagli. Mamma non l'avrebbe fatto. Non è—non era..." Con mia vergogna, i miei occhi si inondano di lacrime, la gola si chiude, mentre un dolore schiacciante mi prende alla sprovvista.

"Una criminale? Una ricattatrice?" La voce profonda di Nikolai è gentile, mentre il suo pollice mi massaggia il palmo in cerchi rilassanti. Con tatto, aspetta che io riprenda il controllo, poi dice a bassa voce: "Devi ricordarti, zaychik, che lei era prima di tutto una madre. Una madre single che lavorava come cameriera, i cui guadagni non avrebbero potuto coprire nemmeno una frazione dei costi esorbitanti dell'istruzione universitaria in questo Paese. Che cosa avresti fatto *tu* per garantire il futuro di tuo figlio?"

Avrei fatto tutto quello che dovevo—e molto probabilmente, era stato lo stesso per mamma.

"Se è vero, perché ha aspettato?" chiedo disperata. Una parte infantile di me spera ancora che questo sia tutto un enorme malinteso, che mio padre biologico non sia un totale mostro. "Perché pagare per tutti e quattro gli anni della mia scuola e poi cercare di ucciderci? Se lui aveva già speso i soldi—"

"Non si trattava dei soldi. È abbastanza ricco da poter

pagare per dieci figlie illegittime." Il suo tono si indurisce. "Riguarda la sua carriera. La sua corsa alla presidenza."

Ovviamente. La posta in gioco è infinitamente più alta ora, e mentre alcuni politici prosperano sugli scandali, Bransford è un'icona tutta americana della morale e dei valori della classe media, con una reputazione perfettamente pulita, che non sopravvivrebbe a questo tipo di colpi.

Tuttavia, supponendo che tutto ciò sia vero, c'è qualcosa che non ha completamente senso. Posso capire come mamma fosse una minaccia per lui, dal momento che poteva rendere pubblica la sua storia in qualsiasi momento. Ma perché provare ad uccidere me?

Quanto devi essere malvagio per mandare degli assassini a cercare tua figlia? Soprattutto se lei non sa niente di te?

Poi, all'improvviso, mi viene in mente la risposta.

"Sono la prova vivente del suo crimine, non è vero?" dico, fissando Nikolai. "Un solo test del DNA, e lui è finito. Anche se cercasse di affermare che era consensuale, mamma era ancora minorenne al momento del mio concepimento. Lei sedicenne e lui più che trentenne."

Nikolai annuisce. "Perlomeno, è colpevole di abuso di minore. È il raro caso in cui non è la sua parola contro quella della donna. Non importa come cerchi di metterla, quello che ha fatto è un reato."

"E probabilmente non sa che mamma non mi ha mai parlato di lui. Per quanto lo riguarda, posso saltare fuori in qualsiasi momento, sostenendo pubblicamente che è mio padre."

"Temo di sì, zaychik." Inclina la testa, studiandomi attentamente. "Stai bene?"

Comincio ad annuire automaticamente, poi scuoto la testa.

"No. Non sto bene. Ho bisogno di un minuto." O diecimila minuti. O il resto della mia vita.

Mio padre biologico è uno stupratore e un assassino, che sta cercando di uccidermi.

Non so nemmeno come iniziare a elaborarlo.

Con lo sguardo pieno di comprensione, Nikolai mi stringe di nuovo la mano, poi curva il palmo sulla mia mascella e si china in avanti, accarezzandomi la guancia con la punta del pollice. "Ti lascerò riposare, zaychik" mormora, il suo respiro caldo e sottilmente dolce sulle mie labbra. "Parleremo di più quando ti sentirai meglio."

Annullando la piccola distanza tra noi, mi bacia. Le sue labbra sono delicate sulle mie, tenere, eppure posso percepire l'affamata possessività sotto il freno. Mi terrorizza quasi quanto la risposta istintiva del mio corpo.

Potrei sfuggire a Bransford con il suo aiuto, ma non ci sarà modo di sottrarmi a *lui*.

Non c'è scampo dal diavolo.

5

NIKOLAI

Chiudendo la porta alle mie spalle, prendo nota mentalmente di installare alcune telecamere nella camera di Chloe, come ho fatto in quella di Slava. Non perché mi senta obbligato a guardarla in ogni momento del giorno—anche se quel bisogno c'è sicuramente—ma perché sono preoccupato per lei.

Ho avuto tutta la mia vita per fare i conti con la mia eredità incasinata, e ci sono giorni in cui sono ancora tentato di tagliarmi la gola. Oppure sottopormi a una vasectomia, in modo che l'errore che ho commesso quella notte con Ksenia non possa mai più accadere. Non avevo nemmeno idea che il preservativo fosse difettoso, ma avrei dovuto saperlo.

Questa è l'unica spiegazione che giustifica l'esistenza di mio figlio.

Avevo intenzione di andare nel mio ufficio, ma i piedi mi portano invece nella sua stanza, spinto dalla stessa compulsione che sto provando con Chloe.

Papà, mi ha chiamato ieri sera, quando sono tornato a casa. Ero stato troppo distratto da tutto ciò che riguardava Chloe per rifletterci completamente, ma ora non posso fare a meno di pensare a quella parola e al modo in cui il mio torace si era riempito di uno strano, dolcissimo dolore. Ed è tutto grazie a lei.

Chloe Emmons non aveva solo intuito il mio desiderio più profondo e più segreto riguardo a mio figlio; l'aveva realizzato.

Senza fare rumore, apro la porta della camera di Slava ed entro. Come al solito, è sul pavimento, e sta lavorando diligentemente sul suo castello LEGO. Lyudmila una volta mi ha detto che mio figlio ha una capacità di attenzione notevole per un bambino che non ha ancora cinque anni, e suppongo che debba essere vero. Da quello che posso ricordare di mio fratello minore, Valery, a questa età, correva sempre e si cacciava nei guai. Slava, invece, è tranquillo e concentrato, molto più com'era Konstantin da bambino. Mi chiedo se Slava abbia ereditato anche l'attitudine di mio fratello maggiore per la matematica e la programmazione. Probabilmente dovrei avvicinarlo a questi argomenti per scoprirlo.

Al mio ingresso, i suoi occhi—i miei in miniatura—si spostano sul mio viso, lo sguardo in parti uguali interrogativo e diffidente. Il mio petto si stringe per il solito fastidio, ma ignoro l'impulso di indietreggiare, allontanandomi da quella sensazione inquietante. Invece, mi accovaccio di fronte a mio figlio, rivolgendo tutta la mia attenzione alla sua creazione LEGO, come ho visto fare a Chloe.

"È un castello molto bello" dico in russo, studiando i mattoncini accuratamente assemblati davanti a me. Sebbene le competenze in inglese di Slava stiano rapidamente migliorando sotto la tutela di Chloe, è tutt'altro che fluente nella lingua del nostro Paese di adozione. "Hai impiegato molto tempo per costruirlo?"

Sbatte le palpebre per un paio di istanti, prima che un timido sorriso sbocci sul suo viso. "Ti piace?"

"Sì." Dico sul serio. Il castello mostra un'ammirevole simmetria e complessità, soprattutto per il fatto di esse stato assemblato da mani così piccole. Anche se matematica e computer si rivelassero non essere i punti di forza di Slava, potrebbe avere un futuro nell'architettura e nella progettazione strutturale.

Questo, se non prende da me e Valery—e da ogni altro Molotov prima di noi.

Il mio umore si incupisce, ma mi costringo a mantenere un'espressione calma e curiosa, mentre gli chiedo ancora in quanto tempo ha costruito il castello.

"Ci ho lavorato la mattina e di nuovo dopo essere tornato dal bosco" dice, visibilmente più a suo agio con me ora. Non è ancora neanche lontanamente loquace e vivace quanto lo è con Chloe, ma considero questo un progresso. Prima, rispondeva alla maggior parte delle mie domande con solo una parola o due, o restava completamente in silenzio.

Per i minuti successivi, mi mostra tutti i dettagli del castello —ci sono torrette e torri e grandi finestre, queste ultime simili a quelle di casa nostra—e poi chiede timidamente dov'è Chloe e perché non l'ha vista tutto il giorno.

"Sta riposando" gli dico. "Un ramo le ha ferito il braccio, quindi abbiamo dovuto chiedere a dei medici di venire qui per curarlo. Ora sta meglio, ma rimarrà a letto per un paio di giorni, mentre guarisce."

Ascoltando le mie parole, i suoi occhi si spalancano per la preoccupazione. "Chloe è ferita?"

"Solo un po'. Presto starà meglio."

Sembra ancora preoccupato. "Non morirà, come mamma?"

È come se un frammento di vetro mi attraversasse il petto. "No, Slavochka. Non lascerò che accada." Alina mi ha detto che di tanto in tanto le chiede di Ksenia, ma questa è la prima volta che lo sento parlare di sua madre—e non lo sopporto.

La odio per averlo nascosto da me in tutti questi anni, e odio ancora di più che si sia fatta ammazzare in un incidente d'auto, lasciandolo con la sua ignobile famiglia.

Alle mie parole, Slava si illumina. "Chloe può restare con noi per sempre?"

Questa è una domanda a cui sono felice di rispondere. "Sì." Guardo mio figlio dritto in faccia. "Può, e lo farà."

Nessuna forza sulla Terra è abbastanza potente da portarmi via Chloe ora che l'ho riavuta. Farò tutto il necessario per tenerla—sia per Slava che per me.

***

Sta dormendo, quando mi fermo davanti alla sua stanza, mentre vado in ufficio, quindi la lascio riposare. Questo è ciò di cui ha bisogno ora. Le sue ferite fisiche guariranno nel giro di poche settimane, ma quelle emotive sono una questione diversa. Avevo pensato di non dirle quello che Konstantin ha scoperto su Bransford e il suo rapporto con la madre, ma ho deciso che era importante che lei lo sapesse—che comprendesse fino in fondo il pericolo in cui si trova.

Non le ho detto tutto, però, come il fatto che sua madre da adolescente si sia tagliata i polsi *dopo* aver saputo di essere incinta. O che dopo quel tentativo fallito di suicidio, ha fatto visita due volte a una clinica per aborti, solo per tirarsi indietro entrambe le volte. Niente di tutto questo è importante. Ciò che conta è che dopo la nascita di Chloe, Marianna è stata in grado di superare il suo trauma e diventare la madre premurosa che la ragazza aveva conosciuto e amato.

La prima cosa che faccio quando entro nel mio ufficio è chiamare Pavel e dirgli di venire. La seconda è la videochiamata con Valery.

"Ho bisogno che tu mandi qui una dozzina dei tuoi migliori uomini" dico a mio fratello minore, invece di salutarlo. "Ne ho bisogno subito."

"Sarò fatto" risponde freddamente e privo di emozioni come sempre. Konstantin deve averlo già informato sulla mia situazione. "Qualcos'altro? Armi? Esplosivi?"

"Sì. Tutto." Ho già una grande scorta qui al complesso, ma averne in più non farà male. "Invia anche alcuni prodotti farmaceutici."

"D'accordo."

Riattacca proprio mentre qualcuno bussa alla mia porta.

Mi avvicino per far entrare Pavel.

Gli occhi color canna di fucile del mio braccio destro non sbattono le palpebre. "Guerra?"

"Guerra" confermo cupo.

Non aspetterò che Bransford mandi altri assassini a cercare Chloe.

Ora che sappiamo chi è il suo nemico, combatteremo contro di lui.

6

CHLOE

I MIEI OCCHI SI SPALANCANO, MENTRE MI SVEGLIO CON UN sussulto, il cuore che batte all'impazzata e il mio camice da ospedale intriso di sudore. Solo il dolore lancinante al braccio e quello paralizzante in tutto il corpo mi impediscono di sedermi istintivamente. Invece, mi costringo a restare immobile e ad ammirare la vista mozzafiato del sole che tramonta dietro le cime delle montagne lontane fuori dalla mia finestra a parete.

Lentamente, comincio a calmarmi.

Un incubo.

Solo un altro incubo.

A differenza dei sogni vividi, in stile film dell'orrore che mi hanno tormentata dalla morte di mamma, questo era più un miscuglio di immagini e impressioni. Il frastuono di una pallottola oltre il mio orecchio, i rami che mi colpiscono in faccia mentre corro attraverso i boschi per sfuggire a una specie di creatura bestiale, un grosso peso che mi butta giù—non ci vuole una laurea in psicologia per sapere che la mia mente stava rivivendo il mio incontro con gli assassini nel tentativo di affrontare il terrore persistente.

Un leggero colpo alla porta mi distrae dalla splendida vista. Prima che io possa dire qualcosa, la porta si spalanca ed entra Nikolai, un caldo sorriso che incurva le sue labbra sensuali, vedendomi sveglia.

Il mio battito cardiaco riprende ad accelerare, ma con un'emozione molto più complessa della paura. Si è cambiato ancora, e questa volta indossa uno dei completi perfettamente su misura che predilige all'ora di cena. Una camicia bianca fresca e una cravatta nera sottile completano l'abbigliamento formale, esaltando la sua bellezza maschile in un modo che dovrebbe essere illegale—non che gli importi di qualcosa di così banale come la legalità.

Dato quello che gli ho visto fare, il mio rapitore non è esattamente un grande amante del diritto.

Almeno, sospetto che sia il mio rapitore. Abbiamo ancora bisogno di *quella* conversazione.

"Come ti senti?" mi chiede piano, fermandosi accanto al mio letto. Prima che io possa rispondere, mi tocca la fronte con il dorso della mano e aggrotta le sopracciglia, poi tira fuori un termometro dalla tasca interna della giacca.

Uh. Credo di sentirmi un po' di febbre.

"Apri" chiede, portando il termometro alle mie labbra, e io obbedisco, sentendomi incongruamente come una bambina, mentre me lo infila in bocca e mi ordina di tenerlo. Pochi secondi dopo, il termometro emette un segnale acustico, e lui guarda il piccolo schermo sul lato.

"Trentasette e tre" dice, sollevato, mentre rimette il dispositivo in tasca e si siede sul bordo del letto. "Il dottore ha avvertito che avresti potuto avere una lieve febbre, prima che gli antibiotici entrassero in azione."

"Veramente? È una cosa tipica? Non mi hanno mai sparato prima."

I suoi denti bianchi lampeggiano in un sorriso abbagliante. "Lo è—lo so per esperienza personale."

Il mio cuore ribelle riprende ad accelerare, e la mia pelle si scalda in un modo che non ha nulla a che fare con la febbre bassa. "Fantastico. Immagino che ognuno di noi abbia le sue storie di guerra adesso."

"Immagino di sì." Il suo sorriso svanisce. "Come ti senti, a parte la febbre?"

"Come se qualcuno mi avesse usata come una pallina da tennis in una partita con Serena Williams" rispondo senza pensarci, solo per pentirmene, mentre la sua espressione si oscura, la mascella che diventa pericolosamente tesa.

"Quei figli di puttana. Se solo fossi arrivato prima..." Le sue dita si flettono minacciosamente sulla coscia.

"No, non farlo." Istintivamente, mi allungo per coprire la sua mano con la mia. "Se non fosse stato per te, non sarei—" Deglutisco, le immagini confuse dell'incubo che invadono la mia mente. "Non ce l'avrei fatta."

Ed è vero al cento per cento. Non ho avuto la possibilità di pensarci davvero, ma se non fosse venuto a cercarmi, se non avesse usato le sue spaventose "risorse" per rintracciarmi così velocemente come ha fatto, sarei già tre metri sotto terra, dopo aver subito uno stupro brutale.

Nikolai mi ha salvata.

Per quanto siano terrificanti i suoi metodi, mi ha salvato la vita.

Il suo sguardo si posa sulla mia mano per un secondo, e la

sua espressione cambia di nuovo, la minaccia nei suoi occhi da tigre che lascia il posto a un calore oscuro, che sembra infinitamente più pericoloso. "Zaychik..." La sua voce diventa più morbida, più profonda. "Io—"

"Quindi, grazie" borbotto, tirando indietro la mano. Salvatore o no, non posso lasciarmi cadere di nuovo sotto il suo incantesimo, non posso dimenticare quello che è e quello che ha fatto. "Mi dispiace non averlo detto prima, ma sono così, così grata. So che ti devo la mia vita e altro ancora. Non dovevi venire a cercarmi, ma l'hai fatto, e lo apprezzo enormemente. Se tu non fossi stato lì, io—"

Mi preme due dita sulle labbra, interrompendo il mio divagare. "Non devi ringraziarmi." Si china su di me, appoggiando un palmo sul cuscino accanto a me e incurvando l'altro sulla mia guancia. Il suo sguardo è cupamente intento, il suo tono grave. "Ti proteggerò sempre, zaychik. Sempre."

Lo fisso, il mio petto gonfio per un contraddittorio mix di emozioni. Sollievo e preoccupazione, gratitudine e paura, gioia e dolore—è come un pendolo dentro di me, che oscilla avanti e indietro tra i due estremi, le due versioni di Nikolai che coesistono nella mia mente.

Quello prima della storia di Alina e quello dopo.

L'amante premuroso e il brutale assassino.

Quale di loro è reale?

Con sforzo, limito i miei pensieri vorticosi e sbatto le palpebre per spezzare l'attrazione ipnotica di quello sguardo dorato. La cosa più importante in questo momento è capire a che punto siamo.

"Non devi proteggermi" dico, iniettando il mio tono con una sicurezza che non provo nemmeno lontanamente. "Gli assassini di mamma sono morti, e anche se Bransford ne manda altri, non c'è alcuna garanzia che mi troveranno. Posso semplicemente lasciare il Paese, sparire e—"

"No." La parola è carica di aspra finalità, mentre si raddrizza e tira indietro la mano. Il suo bel viso ha linee dure e intransigenti. "Non andrai da nessuna parte."

"Ma sei in pericolo con me qui. La tua famiglia è in pericolo."

Ho già discusso questo argomento in passato, ed è inefficace ora come lo era allora. L'espressione di Nikolai si indurisce ulteriormente, un'intensità selvaggia entra nel suo sguardo. "Non te ne andrai. Le guardie ti fermeranno, se ci provi."

Quindi, è vero. Non ho interpretato male il suo rifiuto di lasciarmi scendere dalla macchina. *Sono* sua prigioniera.

La consapevolezza mi riempie di paura e sollievo in parti uguali. Adesso è allo scoperto; abbiamo finito di fingere. Ovviamente non mi lascerà andare. Conosco il terribile segreto della sua famiglia. L'ho visto uccidere con i miei occhi. I crimini che ha commesso porterebbero un uomo normale su una sedia elettrica, ma Nikolai Molotov è troppo ricco, troppo potente e, cosa più importante, troppo spietato per dover mai pagare per quello che ha fatto.

Qualunque fossero le sue intenzioni nei miei confronti prima delle rivelazioni di Alina, c'è solo una cosa che può fare ora.

Trattenermi. Tenermi dove non potrò mai rivelare ciò che so.

Almeno, spero che sia l'unica linea di condotta che sta prendendo in considerazione. Perché ci sarebbe un modo molto più efficiente per garantire il mio silenzio, quello che sembra aver scelto mio padre biologico.

Ma no. Potrebbe essere ingenuo da parte mia, ma non riesco a credere che Nikolai mi ucciderebbe. Non con la connessione potente ed emotivamente carica che sfrigola tra di noi. Non quando si è dato tanto da fare per salvarmi la vita.

E questo è il punto, mi rendo conto, fissando la sua espressione implacabile. Ecco perché, in un modo contorto, è un sollievo sapere che non posso andarmene. Dovrei voler andarmene. Dovrei voler scappare il più lontano possibile da quest'uomo pericoloso e dalla fissazione che sembra avere con me. Ma non voglio. Non in fondo, dove conta—e non è solo a causa della stupida cotta che ho sviluppato per lui.

La verità è che non sono coraggiosa e forte. L'ho imparato oggi, quando mi sono trovata faccia a faccia con la morte, quando ho sentito il proiettile squarciarmi la carne e ho guardato negli occhi vuoti dell'assassino. Mi ero già avvicinata alla morte—la volta in cui mi ero nascosta nell'armadio di mamma dopo aver trovato il suo corpo, la notte in cui mi ero svegliata con i rumori graffianti alla porta del mio Airbnb, il paio di volte in cui gli assassini mi avevano quasi investita con il loro camioncino e la volta in cui mi avevano sparato a Boise— ma non avevo mai provato un terrore così prolungato e nauseabondo come quando guidavo la mia sgangherata Toyota su quella strada sterrata piena di buche con i proiettili che mi sibilavano dietro le orecchie.

Non voglio morire. Non sono neanche lontanamente pronta a morire—e so che per quanto Nikolai sia un assassino spietato, non mi vuole morta. Il contrario, in realtà.

Promette di proteggermi.

Di tenermi prigioniera e proteggermi.

Deglutisco per inumidire la gola secca. "Per favore, posso bere un sorso d'acqua? Ho sete."

L'espressione feroce sul viso di Nikolai si attenua. "Certo, zaychik. E devi avere anche fame. Ti preparo la cena tra un momento." Chinandosi su di me, sistema i cuscini in un morbido appoggio, e delicatamente mi posiziona contro di essi.

Il mio respiro si ferma alla sua vicinanza, anche se il mio braccio pulsa più forte al movimento, rendendomi felice di non essermi spostata da sola.

Devo comunque fare una smorfia, perché mi liscia i capelli sul viso, con aria preoccupata. "Vuoi un antidolorifico?" mi chiede, e io scuoto la testa, mentre mi porta alle labbra un bicchiere d'acqua con una cannuccia.

Il dolore non è insopportabile, e per ora voglio mantenere la lucidità.

Trangugio l'intero bicchiere e, quando finisco, mi rendo conto di un altro bisogno urgente. "Ehm..." La mia faccia brucia, mentre mi sforzo di mettermi a sedere, ignorando il picco di dolore che accompagna il movimento. "Ho davvero bisogno di..."

"Del bagno? Certamente." Mi prende e mi porta nel bagno adiacente, dove mi mette con cura in piedi davanti al water. "Ti serve aiuto?"

"Ce la faccio, grazie." Avrei potuto camminare fin qui anche da sola, o almeno zoppicare, ma probabilmente è meglio che io riposi la mia caviglia infortunata. Inoltre, una parte di me debole e bisognosa si sta godendo le sue tenere premure, beandosi della sua vicinanza, della sua forza, della sua ovvia preoccupazione per me.

Non può essere uno psicopatico completo, se si prende cura di me in questo modo, vero?

"Va bene" dice, anche se il suo sguardo è ancora carico di preoccupazione. "Non chiudere a chiave la porta e chiamami se hai bisogno di qualcosa, okay?"

Al mio mormorato accordo, mi dà un leggero bacio sulla fronte ed esce, chiudendo la porta dietro di sé.

Mi occupo dei miei bisogni il più rapidamente possibile—il che non è affatto veloce, dato che ho solo un braccio con cui lavorare—poi zoppico verso il lavandino per lavarmi le mani. Il riflesso nello specchio mi fa trasalire. Non riesco a credere che Nikolai abbia voluto baciarmi prima. Sembro un pasticcio, tutta graffiata e ammaccata, i miei capelli arruffati. E... è un *ramoscello* quello vicino al mio orecchio?

Guardo il box doccia, poi l'imbracatura che mi tiene il braccio destro immobilizzato contro il fianco. Potrei fare una doccia? Forse non un lavaggio completo dei capelli, ma almeno un risciacquo veloce...

Un bussare alla porta mette fine alle mie riflessioni. "Zaychik, hai finito? Posso entrare?"

"Sì, okay." Cerco di non rabbrividire per l'imbarazzo, mentre si avvicina a me, tutto pulito, ben vestito e straordinariamente bello. Io invece sono in un camice da ospedale in cui ho sudato durante l'incubo, sembrando—e probabilmente puzzando— come se non facessi la doccia da settimane.

Evidentemente sto fissando il box doccia con desiderio, perché Nikolai chiede: "Vorresti fare un bagno?"

Un bagno? Sembra ancora più paradisiaco di una doccia. Il solo pensiero di immergere i miei lividi e i muscoli doloranti in acqua calda mi fa venire voglia di gemere ad alta voce.

Legge la risposta sul mio viso. "Te lo preparo mentre mangi" dice con un sorriso e mi solleva per riportarmi a letto, dove un vassoio di piatti coperti è già sistemato sul comodino.

Deponendomi cautamente sul materasso, mi sistema contro il cumulo di cuscini e scopre uno dei piatti. Un aroma ricco e saporito riempie la stanza, facendomi venire l'acquolina in bocca. Sono le patate all'aglio alla russa con funghi, quelle con cui mi ingozzerei avidamente ogni giorno se potessi.

Mentre sto salivando in attesa, scopre il resto delle offerte sul vassoio, tra cui un'insalata greca con lattuga fresca e grosse olive nere, un piatto di anatra arrosto con pere sciroppate e fette di baguette al burro con caviale nero.

È ufficiale: Pavel è tornato in cucina. Quella di sua moglie non è neanche lontanamente così raffinata o buona.

Quello che mi stupisce è che Nikolai sia riuscito a mettere tutto insieme e a portarlo quassù, mentre ero in bagno. Dev'essere volato al piano di sotto ed essere tornato indietro, in stile Superman.

"Pavel ha sollevato l'argomento" dice, leggendomi nel pensiero. È strano come lo faccia, come sia sempre stato in grado di farlo. Dal momento in cui ci siamo incontrati, ho avuto la sensazione inquietante che lui potesse vedere direttamente nel mio cervello, osservando le mie paure e i miei desideri più privati.

È come se fossimo davvero uniti da quei fili del destino di cui ha parlato, collegati a un livello molto più profondo di quanto la breve durata della nostra relazione dovrebbe consentire.

Ma no. Non ci cascherò—soprattutto non ora che so che tipo di uomo è. È già abbastanza brutto che non riesca a spegnere la chimica sessuale che brucia tra di noi a macchia d'olio, né a dimenticare la cotta che avevo sviluppato per lui prima di conoscere la verità. Credere che in qualche modo siamo fatti l'uno per l'altra, che questo possa essere qualcosa di duraturo e reale, sarebbe più che sciocco.

Non esiste il destino, e anche se ci fosse, non posso essere destinata ad amare un mostro.

"Tieni, zaychik" dice il mostro in questione, posandomi in grembo un piatto pieno di un po' di tutto e porgendomi una forchetta. La sua splendida bocca si incurva in un caldo sorriso. "Inizia a mangiare, mentre ti preparo il bagno."

Il mio petto si stringe forte, mentre lui mi sfiora delicatamente l'orecchio con le dita, tirando via il ramoscello che avevo notato prima, ed esce dalla stanza—presumibilmente per preparare l'acqua nel suo bagno, dove c'è un'enorme vasca. Ci siamo fatti un bel bagno lì l'altra notte, dopo che mi aveva sfinita con il sesso più caldo e intenso della mia vita. Un'ondata di caldo torrido si muove dentro di me al ricordo, aggiungendosi alla dolorosa tensione nel mio petto. Chiudo gli occhi, desiderando che la sensazione si attenui, ma è inutile.

L'eccitazione che elettrizza il mio corpo non è niente in confronto al desiderio disperato nel mio cuore.

Quando Nikolai torna, pochi minuti dopo, ho ripreso il controllo e mi sto impegnando per divorare tutto il cibo nel mio piatto. È un po' imbarazzante mangiare con la mano sinistra, ma sono così affamata che mangerei con i piedi, se dovessi.

"Tieni, zaychik, lascia che ti aiuti" dice Nikolai, prendendomi la forchetta dopo che ho lasciato cadere un pezzo di fungo sul mio petto. Ignorando le mie obiezioni, mi nutre come se fossi una bambina goffa—cosa che, ad essere sincera, potrei anche sembrare in questo momento—e quando sono così piena che non riesco a ingoiare un altro boccone, mi tampona le labbra con un tovagliolo, porta via il vassoio e ritorna un paio di minuti dopo con l'annuncio che il bagno è pronto.

Con mia sorpresa, Lyudmila entra nella mia stanza dietro di lui, il suo viso attentamente neutro, mentre Nikolai mi prende e mi porta fuori, superandola. "Lei cambierà le lenzuola, mentre fai il bagno" spiega, camminando lungo il corridoio con passi lunghi e veloci, come se il mio peso tra le sue braccia fosse nulla.

È forte, questo mio rapitore.

Così forte che dovrei essere molto più terrorizzata di quanto io sia.

Aprendo la porta della sua camera con la schiena, mi trasporta oltre il letto matrimoniale, dove mi aveva presa così tante volte la scorsa notte. Almeno un po' del dolore nel mio corpo dev'essere dovuto a quello, mi rendo conto con un rossore. Nikolai era insaziabile, e lo ero anch'io.

Ho perso il conto di quanti orgasmi mi aveva procurato.

I ricordi stanno ancora galoppando nella mia mente come in un film a luci rosse, quando mi mette in piedi davanti alla vasca e allunga una mano sulla cinta del mio camice da ospedale. Quei ricordi devono essere il motivo per cui sto lì come una bambina obbediente, lasciando che mi tolga là vestaglia, scoprendo il mio corpo al suo sguardo cupo—e perché non esprimo una sola obiezione, mentre mi solleva di nuovo e mi deposita nell'acqua calda e ricoperta di bolle, facendo attenzione a tenere il mio braccio fasciato oltre il bordo della vasca per tenerlo asciutto.

Posso sentire la tensione in lui, mentre le sue mani sfiorano la mia pelle nuda, la stessa tensione che si agita dentro di me, facendomi bruciare la pelle e rimbombare il polso nelle orecchie.

Assassino. Torturatore. Mostro. Le dannate parole fluttuano nella mia mente, ma non fanno nulla per estinguere il fuoco che infuria nel mio sangue. Avendo sperimentato il piacere devastante e avvincente del suo possesso, il mio corpo desidera di più, ha bisogno di più. Non importa che le mani che fanno scorrere la spugna insaponata sul mio petto e sulle spalle abbiano strappato due vite poche ore fa, che non sono la sua amante, bensì la sua prigioniera.

"Vai un po' più a fondo" mormora, la sua voce roca e sensuale, e obbedisco senza pensare, godendomi la sensazione delle sue dita forti sul mio cranio, mentre culla la parte posteriore della mia testa, mantenendo la mia faccia sopra l'acqua, mentre ammollo i capelli.

Devo essere ancora sotto l'influenza di qualunque farmaco sia stato usato per l'anestesia, perché questo non sembra del tutto reale, specialmente quando chiudo gli occhi per proteggerli da gocce d'acqua vaganti. È come se fossi in un sogno, uno in cui nulla importa se non il caldo piacere del suo tocco, il rilassante conforto della sua tenerezza. Tutto in questo dovrebbe sembrare sbagliato, repellente; invece, mi sento come un animale domestico coccolato, mentre solleva la mia testa fuori dall'acqua e applica lo shampoo sulle ciocche bagnate, quindi strofina la schiuma sulle radici, esercitando la giusta quantità di pressione, mentre le sue unghie corte mi graffiano delicatamente la testa.

È il miglior massaggio alla testa che abbia mai ricevuto, e devo davvero impegnarmi per non chiedere di più, quando, dopo pochi minuti beati, ritiene che i miei capelli siano sufficientemente insaponati e guida la mia testa nell'acqua.

Per fortuna, non è finita. Poi, applica il balsamo sui miei capelli e lo massaggia anche sulle radici. Gli direi che è il modo sbagliato di farlo, ma mi sto godendo troppo l'esperienza per preoccuparmi che i miei capelli domani rimarranno lisci e si ungeranno più velocemente. Quest'ultima cosa potrebbe anche essere un vantaggio, se lo incentivasse a farlo di nuovo presto.

"Immergi nuovamente la testa" ordina con voce roca, e lo accontento, mentre fa scorrere le dita tra le mie ciocche, risciacquando il balsamo e districandole.

È bravo in questo, così bravo che o gli viene naturale o ha fatto un po' di pratica.

Una fitta di gelosia mi prende alla sprovvista. Apro gli occhi, la calda stanchezza avvolgente che svanisce, mentre lo guardo, la mia testa ancora semisommersa nell'acqua.

Con quante donne ha fatto questo?

Quante hanno conosciuto il piacere scioccante delle sue cure?

"Che cosa c'è che non va, zaychik?" Le sue sopracciglia scure si uniscono, mentre mi aiuta a sedermi. "Ti ho fatto male?"

"No." So che non dovrei dire nulla, ma non riesco a trattenermi. "L'hai fatto con molte donne, vero?"

Sembra colto alla sprovvista per un secondo. Poi, un sorriso maliziosamente sensuale si diffonde sul suo viso. "Non molte, no. Sei l'unica, in realtà."

"Oh." Adesso mi sento un'idiota. "Non importa, allora. Stavo solo..."

Sto per chiudere gli occhi e scivolare di nuovo in acqua per nascondere la mia mortificazione, quando lui mi afferra delicatamente il mento, costringendomi a incontrare il suo sguardo.

"Ma anche se non fosse così" dice dolcemente "ogni altra donna è nel passato. Tu sei l'unica per me d'ora in avanti. Tienilo a mente, zaychik"—si sporge così vicino che posso vedere le sfumature verde bosco nella ricca ambra delle sue iridi— "Anch'io sono l'unico per te ora. Nessun altro uomo ti toccherà mai. Tu sei mia tanto quanto io sono tuo."

Fisso quegli occhi ipnotici, affascinata e terrorizzata dalla loro intensità possessiva. Fa sul serio, posso dirlo. Per qualche motivo, ha deciso che ci apparteniamo, e non c'è niente che io possa dire o fare per alterare quella convinzione—una convinzione che sarebbe pericolosa anche se l'uomo stesso non fosse l'incarnazione dell'oscurità.

È come se fosse ossessionato da me... e non in modo del tutto sano.

Sostiene il mio sguardo ancora per qualche istante, poi si china e mi dà un bacio sulla fronte. Il gesto dovrebbe sembrare tenero, persino paterno, invece è un'impronta, un marchio. Le sue labbra indugiano sulla mia pelle per un paio di secondi di troppo, la sua presa sul mio mento si stringe per tenermi in posizione. *Sei mia*, dice quel bacio, e quando finalmente si tira indietro, lo stesso messaggio si ripete nei suoi occhi, poi riecheggia nel suo tocco, mentre prende la spugna e ricomincia a lavarmi, le sue mani che viaggiano sul mio corpo con una platonica moderazione, che enfatizza solo il desiderio incontenibile che tiene così accuratamente al guinzaglio.

Pensa che l'ossessione sia pericolosa, mi rendo conto. Troppo pericolosa per cederle, mentre sono debole e ferita.

Con sforzo, allontano il pensiero e chiudo gli occhi, godendomi semplicemente il momento. Domani, mi preoccuperò del futuro e di cosa significhi l'ossessione di Nikolai per me—quale potrebbe essere il costo della sua cura e protezione. Stasera mi godrò il fatto di essere il suo bene prezioso.

Che sono al sicuro tra le braccia del diavolo.

7

NIKOLAI

Sono le due del mattino e sono ancora completamente sveglio, a fissare il soffitto scuro sopra il mio letto. In parte, è perché il mio corpo risente ancora dell'orario di Dushanbe, ma soprattutto, sono troppo nervoso, i miei pensieri che passano tra i miei piani per Bransford e i ricordi adrenalinici di ieri. Questi ultimi sono particolarmente invadenti, riempiendomi il petto di ogni sorta di emozioni violente.

Chloe è scappata da me. L'ho quasi persa. Ancora pochi minuti e—

Fanculo. Quando è troppo, è troppo.

Sollevo il coltello a serramanico dal letto e mi avvicino all'armadio per infilarmi i pantaloncini da corsa. Ho già corso questa sera. Non appena ho finito di fare il bagno a Chloe e le ho rimboccato le lenzuola per la notte, mi sono allacciato le scarpe da ginnastica e sono uscito. Ma ho bisogno di un'altra corsa. O di un bel duello duro con Pavel o le guardie. O meglio

372

ancora, di una corsa *e* uno sparring, dal momento che ho bisogno di sfogare anche una seria frustrazione sessuale.

Toccare il corpo nudo e bagnato di Chloe senza scoparla aveva richiesto tutta la mia forza di volontà e anche di più.

Prima di uscire dalla stanza, apro un collegamento video di Chloe sul mio telefono. Avevo chiesto a Pavel di installare una piccola telecamera sulla TV sopra il suo letto, mentre le facevo il bagno, così avrei potuto tenerla d'occhio senza entrare nella sua camera e disturbarle il sonno.

Come mi aspettavo, lo schermo del mio telefono la mostra nascosta sotto le coperte nell'oscurità, con solo il suono del suo respiro che riempie il silenzio. Contrariamente a me, sta dormendo pacificamente, e sono contento. Ha bisogno di un buon riposo per riprendersi—motivo per cui devo tenere le mie mani lontane da lei, non importa quanto questo mi uccida.

Sono più forte della bestia selvaggia dentro di me.

Almeno, spero di esserlo.

Lasciando il telefono in camera, scendo le scale e il mio petto si dilata non appena esco. La notte è buia e fresca, l'aria di montagna frizzante e pura.

Mi avvio verso il bosco, correndo giù per la montagna e nella foresta, come è mia abitudine. Ma questa volta, invece di tornare a casa dopo aver esaurito la maggior parte della mia irrequieta energia, mi dirigo verso il lato nord del complesso, verso il bunker delle guardie.

Non sono sorpreso di trovare Pavel lì, intento a giocare a carte con Arkash e Burev accanto a un falò. Come me, dev'essere troppo teso per dormire, anche con Lyudmila al suo fianco.

Vedendomi, balza in piedi, così come gli altri. "Va tutto

bene" dico, facendo loro cenno di rilassarsi. "Ho solo bisogno di un po' di esercizio."

"D'accordo" dice Pavel, gli occhi che brillano di impazienza. "Coltelli o no?"

"Coltelli, ovviamente."

Le guardie ci passano le armi e, per i successivi quaranta minuti, la mia mente è beatamente libera da tutto tranne che dall'obiettivo primitivo della sopravvivenza, evitare di essere fatto a pezzi dalla lama spietatamente brandita di Pavel. Per due volte rischio di finire quasi sventrato; per tre volte, manca poco che la mia giugulare non sia recisa. Pavel non tira pugni, e quando finalmente gli metto la lama affilata contro la gola, siamo entrambi coperti di tagli.

Ansimando, faccio un passo indietro e restituisco il coltello ad Arkash, che mi dà una pacca sulla spalla in segno di congratulazioni. Nessuna delle guardie è abbastanza brava da affrontare Pavel con una lama e vincere; bisogna dire però che nessuna di loro è stata addestrata da lui da quando aveva l'età di mio figlio.

Lasciandoli ai loro doveri, Pavel e io torniamo a casa insieme. All'inizio, siamo entrambi troppo stanchi per parlare molto—la lotta è stata estenuante come speravo—ma quando la casa appare in vista, Pavel dice a bassa voce: "Dovresti davvero perdonarla, sai."

Lo guardo sorpreso. "Chloe? L'ho già fatto." Per quanto mi sconvolga il fatto che sia scappata, capisco perché l'ha fatto. Quello che le ha detto mia sorella avrebbe spaventato chiunque, non solo una giovane donna vulnerabile, che aveva già visto il peggio dell'umanità.

"No. Alina." Mi lancia un'occhiata di sbieco. "È sconvolta. Lyudmila l'ha sorpresa a piangere."

Fanculo. Avrei dovuto sapere che si sarebbe schierato dalla parte di mia sorella in questo. "Dovrebbe essere sconvolta. Ha fatto un grosso casino." Le mie parole vengono fuori più dure di quanto intendessi. Ho cercato di non soffermarmi sul ruolo di Alina in tutto questo, ma il nocciolo della questione è che Chloe è quasi *morta*.

Non so se riuscirò mai a perdonare Alina per questo.

"Lei sa di aver fatto una cazzata" dice Pavel con un tono di voce neutro. "Ma è ancora tua sorella."

"E il sangue è più denso dell'acqua, giusto?"

Ignora il mio sarcasmo. "Non le fa bene essere così sconvolta. I mal di testa—"

"So tutto dei suoi fottuti mal di testa." Prendo un respiro per calmarmi. "Ascolta, non la manderò via, né la punirò in alcun modo. Venerdì festeggeremo ancora il suo compleanno, come previsto. Ma non puoi aspettarti che io perdoni e dimentichi. Fatta o no, Alina sapeva cosa stava facendo, quando ha aperto la bocca e ha consegnato a Chloe le chiavi della macchina."

"Ma lei non lo sapeva." L'espressione di Pavel è cupa, mentre mi si avvicina, bloccandomi la strada. "Non le avevi detto che Chloe era in pericolo di morte. E non dimenticare *perché* era fatta la scorsa notte."

Digrigno i denti. "Ora togliti di mezzo, cazzo." Sarà anche il mio amico e mentore, ma se avessi il coltello sulla sua gola in questo momento, non mi importerebbe—non con i ricordi oscuri che affiorano nella mia mente, riempiendomi lo stomaco con una miscela tossica di rabbia, orrore, dolore, e senso di colpa.

Il bisogno di farmaci di Alina *è* colpa mia, lo so.

Per quanto sia stato grosso il suo casino, non può reggere il confronto con il mio.

Pavel deve aver capito di essersi spinto troppo oltre, perché saggiamente si allontana e lascia cadere l'argomento. Copriamo la distanza rimanente fino alla casa in un silenzio teso, tutti i benefici del nostro combattimento rovinati da questo breve scambio.

Non c'è modo che io mi addormenti adesso.

Non quando posso ancora una volta sentire la mia lama affondare nello stomaco di mio padre e vedere il mostro che sono nei suoi occhi morenti.

CHARA ZAHR

8

CHLOE

Sto per consumare la forchettata di uova strapazzate che
Nikolai mi porta alla bocca, quando sento delle voci nel
corridoio, seguite da due piccoli colpi alla porta. Il mio sguardo
salta sul viso di Nikolai e le mie guance si infiammano al
luccichio divertito nei suoi occhi.

Sappiamo entrambi che non sono così malridotta da farmi
nutrire con la posata; è solo una dinamica peculiare, un po'
stravagante in cui siamo caduti. Non ho nemmeno provato a
mangiare con la mano sinistra stamattina, quando mi ha
portato la colazione—ha solo iniziato a nutrirmi e gliel'ho
permesso.

Anche il suo bambino di quattro anni mangia senza aiuto;
eppure, eccomi qui, con un braccio completamente
funzionante, a comportarmi come se non potessi tenere una
forchetta da sola.

Con l'imbarazzo che aumenta, la prendo da lui e la metto
nel vassoio poggiato sul comodino. "Avanti!"

Mi aspettavo Pavel o Lyudmila, ma è Alina che entra nella mia stanza, la minuscola mano di Slava stretta nella sua.

Gli occhi del bambino si illuminano, quando mi vede. "Chloe!" Lasciando andare Alina, si precipita verso di me, balbettando eccitato in russo.

"Era preoccupato per te" traduce Nikolai, sorridendo ironicamente, mentre Slava salta sul mio letto con l'energia sconfinata di un cucciolo. "Anche se gli ho detto che non morirai come sua madre, temeva che potessi farlo, quindi ha chiesto di vederti da quando si è svegliato questa mattina. Il che è stato un'eternità fa perché—e cito testualmente—hai dormito *fino a tardi*."

"Oh, no, tesoro, sto benissimo." Gli do una pacca sulla schiena con la mano sinistra, mentre mi avvolge in un abbraccio feroce quanto la sua forza infantile lo consente. "È solo il mio braccio ad essere ferito, vedi?" Gli mostro l'imbracatura, quando si tira indietro.

Si acciglia e fa una domanda.

"Mi ha chiesto perché sei a letto, se è solo il tuo braccio" dice Alina, e alzo lo sguardo per vederla in piedi accanto al comodino. Il suo viso straordinariamente bello è di nuovo completamente truccato, la sua figura snella che indossa uno smanicato vestito giallo, che sembra uscito dalla passerella. Non resta alcuna traccia della donna tormentata e distrutta che ieri mattina mi aveva messa in guardia con terrificanti avvertimenti sull'uomo seduto al mio fianco.

Le rivolgo un sorriso cauto, prima di riportare la mia attenzione su Slava. "È perché mi fa un po' male anche la caviglia" gli dico, e Nikolai traduce le mie parole. Noto che sta evitando di parlare con Alina; in verità, non l'ha affatto guardata.

Slava scruta i miei piedi sotto la coperta e fa un'altra domanda.

"Vuole sapere come ti sei fatta male alla caviglia" dice Nikolai. "Gli dirò che te la sei slogata, quando sei caduta sul ramo."

"Ha senso."

Mentre parla al ragazzino, sollevo lo sguardo su Alina e le rivolgo un sorriso più grande. Probabilmente è preoccupata che io sia arrabbiata con lei, ma non lo sono. Le sono grata, in realtà. Non so cosa sarebbe successo se non fossi scappata, ma immagino che, nella migliore delle ipotesi, il fottuto casino in cui mi trovo ora sarebbe solo accaduto più tardi. Gli assassini alla fine mi avrebbero localizzata, e prima o poi, avrei scoperto di cosa è capace Nikolai. A quel punto, però, avrei potuto essere da diverse settimane o mesi in un'intensa relazione con lui, e sarebbe stato molto più devastante, se le mie illusioni fossero state distrutte.

O forse, solo forse, sarebbe riuscito a tenermi all'oscuro, e non avrei mai scoperto che uccide e tortura con la stessa facilità con cui gli altri uomini tagliano l'erba. Avrei dormito tra le sue braccia e lo avrei preso nel mio corpo, convincendomi che i miei istinti sono sbagliati, che il filo dell'oscurità che ho percepito in lui non è altro che la mia immaginazione iperattiva.

Uh. Forse *dovrei* essere arrabbiata con Alina. Quel tipo di ignoranza suona come beatitudine.

Visibilmente sollevata, la donna ricambia il mio sorriso, e metto da parte le sciocche nozioni su quanto sarebbe stato bello non affrontare mai la verità su Nikolai—o su Bransford e tutto il resto. Se dovessi indulgere in questo tipo di pensiero, tanto varrebbe desiderare che mia madre fosse viva, o meglio ancora, che non avesse mai incontrato mio padre biologico in primo luogo.

Non esisterei in quest'ultimo caso, ma varrebbe la pena averla viva e felice in una vita che non fosse stata rovinata da adolescente.

Rendendomi conto che sto di nuovo precipitando in una spirale inutile di rimorsi, guardo Nikolai e dico vivacemente: "Che ne dici se Slava e Alina restano con me per un po'? Non voglio monopolizzare il tuo tempo. Sono sicura che hai del lavoro da sbrigare, e posso insegnare a Slava dal mio letto e da qualsiasi luogo."

Il viso di Nikolai si irrigidisce al mio chiaro intento di volere che se ne vada, ma si alza in piedi e dice con calma: "Va bene. Ci vediamo tra un po'. Non dimenticare di mangiare, okay?"

"Certo." Afferro la forchetta e mi porto le uova alla bocca con esagerata goffaggine. Il mio obiettivo è far ridere Slava, e ci riesco.

Quando guardo su, Nikolai se n'è andato.

Il volto di Alina è cupo, mentre si siede sul bordo del letto, prendendo il posto di Nikolai. "Come ti senti?" chiede a bassa voce, mentre Slava corre alla finestra, apparentemente incuriosito dalla vista dalla mia stanza.

"Sto bene. Già in via di guarigione." Mi infilo una grande forchettata di uova in bocca per mostrare quanto velocemente sto guarendo. Non sto mentendo. Il braccio mi fa ancora male, ma con l'antidolorifico che ho ingoiato al risveglio, è gestibile, e sono in grado di applicare un po' di pressione sulla caviglia senza che protesti troppo.

Alina sorride esitante. "Questo è positivo." Fa un respiro udibile. "Ascolta, Chloe... ieri mattina ero in pessime condizioni.

Davvero in pessima forma. Potrei aver detto cose che non avevano senso. Cose che non erano... necessariamente vere."

Metto giù la forchetta, il mio appetito svanito senza aver lasciato traccia. Capisco cosa sta cercando di fare, e lo detesto. "Non devi mentire. Lo ha ammesso. E ho visto cosa ha fatto agli uomini che mi hanno aggredita."

Una miriade di espressioni si palesa sul suo viso, prima che diventi accuratamente neutrale. "Capisco. E tu stai... bene?"

Bene? *Non* saltare fuori dalla finestra o correre fuori dalla porta urlando significa stare bene? Se è così, sto benissimo, o almeno quanto possibile dopo aver scoperto che mio padre biologico è uno stupratore e un assassino, che sta cercando di uccidermi e che sono tenuta prigioniera da un uomo che potrebbe essere ancora più spietato del suddetto padre.

"Me la sto cavando" dico e, con mia sorpresa, non è una bugia totale. Forse è dovuto al mese passato in fuga, o all'orrore per aver trovato il corpo di mamma ed essermi nascosta dai suoi assassini nell'armadio, ma non sto andando fuori di testa come mi sarei aspettata. Su niente di tutto ciò—ma soprattutto sul fatto che sono prigioniera di Nikolai. È come se la mia mente avesse eretto un muro tra il presente e il recente passato, tra ciò che sto vivendo e ciò che so.

In questo momento, sono al caldo e ben nutrita, la mia sicurezza è assicurata dalle stesse misure che mi impedirebbero di fuggire, se ci provassi. Ed è possibile concentrarsi solo su quel primo aspetto. Così come è possibile dimenticare la vera natura di Nikolai, quando è così premuroso e tenero... quando il mio sangue si trasforma in melassa calda al suo tocco.

In qualche modo, sono in grado di sistemare tutto l'orrore in una piccola scatola e metterlo via, fingere che non esista.

"Bene" dice Alina. "Sono contenta. Ma se hai problemi ad

affrontarlo, o hai solo bisogno di qualcuno con cui parlare, voglio che tu sappia che puoi sempre venire da me." Con occhi di giada che brillano dolcemente, aggiunge: "Qualunque problema tu possa avere, lo capirei."

E lo farebbe, lo so. La mia gola si stringe, mentre percepisco la genuina comprensione nel suo sguardo. Fino a quel momento non sapevo quanto avessi desiderato questo: non un'offerta di amicizia, precisamente, ma qualcosa che vi somiglia moltissimo. "Grazie" dico con voce roca. "Lo apprezzo, proprio come apprezzo quello che hai cercato di fare prima, con l'avvertimento e tutto il resto."

Forse è un'altra illusione che è destinata ad essere infranta, ma mi sembra di avere un'alleata nella sorella di Nikolai. Come se non fossi completamente sola in questo casino.

Sorride ironicamente e si alza in piedi. "Sì, beh, non è andata esattamente come speravo. Io..." Si ferma, mentre Slava esclama qualcosa dal suo posto vicino alla finestra e corre da noi, chiacchierando eccitato in russo.

"Dice che c'è una famiglia di procioni sul nostro vialetto" traduce Alina con un sorriso. "A quanto pare, sono appena usciti dalla foresta."

"Davvero? Voglio vedere." Mi siedo più dritta e, ignorando la fitta di dolore al braccio, dondolo i piedi sul pavimento. Con cautela, mi alzo, attenta a non mettere troppo peso sulla caviglia slogata.

Fin qui tutto bene.

"Tieni, appoggiati a me." Alina mi presta il gomito, e con il suo aiuto mi avvicino zoppicante alla finestra, dove i procioni—una mamma e due cuccioli—stanno davvero giocando in bella vista.

Slava ride emozionato, mentre uno dei cuccioli salta scherzosamente sull'altro, e io gli scompiglio i capelli setosi, il mio petto che si allarga, mentre lui mi rivolge un sorriso raggiante.

"Procioni" dico, ricordando il mio ruolo di sua tutor di inglese. "Quelli si chiamano *procioni*."

Lui ripete obbedientemente la parola dopo di me, e noi tre guardiamo gli animali, finché non scompaiono di nuovo nel bosco. Poi, Alina mi aiuta a tornare a letto zoppicando, e le chiedo di portarmi un libro che possa leggere con Slava.

"Nessun problema" dice, già dirigendosi verso la porta. Torna pochi minuti dopo con una pila di libri per bambini che posa sulla coperta accanto a me. "Vuoi che lo porti via?" chiede, indicando il vassoio sul comodino, e io annuisco, mentre Slava si mette a suo agio al mio fianco illeso.

Presto sarà ora di pranzo, e ho mangiato abbastanza da poter andare avanti fino ad allora.

Lei prende il vassoio ed esce di nuovo. È solo quando è quasi vicino alla porta che mi rendo conto di non averle chiesto qualcosa di importante.

"Alina, aspetta" la chiamo, mentre apre la porta con un piede rivestito dallo stiletto.

Si volta, con uno sguardo interrogativo sul viso.

"Tornerai tra un po'? Vorrei saperne di più su quello che è successo." La mia voce diventa instabile. "Con Nikolai e... e vostro padre."

Si irrigidisce, il viso privo di qualsiasi espressione.

"Per favore, Alina. Ho bisogno di sapere."

Ho bisogno di scoprire quanto sia un mostro la persona di cui mi sono innamorata.

Chiude gli occhi e fa un respiro profondo, poi li riapre. "Non spetta a me raccontare questa storia." La sua voce è bassa e tesa. "Non mi è mai spettato. Nikolai è quello con cui dovresti parlare."

E prima che io possa supplicarla ulteriormente, esce e chiude la porta.

9

NIKOLAI

APRENDO IL MIO PUGNO STRETTO, MI ALLONTANO DAL VIDEO della telecamera nella stanza di Chloe e apro la mia casella di posta. Non so cosa avrei fatto ad Alina, se avesse acconsentito alla richiesta della ragazza. Fortunatamente, mia sorella ha recuperato abbastanza buon senso per rendersi conto che deve tenere la bocca chiusa.

È la mia storia da raccontare—e non sono sicuro di volerlo fare.

Ieri, quando Chloe mi ha chiesto se quello che le aveva detto Alina fosse vero, sono stato tentato di mentire, di dirle che lei aveva inventato tutto—che stava delirando a causa di tutte quelle medicine. Ma per qualche ragione, mentre guardavo nei suoi morbidi occhi castani, le parole si rifiutavano di formarsi nella mia gola. Per quanto detesti che la mia zaychik mi consideri malvagio, qualcosa nel profondo vuole che lei sappia chi sono veramente.

Che mi conosca e mi ami a prescindere.

385

Fanculo. Questo è un problema—ma non così grande come l'e-mail di Valery che è appena arrivata nella mia casella di posta.

LEONOV IN AMERICA, recita l'oggetto in maiuscolo e, quando apro il messaggio, mi informa che i contatti statunitensi di mio fratello minore hanno saputo della presenza di Alexei Leonov a New York. Quello che sta facendo lì non si sa, ma solo il fatto che sia nello stesso continente di mia sorella e mio figlio è una cattiva notizia. Non ho dimenticato quello che mi ha detto nel bagno di quel ristorante tagiko, la minaccia che ha fatto sul tenere Alina legata al loro arcaico contratto di fidanzamento. A quel tempo, ho pensato che stesse solo cercando di farmi incazzare—e sospetto ancora che sia così— ma c'è una possibilità che lo intendesse davvero.

Di' ad Alina che è ora. Sono stufo di essere paziente.

Stringo i denti, allontanando il ricordo di quelle parole pronunciate a bassa voce. Qualunque sia il programma di Alexei, non si avvicinerà a lei. È già abbastanza grave che mio figlio abbia trascorso quasi due mesi sotto le tenere cure del grande Leonov, prima che io potessi tirarlo fuori; l'ultima cosa che voglio è che mia sorella emotivamente fragile sia trascinata in quel nido di vipere.

Alina e io potremmo avere le nostre divergenze, ma lei è una mia responsabilità, la mia croce da portare, e la proteggerò da chiunque desideri farle del male—specialmente dal suo cosiddetto promesso sposo.

Reprimendo la rabbia che mi brucia nello stomaco, rileggo l'e-mail. New York: è più o meno lontana dall'Idaho. La presenza di Alexei negli Stati Uniti così presto dopo il nostro incontro a Dushanbe potrebbe essere una coincidenza, dopotutto? Sono volato in Tagikistan con il nostro jet privato, e so che il team di Konstantin ha messo in atto misure di sicurezza per impedire a chiunque di conoscere il mio piano di volo, quindi è possibile che Alexei sia a New York per un motivo totalmente estraneo alla mia famiglia.

Ed è anche possibile che abbia scoperto che sono in America, ma non sa dove, quindi sta iniziando la sua ricerca dal luogo più logico: la Grande Mela.

Ad ogni modo, è un mal di testa di cui non ho bisogno, specialmente con il compito di livello *Mission Impossible* di assassinare un candidato alla presidenza già nel mio programma.

Spostando la mia attenzione su questo, rileggo l'e-mail con i dettagli del viaggio imminente di Bransford e il programma delle apparizioni pubbliche. Il primo passo è verificare che sia davvero il padre di Chloe. Per questo, abbiamo bisogno del suo DNA.

Ci sono una dozzina di modi per farlo, ma il più semplice sarebbe partecipare a una delle sue raccolte fondi sotto le spoglie di un potenziale donatore e acquisire discretamente un campione—diciamo, rubandogli il bicchiere di vino. Il problema con quella strategia è che quegli eventi sono troppo pubblici per sentirmi a mio agio, soprattutto visto l'arrivo inaspettato di Alexei negli Stati Uniti. Ora, più che mai, devo tenere un basso profilo per evitare di esporre la nostra posizione, il che esclude un'altra semplice soluzione: ottenere un incontro personale con Bransford.

Dato il suo status di favorito nella corsa alle primarie del suo partito, sarei accuratamente controllato e le mie informazioni finirebbero in un database, a cui gli hacker di Leonov potrebbero accedere. Inoltre, non sarebbe saggio entrare nel radar di Bransford. Anche se gli assassini non avessero stabilito il collegamento tra me e Chloe prima che li eliminassi, Bransford potrebbe sapere che era stata avvistata l'ultima volta in questa zona dell'Idaho, e se in qualche modo venisse a sapere che è qui che risiedo, si potrebbe insospettire.

No, per quanto comodo e utile possa essere, non posso procurarmi il suo DNA—o ammazzarlo—personalmente. Non senza mettere la mia famiglia e Chloe in maggiore pericolo. Così come stanno le cose, il tempo stringe. Se gli assassini hanno detto al loro datore di lavoro che Chloe aveva chiesto informazioni sul mio impiego presso la stazione di servizio locale, è solo questione di tempo, prima che altre sue pistole ingaggiate si presentino alla mia porta.

Devo eliminare Bransford in quanto minaccia, e velocemente.

Giunto a una decisione, mando un'e-mail in cui ordino a uno dei nuovi arrivati di Valery di fingersi cameriere al prossimo evento, in modo che possa ottenere il DNA di Bransford da un bicchiere o una posata utilizzata. È una formalità a questo punto; so di aver ragione su di lui, lo sento nell'intestino. Tuttavia, data l'ampiezza di ciò che sto pianificando, ho bisogno di prove ferree, e questo è il modo migliore per farlo. L'unica prova più forte sarebbe una vera e propria confessione della sua colpevolezza, e non vedo un modo per ottenerla senza rapire l'uomo—un compito ancora più difficile che ucciderlo senza troppi preamboli.

Per ora, procederò come se fosse colpevole e pianificherò il colpo. In questo modo, non appena il test del DNA confermerà la sua relazione con Chloe, potrò premere il grilletto—in senso figurato, se non letteralmente. Un proiettile da cecchino genererebbe troppo clamore, quindi la nostra scommessa migliore è usare uno dei nostri prodotti farmaceutici accuratamente realizzati o inscenare una sorta di incidente.

In ogni caso, pagherà per aver ucciso la madre di Chloe e aver cercato di uccidere lei.

Tom Bransford potrebbe non saperlo ancora, ma è già morto.

Trascorro le due ore successive a elaborare vari aspetti logistici, quindi controllo di nuovo il video della telecamera dalla stanza di Chloe.

È ancora con Slava; è accampato sul suo letto, i suoi libri e i mattoncini LEGO sparsi su tutta la coperta. Sembra che stiano giocando a un gioco in cui lei gli mostra qualcosa in un libro, e lui lo recita per lei. Mentre lo guardo, scende velocemente giù dal letto e saltella per la stanza, imitando un coniglio.

"Quello è uno *zaychik*, giusto?" chiede lei, sorridendo, e gli occhi di Slava si spalancano, prima che un enorme sorriso si impossessi del suo visino.

"*Da!*"

"Sì" lo corregge, il suo sorriso che si allarga. "Noi diciamo *sì*."

Mio figlio scuote vigorosamente la testa. "Sì, sì, sì!" Sta saltando su e giù adesso, troppo eccitato per stare fermo, e prendo un appunto mentale per insegnare a Chloe qualche altra parola in russo. In questo modo, potrà sorprenderlo di nuovo a caso in quel modo, e mi divertirò ad ascoltare il suo simpatico russo con l'accento americano.

Ora che ci penso, dovrei insegnarle anche alcune parole di sesso, così potrò sentire la sua voce dolce e roca che me le canticchia, quando siamo a letto.

Il mio corpo si irrigidisce all'immagine, e devo fare un respiro profondo per controllarmi. L'ho già posseduta una volta —o meglio, diverse volte in una notte—e non mi basta assolutamente. Mi sento come un uomo affamato a cui è stata concessa una sola leccata di gelato.

Voglio di più. Voglio scoparla ogni notte, prenderla in ogni buco e darle piacere in ogni modo possibile. Voglio andare a dormire tenendola stretta e svegliarmi sepolto nel profondo di lei. Voglio farle ogni sorta di cose oscure e depravate, e dopo voglio coccolarla, mentre si riprende dal culmine del piacere-dolore.

Voglio possederla così intensamente da farle dimenticare per sempre di lasciarmi.

Presto, prometto a me stesso, chiudendo il portatile, mentre mi alzo. Presto starà meglio, e poi l'avrò.

Nel frattempo, devo fare tutto il necessario per tenerla al sicuro.

10

CHLOE

Pochi minuti prima dell'ora di pranzo ufficiale delle dodici e trenta, Lyudmila viene a prendere Slava per portarlo al piano di sotto.

"Nikolai viene presto con cibo" dice nel suo inglese fortemente accentato, supponendo correttamente che i brontolii del mio stomaco indichino languore. Le sorrido timidamente, ma lei sta già spingendo il bambino fuori dalla porta, mentre gli parla velocemente in russo.

Nikolai appare con un vassoio alle dodici e mezzo in punto.

"Come mai questa osservanza in stile militare degli orari dei pasti?" gli chiedo, mentre si siede accanto a me e posa il vassoio sul comodino, prima di scoprire i piatti dall'odore delizioso.

È qualcosa che mi chiedevo da giorni, ma non ho avuto la possibilità di domandare—e immagino che a questa domanda sia molto più facile rispondere rispetto alle altre che ho preparato.

Un sorriso ironico solleva un angolo delle sue labbra

sensuali. "L'hai detto: è un residuo militare. Più specificamente, del tempo di Pavel nell'esercito. Gestisce la nostra casa da quando è uscito dall'esercito una trentina di anni fa, e questa è una delle sue regole. Non mi dispiace. Sono cresciuto in questo modo, quindi lo trovo un rituale opportuno."

"E l'abbigliamento formale a cena? È anche questa una cosa di Pavel?" Sarebbe strano, dato che non ho mai visto il russo simile a un orso con qualcosa di simile a un completo o uno smoking, ma ci sono molte stranezze in questa famiglia.

I piccoli muscoli intorno agli occhi di Nikolai si irrigidiscono, anche se il sorriso rimane sulle sue labbra. "Non esattamente. È qualcosa su cui mia madre insisteva. Diceva che avevamo bisogno di qualcosa di bello nelle nostre vite per coprire tutta la bruttezza."

"Oh, capisco." Il mio polso accelera per l'emozione. Questa è la prima volta che mi parla di sua madre—di uno dei suoi genitori, in realtà. Tutto quello che sapevo prima delle terrificanti rivelazioni di Alina era che entrambi i loro genitori erano morti.

"Tieni" dice Nikolai, portando alle mie labbra un pezzo di pane francese spalmato di burro e caviale. "Apri."

Mordo obbediente l'offerta gourmet come l'invalida che stiamo fingendo entrambi che io sia. La mia mente non è concentrata sul nostro strano giochino, però; è piena di domande. Ci sono ancora così tante cose che non so sul mio pericoloso protettore, e ho bisogno di sapere.

Ho bisogno di sapere tutto, perché una piccola parte irrazionale di me spera ancora che l'oscurità in lui non sia così buia come sembra.

Lascio che mi dia da mangiare alcuni degli altri antipasti sul vassoio, così come il pesce bianco con salsa al limone e tortino di patate che è il piatto principale, e quando passa al dessert—pere sciroppate con ribes nero e noci al miele—raddrizzo la schiena e mi lancio nel mio interrogatorio programmato.

"Allora" dico nel modo più casuale possibile: "Siete mafiosi?"

Sono abbastanza sicura di conoscere già la risposta a questa domanda, ma tanto vale sentirla dalla sua splendida bocca.

Con mia sorpresa, invece di appiattirsi per offesa o rabbia, essa si contrae divertita. "No, zaychik. Almeno non nel modo in cui lo immagini. Non utilizziamo droghe o armi illegali o qualsiasi altra cosa del genere—quella è più roba da Leonov. La stragrande maggioranza delle nostre attività è legale e onesta, e la piccola parte che non lo è rientra nel dominio di Konstantin: dark web, hackeraggio, spam sui social media, tutto quel contorto high-tech."

Sbatto le palpebre incredula, l'immagine della pistola nella sua mano nitida e chiara nella mia mente. Non è possibile che un normale e ricco uomo d'affari, anche uno con un addestramento militare, possa uccidere e torturare con la stessa disinvoltura con cui aveva fatto lui. "Ma io ho visto te... e i tuoi uomini... e—"

"Non ho detto che siamo angeli. Apri." Mi porta alle labbra una forchettata di pera punteggiata di ribes e aspetta che inizi a masticare, prima di continuare. "In Russia, per guadagnare e mantenere il potere, devi essere spietato. Devi essere disposto a fare tutto il necessario. È sempre stato così, da tempo immemore."

Apro la bocca per parlare, ma lui mi dà un altro boccone di pera e continua con un tono leggero, uniforme, come se stesse leggendo una favola.

"La mia famiglia lo ha sempre capito" dice "ed è per questo che abbiamo prosperato sin dai tempi del governo mongolo. In effetti, il nostro primo antenato conosciuto era un braccio destro di Gengis Khan, un ragazzo simpatico e gentile che nel XIII secolo saccheggiò, bruciò e violentò tutta la Siberia e la regione di Mosca. I suoi figli seguirono le sue orme, e quando Pietro il Grande costruì la sua città, i Molotov—o Nebelevskys, come eravamo conosciuti allora—erano un appuntamento fisso presso la corte zarista, guidando e dirigendo la politica nazionale da dietro le quinte. Eravamo anche schifosamente ricchi e possedevamo migliaia e migliaia di servi della gleba—il che rende ancora più ironico il fatto che durante la Rivoluzione il mio bisnonno sia stato uno di quelli che hanno messo a processo i "nobili spregevoli" e la "borghesia malvagia" per crimini contro la gente comune. Ha persino cambiato il suo nome in Molotov, la cui radice significa "martello" in russo—un cognome molto più amato dai comunisti rispetto a Nebelevsky. Ma è questo che siamo." Un pizzico di amarezza torce le labbra di Nikolai. "Facciamo tutto il necessario per rimanere al vertice: che si tratti di gestire i campi di lavoro gulag durante l'era di Stalin, o guidare la macchina di propaganda del Partito Comunista negli anni Cinquanta e Sessanta—o saltare sui buoni per il petrolio e il gas durante la Perestrojka e poi diversificare per trattenere i miliardi di ricchezza che ne derivano. Siamo come gli scarafaggi—tranne che non solo sappiamo come sopravvivere, ma anche come governare il nostro angolo di mondo."

Sono sia disturbata che affascinata, tanto che mi dimentico di masticare il boccone successivo di dessert, prima di chiedere: "Quindi, non siete dei veri mafiosi?"

La mia bocca è così piena che le parole escono confuse, ma Nikolai capisce e sorride. "No—ma questo non significa che evitiamo di sporcarci le mani. Rimanere al top in Russia è come costruire una casa su una spiaggia sabbiosa dell'oceano: il terreno sottostante si erode ad ogni marea, e una tempesta è sempre in arrivo all'orizzonte. Il mio defunto nonno, per esempio—il padre di mio padre—fu quasi giustiziato negli anni Cinquanta, quando un rivale di alto rango del partito lo accusò falsamente di slealtà nei confronti del regime comunista. Trascorse due anni in uno dei gulag siberiani che aveva supervisionato, e quando uscì, la prima cosa che fece fu trovare prove sul suo rivale e *farlo* rinchiudere nei gulag, mentre il governo gli confiscava tutte le proprietà per trasferirle a mio nonno. Poi, più tardi, mio padre—" Si interrompe, la sua espressione che si rabbuia.

Mi siedo più dritta. "Tuo padre cosa?"

Il suo viso diventa impassibile. "Niente. Gli anni Novanta in Russia sono stati solo un periodo particolarmente corrotto e instabile, quindi la mia famiglia ha dovuto essere estremamente vigile e spietata."

"Nello specifico, tuo padre." Non ho intenzione di lasciargli abbandonare questo argomento, non quando finalmente avrò delle risposte.

"E suo fratello, Vyacheslav—mio zio. Suo figlio, Roman, è ora ricco quasi quanto noi."

"Uh uh." In qualsiasi altro momento, avrei colto al volo l'opportunità di saperne di più sulla famiglia allargata di Nikolai, ma in questo momento sono concentrata esclusivamente su suo padre. Gli permetto di darmi un altro paio di forchettate di dessert e, dopo aver deglutito, gli chiedo cautamente: "Allora, che genere di cose ha dovuto fare tuo padre per rimanere al top negli anni Novanta?"

I suoi occhi assumono una tonalità più verde di ambra. "Niente di peggio di qualsiasi altro oligarca della sua generazione: molta corruzione, un po' di ricatto e racket, un po' di coercizione fisica e, quando necessario, eliminazione forzata degli ostacoli. Tattiche che potresti pensare rientrino nel dominio del crimine organizzato, tranne per il fatto che all'epoca erano strategie commerciali standard in Russia. E non erano solo gli oligarchi—il governo ricorreva agli stessi strumenti. In una certa misura è ancora così; legalità e criminalità sono concetti altamente flessibili e in continua evoluzione nel mio Paese, ciascuno con molto spazio per l'interpretazione."

Faccio del mio meglio per mantenere la mia espressione neutra, anche se le mie braccia tremano per il freddo. *Coercizione fisica* ed *eliminazione forzata*: questi sono ovviamente eufemismi per la tortura e l'omicidio. Ed è stato cresciuto considerandole strategie aziendali standard?

I Molotov potrebbero non essere mafiosi nel senso formale del termine, ma in un certo senso sono ancora più pericolosi.

"È per questo che hai portato Slava qui? Perché la Russia è un posto così illegale?" chiedo, incapace di trattenermi. Questo è un altro mistero che mi sta rosicchiando, e sebbene intendessi mantenere questo interrogatorio concentrato su suo padre, non posso lasciarmi sfuggire l'occasione di ottenere alcune risposte su questo fronte.

Dopo quello che mi ha appena detto sulla sua patria, non posso biasimarlo per aver voluto allevare suo figlio il più lontano possibile dalla Russia.

"No, zaychik." La sua bella bocca assume la curva cinica che sfoggia così spesso. "Non sono un padre così bravo, temo."

"Allora, perché sei qui? Avevi promesso che me l'avresti detto." In realtà, non ha promesso nulla del genere. Tutto quello che aveva detto nella videochiamata in cui l'avevo interrogato era che si trattava di una lunga storia.

Deve ricordarlo anche lui, perché i suoi occhi brillano di divertimento. "Bel tentativo." Getta un'occhiata al vassoio ormai quasi vuoto. "Sei sazia o vorresti qualcos'altro?"

Sono così piena che il mio stomaco sta per esplodere, ma non voglio che se ne vada ancora. Non quando stiamo arrivando alle cose che muoio dalla voglia di sapere. "Vorrei un po' di frutta" dico speranzosa. "Forse dei frutti di bosco, se li hai. E il caffè. Mi andrebbe un caffè."

Sembra ancora più divertito, ma si alza in piedi senza discutere. "Va bene. Torno subito."

Dandomi un bacio sulla fronte, prende il vassoio e se ne va.

11

NIKOLAI

STO ANCORA SORRIDENDO, QUANDO ENTRO IN CUCINA. LA MIA zaychik è così meravigliosamente trasparente nei suoi tentativi di manipolazione. *Mi avevi promesso*. Ho dovuto davvero trattenermi per non prenderla e baciarla sul posto—soprattutto perché mentre lo diceva, spingeva in fuori il labbro inferiore in un piccolo broncio, come una bambina capricciosa.

Adoro il fatto che ora abbia meno paura di me, che invece dell'orrore, ci sia curiosità nei suoi begli occhi marroni. Ho fatto del mio meglio per tenere la bestia dentro di me al guinzaglio in sua presenza, per farla sentire a suo agio e al sicuro, e sembra che ci stia riuscendo—valeva la pena mantenere tutto il controllo. Quindi, che cosa importa se le mie mani tremano per il bisogno di toccarla, di stringerla forte a me, mentre mi avvicino al suo corpo caldo e morbido?

Posso essere paziente.

Posso essere gentile.

Posso prendermi cura di lei come un fottuto eunuco, se è

quello che serve per cancellare dalla sua mente il ricordo del racconto di mia sorella.

Non che sia probabile che accada. So dove stava andando a parare Chloe con tutte le sue domande. Vuole conoscere la storia completa, e non posso biasimarla. Il caffè, i frutti di bosco —erano solo un pretesto. Quello che vuole è più tempo con me, più tempo per sondare, e devo decidere quanta verità sono disposto a rivelarle.

"Come sta?" mi chiede Lyudmila, mentre appoggio il vassoio sul bancone e la informo sulle condizioni di Chloe—ovvero che sta meglio. Stamattina le ho cambiato le bende, e sembrava che la ferita stesse guarendo bene. Ho anche contato di nascosto le pillole sul suo comodino, e sembra che finora ne abbia prese solo un paio—un altro buon segno.

Razionalmente, so che è improbabile che diventi dipendente da alcuni antidolorifici, ma dopo aver assistito alle difficoltà di Alina, non posso fare a meno di preoccuparmi.

"È positivo che abbia un tale appetito" dice Lyudmila dopo averla messa al corrente delle richieste di Chloe. "Meglio se bevesse il tè, però."

"Concordo. Ma diamole il caffè che vuole."

Lyudmila grugnisce d'accordo e prepara un vassoio di fragole, lamponi e mirtilli disposti ad arte, insieme a una tazza di caffè fumante. La ringrazio e corro di sopra, dove mi sta aspettando la mia zaychik.

Ho deciso che c'è una sua domanda a cui posso rispondere oggi, una parte della verità che posso darle.

I suoi occhi sono intensamente curiosi, mentre entro nella sua camera e mi metto a sedere sul bordo del letto, appoggiando il vassoio al suo posto sul comodino.

"Allora" inizia "riguardo a—"

"Apri" ordino dolcemente, raccogliendo una fragola, e quando le sue labbra carnose si aprono obbedientemente, spingo dentro la succosa bacca e guardo i suoi denti bianchi affondare nella polpa—il modo in cui voglio affondare i miei denti nella sua carne.

La scossa della lussuria è così improvvisa, così forte, che devo tendere ogni muscolo del mio corpo per impedirmi di agire d'impulso. C'è qualcosa di quasi cannibalistico nel modo in cui la bramo, nel modo in cui mi viene l'acquolina in bocca al pensiero di assaggiare la sua pelle liscia e abbronzata e leccare le goccioline di sudore dal suo corpo nudo, dopo averla scopata fino allo sfinimento ancora una volta. Ricordo la sensazione dei suoi capezzoli sulla mia lingua, la sua essenza di sale e frutti di bosco, e il controllo di cui mi stavo vantando improvvisamente sembra sottile e sfilacciato come una vecchia corda.

Anche lei si irrigidisce, i suoi occhi fissi nei miei, il suo corpo snello teso dalla consapevolezza primordiale di essere una preda. Un filo di succo di fragola le sfugge dalla bocca, e istintivamente lo prendo con il pollice, il mio cuore che martella violentemente alla sensazione della sua pelle calda, la morbidezza del suo labbro inferiore, tutto rosso lucido e appiccicoso per il succo. Sostenendo il suo sguardo, porto il pollice alla bocca e lo succhio per pulirlo, come succhierei quelle sue labbra dolci e appiccicose, se potessi fidarmi di me stesso per fermarmi lì.

I suoi occhi si spalancano, il suo respiro si blocca alla mia azione, mentre il suo sguardo cade sulle mie labbra per un attimo, prima di incontrare di nuovo i miei occhi. È eccitata quanto me, lo vedo, e la tensione torrida ribolle nell'aria tra di noi, riscaldando la stanza, finché le mie stesse ossa si sentono come se stessero andando a fuoco, il mio uccello così duro che la cerniera lascerà un'impronta sulla sua lunghezza. Posso quasi sentire la sua carne elastica sotto i miei palmi, posso quasi assaporare quelle labbra luccicanti e tinte di rosso—

Un lontano fragore di risate infantili mi fa rinsavire, e mi rendo conto di essere proteso verso di lei, la mia mano già a pugno nella sua coperta. *Fanculo.* Aprendo il pugno, scatto in piedi e mi avvicino alla finestra. Facendo respiri profondi e calmanti, vedo mio figlio che corre per il vialetto con Arkash che lo insegue. Sta ridendo così forte che posso sentirlo anche attraverso il vetro antiproiettile, e il suono schiarisce ulteriormente la nebbia della lussuria che avvolge il mio cervello.

Cazzo. Pensavo di avere il controllo su me stesso—ne ero sicuro dopo averle fatto il bagno ieri, pur mantenendo un rigido autocontrollo. La volevo, sì, ma potevo prendere le distanze da quel desiderio e concentrarmi esclusivamente sulla sua salute, sul fatto che era appena uscita dall'intervento e aveva bisogno di me come custode. Oggi, però, sta meglio, e il mio autocontrollo è mille volte peggiore.

"Ehm, Nikolai..." Il tono di Chloe è incerto, la sua voce dolce e leggermente roca. Sentirlo mi fa rabbrividire di nuovo dal desiderio. Questa volta, però, lei non è proprio vicina, ed è più facile rimettermi in sesto, frenando il selvaggio bisogno.

Ammorbidendo la mia espressione, chiudo le mani dietro la schiena e mi volto a guardarla. "Sì, zaychik?"

La sua gola delicata si increspa, mentre deglutisce. "Che ci fa Slava là fuori?"

"Sta giocando a rimpiattino con una delle mie guardie." Torno al letto e mi siedo ai piedi, cercando di allargare quanto più possibile le distanze tra noi, considerando che occupiamo lo stesso giaciglio. "Pavel deve avergli chiesto di occuparsi di Slava, mentre lui fa le pulizie dopo pranzo."

I suoi piccoli denti bianchi le tormentano il labbro inferiore. "Giusto. Giusto." Guardandomi attentamente, prende la tazza di caffè e soffia sul liquido bollente. Posso indovinare cosa le passa per la mente—sta riflettendo sul modo migliore per affrontare l'argomento di maggiore interesse per lei—così decido di aiutarla.

Non sono pronto a parlare di mio padre, ma posso dirle la verità su mio figlio.

Sostenendo il suo sguardo, dico in modo pacato: "Cinque anni fa mio fratello Valery ha festeggiato il suo ventiduesimo compleanno in una discoteca di Mosca. Era la festa dell'anno; tutti quelli che sono qualcuno nella nostra parte del mondo erano lì—inclusa, come ho appreso in seguito, Ksenia Leonova, la figlia introversa del nemico e rivale di lunga data della nostra famiglia."

Chloe aggrotta le sopracciglia confusa. "Leonova? Come i Leonov di cui mi hai parlato? La vera famiglia mafiosa russa?"

"Anche loro rifiuterebbero quell'etichetta, ma è così. Pescano in uno stagno molto più sporco. In ogni caso, a differenza di suo fratello Alexei, Ksenia era sempre rimasta fuori dagli occhi del pubblico, quindi non avevo idea di chi fosse, quando si è avvicinata a me." Prendo fiato per controllare la familiare rabbia che si accende dentro di me. "Pensavo fosse solo un'altra persona socievole o aspirante modella, quindi abbiamo ballato, buttato giù qualche shottino e poi siamo andati in un hotel a scopare."

Chloe sussulta leggermente, la tazza del caffè che le oscilla in mano. Mi muovo rapidamente, afferrandola da lei e rimettendola sul vassoio, prima che il liquido scuro possa fuoriuscire. Poi, mi siedo più vicino a lei.

La cosa buona del ricordare Ksenia è che uccide la mia libido a morte.

"Indossavo il preservativo, come faccio sempre" continuo, e gli occhi di Chloe si spalancano. Deve aver capito com'è andata la storia. "Sì" dico, prima che lei possa chiedere "si è rotto. Oppure lei l'ha manomesso in qualche modo—ancora non so quale sia la verità. Non mi sono accorto di nulla in quel momento. Avevo bevuto qualche drink, e la serata non è stata particolarmente memorabile. In effetti, me ne ero completamente dimenticato fino a poco più di otto mesi fa, quando ho ricevuto una chiamata da un'amica di Ksenia, che mi informava che lei era morta in un incidente d'auto, lasciando dietro di sé un figlio—*mio* figlio—secondo il suo diario."

"Oh, mio Dio" sospira Chloe, con un'aria inorridita. "Quindi, la madre di Slava era—"

"Qualcuno che non avrei toccato con indosso una tuta ignifuga, se avessi saputo chi era, sì. I rapporti tra le nostre famiglie erano stati tesi per decenni, per non dire altro."

"Decenni? Perché?"

"Ricordi la storia che ti ho appena raccontato, su mio nonno spedito nel gulag?"

La ragazza annuisce e riprende cautamente il caffè.

"L'uomo che lo aveva accusato di slealtà nei confronti del Partito era Matvey Leonov, il nonno di Ksenia."

Si blocca, la tazza a metà strada verso la bocca. "Oh. Wow."

"Sì. Era un serpente velenoso, come tutti i Leonov, ma soprattutto Ksenia." Mio malgrado, la mia voce gronda di odio amaro. "Ancora oggi, non so se avesse pianificato di scoparmi da molto tempo prima, o se fosse rimasta incinta per un incidente. Ad ogni modo, non mi ha detto che avevo un figlio. Probabilmente non lo avrebbe mai fatto. Se non fosse morta, forse non avrei mai saputo dell'esistenza di Slava—almeno non finché non fosse stato abbastanza grande per apparire nei nostri circoli. A quel punto, la somiglianza avrebbe fatto capire a tutti la sua discendenza Molotov, se non propriamente la sua vera paternità." La mia bocca si contorce. "Non hai visto i miei fratelli o mio cugino, ma siamo tutti molto simili."

Chloe rimette il caffè sul comodino senza nemmeno bere un sorso. "Perché pensi che ti si sia avvicinata quella notte? Doveva sapere chi *eri*, giusto?"

"Certo." A differenza sua, ero molto conosciuto nell'alta società di Mosca. "Per quanto riguarda il motivo, non ne ho ancora idea. Forse aveva pianificato tutto, fino al preservativo rotto, o forse era solo giovane e stupida e voleva flirtare con il pericolo. Non so nemmeno perché fosse alla festa o come fosse entrata—di certo nessuno dei Leonov era stato invitato. In ogni caso, il risultato finale è lo stesso: ho un figlio che non conoscevo fino a otto mesi fa. Un figlio che è per metà un Leonov."

Chloe fa un respiro profondo. "Aspetta un attimo. È per questo che stai—"

"Qui?" Al suo cenno del capo, sorrido con amarezza. "Hai indovinato, zaychik. La famiglia di sua madre non me l'ha esattamente consegnato. Ho saputo dell'esistenza di Slava una settimana dopo la morte di Ksenia e, a quel punto, viveva già con Boris Leonov, il padre di Ksenia—un uomo noto per le sue inclinazioni crudeli e violente. Non ho mai voluto figli, non ho mai pensato di averli, ma non potevo lasciare mio figlio nelle sue grinfie, non potevo abbandonarlo per crescere in quel nido di vipere."

"Allora, cosa? Gliel'hai sottratto?"

Annuisco. "I miei fratelli e io abbiamo impiegato quasi due mesi per trovare un modo per violare la loro sicurezza, ma l'abbiamo tirato fuori e l'ho portato qui, dove nessuno sa chi siamo e non può riferire ai Leonov che improvvisamente ho un bambino."

La sua fronte liscia si aggrotta, confusa. "Non capisco. Perché non sei passato attraverso i canali legali? Sei il padre di Slava. Non avresti potuto ottenere l'affidamento con un semplice test di paternità?"

"Avrei potuto—e l'avrei fatto—se fosse stato chiunque tranne i Leonov. Odiano la nostra famiglia tanto quanto noi odiamo la loro, e farebbero qualsiasi cosa per ostacolarci... per *ostacolarmi*. Nel momento in cui avessi chiesto la custodia—nel momento in cui si fossero resi conto che sapevo dell'esistenza di Slava—lo avrebbero portato via, nascosto in un posto dove non l'avremmo mai trovato. Forse avrebbero simulato la sua morte per ingannare i tribunali—o forse lo avrebbero effettivamente ucciso. Qualsiasi cosa per privarmi della possibilità di crescere mio figlio."

Chloe sussulta per l'orrore. "Pensi che avrebbero…?"

"Non darei niente per scontato col maggiore dei Leonov." O con Alexei e Ruslan, i fratelli altrettanto spietati di Ksenia.

Chloe sembra inorridita. "È terribile." Poi i suoi occhi si spalancano, e ansima di nuovo. "Nonno Papero! Oh Dio... pensi che il padre di Ksenia abbia fatto del male a Slava, mentre viveva con lui?"

"Non ne sarei sorpreso." Cerco di mantenere un tono calmo, ma una rabbia oscura si insinua nella mia voce, rendendola dura e gutturale. "Slava non ha mai parlato del periodo trascorso con suo nonno, ma il modo in cui si comportava con me e Pavel all'inizio... il modo in cui si comporta ancora con me, in una certa misura..." Mi fermo, la mia gola che si stringe per un accenno di furia.

I vaghi sospetti che avevo nutrito sul modo in cui Boris Leonov trattava mio figlio si erano cristallizzati in quasi certezza, quando Chloe mi aveva raccontato della strana reazione di Slava a Nonno Papero nella favola per bambini. L'unico motivo per cui il padre di Ksenia è ancora vivo è che la squadra di Konstantin ha scoperto il fatto accuratamente nascosto che ha un cancro al pancreas in stadio avanzato, e che non dovrebbe vivere più di un paio di mesi pieni di agonia.

Ucciderlo sarebbe una misericordia che non sono disposto a concedere.

Chloe mette la sua mano sul mio ginocchio. "Mi dispiace così tanto, Nikolai." I suoi morbidi occhi castani sono carichi di comprensione, un'eco della stessa rabbia che brucia dentro di me.

Anche lei vorrebbe fare a pezzi chiunque abbia ferito Slava, posso dirlo.

Con sforzo, reprimo la mia furia. La natura ha già escogitato la tortura più squisita per Boris Leonov, e devo accontentarmi di questo. L'unica cosa che otterrei sferrando un colpo al padre di Ksenia sarebbe abbreviare la sua sofferenza e innescare una vera e propria guerra tra le nostre famiglie. In questo momento, abbiamo, se non proprio una tregua, almeno una distensione: non è stato versato sangue per un certo numero di anni, nonostante i costanti attriti a livello aziendale e personale.

Ciò cambierebbe se uccidessi Boris—o se scoprissero che ci sono io dietro il rapimento di Slava. Possono nutrire dei sospetti su quel fronte ora—Alexei certamente mi ha accennato alcuni sospetti durante il nostro incontro a Dushanbe—ma non agiranno in base a delle supposizioni, a meno che non siano sicuri. Non solo perché farlo significherebbe iniziare quella guerra, ma perché se si sbagliassero e io non sapessi di Slava, il loro attacco potrebbe indurmi a capire, aprendo l'intera orribile lattina di vermi.

Da parte mia, ho fatto del mio meglio per assicurarmi che i dubbi fossero tutto ciò che avevano. Ho lasciato la Russia tre settimane prima di tirar fuori Slava dal loro complesso, quindi le tempistiche non corrispondevano troppo da vicino, e l'amica di Ksenia, quella che mi ha chiamato dopo aver trovato il diario, è stata trasferita in Nuova Zelanda con un milione di dollari e una nuova identità—e la minaccia che se avesse contattato uno dei Leonov per informarli della nostra conversazione, la sua famiglia in Russia ne avrebbe pagato il prezzo.

Non entro in tutti quei dettagli con Chloe ora. Non c'è bisogno; può trarre le proprie conclusioni da ciò che le ho raccontato. Invece, le copro la mano con la mia e le dico gravemente: "Grazie, zaychik." La sua empatia e la sua rabbia per conto di Slava raffreddano la mia, il calore del suo piccolo palmo che filtra nella mia pelle, nonostante il tessuto spesso dei jeans.

Deglutisce e ritira la mano, distogliendo lo sguardo. Ha paura di questo, mi rendo conto con una fitta—paura dell'intimità emotiva con me. È scoraggiante e incoraggiante al contempo. Scoraggiante, perché voglio che lo superiamo, che torniamo a come erano le cose prima delle rivelazioni di Alina. E incoraggiante, perché mi dice che c'è speranza per noi... che non importa quanto le piacerebbe essere disgustata e terrorizzata da me, i suoi sentimenti sono più complessi di ciò.

Trattenendo la mia frustrazione, aspetto che mi guardi, e

quando lo fa, prendo il caffè e glielo porgo. "Ecco, zaychik." Il mio tono è calmo. "Dovresti bere questo, prima che si raffreddi."

Per ora la lascerò nascondersi dalla verità, le permetterò di sollevare i suoi scudi e le sue difese. Non la salveranno da me. Niente lo farà.

Che le piaccia o no, la possiederò.

Cuore, mente, corpo e anima.

AMARANTE

12

CHLOE

NONOSTANTE ABBIA SCOLATO L'INTERA TAZZA DI CAFFÈ, MI addormento subito dopo pranzo e faccio un pisolino, finché Nikolai non mi porta la cena. Penso che siano gli antidolorifici a rendermi così sonnolenta—oppure il mio cervello sta usando il sonno per elaborare le rivelazioni più recenti, mentre si nasconde dalle domande senza risposta che inducono ansia.

Hanno rapito Slava, lo hanno portato via dalla famiglia di sua madre. Suppongo che dovrei essere scioccata, ma non lo sono. Penso di aver sospettato qualcosa del genere in qualche modo; faceva parte dell'errore che stavo percependo, quell'atmosfera inquietante che continuavo a ricevere da questa famiglia—specialmente dal mio oscuro rapitore ipnotizzante.

Voglio condannare le sue azioni, invece non posso fare a meno di applaudirle. Per liberare suo figlio da una situazione potenzialmente violenta, Nikolai ha completamente stravolto la sua vita, lasciando il suo Paese natale e rinunciando al suo ruolo di capo del clan Molotov. Non tutti i padri l'avrebbero fatto per il proprio figlio, specialmente un bambino di cui non era a conoscenza.

Un bambino che afferma di non aver mai voluto.

Il mio petto si stringe, mentre ricordo quell'ammissione, buttata fuori così casualmente e disinvoltamente, come se non importasse. Non ha spiegato, non è entrato nei dettagli, ma ho potuto leggere tra le righe.

Non era un desiderio di vivere per se stesso, o viaggiare, o prevenire la sovrappopolazione—o qualsiasi altra ragione che le persone in genere danno per scegliere di non avere figli. Nel caso di Nikolai, non voleva essere un padre, perché non pensava che sarebbe stato bravo... e perché non voleva che la sua stirpe continuasse. C'è una parte del mio rapitore che si disprezza, o per quello che ha fatto o per quello che è.

Un Molotov.

Ho pensato alla storia che mi ha raccontato, a quella della sua famiglia e al modo in cui è cresciuto. Non ha detto molto su questo, ma le sue omissioni erano tanto significative quanto i dettagli che includeva. È ovvio che gli è stato insegnato a vedere la vita come una battaglia senza fine per la sopravvivenza e il dominio, una battaglia che solo i più spietati possono vincere.

Scommetto qualsiasi cosa che la sua educazione per mano di suo padre non fosse lontana dal modo in cui il suo antenato mongolo avrebbe potuto allevare *suo* figlio nel tredicesimo secolo, abilità di tortura e tutto il resto.

Cerco di sondare più a fondo durante la cena, ma Nikolai non ha più voglia di parlare di se stesso. Invece, mentre mi dà da mangiare carne di cervo brasata al vino con salsa di funghi e purè di patate dolci, mantiene la conversazione concentrata su di me: il cibo che mi piace e non mi piace, i miei film preferiti, i miei amici al college. E lo fa così abilmente che mi ritrovo a parlargli senza riserve, sorridendo e ridendo, mentre descrivo la volta in cui il gatto della mia compagna di stanza ha fatto la pipì sul mio letto e come uno dei miei amici ha scambiato mia madre per una studentessa e ci ha provato con lei durante il nostro orientamento da matricole.

È come se fossimo tornati alle nostre videochat, come se tutto ciò che è accaduto dal suo ritorno non fosse stato altro che un terribile sogno febbrile.

È solo quando finisco di cenare e mi dà il bacio della buonanotte, le sue labbra morbide e fresche sulla mia fronte, che mi rendo conto di aver perso l'opportunità di ottenere le risposte per il resto delle mie scottanti domande.

Lo schema si ripete la mattina dopo, quando Nikolai mi porta la colazione. Evita abilmente i miei tentativi di portare la conversazione su suo padre—o sul *mio*. Invece, mentre mi dà da mangiare *grechka*—kasha di grano saraceno arrostito che ad Alina piace al posto della farina d'avena—discutiamo dei progressi di Slava e delle prossime lezioni che ho programmato. Poi mi aiuta a fare la doccia, mi cambia la fasciatura e, su mia insistenza, mi veste con un paio di pantaloni da yoga e una morbida maglietta.

La mia caviglia va meglio, così come il mio braccio, quindi ho intenzione di muovermi.

"Non esagerare" mi avverte, mentre zoppico con decisione nella stanza di Slava, invece di lasciarmi trasportare da lui. "Hai ancora bisogno di tempo per guarire."

"Farò con calma, non preoccuparti" dico, lasciandomi cadere sul letto di Slava—con grande gioia del ragazzino. "Leggeremo dei libri, costruiremo dei castelli... Niente di faticoso, lo prometto."

Nikolai sembra ancora preoccupato, quindi gli rivolgo un sorriso luminoso. "Sto meglio, davvero. Non ho avuto nemmeno bisogno di un antidolorifico stamattina." Quest'ultima cosa non è del tutto vera—potevo sicuramente assumere un antidolorifico per il dolore sordo e fastidioso al braccio—ma ho deciso di non prenderlo, per sondare il mio livello di resistenza.

In ogni caso, la mia rassicurazione funziona come previsto. Il volto di Nikolai si schiarisce. "Va bene, allora" dice, e dopo aver rivolto poche parole in russo a suo figlio, ci lascia alle nostre lezioni.

***

A metà mattinata, il braccio mi fa più male—Slava ha urtato accidentalmente l'imbracatura, mentre si arrampicava sulle mie ginocchia—quindi torno zoppicante nella mia camera per prendere l'antidolorifico, dopotutto.

Nel corridoio, incontro Lyudmila, che sta portando un enorme mazzo di fiori, che contiene di tutto, dalle rose lussureggianti ai girasoli e ai tulipani. "Alina compleanno" mi informa, quando le chiedo per chi sia. "Importante. Oggi venticinque."

Oh. Alina ha menzionato che il suo compleanno era questa settimana, quando abbiamo fumato erba insieme. Non avevo idea che fosse oggi, però.

Pensando velocemente, chiedo a Lyudmila: "Dov'è Nikolai?"

Ho bisogno di qualche tipo di regalo, e l'unica cosa che riesco a trovare è un bouquet fatto da me—fiori di campo raccolti nella foresta vicina. Durante le mie escursioni, ho individuato alcuni posti dove crescono in abbondanza.

Il problema sarà arrivare in uno di quei punti con la mia caviglia che si comporta male, ma è qui che si spera che Nikolai entri in gioco.

Lyudmila fa un cenno verso il suo ufficio. "Lavoro."

Sfiorandomi, prosegue verso la stanza di Alina, e io mi mordo il labbro, guardando la porta chiusa dell'ufficio di Nikolai. Oserei interrompere?

Delle risate femminili e animate chiacchiere in russo provenienti dalla camera di Alina decidono per me.

Non posso non regalare *qualcosa* alla sorella di Nikolai.

Zoppico nell'ufficio di Nikolai e busso piano.

"*Da*" risponde la sua voce profonda—*sì* in russo.

Faccio un respiro profondo. "Sono Chloe. Mi stavo solo chiedendo se—"

La porta si apre, e le parole muoiono sulle mie labbra, mentre i suoi meravigliosi occhi verde-oro incontrano i miei, rubandomi il respiro e aumentando il mio battito cardiaco.

Dannazione.

Il mio corpo smetterà mai di rispondere a lui così fortemente? A questo punto, abbiamo scopato e mi ha fatto il bagno più volte, eppure la sua bellezza virile mi acceca ancora ogni volta che passiamo un paio d'ore separati.

"Che cosa c'è, zaychik?" chiede, le sopracciglia scure che si uniscono, mentre mi dà una rapida, preoccupata occhiata. Prima che io possa rispondere, mi afferra le mani. "Va tutto bene?"

"Sì, va tutto bene. È solo che..." Getto una rapida occhiata alle mie spalle. Il corridoio è vuoto, ma abbasso ancora la voce, per ogni evenienza. "Ho bisogno di un regalo per Alina."

"Ah. Entra." Mi accompagna nel suo ufficio e mi guida verso una sedia, su cui sprofondo volentieri. Potrei aver esagerato nel camminare oggi—la mia caviglia sta meglio, ma sicuramente non sta completamente bene. Nemmeno il braccio.

Quell'antidolorifico sta diventando sempre più necessario di minuto in minuto.

"Tieni" dice Nikolai, aprendo un cassetto della scrivania. Tira fuori una piccola scatola nera e me la porge. "Puoi darle questo."

Confusa, la apro—e guardo a bocca aperta il braccialetto tempestato di diamanti all'interno.

Che diavolo?

Il mio sguardo balza sul suo viso. "Che cosa intendi con dargliela?"

"Può essere il tuo regalo" risponde in modo pratico. "Io le darò un altro gioiello."

Sta parlando seriamente?

"Ovviamente non può essere il mio dono" dico, quando recupero la mia capacità di parlare. "L'hai preso *tu* per lei, non io. Non posso permettermi una sola pietra in quel braccialetto, e Alina lo sa."

Alza le spalle. "E allora? Le piacerà comunque."

Dio mio. Prendo fiato e conto fino a tre. "No, non lo farà. Perché le darò qualcos'altro, qualcosa che veramente viene da me."

"Ad esempio?"

"Fiori. Vorrei mettere insieme un bouquet per lei. Ne ho visti alcuni davvero belli sbocciare non lontano da qui."

Le sue sopracciglia si uniscono di nuovo. "Non è possibile che tu vada a fare un'escursione con quella caviglia."

"Non è lontano. Posso farcela. Soprattutto se vieni con me e mi aiuti."

Uno strano bagliore appare nei suoi occhi da tigre. "Vuoi che ti porti a raccogliere fiori?"

Ora che l'ha detto, mi rendo conto di quanto possa sembrare ridicolo—e di quanto sia una domanda stupida. A che cazzo stavo pensando? Non è il mio ragazzo; è il mio rapitore, un uomo potente e pericoloso che ha cose molto più importanti—

"Va bene" dice, prima che io possa fare marcia indietro. "Dammi un minuto per finire qui e andremo."

13

NIKOLAI

Ignorando le affermazioni di Chloe secondo cui può camminare "benissimo", la porto nella sua stanza e torno per finire il messaggio che stavo scrivendo, istruendo l'ultimo arrivato di Valery su come e dove voglio che venga raccolto il campione di DNA. Non è un uomo quello che mio fratello sta mandando per questo lavoro, ma una donna—il che è anche meglio.

Questo apre alcune interessanti possibilità per quanto riguarda l'avvicinamento a Bransford.

Quindi, rispondo ad alcuni messaggi più urgenti e vado a chiamare Chloe per la nostra spedizione di raccolta dei fiori.

Il mio cuore batte per l'aspettativa, mentre mi avvicino alla sua camera. Forse sto leggendo troppo in questo, ma mi sento incoraggiato dal fatto che lei mi abbia attivamente cercato, che voglia passare del tempo con me, anche se con questo pretesto di merda.

La mia strategia di essere nient'altro che il suo paziente,

custode platonico sta funzionando. Lentamente ma inesorabilmente, la mia zaychik sta perdendo la paura di me, abbassando i suoi scudi. Ed è un bene—perché non so per quanto tempo ancora posso rimanere paziente.

Più si sente meglio, più è difficile controllare la bestia dentro di me, impedirmi di reclamarla come richiesto dal mio istinto.

Sta guardando il telegiornale, mentre entro nella sua stanza. Vedendomi, spegne la TV e si alza, un sorriso radioso sul viso. "Sono pronta."

Qualcosa nel profondo del mio petto si espande e si contrae simultaneamente. "Andiamo a prendere quei fiori, allora."

La lascio camminare verso di me da sola, solo per vedere come sta guarendo la sua caviglia. Non appena mi raggiunge, però, la prendo in braccio, ignorando ancora una volta le sue obiezioni. Non riesco a vederla zoppicare—mi fa troppo male— quindi l'unico modo in cui verrà fatta questa escursione è con lei tra le mie braccia.

"Non hai seriamente intenzione di portarmi fin lì in braccio" dice, mentre usciamo di casa.

Le sorrido. "Perché no, zaychik?"

Adoro tenerla in braccio, sentirla stretta a me. Finché la sua caviglia non sarà guarita, intendo portarla in braccio il più possibile—e forse anche dopo.

"Per cominciare, il punto che ho in mente è almeno a un chilometro di distanza" dice con la massima serietà, come se un chilometro fosse una sorta di distanza reale. "Se mi prestassi solo il gomito, potrei camminare fin lì a passo lento."

"Non succederà."

"Ma sono pesante. Non c'è modo—"

"Stai scherzando, vero?" Sorrido al suo viso piccolo e

indignato. "Zaychik, ho portato zaini più pesanti di te per un giorno intero."

Sbatte le palpebre. "Vuoi dire... quando eri nell'esercito?"

"E adesso. Pavel e io ci alleniamo spesso con le guardie per mantenerci in forma."

"Oh. Ma comunque—"

"Che cosa ne pensi di questo? Prometto che ti lascerò camminare se mi stanco." O meglio, se cado morto. Questo è l'unico modo in cui camminerà attraverso questi boschi con quella sua caviglia.

Sbuffa. "Bene. Fai pure il macho; sai quanto mi importa, se le tue braccia cadranno. I fiori sono da quella parte." Indica un piccolo sentiero sterrato che conduce nel bosco a est rispetto a noi, poi appoggia la testa sulla mia spalla, come se volesse fare un pisolino.

Rido e mi dirigo lungo il sentiero che mi ha indicato, facendo attenzione a proteggerla da rami e arbusti bassi. Non ricordo l'ultima volta che mi sono sentito così leggero, sia fisicamente che mentalmente. Invece di stancarmi, il suo leggero peso tra le mie braccia mi incoraggia, la sensazione del suo corpo contro il mio che evoca non solo la solita fame carnale, ma anche qualcosa di caldo e puro... qualcosa paragonabile quasi alla gioia.

È come se le nubi scure sospese su di me negli ultimi anni si fossero sollevate per un momento, rivelando un frammento di cielo illuminato dal sole.

La sensazione persiste per tutto il tragitto verso la nostra destinazione, sostenuta dai suoi occasionali borbottii sugli sciocchi macho e sul loro ego. Sono sicuro che li intenda come un insulto, ma tutto quello che provo è divertimento misto a sollievo. Mi piace il suo carattere irritabile e scontroso;

significa che si sente al sicuro con me, dimenticando le cose che ha sentito e visto fare.

Dimenticando che sono un mostro.

Quando arriviamo a un piccolo prato punteggiato di fiori selvatici, la metto giù per farglieli raccogliere. Nonostante l'imbracatura, è veloce ed efficiente nel suo compito, le dita agili che strappano le piante sparse e le sistemano in qualcosa di bello. Quando ha finito, devo ammettere che *è* stata una buona idea regalo—mia sorella adorerà questo insolito bouquet profumato di bosco.

"Sono pronta per il mio viaggio di ritorno a casa" dice con finta superbia, e rido mentre la sollevo, attento a non schiacciare i fiori che ha in mano. Il loro odore si mescola con il profumo fresco e inebriante dei suoi capelli, e il mio corpo si accende con un'ondata di eccitazione, il mio uccello che si indurisce, mentre lei appoggia la testa sulla mia spalla, il suo naso che mi sfiora il collo.

"Più dura in salita, non è vero?" dice allegramente, mentre inizio il sentiero che riporta a casa. Sollevando la testa, posa il palmo sul mio petto e sorride. "Il tuo cuore sta già battendo più velocemente."

È così—ma non per il motivo che pensa. Devo davvero sforzarmi per non inchiodarla contro l'albero più vicino e tuffarmi in profondità nel suo corpicino stretto. La sensazione di lei, il suo profumo, quella scintilla maliziosa nei suoi occhi— tutto aggiunge carburante al fuoco che arde dentro di me, alla fame violenta che ho cercato così duramente di reprimere.

Il mio ritmo rallenta, mentre il mio sguardo cade sulle sue labbra, così graziose e morbide, così seducenti in quel sorriso luminoso e provocante.

Non farlo.

I battiti del mio cuore si intensificano, fino a diventare un ruggito nelle orecchie.

Non farlo, cazzo.

La mia vista diventa simile a un tunnel, il mondo intorno a noi sfocato. Non vedo altro che il suo sorriso, brillante e caldo come il sole; non sento altro che il calore carnale che mi brucia le vene.

Non farlo, cazzo.

Il suo sorriso svanisce, uno sguardo diffidente che entra nei suoi morbidi occhi marroni, mentre mi fermo completamente, fissandola. "Nikolai, non intendevo—"

Le mie labbra coprono le sue, inghiottendo il resto delle sue parole. *Cazzo, ha un buon sapore.* Di mele, bacche e fiori, qualcosa di genuino, selvaggio e fresco. Il sapore inebriante nutre la fame oscura dentro di me, aggiungendosi al feroce bisogno che pulsa sotto la mia pelle.

Le sue labbra si aprono sotto la pressione delle mie, e la mia lingua invade le profondità calde e scivolose della sua bocca, cercando ogni pezzetto di quel sapore, dell'essenza dolce e pulita di lei. Avidamente, respiro i suoi espiri ansimanti, godendomi il gemito che le fa vibrare la gola, mentre le tiro il labbro inferiore con i denti, quasi rompendo la fragile pelle nel farlo.

Mia. È fottutamente mia. Voglio consumarla, divorarla, marchiarla... prenderla, fotterla, distruggerla. No, non distruggerla—possederla, anche se essendo un Molotov, è fondamentalmente la stessa cosa. Il mio bisogno di lei è ossessivo e oscuro, pericoloso per lei e per me. Ma ora mi rifiuto di pensarci, mi rifiuto di ricordare le liti dei miei genitori e gli avvertimenti di mia nonna. Il destino ha portato

Chloe da me, e il destino determinerà il nostro percorso. Per ora, è mia da rivendicare, mia da possedere.

Con voracità, approfondisco il bacio, e lei risponde con lo stesso ardore, la sua lingua che duella con la mia, mentre il suo braccio sinistro mi avvolge il collo. Le mie braccia si stringono intorno a lei, schiacciandola contro il mio petto e strappandole un grido di dolore dalla gola.

Fanculo. La sua imbracatura.

Che cosa sto facendo?

Con uno sforzo sovrumano, stacco la bocca e la metto in piedi. Respirando affannosamente, indietreggio, mentre lei mi fissa, gli occhi spalancati e le labbra gonfie di baci aperte.

Scioccata. È scioccata per quello che è successo, e anch'io lo sono. Scioccato per averla lasciata andare, per aver trovato la forza di liberarla, quando la bestia dentro di me ulula e infuria, chiedendomi di prenderla qui e ora, non importa quanto sia ferita e fragile.

"Nikolai, io..." Deglutisce a fatica, portandosi la mano sinistra al petto. Il bouquet che ha in mano è danneggiato, alcuni fiori strappati e piegati a metà. "Non credo sia una buona idea. Voglio dire, io e te—"

"So cosa vuoi dire." Il mio tono è tagliente come la bramosia simile a una lama che ruota dentro di me, riducendo in brandelli il mio autocontrollo.

Sono andato così vicino a scoparla. Un altro minuto, e sarei stato immerso nel suo calore stretto e umido, dopo aver dimenticato completamente le sue ferite.

È ufficiale. Sono un fottuto selvaggio.

Non ci sono più dubbi nella mia mente.

Si morde il labbro inferiore paffuto, facendo venire voglia di farlo anche a me. "Non sono—"

"Dovresti sistemarli." Al suo sguardo vuoto, ringhio: "I fiori. Sono schiacciati."

Sbatte le palpebre e guarda in basso, come se solo ora si rendesse conto che sono ancora nella sua mano. "Giusto." Indietreggia barcollante. "Lasciami fare."

Si inginocchia per raccogliere i pochi fiori sparsi che crescono lungo questo sentiero, e io mi volto, facendo respiri profondi. Quando poco dopo mi chiama, ho di nuovo il controllo. *Più o meno.*

Voltandomi per guardarla, ammorbidisco la mia espressione. "Andiamo."

Si avvia verso di me zoppicando, e io stringo i denti, mentre la sollevo. Problemi di autocontrollo o no, non le permetterò di tornare indietro da sola.

Tenendola stretta contro il mio petto, allungo il passo, finché non sto quasi correndo. Rimane in silenzio, anche se deve sentire il mio respiro aumentare per lo sforzo. Non ci sono più prese in giro sugli uomini macho, non ci sono più proteste su come possa camminare da sola. Non vuole attirare l'attenzione su di sé, e va bene così.

La mia moderazione è appesa a un filo.

È solo quando ci avviciniamo alla casa che lei parla. "Grazie" dice a bassa voce, costringendomi a incontrare il suo sguardo, qualcosa che ho evitato per tutto il viaggio di ritorno. "Lo apprezzo davvero."

"Ovviamente. Felice di aiutare." Il mio tono è disinvolto, calmo, come se stessimo discutendo della raccolta dei fiori. Ma sappiamo entrambi che non è così.

Ciò che apprezza è il fatto che non l'ho scopata—che per ora può mantenere alzate le sue barriere e fingere.

14

CHLOE

Non appena Nikolai mi lascia nella mia camera, vado a cercare Alina. La trovo in cucina, intenta a chiacchierare con Lyudmila, e le porgo i fiori, insieme alle congratulazioni del compleanno.

"Grazie." Accetta il bouquet con un sorriso raggiante. "Dove diavolo li hai presi? Sono così belli."

Sorrido di rimando. "Oh, proprio qui intorno."

"Davvero? Con la caviglia in quelle condizioni?"

Le mie guance si scaldano al ricordo di quello che è quasi successo nella foresta. "Nikolai potrebbe aver aiutato."

Il suo sorriso si attenua leggermente, ma non aggiunge altro. Invece, si rivolge a Lyudmila, che sta tagliando delle verdure nel lavandino, e le rivolge qualche parola in russo. La donna bionda si affretta a riempire d'acqua un bel vaso, e Alina vi sistema i fiori, prima di portarlo in sala da pranzo, dove si unisce all'altro bouquet che decora la tavola.

"Come ti senti?" le chiedo, seguendola lì. La tavola è già

apparecchiata con una varietà di antipasti; sembra che oggi sarà un pranzo particolare. "Altri mal di testa?"

"Dovrei chiedertelo io." Mi guarda, i suoi occhi di giada che luccicano. "Come va il tuo braccio? La tua caviglia?"

"Va tutto meglio." La caviglia non così tanto in questo momento—ho decisamente esagerato oggi—ma non lo dico.

"Sono contenta." Esita, poi chiede a bassa voce: "Hai parlato con Nikolai?"

Il mio battito accelera. "Mi ha parlato di Slava e dei Leonov." Mi dirà di più? Dopotutto, ha deciso di rivelare l'intera storia?

Il suo viso assume un'espressione da sfinge. "Capisco."

Immagino che la risposta sia no. Sono tentata di incalzarla, ma non voglio sollevare un argomento traumatico per il suo compleanno—anche se si potrebbe sostenere che l'abbia tirato fuori lei stessa.

"Vuoi uscire stasera dopo cena?" chiedo impulsivamente. "Magari giocare a qualche gioco da tavolo, bere un paio di birre? Ovviamente, anche Lyudmila è la benvenuta."

La mia offerta è motivata solo in parte dal desiderio di sondare per ulteriori informazioni. Soprattutto, voglio solo conoscere meglio Alina, dato che sta iniziando a piacermi davvero.

Sembra sorpresa, ma si riprende rapidamente. Facendomi un sorriso caloroso, dice: "Sembra fantastico. Vediamo quanto dura la cena e poi decideremo cosa fare."

Dato che sono già al piano di sotto, mi unisco a tutti per pranzo, anziché farmi dare da mangiare da Nikolai nella mia stanza. Non solo mi sento abbastanza bene da riprendere a essere un'adulta funzionale, ma dopo quello che è quasi successo nella foresta, stare da sola con Nikolai sembra un'impresa pericolosa—specialmente accanto a un letto.

Sono certa che si sia fermato solo perché era preoccupato di farmi male al braccio, qualcosa che sarebbe stato molto meno preoccupante se fosse accaduto su un morbido materasso.

Il mio cuore batte più forte al pensiero, e gli lancio un'occhiata da sotto le ciglia. Posso ancora sentire le sue labbra divorare le mie, posso ancora assaporare il suo alito caldo e al sapore di menta. I miei capezzoli sono eccessivamente sensibili e il mio labbro inferiore pulsa, dove l'aveva morso, con le pulsazioni che riecheggiano in profondità nel mio intimo.

Lo voglio. E non in modo casuale del tipo sarebbe-bello-averlo. Anche sapendo cos'è, lo desidero così disperatamente che è come una malattia, una dipendenza malsana e pericolosa come quella di un consumatore di eroina. Non ho forza di volontà con lui, nessuna capacità di resistere al suo tocco. Dovrebbe terrorizzarmi e disgustarmi, invece, sono attratta da lui tanto quanto prima, se non di più.

È contorto. È sbagliato. Lo so, ma non posso farci niente.

Il mio corpo e il mio cuore si rifiutano di sincronizzarsi con la mia testa.

Cattura il mio sguardo su di lui, e i suoi occhi da tigre si rabbuiano, carichi di un inconfondibile calore oscuro. Le mie pulsazioni aumentano ulteriormente, il mio respiro si blocca, mentre guardo altrove. Per quanto io lo voglia, lui mi vuole ancora di più. E il suo desiderio non è della varietà morbida e dolce. Oggi ho percepito in lui l'urgenza selvaggia, il bisogno di dominare e conquistare. Se non fosse stato per le mie ferite, mi avrebbe presa lì e subito, sul terreno disseminato di foglie. E non sarebbe stato gentile.

Quando faremo di nuovo sesso, sarà devastante per me, fisicamente e mentalmente, e l'unico modo per evitare che accada è stare fuori dalla sua portata—una cosa impossibile nella mia situazione attuale. Anche se fossi disposta a rischiare un incontro con un nuovo gruppo di scagnozzi di Bransford, Nikolai non mi lascerebbe andare.

Per la prima volta mi permetto di pensare al futuro e a cosa riservi. Nikolai mi lascerà mai andare? E se lo fa, sarò mai al sicuro? Se Tom Bransford mi vuole davvero morta, che cosa gli impedisce di inseguirmi ancora e ancora? A giudicare dai sondaggi, molto probabilmente sarà il candidato del suo partito. Se poi vince le elezioni generali, non ci saranno quasi limiti al suo potere—non che ora ce ne siano.

Voci alterate mi tirano fuori dalle oscure elucubrazioni. Sono Alina e Nikolai, che stanno litigando in russo. Ero così persa nei miei pensieri che non ho notato l'atmosfera tesa al tavolo, ma ora non mi sfugge.

Fratello e sorella sono chiaramente ai ferri corti, e Slava li sta guardando, i suoi occhi dorati spalancati per la curiosità—e più che un accenno di preoccupazione.

Gli tiro la manica. "Ehi. Come lo chiamiamo in inglese?" Indico il pomodoro nel piatto.

Mi guarda sbattendo le palpebre.

"L'abbiamo imparato stamattina, ricordi?" Sembra ancora perplesso, quindi decido di dargli un suggerimento. "È un ortaggio che chiamiamo po—"

"Pomodoro!" esclama sorridendomi.

"Giusto." Sorridendo, gli accarezzo i capelli setosi. Il mio obiettivo era distrarlo dalla discussione degli adulti, ma sembra che la mia interferenza abbia posto fine alla litigata, con Alina e Nikolai che invece hanno rivolto la loro attenzione su di noi.

"Sta imparando così in fretta" dico, e Slava gonfia con orgoglio il petto, mentre Alina gli rivolge un caldo sorriso e dice qualcosa che suona come un elogio in russo.

"Dovremmo parlargli in inglese." Il tono di Nikolai è ancora amareggiato. "Almeno quando Chloe è nei paraggi. Imparerà ancora più velocemente in questo modo."

Le labbra di Alina si stringono, ma annuisce. "Come vuoi. È tuo figlio."

Sono più che curiosa di sapere su cosa vertesse la discussione, ma non credo sia una buona idea chiedere. Invece, domando ad Alina come festeggia normalmente il suo compleanno, e lei mi intrattiene con descrizioni di viaggi in luoghi esotici e feste sontuose a Mosca, a cui partecipa ogni sorta di celebrità.

"Aspetta" dico, quando accenna casualmente a come una star del cinema sia svenuta sul suo yacht durante una festa di compleanno a Mykonos. "Conosci le celebrità di Hollywood?"

Ride. "Non tutte, ovviamente, ma alcune. Anche loro sono persone, sai. Niente di speciale nel grande schema delle cose."

Niente di speciale per *lei*, forse, ma sono affascinata. Le faccio raccontare tutto dei suoi famosi amici e conoscenti e, prima che me ne renda conto, stiamo concludendo il pasto. Il che è positivo—perché nemmeno le storie degne del sito gossip *TMZ* sulle celebrità che si comportano male hanno diminuito la mia consapevolezza di Nikolai e della sua incrollabile concentrazione su di me.

Durante l'intero pasto, mi ha osservata con la pazienza letale di un predatore, uno che sa che è solo questione di tempo prima di consumare la sua preda.

I nostri occhi si incontrano, quando ci alziamo dal tavolo, e io distolgo di nuovo lo sguardo, la mia pelle che formicola, mentre il mio polso salta in modo incontrollabile.

Questo non va bene. Contavo che Nikolai si sarebbe trattenuto almeno per qualche altro giorno, ma non credo che avrò così tanto tempo. Un altro giorno, forse, se sono fortunata.

Altrimenti, stanotte finirò nel suo letto.

"Andiamo in camera tua" dico a Slava, cercando di ignorare il rossore che mi scalda tutto il corpo. "Possiamo giocare a Batman e Robin—o Batman e Superman."

Il bambino mi afferra avidamente la mano, e usciamo insieme dalla sala da pranzo, mentre Nikolai e Alina iniziano quella che sembra un'altra discussione in russo.

15

NIKOLAI

"NON PUOI NASCONDERGLIELO" ripete ALINA, MENTRE CHLOE E mio figlio scompaiono dalla vista. "È suo padre. Merita di sapere cosa stai pianificando."

Fottuto Pavel. Ha detto a Lyudmila di Bransford, e lei, naturalmente, non ha potuto resistere a spargere la voce con mia sorella, che è ancora determinata ad avere voce in capitolo in una questione che non la riguarda.

La guardo di traverso. "Devi starne fuori, cazzo. Questa è una faccenda tra me e Chloe, capito?"

Gli occhi verdi di Alina mi fissano, tutta la sua innocenza ferita. "Non avrei interferito. Sto solo dicendo che se vuoi avere la possibilità di una vera relazione con lei, devi—"

Sogghigno. "Che cosa ne sai delle relazioni vere?"

Prende fiato e raddrizza le spalle. "Senti, ho sbagliato a interferire prima. Non posso scusarmi abbastanza per questo. Ma resta il fatto che Chloe non è come noi. Non importa quello che ha fatto Bransford, lui è ancora suo padre biologico—"

"È lo stupratore di sua madre, niente di più." Non riesco nemmeno a chiamarlo donatore di sperma. Questo è quello che sono stato *io* per Slava per i primi quattro anni della sua vita, ma non appena ho saputo della sua esistenza, non avrei potuto immaginare di torcergli un capello, tantomeno ordinare di ucciderlo... nemmeno se lui un giorno ordinasse di uccidere me.

Alina sussulta al mio tono tagliente. "Lo so. Non sto dicendo che lei lo veda come parte della famiglia o altro. Ma merita comunque di essere consultata."

"Perché? Per avere la sua morte sulla coscienza?"

"E se non lo volesse morto?"

"Non è una sua decisione." Non c'è modo che io lasci vivere lo stronzo, nemmeno se Chloe lo implorasse.

"Ma dovrebbe esserlo" replica Alina frustrata. "Se fossi io—"

"Non metterei questo fardello nemmeno sulle tue spalle." Lo porterei io stesso, nel modo in cui lo sto facendo ora.

I suoi occhi si rabbuiano. "Kolya..."

"No." La morte di nostro padre non è un argomento di cui voglio discutere con lei. Mai. "Stai alla larga dalla mia relazione con Chloe, chiaro?"

E prima che possa irritarmi ulteriormente, mi allontano a grandi passi.

Passo il pomeriggio a mettermi in pari con gli affari—anche con i miei fratelli che si assumono la maggior parte della responsabilità nel business della nostra famiglia, c'è molto da fare per me—e poi apro il video dalla camera di Chloe, dove dovrebbe prepararsi per la cena.

La vedo uscire dal suo guardaroba, già vestita con un abito da sera. Per un secondo, mi chiedo come sia riuscita a cambiarsi senza assistenza—avevo intenzione di andare ad aiutarla tra un minuto—ma poi, mia sorella entra nel campo visivo della telecamera.

"Ferma qui" dice a Chloe, guidandola alla finestra. "Dato che il tuo braccio è fuori uso, ti truccherò io."

Mi appoggio allo schienale della sedia, guardandola divertita, mentre inizia a dipingere il viso di Chloe con i vari tubetti e pennelli che tira fuori da una piccola borsa. Ricordo che dipingeva le sue bambole più o meno allo stesso modo quando era piccola; immagino che non sia mai diventata troppo grande. Non mi dispiace. Chloe non ha bisogno di trucco—è bellissima senza—ma questo è qualcosa che le donne fanno quando si vestono bene, e mi piace la mia zaychik vestita bene. O vestita appena. O meglio ancora, completamente nuda.

Il mio corpo si irrigidisce al pensiero, e devo fare alcuni respiri profondi per controllare il battito in accelerazione. Non posso averla. Non ancora. Non importa quanto faccia male fisicamente negarmelo.

Per ora, posso soltanto guardare e pianificare cosa le farò solo quando starà completamente bene.

16

CHLOE

Con mio sollievo, l'atmosfera a cena non è affatto tesa, in parte perché Pavel e Lyudmila si uniscono a noi invece di restare in cucina. La loro presenza si aggiunge all'atmosfera festosa del pasto quasi quanto tutti i piatti esotici e colorati che popolano la tavola.

Pavel ha superato se stesso oggi; sembra più di stare a un matrimonio gourmet che a un compleanno in casa.

A parte il cibo delizioso e ben organizzato, c'è abbondanza di alcol, dal vino alla vodka e al cognac. Ogni pochi minuti, o Pavel, Lyudmila o Nikolai propongono un brindisi alla festeggiata e noi beviamo—o nel mio caso, bevo un sorso di vino. Non posso stare al passo con le copiose quantità di superalcolici che i russi stanno consumando. Beh, tutti tranne Slava. Sta trangugiando aranciata—una delizia per le occasioni speciali, immagino, perché è la prima volta che vedo il bambino bere qualcosa che non sia acqua.

Quando il piatto di carne esce, il volume e la frequenza dei brindisi aumentano, fino a quando sembra che qualcuno stia alzando un bicchiere per la salute, la bellezza, l'intelligenza o il successo futuro di Alina senza fine. La conversazione è un chiassoso mix di russo e inglese, quest'ultimo probabilmente solo per il mio bene. Ci sono anche molte risate, insieme a battute che non hanno sempre senso se tradotte dal russo —"aneddoti", li chiama Nikolai. Sono qualcosa sulla falsariga di "un asino e un cavallo entrano in un bar", ma molto più creativi ed elaborati. Spiega che raccontare questi divertenti aneddoti durante gli incontri sociali sia una tradizione nel suo Paese, e che quasi ogni russo che si rispetti abbia un repertorio che reintegra costantemente, setacciando Internet e acquistando libri speciali.

Quando Pavel scompare in cucina ed emerge con un vassoio da tè e una torta a tre piani, tempestata di candele, sto ridendo così forte che sono convinta di essere riuscita a ubriacarmi nonostante le precauzioni. Nikolai che si diverte non è qualcosa che ho mai visto, e non ho alcuna difesa contro il suo fascino secco e spiritoso. Nemmeno gli altri al tavolo, a quanto pare. Slava, vivace per lo zucchero e l'allegria degli adulti, si dimentica completamente di mantenere le distanze da suo padre e si arrampica sulle sue ginocchia, mentre Alina, ubriaca, avvolge il braccio intorno al collo di Nikolai e gli dà un grosso bacio, lasciando un'impronta di rossetto sulla sua guancia—la prima volta che l'ho vista comportarsi come una giocosa sorella minore.

Mi fa capire quanto siano riservati lei e tutti gli altri in questa famiglia, quanto poco di una normale dinamica familiare abbia visto tra loro.

La realizzazione mi riporta ai miei sensi, risvegliando la mia cautela, ma poi Alina spegne le candeline tra un forte applauso e io dimentico che non sono a una tipica festa di compleanno, che lo splendido uomo vestito in modo elegante che ride con la sua famiglia è sia il mio rapitore che il mio protettore.

Nikolai è pericoloso, e non solo perché l'ho visto uccidere con i miei occhi.

È perché è molto più complesso di quanto dovrebbe essere un uomo privo di coscienza.

Mentre lo osservo più da vicino, mi rendo conto che a differenza di tutti gli altri, non sembra ubriaco. C'è una certa qualità calcolata nelle sue risate e battute, nella facciata affascinante e spensierata che ha assunto. Mi fa ricordare l'affermazione di Alina che suo fratello non fa nulla per caso, che tutte le sue azioni sono pianificate.

Tuttavia, nemmeno questo può impedire al mio cuore di stringersi con tenerezza, quando noto la genuina morbidezza nei suoi occhi, mentre abbraccia con attenzione suo figlio—che ora sta ridacchiando e saltellando sulle sue ginocchia, mentre chiacchiera in russo. Catturo la parola "Papa" nel flusso veloce delle parole, e il mio petto si gonfia per un'emozione così intensa che le lacrime mi scorrono dietro le palpebre.

Papà, lo ha chiamato Slava in russo, spontaneamente.

Finalmente stanno legando come padre e figlio.

Sbattendo le palpebre per respingere l'umidità bruciante, guardo in basso il mio dessert mangiato a metà—solo per sentire la parte posteriore del collo formicolare di familiare consapevolezza. Quando alzo lo sguardo, quello di Nikolai è puntato su di me, i suoi occhi da tigre che si riempiono di un'intensità snervante.

Avevo ragione. Non è affatto ubriaco. Semmai, l'alcol lo ha reso più acuto, più concentrato.

"Non ti piace la torta, zaychik?" mormora, la sua voce troppo bassa per essere ascoltata dal resto del tavolo, dove Pavel e Lyudmila stanno brindando ad Alina ancora una volta. "O sei semplicemente troppo piena?"

La mia faccia si scalda. Perché questa semplice domanda sembra un'insinuazione sessuale? Non dovrebbe, nemmeno con quell'accenno seducente e intimo nel suo tono.

Sta tenendo suo figlio, per l'amor di Dio.

"Sono piena" dico, solo per voler rimangiarmi immediatamente le parole, mentre la sua bocca si arriccia in un mezzo sorriso malvagio.

È Slava che viene in mio soccorso. "Papà" dice ad alta voce in inglese, torcendo il suo corpicino per avvolgere le braccia intorno al collo di Nikolai. "Il *mio* papà."

Lo sguardo di Nikolai si sposta su suo figlio, e il bagliore malvagio nei suoi occhi scompare, sostituito da un'espressione così dolorosamente tenera che il mio cuore quasi si dissolve nel mio petto. Questo è molto di più di un bambino che casualmente si lascia sfuggire un "Papà."

Slava sta ufficialmente rivendicando Nikolai come suo padre, abbracciandolo con tutta la possessività nel suo piccolo cuore Molotov.

Forzo le parole fuori attraverso il nodo crescente nella mia gola. "Sì, tesoro. Quello è *tuo* padre. Ottimo lavoro." Le stupide lacrime stanno tornando a bruciarmi le palpebre, e mi rendo conto che la mia gioia nel vederlo è agrodolce, venata di invidia.

Da bambina sognavo di incontrare mio padre—e di abbracciarlo esattamente in questo modo.

Fortunatamente, Nikolai non mi sta guardando. Tutta la sua attenzione è su suo figlio. Mormorando qualcosa in russo, liscia delicatamente i capelli di Slava... e la mia gola minaccia di chiudersi completamente, mentre noto un piccolo tremore nella sua mano forte e callosa.

Quello che vedo sul volto di Nikolai è solo la punta dell'iceberg emotivo. L'uomo potente e spietato di fronte a me è completamente distrutto da suo figlio.

Deglutendo a fatica, mi costringo a distogliere lo sguardo, prima di capitolare anch'io. È già abbastanza brutto che il mio corpo si sciolga per lui; ora anche il mio cuore si sta unendo. Non c'è modo che io possa etichettarlo come uno psicopatico andando avanti, non c'è modo per me di fingere che lo spietato assassino di cui mi sono innamorata sia incapace di emozioni genuine.

Qualunque cosa Nikolai possa o non possa provare per me, è profondamente innamorato del suo giovane figlio.

17

CHLOE

La cena dura fino a tarda sera, quindi non ho la possibilità di uscire con Alina dopo. Quando Nikolai mi porta su in camera mia e mi aiuta a fare la doccia e a cambiarmi, sono così ubriaca ed esausta che quasi gli svengo tra le braccia.

È solo la mattina dopo che mi rendo conto che, contrariamente alle mie paure, non sono finita nel letto di Nikolai. Ancora una volta era stato un perfetto infermiere, prendendosi cura di me senza chiedere nulla in cambio. Nemmeno la copiosa quantità di alcol aveva minato il suo autocontrollo, anche se immagino che il fatto che fossi più o meno in coma quando mi ha portata di sopra abbia aiutato la sua decisione.

Dopo quella scena con suo figlio, mi sono rivolta al vino per gestire le mie emozioni indisciplinate, e tra quello, l'antidolorifico che ho preso all'inizio della giornata e il mio corpo ancora in via di guarigione, ero fondamentalmente un'umanoide.

Fortunatamente, non ho molti postumi di una sbornia, quindi arrivo a colazione in tempo. Con mio sollievo, e più che un leggero disappunto, Nikolai non è lì.

"In una chiamata con la Russia" spiega Alina. Come me, non sembra essere eccessivamente influenzata dai festeggiamenti fino a tarda notte e, dopo colazione, si unisce a me e Slava nelle nostre lezioni di gioco, arrivando persino a inseguire suo nipote, nonostante indossi la solita uniforme composta da un vestito elegante e tacchi alti.

"Non ho idea di come le tue dita dei piedi non cadano" dico, guardando i suoi tacchi a spillo, e lei ride, spiegando che è così abituata a indossare scarpe del genere che quelle da ginnastica le sembrano strane.

"Le donne russe sono orgogliose di essere in grado di tollerare ogni sorta di disagio in nome della bellezza" mi dice ironica. "È la nostra natura masochista. Quindi, mentre leggings e simili hanno fatto breccia nel mio Paese natale, voi dovrete strappare le nostre scarpe col tacco alto dai nostri piedi freddi e morti."

Rido e abbandono l'argomento. Mi piace davvero Alina. La sua bellezza all'inizio era così intimidatoria che ho impiegato un po' per vedere oltre. Ora che l'ho fatto, mi rendo conto che gran parte della sua riservatezza iniziale era una forma di auto-protezione. Con la sua famiglia così com'è, ha bisogno della sua facciata lucida e spinosa per nascondere la vulnerabilità e il trauma da cui si sta ancora riprendendo.

Nei giorni successivi, il mio desiderio di conoscere meglio Alina viene esaudito, in parte perché Nikolai le ha delegato gran parte delle mie cure. Adesso è lei che mi aiuta a vestirmi e a fare la doccia, anche se è sempre lui che cambia la fasciatura sul mio braccio quando necessario.

Sospetto che sia perché man mano che sto migliorando, non si fida che la sua moderazione regga.

Non mi dispiace. Non solo questo mi permette di mantenere una parvenza di equilibrio emotivo quando lo vedo, ma Alina e io stiamo sviluppando un vero rapporto. Con la mia caviglia che migliora rapidamente e il mio braccio finalmente fuori dall'imbracatura, facciamo brevi escursioni vicino alla casa—durante le quali lei sostituisce i suoi tacchi a spillo con stivali eleganti—e passiamo molto tempo con Slava, il cui inglese sta progredendo alla velocità della luce.

Penso che lo aiuti ascoltarmi mentre parlo con Alina; sta iniziando ad acquisire parole e frasi che non gli ho formalmente insegnato.

L'unico neo è il rifiuto di Alina di parlare di quello che è successo con suo padre—o in generale di esporre la sua famiglia e il suo passato. Non importa quanto indaghi, lei non rivelerà nulla, e con Nikolai che mi evita tranne durante i cambi di benda e l'ora dei pasti, non riesco più a ottenere risposte.

In un certo senso, non mi dispiace neanche questo. Per quanto muoia dalla voglia di capire come un uomo che sta diventando così apertamente affettuoso con suo figlio abbia potuto commettere il terribile crimine del parricidio, non conoscere tutti i dettagli mi aiuta a togliermelo dalla mente. Lo stesso vale per la situazione con Bransford; senza aggiornamenti in arrivo, posso andare avanti per ore, anche giorni, senza soffermarmi sul pericolo che rappresenta mio padre biologico e su ciò che il mio futuro potrebbe riservare.

Questi giorni tranquilli e facili sembrano un intermezzo fuori dal tempo, una tregua dalla terrificante realtà che è la mia vita.

Una tregua che finisce, quando arriva una misteriosa ragazza.

18

CHLOE

Slava e io siamo davanti alla casa, osservando tre scoiattoli che si rincorrono da un albero all'altro, quando il pick-up nero percorre il vialetto. I finestrini non sono oscurati come quelli del veicolo degli assassini deceduti, ma rimango immobile sul posto, presa da un flashback così intenso che esplodo in un sudore freddo.

"Chloe? Chloe, chi è? Chi è, Chloe?"

Sbatto le palpebre verso il bambino, che mi sta tirando con insistenza la manica, e mi sforzo di abbattere i raccapriccianti ricordi della mia Toyota che si schiantava contro l'albero. Pensavo di aver superato quello che era successo—anche i miei incubi si sono attenuati durante questi giorni felici—ma immagino che mi stessi prendendo in giro.

Non mi sono ripresa dal mio trauma più di quanto abbia fatto Alina col suo.

"Chi è?" ripete Slava, dondolandosi avanti e indietro sui

talloni, mentre il furgone si ferma a pochi metri da noi. Poiché sia le sue abilità in inglese che il suo rapporto con Nikolai sono migliorati, è diventato un ragazzino molto più determinato—e occasionalmente fastidioso—con mio grande piacere.

Faccio un caldo sorriso nella sua direzione. "Non lo so, tesoro. Vedremo."

Tutti e due fissiamo attentamente il pick-up, mentre il lato del guidatore si apre e una giovane donna minuta con indosso un paio di jeans, una maglietta bianca attillata e scarponi da trekking rimbalza sul sedile. Di ossatura piccola ma leggermente sinuosa, con lineamenti delicati e simmetrici e folti capelli biondi ammucchiati in uno chignon disordinato, sembra avere diciassette o diciotto anni e mi ricorda un incrocio tra Saoirse Ronan e Marilyn Monroe—se entrambe fossero state pazze per la velocità.

Come un turbine, ci raggiunge. "Ehilà! Tu devi essere Chloe." Prima che io possa rispondere, mi prende la mano e la stringe con entusiasmo. Poi, si piega sulle ginocchia e sorride a Slava. "*A ti Slavochka, da?*"

Il suo improvviso passaggio al russo mi prende alla sprovvista; mi aveva parlato in un puro inglese americano. Anche Slava sembra colto alla sprovvista. Nessuno degli adulti intorno a lui di solito è così frizzante ed energico.

"Ciao" dico, mentre lei balza di nuovo in piedi. Salta letteralmente, come una bambina. Forse è ancora più giovane di quanto pensassi? "*Sono* Chloe. E tu sei?"

Il suo ampio sorriso è increspato, i suoi occhi grigi scintillano in modo attraente. "Puoi chiamarmi Masha."

"Piacere di conoscerti, Masha. Sei—"

"Dov'è Nikolai?" interrompe. "Devo vederlo."

Qualcosa mi pizzica nel profondo, un brutto sospetto che si

sta agitando nella mia mente. "Dovrebbe essere nel suo ufficio. Vuoi che ti accompagni?"

"Non ce n'è bisogno" dice con disinvoltura e corre in casa.

La sensazione di pizzicore si trasforma in un vero e proprio subbuglio nello stomaco. Questa ragazza è carina—più che carina. È stupenda, anche nei suoi abiti casual. Fatele indossare uno dei vestiti di Alina, e potrebbe pavoneggiarsi sulla passerella—o almeno sul red carpet, dato che non raggiunge nemmeno la mia altezza. E pur essendo giovane, è tutt'altro che infantile; infatti, i suoi modi sicuri di sé mi fanno pensare che potrebbe non essere affatto un'adolescente. Mentre la guardo scomparire in casa, non posso fare a meno di ricordare che prima di incontrarmi, Nikolai aveva l'abitudine di andare con tutti i tipi di belle donne—cosa che, per quanto ne so, avrebbe potuto includere questa Masha.

Altrimenti, come potrebbe sapere dove andare? O aver sentito parlare di Slava?

O di me?

Quest'ultima parte non si adatta a questa teoria, devo ammetterlo. Se è la ragazza che Nikolai scopa ora o ha scopato in passato, perché le avrebbe parlato di me? A meno che, ovviamente, non abbiano una strana relazione di amici con benefici in corso, e, a differenza mia, lei non sappia cosa sia la gelosia.

"L'hai mai vista prima?" chiedo a Slava, facendo del mio meglio per mantenere un tono disinvolto. "Voglio dire, prima di oggi?"

Il bambino mi guarda sbattendo le palpebre. Capisce qualcosa di quello che dico ora, ma non tutto.

Con un sospiro, gli afferro la mano e lo conduco in casa. Non capisco perché sono così ansiosa di scoprire chi sia questa giovane donna—se Nikolai sta perdendo interesse per me, può essere solo una cosa positiva. Eppure, qualunque cosa dica la mia mente razionale, il solo pensiero di lui con Masha mi fa venir voglia di spezzare ogni osso del suo minuscolo corpo simile a Marylin Monroe.

19

CHLOE

Lasciando Slava con Lyudmila in cucina, mi dirigo verso l'ufficio di Nikolai, la gabbia toracica stretta, mentre salgo le scale.

È stupido essere gelosi. Irrazionale. Ma non posso fare a meno del mostro verde che mi artiglia il petto. E se avessi completamente frainteso il modo in cui Nikolai mi ha evitata nelle ultime due settimane? Forse invece di combattere il suo desiderio per me, ha semplicemente smesso di volermi. Dopotutto, prendersi cura delle mie ferite avrebbe potuto fargli vedere il mio corpo sotto una luce diversa.

Non sono mai stata particolarmente insicura riguardo a quel corpo, ma non ho mai avuto una relazione con un uomo così incredibilmente bello come Nikolai.

Aspetta, no, non abbiamo una relazione. Potrebbe essere accaduto prima, quando pensavo che fosse un uomo normale, rispettoso della legge—anche se oscenamente ricco. Non so come chiamarlo adesso. Se la persona con cui hai dormito ti tiene prigioniera, proteggendoti anche da qualcuno che vuole ucciderti, questo costituisce una relazione? Almeno una varietà della sindrome di Stoccolma? Per non parlare del fatto che tecnicamente è ancora il mio datore di lavoro—le buste con i contanti sono arrivate nella mia camera ogni martedì come un orologio.

Accantonando quelle riflessioni per ora, mi avvicino alla porta del suo ufficio. È chiusa e, quando ci premo l'orecchio, sento delle voci che parlano russo. Mentre ascolto, riesco a distinguere i toni allegri e femminili della nuova arrivata, insieme a quelli profondi, morbidi e pericolosamente seducenti di Nikolai.

"Che cosa stai facendo?"

Sorpresa, mi giro di scatto per affrontare Alina, che è in piedi nel corridoio, la testa inclinata con aria inquisitoria. "Ehm..."

Il divertimento brilla nei suoi occhi. "Stai spiando mio fratello?"

"No, certo che no." Posso sentire la mia faccia che brucia, mentre mi affretto a trovare una buona spiegazione. "Stavo solo—"

"Vieni." Mi afferra per il gomito e mi trascina lungo il corridoio fino alla sua stanza, dove mi spinge dentro, prima di voltarsi a guardarmi. "Va bene, ora dimmi. Che cosa sta succedendo?"

"Niente."

Inarca un sopracciglio, assomigliando in modo sconcertante a suo fratello.

Cedo. "Okay, d'accordo. C'è questa giovane donna, che è appena arrivata, e—"

"Vuoi dire Masha?"

Il mio cuore sprofonda. "La conosci?"

"È l'ultima scoperta di Valery." Al mio sguardo incerto, spiega: "Mio fratello minore raccoglie persone con varie abilità utili. Non ho idea di quali siano le sue, ma l'ho incontrata brevemente a casa sua prima di lasciare Mosca e, a differenza degli altri animali domestici di Valery, si è presentata."

"Animali domestici?"

Annuisce. "È così che li chiamo. Lui ispira una lealtà quasi patologica in queste persone."

Uh, okay. Forse non è l'amante di Nikolai—o almeno non solo quello.

"Anche Nikolai l'ha incontrata? A Mosca? O—"

"Chloe..." Alina esita, poi dice gentilmente: "Non credo che tu debba preoccuparti di lei in quel senso."

Il mio viso si scalda di nuovo. "Non sono—"

"Lo sei, e lo capisco. È insolitamente carina. Ma lei non è qui per scaldare il letto di Nikolai."

"Allora, sai per cosa è qui?" Il mio sollievo viene rapidamente eclissato dalla curiosità venata di ansia. Per qualche ragione, l'arrivo di questa Masha sembra portentoso, come un cattivo presagio.

Alina esita di nuovo, poi scuote la testa. "Non proprio. Dovresti parlare con Nikolai di tutto questo."

"Di tutto cosa? È collegato con vostro padre?"

Il suo sussulto è quasi impercettibile, così come la sorpresa rapidamente nascosta. "Non posso dirlo" risponde, la sua espressione accuratamente velata. "Mio fratello è quello con tutte le risposte."

La fisso, la mia mente che si agita. Se non si tratta di suo padre... "Ha qualcosa a che fare con *me*?"

Sospira. "Parla con Nikolai, Chloe. Per favore."

E prima che io possa insistere ulteriormente, mi accompagna fuori dalla sua camera.

Non ho la possibilità di parlare con Nikolai fino a tarda sera. Passa l'intero pomeriggio nel suo ufficio con Masha—lo so perché passo davanti alla sua porta dozzine di volte. Ad un certo punto, Pavel si unisce a loro, e il mormorio di due voci diventano tre, con il ringhio dell'uomo-orso facilmente identificabile.

All'ora di cena, Masha se ne va—io e Slava guardiamo il suo furgone partire dalla finestra della sua camera—ma un pasto in famiglia non è un buon momento per interrogare Nikolai su un problema potenzialmente infiammabile, quindi ingoio le mie domande scottanti e aspetto.

Il mio momento arriva dopo cena, quando Lyudmila sparecchia e tutti si alzano per andare nelle proprie stanze. Per tutta la cena, ho percepito lo sguardo intenso da tigre di Nikolai su di me, vi ho percepito le illazioni.

Qualunque cosa stia succedendo riguarda me. Ne sono quasi certa adesso.

Come se volesse facilitare il mio piano, Alina afferra Slava e scompare su per le scale a velocità record, lasciando me e Nikolai soli nella sala da pranzo.

"Possiamo bere ancora qualcosa?" chiedo, mentre si gira anche lui per andarsene. La mia voce è ferma, anche se il mio cuore batte in modo irregolare. Quello che sto facendo è molto pericoloso. Non solo sto rischiando la fine della pace e della quiete che hanno regnato nella mia vita nelle ultime due settimane, ma la mia ferita da arma da fuoco è quasi completamente guarita.

Se Nikolai è ancora interessato a me in quel modo, nulla potrà impedirgli di soddisfare quel desiderio.

Si volta verso di me. La sua mascella è tesa, gli occhi luccicano come l'ambra antica. "Bere ancora qualcosa? Pensavo non fossi un'amante dei digestivi, zaychik."

Ingoio la secchezza della gola. "Avrei voglia di un po' di cognac."

Se non altro, potrei usarlo per rafforzare il mio coraggio.

La voce di Nikolai si fa ruvida. "Va bene. Dammi un minuto." Scompare in cucina ed emerge con un vassoio di caraffe di cristallo circondate da bicchieri. Pavel dev'essere fuori servizio stasera—oppure anche Nikolai vuole la privacy.

Mentre ci versa da bere, io mi siedo di nuovo, asciugandomi di nascosto i palmi umidi sulla gonna dell'abito da sera. È fatto di un tessuto di seta in una tonalità pesca-corallo che, secondo Alina, fa sembrare la mia carnagione "dorata e luminosa." Mi chiedo se lo pensi anche Nikolai, o se tutto quello che vede quando mi guarda adesso sia la tutor di suo figlio.

Il che andrebbe bene. Benissimo, in realtà. Non dovrei desiderare che un uomo così pericoloso si fissasse con me, facendo ogni sorta di affermazioni snervanti sui fili del destino e—

"Di cosa volevi discutere, zaychik?" La voce di Nikolai è di nuovo vellutata, mentre affonda nel sedile di fronte a me. Facendo roteare il cognac nel bicchiere, mi guarda oltre il bordo, le palpebre a mezz'asta. "Suppongo che tu non sia qui perché all'improvviso brami la mia compagnia."

La mia pelle arrossisce dappertutto. In realtà, desidero la sua compagnia, per quanto sia riluttante ad ammetterlo. Sin dalla nostra spedizione di raccolta dei fiori, non abbiamo trascorso molto tempo insieme—almeno non da soli. All'ora dei pasti, Alina e Slava fungono da cuscinetto, e Lyudmila e Pavel sono sempre in giro sullo sfondo. Anche i cambi di benda, l'unica volta in cui entrava nella mia stanza da solo, sono cessati, quando la mia ferita si è chiusa e non aveva più bisogno di essere coperta.

La verità è che ho interagito a malapena con lui negli ultimi giorni, e mi manca. Mi mancano le nostre conversazioni, la sua incrollabile concentrazione su di me... anche il modo in cui mi fa sentire come un topo che viene accarezzato da un gatto spaventoso e bellissimo. Ovviamente non posso farglielo sapere. Non quando ho ancora un briciolo di speranza che un giorno la mia vita tornerà alla normalità—una normalità che non coinvolgerà uomini pericolosi che torturano e uccidono.

Prendendo fiato, mi lancio subito. "Perché era qui? Chi è lei?"

Rimane in silenzio per qualche istante, studiandomi in quel suo modo intenso, mentre il cognac gli resta intatto nella mano. "È una risorsa" dice alla fine. "Mio fratello Valery l'ha mandata, quando ho spiegato la tua situazione."

Il mio cuore sussulta, e la mia bocca si secca. Dopo la mia conversazione con Alina, mi sono chiesta se fosse così, ma sentirlo confermare così bruscamente... Tremante, prendo il cognac e bevo un sorso, lasciando che accenda un sentiero di fuoco lungo il mio esofago. "Che genere di risorsa?" chiedo, quando la voglia di tossire si attenua.

"In origine, il genere governativo. Ora il nostro."

Una spia, quindi, o qualche altro tipo di informatore—e non così giovane come pensavo, se ha questo tipo di background. Suppongo di poter capire. Se avessi incontrato Masha per strada, non avrei mai sospettato che fosse una sorta di "risorsa", ma probabilmente è questo il punto. Quell'aspetto frizzante e giovanile crea una maschera efficace.

Prima che io possa chiedere quale sia esattamente il suo ruolo nella mia situazione, Nikolai parla di nuovo. "Zaychik..." Il suo tono è ancora una volta sconcertantemente gentile. "È confermato. Bransford è tuo padre biologico."

Il mio battito cardiaco accelera ulteriormente, un brivido che mi attraversa la pelle delle braccia. "Intendi..."

"Masha ha procurato un campione di DNA di Bransford. Corrisponde al tuo."

Corrisponde al mio. Il mio stomaco si contorce in modo nauseabondo, il freddo si diffonde per inghiottire il resto del corpo. Sapevo che doveva essere così da quando Nikolai mi ha rivelato ciò che suo fratello maggiore aveva scoperto, ma una parte di me doveva ancora conservare un briciolo di speranza.

Una speranza ora schiacciata e ridotta in polvere.

"Perché hai—" Mi fermo per schiarirmi la raucedine nella gola. "Perché volevi conferma?"

Non voglio pensare a come questa Masha abbia ottenuto il campione di Bransford, o il mio. In realtà, quest'ultima parte dev'essere stata facile: il mio spazzolino da denti, alcuni capelli sul cuscino, una tazza da cui ho bevuto... Un candidato alla presidenza con tutta la sicurezza che l'accompagna, però—

"Perché avevo bisogno di esserne sicuro."

Sbatto le palpebre, realizzando che ho lasciato che i miei pensieri si allontanassero dalla domanda chiave. "Ma perché? Voglio dire, non fraintendermi, te ne sono grata." Almeno, penso di esserlo. È meglio sapere di essere la figlia di uno stupratore assassino o semplicemente sospettarlo fortemente?

Poggia il bicchiere, il liquido all'interno ancora intatto. "Ho promesso di proteggerti, zaychik."

Il freddo mi attanaglia di nuovo, e la mia mente si avventura su un sentiero dove vorrei non andasse. "L'hai fatto. Sono al sicuro qui, no?" Almeno da Bransford.

Si china in avanti, i suoi grandi e caldi palmi che coprono le mie mani congelate. "Lo sei. E sarai ancora più al sicuro una volta che non sarà più una minaccia per te."

Fisso le sue iridi ipnotiche, quell'oro ricco e profondo punteggiato di verde. "Non una minaccia in che modo?" Ho evitato di pensare al futuro proprio per questo motivo: perché non riesco a immaginarne uno in cui Bransford *non* sarà una minaccia. Come una tartaruga, mi sono accontentata di nascondermi nel mio guscio, prendendomi un giorno, un'ora alla volta, ripetendomi che alla fine l'avrei capito e avrei ottenuto giustizia per l'omicidio di mamma.

Non Nikolai, però. Non si è nascosto dalla realtà—ha pianificato. Ed è la natura di quei piani che mi provoca dei brividi lungo la schiena.

Ho la sensazione che la sua idea di giustizia differisca drasticamente dalla mia.

Sorride come se fossi una bambina ingenua. "Non devi preoccuparti, zaychik. Ci penso io."

Per un breve, vigliacco momento, sono tentata di fare proprio questo: non preoccuparmi, lasciare la questione nelle sue mani capaci e spietate... quelle che tengono le mie così possessivamente, così dolcemente.

Le stesse mani che hanno strappato due vite davanti a me senza esitazione.

È quel ricordo, quel vivido ricordo delle urla dell'assassino torturato, che decide per me. Potrei aver sviluppato una tecnica per evitare la realtà; tuttavia, posso chiudere gli occhi e fingere di essere cieca.

"Che cosa gli farai?" La mia voce è instabile come il mio battito. "Nikolai, per favore, devo saperlo. Che cosa hai intenzione di fare?"

I minuscoli muscoli intorno ai suoi occhi si irrigidiscono—l'unico cambiamento nella sua espressione. "Niente che non si meriti."

Mi tiro indietro, strappando le mie mani dalla sua presa. "Non puoi ucciderlo."

"Perché no?" La sua voce è uniforme, il suo tono blando come se stessimo parlando di andare a una festa. Appoggiandosi allo schienale, riprende il cognac, e questa volta beve un sorso tranquillamente, prima di posarlo di nuovo.

Lo fisso incredula. "Perché è una *persona*." Come può questo non essere ovvio? "Una persona malvagia, certo, ma non puoi semplicemente uccidere chiunque—"

"Chiunque cerchi di ucciderti? Posso, e lo farò."

Il mio cuore salta un battito. Dice sul serio, lo vedo, e la realizzazione mi riempie di ogni tipo di emozioni incasinate: gratitudine ricoperta di terrore, speranza bordata di terrore e, cosa più inquietante, una sorta di gioia vendicativa.

Voglio Bransford morto per quello che ha fatto a mia madre. Lo voglio così tanto che mi esalta. E lo voglio anche per me stessa. Rivoglio la mia vita, la mia libertà, la mia tranquillità. Voglio dormire tutta la notte senza incubi e camminare per strada senza paura. Voglio smettere di vedere il pericolo in ogni camioncino, in ogni volto sconosciuto.

Voglio Bransford tre metri sotto terra, e se Nikolai riuscirà a realizzarlo, sarò libera... e un'assassina tanto quanto lui.

È l'ultimo pensiero che schiaccia il mio desiderio oscuro.

Per quanto io voglia libertà e vendetta, stiamo parlando di omicidio—omicidio premeditato a sangue freddo. Una cosa per Nikolai è stata eliminare i due assassini armati nei boschi; per quanto fosse stato inquietante essere testimone, quello che ha fatto alla fine non è diverso da quello che avrebbe fatto un poliziotto nella sua situazione, a parte la tortura. Quello di cui stiamo discutendo ora è un altro livello di insensatezza, e sebbene una parte di me non possa fare a meno di gioire per la volontà di Nikolai di proteggermi fino a questo punto, non posso restare a guardare e lasciare che accada.

Dal momento che fare appello alla moralità del buon senso non ha funzionato, provo un approccio diverso. "Nikolai, ti prego. Sii ragionevole. È una figura politica di spicco. Non puoi semplicemente ucciderlo. Sarebbe un assassinio, con importanti ramificazioni globali. L'FBI, la CIA, i media—"

"Lo so. Ecco perché devo essere certo della sua colpevolezza."

Un altro brivido mi attraversa la schiena. Il suo volto è implacabile, la sua voce ancora inquietantemente uniforme. Ci ha pensato bene; questo non è un impulso da parte sua.

Per proteggermi, eliminerà un candidato alla presidenza, e non posso fare nulla per fargli cambiare idea.

Provo comunque, se non altro per *proteggerlo*. "E la tua famiglia? La vita che stai costruendo qui con Slava? Se scoprono che ci sei tu dietro—"

"Non lo scopriranno."

"Come puoi esserne così sicuro? Ci sarà una caccia all'uomo globale, del tipo che non si è più visto da—"

"Zaychik..." Sporgendosi in avanti, mi copre di nuovo le mani, facendomi capire che le stavo strizzando sul tavolo. La sua voce è dolce, il tono stranamente calmo, mentre il suo sguardo sostiene il mio. "So cosa sto facendo. Bransford morirà, e sarà per cause naturali. Il suo partito piangerà, la nazione piangerà, e poi passeranno a un'altra cosa nuova e splendente, qualche altro politico dalla lingua argentata."

"Cause naturali? A cinquantacinque anni?"

"Un difetto cardiaco, finora non diagnosticato. Sarà propriamente tragico." Si siede e prende il bicchiere. "Quando c'è la volontà di fare una cosa, si trova il modo di farla—e noi Molotov eccelliamo nel trovare quei modi."

20

NIKOLAI

SI ALZA TREMANTE, FISSANDOMI, E COMBATTO L'IMPULSO DI prenderla tra le mie braccia. Lo combatto, perché al di sotto del bisogno di conforto ci sono impulsi più oscuri, più pericolosi, nati da una fame così profonda e selvaggia che spaventa anche me.

Una volta che mi arrenderò, una volta che avrò scatenato la bestia che ringhia dentro di me, non ci sarà più modo di tornare indietro.

Le ho concesso due settimane. Per due settimane lunghe un secolo, ho fatto l'impossibile e sono rimasto lontano. Beh, non del tutto. Ho passato dozzine di ore a guardarla attraverso le telecamere nella stanza di Slava e nella sua camera da letto, ma questo e le nostre brevi interazioni all'ora dei pasti non hanno fatto che aumentare il mio tormento.

Non mi sono mai ritenuto un masochista, ma devo esserlo, perché ho accettato volentieri la squisita tortura di averla a portata di mano senza permettermi di possederla.

E stasera, a quanto pare, è l'ultima prova del mio autocontrollo. Perché finalmente mi ha cercato, anche se non per i motivi che desideravo. Una parte di me sperava che le sarei mancato, che sarebbe venuta da me, perché mi vuole con la stessa disperazione con cui la voglio io.

Perché è pronta per essere mia, con tutto ciò che questo implica.

"Dovrei andare a letto" dice, la sua voce instabile, e devo reprimere un'ondata di delusione. Che cosa mi aspettavo? È scioccata, e per una buona ragione. Pochi cittadini comuni si rendono conto di quanto sia facile far sembrare un omicidio qualcos'altro—se questo è il risultato desiderato. Tutti gli omicidi di alto profilo e gli avvelenamenti da radiazioni che fanno notizia dovrebbero essere degni di nota. Sono un messaggio, un avvertimento per gli altri che potrebbero tentare di andare contro l'establishment.

Per ogni veleno esotico che urla di coinvolgimento segreto del governo, ci sono dozzine di problemi di salute e incidenti di routine, che eliminano gli ostacoli sul percorso di persone potenti e spietate... persone come la mia famiglia.

Questo non è il primo assassinio segreto che ho dovuto pianificare.

All'inizio non avevo intenzione di dirlo a Chloe. Avrebbe saputo della morte di Bransford dal telegiornale, come tutti gli altri, e qualunque sospetto avesse nutrito a quel punto non sarebbe stato neanche lontanamente gravoso come la conoscenza che sta portando con sé. Ma stasera è venuta da me in cerca di risposte, e non sono riuscito a mentirle. In un certo senso, la colpa è anche di mia sorella. Sebbene Alina abbia tenuto la bocca chiusa con Chloe, viene da me quasi ogni giorno, insistendo sul fatto che la ragazza abbia il diritto di sapere cosa sto pianificando, che dovrebbe essere una sua decisione.

Sono fortemente in disaccordo su quest'ultima idea, ma sono arrivato a vedere qualcosa di positivo nella prima. Non voglio che la mia zaychik si stressi per la sua situazione, temendo che da un momento all'altro possano comparire altri assassini alla nostra porta. Non che ce la farebbero, ma comunque deve pesare su di lei, la consapevolezza che qualcuno là fuori la vuole morta.

Che suo padre biologico la vuole morta.

No, è stato un bene averglielo detto. Masha ha bisogno di almeno alcune settimane per completare la sua missione, e in questo modo Chloe saprà che me ne sto occupando io e non si preoccuperà.

Dopo aver presentato le sue obiezioni, può rilassarsi con la coscienza pulita. È la mia decisione, il mio peccato, non il suo.

Alzandomi, le sorrido, sperando che non riesca a scorgere la bramosia contorta nei miei occhi, il bisogno oscuro che mi ribolle nelle vene come lava fresca. "Certo. Se sei stanca, vai a letto, zaychik."

Per quanto io voglia rivendicarla, stasera non è la notte giusta. Sono troppo affamato, troppo vicino al limite, e sebbene le sue ferite siano quasi guarite, non è ancora neanche lontanamente vicina a come dev'essere per gestirmi.

Indietreggia, come se mi leggesse nel pensiero, ma poi le sue spalle si raddrizzano e il suo mento delicato si solleva. "No" dice con fermezza, girando intorno al tavolo verso di me. "Non me ne vado, finché non prometti di trovare un altro di quei 'modi'."

21

CHLOE

So che questa è una cattiva idea. So anche che non posso essere una codarda e sgattaiolare via come se non avesse appena ammesso che ha intenzione di assassinare un uomo per mio conto. Un uomo terribile, orribile, ma pur sempre un uomo... che sembra essere mio padre biologico.

Qualcosa di oscuro guizza negli occhi di Nikolai, mentre mi guarda e, tardivamente, noto la pericolosa tensione della sua mascella.

"Zaychik..." La sua voce è un lieve ringhio. "Dovresti andare. Adesso. Finché ancora puoi."

Il mio respiro si interrompe, mentre la realizzazione di ciò che significa si schianta contro di me, accelerando il mio polso e paralizzando i miei muscoli.

Mi vuole ancora, molto, ma per qualche motivo si sta trattenendo.

Dovrei ascoltarlo. Dovrei ripensarci e indietreggiare, mentre mi dà questa possibilità. Se non lo faccio, cambierà tutto, metterà fine a questo intermezzo fuori dal tempo, colmerà la distanza tra noi che mi ha tenuta così al sicuro.

Perché il pericolo più grande per me non è là fuori.

È qui.

È sempre stato lui.

Vorrei che i miei muscoli obbedissero ai comandi frenetici del mio cervello, ma è come desiderare di sollevare una macchina. Tutto quello che posso fare è fissarlo, la bocca secca e il cuore che batte forte, mentre la tensione pulsante si accumula nel mio ventre, inturgidendo i capezzoli e provocando la mia pelle con vortici di calore.

Posso vedere la tempesta selvaggia che infuria nei suoi occhi, posso sentire il crepitio di quella carica elettrica nell'aria; eppure, rimango immobile, bloccata e muta, la preda perfetta per la cattura.

"Chloe..." La parola pronunciata con voce roca è in parti uguali avvertimento e capitolazione. Lentamente, con esagerata dolcezza, mi prende il viso con entrambe le mani, il calore dei suoi palmi larghi che mi brucia la pelle gelata. I suoi occhi sono l'oro ipnotico di un alchimista, mentre sussurra: "Mia dolce zaychik, è finita. Hai perso la tua ultima possibilità di scappare."

22

CHLOE

Sono ancora immobile, quando le sue labbra scendono sulle mie, inevitabilmente e violentemente come un fulmine che colpisce un albero in pianura. Lo shock di ciò scuote tutto il mio corpo, bruciando ogni cellula lungo il percorso.

Non c'è finezza nel suo bacio, nessuna gentilezza. Non chiede, prende. Con la mia testa immobilizzata tra i suoi palmi, saccheggia ogni centimetro della mia bocca, risucchiandomi in un vortice di desiderio selvaggio, una lussuria così oscura e vulcanica che mi brucia dal profondo.

Ha il sapore del cognac e del pericolo, di ogni mio desiderio contorto e segreto. Il sapore accattivante mi inebria, le note sensuali della sua colonia di cedro e bergamotto mi fanno girare la testa. Qualunque pensiero di resistenza ancora intrattenessi evapora, la mia forza di volontà che si dissolve come un granello di zucchero nel tè caldo. Con un gemito impotente, mi inarco contro di lui, la mia pancia che preme contro il suo inguine, mentre le mie mani gli stringono i fianchi.

È completamente duro, la spessa protuberanza nei suoi pantaloni sporge contro la mia morbidezza, ricordandomi come ci si sente ad averlo dentro. Il ricordo evoca sia eccitazione che trepidazione—non era stato facile accettare qualcosa di quella dimensione. Ma anche quel pensiero scompare presto, bruciato dal feroce calore del desiderio, distrutto dalla brutale seduzione del suo bacio spietato.

Dimentico dove siamo. Dimentico tutto, così tanto che rimango sbalordita, quando si tira indietro per sollevarmi contro il suo petto. È solo quando inizia a salire le scale, facendo due gradini alla volta, che la mia mente si schiarisce abbastanza per un briciolo di pensiero razionale.

Che cosa diavolo sto facendo? Non è quello che intendevo. È l'esatto opposto, infatti. Il mio obiettivo era parlargli, convincerlo a non—

Con un ringhio basso, mi inchioda contro il muro nel corridoio al piano di sopra e reclama la mia bocca, come se non potesse sopportare di non assaggiarmi fino alla sua stanza, e io dimentico tutto dei miei obiettivi. Dimentico che esisto al di fuori di questo momento, che c'è qualcosa là fuori a parte lui.

Ci uniamo, o almeno è così che sembra. La sua bocca è fusa con la mia, il suo respiro è nei miei polmoni, il suo profumo è nelle mie narici. Il suo corpo potente mi circonda, tutto calore, durezza e mascolinità primordiale e cruda. Ora sono verticale, in punta di piedi, mentre mi divora le labbra, e le sue mani vagano sulla mia schiena, sui miei fianchi, sul mio sedere, stringendo e massaggiando quest'ultimo, lavorando il vestito lungo sulle mie cosce. Senza fiato, afferro le ciocche fresche e setose dei suoi capelli, mentre mi solleva fino a quando le mie gambe sono avvolte intorno ai suoi fianchi e il mio bacino sta cavalcando il suo, il mio sesso dolorante che sbatte sulla sua erezione.

Ci baciamo, le nostre lingue che duellano, finché non siamo completamente privi di aria. Poi, la sua bocca si avvicina al mio collo, dando baci caldi e pungenti sulla tenera cavità vicino al mio orecchio. Gemendo, inarco la testa all'indietro e mi strofino più forte su di lui, persa in tutto tranne che nell'oscuro, bruciante piacere. La tensione dentro di me si sta radunando e costruendo, le mie terminazioni nervose così sensibilizzate che il movimento dell'aria sembra un tocco sulla mia pelle.

Verrò dopo essere stata fatta a pezzi, mi rendo conto con lontana sorpresa.

Accadrà di nuovo.

E poi lo fa, l'orgasmo tanto sorprendente quanto gradito. Le mie dita si stringono convulsamente nei suoi capelli e i miei muscoli interni si contraggono, mentre l'estasi mi squarcia il corpo, facendomi arricciare le dita dei piedi e strappandomi un grido dalla gola. Solo che lui non si ferma; continua, dondolando i fianchi nel mio bacino, intensificando le scosse di assestamento che mi fanno esplodere l'intimo. Chiudendo gli occhi, grido di nuovo, e come un animale che reclama la sua compagna, mi morde il collo, mentre la sua grande mano callosa si addentra nel mio corpetto, stringendomi il seno nudo, mentre il suo pollice sfiora il mio—

"Chloe? Nikolai, cosa state—oh, cazzo. Non importa."

La voce di Alina mi strappa dall'acceso delirio e mi irrigidisco, spalancando gli occhi. Sopra la spalla di Nikolai, la vedo indietreggiare, il suo viso pallido insolitamente rosa. Prima che io possa dire qualcosa, o elaborare il fatto che questa è la seconda volta che ci sorprende quasi a scopare, gira sui talloni e scompare di nuovo nella sua stanza.

Che è proprio in fondo al corridoio.

Il corridoio pubblico dove chiunque avrebbe potuto vederci—e sentirmi venire.

Il mio viso, il mio corpo, persino le radici dei miei capelli sembrano andare a fuoco, mentre Nikolai si tira indietro per fissarmi. I suoi occhi dorati hanno le palpebre pesanti; i suoi capelli, con le mie mani ancora serrate, sono scompigliati; le sue labbra sensuali sono bagnate e gonfie, aperte in un'espressione di pura lussuria.

È l'aspetto che potrebbe avere un angelo caduto dopo aver commesso il suo primo peccato—solo che questo angelo non ha mai conosciuto un'esistenza innocente.

È sempre stato il diavolo.

Inumidisco le labbra. "Tua sorella—"

"Fanculo a mia sorella."

Prima che io possa affrontare quel sentimento rabbiosamente ringhiato, mi prende tra le sue braccia potenti e mi porta nella sua camera con passi lunghi e impazienti.

23

NIKOLAI

DOVREI FERMARMI, O PERLOMENO RALLENTARE, MA NON POSSO. Ora che l'ho assaggiata di nuovo, la fame dentro di me è troppo forte, troppo selvaggia. Come un alcolizzato che ha bevuto il suo primo drink della serata, non riesco nemmeno a immaginare la moderazione. Il bisogno oscuro pulsa nelle mie vene, un tamburo di desiderio sessuale e una bramosia più profonda e meno definita, una voglia che sembra emanare dalla mia stessa anima.

Con i resti logori del mio autocontrollo, la distendo sul letto, facendo attenzione a non farle male al braccio. Ora c'è una crosta lì, che rovina la sua pelle setosa e dorata. La sua vista nutre la bestia selvaggia dentro di me, riempiendomi il petto di possessività e rabbia in parti uguali.

È mia, e annienterò chiunque le abbia mai fatto del male.

Nessuno metterà mai un dito su di lei... tranne me.

Senza che io lo volessi, le mie mani sono già sul suo vestito, strappando il tessuto grazioso e fragile, staccandolo via dal suo corpo in una furiosa campagna per mostrarlo al mio sguardo. I suoi seni escono per primi dal suo corpetto, due piccoli, deliziosi globi con punte di capezzoli marroni eretti, seguiti dalla sua cassa toracica stretta e dal ventre piatto, il tutto coperto da quella pelle abbronzata e luminosa che mi fa pensare alla luce del sole catturata, al calore, e alla purezza—tutte cose di cui ho fame, tutto ciò che voglio.

La sua parte inferiore del corpo è la successiva, il perizoma che si sta disintegrando nelle mie mani per esporre una figa delicata e morbida come ricordavo. Mi viene l'acquolina in bocca al ricordo del suo sapore dolce e ricco, di come quelle tenere pieghe si sentivano sulle mie labbra, sotto la lingua, serrate tra le mie dita... dita che non possono fare a meno di afferrarle le cosce, separandole.

I suoi morbidi occhi castani incontrano i miei, assopiti dal desiderio, bordati da quella provocante diffidenza, e gli ultimi brandelli del mio autocontrollo si dipanano. Come un animale affamato, cado su di lei, seppellendo il mio viso tra le sue cosce, leccando la sua lucentezza, rimpinzandomi della sua essenza di sale e bacche, del calore e della luce del sole che è lei.

Ansima e mi afferra la testa, stringendo le dita tra i miei capelli, mentre si inarca sotto di me, contorcendosi ad ogni goloso colpo della mia lingua. Presto, anche le mie dita si uniscono, giocherellando con il suo clitoride, mentre le lecco l'apertura, godendomi l'umidità che vi trovo. È deliziosa come la ricordavo, tutta seta, calore e miele fuso, e sebbene il mio cazzo sia sul punto di scoppiare, non posso staccarmi da quello che sto facendo, non posso fermarmi, finché non la sento venire di nuovo.

E viene. Con un grido soffocato, si agita sotto di me, la sua schiena si piega dal letto, mentre le sue dita si stringono nei miei capelli, strappandoli dalle radici, mentre una più deliziosa levigatezza ricopre le mie labbra e la mia lingua.

L'ondata di soddisfazione è tanto intensa quanto breve, la mia lussuria solo acuita con il suo orgasmo. Il sangue caldo mi martella le tempie, le mie palle si stringono e ogni muscolo del mio corpo si irrigidisce per il bisogno. Non c'è più gentilezza dentro di me, nessuna pazienza, solo una fame cruda e primordiale di possedere e rivendicare, di seppellire il mio uccello palpitante nel suo calore.

Spinto da un istinto puramente animalesco, la capovolgo e le faccio passare il braccio sotto i fianchi, sollevando il suo culetto ben fatto verso di me, finché non è in piedi a quattro zampe. Le sue natiche lisce sono un po' più piene, un po' più rotonde dell'ultima volta che l'ho vista nuda, il bocciolo rosa del suo sfintere un puntino minuscolo e allettante, e la mia fame si intensifica fino a diventare affilata come un coltello, il mio corpo che si stringe a un livello insopportabile. Sono a malapena consapevole delle mie azioni, mentre apro la cerniera e libero il fallo, poi lo allineo contro la sua fessura scintillante.

Devo averla. Adesso.

Il tamburo del desiderio diventa assordante, annegando tutto, offuscando il mondo che ci circonda. Non sono più un uomo; non sono altro che bramosia primordiale, un bisogno selvaggio e atavico.

Afferrandole i fianchi sottili, mi tuffo dentro, godendomi la morsa scivolosa delle sue pareti interne, la deliziosa tensione del suo stretto passaggio. Lei grida, un suono di dolore, ma non riesco a fermarmi, non posso fare altro che spingere ancora più a fondo, prendendola, reclamandola, soddisfacendo la lussuria selvaggia che mi brucia dentro.

Mia. Fottutamente mia. I miei fianchi pompano

selvaggiamente, il mio cuore batte come un pugno contro il mio petto. Sono a malapena consapevole di essere troppo rude, ma non posso rallentare più di quanto possa lasciarla andare. È tutta seta e calore umido, la cosa più vicina al paradiso che un uomo possa conoscere. I suoi sussulti imploranti e le sue grida mi spingono ad andare avanti, aumentando la mia lussuria, alimentando la bestia dentro di me.

La scopo come se non ci fosse un domani, come se niente al di fuori di questo momento avesse importanza. Mantenendo la mia presa su di lei con una mano, le avvolgo l'altra tra i capelli e la tiro, facendole inarcare la schiena, mentre spingo più forte, più in profondità, imprimendo il mio marchio sulla sua carne tenera. Riesco a sentire l'orgasmo ribollire dentro di me, le mie palle che si stringono fino a diventare dure quasi quanto il mio cazzo palpitante, e mentre lei urla il mio nome e freme intorno a me, l'orgasmo si abbatte come uno tsunami, provocando un'estasi che esplode attraverso le mie terminazioni nervose e dipingendo il mondo intorno a me di un bianco brillante.

24

CHLOE

Stordita, mi lascio cadere sulla pancia non appena Nikolai mi lascia i capelli e si tira fuori dalla mia carne gonfia e contratta. Nonostante le scosse di assestamento orgasmiche che ancora mi attraversano, il mio sesso si sente malridotto, le viscere doloranti. Anche i miei pensieri sono confusi, la mente pigra come se stessi riemergendo da un sonno profondo.

Nonostante ciò, quando mi tira contro il suo fianco e inizia a mormorare cose dolci, provo di nuovo quell'insolito senso di pace, quello che ho conosciuto solo tra le sue braccia. I miei occhi si chiudono, una sensazione fluttuante ha la meglio, mentre mi accarezza e mi coccola, dando baci leggeri e rilassanti sul mio viso e sul collo e massaggiando i dolori e le contusioni dovuti al suo trattamento rude. Alla fine, i miei pensieri sconnessi si fondono in qualcosa di coerente, e apro le palpebre per trovare i suoi occhi ipnotizzanti che scrutano i miei, l'ambra color oro delle sue iridi striata del verde più scuro.

"Zaychik..." La sua voce è dolce, l'espressione difficile da leggere, mentre curva il suo grande palmo sulla mia guancia. "Non ho usato il preservativo."

Per un momento, le parole non hanno senso per me. Poi, con una scarica di adrenalina, mi rendo conto della calda umidità tra le gambe e sulle cosce.

Molta umidità. Molta più di quanto abbia mai sentito.

Il mio battito cardiaco aumenta, la sensazione fluttuante che sta scomparendo. Tirandomi indietro bruscamente, mi metto a sedere. "Che cosa intendi? Non prendo niente. Ho finito le pillole settimane fa. Pensavo—pensavo che avessi sempre messo il preservativo." Rivolgo un'occhiata al liquido denso e bianco sulle mie cosce nude, cercando di non farmi prendere dal panico, mentre conto freneticamente i giorni.

Quando ho avuto il ciclo l'ultima volta? Questa settimana o quella scorsa? Perché non mi sono presa la briga di tenerne traccia? So che sono passati diversi giorni da quando ho smesso di sanguinare, ma forse—

"È così." Anche Nikolai si siede, i potenti muscoli del torace e del braccio che si flettono, mentre si passa la mano tra i capelli, scompigliando ulteriormente le ciocche nere. "Almeno, l'ho sempre messo fino ad oggi."

Ricordo finalmente quando sono iniziate le mestruazioni: all'inizio della scorsa settimana, quasi dodici giorni fa. Lunedì scorso è stato quando ho dovuto chiedere gli assorbenti ad Alina.

Sono più o meno a metà del mio ciclo.

Devo sembrare in preda al panico come mi sento, perché Nikolai inclina la testa, guardandomi con quella stessa espressione indecifrabile. "È il periodo giusto, non è vero? O più precisamente, sbagliato?"

Annuisco, muovendo istintivamente la mano verso il mio stomaco. "Perché—" Mi fermo per stabilizzare la voce tremante. "Perché non hai usato il preservativo?"

L'enigmatico bagliore nei suoi occhi si fa più profondo, mentre si muove verso di me. "Perché non ci puliamo e poi parliamo meglio?"

Devo essere ancora scioccata, perché non do voce ad alcuna obiezione, mentre mi prende e mi porta in bagno. Invece, lascio che si prenda cura di me sotto la doccia come faceva quando ero ferita. Il suo tocco è di nuovo delicato, lenitivo e tenero, anche se il suo membro diventa più duro ad ogni colpo delle mani ruvide sul mio corpo bagnato e nudo.

Quando ha finito di lavare via le prove del nostro errore, è completamente eretto, e le sue mani si stanno muovendo su di me con intenzione crescente, prendendo a coppa i miei seni e giocando con i capezzoli, avventurandosi tra le mie cosce per trovare il clitoride. Dovrebbe essere troppo, troppo presto, ma il mio corpo risponde come se non fosse appena sopravvissuto a uno sconvolgimento catastrofico dei suoi sensi, come se il pene selvaggio che mi ha lasciata così sopraffatta non fosse stato altro che un'anteprima dell'evento principale.

Il mio respiro accelera, una tensione che si accumula nello stomaco, mentre le sue labbra si schiantano sulle mie in un bacio profondo e indagatore, poi si avventurano verso il mio orecchio, il mio collo, la mia spalla. Ansimante, mi aggrappo alle sue spalle, mentre avvolge i miei capelli bagnati intorno al pugno e mi inarca all'indietro sopra il suo braccio muscoloso e potente, sollevando i miei seni verso di lui come un'offerta sacrificale. La sua ampia schiena mi protegge dagli spruzzi d'acqua, mentre si china su di me, attaccandosi a un capezzolo, poi a un altro, l'aspirazione calda e potente della sua bocca che invia colpi di sensazione direttamente al mio intimo, aumentando la mia eccitazione crescente.

Tuttavia, sono dolorante dentro, troppo dolorante per provare piacere, mentre due delle sue dita spingono dentro di me, separando i tessuti gonfi e teneri. Cioè, fino a quando quelle dita si curvano dentro di me, trovando un punto che fa esplodere scintille dietro le mie palpebre chiuse e portandomi oltre il limite così rapidamente che riesco a malapena a pronunciare il suo nome.

Gli spasmi stanno ancora increspando il mio corpo, quando rilascia il mio capezzolo con uno schiocco umido e mi guida fino alle ginocchia, mentre ancora mi protegge dal getto della doccia con il corpo. Stordita, lo guardo sbattendo le palpebre, solo per rendermi conto di quello che vuole, mentre schiaffeggia la dura e massiccia colonna del suo membro contro la mia guancia, poi mi trascina la punta alla bocca.

D'istinto, appoggio le mie mani sulle sue cosce muscolose e apro le mie labbra, portandolo dentro fino in fondo. Ho già fatto pompini in passato, ma questo sembra diverso, niente a che vedere con quei momenti casuali e giocosi con i miei ex fidanzati. Non ho il controllo—lui ce l'ha—e non c'è niente di giocoso nel modo spietato in cui mi scopa la bocca. Le sue mani mi afferrano il cranio, tenendomi ferma per le sue profonde e lente spinte, e devo impegnarmi per non soffocare, mentre lui mi scende sempre più in gola ad ogni colpo.

Non dovrebbe essere sexy—mi sta usando solo per il suo piacere—ma qualcosa dell'essere trattata come una bambola erotica invia impulsi di calore direttamente al mio clitoride. Sta prendendo ciò che vuole dal mio corpo, ed è sia umiliante che perversamente liberatorio. Non c'è niente di complicato in questo scambio; lo accontento semplicemente esistendo, non essendo altro che una bocca calda e umida per il suo uso. I miei occhi si chiudono, le lacrime fuoriescono dai lati, mentre aumenta il ritmo, spingendo il suo grosso uccello giù per la mia gola dolorante, ma l'impulso di vomitare rimane sopito, anche se la mia bocca si riempie di saliva sufficiente a riempire un lago. Mi gocciola lungo il mento, il collo, il petto, ma niente di tutto ciò ha importanza, perché posso sentire la tensione che si accumula nel suo corpo, posso sentire la sua grossa asta gonfiarsi ancora di più nella mia bocca. Con un gemito, si spinge così in profondità che perdo la capacità di respirare, e un liquido caldo mi schizza giù per la gola, mentre le sue dita si stringono saldamente tra i miei capelli, tirando le radici abbastanza forte da farmi trasalire.

Quando si tira fuori dalla mia gola, sono così disperata per l'aria che le mie unghie stanno affondando freneticamente nelle sue cosce. Tuttavia, quando apro gli occhi lacrimosi e alzo lo sguardo per incontrare il suo, rabbrividisco di piacere per la calda possessività che riflette.

"Zaychik..." La sua voce è rauca e vellutata, mentre mette le mani sotto le mie braccia e mi solleva in piedi, poi mi sostiene, finché non riacquisto l'equilibrio. Tenendomi delicatamente la spalla con una mano, mi sciacqua via lo sperma e la saliva con l'altra, poi mi prende il mento, fissandomi con un'espressione particolarmente intensa.

Il mio battito riprende ad accelerare, una strana premonizione che mi stringe lo stomaco, mentre dice dolcemente: "Sei tutto per me, la fonte della mia più grande felicità e piacere. Ti voglio con me per il resto della nostra vita, finché il respiro rimarrà nei nostri corpi. Il destino ti ha portata alla mia porta, ti ha consegnata a me come il dono che sei, e non potrei essere più grato."

Il mio cuore ora è in gola, il respiro così veloce che la mia vista sta diventando grigia. Questo non può essere diretto dove penso che stia andando. Non è possibile che stia—

"Chloe Emmons..." Incornicia il mio viso con i suoi ampi palmi, gli occhi da tigre carichi di una luce tenera e feroce. "Voglio che mi sposi. Voglio che diventi mia moglie."

25

CHLOE

Per un momento sono convinta di aver capito male.
Perché non è possibile che si proponga, soprattutto se ci
conosciamo da meno di un mese. Ma non c'è dubbio
sull'intensità del suo sguardo ipnotico, non posso nascondere il
fatto che abbia appena usato le parole "sposare" e "moglie."

La mia mente gira freneticamente, mentre stringo i suoi
potenti polsi, tirando istintivamente le sue mani giù dal mio
viso. La doccia dietro di lui è ancora in funzione, riempiendo di
vapore la spaziosa cabina, ma all'improvviso sento freddo, la
pelle d'oca che mi increspa la pelle bagnata.

"Nikolai, io..." Non ho idea di cosa dire, di come affrontare
qualcosa di così folle. Alla fine, sbotto: "Stai scherzando, vero?"

Il suo sguardo si incupisce. "Perché dovrei scherzare su
questo?"

"Perché... perché ci conosciamo a malapena!"

Appoggia le sue mani sulle mie spalle e stringe leggermente,
il suo tono che rimane morbido anche se la sua mascella si

indurisce pericolosamente. "So tutto quello che ho bisogno di sapere su di te."

"Beh, io no. Non ti conosco, voglio dire." Mi libero della sua presa e mi asciugo il viso con una mano tremante per liberarlo dalle goccioline d'acqua. Il mio cuore batte in modo irregolare, il mio stomaco si annoda alla sua espressione che si oscura rapidamente, mentre cerco a tentoni la porta del box doccia. "Nikolai, per favore, non fraintendermi—sono molto lusingata. È solo... questa non è una buona idea in questo momento." O mai.

Potrei essermi innamorata di quest'uomo letalmente stupendo, ma non ho dimenticato chi e cosa è—o cosa sta per fare per me.

Non sono tagliata per essere una moglie mafiosa, anche se questa non è l'etichetta formale.

Osserva la mia ritirata con gli occhi socchiusi, il vapore che fluttua nell'aria dietro il suo corpo potente, e devo sforzarmi per non inciampare sul tappetino del bagno, mentre esco e prendo un asciugamano.

Non c'è bisogno che io sia così fuori di testa.

Ha chiesto e ho rifiutato.

Fine della storia.

"Che cosa hai bisogno di sapere su di me?" Mi segue, i suoi movimenti morbidi e deliberati. Un predatore che bracca la sua preda. "Che cosa ti servirebbe per dire di sì?"

"Beh..." Mi avvolgo l'asciugamano, cercando freneticamente la risposta meno offensiva. Non ce n'è una, quindi sono costretta a optare per la verità. "Nikolai, non posso sposarti. Siamo troppo diversi. I nostri valori, il modo in cui affrontiamo le cose... La verità è che non credo—" Il mio cuore sussulta per la tempesta che si sta addensando nei suoi occhi, ma sono determinata, quindi vado avanti. "Non credo che questo possa funzionare a lungo termine."

. Si ferma, la mano quasi sul suo asciugamano. Poi, lentamente e deliberatamente, lo tira fuori dalla griglia e si asciuga, i suoi occhi puntati su di me per tutto il tempo, il viso ora più cupo di una notte senza luna.

Ingoio a fatica, mentre il silenzio teso cresce. "Dovrei andare a letto. Possiamo parlare di più domani mattina."

Si muove come il grande felino che mi ricorda. Una macchia di movimento esplosivo, e lui è tra me e la porta del bagno, i muscoli scolpiti che si flettono, mentre mi fissa, gli occhi dorati nelle fessure.

"No, zaychik" dice dolcemente. "*Dovremmo* andare a letto. E domani mi sposerai. Non importa come ti senti."

26

CHLOE

MI SVEGLIO CON GLI OCCHI ANNEBBIATI, LA TESTA CHE MI martella e tutto il corpo dolorante. Sopprimendo un gemito, cerco di rotolarmi su un fianco, solo per scoprire che sono bloccata in quella posizione da un braccio pesante disteso sul mio torace.

L'adrenalina mi inonda le vene, spazzando via la nebbia del sonno, e mi rendo conto di dove sono.

A letto con Nikolai.

Mi si ferma il fiato, e giro attentamente la testa per guardarlo. L'ho visto addormentato solo una volta prima d'ora, l'altra volta in cui abbiamo passato la notte insieme, e sono di nuovo colpita da quanto sia bello e pericolosamente animalesco a riposo, con le ciglia nere che sventolano sugli zigomi affilati e la barba scura che ombreggia le linee dure della sua mascella. Il sonno non addolcisce i suoi lineamenti nettamente modellati; invece, conferisce loro un tipo selvaggio di sensualità, un fascino oscuramente primitivo.

Anche adesso c'è qualcosa di un predatore, qualcosa di malvagio nel modo in cui le sue labbra sensuali sono curve, nel modo in cui sono leggermente aperte.

Rendendomi conto che sto sprecando una preziosa opportunità fissandolo come una groupie affascinata, mi divincolo con cautela da sotto il suo braccio e mi trascino nuda verso la porta, con il cuore che mi batte forte contro la cassa toracica.

Ho bisogno di scappare, anche se solo nella mia camera.

Devo frapporre una certa distanza tra noi.

La scorsa notte, almeno la parte dopo la doccia, è un vago ricordo nella mia mente, un miscuglio di sensazioni sessuali oscure ed emozioni selvagge. Penso di essere stata così sbalordita dalla sua dichiarazione che sono andata in una specie di shock, e quando mi sono ripresa, ero già nel suo letto, con i polsi inchiodati sopra la mia testa e lui che entrava nel mio corpo dolorante ma perversamente smanioso.

Non ricordo di aver detto di no, ma devo averlo fatto. Non voglio credere di essermi lasciata scopare dopo quello che ha detto... o che sono venuta più volte, mentre mi prendeva con sfrenata ferocia ancora e ancora.

Almeno aveva usato il preservativo quelle altre volte; adesso sarei in iperventilazione, se avesse fatto senza.

Raggiungendo la porta, lancio un'occhiata dietro la spalla. Grazie a Dio sta ancora dormendo. Non so come lo affronterò o cosa farò riguardo alla sua minaccia matrimoniale. Ed è una minaccia. Non ho idea di come possa costringermi a dire di sì contro la mia volontà, ma so che è nelle sue possibilità. Quell'oscurità che ho sempre percepito in lui ora è diretta verso di me.

Come mi ha detto ieri, eccelle nel fare tutto il necessario per ottenere ciò che vuole.

Trattenendo il respiro, afferro la maniglia della porta e la giro, sussultando internamente al debole clic che fa. Con mio sollievo, lui continua a dormire, quindi metto la testa fuori nel corridoio, assicurandomi che sia libero, e poi corro giù nella mia stanza, ignorando la fitta di dolore alla caviglia appena guarita.

Entro senza incidenti e mi dirigo verso il bagno, dove salto sotto la doccia e mi strofino con il sapone nel tentativo di lavare via il ricordo del suo ruvido tocco. È inutile—i segni del suo possesso sono ovunque sul mio corpo, la mia pelle raschiata in una dozzina di punti dalla sua barba ispida, i miei capezzoli doloranti dove li aveva succhiati e li aveva sfiorati con i denti. La cosa peggiore, però, è il profondo dolore dentro di me, un promemoria della sua insaziabile fame di me e della mia totale incapacità di resistergli, anche alla luce della follia che intende.

Chiudo l'acqua ed esco dalla cabina, facendo respiri profondi per controllare il crescente panico. Forse non lo intendeva. Forse era solo sconvolto dal fatto che avessi rifiutato la sua proposta, e quando si sveglierà questa mattina, si renderà conto di quanto sia stato prematuro.

Mi ha assunta poco più di tre settimane fa, e abbiamo trascorso un totale di due notti insieme. Come può essere così sicuro di volermi per tutta la vita, che sono davvero io quella giusta?

Eppure, qualunque cosa mi ripeta, il panico si rifiuta di placarsi. Nonostante quello che ho detto ieri sera, conosco Nikolai. In fondo, lo conosco—e so che non dice cose che non intende. Ha deciso che eravamo predestinati, quando ero qui da appena una settimana, e niente di quello che è successo da allora lo ha convinto del contrario.

Ciò che è più spaventoso è che non afferma di amarmi—e non credo che lo faccia. Quello che prova per me è più un'ossessione. Con un sussulto, ricordo che Alina mi ha avvertita di questo la notte in cui abbiamo fumato erba insieme, dicendomi che suo fratello non è il mio cavaliere bianco.

"Gli uomini Molotov non amano, possiedono" ha detto. "E Nikolai non fa eccezione."

Avvolgendo un asciugamano attorno ai miei capelli bagnati, fisso il mio riflesso nello specchio, notando il gonfiore arrossato delle mie labbra, ancora livide e gonfie per i suoi baci. Vicino alla mia clavicola c'è un succhiotto e sui miei fianchi ci sono deboli segni scuri a forma di dita maschili.

No, questo non è amore. Neanche per sogno.

Nella migliore delle ipotesi, è una fissazione reciproca—perché anche adesso, mentre sono qui con l'aria di essere stata aggredita, i ricordi di come ogni segno è entrato nel mio corpo mi fanno pulsare profondamente dentro.

———

È mentre mi vesto che decido il miglior modo di agire.

Alina.

Mi ha aiutata una volta; forse può farlo di nuovo.

Non so nemmeno che tipo di aiuto ho in mente—dopo quello che è successo con gli assassini, l'idea di un altro tentativo di fuga ha poco fascino. Tuttavia, sento una scintilla di speranza, mentre busso alla porta della sua camera da letto e lei apre, indossando la sua vestaglia. Prima che io abbia la possibilità di scusarmi per averla svegliata, si guarda intorno nel corridoio e rapidamente mi fa entrare.

"Stai bene?" chiede, facendo un passo indietro per analizzarmi approfonditamente. Il suo sguardo si fissa sulle mie labbra gonfie, e le sue sopracciglia scure si uniscono. "Kolya—"

"No, no, sto bene." Il mio viso brucia, felice che la mia carnagione abbronzata nasconda il rossore e la mia maglietta a collo alto nasconda il succhiotto. "Non ha— Era tutto consensuale, credimi."

Emette un respiro. "Okay, bene. Lo immaginavo. È solo che... mio fratello non è del tutto sano di mente, quando si tratta di te."

"Puoi dirlo forte" mormoro sottovoce.

Mi sente comunque, e il suo cipiglio ritorna. "Che cos'è successo?" Afferrandomi la mano, mi conduce al suo letto disfatto e mi fa sedere accanto a lei. Dato che si è appena svegliata, il suo viso è senza trucco, come quella fatidica volta in cui mi ha teso un'imboscata nella mia camera, ma i suoi occhi verde giada sono limpidi, annebbiati solo dalla preoccupazione. "Che cos'è successo? Dimmi, Chloe. Ti prego."

Faccio un respiro profondo e mi preparo per la sua reazione. "Nikolai si è proposto."

Nessuna risposta. Solo uno sfarfallio di ciglia.

Non mi ha sentita?

"Mi ha chiesto di sposarlo" preciso, nel caso non fosse chiaro. "La scorsa notte, mi ha chiesto di essere sua moglie."

Ora le sue lunghe ciglia le sfiorano gli occhi. "Capisco."

"Perché non sei sorpresa?" chiedo, stordita e più che un po' inquieta per la sua calma accettazione. "Sapevi che l'avrebbe fatto?"

"Sapevo? No. Sospettavo? Sì." Sospira, spingendosi indietro i capelli con una mano. "Dal momento in cui ho visto le tue chiavi nel suo cassetto, ho pensato che le cose sarebbero andate così. Ma ovviamente, Kolya non mi parla di queste cose, quindi non posso dire che lo sapevo con certezza."

La mia inquietudine aumenta. "Non capisco."

"Chloe..." Guardandomi dall'alto in basso, mi stringe le mani nelle sue. "Mio fratello è ossessionato da te. Ne ho visto i segni dal primo giorno in cui ti abbiamo assunta, ma pensavo—speravo—che fosse solo un'attrazione passeggera da parte sua, che tu fossi solo un'altra ragazza che avrebbe scopato e dimenticato."

"Wow, grazie."

"Non ho niente contro di te. Sarebbe stata una buona cosa, credimi." Mi stringe le mani. "Ascolta, Nikolai è... assomiglia molto a nostro padre. E a nostro nonno. E dalle storie che ho sentito, ad altri uomini Molotov prima di loro. Konstantin e Valery—loro sono un po' diversi, ma Nikola... è un maschio Molotov in tutto e per tutto."

"Che cosa significa?" chiedo frustrata. "E lui cosa? È incline a proporsi dopo aver conosciuto una donna per un mese?"

Scuote la testa. "Per quanto ne so, non si è mai proposto a nessun'altra—né è diventato così ossessionato da una donna." Prende fiato. "Sei la prima e, se dovessi indovinare, l'ultima. Ed è così che spesso accade con gli uomini della nostra famiglia. Nostro padre ha visto nostra madre a una festa, l'ha conquistata facendo un mare di regali alla sua famiglia e l'ha sposata due settimane dopo. E suo padre—nostro nonno paterno—ha letteralmente rapito nostra nonna, quando lei aveva sedici anni, strappandola dal suo villaggio, quando gli è capitato di trovarsi lì, mentre lei si occupava di un campo con altre ragazze."

"Mi stai prendendo in giro."

"Mi piacerebbe che fosse così." Il suo viso è cupo. "Nostra nonna è morta quando avevo dieci anni, ma ricordo le storie che mi ha raccontato sulla sua vita con mio nonno, il modo in cui controllava ogni sua mossa e richiedeva obbedienza assoluta. Era profondamente insoddisfatta di lui, ma era solo una povera contadina e lui era un uomo potente e ben collegato, quindi non c'era niente che potesse fare. Non le avrebbe permesso di lasciarlo."

La fisso, il mio stomaco che si ribella. "E tua madre? Anche lei era infelice?"

Tira indietro le mani, il suo viso che si rabbuia. "Non inizialmente. Non ha capito che tipo di uomo avesse sposato, per molto tempo. È stato quando ha scoperto che le cose avevano cominciato a sgretolarsi e—" Si ferma e prende un altro respiro profondo. "In ogni caso, non ha importanza. Il punto è che Nikolai possiede la stessa personalità intensa e appassionata, una tendenza ossessiva che cerca e alla fine trova qualcosa—qualcuno—a cui aggrapparsi. Come nostro padre e nostro nonno prima di lui, è risoluto quando si tratta di ottenere la donna che vuole, e vuole te, Chloe. E lui ti avrà, ad ogni costo."

Non so cosa dire. Stupita, la fisso semplicemente, mentre aggiunge dolcemente: "Inoltre, non so se l'hai notato, ma c'è una vena di misticismo dentro di lui, quella fede nel destino e nella sorte che ha ereditato da nostra nonna. Essendo cresciuta in un piccolo villaggio rurale, era religiosa e profondamente superstiziosa, e ha trascorso molto tempo con Nikolai, quando era un ragazzino. Probabilmente lo negherebbe—non si considera minimamente religioso—ma ha assorbito molte delle sue convinzioni, inclusi i suoi atteggiamenti nei confronti della nostra famiglia e di come il nostro stesso sangue porti con sé il male... come era stato inevitabile per nostro padre, suo figlio sarebbe diventato come lui."

Deglutisco forte. "Cioè come?" E, cosa più importante, Nikolai è diventato come lui?

Le labbra di Alina si appiattiscono. "Non importa. Stiamo parlando di Nikolai in questo momento."

"E di me. Alina..." Tocca a me prenderle le mani. "Che cosa faccio? Gli ho detto che non posso sposarlo, ma non ascolta. Insiste che ci sposeremo oggi."

Il suo viso mostra finalmente un lampo di sorpresa. "Oggi?"

"Sì, oggi!" Rilasciando le sue mani, modifico il mio tono. "Ascolta, forse sto impazzendo per niente. Non so come possa costringermi al matrimonio—non siamo nel Medioevo. Ma per ogni evenienza, potresti forse mettergli in testa un po' di buon senso? O aiutarmi a capire come farlo?"

Inclina la testa, i suoi occhi di giada che luccicano. "Quindi, se ho capito bene, non vuoi sposarlo?"

Sbatto le palpebre. "Ovviamente no. Voglio dire... lo conosco da meno di un mese."

"Ma tu lo vuoi, vero? La scorsa notte e quell'altra volta—"

"È diverso." La mia faccia diventa di nuovo calda. "Quello è solo un impulso biologico. È un uomo molto attraente e—"

"Quindi, è solo sesso per te?"

Apro la bocca per dire di sì, ma la parola si rifiuta di uscire.

"Capisco." Il bagliore nei suoi occhi si intensifica. "Lo ami?"

"Io..." Ingoio a causa dell'improvvisa secchezza della gola. "Non lo so. Importa? Non posso ancora sposarlo. Lui è—cioè, non è..."

"Ciò che immaginavi come marito?" ipotizza, mentre mi allontano. Un sorriso ironico le incurva le labbra. "Sai, la maggior parte delle donne coglierebbe al volo l'opportunità di sposare un uomo ricco e bello che è pazzo di loro."

"Tu lo faresti? Coglieresti l'opportunità di sposare qualcuno come tuo fratello?"

I suoi lineamenti si irrigidiscono, il sorriso svanisce dal suo viso. "Non stiamo parlando di me." Alzandosi bruscamente, si avvicina alla finestra, la schiena rigida, mentre guarda le vette lontane.

Confusa, vado a raggiungerla lì. Non ho idea di cosa l'abbia turbata, ma chiaramente qualcosa lo ha fatto. Con cautela, le tocco la spalla. "Ehi, io—"

Si volta verso di me, i suoi lineamenti che si ricompongono. "Ascoltami, Chloe. Hai ragione a dare di matto. Se mio fratello dice che lo sposerai oggi, succederà. Non so esattamente come, ma è pieno di risorse. Se davvero non lo vuoi, la soluzione migliore è ritardare il matrimonio."

"Ritardarlo? Ma—"

"Ritardarlo" replica con fermezza. "Il rifiuto definitivo non funzionerà—lo renderà solo più determinato, quindi devi dire di sì e poi trovare un modo per imporre alcune condizioni. Forse hai sempre sognato una particolare location per il matrimonio, o un vestito speciale, o avere le tue amiche del college come damigelle d'onore. Potrebbe accettare o no. In ogni caso, vale la pena provare."

La fisso, il mio battito cardiaco accelerato. Ha ragione: ho sbagliato tutto. La scorsa notte, fino a quando non ho detto la verità a Nikolai—che non pensavo potesse funzionare tra noi a lungo termine—sembrava disposto a ragionare, più interessato a persuadermi che a piegarmi alla sua volontà.

Forse se accetto di sposarlo in futuro, possiamo tornare a una dinamica più sana, ripristinare le cose com'erano.

"Mi dispiace non poter essere più utile" dice Alina, e posso dire che è sincera. "Qualunque cosa gli dicessi, peggiorerebbe soltanto le cose. È meglio se ti avvicini a lui da sola."

"No, sei stata molto utile, grazie." Mi volto per andarmene, quando mi viene in mente un pensiero. Speranzosa, mi giro. "Non hai la pillola del giorno dopo per caso, vero? C'è stata un po' di... mancanza di memoria da parte nostra la scorsa notte."

Si ferma, sbattendo le palpebre. Quando parla, la sua voce è strana. "No, temo di non avere niente del genere. E Chloe... dovresti prendere in considerazione una tattica di ritardo davvero, davvero buona. Ricordi cosa ti ho detto su mio fratello e gli incidenti? La stessa cosa vale per i vuoti di memoria."

La fisso, il mio stomaco in subbuglio. "Intendi..."

"Sembra che sia deciso a legarti a lui—e che stia già facendo tutto il possibile."

27

NIKOLAI

MI SVEGLIO CON UN'INQUIETANTE SENSAZIONE DI DÉJÀ VU. Ancora prima di girarmi e sentire le lenzuola fresche e vuote accanto a me, so che Chloe non è lì.

Posso sentire la sua assenza nel profondo.

La logica mi dice che non sarebbe potuta scappare di nuovo —le guardie hanno l'ordine rigoroso di non permetterle di lasciare il complesso—ma il mio cuore batte ancora forte contro la cassa toracica, mentre salto giù dal letto e mi vesto con velocità militare.

Devo trovarla. Adesso.

Prima che possa uscire dalla stanza, un lampo di movimento all'esterno cattura la mia attenzione. Mi avvicino alla finestra e un'ondata di sollievo mi travolge.

Sono Chloe e Slava, insieme sul bordo del vialetto, che sbirciano tra gli alberi sul lato. Mentre osservo più da vicino, noto una palla di pelo grigio-marrone davanti a loro—un coniglio selvatico. Vedo anche una carota lunga e stretta nella mano di mio figlio.

Il sollievo si fonde con una nuova sensazione puramente incandescente, una sorta di splendente calore che ricopre ogni millimetro del mio petto. Mio figlio e la mia futura moglie—è così giusto, così perfetto.

Così completamente incasinato.

Non merito questo. In fondo, lo so. Un uomo come me non prova questo tipo di felicità, crogiolandosi per un certo periodo di tempo nella vera gioia. E Chloe, di certo, non mi merita. Il sangue che scorre nelle mie vene è puro veleno, la mia natura spietata in tutto e per tutto. Un uomo migliore l'avrebbe lasciata andare molto tempo fa, proteggendola dalle parti più oscure di se stesso, invece di cogliere questo miraggio di felicità con entrambe le mani.

Ma lo sto afferrando. Perché sono un mostro egoista. Perché quando finalmente l'ho avuta tra le braccia la scorsa notte, sapevo che era il posto che le apparteneva. E sapevo anche che non mi sarebbe bastato averla semplicemente lì.

Ho bisogno che il mondo sappia che lei è mia, che appartiene esclusivamente a me.

Osservo ancora per un po' lei e Slava, godendomi la felicità immeritata, questi momenti rubati di gioia semplice. Non so come fossi riuscito a controllarmi per tutto quel tempo, come fossi riuscito a trattenermi e concederle la tregua di due settimane. Ora che l'ho riavuta, non riesco a immaginare di passare un'altra notte senza di lei, non posso nemmeno tentare di rimettere la bestia al guinzaglio.

Non vuole sposarmi. Il bruciore di rabbia e dolore per il suo rifiuto è ancora lì, ma si è leggermente raffreddato, indurendosi in una cupa determinazione.

È ora che Chloe capisca con chi ha a che fare. In un modo o nell'altro, porterà il mio anello al dito.

Stanotte diventerà mia moglie.

28

CHLOE

Affronto la mattinata per pura forza di volontà, seguendo le mie lezioni con Slava con un sorriso, nonostante l'ansia mi faccia a pezzi i nervi. Aiuta il fatto che Nikolai non si presenti a colazione, chiudendosi invece nel suo ufficio con Pavel. In realtà, non lo vedo affatto se non brevemente nel corridoio, quando mi supera a grandi passi con nient'altro che una rapida occhiata e un mormorio: "Scusami, zaychik."

È come se la notte scorsa non fosse mai accaduta, come se il mio corpo non portasse i segni del suo possesso e il mio stomaco non fosse annodato, mentre cerco di trovare il coraggio per affrontarlo.

È solo alle undici che appare il primo segno dei cambiamenti in arrivo. A quel punto, sono speranzosa che Nikolai abbia cambiato idea e che la sua minaccia fosse vuota, dopotutto. Ma no. Entro nella mia camera e trovo Lyudmila nel mio armadio, che afferra dozzine di vestiti insieme alle grucce e li porta via senza dire una parola.

"Ehi!" Mi affretto a seguirla, mentre cammina a passo svelto lungo il corridoio. "Che cosa sta succedendo?"

Mi lancia un'occhiata di traverso, mentre la raggiungo. "Oggi tu trasferire. Nella stanza di Nikolai, no?"

"Che cosa? No! Dammi quelli." Cerco di prenderle i vestiti, ma si dimostra sorprendentemente agile. Evitando la mia mossa, si precipita nella camera di Nikolai, poi emerge trenta secondi dopo e si dirige verso la mia.

Fanculo.

Le corro dietro. "No. Lasciali e basta."

Non ascolta, afferra un'altra quantità di vestiti e mi supera, la sua faccia da matrioska priva di ogni espressione. "Se mi ostacoli, chiederò aiuto a Pavel."

Dannazione.

Traboccante di rabbia, faccio un passo indietro e le lascio fare le sue cose. L'alternativa—combattere fisicamente lei e la sua montagna di marito—sarebbe inutile e stupida. A chi importa dove sono i miei vestiti? È ciò che significa questa mossa che conta.

Nikolai sta portando via la mia stanza, il mio spazio privato... il mio unico rifugio da lui.

Non posso più resistere al confronto. Se oggi non voglio diventare sua moglie, devo agire.

Lasciando che Lyudmila faccia ciò che vuole con il mio armadio, vado nell'ufficio di Nikolai e busso con decisione alla porta.

"Sì?"

"Sono Chloe." La mia voce è bassa e furiosa, la mia rabbia sta bruciando ogni cautela.

La porta si apre, rivelando la corporatura dalle spalle larghe di Nikolai. Appoggiando un avambraccio muscoloso sullo stipite della porta sopra la sua testa, fissa il mio corpo. Quando i suoi occhi tornano sul mio viso, sono di un brillante oro predatore. "Che cosa c'è, zaychik?"

"Dobbiamo parlare."

Fa mezzo passo indietro, le sue labbra sensuali che si incurvano con oscuro divertimento. "Avanti, allora."

È ancora parzialmente sulla soglia, quindi non ho altra scelta che spingerlo oltre. La mia spalla sfiora il suo petto muscoloso, e percepisco un lieve accenno di bergamotto e cedro, mescolato al muschio seducente della calda pelle maschile. Un calore familiare mi brucia le vene, le mie viscere diventano morbide e liquide, nonostante la furia che brucia nel mio petto.

Biologia del cazzo. Questa è l'ultima cosa di cui ho bisogno.

Stringendo i denti, mi dirigo verso il tavolo rotondo, dove mi accascio su una sedia, gli occhi fissi sul suo viso con aria di sfida. Mi rifiuto di lasciare che il mio corpo determini le mie azioni, che i bisogni sessuali decidano il mio destino.

Non sposerò questo bellissimo uomo amorale, se posso evitarlo. Non importa come risponda a lui nel letto.

"Allora..." Si appoggia all'indietro, intrecciando le lunghe dita sulla gabbia toracica. La sua voce è di seta, mentre dice dolcemente: "Volevi parlare."

Ho avuto tutta la mattina per pensare al modo migliore per avvicinarmi a lui, eppure mi ritrovo ancora a bocca aperta, i miei pensieri in una confusione caotica. In parte, è il modo in cui mi guarda, con quel mezzo sorriso cinico e beffardo, come se avesse già guardato al futuro e sapesse esattamente cosa farò e dirò. Ma soprattutto, è la fredda determinazione che percepisco in lui. Gli argomenti che ho provato mi sembrano improvvisamente inadeguati, la stessa premessa di contrattare con lui profondamente imperfetta.

"Come pensi di farlo?" sbotto finalmente. Non è quello che avevo in mente, ma devo sapere cosa mi aspetta, se fallisco. "Come puoi farmi sposare contro la mia volontà?"

I muscoli intorno ai suoi occhi si irrigidiscono, anche se il sorriso gli resta sulle labbra. "Contro la tua volontà? È questa la bugia che ti stai raccontando, zaychik? Che sei costretta?"

Il sangue mi scorre verso il viso, rabbia mescolata a imbarazzo illogico. "Che cosa stai dicendo?"

"Sto dicendo che ti sto facendo un favore." Il suo sorriso si acuisce. "Le decisioni possono essere un pesante fardello, soprattutto quando le tue idee su ciò che è giusto sono in conflitto con i tuoi desideri reali."

Le mie unghie scavano nei palmi. "Non voglio sposarti. Me lo hai chiesto e io ho detto di no, ricordi?"

"Oh, sì." Si siede bruscamente in avanti, il sorriso che sparisce dal suo viso. "Alcune cose sono destinate ad accadere. Un giorno lo capirai e ne sarai felice, zaychik. Per ora, farò quello che devo."

"Cioè cosa? Farai venire una specie di officiante qui? E poi cosa? Come farai a farmi dire di sì?"

Non risponde; si appoggia semplicemente all'indietro con un'espressione imperscrutabile, e la mia immaginazione collega i puntini.

Fissandolo con orrore, soffoco: "Mi drogherai, non è vero? È questo il tuo piano."

29

NIKOLAI

La mia zaychik è intelligente. Mi conosce, nonostante quanto sostenga.

La fialetta è già sulla mia scrivania, il liquido dentro pronto per essere aspirato in una siringa e pompato nelle sue vene. È la forma più delicata di uno dei nostri farmaci speciali, il dosaggio appena sufficiente per offuscare i confini della realtà e ridurre le inibizioni di una persona.

Quando lo userò su Chloe, sarà consapevole di ciò che sta accadendo, ma non obietterà... perché nel profondo, anche lei vuole questo.

Ormai la conosco anch'io.

Ecco perché non sono sorpreso, quando prende fiato e raddrizza le spalle snelle, invece di implorare o piangere. "Bene" dice, la sua voce che trema solo leggermente. "Hai vinto tu. Ma solo per la cronaca, non ti perdonerò, se vai fino in fondo con questo metodo. Avvelenerà tutto tra noi... proprio come le iniziative di tuo nonno hanno rovinato qualunque possibilità che il suo matrimonio andasse per il verso giusto."

Fottuta Alina. Avrei dovuto aspettarmelo; eppure, le parole di Chloe mi colpiscono ancora come un amo da pesca, penetrando in profondità e afferrandomi direttamente al cuore.

Mi chino in avanti, il mio tono che si acuisce. "Non mi lasci scelta."

"No. Tu stai cercando di non lasciarmi scelta." Anche lei si sporge in avanti, fissandomi dall'altra parte del tavolo. "Riguardo al mancato uso del preservativo—l'hai fatto apposta, vero? In realtà, non l'hai dimenticato."

Sostengo il suo sguardo, il lampo di rabbia che si raffredda, mentre un particolare dolore mi avvolge il petto. Ha ragione? Allora, non sembrava una decisione consapevole, più simile a una direttiva primordiale, un bisogno prepotente di essere dentro di lei senza barriere di alcun tipo. Il preservativo non era nemmeno una considerazione; è come se la mia mente avesse bloccato l'esistenza di tali misure protettive, tantomeno la loro necessità.

Non voglio altri figli—o almeno, pensavo di no. Poi ho visto il mio seme sulle sue cosce, e ogni sorta di immagini allettanti mi ha invaso la mente: di Chloe che invecchiava intorno a nostro figlio, di lei che allattava un bambino paffuto... di noi che giocavamo con un bambino dagli occhi marroni, il cui sorriso radioso illuminava una stanza.

Era come il montaggio di un fottuto film di Hallmark, tranne per il fatto che mi faceva soffrire profondamente.

Con sforzo, interrompo quella linea di pensiero. Che io abbia agito o meno consapevolmente non importa. Il risultato è lo stesso in entrambi i casi.

Costringendo le mie spalle a rilassarsi, mi siedo e studio i lineamenti tesi di Chloe. "Dimmi una cosa, zaychik... che cosa ti servirebbe per accettare il nostro matrimonio ed essere felice? Per fare in modo di evitare il destino dei miei nonni?"

È troppo intelligente, troppo cauta per venire qui solo per castigarmi. C'è qualcosa che sta cercando, una sorta di obiettivo che spera di raggiungere, e sospetto di sapere quale sia.

Mi fissa per un paio di lunghi secondi, e sento che la battaglia è in atto nella sua mente. Continuare a insistere sulla domanda del preservativo o passare al suo vero piano?

Deve decidere la combinazione dei due, perché si siede più dritta e dice: "Beh, per prima cosa, a meno che e fino a quando non accetto di avere un bambino, voglio che usiamo sempre la protezione. Anzi, voglio che mi porti subito delle pillole anticoncezionali e che oggi possa prendere una pillola del giorno dopo."

"Sarà fatto" replico, sopprimendo un'ondata irrazionale di delusione.

È davvero la cosa migliore; un altro Molotov è l'ultima cosa di cui questo mondo ha bisogno. Non so che cosa mi sia preso la scorsa notte, ma intendo controllarmi meglio in futuro. Infatti, ho usato il preservativo per il resto della notte, quindi descriverò quello che è successo come una momentanea mancanza di lucidità.

La ragazza sbatte le palpebre, chiaramente sorpresa dalla mia facile accondiscendenza. "Va bene. D'accordo. Allora, che ne dici di discutere i tempi del matrimonio? Penso che la prossima estate o l'autunno dovrebbe essere—"

"No." Non avevo intenzione di farla sposare in fretta, ma ora che abbiamo intrapreso questa strada, non riesco a immaginare di aspettare un giorno in più. Per quanto sia stato impaziente di averla nel mio letto, non è niente in confronto all'ardente bisogno di legarla a me. Avevo intenzione di farle la proposta tra qualche settimana, dopo aver sistemato le cose con Bransford, ma tutto è cambiato nel momento in cui ho visto il mio seme su di lei e ho capito che avrei potuto metterla incinta. In quel momento, metterle il mio anello al dito è diventata la mia priorità assoluta—e lo è ancora, indipendentemente dal fatto che ci sarà o meno un bambino.

La sola possibilità che ciò accada mi ha fatto capire che dovrà essere mia moglie il più presto possibile.

Fa un respiro profondo. "Ma—"

"No. La tempistica non è negoziabile." So di essere irragionevole, ma non cederò su questo. Qualcosa di irrazionale in me è convinto che se non lo faccio accadere ora, la perderò... che devo cogliere questa opportunità di felicità, per quanto possa essere illusoria.

Stringe le mani, mentre macchie di colore più scuro appaiono sulle sue guance. "Pensavo volessi che funzionasse, che fossimo davvero felici in questo matrimonio."

"È così... e lo saremo. Ma prima ci dev'essere un matrimonio. E per questo, ci sarà un matrimonio—che si terrà alle cinque di oggi."

"Questo pomeriggio?" La sua voce salta di tono. "Ti rendi conto di quanto sia folle?"

Sorrido cupamente. "La sanità mentale è sopravvalutata, zaychik. Quale persona sana di mente è mai felice? In ogni caso, non devi preoccuparti della logistica. Tutto è già stato organizzato."

Per alcuni istanti, si limita a fissarmi, respirando tremante;

poi spinge indietro la sedia e si lancia in piedi. "E quello che voglio io non conta? Ciò di cui ho bisogno per accettare questo matrimonio?"

"Dimmi di cosa si tratta e farò del mio meglio per realizzarlo —a patto che non si traduca in un ritardo." Mi alzo anch'io in piedi, giro intorno al tavolo e le prendo il mento delicatamente scolpito tra le mani, inclinando il viso verso l'alto per cogliere la sua espressione ribelle. "Dimmi, zaychik. Che cosa posso fare per renderti felice? Di cosa hai bisogno?"

Mi afferra il polso, i suoi occhi scuri per le emozioni turbolente. "Ho bisogno che tu non mi costringa a farlo."

Sorrido e chino la testa per baciare il fragile lobo del suo orecchio, il mio corpo che si irrigidisce, mentre respiro il suo profumo di fiori selvatici. "No, zaychik" mormoro, quando la sento rabbrividire. "Questo è esattamente ciò di cui hai bisogno."

Qualcuno innocente come lei non abbraccerà mai un uomo come me senza preoccuparsi di come questo comprometta la sua morale imposta dalla società e provare almeno una qualche forma di colpa.

Intendevo quello che ho detto. Nel mio modo egoista, le *sto* facendo un favore. In questo modo, può fingere di non volerlo, di abbracciarmi contro la sua volontà.

La linea delicata della sua gola si increspa per una deglutizione, e lei inspira in modo irregolare, indietreggiando dalla mia presa. I suoi occhi sono ancora più scuri, quando incontrano i miei, i lineamenti delicati strettamente tesi.

"In tal caso" dice barcollante "ho altre due condizioni. Se puoi soddisfarle, ti sposerò oggi alle cinque, e non sarà necessaria la droga."

Incuriosito, inclino la testa. "Continua."

"Per prima cosa, voglio che tu mi dica cos'è successo esattamente con tuo padre. E secondo..." La sua voce vacilla. "Ho bisogno che tu mi prometta di non uccidere il mio. Voglio che Bransford paghi, ma non in quel modo."

30

CHLOE

La mascella di Nikolai si trasforma in pietra, nubi vulcaniche si raccolgono nei suoi occhi. Con una voce pericolosamente equilibrata, dice: "Posso accettare la prima richiesta, ma non la seconda. Bransford è una minaccia per te, finché sarà vivo."

"Non se viene smascherato e la gente sa cosa sia veramente. Posso rendere pubblici i risultati del mio DNA; con quel tipo di prova, i media dovranno ascoltare."

Non so quando mi sia venuta l'idea di questo patto faustiano con Nikolai, ma a quel punto ho deciso che, poiché non c'è modo di evitare di perdere la battaglia matrimoniale, mi arrenderò almeno alle mie condizioni. Queste due questioni— scoprire la verità sul suo passato e convincerlo a lasciare vivo Bransford—sono ugualmente importanti per me, e ho bisogno di usare quel poco potere che ho.

Bransford deve pagare per i suoi crimini, ma non voglio il

suo sangue sulle mani di Nikolai e, di conseguenza, sulla mia coscienza.

"I media?" Le sue labbra si torcono. "Capisci cosa comporterebbe, non è vero, zaychik? Ti starebbero addosso come uno stormo di gabbiani affamati. Ogni parte della tua vita verrebbe sezionata, la morte di tua madre e tutto ciò che riguarda il suo passato sarebbero analizzati in dettagli nauseanti. Non avresti mai più un momento di pace. E sebbene lo scandalo probabilmente metterebbe fine alla carriera politica di Bransford, non c'è alcuna garanzia che andrebbe in prigione per lo stupro di tua madre; la legge sulla prescrizione potrebbe impedirlo."

"È anche colpevole di aver ordinato il suo omicidio."

"Sì, ma prova a dimostrarlo con gli assassini fuori dai giochi."

Dannazione. Ha ragione. Nella mia fretta di trovare un'alternativa all'uccisione di Bransford, non ho considerato l'ultima parte. Non ho idea di cosa abbia fatto Nikolai con i corpi degli assassini, ma in ogni caso, i morti non possono testimoniare sull'identità del loro datore di lavoro. Peggio ancora, indicare alle autorità le tombe degli assassini—o anche solo rivelare l'incidente nel bosco—potrebbe creare ogni sorta di problemi a Nikolai. L'ultima cosa che voglio è che venga arrestato per avermi protetta... o che i media gli stiano addosso, cosa che faranno se saremo sposati.

Con Slava che ha bisogno di rimanere nascosto alla famiglia di sua madre, non posso rendere pubblico il mio rapporto di parentela con Bransford. L'idea stessa è fuori discussione.

Tuttavia, non sono pronta ad arrendermi. "E se non fossi io? Scommetto che ci sono altre donne oltre a mia madre a cui ha fatto questo, altre ragazze che ha violentato a un certo punto.

Uomini del genere tendono ad avere un certo modus operandi, quindi forse possiamo trovare le altre sue vittime e—"

"Trovarle come?" Il tono di Nikolai è gentile. "Capisco cosa stai cercando di fare, zaychik, credimi, ma anche se alcune vittime fossero convenientemente in agguato dietro le quinte, potrebbero volerci mesi o anni per trovarle e persuaderle a farsi avanti. A quel punto, lui potrebbe essere il presidente degli Stati Uniti e abbatterlo richiederebbe uno sforzo infinitamente maggiore. Nel frattempo, continuerà a darti la caccia... e potenzialmente farà anche altre vittime. Lo hai considerato? Se ha davvero un debole per le ragazze adolescenti riluttanti, allora ogni minuto in cui è vivo non rappresenta solo una minaccia per *te*. Eliminandolo, farò un favore al mondo."

Uh. Mi volto, massaggiandomi la fronte. Ha di nuovo ragione, ma non posso accettare che l'assassinio sia l'unica risposta. Dev'esserci qualcos'altro che possiamo fare. Sarei persino propensa ad accettare qualcosa di losco, come il ricatto o—

Mi giro. "E se non avessimo bisogno di trovarle, le vittime? E se le creassimo noi stessi?"

Le sue sopracciglia scure si inarcano, lo sguardo che si illumina di un accenno di divertimento. "Stai suggerendo di pagare alcune donne per accusarlo? Produrre false prove? Non trovi che non sia etico e sbagliato?"

"Non quando l'alternativa è ucciderlo. Inoltre, non è che sia innocente."

"No" concorda in modo piatto, tutto l'umorismo sparito. "Non lo è."

"Quindi, è un sì?" Avvicinandomi, lo guardo speranzosa. "Possiamo provare, vedere se funziona?"

Mi toglie una ciocca di capelli dal viso. "No, zaychik. Le false accuse non funzioneranno."

"Ma—"

"Se vogliamo creare vittime, devono essere reali... o almeno devono esserlo le prove."

Lo guardo, sbattendo le palpebre. "Che cosa intendi?"

"Ho un'idea, ma devo parlarne con Valery."

Una lampadina si accende nella mia testa. "Stai parlando di Masha?" Qualunque sia la vera età della "risorsa" di suo fratello, potrebbe facilmente passare per un'adolescente, quindi se la avvicinassimo a Bransford—

"Esattamente." Nikolai si avvicina alla sua scrivania e apre il suo laptop. Guardo con il fiato sospeso, mentre le sue lunghe dita danzano sulla tastiera, digitando un messaggio.

Forse sto facendo i conti senza l'oste, ma sembra che sia d'accordo. Pensa che questa sia una buona idea.

"Va bene" dice dopo un minuto, chiudendo il portatile. "Vediamo cosa ne pensa Valery, e se Masha non ha qualche modifica da apportare al piano in corso."

"Che sarebbe?"

La curva delle sue labbra racchiude un pizzico di ironia. "Diciamo solo che la prima parte non è troppo diversa."

Sbatto le palpebre. "Stava per sedurlo?"

"Quanto basta per convincerlo a mangiare con lei."

Dove gli avrebbe dato qualunque cosa avrebbe dovuto provocare quel fatale "difetto cardiaco."

Faccio del mio meglio per mantenere il tono uniforme. "Va bene, allora dovrebbe essere facile, giusto? Forse potrebbe sedurlo un po' di più e scattare qualche foto compromettente. O—"

"Non preoccuparti dei dettagli, zaychik." Gira intorno alla scrivania e si ferma davanti a me, i suoi occhi della tonalità più scura dell'ambra, mentre infila un'altra ciocca di capelli dietro il mio orecchio. "Il tuo unico lavoro oggi è scegliere l'abito."

31

CHLOE

Nikolai si sbagliava. Non è solo l'abito. Dopo pranzo, una folla di persone vestite alla moda invade la casa, portando con sé di tutto, dalle scarpe di un grande magazzino agli strumenti per l'acconciatura. Alina istruisce tutti con vivace efficienza, e prima che me ne renda conto, vengo lavata, depilata, profumata, acconciata e truccata all'ennesima potenza.

Quando arriviamo alla selezione dei vestiti, mi sento come se avessi attraversato una lieve forma di tortura, e tutto assume un'atmosfera surreale. Il giorno del mio matrimonio—già solo quelle parole sembrano qualcosa uscito da un libro o da un film, un racconto di fantasia con una ragazza che non posso essere io.

Il matrimonio non è mai stato il mio sogno. Non come lo è per alcune donne. Era solo qualcosa che immaginavo sarebbe successo in futuro, se avessi incontrato la persona giusta e tutte le stelle si fossero allineate. Diciamo, se entrambi stessimo andando bene nella nostra carriera, ci fossero piaciute le famiglie e gli amici e avessimo avuto tanti interessi in comune. Inoltre, se avessimo avuto un'età adeguata, che per me è intorno ai ventotto anni.

Non avrei mai immaginato di sposarmi a ventitré anni—e di certo non con un mafioso russo. Perché è questo che è Nikolai, che accetti o meno tale etichetta. I Molotov si mascherano con le trappole dell'alta società, ma in fondo Nikolai e i suoi fratelli sono selvaggi, violenti e amorali come qualsiasi leader del cartello.

Il pensiero di unire la mia vita a un uomo simile dovrebbe terrorizzarmi, invece mi sento insensibile, così sopraffatta che tutto sembra rumore bianco. Meno di due mesi fa, la mia unica preoccupazione era trovare un lavoro post-laurea, e poi la mia vita è andata così fuori dai binari che niente di ciò che sta accadendo oggi sembra così spaventoso o strano.

O forse, questa è una bugia che mi sto raccontando per superare questa giornata. Forse l'enormità di questo mi colpirà più tardi, quando sarò meglio equipaggiata per elaborarlo.

Gli abiti che mi vengono presentati sono stupendi, ognuno un'opera d'arte. Ce ne sono quattordici in totale, e Alina me li fa provare tutti, prima di dichiarare che il numero sette—quello a coda di sirena color avorio con una scollatura sulle spalle—è quello giusto.

Non so se sono d'accordo con lei—per me, tutti i vestiti sembrano usciti da una fiaba—ma sono grata di avere la sua guida. Qualunque cosa possa pensare degli eventi di oggi, se ne è presa l'incarico, interferendo con il branco invasore per mio conto. Grazie a lei, non devo prendere decisioni difficili, come il colore dell'ombretto da applicare; lei dice loro cosa fare con me e come, e io devo solo stare lì come una bambola zombie, mentre fanno tutte le cose, incluso tamponarmi un po' di correttore sul collo per nascondere il succhiotto e altri segni del sesso con Nikolai.

Sono quasi le cinque, quando sono completamente pronta, e mentre il gruppo se ne va, arrivano due nuove auto. Su una ci sono due persone con un'attrezzatura fotografica dall'aspetto stravagante, mentre l'altra appartiene a un uomo magro di mezza, che indossa un completo nero con un colletto bianco.

"Prete aconfessionale" spiega Alina, venendo a mettersi accanto a me vicino alla finestra. "Condurrà la cerimonia."

Cerimonia, giusto. Il mio cuore batte in preda al panico, un po' del mio torpore che svanisce. Questo *è* reale. Sta succedendo. Un vero matrimonio, con un abito, un prete e un team di fotografi/videografi. Non ho idea di come Nikolai sia riuscito a farcela con un preavviso così breve, ma immagino che quando hai abbastanza soldi da buttare in giro, non devi preoccuparti di cose così plebee come prenotare in anticipo professionisti molto ricercati.

"Dov'è Slava?" chiedo, realizzando tardivamente che non vedo il ragazzino dalle nostre lezioni del mattino. "Sarà anche lui alla cerimonia?"

Alina annuisce. "Lyudmila lo ha tenuto lontano dalla vista, dal momento che meno persone sono a conoscenza della sua presenza qui, meglio è. Ma Nikolai lo vuole al matrimonio e nelle foto, quindi ha preso le dovute precauzioni con il prete e il team di fotografi."

"Precauzioni? Come in una sorta di accordo di non divulgazione? Aspetta, a pensarci bene, non voglio saperlo."

Mi rivolge un sorriso smagliante. "Intelligente da parte tua. Ma sì, è stato stipulato un accordo di riservatezza, credo. Insieme ad alcune misure più forti."

Il mio cuore salta un altro battito, poi si lancia in un galoppo a tutto campo. La realtà sta avendo la meglio su di me, velocemente, e con essa un senso di panico.

Che cosa sto facendo? Perché ho accettato questo? Come faccio a sapere che Nikolai manterrà la sua parte dell'accordo? Non mi ha ancora detto cos'è successo con suo padre—anche se, ad essere onesti, con tutti i preparativi per il matrimonio, non abbiamo avuto molto tempo per parlarne. Che è un problema in sé e per sé. Tutto sta accadendo troppo velocemente, tutte le decisioni senza interpellarmi, tutte le implicazioni enormi. Per prima cosa, mi rendo conto che sposando Nikolai, non sto solo guadagnando un marito, ma anche un figlio.

Sarò la matrigna di un bambino di quattro anni.

Devo sembrare un po' scioccata, perché Alina si allunga per stringermi le mani. "Respira. Andrà tutto bene. Un passo alla volta."

Questo è un buon consiglio. È quello che mi diceva sempre mamma: concentrati solo sul passo successivo, sulla prossima cosa che deve accadere. Nessuno ha una sfera di cristallo, quando si tratta di un futuro lontano, quindi è inutile pensare troppo in avanti. In ogni caso, diventare la matrigna di Slava è la parte meno spaventosa di questa impresa, poiché amo già il ragazzino e non riesco a immaginare di non averlo nella mia vita.

Faccio un respiro profondo per calmare il battito cardiaco frenetico. "Grazie. Probabilmente dovremmo scendere, prima che Nikolai venga a cercarci." Facendo un passo indietro, do una rapida occhiata al suo abito color mare. "Hai un aspetto fantastico, comunque."

Il sorriso di Alina riaffiora. "Io? Tu sei la meravigliosa sposa."

Potrebbe essere vero, ma lei splende, come sempre. In una

giornata normale, la sorella di Nikolai potrebbe passare per una stellina che cammina sul red carpet, ma quando si impegna di più con i capelli e il trucco, come ha fatto oggi, la sua bellezza è quasi irreale. Se vedessi una sua foto in queste condizioni, sarei sicura che sia stata photoshoppata a morte, perfezionata con tutti i tipi di filtri. Eppure, eccola qui, in piedi accanto a me, il più reale possibile.

"Hai qualcuno in Russia?" chiedo d'impulso. "Un ragazzo o qualcosa del genere?"

Nonostante la nostra crescente amicizia, è tanto chiusa su questo argomento quanto sulla sua famiglia, e non posso fare a meno di chiedermi perché. Le ho raccontato tutto dei miei ex fidanzati, ma lei non ha mai ricambiato con storie del genere.

Se fossi ingenua, penserei che non abbia frequentato molti ragazzi.

"Un ragazzo?" La sua risata suona forzata. "No. Non c'è nessuno."

E siamo tornate al punto di partenza.

"Perché no?" chiedo, incapace di trattenermi. Concentrarmi sulla vita amorosa di Alina è di gran lunga preferibile al soffermarmi su dove sta andando la mia. "Sicuramente—"

"Dovremmo scendere" dice, voltandosi. "Altrimenti arriveremo in ritardo."

NIKOLAI

"Slavochka..." Mi accovaccio davanti a mio figlio. "Devo parlarti di una cosa."

Mi fissa senza battere ciglio, il disagio evidente nella sua espressione. Non possono essergli sfuggite tutte le persone che entravano e uscivano di casa, e so che si è chiesto cosa stesse succedendo. Lyudmila mi ha riferito che l'ha infarcita di domande per tutto il pomeriggio—domande a cui lei non ha risposto, pensando che avrei dovuto essere io a dargli la notizia.

"Non è niente di male" dico, quando lui resta in silenzio. "In realtà, è qualcosa di veramente fantastico. Ricordi quando ti ho promesso che Chloe sarebbe rimasta con noi per sempre?"

Annuisce diffidente.

"Beh, è di questo che si tratta oggi." Sorrido ampiamente. "Ci sposeremo. Chloe non sarà più solo la tua tutor, ma la tua nuova mamma."

I suoi occhi si spalancano, e il piccolo mento trema. "Mia mamma?"

"Tecnicamente, matrigna, ma sono sicuro che a Chloe piacerebbe se arrivassi a pensare a lei come a tua madre nel tempo."

Mi aspetto che Slava reagisca con gioia, dal momento che adora Chloe. Invece, il suo mento trema più forte e le lacrime gli sgorgano dagli occhi. "Significa che—" La sua voce infantile si incrina. "Significa che morirà?"

Fanculo. Di nuovo. Mi sento come se qualcuno mi avesse fracassato il petto con un martello.

Se Ksenia non fosse già morta, la ucciderei per essere deceduta in quell'incidente automobilistico e per aver instillato questa paura in nostro figlio.

Gli stringo forte le braccia. "No, Slavochka. Non morirà. Infatti, la sto sposando per assicurarmi che non le accada mai niente di male. Sarà al sicuro qui con noi."

Il suo mento smette di tremare, anche se le gocce di umidità si attaccano alle ciglia inferiori, facendole brillare. "Prometti?"

"Prometto."

"Rimarrà sempre con noi?"

"Sempre." O almeno finché c'è respiro nel mio corpo, ma non lo dirò, per timore che inizi a preoccuparsi anche per la mia morte.

Mi premia con un sorriso raggiante, e il martello colpisce di nuovo il mio petto, il dolore che riverbera in profondità. Solo che questa volta è un dolore diverso, che ho imparato ad accogliere. È difficile esprimere il modo in cui mi fa sentire mio figlio; tutto quello che so è che non posso più immaginare una vita senza di lui, senza queste potenti emozioni che spesso sento come se mi stessero facendo a pezzi.

Nelle ultime due settimane, il rapporto che abbiamo stabilito grazie a Chloe si è approfondito, la nostra relazione si è trasformata in qualcosa che non avrei mai pensato di avere... qualcosa che mi fa chiedere se un altro bambino, uno con Chloe, sarebbe una così brutta idea, dopotutto.

Ma no. Ho promesso che sarebbe stata una sua decisione—e così deve essere, se vogliamo che nostro figlio possa avere qualche probabilità di vincere la maledizione Molotov. Non voglio che sia cresciuto da una madre risentita per la sua stessa esistenza e che gli dica di essere disgustato di se stesso, che il male fa parte di lui e lo farà sempre.

Non voglio che finisca come mio padre.

Respingendo quel pensiero cupo, sorrido a Slava. "Ti preparo. È quasi l'ora del matrimonio."

Alzandomi in piedi, tendo la mia mano verso di lui, e mentre le sue piccole dita si chiudono fiduciosamente intorno al mio palmo, mi sento più sicuro che mai che sto facendo la cosa giusta... per me stesso, per Chloe e per mio figlio.

33

CHLOE

Ci scambiamo le promesse sulla terrazza con pareti di vetro che si affaccia sul dirupo, dove i panorami delle montagne offrono uno sfondo degno di Instagram e il sole del tardo pomeriggio ravviva tutto con la sua calda luce dorata.

Per un estraneo, sembrerebbe una perfetta immagine matrimoniale, con musica che filtra attraverso gli altoparlanti sul soffitto e l'adorabile bambino vestito in smoking, che sorride eccitato alla nostra destra.

"Vuoi tu, Chloe Emmons, prendere Nikolai Molotov... come tuo sposo... finché morte non vi separi..." Le parole del prete si dissolvono dentro e fuori, come una trasmissione radiofonica difettosa, l'effetto rumore bianco che torna a creare un ronzio costante nelle mie orecchie. Sono vagamente consapevole di Alina in piedi accanto a me, che interpreta ufficiosamente la damigella d'onore, e della struttura da orso di Pavel accanto a Nikolai. È il suo testimone? Esiste una cosa del genere in Russia?

"Sì" dico, quando mi rendo conto che il prete tace da un po'. Nikolai ha già recitato la sua parte, quindi dipende solo da me.

Lyudmila, che tiene la mano di Slava, dice qualcosa al ragazzino in russo, mentre il prete sorride e dice: "Ora potete scambiarvi gli anelli."

Abbiamo degli anelli?

Le dita forti di Nikolai stanno già afferrando il mio polso destro. Sollevando il palmo della mano, mette al centro una semplice fascia d'oro, poi prende la mia mano sinistra e fa scivolare un delicato cerchio d'oro tempestato di diamanti sul mio anulare.

Uh. Immagino che abbiamo degli anelli.

Goffamente, faccio scivolare la semplice fascia sull'anulare di Nikolai e alzo lo sguardo. I suoi occhi corrispondono al colore del metallo prezioso sulla sua mano, il calore bruciante in essi che scaccia il rumore bianco nelle mie orecchie e mi riporta alla cerimonia.

Santo cielo.

Ci siamo appena sposati.

L'uomo di fronte a me ora è mio marito.

"Congratulazioni. Puoi baciare la sposa" dice il prete, e il mio cuore sussulta, quando Nikolai solleva il mio viso e china la testa, un sorriso cupamente soddisfatto sulle sue labbra, mentre scendono sulle mie.

È un bacio breve, quasi platonico, ma non c'è dubbio sulla cruda possessività in esso, o sul modo in cui mi stringe la mano in seguito, mentre si gira per affrontare il flusso di applausi e congratulazioni che ci avvolge. Anche se tutti ci abbracciano, si aggrappa a me, rifiutandosi di lasciarmi andare.

Alla fine, gli adulti indietreggiano e Nikolai si inginocchia davanti a Slava, la mia mano ancora saldamente nella sua presa.

"Slavochka..." Il suo tono è solenne, le parole inglesi enunciate con cura. "Adesso siamo una famiglia. Chloe è mia moglie—e la tua nuova mamma."

Okay, wow. Non me lo aspettavo. Non dovremmo andarci piano con questo? Non voglio che Slava si arrabbi con me per aver preso il posto di sua madre morta. Certo, tecnicamente sono la sua matrigna, ma questo non significa che non possa continuare a pensare a me come Chloe per ora, e poi, quando sarà il momento giusto, possiamo—

I miei pensieri si interrompono bruscamente, mentre Slava mi rivolge il sorriso più grande e luminoso e getta le sue braccia corte intorno alla mia gonna, abbracciandomi le gambe con tutta la sua forza.

"Mamma Chloe" esclama, guardandomi con un sorriso ancora più grande, e devo davvero impegnarmi per nascondere lo shock per la sua facile accettazione di questo cambiamento nella nostra dinamica. Dov'è il risentimento? La diffidenza per il cambiamento improvviso nella sua vita? Non che io non sia felice che sia così d'accordo. Nikolai deve avergli parlato a un certo punto oggi, avvertendolo di quello che stava per succedere. Tuttavia, mi sarei aspettata almeno un breve periodo di adattamento. A meno che, naturalmente—

Mi fermo. Niente di tutto ciò è importante in questo momento. Incorniciando il volto di Slava con il palmo della mano, gli rivolgo il sorriso più luminoso che riesco a trovare. "Sì, tesoro. Siamo una famiglia adesso. Puoi chiamarmi mamma o qualsiasi altra cosa tu voglia."

Per quanto sia strano trovarmi improvvisamente nei panni di genitrice, ho la sensazione che Slava sarà la parte meno complicata di questo matrimonio, e non solo perché non provo vergogna nell'ammettere che il bambino ha già il mio cuore.

Quando guardo Nikolai, la sua espressione è calorosamente di approvazione. Sorridendo, porta la mano che tiene alle sue labbra e mi bacia le nocche una per una, provocandomi un formicolio lungo la schiena e facendo ridere Slava.

"Mamma Chloe" ripete eccitato e si avvicina ad Alina, parlandole in russo.

"Congratulazioni di nuovo" dice lei, mentre catturo il suo sguardo. Con calma, aggiunge: "Sono contenta di averti come sorella."

Sorella. Giusto. Perché è questo che significa sposarsi. Non si guadagna solo un marito, ma una famiglia. Come un figlio, una sorella, due fratelli e comunque tanti cugini... tutti i fratelli e i parenti che non ho mai avuto.

Per la prima volta, realizzo quanto sta cambiando la mia vita.

Non sono più un'orfana, che si fa strada da sola nel mondo.

***

La consapevolezza si sta ancora espandendo dentro di me, mentre il fotografo ci guida fuori per scattare un milione di foto sul dirupo, dove la brezza estiva bacia i nostri volti con una freschezza profumata di pino.

Non un'orfana.

Non la figlia unica di una madre single, che non aveva una famiglia propria.

Da quanto tempo desideravo segretamente qualcosa di simile? Nella mia immaginazione, era mio padre che sarebbe entrato nella mia vita e mi avrebbe presentata a tutti i cugini, zie e zii che non avevo mai saputo di avere, ma che si rivelavano meravigliosi. Ora, sapendo quello che so di Bransford, non riesco a immaginarlo. Il solo pensiero di incontrare qualche parente dell'uomo che sta cercando di uccidermi è disgustoso. Grazie a Dio, non ha altri figli biologici—almeno nessuno di cui i media siano a conoscenza. Da quel poco che mi sono permessa di leggere su di lui, so che è un vedovo che si è risposato da poco—la sua prima moglie ha combattuto una rara forma di cancro per un decennio, prima di morire qualche anno fa, e la sua nuova moglie ha due figli piccoli dal precedente matrimonio (una bambina e un bambino, che sfilano regolarmente davanti alle telecamere)—interpretando il ruolo di marito e padre perbene tutto americano alla perfezione.

Se solo sapessero.

Persa nei miei pensieri, obbedisco automaticamente alle istruzioni del fotografo, e la volta successiva in cui mi guardo intorno, il sole sta tramontando dietro le cime delle montagne, immergendo ogni cosa in un bagliore rosso-arancio.

"Dovrebbe bastare" dice Nikolai, e torniamo a casa, dove le delizie sparse sul tavolo da pranzo fanno impallidire la festa di compleanno di Alina. C'è di tutto, dai frutti di mare ai piatti tradizionali russi a un'enorme varietà di sushi e prelibatezze internazionali come le lumache.

Devono aver ordinato la maggior parte di questo; è impossibile che Pavel abbia avuto il tempo di preparare anche solo una frazione di ciò che abbiamo di fronte.

Il mio stomaco emette un ringhio, e all'improvviso mi rendo conto di essere famelica. Fare tutte quelle foto dev'essere stato più dispendioso in termini di energia di quanto sembrasse. O forse è lo stress. In ogni caso, non appena ci sediamo e Pavel fa il primo brindisi alla nostra salute, carico il mio piatto con cinque diversi tipi di panini al caviale, seguiti da blintz, sfogliatine, un'enorme varietà di frutta e verdura in salamoia, code di aragosta, salumi, formaggi gourmet e insalate di ogni tipo. Tutto è delizioso come sembra, e il mio vestito sta scoppiando, quando finalmente mi fermo per prendere fiato.

Alzo gli occhi dal piatto e vedo Nikolai che mi guarda con un sorriso indulgente.

"Che cosa c'è?" chiedo imbarazzata, posando la forchetta.

"Niente. Solo che mi piace vederti mangiare."

Più che altro vedermi rimpinzare. Mi bruciano le orecchie, ma afferro un'altra coda di aragosta. Questo cibo è semplicemente troppo buono, e se c'è qualcosa che ho imparato durante il mio mese in fuga, è non dare per scontato il buon cibo—o qualsiasi altro cibo.

Due brindisi dopo, tuttavia, devo ammettere la sconfitta. Non posso mangiare altro, e il piatto principale non è ancora uscito. Per distrarmi dalla sensazione di pienezza, guardo Nikolai, che sta spiegando qualcosa a Pavel in russo.

Aspetto che finisca, e quando mi guarda, gli dico: "I tuoi fratelli... Hai detto loro del matrimonio?" Mi è appena venuto in mente che non ho ancora conosciuto i miei nuovi cognati, e potrebbero non avere la più pallida idea che ora faccia parte della famiglia.

Nikolai fa un gesto verso il videografo, che gira discretamente intorno al tavolo con la sua macchina fotografica. "Valery e Konstantin stanno ricevendo il video dal vivo e tra un po' si connetteranno in videochiamata per congratularsi con noi."

Ovviamente. Ha pensato a tutto. Perché sono sorpresa? Organizzare un matrimonio in poche ore dev'essere un gioco da ragazzi rispetto alla pianificazione di un assassinio di alto profilo. Non che questo succederà più—almeno se manterrà la parola data.

Con sforzo, mi concentro sul festeggiamento, che mi ricorda molto il compleanno di Alina, solo che tutti i brindisi sono diretti a me e Nikolai. La maggior parte arriva da Pavel e Lyudmila, che sembrano determinati a superarsi a vicenda nel fare i migliori auguri, ma anche Alina alza il bicchiere un paio di volte, prima per augurarci un matrimonio lungo e felice e poi per brindare a me come "alla sorella che ha sempre desiderato avere."

A questo punto, ha bevuto almeno quattro bicchierini di vodka, ma le sue parole mi toccano ugualmente, sfiorando la piccola parte segreta di me che ha sempre sognato una sorella.

Forse essere una Molotov non sarà poi così male. Avere una famiglia—anche una famiglia mafiosa—potrebbe valerne la pena.

Il mio timido entusiasmo dura per tutto il piatto principale e il dessert, alimentato da diversi bicchieri di vino e due shottini di vodka. Anche gli altri intorno a me sono felici e contenti, ad eccezione di Slava e Nikolai.

Come al compleanno di Alina, ho la sensazione che l'alcol non faccia altro che acuire le facoltà del mio nuovo marito, che la vodka sia più simile alla Red Bull o al caffè per lui. O forse è semplicemente che gli strappa via un po' della facciata lucida ed elegante, quella che usa per velare la potente forza della sua personalità, quell'intensità oscura che ribolle dentro di lui e cerca di piegare tutto e tutti alla sua volontà.

Di piegare *me*, plasmandomi in quello che vuole che io sia.

Sua moglie. Il suo oggetto. Sua in tutto e per tutto... perché l'anello al mio dito è una gabbia, da cui non ci sarà scampo.

La realizzazione dovrebbe spaventarmi—e normalmente lo

farebbe—ma l'alcol non si comporta come la Red Bull per me. Invece, dipinge il mio mondo con sfumature calde e sfocate, come l'acquerello di un tramonto—motivo per cui non mi oppongo, quando Nikolai mi tira in grembo, dove mi nutre con fragole ricoperte di cioccolato, mentre parliamo con i suoi fratelli su un laptop, che Pavel porta in tavola.

Konstantin chiama per primo, il suo viso magro che ricorda così tanto quello di Nikolai che il mio cuore salta un battito, quando appare per la prima volta sullo schermo. Ad un esame più attento, tuttavia, le differenze diventano evidenti. Il naso di Konstantin è leggermente più grande e più adunco, il suo mento forte presenta una fossetta e i suoi occhi sono più profondi nelle orbite, il loro colore sorprendente nascosto dietro gli occhiali cerchiati di nero. Ancora più importante, le sue labbra mancano della curva cinica e malvagia di Nikolai, sebbene siano altrettanto belle nel loro modo austero.

Per qualche ragione, è facile immaginare il fratello maggiore di Nikolai come un monaco guerriero, che trascrive a mano antiche pergamene tra orde decimanti di barbari invasori.

"Congratulazioni per il vostro matrimonio" ci dice. La sua voce è profonda, come quella di Nikolai, il suo accento perfettamente americano. Chissà se ha studiato anche lui qui negli Stati Uniti. "Sono felice per entrambi." Il suo sguardo si posa su di me. "Benvenuta in famiglia, Chloe."

"Grazie. È così bello conoscerti."

Ci scambiamo qualche altro convenevole, mentre Nikolai mi dà da mangiare le fragole, il suo braccio avvolto possessivamente intorno alla mia cassa toracica, e solo quando Konstantin riattacca, mi rendo conto che non ha reagito in alcun modo alla vista di me tenuta in braccio a suo fratello e nutrita come una bambina. Non c'era alcun sorriso provocatorio, niente che potesse indicare che ne fosse stato consapevole.

È come se avessimo appena parlato con un'intelligenza artificiale invece che con un essere umano—il che, dato quello che ho sentito sul QI di Konstantin e sul genio tecnologico, non è fuori dal regno delle possibilità.

Valery è il successivo, e la sensazione che ricevo da lui è completamente diversa. Se possibile, il fratello minore di Nikolai somiglia ancora di più al suo gemello—o meglio, al suo clone, data la differenza di età di quattro anni tra loro. Ma è qui che finiscono le somiglianze. C'è qualcosa di freddo e calcolato in Valery. Il sorriso sulle sue labbra sensuali non raggiunge del tutto i suoi occhi, che scrutano il mio viso con un'inquietante mancanza di emozione.

Un burattinaio—questo è quello che mi ricorda, mi rendo conto, mentre si congratula con noi con un tono freddo e uniforme, la sua voce profonda non accentata come quella dei suoi fratelli.

Come con Konstantin, la nostra chiamata con lui è breve, solo un semplice incontro. Alla fine, non ho idea di cosa pensi di me, del nostro matrimonio frettoloso o di qualsiasi altra cosa.

"I tuoi fratelli sono... interessanti" dico a Nikolai, quando ci disconnettiamo. "Eravate legati, crescendo?"

Mi porta un'altra fragola alle labbra. "Non esattamente." Prima che io possa chiedergli di elaborare, mi spinge in bocca la bacca dolce, poi prende un bicchiere di champagne e me lo porge.

Ingoio la bacca e bevo un sorso della bevanda frizzante e leggermente dolce, mentre Nikolai prende un altro bicchiere di champagne e aspetta che gli occhi di tutti siano su di noi.

"Alla mia bellissima sposa" dice, fissandomi con il suo intenso sguardo da tigre. "Zaychik... non potrei essere più felice di averti nella mia vita, e farò tutto ciò che è in mio potere per assicurarmi la tua felicità."

E ancora, sento le parole non dette "anche se ti opponi."

34

NIKOLAI

ALTRI DUE BRINDISI DA PAVEL E LYUDMILA, E LA CENA È FINITA. Prendendo Chloe tra le mie braccia, la porto di sopra nella mia camera.

No, nella *nostra* camera. Ora che è mia moglie, dormirà tra le mie braccia ogni notte.

Il mio cuore batte forte, mentre spingo la porta con la spalla e la porto dentro, dove la metto con cura in piedi davanti al letto. Oscilla leggermente e ridacchia; chiaramente, tutto quel vino e lo champagne le hanno dato alla testa.

Anche la mia è annebbiata, ma non per l'alcol. È la lussuria che aggroviglia i miei pensieri e mi riempie le vene di lava, che si muove lentamente. Il lungo festeggiamento è stato un'altra prova del mio autocontrollo, che ho superato a malapena.

Volevo afferrare Chloe e portarla a letto subito dopo aver pronunciato le nostre promesse, per suggellare il nostro legame nel modo più semplice possibile. L'unico motivo per cui ho resistito è stato per i ricordi.

Quando saremo vecchi e grigi, voglio guardare indietro alle foto e ai video e ricordare ogni dettaglio di questa giornata.

Chloe barcolla di nuovo, sbattendo le palpebre verso di me con aria civettuola, e le afferro le spalle per impedirle di cadere. Poi, ignorando la fame che mi avvolge, la guardo, imprimendomi ogni tratto, ogni battito di ciglia nella mente. Perché le immagini e i video non saranno sufficienti. Voglio ricordare tutte le sensazioni, dal calore setoso della sua pelle alla dolcezza di champagne e fragole del suo respiro.

La mia sposa.

Mia moglie.

Nessuna parola è mai sembrata così giusta, così appagante.

È particolarmente bella oggi, in questo abito bianco ed etereo, che mi fa venire voglia di strapparglielo di dosso, mettendo ancora più a nudo la sua splendida carnagione luminosa. I suoi capelli striati d'oro sono disposti in un'abile acconciatura, le labbra carnose tinte di un ricco colore di bacche, gli occhi castani resi ancora più grandi e morbidi dal trucco smoky. Eppure, tutto quello a cui riesco a pensare è quanto voglio vederla con il viso struccato e gonfio per il sonno, i capelli arruffati dalle mie dita.

Voglio vederla svegliarsi nel mio abbraccio domani mattina, e ogni mattina per il resto della nostra vita.

Ignorando il desiderio che mi brucia le viscere, le prendo a coppa la guancia e chino la testa, trascinando il suo profumo fresco e frizzante nei miei polmoni, mentre bacio il tenero lobo del suo orecchio. Per quanto io sia affamato di lei, stanotte sarò delicato, compensando la mia ferocia di ieri sera.

Non importa quanto mi costi, renderò la nostra prima notte di nozze tutto ciò che la mia zaychik abbia mai sognato.

35

CHLOE

Mɪ ᴀsᴘᴇᴛᴛᴏ ᴄʜᴇ Nɪᴋᴏʟᴀɪ sɪ ᴀʙʙᴀᴛᴛᴀ sᴜ ᴅɪ ᴍᴇ sᴇʟᴠᴀɢɢɪᴀᴍᴇɴᴛᴇ come al solito, ma è terribilmente tenero, sbottonandomi lentamente il vestito e dandomi morbidi baci sul collo e sulla gola, finché tutta la tensione anticipatoria non si esaurisce dal mio corpo, lasciando dietro una calda stanchezza. Quando sono nuda, le mie ossa sembrano gelatina, anche se un diverso tipo di tensione si accumula nel mio intimo, il mio corpo che si riscalda dall'interno verso l'esterno.

Adagiandomi sul materasso, fa un passo indietro per spogliarsi, e io lo guardo con un battito cardiaco accelerato, mentre si toglie la giacca nera dello smoking e il papillon. Sotto, indossa un gilè sopra una fresca camicia bianca, che abbraccia il suo torso muscoloso e dalle spalle larghe, in un modo che non lascia dubbi che siano stati fatti su misura per lui.

Rapidamente, si spoglia di entrambi gli indumenti, seguiti dai pantaloni e dagli slip. A differenza del modo in cui ha tolto il mio abito, noto degli scatti e impazienza nei suoi movimenti, che mi fanno capire che non è così in controllo come vuole far credere. La sua erezione, dura e massiccia, si curva verso lo stomaco increspato, tradendo la fame di me.

Tuttavia, quando si arrampica sul letto, è altrettanto attento e tenero, sollevando un mio piede per dare piccoli baci sulla parte superiore dell'arco, prima di spostarsi più in alto sulla mia gamba. Il mio respiro si blocca, quando la sua bocca si avvicina alla V tra le mie cosce, ma lui la ignora, baciando e accarezzando il basso ventre, poi il mio torace ansimante e il seno.

La stanza delicatamente illuminata gira intorno a me, il soffitto diventa sfocato nella mia vista, mentre lui si aggancia al mio capezzolo sinistro, passandoci amorevolmente la lingua, prima di spostare la sua attenzione sull'altro seno, mentre gemo, le mie mani che cadono sui suoi freschi capelli setosi. È l'alcol, lo so, ma mi sento come se stessi fluttuando nello spazio, ancorata solo dal calore umido della sua bocca sui miei seni e dal dolce accarezzare delle sue mani callose sulla mia pelle in fiamme.

La nostra prima notte di nozze.

Sembra surreale.

I miei occhi si chiudono, mentre le labbra di Nikolai si muovono più in alto, baciandomi la clavicola e il collo, prima di reclamare le mie labbra in un bacio profondo e dolcemente lusinghiero. È come una droga, quel bacio, un afrodisiaco del tipo più potente. Il suo profumo sensuale mi riempie le narici, mescolandosi al debole aroma della vodka nel suo alito, e la mia eccitazione cresce, mentre la sua lingua accarezza i recessi della mia bocca, banchettando con tenera abilità.

Continuando a baciarmi, fa scivolare la sua mano tra i nostri corpi per trovare il mio clitoride dolorante, e io gemo nella sua bocca, mentre le sue dita premono proprio nel punto giusto, quello che intensifica il dolore, aggiungendosi alla tensione che cresce dentro di me. Una tensione che rapidamente diventa insopportabile, mentre le sue dita intraprendono un ritmo di sfregamento esasperante e irregolare con le sue labbra che tornano al mio collo, dove il calore umido del suo respiro invia brividi di piacere lungo il mio braccio.

Sono così eccitata che potrei esplodere, ma l'orgasmo è ancora in qualche modo fuori portata.

Ansimando, mi piego contro la sua mano, alla disperata ricerca di un ritmo più regolare e più duro, e i suoi denti mi sfiorano il lobo dell'orecchio in segno di avvertimento. "No, zaychik" sussurra, e sento la curva malvagia della sua bocca contro la mia gola. "Non sei ancora pronta."

Non sono pronta? Sono pronta a implorare, supplicare e pagare qualunque prezzo. Ad ogni leggero movimento circolare delle sue dita, mi avvicino sempre più al limite, ma non riesco a superarlo, non importa quanto ci provi.

"Per favore..." Scuoto i fianchi in preda alla disperazione, e le mie mani gli stringono a pugno i capelli. "Per favore, ho bisogno di..."

Mi lecca tranquillamente la parte inferiore dell'orecchio. "Di cosa? Di cosa hai bisogno?"

"Di venire" ansimo, dimenandomi contro la sua mano. "Ti prego, Nikolai, devo venire."

"Risposta sbagliata." Le sue dita smettono di muoversi del tutto. Leggermente, mi morde il lobo dell'orecchio e solleva la testa, i suoi occhi che brillano cupi. "Dimmi la verità, zaychik. Di cosa hai bisogno?"

"Di te" sussurro, fissandolo. "Ho bisogno di te."

Ed è vero. Non riesco a immaginare di essere da nessun'altra parte, con nessun altro, mai. Ho bisogno di lui non solo per questo orgasmo, ma di lui per tutto ciò che è, buono e cattivo, sublime e terrificante.

Dev'essere la risposta giusta, perché mi bacia di nuovo e le sue dita tornano sul mio clitoride, riportandomi al limite, a quell'inafferrabile, esasperante cuspide di estasi. Ma sadico com'è, mi mantiene a quel punto culminante, prolungando lo squisito tormento, fino a quando non ansimo e gli artiglio la schiena. Allora e solo allora, quando sono pronta a urlare per la frustrazione, mi lascia venire.

L'ondata di piacere è così intensa che è come una bomba di endorfina che esplode nel mio cervello. Ogni terminazione nervosa nel mio corpo si accende con la sua potente forza, la mia vista che va e viene, mentre i muscoli interni fremono. Le sensazioni sono così travolgenti che mi perdo in esse, e quando torno sulla terra, lui sta già spingendo dentro di me, il suo grosso pene che separa i miei tessuti teneri. Il suo viso è teso, la mascella contratta per lo sforzo di trattenersi e, sebbene stia ancora facendo attenzione e sia delicato, sono così dolorante per la scorsa notte che non posso fare a meno di sussultare.

Si ferma, lasciandomi abituare, distraendomi con altri di quei baci appassionati e dolcemente allettanti, e quando sono un mucchio tremante di bisogno, il mio corpo bagnato e flessibile, lui inizia a spingere. All'inizio il suo ritmo è lento, controllato, ma quando avvolgo le gambe attorno al suo sedere muscoloso, spingendolo più a fondo dentro di me, il suo controllo scatta e mi prende con tutta la forza del suo corpo duro.

Vengo di nuovo, gridando il suo nome, mentre rabbrividisce su di me, e solo quando si ritira alcuni minuti dopo mi rendo conto che ha mantenuto la sua parola e ha indossato un preservativo. Un preservativo di cui si sbarazza, prima di portarmi in bagno, dove mi deposita in una vasca già preparata.

"Grazie" mormoro, incontrando il suo sguardo, mentre si unisce a me nell'acqua calda e coperta di bolle, e lui sorride, lo sguardo nei suoi occhi da tigre così dolorosamente tenero che il mio cuore si stringe nel petto.

"Per cosa, zaychik?"

Per te. Devo mettercela tutta per trattenere quelle parole, parole che sono troppo vicine all'ammissione dei miei sentimenti. Invece, appoggio il palmo della mano lungo il contorno duro della sua mascella e premo le labbra sulle sue, esprimendo con il mio corpo quello che non oso dire ad alta voce.

Non ancora, almeno.

36

CHLOE

MI SVEGLIO, SENTENDO ANCORA QUEL CALDO FERVORE, UNO sballo che si intensifica, quando apro gli occhi e lo trovo sdraiato appoggiato su un gomito accanto a me, che mi guarda con un sorriso teneramente possessivo.

"Buongiorno" mormoro, scostandomi i capelli dal viso e combattendo l'impulso di cancellare il sonno dagli occhi.

Da quanto tempo è sveglio e mi fissa in questo modo? Ancora più importante, quanto è disastrato il mio viso questa mattina? Ho fatto del mio meglio per rimuovere il trucco nella vasca da bagno la scorsa notte, ma sono sicura che tracce di ombretto e mascara mi imbrattino ancora gli occhi, stile procione, e il mio alito non sia il più fresco dopo tutto quell'alcol.

Non gli deve importare, poiché si china in avanti e mi bacia con una tale fame che sono certa mi scoperà lì e subito. Ma si tira indietro e mi sorride, cullandomi il viso nel suo grande palmo. "Buongiorno, zaychik. Come ti senti?"

531

Come se questa cosa del matrimonio potrebbe non essere così male. "Sto bene" dico, sorridendo di rimando. È passato solo un giorno, ma è già difficile ricordare perché fossi così spaventata, quando si è proposto. Come ha detto Alina, questo è più o meno il sogno raccontato in ogni fiaba: un marito splendido e ricco che è pazzo di te.

Certo, Nikolai è più vicino al Principe delle Tenebre che al Principe Azzurro, ma praticamente tutte le cose terribili che ha fatto—o ha pianificato di fare—erano per proteggermi.

Tranne la parte con suo padre.

Le parole inquietanti bisbigliano nella mia mente, ma le respingo. Non voglio pensarci questa mattina. Sono sicura che ci sia una spiegazione ragionevole per tutto, e presto scoprirò di cosa si tratta.

Per ora, voglio godermi la prima mattina di matrimonio della mia vita con l'uomo che mi guarda come se fossi fatta di cioccolato e luce di stelle.

E mi diverto. Facciamo la doccia insieme, un'attività che si traduce in una sessione di sesso prolungata, fumante— letteralmente, perché il box è appannato—durante la quale Nikolai mi divora come se fossi la sua colazione e mi fa venire tre volte di seguito, prima di inchiodarmi contro il vetro e scoparmi così forte che grido il suo nome.

Immagino abbia deciso che prendermi solo una volta la scorsa notte sia stato sufficiente per curare il mio dolore—e ha ragione. Ovviamente sono un po' indolenzita dopo questa sessione, ma ne è valsa la pena.

Poi, decide che abbiamo bisogno della colazione vera e

propria, quindi Lyudmila ci porta un vassoio di frutta e quel che è rimasto della serata scorsa, insieme a tè e caffè, e ci nutriamo a vicenda a letto. O meglio, Nikolai mi dà da mangiare e io cerco di ricambiare—solo che mi prende la forchetta e mi bacia, finché non dimentico tutto di quello che stavo per fare. Entra in gioco anche un po' di miele, e la cosa successiva che so, è che ho bisogno di un'altra doccia e sono decisamente più dolorante.

Quando finalmente usciamo dalla nostra camera, è quasi ora di pranzo, e mentre ci dirigiamo verso le scale, Slava corre fuori dalla sua stanza, Lyudmila alle calcagna.

"Mamma Chloe!" I suoi occhi da cucciolo di tigre brillano, mentre getta le braccia corte intorno alle mie gambe e stringe forte, prima di spostare la sua attenzione su Nikolai. Abbracciandogli le gambe, lo guarda. "Papà! Mi mancavate tu e Chloe!"

Allo sguardo sul viso di Nikolai, mi sciolgo. Non ci sono altre parole per definirlo. Invece di un muscolo con funzioni di sostegno vitale, il mio cuore si trasforma in una pozzanghera appiccicosa, e il resto di me segue l'esempio.

Chinandosi, mio marito prende suo figlio e lo accoccola sul fianco con apparente naturalezza. "Slavochka..." La sua voce è tesa, mentre guarda il viso del bambino. "Ci sei mancato anche tu."

Gli occhi di Lyudmila incontrano i miei, e vedo i miei sentimenti riflessi sul suo viso normalmente impassibile. Schiarendosi la gola, dice con un accento più pesante del solito: "Vado aiutare Pavel, okay?" e si precipita al piano di sotto.

La seguiamo a passo lento, con Nikolai che porta Slava sul fianco come se fosse un neonato. Il ragazzino sembra contento di essere lì, però, e non posso biasimarlo.

Gli è mancato questo per i primi quattro anni della sua vita.

Mentre ci uniamo ad Alina al tavolo, non riesco a smettere di sorridere—e lei se ne accorge.

"Serata divertente?" sussurra maliziosamente, mentre mio marito è impegnato a riempire il piatto di Slava.

Annuisco, arrossendo, e lei ride, facendo sì che Slava e Nikolai ci guardino di traverso.

Il mio umore gioioso deve essere contagioso—oppure sono ancora tutti in modalità celebrativa—perché il pranzo procede senza la solita tensione tra i fratelli. Invece, Nikolai e Alina collaborano per raccontarmi storie divertenti sulla Russia, da come sono visti gli americani laggiù alla tradizione della loro famiglia dei tuffi invernali nei laghi ghiacciati.

"È orribile" esclamo, quando Alina descrive come ha quasi perso un dito del piede a causa del congelamento, camminando a piedi nudi sul ghiaccio, quando aveva sette anni. "A cosa stavano pensando i tuoi genitori?"

Mi rendo conto del mio errore non appena le parole escono —l'ultima cosa che voglio è ricordare loro del padre—ma con mio sollievo, non batte ciglio. "Oh, non era un'idea dei nostri genitori. Nostra nonna era quella che credeva che l'esposizione al freddo facesse bene al corpo e all'anima. E lo sai cosa? La scienza lo conferma. Lo stesso vale per le saune, un'altra tradizione russa. Hanno effetti benefici e le proteine da shock termico rilasciate durante quelle sessioni di sudorazione provocano una reazione positiva su tutto, dal miglioramento della salute del cuore alla prevenzione del cancro. Quindi, se vuoi vivere una vita lunga e sana, dovresti prendere parte a bagni di ghiaccio e saune—e, idealmente, entrambi contemporaneamente."

"No, grazie" replico con un brivido, ma Nikolai ride e dice che mi farà provare il regime estremo quest'inverno.

"Ti renderemo dipendente da questo, lo prometto" aggiunge con un sorriso, mentre elaboro la sorprendente consapevolezza che sarò con lui quest'inverno e ogni altro inverno nel prossimo futuro.

Perché questo è il significato del matrimonio.

Staremo insieme per il resto della nostra vita.

Un'eco del mio precedente panico ritorna, ma la sopprimo. Non lascerò che le mie paure irrazionali gettino un'ombra su quella che promette di essere una bellissima giornata insieme— la prima di tante, si spera.

Dopotutto, la felicità è una scelta, e preferirei di gran lunga essere felice in questo matrimonio forzato.

MARGARITA MONTIMORE

37

CHLOE

I GIORNI SUCCESSIVI TRASCORRONO IN MODO ALTRETTANTO idilliaco. Anche se non siamo andati da nessuna parte, sembra di essere in luna di miele. Facciamo l'amore più volte per notte (e spesso al giorno), dormiamo fino a tardi, facciamo colazione a letto e facciamo lunghe passeggiate ed escursioni, sia da soli che con Slava. Una volta, anche Alina si unisce a noi, e tutti insieme finiamo per nuotare in un lago nei paraggi, dove tutti e tre i russi prendono in giro la mia riluttanza a entrare nell'acqua gelida alimentata da sorgenti.

Scopro che Slava è a suo agio nell'avere freddo come gli adulti, rendendomi l'unica debole.

Finisco per nuotare, però, e dopo, Nikolai mi riscalda, strofinandomi dappertutto con i suoi grandi e ruvidi palmi, quando inizio a tremare. Se fossimo stati soli, senza dubbio avrebbe fatto di più, ma, ahimè, anche lui si deve fermare davanti al figlio e alla sorella.

Tuttavia, non rinuncia su tutta la linea. Ci impegniamo in

effusioni tutto il tempo. Mio marito non ha nessuna vergogna quando si tratta di baciarmi, massaggiarmi il collo e le spalle e tirarmi in grembo ogni volta che l'umore lo richiede. È come se fossi un animale domestico che gli piace coccolare. Non posso dire di odiarlo; anzi, segretamente, mi beo della sua attenzione.

Sarebbe diverso se qualcuno in famiglia ci prendesse in giro o mi mettesse in imbarazzo. Ma nessuno lo fa. Persino Alina, con le sue occasionali frecciatine gentili, dà per scontato che suo fratello non possa fare a meno di tenermi le mani addosso, al punto che devo chiedermi se sia una di quelle leggendarie caratteristiche degli "uomini Molotov."

Vorrei chiedere, ma temo che potrebbe essere troppo vicino all'argomento che sto aggirando, le risposte che mi sono detta di volere, ma non riesco a chiedere. È così bello non pensare all'oscurità di Nikolai e alle cose terrificanti di cui è capace. Non ho nemmeno chiesto di Masha e del nuovo piano per abbattere Bransford; ogni volta che penso a mio padre biologico, le mie pulsazioni aumentano e il mio stomaco si contrae in un nodo duro e stretto.

Domani mattina, mi ripeto ogni sera. *Parlerò con Nikolai di questo come prima cosa domattina.* Ma poi la mattina, mi sveglio nel suo abbraccio, sentendomi al caldo e al sicuro, adorata e viziata, e non posso permettermi di rischiare la pace, quindi mi dico che parleremo la sera.

So che succederà qualcosa che perforerà la nostra bolla felice, ma non voglio che quel qualcosa sia io.

———

Andiamo avanti così per altre tre settimane, durante le quali mi crogiolo nelle attenzioni che mi dispensa, godendo sia della sua tenerezza che della sua rudezza. Entrambe le versioni di Nikolai—l'amante gentile e il feroce selvaggio—mi emozionano, il che è un bene, perché quando si tratta di mio marito, non posso mai prevedere cosa riceverò. Nella stessa notte, potrebbe adorare il mio corpo come se fossi di cristallo e scoparmi, finché riesco a camminare a malapena il giorno successivo. A volte, ho la sensazione che desideri ancora di più, che un giorno, potrebbe spingermi oltre, provare a possedermi ancora più completamente, ma che sia riluttante a fare qualsiasi cosa porti conflitti e tensioni nella nostra vita, ponendo fine a questa nostra luna di miele.

Invece, mi inonda di regali, di tutto, dai gioielli costosi agli accessori e ai vestiti. Sembra che ogni giorno nel mio armadio appaiano un vestito, un paio di scarpe, una sciarpa nuovi o *qualcos'altro*. È veramente troppo per me—molti degli orecchini e dei braccialetti che ora possiedo costano più delle case di alcune persone—ma insiste sul fatto che gli dà piacere comprarmi delle cose, quindi alla fine smetto di obiettare... perché averle dà piacere anche a me.

Non ho mai conosciuto la vera povertà, grazie a mia madre che lavorava incessantemente per sostenerci, ma non riesco nemmeno a ricordare un momento della mia vita, in cui non dovessi contare ogni centesimo e controllare il budget attentamente per ogni spesa. La maggior parte dei vestiti della mia infanzia era stato acquistato di seconda mano, e gli unici gioielli che possedevo erano del tipo da quattro soldi. Ora, il mio armadio è pieno come i grandi magazzini Saks a Fifth Avenue, e sebbene possa sembrare superficiale da parte mia, lo adoro. I ricchi sanno cosa stanno facendo quando comprano tutti quei lussi—possono davvero migliorare la propria vita.

A migliorare la mia vita sono anche le lezioni di russo che

Nikolai ha iniziato a darmi—con l'aiuto di Slava, ovviamente. Il bambino si compiace molto della mia incapacità di pronunciare le frasi russe che dice così facilmente, mentre Nikolai si diletta in una cosa completamente diversa: farmi dire parole d'amore e di sesso a letto con lui.

"Dimmi *Ya hochu tebya*'" mi istruisce, mantenendomi sull'orlo di un orgasmo. E quando obbedisco, alla disperata ricerca di sollievo, ordina senza pietà: "Ora di' '*Ya lyublyu tebya'*."

Così, lo faccio. Dico quello che vuole, comprese frasi così sporche che mi fanno arrossire, quando le cerco più tardi. Ma sporche o pulite, la mia conoscenza del russo cresce di giorno in giorno, il che diverte molto Alina e Lyudmila—quest'ultima che trova le mie pronunce decisamente comiche.

"Sei così americana" dice la moglie di Pavel, ridendo, mentre cerco di chiederle lo *zavtrak*—la colazione, nella sua lingua madre. "Perché ci provi? Tutti qui parlano inglese, compresa io."

Potrei offendermi, ma ha ragione. Anche il suo inglese, per quanto imperfetto, è mille volte migliore del mio russo. Mi sono offerta di darle alcune lezioni per migliorarlo ulteriormente, ma finora non ha accettato—perché spera di tornare in Russia e non ne ha bisogno, secondo Alina.

"Le manca davvero Mosca" mi informa. "È annoiata qui, senza niente da fare e nessuno da vedere."

Posso simpatizzare con questo. Nonostante tutto il lusso moderno e la bellezza naturale che ci circonda, il complesso è una sorta di prigione, o per dare una svolta più positiva, un rifugio dal mondo. Anche a me mancano i miei amici, e spesso setaccio i social media per intravedere le loro vite post-laurea. Vorrei contattarli così tanto, rispondere a tutti i loro messaggi che chiedono dove sono, perché non pubblico sui miei profili da mesi, ma non oso farlo nel caso in cui ciò in qualche modo porti Bransford da me, a questa tenuta e alla mia nuova famiglia.

Non posso metterli in pericolo, nemmeno per placare le preoccupazioni dei miei amici su di me.

Soprattutto mi sentirei malissimo, se facessi qualcosa per mettere in pericolo Slava. Ogni giorno che passa, il mio attaccamento al figlio di Nikolai cresce, e mi sento sempre più a mio agio nel ruolo di sua madre. Sostituendoci ad Alina o Lyudmila nel fargli il bagno e metterlo a letto, Nikolai e io lo facciamo spesso insieme adesso, raccontandogli storie di supereroi e leggendo i suoi libri preferiti, fino a quando non si addormenta.

Noi tre stiamo diventando una vera famiglia, e la consapevolezza mi riempie di un tenero calore, un appagamento che non dovrebbe essere possibile con un uomo pericoloso e volubile come Nikolai.

Non che tutto sia perfetto, ovviamente. Per prima cosa, noi due non siamo d'accordo, quando si tratta di ciò che un bambino di meno di cinque anni dovrebbe essere autorizzato a fare. A quanto pare, Nikolai e i suoi fratelli—e in misura minore Alina—erano ragazzini lasciati a se stessi, autorizzati e persino incoraggiati a giocare all'aperto da soli e nel complesso ad essere pericolosamente indipendenti. Così, mentre io vado nel panico ogni volta che vedo un coltello da bistecca nella mano di Slava o lo trovo ad arrampicarsi su un albero più alto di due metri, Nikolai è fastidiosamente calmo su queste cose.

"Non ti importa che possa cadere e rompersi le ossa?" chiedo frustrata, quando andiamo a fare un'escursione e lascia che Slava si arrampichi su una vecchia quercia, finché la sua minuscola figura è appena visibile attraverso il fogliame. "O peggio, che cada a testa in giù e si spezzi il collo?"

"Certo che sì." I suoi occhi dorati si stringono pericolosamente su di me. "Pensi che non mi preoccupi di tutte le cose terribili che possono accadergli in un dato giorno? Le scale su cui può cadere, le malattie che può contrarre, le bacche velenose che potrebbe trovare e mangiare? A volte è tutto ciò a cui riesco a pensare, così tanto che sono convinto di impazzire. Ma proprio come non possiamo essere lì per tenergli la mano ogni volta che fa le scale, non possiamo aspettarci di essere lì per ogni albero che incontra o per ogni coltello che afferra per tutta la sua vita. In realtà, non c'è alcuna garanzia che saremo lì per lui domani. La vita può essere imprevedibile e brutale, e più è preparato ad affrontarla, maggiori sono le probabilità che sopravviva."

"Ma è ancora un bambino. Devi *insegnargli* come sopravvivere."

"Gli sto insegnando—permettendogli di affrontare da solo il maggior numero di pericoli possibile. I bambini della sua età non sono stupidi; sono caduti abbastanza volte da sapere che fa male. Non salirebbe così in alto, se non si sentisse sicuro della sua forza, e l'unico modo per crescere e testare quella forza è sfidare se stessi quando è importante... quando non c'è un tappetino di gomma sotto. Inoltre" aggiunge, quando sto per iniziare a litigare "lo tengo d'occhio. Se dovesse iniziare a cadere, lo afferrerei."

A quel punto taccio, perché sono molte le probabilità che lo farà. Quell'uomo ha i riflessi di un gatto. L'altro giorno, ho accidentalmente fatto cadere un bicchiere d'acqua dal tavolo con il gomito, e Nikolai lo ha preso a mezz'aria senza interrompere la conversazione. Un'altra volta, sono inciampata in uno dei pezzi LEGO di Slava e sarei caduta a faccia in giù, ma Nikolai mi ha abbracciata prima che cadessi a terra, sebbene fosse dall'altra parte della stanza un secondo prima.

Se non sapessi la verità, penserei che fosse uno dei supereroi dei fumetti di Slava—o, più probabilmente, dei supercriminali. Quell'etichetta gli si adatta benissimo.

Più tardi quella notte, mentre entriamo nella nostra camera, mi viene in mente qualcosa riguardo alla nostra precedente conversazione.

"Se sei così determinato a coltivare l'indipendenza di Slava, perché sei così determinato a proteggermi da ogni pericolo?" chiedo, sedendomi sul letto a guardare Nikolai che si toglie giacca e cravatta. Indossiamo ancora l'abbigliamento formale a cena, e devo ammettere che comincia a piacermi. Non solo posso indossare abiti splendidi ogni giorno, ma mio marito è incredibilmente bello con quei completi dal taglio netto che predilige.

È come se alternassimo due regni: quello diurno, in cui facciamo escursioni nella natura selvaggia e ci sporchiamo, e quello serale, dove il glamour e lo sfarzo regnano sovrani.

"Perché tu non sei una bambina e non sei stata cresciuta come sto crescendo Slava" risponde con disinvoltura, slacciandosi i gemelli. "Tua madre, meravigliosa com'era, non ti ha preparata per affrontare assassini, zaychik... o uomini come me."

Deglutisco a fatica, il mio sangue che si surriscalda, mentre posa lo sguardo sul mio corpo ancora completamente vestito. Fin dal nostro matrimonio, sono migliorata nel leggere gli stati d'animo sessuali di Nikolai e nel capire che tipo di notte mi aspetta. E stasera promette di essere una delle più selvagge, di quelle in cui non sono mai abbastanza sicura fino a che punto si spingerà.

Quando riesco a percepire l'oscurità in lui, la sento salire vicino alla superficie.

Non che io abbia paura di lui. Non proprio. So che non mi farà del male, almeno non in modo pericoloso. A volte ho la sensazione che quello che abbiamo non sia abbastanza per lui, che la sua vorace fame di me rimanga insoddisfatta.

A volte, sembra che voglia consumarmi, tutta, e niente di meno andrà bene.

Si toglie la camicia, rivelando muscoli perfettamente definiti, e viene verso di me, i suoi movimenti che mi ricordano ancora una volta il vago passo aggraziato, morbido e letalmente armonioso di un grosso gatto.

Forse *era* una tigre in un'altra vita.

Forse ero la sua preda.

Istintivamente, mi precipito all'indietro sul letto e le sue labbra assumono una curva malvagia. Come sempre, sa cosa sto pensando e provando—e gli piace quello che provo adesso.

Gli piace rendermi un po' nervosa.

Muovendosi con la stessa intenzione predatoria, si arrampica sul letto e sopra di me, spingendomi giù, prima di afferrarmi i polsi e bloccarli sopra la mia testa con una mano.

La mia bocca si secca allo sguardo nei suoi occhi, all'intensità che scorgo al loro interno. Inumidisco le labbra e il suo sguardo segue il percorso della mia lingua, il suo viso che si irrigidisce. Quando i suoi occhi incontrano di nuovo i miei, sono carichi di un calore così torrido che mi sento come se potessi bruciare sul posto. Il mio cuore batte all'impazzata, la mia pelle arrossisce, mentre abbassa la testa e inspira in modo udibile, come se avesse fame dell'odore dei miei capelli.

"Ehm, Nikolai..." Mi dimeno sotto di lui, il mio battito cardiaco che aumenta, quando sento il rigonfiamento che preme contro le mie cosce. Anche con gli strati dei suoi pantaloni e il mio vestito che ci separano, posso sentire quanto sia calda e dura la sua erezione, quanto sia massiccia. Deglutisco di nuovo. "Quando hai detto 'uomini come me', che cosa intendevi esattamente?"

Le sue labbra mi sfiorano l'orecchio, il calore del suo respiro mi fa rabbrividire, mentre sussurra: "Oh, mia dolce e curiosa zaychik... stai per scoprirlo."

38

CHLOE

Un brivido mi attraversa il corpo e lui alza la testa per guardarmi, un sorriso cupo che gli solleva gli angoli delle labbra. Riesco quasi a sentirlo bearsi della mia trepidazione, prolungando sadicamente l'attesa.

Provo a muovere le mani, a liberarmi della sua presa, ma è inutile. Le sue dita sono un anello di ferro intorno ai miei polsi, e li blocca in posizione sopra la mia testa. Il suo sorriso si fa più profondo, il bagliore dorato nei suoi occhi si intensifica mentre lotto, e capisco che anche a lui piace questo, vedermi impotente nelle sue mani.

Abbassando la testa, fa un'altra affamata inalazione, poi finalmente mi lascia andare i polsi. Prima che possa emettere un respiro di sollievo, mi fa capovolgere sullo stomaco e, tenendomi giù con una grossa mano, abbassa la cerniera del mio vestito. Quando è aperto fino al mio coccige, fa scorrere un palmo caldo lungo la mia spina dorsale nuda, la ruvidità dei suoi calli che mi graffia piacevolmente la pelle.

"Ti ho mai detto quanto amo la tua schiena?" Il timbro morbido e scuro della sua voce è rilassante, ma snervante. "Così tonica e aggraziata, come quella di una ballerina. La mia parte preferita di te, però, è questo culo." Il suo palmo si curva sulla mia natica e stringe leggermente. "Così stretto e rotondo e perfetto... così scopabile."

Il mio cuore sobbalza di nuovo, mentre lui mi tira su in posizione seduta e mi appoggia la schiena contro il suo petto, avvolgendo un braccio potente intorno al mio torace per tenermi in posizione, mentre trascina il vestito lungo il mio busto. Mi sta gestendo come una bambola a misura d'uomo, e c'è qualcosa di perversamente erotico in questo, qualcosa che attrae una parte di me a cui cerco di non pensare... quella che non è scoraggiata dall'oscurità in lui, ma attratta da essa.

Non indosso un reggiseno, e mentre mi tira il vestito fino alla vita, i miei seni nudi si liberano, si riversano sul suo avambraccio, i miei capezzoli già turgidi e doloranti. Un basso ringhio gli rimbomba nel petto e mi piega all'indietro sul suo braccio in quel modo che gli piace fare, quello che mi fa sentire come un sacrificio umano, un'offerta a un dio feroce e primordiale.

La sua bocca calda e umida si chiude intorno al mio capezzolo, e ansimo, afferrando la sua testa, mentre lui morde, inviando il fuoco direttamente al mio clitoride. Le mie terminazioni nervose si ribellano per la confusione, il dolore e il piacere si mescolano, finché non ho un disperato bisogno di altro. E mi dà di più, ripetendo il trattamento con l'altro mio seno, alternando la suzione del capezzolo all'uso dei suoi denti su di esso. Quando alza la testa per incontrare il mio sguardo, sto ansimando, bruciando per l'eccitazione.

Ho bisogno di lui. Ho così tanto bisogno di lui, cazzo.

Dimenticando tutte le mie paure, avvicino la sua testa alla mia, e le nostre labbra si fondono in un bacio duro e profondamente carnale, le nostre lingue che si aggrovigliano, mentre rispondo alla violenza del suo bisogno, replicando colpo su colpo, morso su morso. Non mi interessa cosa mi farà stasera, purché possa avere più di questo piacere oscuro e vertiginoso, più di ciò che bramo.

Stiamo entrambi respirando affannosamente, quando interrompe il bacio e mi distende per trascinare il vestito lungo i miei fianchi. Si rifiuta di staccarsi facilmente, quindi lui lo strappa dalle cuciture, troppo impaziente per preoccuparsi di rovinare l'ennesimo abito costoso. E non mi interessa nemmeno, non con la tensione che cresce rapidamente dentro di me, non quando ogni parte di me brucia per lui.

Quando non indosso altro che un perizoma, mi gira di nuovo sullo stomaco e infila due cuscini sotto i fianchi, prima di far scivolare il pezzo di stoffa lungo le mie gambe. Poi, si allunga verso destra e sento un cassetto aprirsi.

La mia trepidazione ritorna, annullando brevemente l'eccitazione. Sospetto fortemente di sapere cosa intende fare, e ho ragione, quando mi guardo alle spalle e vedo la bottiglietta di lubrificante e un piccolo plug anale nelle sue mani. Tuttavia, il mio cuore si infila nella gola, la gabbia toracica si stringe intorno ai polmoni. "Nikolai, io..." ingoio aria. "Non ho mai... cioè—"

"Non sei mai stata scopata nel culo?"

Il mio viso si scalda in modo insopportabile, le sue parole volgari che mi mettono ulteriormente a disagio. In qualche modo, riesco a fare un piccolo cenno col capo, e le sue labbra si incurvano con primordiale soddisfazione maschile, mentre dice dolcemente: "Bene" e fa gocciolare il lubrificante freddo tra le mie natiche.

Ansimo, stringendo istintivamente, mentre preme il plug sulla mia apertura, e mi spinge la testa sul letto. "Rilassati, zaychik." La sua voce è vellutata e scura. "Prometto che ti piacerà."

Vorrei obiettare—l'unica volta in cui il mio ex ragazzo ha provato a metterci un dito, ho odiato ogni secondo—ma questo è Nikolai, la cui padronanza del mio corpo è spaventosamente totale. Nel suo abbraccio, perdo ogni senso di me stessa, persino quel poco di sanità mentale che ancora possiedo. Quindi, rimango in silenzio e faccio del mio meglio per respirare attraverso il naso, mentre la punta affusolata e gommosa del dispositivo anale preme, spingendo oltre l'anello stretto del mio sfintere.

Lentamente, scivola più in profondità, e soffoco il mio gemito contro il materasso, sopraffatta dalle strane sensazioni. Come quell'altra volta, provo una pienezza quasi nauseante, una sensazione di essere distesa e penetrata, invasa in modo innaturale, scomodo. Ma c'è anche qualcosa di più, un tipo così particolare di pressione che mi si stringe l'intimo—una sensazione che si amplifica, quando Nikolai si china su di me, coprendomi con il suo corpo grande e duro, avvolgendomi nel suo sensuale profumo maschile.

Il suo respiro mi scalda l'orecchio, mentre bacia la curva sensibile del mio collo, provocandomi brividi di piacere lungo il braccio. Allo stesso tempo, incunea una mano sotto il mio stomaco e trova il clitoride, mentre inizia a scoparmi lentamente con il giocattolo. Immediatamente, la pressione si intensifica, trasformandosi in una tensione erotica, un piacere oscuro e acceso, che si scontra con il disagio e in qualche modo cresce da esso. Le sue dita sul mio clitoride, il giocattolo nel mio sedere, le sue labbra sul mio collo—è un sovraccarico sensoriale, un'altalena di piacere e dolore che oscilla avanti e indietro, ogni volta che sale più in alto.

Con un grido soffocato, mi sciolgo, tremando, ma lui non ha finito con me. Tirando fuori il giocattolo dal mio sedere con uno schiocco scivoloso, mi penetra prima con un dito, poi con due insieme, la puntura sopportabile solo a causa della malvagia magia che l'altra mano sta eseguendo sul mio clitoride. Fa male, brucia, eppure il dolore si alterna ancora una volta a un potente piacere, accentuandolo in qualche modo peculiare. Ansimando, raggiungo di nuovo l'orgasmo, il mio culo che si stringe sulle sue grandi dita dai bordi ruvidi, la mia vista che si screzia di macchie bianche e nere, mentre un grido ansimante mi sfugge dalla gola.

Prima che possa riprendermi, tira fuori le dita dal mio corpo ancora in preda agli spasmi, e invece sento la punta ampia e liscia del suo uccello sulla mia apertura. Mi irrigidisco, il battito cardiaco che sale di nuovo alle stelle, e mi fa scorrere una mano rassicurante lungo la schiena.

"Respira, zaychik. Puoi prendermi." Le parole sono un mormorio morbido e profondo, confortante come il dolce accarezzare la mia schiena. Eppure, nel momento in cui mi afferra i fianchi e spinge contro lo stretto anello di muscoli, l'altalena si inclina fino al dolore, e capisco che si sbaglia.

Non posso farlo.

È troppo grande per me.

"Nikolai, per favore—" ansimo, la supplica che mi si blocca in gola, mentre il mio sfintere cede sotto la pressione e la massiccia punta del suo membro entra. Tutta l'aria esce dai miei polmoni, la mia vista diventa completamente nera per un momento vertiginoso. È così grosso e spesso che mi sento come se fossi divisa in due, e mentre spinge lentamente il suo fallo più in profondità dentro di me, sono certa che sto per svenire.

Ma non svengo. Invece, sento ogni centimetro lungo e duro di lui, provo ogni minima parte dell'invasione atrocemente attenta. Il mio stomaco si contorce e si agita, la mia pelle diventa umida per il sudore freddo, eppure non riesco a trovare le parole per porre fine a tutto questo, il mio cervello sopraffatto come il mio corpo.

Non aiuta il fatto che si sia piegato di nuovo su di me, baciandomi il collo e mormorando affettuose dolcezze nel mio orecchio, la sua voce liscia, ruvida per il bisogno. Né che le sue dita esperte stiano ancora una volta giocando con il mio clitoride, provocando sensazioni che non possono—non dovrebbero—coesistere con questo tipo di dolore. Non è esattamente piacere, ma qualcosa di simile, un mix di agonia ed estasi che mi avvolgono di nuovo, strappando un climax tormentato dal mio corpo.

Allora svengo, almeno per un momento, perché la cosa successiva che registro è che lui scivola dolcemente dentro e fuori dal mio culo, ogni spinta che genera una sensazione propria, l'altalena che ancora una volta dondola avanti e indietro, costruendo la potente tensione erotica. Il mio corpo si inonda di calore, il mio cuore infuria dentro la cassa toracica, e quando vengo per la quarta volta con un urlo irregolare, lui geme e rabbrividisce su di me, caldi getti di sperma che bagnano le mie viscere doloranti.

Scossa e sconvolta, giaccio lì, troppo debole per muovermi, mentre si allontana da me e lascia il letto, tornando un minuto dopo con un asciugamano caldo e umido. Mi pulisce, poi mi gira e mi prende in grembo. Mi sforzo di aprire le palpebre pesanti per trovare i suoi occhi da tigre sul mio viso, studiandomi con la sua intensità.

Delicatamente, con riverenza, mi prende a coppa la guancia, la sua voce roca, mentre mormora: "Non ti lascerò mai andare, sai. Nemmeno se implori."

Sostengo il suo sguardo. "Lo so."

"Mi odi per questo?"

Dovrei. Per quanto bella sia stata questa luna di miele, la verità è che mi ha costretta al matrimonio, mi ha portato via la libertà, le mie scelte. In quasi tutti i modi che contano, sono sua prigioniera, in balia dei suoi capricci e delle sue passioni più oscure. Eppure, la bugia si rifiuta di lasciare le mie labbra. Invece, gli dico la verità. "Ti amo."

Perché è vero. Per quanto sia sbagliato, amo quest'uomo bellissimo, terrificante e complicato. Lo amo, anche se temo la sua implacabile ossessione per me.

So che nella luce splendente di domani, mi pentirò di questa confessione, che penserò di aver commesso un errore. In questo momento, però, in questa stanza delicatamente illuminata, con le sue braccia forti intorno a me e il mio corpo ancora pulsante per gli echi dell'agonia e dell'estasi che mi ha fatto passare, non mi sembra tale—soprattutto perché il tenero sorriso che sboccia sul suo viso è la cosa più bella che abbia mai visto.

39

NIKOLAI

Mi sveglio con il piccolo corpo di Chloe avvolto tra le mie braccia e il mio cervello surriscaldato dalla fiamma della felicità. Il tipo luminoso e incandescente che sembra tremolante e fugace come lo stoppino acceso di una candela.

Come ho fatto nell'ultima settimana da quando abbiamo ammesso i nostri sentimenti, assorbo la sensazione di lei, la sensazione della sua pelle calda che preme contro la mia, delle sue curve delicate che si modellano contro i piani duri del mio corpo, del suo respiro che aleggia sul mio avambraccio. E come è successo nell'ultima settimana, combatto l'impulso di svegliarla e chiederle di nuovo le parole, per sentire la sua voce dolce e roca che mi dice che mi ama.

È già abbastanza brutto che la costringa a ripetermelo ogni notte, ogni volta che la prendo.

Seppellendo il viso tra i suoi capelli, respiro il suo profumo, la dolce freschezza dei fiori soffusa sulla pelle femminile riscaldata dal sonno. E come ho fatto negli ultimi due mesi, combatto un'ondata di paura straziante.

Paura di perderla. Angoscia che lo stoppino si consumi, lasciando nient'altro che cenere.

È irrazionale, illogico, ma non posso farci niente. Pensavo che estrarre le parole da lei avrebbe frenato questa paura, permettendomi di passare la giornata tranquillo nella consapevolezza che lei è mia, ma semmai la preoccupazione è diventata più forte, più pervasiva. A volte è tutto ciò a cui riesco a pensare: quanto è fragile questa felicità, quanto è illusoria.

Dopotutto, all'inizio, anche mia madre amava mio padre. C'era stato un tempo in cui anche loro avevano assaporato la felicità.

Cerco di non pensare a come tutto sia andato in pezzi per loro, ma ci sono volte in cui guardo Chloe, e vedo il viso di mia madre. Non brillante e in salute, com'era quando ero bambino, ma tirata e pallida, profondamente infelice—lo sguardo che aveva sfoggiato negli ultimi anni.

In parte, è che non ho ancora detto a Chloe cosa accadde quella notte d'inverno—e lei non l'ha chiesto. Nonostante lo abbia imposto come condizione per il nostro matrimonio, sembra riluttante ad ascoltare la storia completa. Penso che sia perché ha paura della verità, paura di scoprire quanto sia orribile il mostro che ha sposato. Quindi, ignora l'argomento, e anch'io.

Ci sono tutte le possibilità che mi odierà per quello che ho fatto, che mi guarderà con terrore e repulsione.

Non aiuta il fatto che io sia consapevole di tenerla come una principessa prigioniera in un'alta torre, completamente isolata da tutti e da tutto. Non lasciamo il complesso; non andiamo da nessuna parte. Esistiamo nel nostro piccolo mondo, quello in cui lei non ha altra scelta che essere mia. È per la sua sicurezza, è vero, ma è anche per la mia tranquillità.

Se le fosse data l'opportunità, fuggirebbe di nuovo?

Se il pericolo per lei fosse eliminato, vorrebbe andarsene?

Non conosco le risposte, e le domande mi tormentano, tanto che sono diventato ancora più ossessivo nel tenerla sotto controllo. So che non può andarsene—e con Bransford che le dà la caccia, probabilmente non vuole farlo—ma mi sento ancora obbligato a sapere dove si trova ogni momento in cui siamo lontani. A tal fine, ho installato telecamere nella nostra camera e in ogni angolo della casa, ad eccezione della stanza di mia sorella e degli alloggi privati di Pavel e Lyudmila, e controllo il video sul mio telefono con la frequenza insensata di un fanatico dei social media.

"Che cosa guardi sempre?" chiede Alina, venendomi incontro in sala da pranzo un giorno, mentre aspetto che Chloe concluda la lezione con Slava e scenda a pranzo. "Sta succedendo qualcosa?"

Metto via il telefono. "Succede sempre qualcosa."

Non è una bugia. Non solo Masha sta lavorando per avvicinarsi a Bransford e inviarmi aggiornamenti quotidiani sui suoi progressi, ma ho anche uomini che tengono d'occhio Alexei Leonov. È ancora qui negli Stati Uniti, negli ultimi giorni a Chicago. Sembra che sia lì per incontri di lavoro, ma non posso fare a meno di sentirmi a disagio.

Chicago è molto più vicina all'Idaho, alla mia tenuta e a mio figlio.

Alina mi guarda pensierosa. "Si tratta di Volkov? Konstantin ha detto che ha chiesto di investire nella sua impresa nucleare."

"Anche quello." Non sono sorpreso che ne abbia sentito parlare. Un oligarca autodidatta, Alexander Volkov è uno degli uomini più ricchi e pericolosi della Russia. Un'alleanza con lui sarebbe sia vantaggiosa che rischiosa, soprattutto data la sua propensione a pratiche commerciali spietate come le nostre.

Se le cose andranno male per qualsiasi motivo, avremo un altro potente nemico, ma se tutto andrà bene, potrebbe aiutare ad accelerare il processo di approvazione per la nuova tecnologia, velocizzandone l'adozione in tutto il mondo.

Alina sospira. "Vorrei che non trattasse con lui, ma Konstantin ascolta raramente. Forse puoi parlargli—a meno che non pensi che sia una buona idea essere coinvolti con Volkov?"

Alzo le spalle e cambio argomento. La verità è che Volkov e la potenziale joint venture sono in fondo alla mia lista di preoccupazioni, quindi sono contento di lasciare che Konstantin se ne occupi. Il nostro geniale fratello può essere troppo intellettuale per il suo bene a volte, ma è ancora un Molotov, e quindi perfettamente in grado di valutare i rischi da solo.

Le mie priorità in questi giorni sono Slava e Chloe, e intendo fare tutto il necessario per mantenerli al sicuro e proteggere entrambi.

Quella notte, una delle mie peggiori paure si avvera. Poco dopo mezzanotte, la porta della nostra stanza si spalanca e Lyudmila corre dentro, urlando il mio nome.

Sono in piedi e armato della pistola che tengo sotto il materasso, prima che possa spiegare, e quando lo fa, appoggio l'arma e mi precipito verso il nostro armadio.

"Che cos'è successo?" chiede Chloe, correndomi dietro,

mentre Lyudmila si precipita fuori dalla camera. Vedendomi vestirmi, inizia a tirare su anche i suoi indumenti. "Che cosa ha detto?"

Rendendomi conto che Lyudmila aveva parlato in russo, spiego subito che Slava si è ammalato. "Vomita in modo incontrollabile e ha la febbre alta" dico, mentre mi metto in fretta una maglietta. "Dobbiamo portarlo subito in ospedale."

Gli occhi di Chloe si spalancano. "Oh, no. Vengo con te."

"Cazzo, no." Il mio tono è troppo duro, ma non mi importa. La paura, acuta e metallica, ricopre la mia lingua. Mio figlio è malato. Così malato che non ho altra scelta che rischiare di far scoprire il suo rifugio. L'ultima cosa di cui ho bisogno è che anche Chloe sia in pericolo. "Tu resti qui, dove sei al sicuro."

Mi guarda sbattendo le palpebre. "Ma—"

"Ti chiamerò lungo la strada." Afferrandole il mento, le do un bacio breve e duro, e poi corro nella stanza di Slava, la mia mente concentrata esclusivamente su mio figlio e sul modo più veloce per portarlo in ospedale.

40

CHLOE

"Altro caffè?" chiede Alina, e io annuisco, saltando giù dallo sgabello per andare alla finestra della cucina. Fuori è buio pesto, senza nemmeno un filo di luna visibile dietro le spesse nuvole.

Promettono temporali—non una buona cosa, vista la velocità con cui Nikolai, Pavel e quattro delle guardie stanno percorrendo quelle tortuose strade di montagna con i loro SUV. Lyudmila è andata con loro per aiutare a prendersi cura di Slava, quindi Alina e io siamo le uniche rimaste in casa.

Le uniche *non autorizzate* a lasciare la casa.

Secondo Alina, Nikolai ha messo in allerta tutte le guardie rimanenti, quindi cinque di loro controllano la dimora stessa, mentre le altre stanno pattugliando il perimetro del complesso in caso di attacco.

"Quale attacco?" ho chiesto, quando me l'ha detto. "Slava è solo malato."

Mi ha lanciato un'occhiata suggerendomi che sono un'idiota ingenua. "C'è malattia e malattia—e non sappiamo quale sia."

"Pensi che potrebbe essere stato *avvelenato*?"

"Non possiamo escludere nulla" ha risposto, facendomi capire ancora una volta quanto l'educazione di lei e dei suoi fratelli fosse stata diversa dalla mia.

Nel mio mondo, nessuno farebbe deliberatamente del male a un bambino.

Mi allontano dalla finestra e torno al bancone della cucina. "Altri aggiornamenti da Pavel o Lyudmila?"

"No." Alina mi porge una tazza di caffè. I suoi occhi sono stanchi come i miei, ma il trucco e il vestito sono impeccabili— immagino nella remota possibilità che potremmo essere invitate a un ricevimento nel cuore della notte. "Non credo che siano ancora arrivati all'ospedale" continua, mentre bevo un bel sorso di caffè. "Lyudmila ha detto che mi manderà un messaggio, quando saranno lì."

Il liquido caldo mi brucia il palato, ma bevo comunque il resto della tazza, assaporando masochisticamente il dolore. Questo mi impedisce di soffermarmi sulle possibilità più terrificanti—come il fatto che Slava sia stato avvelenato per attirare lui e Nikolai fuori dalla sicurezza della tenuta, o la loro macchina che precipita da un dirupo su una strada buia e scivolosa per la pioggia.

A peggiorare le cose, non posso nemmeno chiamare o inviare messaggi a Nikolai per essere rassicurata, poiché ha dimenticato qui il telefono.

"Non è da lui" mormoro, guardando di nuovo il dispositivo che ho portato con me dopo averlo trovato nella nostra camera. "Non dimentica mai nulla."

Alina annuisce cupamente. "Lo so. Non l'ho mai visto così preoccupato. Beh, tranne quella volta con te."

Giusto. Quando sono scappata, e lui ha dovuto salvarmi dagli assassini—un incidente che ora sembra una vita fa.

Posando la tazza vuota, torno alla finestra, il petto stretto e lo stomaco in fiamme per i nervi e l'eccesso di caffeina. Non mi sono mai sentita così inutile e impotente—o come una prigioniera. Anche se ho sempre saputo che Nikolai non mi avrebbe permesso di lasciare il complesso, in qualche modo non l'avevo realizzato completamente fino a stasera, quando si è rifiutato apertamente di portarmi con lui.

Logicamente, capisco perché—non ha bisogno di preoccuparsi per me e per Slava—ma questo non cambia il fatto che non posso stare con le due persone a cui tengo di più... che sono bloccata qui, in ogni caso.

"Torno subito" dice Alina, e sgattaiola fuori dalla cucina—presumibilmente per andare in bagno. Considero di versarmi un'altra tazza di caffè mentre aspetto, ma decido che tre tazze dovrebbero essere sufficienti per ora. Invece, prendo il telefono di Nikolai e scorro sullo schermo nella remota possibilità che sia sbloccato.

Non lo è, ovviamente. Mio marito ossessionato dalla sicurezza non sarebbe mai stato così sbadato da lasciare un telefono sbloccato in giro. Il dispositivo richiede un'impronta digitale o una password, e io non le ho.

Sospirando, appoggio il telefono sul bancone e comincio a camminare. Questa è una tortura nel vero senso della parola. Sono così preoccupata per Slava e Nikolai che mi sento fisicamente male, una sensazione aggravata da occasionali bagliori lontani di fulmini e tuoni.

La tempesta non è ancora arrivata qui, ma potrebbe già essere dove sono loro.

Dio, e se non raggiungessero l'ospedale in tempo? Un ago gelido mi trafigge il cuore. *E se Slava fosse così malato da morire?* È un pensiero che non mi ero posta prima, ma ora che si è insinuato, non posso scacciarlo, e l'ansia nauseante si espande, facendo uscire l'aria nei miei polmoni.

Dovrei essere lì con loro.

Dovrei essere in quella macchina.

"Dovresti essere nella tua camera da letto, cercando di riposarti un po'" dice Alina a bassa voce, e io mi giro, sorpresa di trovarla di nuovo sullo sgabello.

Quando è tornata? Inoltre, stavo parlando ad alta voce?

Devo averlo fatto, perché mi guarda con stanca comprensione, mentre culla un'altra tazza di caffè tra le mani. Anche se normalmente è una bevitrice di tè, stasera sta trangugiando la roba vera, come me.

"Pensi davvero che saremo attaccate?" chiedo, ignorando il suo insensato suggerimento. "E se è così, da chi? Mio padre?"

Alina sospira e appoggia il mento sulla mano. "O uno dei nostri nemici. Dio sa che ce ne sono in abbondanza, non che Nikolai o Valery mi dicano qualcosa."

"Ma Konstantin sì?" Da quello che ho raccolto nelle ultime settimane, ha un rapporto molto più stretto con il loro fratello maggiore, il genio della tecnologia. I due parlano almeno un paio di volte a settimana.

"A volte. Quando pensa che non mi turberà." La sua bella bocca si attorciglia. "Pensa che sono così fragile che cadrò a pezzi al minimo accenno di cattive notizie. Soprattutto qualsiasi cosa abbia a che fare con—" Si ferma. "Non importa. Il punto è che non sono esattamente nel giro."

Nemmeno io—e non ho la scusa del mal di testa di Alina, che Nikolai mi ha detto derivi quasi interamente dal suo stato mentale.

"Alcune persone hanno il mal di pancia quando sono stressate, lei ha il mal di testa. Quelli brutti" ha spiegato, quando un giorno lei non è scesa a cena a causa di un'emicrania. "A volte durano diversi giorni e sono così dolorosi che deve mandare giù un intero cocktail di merda che crea dipendenza. Spero che questo non sia uno di quelli."

Non lo era, per fortuna, e Alina è tornata alla sua vita normale il giorno successivo. Ma posso capire perché Konstantin si preoccupa—non dimenticherò mai il pasticcio drogato che era quella mattina nella mia stanza.

Se non ha già un problema di antidolorifico su prescrizione, non vi è lontana.

"Pensi che potrebbe trarre beneficio da qualcosa come la riabilitazione?" avevo chiesto a Nikolai più tardi quel giorno. "O almeno dalla terapia?"

"Lei detesta gli strizzacervelli e si rifiuta di parlare con loro" mi ha detto. "Per quanto riguarda la riabilitazione, l'abbiamo presa in considerazione, ma non è chiaro se sia effettivamente dipendente. Il suo uso di farmaci è sporadico, incentrato su periodi di stress extra. Inizia con mal di testa più frequenti, quindi si sviluppa fino a quando i mal di testa non sono più il problema principale. Tuttavia, è sempre riuscita a interrompere le pillole dopo un po', motivo per cui le permetto di continuare a usarle. Sono l'unico modo in cui può sfuggire al dolore paralizzante, quando colpisce."

"E l'erba?" ho chiesto con attenzione, non volendo irritare Alina, nel caso in cui Nikolai non fosse a conoscenza delle sue occasionali sessioni di fumo con Lyudmila. "Forse potrebbe aiutare?"

La sua bocca si è increspata. "Certo. Ed è per questo che non dico niente, quando lei entra profumando come una caffetteria di Amsterdam."

Quindi, lo sapeva. Non ero sorpresa. Vede tutto quello che succede qui—comprese le intricate contraddizioni nella mia testa.

Lo amo. Non ho problemi ad ammetterlo ora, a me stessa e a lui. E lui dice che mi ama. Dovrebbe essere sufficiente, più che sufficiente, ma non lo è. Anche quando giaccio tra le sue braccia dopo il sesso strabiliante, percepisco una distanza inspiegabile tra noi, parole non dette e paure inespresse.

È soprattutto colpa mia, credo. Per prima cosa, non sono ancora riuscita a chiedere di suo padre. Ogni volta che si presenta un'opportunità, vado nel panico. L'oscurità in Nikolai è come una calamita a doppia faccia, che mi attira e mi respinge allo stesso tempo. Voglio conoscerlo fino in fondo, comprendere il suo passato così come lui capisce il mio, eppure ho paura di approfondire la parte di lui che ho visto quel giorno nel bosco, quando ha affrontato gli assassini.

A volte, quando mi sveglio nel cuore della notte accoccolata contro di lui, posso sentire le urla dell'assassino torturato, e anch'io voglio gridare.

Inoltre, non posso dimenticare la minaccia di Nikolai di drogarmi per costringermi a sposarlo. Non siamo arrivati a questo, ma so che sarebbe successo. Perché per mio marito amore e possesso sono la stessa cosa.

Farebbe qualsiasi cosa per avermi.

Ovviamente, pasticcio contraddittorio quale sono, non mi importa sempre della sua spietatezza. Ci sono volte in cui sono contenta che abbia forzato la questione, scavalcando le normali fasi di una relazione a favore del matrimonio. E ci sono sicuramente delle volte in cui mi godo il suo lato oscuro a letto —praticamente tutte le volte che lo tira fuori. La nostra vita sessuale è tanto calda quanto varia, e per quanto possa essere opprimente la sua fame di me, non rimango mai insoddisfatta, al punto che devo chiedermi se ci sia forse qualcosa che non va in me... se sia salutare perdermi nel suo abbraccio così completamente.

Nell'abbraccio di un uomo che è, per molti versi, ancora il mio rapitore.

Mi siedo su uno sgabello da bar accanto ad Alina, afferro il telefono di Nikolai e scorro di nuovo distrattamente sullo schermo.

Sì, ecco, è richiesta la password.

Come non detto. Non so nemmeno perché voglio entrarci. Quello di cui ho davvero bisogno è parlare con Nikolai, ma sono sicura che abbia le mani impegnate con Slava e stia percorrendo quelle strade difficili.

"Perché continui a farlo?" chiede Alina, mentre scorro di nuovo sullo schermo. "Vuoi leggere i suoi messaggi o qualcosa del genere?"

Spingo via il telefono. "No. Può essere. Non lo so." Quello che voglio è Nikolai a letto accanto a me e Slava che dorme profondamente in fondo al corridoio, ma nessuna delle due è una possibilità in questo momento.

"Prova 785418" dice. Al mio sguardo sorpreso, spiega: "Ho una buona memoria per i numeri, e ho visto Nikolai inserirla un paio di settimane fa. Potrebbe averla cambiata ormai, però."

Le mie dita stanno già volando sul touchscreen. "Sono entrata!" Le sorrido trionfante. "*Siamo* entrate."

Poi, le implicazioni mi colpiscono.

Alina mi ha appena aiutata a invadere la privacy di Nikolai in modo sostanziale.

All'improvviso, non mi sembra una cosa giusta da fare.

Deve leggermelo in faccia. "È stato incollato a quel coso nell'ultima settimana" dice, e sento la frustrazione nella sua voce. "Non mi ha detto perché, ma potrebbe avere qualcosa a che fare con tutte le guardie che sono state messe in codice rosso—e non so te, ma se c'è una minaccia specifica là fuori, voglio sapere qual è. Sono stanca di essere tenuta all'oscuro."

E io mi sono tenuta volentieri all'oscuro per settimane, ancora una volta senza nemmeno indagare sull'andamento dei nostri piani per Bransford.

Il disagio si trasforma in vergogna per la mia codardia. Facendomi forza, le passo il telefono. "Ecco. Sapresti meglio dove cercare." Chiederò scusa a Nikolai per aver invaso la sua privacy una volta che questa crisi sarà passata.

Annuisce, e io mi precipito verso di lei, mentre le sue dita dalla punta rossa volano sullo schermo. Il primo posto in cui vanno è la posta in arrivo, dove scorre rapidamente le righe dell'oggetto, molte delle quali sono in russo. Aprendo un messaggio, lo sfoglia, un minuscolo cipiglio che divide lo spazio tra le sue sopracciglia scure, mentre gli occhi si spostano sul testo russo.

"Beh?" chiedo, quando chiude l'e-mail e riprende a scorrere la posta in arrivo. "Niente?"

Solleva lo sguardo dallo schermo e sbatte le palpebre, come se si fosse dimenticata che sono lì. "Non proprio." La sua voce è strana, però, tesa e un po' soffocata. Così è il sorriso che mi rivolge, mentre aggiunge: "Solo le solite stronzate."

"Posso?" Non aspettando la sua risposta, riprendo il telefono e scorro io stessa le righe dell'oggetto. La mia incapacità di leggere il russo è un serio ostacolo, quindi esco dalla casella di posta e controllo i messaggi. Nikolai utilizza un'app che non ho mai visto per quello—crittografata, molto probabilmente—e la maggior parte di quei messaggi è anch'essa in russo.

Fine del mio grosso tentativo di hackeraggio.

Sto per abbassare il telefono, quando un'icona nell'angolo in alto a sinistra dello schermo attira la mia attenzione. È una delle poche app su questo telefono, e la sua posizione privilegiata mi dice che dev'essere qualcosa che Nikolai usa molto.

Incuriosita, clicco sull'icona—una casetta—e una serie di immagini, o meglio video, riempie lo schermo. Ognuno è troppo piccolo per vedere qualcosa in dettaglio, quindi clicco su quello in cui noto un movimento.

Alina scruta lo schermo sopra la mia spalla. "È—"

"Questa cucina, sì." In effetti, sto guardando noi due sedute rannicchiate sul telefono. Accigliandomi, guardo il soffitto e gli armadietti. L'angolazione del video suggerisce che le telecamere sono in alto e alla nostra sinistra, ma per quanto guardi attentamente, non le vedo.

Chiudo il video della cucina e ingrandisco un'altra immagine, poi tutto il resto a turno.

Soggiorno.

Sala da pranzo.

Terrazza con pareti in vetro.

Lavanderia.

Corridoio al piano di sopra.

Scala.

La camera di Slava.

La mia vecchia stanza.

Il mio cuore batte più forte, uno spiacevole senso di oppressione che mi avvolge il petto.

Eccola lì, la nostra camera da letto.

"C'è anche la mia camera?" chiede Alina, il suo tono accuratamente livellato. Neanche lei doveva sapere delle telecamere—e pensare che solo un momento fa mi sono sentita male per aver invaso la privacy di Nikolai.

Torno alla schermata iniziale dell'app ed esamino attentamente la raccolta di minuscole vedute della fotocamera. "Non la vedo" le dico. "Ecco, dai un'occhiata tu."

Analizza metodicamente ogni video. "Nessuno della mia stanza" conclude, sembrando sollevata. "Né di quella di Pavel e di Lyudmila. Il che ha senso—probabilmente è Pavel che ha installato le telecamere. È bravo con la tecnologia di sicurezza."

"Installato quando?" La mia ipotesi migliore è che questa sia una versione avanzata di una telecamera per tate, qualcosa che Nikolai ha implementato, quando ha deciso di inserire l'annuncio per un tutor. In tal caso, le telecamere sarebbero state installate poco prima o subito dopo il mio arrivo, quando ero ancora un'estranea e quindi non ci si poteva fidare di me con Slava. Anche se il motivo per cui anche la nostra camera da letto, originariamente la camera di Nikolai, dovrebbe essere sorvegliata è un mis—

"Sembra che l'app sia stata installata qualche mese fa" dice Alina, navigando tra le impostazioni. "Ma da allora ci sono stati due aggiornamenti: uno a luglio, subito dopo il tuo arrivo, e un altro, molto più grande, più di recente. Una settimana fa, in realtà." I suoi occhi incontrano i miei. "Proprio nel periodo in cui ho iniziato a vedere Kolya incollato a questo schermo."

Inoltre, proprio nel periodo in cui gli ho detto che lo amavo.

Forse è tutta una coincidenza. Forse non ha niente a che fare con me e ha tutto a che fare con l'e-mail a cui Alina ha reagito in modo così strano, ma il mio istinto mi dice il contrario.

Le telecamere sono lì per me. Per guardarmi.

L'ossessione di mio marito per me sta crescendo, in modo spaventoso—e poiché ho tenuto la testa sotto la sabbia come uno struzzo, non so ancora di cosa sia veramente capace.

41

NIKOLAI

"I RISULTATI DEI TEST SONO APPENA ARRIVATI" MI INFORMA IL medico, quando torno nella stanza di Slava dopo una breve pausa in bagno. "Infezione da salmonella."

Il respiro mi sfugge dalla gola serrata, mentre un'ondata di sollievo si abbatte su di me. Hanno già fermato il vomito del bambino e gli hanno fatto assumere liquidi per via endovenosa, ma fino a quel momento non avevamo idea di cosa lo avesse fatto star male.

Salmonella.

Non un veleno esotico per il quale potrebbe non esserci alcuna cura.

La fottuta salmonella.

Mi giro verso Lyudmila, che ha la sfortuna di essere l'unica altra persona nella stanza. "Gli hai lasciato toccare carne cruda o uova?"

Lei sbianca. "No, lo giuro! Oggi non ha nemmeno mangiato

le uova, a meno che—" I suoi occhi si spalancano e si preme la mano sulla bocca. "Oh, no."

"Che cosa? Sputa il rospo."

"Impasto per biscotti" sussurra, la sua faccia tonda pallida. "Potrebbe aver provato la pasta per biscotti cruda. Pavel stava preparando quei biscotti con gocce di cioccolato per cena, e io e Slava siamo andati a prendere un po' di frutta per uno spuntino..."

Fanculo. Che terribile sfortuna. Dev'esserci stato un uovo che conteneva i batteri, e ovviamente Slava doveva assaggiare quella pasta per biscotti. Col senno di poi, dev'essere successo qualcosa del genere; ho controllato personalmente ogni singola guardia, e con la nostra sicurezza così stretta, le probabilità che qualche assassino fosse in grado di introdurre del veleno nel complesso erano vicine allo zero. Tuttavia, non potevo escluderlo del tutto—non fino a quando non fossero arrivati i risultati dei test.

"Queste infezioni sono molto più comuni di quanto si pensi, specialmente tra gli anziani e i giovani" interviene il dottore, discernendo il succo della mia conversazione con Lyudmila, nonostante sia in russo. "La salmonella è notoriamente resistente, se è contenuta nel tuorlo. Dovreste far bollire l'uovo per più di otto minuti per assicurarvi che sia sicuro, e quasi nessuno lo fa." Sospira. "Non credereste al numero di persone che arrivano al pronto soccorso dopo un'omelette o uova strapazzate standard, per non parlare delle uova all'occhio di bue o della salsa olandese e quant'altro. Sono praticamente una roulette russa... senza offesa."

Sono troppo sollevato per essere infastidito. "Quali sono i prossimi passi?" Lancio un'occhiata preoccupata al letto da adulto in cui Slava sta dormendo, il suo faccino pallido e tirato da tutto il vomito e la diarrea. Ha già un aspetto migliore grazie a tutti i liquidi, ma rabbrividisco ancora al ricordo del nostro viaggio frenetico fin qui, durante il quale tutto quello a cui riuscivo a pensare era se ce l'avrebbe fatta o no.

"Normalmente, avremmo lasciato che la malattia facesse il suo corso, ma ha la febbre, quindi gli stiamo somministrando degli antibiotici per ogni evenienza. Tra quelli e i liquidi, dovrebbe sentirsi presto molto meglio. Mi piacerebbe tenerlo in osservazione per un altro giorno o giù di lì, però."

"Certo." Se avessi saputo che si trattava di salmonella, avrei organizzato un team medico per prendersi cura di Slava a casa, come ho fatto per Chloe, ma ero così terrorizzato che mio figlio fosse stato avvelenato o esposto a qualche neurotossina esotica che non potevo rischiare di non avere gli specialisti o le attrezzature giuste a portata di mano. E ora che siamo in ospedale, non ha senso sganciare mio figlio da tutte le macchine e tornare indietro nella tempesta. Per una guarigione più rapida, ha bisogno di riposare e lasciare che gli antibiotici facciano il loro lavoro.

Devo solo sperare che i Leonov non vengano a sapere della nostra presenza qui—o che se ne accorgano quando saremo già lontani.

Il dottore se ne va e Lyudmila dall'aria contrita si scusa anche lei per una pausa in bagno. Noi due stavamo aspettando al capezzale di Slava, mentre Pavel e le guardie pattugliavano il corridoio. Non che mi aspetti un attacco in un ospedale americano—almeno non ora che so che mio figlio non è stato avvelenato deliberatamente. Probabilmente, neanche la tenuta è in grave pericolo, anche se non chiederò alle guardie di ridurre il codice rosso, fino a quando non saremo di ritorno.

Ho dimenticato il mio fottuto telefono, e sebbene Lyudmila

stia scambiando messaggi con Alina e sappia che va tutto bene a casa, non essere in grado di guardare Chloe attraverso le telecamere mi mette profondamente a disagio.

È come se qualcuno mi avesse bendato—o strappato via gli occhi.

"Fammi usare un momento il tuo telefono" dico a Lyudmila quando torna, e lei me lo porge, prima di scomparire discretamente dalla stanza.

Non appena se n'è andata, telefono a mia sorella e le chiedo di chiamare Chloe, se è ancora sveglia.

Se non posso vedere la mia zaychik, almeno sentirò la sua voce.

"Prima dimmi come sta Slava" dice Alina.

La informo rapidamente sulle sue condizioni—Lyudmila l'ha già informata della diagnosi di salmonella—e chiedo di nuovo di parlare con Chloe.

"Dammi un minuto." La sua voce contiene una nota particolare. Spero che non abbia un'altra emicrania, anche se non sarei sorpreso se l'avesse, visti gli eventi della notte.

Non sono incline al mal di testa, ma sembra che qualcuno stia martellando le mie tempie.

Aspetto con impazienza che Chloe raggiunga il telefono. Probabilmente avrei dovuto chiamare prima invece di lasciare che Lyudmila le tenesse informate sulla situazione, ma prima dovevo sapere cosa stava succedendo con Slava. La paura era come un macigno sul mio petto, ma ora posso finalmente respirare e parlare come un essere umano razionale.

Un'ora fa, stavo per strappare la gola al personale medico a denti nudi per i loro tentativi di farci aspettare il nostro turno per l'accettazione.

Fortunatamente, i soldi parlano più forte delle parole anche in questo angolo di mondo, quindi non appena ho detto alla receptionist del pronto soccorso che avrei fatto una donazione di un milione di dollari al dipartimento dei loro figli se mio figlio fosse stato curato *immediatamente,* le cose sono diventate molto più agevoli, e non ho avuto bisogno di ricorrere a misure più estreme—come, ad esempio, piantare proiettili in alcune delle teste più ottuse.

"Nikolai, ciao." La voce dolce di Chloe è come una coperta calda che mi avvolge, diminuendo il pulsare nella mia testa e sbloccando la tensione nel collo e nelle spalle. Fino a questo momento, non mi ero reso conto di quanto fossero tesi.

Allontanandomi dal letto di Slava, mi avvicino alla finestra per assicurarmi di non svegliarlo. "Ciao, zaychik. Come stai?"

"Meglio ora che so che tu e Slava siete al sicuro" dice a bassa voce, e sento un piccolo intoppo nel suo respiro. "Ero così preoccupata, per la tempesta e tutto il resto."

Il mio petto si stringe per la tenerezza. "Stiamo bene. Ce l'abbiamo fatta." Tenendo la voce bassa, le racconto tutto del viaggio orribile—di quanto Slava fosse stato malato durante tutto il tempo e di come avevamo dovuto fermarci una dozzina di volte, perché lui vomitasse e andasse in bagno sotto la pioggia battente. Di come continuavo a desiderare di essere quello le cui interiora venivano strizzate, e di quanto ero terrorizzato dal fatto che saremmo arrivati all'ospedale troppo tardi.

"Sapevo che i bambini si ammalano" dico in modo irregolare. "E sapevo che Slava avrebbe potuto contrarre qualcosa un giorno, anche se è forte e in salute. Quello che non sapevo era che sarebbe stato così... come se qualcuno mi avesse segato il cuore con un coltello smussato, aprendolo una cellula alla volta."

"Certo." Il tono di Chloe è morbido, dolcemente comprensivo. "I genitori si sentono sempre così, quando qualcosa non va bene con i loro figli. Mamma una volta mi ha detto che non sapeva cosa significasse la preoccupazione, fino a quando non mi ha avuta—e poi non sapeva più come fosse esistere *senza* preoccupazioni."

Mi pizzico il ponte del naso. "Fantastico. Semplicemente fantastico."

"Mi ha anche detto che non avrebbe scambiato l'essere mia madre con niente al mondo." Si ferma, poi chiede a bassa voce: "Tu lo faresti? Scambiare l'essere il padre di Slava con la tranquillità?"

"Cazzo, no." Guardo la minuscola figura sul letto, e la sensazione di tensione e di disagio che ho cercato di evitare all'inizio mi invade di nuovo il petto. Questa volta, però, la riconosco come preoccupazione. Preoccupazione e amore profondo e divorante. Un amore diverso dalla passione ossessiva che Chloe risveglia in me, ma non per questo meno potente.

Ucciderei per entrambi.

Morirei per entrambi.

Se perdessi uno dei due, non so come farei ad andare avanti.

"Allora, quando pensi di tornare a casa?" chiede Chloe, e come con Alina, colgo una strana inflessione nella sua voce. Non qualcosa di grave, appunto, ma qualcosa di leggermente strano.

"Dovremmo essere di ritorno prima di sera" rispondo, guardando un orologio. Sono le cinque, è quasi mattina, anche se fuori è ancora buio. "Zaychik... va tutto bene?"

Il suo tono è ora notevolmente teso. "Certo. Perché non dovrebbe?"

"Dimmelo tu. Qualcosa non va?"

"No, niente. Solo... torna a casa e parliamo."

"Parlare? Di cosa? È successo qualcosa mentre ero via?"

"No, certo che no." Prende fiato. "Va tutto bene. Sono solo stanca per essere stata sveglia tutta la notte, ecco tutto."

Sta mentendo. Sono certo che sia così, e sto per insistere per chiederle risposte, quando Pavel entra nella stanza.

"Masha è al telefono" dice seccamente, porgendomi il suo dispositivo. "L'operazione è finalmente iniziata. Bransford sarà a casa sua tra quindici minuti."

Fanculo. "Zaychik, devo andare. Dormi un po' e ti chiamo più tardi oggi, okay?"

Senza aspettare la risposta di Chloe, riattacco e porto il telefono di Pavel all'orecchio. "Hai tutte le telecamere a posto? E il feed dal vivo?"

La voce di Masha è più allegra che mai. "Certamente."

"Invia la registrazione a Konstantin per le modifiche e per il live streaming, indirizzala a questo telefono. Non ho il mio con me."

"Nessun problema. Ora, riguardo al piano B—"

"Concentrati solo sul piano A." Ho bisogno che Bransford sia compromesso, non morto, come da patto con Chloe.

Masha emette un sospiro esasperato. "Lo farò, ovviamente. Ma se qualcosa va storto e non riesco a contenerlo, vuoi comunque che lo elimini oggi, giusto? Non sarò più in grado di avvicinarmi di nuovo."

Mi strofino il sopracciglio sinistro, dietro il quale tornano al lavoro i martelli del cranio. La risorsa di Valery è stata chiarissima su ciò che farà e non farà in questo lavoro, e sebbene non sia contraria al fatto che Bransford la maltratti un po' per il bene di un video convincente, non si lascerà scopare da lui.

"Fa' del tuo meglio per assicurarti che non si arrivi a questo" dico alla fine. "E se devi passare al piano B, usa il farmaco."

Anche se sarà difficile spiegare la morte di Bransford a Chloe, farò tutto il necessario per proteggerla.

Persino rimangiarmi la parola data.

42

CHLOE

MI SVEGLIO CON LA BOCCA SECCA E GLI OCCHI RUVIDI COME SE fossero stati riempiti di sabbia. Sbattendo le palpebre a causa della luce intensa che invade la stanza, scruto un orologio—e mi alzo di scatto sul letto.

Cinque del pomeriggio.

Che cazzo?

Prima che possa raccogliere i miei pensieri, bussano piano alla porta della camera e Alina ficca dentro la testa. "Ah, bene. Finalmente sei sveglia."

Prendo una bottiglia d'acqua dal comodino e la bevo per alleviare la sensazione di secchezza in gola. "Che cos'è successo?" gracchio, quando ogni preziosa goccia di liquido è sparita. Mi sento stordita e intontita, come se fossi stata drogata.

Alina entra, con un'aria fresca e affascinante, come se fosse appena uscita da un salone spa a servizio completo. Io, invece, mi sento—e probabilmente sembro—qualcosa che i procioni non pescherebbero da un bidone della spazzatura.

"Non sei riuscita a dormire per tutta la notte, quindi sei andata a fare un pisolino a metà mattina, ricordi?" dice, appollaiandosi con grazia sul bordo del letto.

Guardo di nuovo l'orologio, come se così facendo cambiasse l'ora visualizzata su di esso. "Ma sono già le cinque. Come possono essere le cinque, se sono scesa a fare un pisolino la mattina?"

Sorride. "Che cosa posso dire? Quando dormi, lo fai pesantemente." Incrocia le lunghe gambe. "Mio fratello ha chiamato una decina di volte finora, chiedendo di parlare con te. Gli ho detto che ti avrei lasciata dormire."

Il mio battito cardiaco aumenta. "Qualcosa non va? Slava—"

"No, no, va tutto bene. In realtà, stanno già tornando a casa in macchina, dovrebbero arrivare qui tra meno di un'ora."

"Oh. Slava—"

"Sta molto meglio" mi assicura. "Il dottore lo avrebbe tenuto in osservazione fino a stasera, ma non ha vomitato nemmeno una volta dal mattino ed è riuscito a mangiare un po' di zuppa di pollo e gelatina per pranzo, quindi l'hanno dimesso presto."

"Oh, grazie a Dio." Non vedo l'ora di abbracciare il bambino e baciarlo all'infinito. L'ho visto di sfuggita la scorsa notte, mentre Nikolai correva fuori di casa con il piccolo in braccio, ma il suo aspetto pallido mi ha perseguitata, facendomi sentire esattamente come Nikolai ha descritto: come se una lama smussata mi stesse segando il cuore.

Immagino che mio marito non sia l'unico che si sente come un genitore in questi giorni. Ogni settimana che passa, suo figlio si insinua sempre più nel mio cuore, e ora sono al punto in cui lo amo come se fosse uscito dal mio corpo—e sarei devastata se gli succedesse qualcosa.

"Hai il tuo telefono?" chiedo ad Alina. "Voglio richiamare Nikolai."

Voglio parlare personalmente con Slava e assicurarmi che si senta davvero meglio, e muoio dalla voglia di sentire la voce di Nikolai.

Per quanto trovi agghiaccianti quelle telecamere, non posso fare a meno di sentirne la mancanza, desiderandolo nel modo più viscerale possibile—motivo per cui il pensiero della nostra imminente conversazione mi ha impedito di addormentarmi la scorsa notte anche dopo che erano arrivati all'ospedale e ho saputo che Slava sarebbe stato bene.

"Non ce l'ho con me, ma posso prenderlo" dice Alina, alzandosi. "Non so se dovresti chiamarlo a questo punto, però. Saranno qui abbastanza presto, e poi potrete parlare."

Esito, poi annuisco. "Va bene."

Ha ragione. Ora che sono quasi qui, tanto vale aspettare. Per quanto breve fosse stata la nostra conversazione la scorsa notte, Nikolai in qualche modo ha percepito che ero turbata, e se non fosse stato per quello che lo aveva distratto, sono sicura che mi avrebbe fatto pressioni per avere risposte. Questo dev'essere il motivo per cui ha continuato a chiamare per tutto il giorno, e perché è meglio se gli parlo di persona.

È ora che smetta di essere uno struzzo e conosca la verità— ed entrambi mettiamo le carte in tavola.

Sono passati quaranta minuti ed è quasi ora di cena, quando il loro SUV si ferma davanti casa. Ho passato questi quaranta minuti a prepararmi, sia mentalmente che fisicamente. I miei capelli sono spazzolati e acconciati in uno chignon, il mio trucco è quasi perfetto come quello di Alina, e indosso un abito bianco scintillante con due spacchi laterali, che mettono in risalto le mie gambe, e i tacchi con gli strap dorati. Alle mie orecchie ci sono un paio di orecchini con diamanti che Nikolai mi ha regalato, e intorno al mio collo c'è la collana a forma di cuore che Alina mi ha prestato una volta, per la mia prima cena qui. Avrei indossato una delle mie, ma lei ha insistito sul fatto che la sua collana era ciò che il vestito richiedeva.

"Fidati di me" ha detto misteriosamente. "Questo è esattamente ciò che Nikolai ha bisogno di vedere stasera."

Ho deciso di fare esattamente questo e per ora mi fido di lei, anche se sono più che curiosa di sapere cosa intendesse. Se stasera non ricevo tutte le risposte da Nikolai, le tirerò fuori da *lei*.

Non seppellirò più la testa nella sabbia.

Ho smesso di essere una codarda.

Nonostante la determinazione, il mio cuore batte in modo irregolare, mentre corro al piano di sotto per salutare mio marito e nostro figlio.

Slava arriva per primo—o meglio si lancia dentro come la pallina di energia che può essere un ragazzino della sua età.

"Mamma Chloe!" Corre dritto verso di me, e lo prendo a metà balzo, barcollando all'indietro sotto il peso del suo corpo piccolo ma robusto, mentre la mia caviglia precedentemente ferita oscilla nel suo tacco. Odora di medicina e shampoo per bambini, e sono così felice di sentire le sue braccia corte che mi stringono il collo che non mi importa del potenziale nuovo infortunio—o del mio trucco che si spalma, mentre mi dà baci umidi sulle guance.

"Vomitato tanto" annuncia trionfante dopo che finalmente l'ho messo a terra, e non posso fare a meno di ridere, mentre si lancia in un racconto sulle sue avventure in ospedale in un intricato mix di inglese e russo, con il succo della storia che si riassume con quanto fosse disgustoso tutto il vomito.

"Che cos'è questo? Non dovresti essere debole e malato?" chiede Alina divertita, e mi rendo conto che è venuta a stare accanto a me. Sorridendo enormemente, si inginocchia e afferra Slava in un grande abbraccio, mentre gli sussurra in russo.

"Sì, sono Superman" dichiara, quando lei ha finito, e io rido di nuovo, felicissima di vederlo così bene.

"Ha dormito per la maggior parte del tempo durante il viaggio e si è svegliato con tutta questa energia" dice Nikolai, la sua voce profonda che mi fa sobbalzare così tanto che ruoto bruscamente—e per poco non cado, mentre la stupida caviglia si piega sotto di me, provocandomi dolore alla gamba.

Dico "per poco" perché, come sempre, Nikolai mi prende, le sue braccia potenti che si chiudono intorno a me, prima che tocchi il pavimento.

"Tranquilla, zaychik" mormora, i suoi occhi di una tonalità più verde dell'oro, mentre mi sostiene contro il suo corpo grande e caldo e mi guarda, tenendomi per la parte superiore delle braccia. "Un viaggio in ospedale è più che sufficiente."

Il mio cuore si trasferisce nella gola, mentre il pieno impatto della sua vicinanza mi colpisce come una palla da demolizione. Le mie ginocchia si uniscono alla caviglia in flessione e la mia pelle si accende di sensazioni, ogni cellula che si bea del calore che emana dalle sue dita, la deliziosa forza e ruvidezza dei suoi palmi callosi. Come Slava, profuma di ospedale, ma sotto percepisco un seducente accenno di bergamotto e una traccia ancora più tenue di cedro, mescolato con quell'aroma caldo e maschile tipico di lui.

"Sei qui." È un commento stupido, ma tutti i miei neuroni sembrano essere usciti per un'escursione. Tutto quello che posso fare è fissare il suo viso con gli zigomi alti e larghi e la mascella fiera, paralizzata dalla giustapposizione di natura selvaggia ed eleganza che lo rende una contraddizione così pericolosamente allettante.

Mio marito.

Il mio protettore.

Il mio osservatore segreto.

Il suo amore è qualcosa da desiderare o temere?

Mi prende a coppa la guancia, i suoi occhi che si scuriscono, mentre il suo sguardo scende sulle mie labbra. "Sono qui, zaychik." Ignorando il nostro pubblico, abbassa la testa e inclina la bocca sulla mia, reclamandola per un bacio profondo e bruciante.

Il mio cuore sta correndo nel petto, la mia pelle eccessivamente calda, quando si allontana. Come al solito, tutti ignorano le nostre oltraggiose effusioni. Anche Pavel e Lyudmila sono entrati e stanno parlando con Alina in russo, mentre Slava interrompe con le sue storie.

Guardo Nikolai—solo per bloccarmi davanti all'espressione agghiacciante sul suo viso. Il suo sguardo è incollato alla mia gola, un muscolo che ticchetta violentemente nella sua mascella. Che diavolo—?

E poi mi rendo conto di cosa sta guardando.

Non la mia gola.

La collana che mi ha dato Alina, quella che ha detto che lui aveva bisogno di vedere stasera.

Con improvvisa chiarezza, ricordo i suoi borbottii drogati

quella orribile mattina in cui sono fuggita. Come con tante altre cose relative alla mia situazione, non mi sono permessa di pensare alle sue vere parole nelle ultime settimane, di soffermarmici per un certo periodo di tempo. Ma ora riaffiorano, insieme a tutto ciò che ho sentito su questa famiglia, su come Nikolai sia così simile a suo padre.

Se avessi ancora dei dubbi sul fatto che io e mio marito abbiamo bisogno di questa conversazione, svaniscono proprio in questo momento—perché se il sospetto che si forma nella mia mente è giusto, Alina non è l'unica che sta affrontando un trauma grave.

Fingendo che tutto sia normale, mi allontano da Nikolai e mi avvicino per prendere la mano di Slava. "Vieni, tesoro, ti metto a letto, prima che crolli. Ti daremo da mangiare lì."

"Lo faccio io" si offre Lyudmila, ma scuoto la testa con un sorriso.

"Lasciami fare. Mi è mancato."

"Mi unirò a te" dice Nikolai, il suo sguardo cupo, e il mio battito cardiaco accelera ulteriormente, mentre prende Slava e lo porta di sopra davanti a me.

Noi due facciamo il bagno a Slava e lo mettiamo a letto, dove mangia un po' di zuppa e si addormenta subito, la sua esplosione di energia che si esaurisce rapidamente.

"È sempre così con i bambini?" chiede Nikolai in tono sommesso, lisciando il suo ampio palmo sulla fronte di Slava. Il suo sguardo perplesso si sposta su di me. "Quando si ammalano, intendo? Da zero a sessanta e poi di nuovo?"

Sorrido nonostante il tumulto nel petto. "No, non sempre. Slava è Superman. Non hai sentito?"

Il suo sorriso di risposta scatena un'esplosione di endorfine nel mio cervello. "Oh, sì, circolano voci."

E per un paio di secondi, è sufficiente—questo semplice momento di gioia condivisa, di sollievo che il bambino che amiamo starà bene. Ma poi il sorriso di Nikolai svanisce e il mio battito cardiaco aumenta, mentre lo spazio tra di noi si riempie di consapevolezza ribollente, con quella chimica bruciante che sembra un filo carico che danza sulla mia pelle. Siamo seduti a solo un metro di distanza, ma anche quella piccola distanza improvvisamente sembra troppa... troppa e non abbastanza allo stesso tempo.

Deglutisco, mentre lui alza la mano e la curva intorno alla mia guancia, il suo pollice dai bordi irregolari che mi accarezza il labbro inferiore, facendolo formicolare.

"Zaychik..." La sua voce è di velluto scuro. "Mi sei mancata."

Mi sei mancato anche tu. Così tanto. Le parole piroettano sulla punta della mia lingua, pronte a spiccare il volo. Sarebbe così facile ricadere nel suo abbraccio, dimenticare quello che ho visto sul suo telefono e non agitare le acque. Immergersi nella nostra routine della finta luna di miele e fingere che non ci sia nulla di spaventoso in un marito che mi controlla ossessivamente, quando siamo lontani... un assassino il cui passato complicato è ancora un mistero terrificante.

"Nikolai, io..." Faccio un respiro e mi sforzo di far uscire le parole, quelle che stavo evitando. "Dobbiamo parlare. È ora che tu mi dica esattamente cos'è successo con tuo padre."

43

CHLOE

È COME SE UNA PERSIANA SCURA CADESSE SUL VISO DI NIKOLAI, trasformandolo in quello di uno sconosciuto. Tutto il calore lascia la sua voce, mentre ritrae la mano e si alza. "Andiamo, allora. Parleremo nel mio ufficio."

Il mio cuore martella, mentre lo seguo fuori dalla stanza di Slava e lungo il corridoio. Mentre camminiamo, il telefono vibra nella sua tasca, così lo tira fuori e guarda lo schermo. Deve aver recuperato il dispositivo immediatamente all'arrivo.

Qualunque cosa veda lì, la sua mascella si irrigidisce, e quando il suo sguardo torna su di me, i suoi occhi si riempiono di una luce particolare.

Una terribile premonizione mi stringe lo stomaco. "Che cos'è successo? Che cosa c'è che non va?"

"C'è qualcosa che dovresti vedere" dice, e non appena entriamo nel suo ufficio, va dritto verso il suo laptop e lo apre, chinandosi sulla scrivania. Le sue dita volano sulla tastiera per un secondo, poi gira lo schermo verso di me.

Il mio cuore sussulta, e le mie ginocchia si trasformano in gomma.

Sullo schermo è visualizzato un popolare sito di notizie, in cui il titolo principale è tutto in maiuscolo: "IL CANDIDATO ALLA PRESIDENZA AGGREDISCE UNA DONNA IN UN VIDEO SHOCK."

Aghi gelidi danzano sulla mia pelle, mentre prendo il portatile e lo porto al tavolino rotondo, dove sprofondo su una sedia e leggo l'articolo per intero.

La storia è ancora in fase di sviluppo, ma sembra che poco meno di un'ora fa, un video di Bransford che aggredisce una giovane donna sia apparso su Twitter e sia diventato immediatamente virale. Secondo il sito di notizie, il filmato "dettagliato e inquietante" mostra che lui la colpisce in faccia e le strappa la camicetta, mentre lei combatte disperatamente. Dopo un paio di minuti di violenta lotta, lei scappa, dandogli una ginocchiata all'inguine e correndo fuori dalla porta, mentre lui le urla oscenità.

"Puoi guardare il video se vuoi" dice piano Nikolai, e mi rendo conto che è venuto a stare accanto a me, lo sguardo incollato allo schermo dall'alto. "La squadra di Konstantin ha lavorato a meraviglia con il materiale che gli ha mandato Masha."

La mia voce è sottile. "Questo è stato girato oggi?"

Annuisce, la sua espressione illeggibile. "Stamattina presto, una ventina di minuti dopo che io e te abbiamo parlato. Lo ha fatto passare nel suo "dormitorio" prima del lavoro per firmare i suoi documenti di tirocinio, in modo da poter fare volontariato nella sua campagna e ottenere crediti dal governo americano per il corso avanzato."

"Corso avanzato?" Provo un'ondata di nausea. "Cioè un corso avanzato di tirocinio al liceo?"

"Esattamente. Pensa che lei abbia diciassette anni, una studentessa in un collegio nella zona di Washington DC." Fa una pausa, poi aggiunge dolcemente: "Un'orfana i cui genitori sono morti in un incidente d'auto, lasciandola alle cure di uno zio indifferente che non vuole avere niente a che fare con lei."

"L'esca perfetta per un predatore" sussurro, con gli occhi in fiamme. "Il tipo di vittima più vulnerabile... come mia madre."

"Sì. Questo sembra essere il suo modus operandi. Abbiamo individuato altre due donne a cui ha fatto questo nel corso degli anni." La mascella di Nikolai si flette. "Gli piacciono intelligenti, carine e fin troppo giovani—e senza nessuno a cui rivolgersi."

Faccio un respiro, gli aghi gelidi che penetrano più in profondità. "Le hai trovate? Si faranno avanti?"

"Adesso lo faranno."

Deglutisco per trattenere il contenuto del mio stomaco, mentre riporto la mia attenzione sullo schermo. Per quanto possa essere disgustoso, ho bisogno di vedere questo video con i miei occhi, per sapere esattamente quale tipo di mostro ha ferito mia madre, quando *lei* era un'adolescente vulnerabile.

Ho finito di nascondermi dalla realtà.

Quando trovo il video, clicco su "Riproduci"—e la mia nausea si intensifica, il mio stomaco che ha i crampi per la consapevolezza di condividere i geni di quest'uomo.

La registrazione inizia con un breve ma violento inseguimento, con un uomo di una certa età, alto, in forma e bello—l'inconfondibile Tom Bransford—che si lancia contro una bionda minuta, che indossa un paio di pantaloncini minuscoli e un top corto. La telecamera è a un'angolazione tale da mostrare solo una parte del viso di Masha, ma non c'è dubbio sulla linea giovanile della sua mascella, né sul terrore nei suoi movimenti frenetici.

Fa quasi tutto il percorso attraverso la stanza stretta, prima che lui la affronti da dietro, sbattendola contro un muro accanto a un poster, quindi la fa girare per affrontarlo. Singhiozzando in preda al panico, lei attacca, artigliandolo con piccole dita sottili, ma lui la schiaffeggia brutalmente sul viso e la colpisce con un pugno nello stomaco.

Mi irrigidisco, sentendo il colpo come se si fosse abbattuto su di me, ma il peggio è solo iniziato. Mentre Masha è china, ansimando, lui le strappa la camicetta, aprendola sulla spalla.

Una spalla delicata, morbidamente arrotondata, che potrebbe appartenere a una giovane adolescente o una bambina.

So che non è così—so che con il suo background governativo, Masha deve avere almeno vent'anni—ma è facile dimenticare che non sto assistendo a una vera e propria aggressione di una vittima adolescente innocente.

O meglio, che l'aggressione è probabilmente reale, ma non la vittima.

Ad ogni modo, non posso fare a meno di rilasciare un sospiro di sollievo quando, dopo qualche altro momento di lotta angosciante, Masha fa un movimento di torsione che sembra portare accidentalmente il suo ginocchio a contatto con l'inguine dell'aggressore. Lui barcolla indietro con un urlo acuto, le mani a coppa sopra il suo inguine, e lei fa di nuovo una pausa, questa volta raggiungendo la porta e scomparendo, mentre Bransford urla: "Fottuta puttana! Torna qui, cazzo, o ti ammazzo!"

Il video si interrompe, quindi, ma non prima che la telecamera zoomi sul viso di Bransford, i bei lineamenti contorti in una maschera rossa di furia, un viso con gli occhi sporgenti mostruoso quanto l'uomo stesso.

Tremando, spengo il portatile e faccio piccoli respiri nel tentativo di portare ossigeno nella mia gabbia toracica strettamente fasciata ed evitare di vomitare.

Parafrasando Nikolai, una persona che vomita da queste parti per questa settimana è sufficiente.

Quando sono sicura che il mio stomaco non espellerà il contenuto, mi volto a guardare Nikolai. "Come hai fatto?" La mia voce è solo marginalmente instabile. "Come ha fatto Masha a convincerlo a... lo sai?"

"Ad aggredirla?" Al mio cenno col capo, lui spiega: "Non conosco tutti i particolari, ma sospetto che sia accaduto esattamente ciò di cui l'ha accusata alla fine."

"Provocandolo?"

"In qualunque modo tu definisca incoraggiare fortemente le sue attenzioni, ritirandosi poi deliberatamente—quello che uomini del genere pensano che tutte le donne facciano. Solo che in questo caso, Masha lo stava facendo intenzionalmente, solo con un obiettivo diverso da quello che lui pensava." Il labbro superiore si arriccia. "Ha indubbiamente pensato che sarebbe stata così ansiosa di ottenere crediti scolastici per il volontariato alla sua campagna che si sarebbe lasciata scopare, e quando si è rifiutata, le cose sono peggiorate rapidamente... come immaginavamo accadesse, data la sua storia."

Ingoio un'altra ondata di nausea. "Quindi, tutto quello che è successo nel video è accaduto davvero? Nessuno dei filmati è stato costruito?"

"È stato pesantemente modificato, ma non costruito, no."

"Che cosa avete modificato?"

Nikolai si siede di fronte a me. "Abbiamo nascosto il viso di

Masha e messo in risalto quello di lui, per prima cosa. Il suo anonimato è importante per lei."

Rivivo mentalmente il video e mi rendo conto che ha ragione: il volto di Masha non appare mai realmente. L'angolazione è sempre sbagliata. Anche quando Bransford la tiene inchiodata al muro e la telecamera guarda direttamente il suo viso, la sua spalla o qualcosa lo blocca, permettendo all'osservatore di intravederne solo la guancia, l'orecchio o la mascella, abbastanza da avere l'impressione di giovinezza e bellezza, ma non da catturare una fotografia stampabile.

"Quindi, non si farà avanti per testimoniare?" chiedo, e Nikolai scuote la testa.

"Troppo rischioso. Abbiamo creato una falsa identità per lei, ma non reggerebbe un vero interrogatorio. Il video è stato caricato su Internet in modo anonimo, da un server non rintracciabile—ma ovviamente daranno la colpa agli hacker russi, come tante altre cose in questi tempi."

"Solo che in questo caso avranno ragione."

Le sue labbra si piegano sarcasticamente. "Hanno ragione nella maggior parte dei casi, zaychik. Konstantin e la sua gente sono una minaccia, specialmente per i vostri sfortunati politici. In ogni caso, non importa cosa dicono sulla fonte del video—o se lo giudicano falso. Il danno alla carriera di Bransford è fatto, le sue due vere vittime sono state incoraggiate. Una volta che si faranno avanti... beh, diciamo solo che il caro paparino sarà bello che finito."

Caro paparino. Il mio stomaco si contorce così violentemente che dopotutto mi viene quasi da vomitare. "Non è affatto mio padre." Mi alzo di scatto, improvvisamente arrabbiata in modo accecante. "Lui è solamente—"

"Lo stupratore e assassino di tua madre, lo so" dice piano

Nikolai, alzandosi a sua volta. "È tutto quello che è, zaychik. Niente di più, non ha niente a che fare con te."

La rabbia svanisce con la stessa rapidità con cui è venuta, e io sprofondo di nuovo sulla sedia, lasciando cadere la testa tra le mani. Il mio cranio sembra inspiegabilmente teso e pesante, come se il cervello si fosse trasformato in piombo.

Mani grandi e calde si posano sulla mia nuca e sulle spalle, dita forti che scavano nei miei muscoli tesi con la giusta pressione. "Mi dispiace, zaychik." La sua voce è ancora una volta morbida e calda. "So che è molto dura da accettare, ma ho pensato che avessi bisogno di vedere questo video... per sapere che tua madre è stata vendicata."

Voglio sciogliermi nel seducente comfort di quelle dita che massaggiano, perdermi nel loro tocco abile e rilassante. Rimandare ancora una volta di sapere ciò che temo e invece godermi la sventura di Bransford, crogiolarmi nella schadenfreude di tutto ciò. Il danno che abbiamo inflitto alla sua carriera non si avvicina a quello che ha fatto a mia madre o a quelle altre donne, ma è un inizio e, si spera, ora che il fulgore sta abbandonando la sua immagine patinata, gli ingranaggi della giustizia lo inchioderanno per sempre, distruggendolo.

Raccogliendo ogni grammo delle mie forze, alzo la mia testa di piombo e copro le mani di Nikolai con le mie, mentre mi giro per incontrare il suo sguardo.

"E tua madre?" chiedo dolcemente. "È mai stata vendicata?"

44

NIKOLAI

LE MIE MANI SI STRINGONO SULLE SPALLE DI CHLOE, LA SUA domanda che mi colpisce come un pugno sotto la cintura. La collana che le luccicava alla gola avrebbe dovuto indicarmi la direzione del suo imminente interrogatorio, ma davvero non mi aspettavo che scegliesse questo momento esatto... per sapere quello che è successo.

"Immagino che Alina ti abbia parlato di nuovo." La mia voce si fa più dura, mentre indietreggio. Il mio sguardo cade sul suo ciondolo, il diamante a forma di cuore che mi prende in giro, ricordandomi cose che stavo cercando di dimenticare. Con sforzo, distacco gli occhi da esso e mi concentro sul viso di Chloe. "Che cosa ti ha detto esattamente?"

Mordendosi il labbro, si alza. "Non molto. Non mi ha più parlato—è stato solo quella mattina, proprio prima che fuggissi. Ha detto qualcosa del tipo: 'L'ha uccisa. E poi Kolya ha ucciso lui'. Non ero sicura a chi si riferisse in quel momento, ma ci ho riflettuto di recente e penso... penso che si trattasse di tua madre." Alza la mano per toccare il ciondolo, i suoi occhi castani morbidi e scuri. "Questo apparteneva a lei? È per questo che Alina ha voluto che lo indossassi stasera e quell'altra sera? Come una specie di promemoria per te?"

Mi si stringe la gola e mi volto, bruscamente inondato dai ricordi—e dalla rabbia e il dolore ardenti che ne derivano. E sotto tutto si cela il senso di colpa più orribile, la consapevolezza che quello che ho fatto è in definitiva imperdonabile. Il cocktail tossico è così vicino all'ebollizione che non sono sicuro di poter mantenere la mia parola e raccontare a Chloe tutta la storia, ma poi la sua piccola mano sfiora la mia e le sue dita si arricciano intorno al mio palmo, dandomi un silenzioso supporto.

"Dimmi" mormora, girandosi per mettersi di fronte a me. Alzando lo sguardo verso di me, solleva le nostre mani unite per premerle sul petto. "Per favore, Nikolai. Ho bisogno di sapere."

Ed è vero. Le devo la verità, non importa quanto sia brutta.

Guardando il suo viso, prendo fiato e comincio.

45

NIKOLAI

"Quando avevo più o meno l'età di Slava, pensavo che mia madre fosse una principessa" dico, il mio tono freddo e costante, nonostante la rabbia che mi ribolle nelle vene. "Alta, snella, sempre profumata e truccata, indossava bei vestiti, gioielli scintillanti e tacchi alti, anche in casa, e insisteva che tutto intorno a lei fosse il più bello possibile—specialmente noi." I ricordi premono su di me, facendomi sentire come se l'aria stesse scomparendo dalla stanza, ma continuo. "Valery era solo un bambino all'epoca e Alina non era ancora nata, quindi Konstantin e io siamo gli unici a ricordare quegli anni... quelli in cui nostra madre era ancora abbastanza felice."

"Abbastanza?" La faccia rivolta verso l'alto di Chloe riflette sia la comprensione che la cauta curiosità, mentre tiene il mio palmo premuto contro il suo petto. "Non è mai stata completamente felice?"

"No, che io ricordi no." Strappo la mano dalla sua presa e vado a sedermi dietro la scrivania. Mi sento leggermente più in

593

controllo in questo modo, meno propenso a cedere all'impulso di afferrarla e scoparla, finché nessuno di noi due riesce a pensare chiaramente, tantomeno a tirare fuori il fango nocivo che è il mio passato.

Mi segue, sistemandosi sull'angolo della scrivania, una visione di bianco e oro nel suo abito da sera, un raggio di sole catturato che è tutto mio. "Perché? Non sono mai stati innamorati? O è successo qualcosa?"

Faccio del mio meglio per mantenere lo sguardo sul suo viso e non sul suo décolleté, dove il ciondolo mi fa l'occhiolino, beffardo. "Non lo so per certo, ma sospetto che sia iniziato con Konstantin. Mio padre voleva un figlio come lui, qualcuno che alla fine prendesse il controllo del nuovo impero capitalista che stava costruendo, ma anche da bambino, mio fratello maggiore era diverso. Incredibilmente intelligente, ma diverso. Non credo che abbia nemmeno parlato fino all'età di tre o quattro anni."

Gli occhi di Chloe si spalancano. "Oh. Quindi è—"

"Autistico? Può essere. Non è mai stato diagnosticato ufficialmente. In ogni caso, quello potrebbe essere stato l'inizio della spaccatura tra loro... o forse era solo mia madre che aveva cominciato a capire che tipo di uomo fosse mio padre. Qualunque fosse la ragione, ricordo che il loro matrimonio si deteriorava di anno in anno. Ogni volta che tornavo a casa dal collegio, l'atmosfera tra loro era di diversi gradi più gelida, i loro litigi più frequenti... l'umore di mio padre sempre più cupo."

Un cipiglio si forma tra le sopracciglia di Chloe. "Perché non hanno divorziato?"

"Lui non l'avrebbe permesso. La voleva a qualunque costo." Ricordo mia madre che gli urlava contro durante uno di quei litigi, implorando e supplicando di lasciarla andare. Stringendo i denti, respingo quel ricordo—mi tocca troppo da vicino.

"In ogni caso" proseguo con tono piatto "più tempo passava, più peggiorava. Quando avevo dodici anni, lui prese diverse amanti e le fece sfilare davanti a lei. Un anno dopo, uccise un uomo che si diceva fosse l'amante di mia madre. E poche settimane dopo il mio diciassettesimo compleanno, notai un livido sul suo viso." All'espressione di Chloe, dico: "Lei negò, ovviamente, dicendo di essere caduta o qualcosa del genere. Non le credetti nemmeno per un secondo. Andai da mio padre e gli dissi che se l'avessi vista ferita di nuovo, lo avrei preso a pugni—e l'avrei portata via dove non l'avrebbe mai trovata."

La ragazza fa un respiro profondo. "Ti ha creduto?"

"Sì." La mia bocca si contorce. "Ero il suo figlio preferito, quello che più gli somigliava. Sapeva che anche a quell'età avrei trovato un modo per mantenere la mia promessa."

"Allora, che cos'è successo? Come hai…?"

"Potuto ucciderlo?" Le parole sanno di veleno sulla mia lingua.

Annuisce con cautela, il suo sguardo incollato al mio viso. "Quando è successo?"

"Sei—no, sei anni e mezzo fa. Ero appena tornato a Mosca dopo essere stato via per diversi anni—prima per il servizio militare, poi per la laurea a Princeton. Per tutto il tempo, ho tenuto sotto controllo mia madre, la sua salute e il suo stato mentale." La mia mascella è così serrata che i denti sembrano incollati, ogni parola più difficile da pronunciare rispetto alla successiva. "Non aveva lividi per quanto ne sapevo, ma era infelice, completamente distrutta dalla loro discordia. Eppure, per quante volte mi fossi offerto di aiutarla a lasciarlo, lei non sarebbe andata via. Diceva che aveva paura."

Chloe deglutisce. "Di lui?"

"Di lui. Di vivere senza di lui. Di tutto questo. A quel punto, avevano trascorso quasi trent'anni insieme. Avevano cresciuto quattro figli." Fermo la mia mano che si stringe a pugno sotto la scrivania e mi sforzo di rilassare le dita. "Konstantin e Valery cercavano di convincerla ad andarsene, ma lei si rifiutava di ascoltare. Le scuse erano infinite: non voleva affrontare il giudizio dei loro amici comuni, non voleva perdere la vita che avevano costruito insieme, non voleva fare a pezzi la famiglia. Ma in realtà, si trattava di paura. Paura di mio padre e di come sarebbe stata la sua vita senza di lui... senza la sua tossica ossessione per lei."

"Ossessione?" La voce di Chloe trema leggermente.

Annuisco, tristemente consapevole dei parallelismi. "Nel bene o nel male, era stata al centro del suo mondo per quasi tre decenni, molto più di quell'amore che avevano condiviso e trasformato in quell'odio amaro. Penso anche che a una parte di lei piacesse la consapevolezza di avere quel tipo di potere su di lui, che alla fine non *poteva* lasciarla andare." Faccio un respiro aspro. "In ogni caso, la tenevo sotto controllo, ma quello che avrei dovuto fare era tenere sotto controllo *lui*. Perché mentre la sofferenza di mia madre cresceva, aumentava anche la sua— si alimentavano a vicenda. Iniziò a bere molto e, come ho appreso in seguito, a fare uso di coca. Lo aiutava a stare lontano da lei. In un certo senso, sostituì la sua dipendenza da lei con una potenzialmente meno dannosa—e mia madre odiava quello sviluppo. Amore o odio, *voleva* la sua attenzione."

"Allora, che cos'ha fatto lei? Hai fatto qualcosa per riaverlo?"

"Lo ha fatto. Si è trovata un altro amante—un importante funzionario governativo, qualcuno che non poteva essere eliminato senza gravi conseguenze—e ha detto a mio padre che se ne sarebbe andata. Non credo che intendesse sul serio— avrebbe dovuto essere l'equivalente di una bandiera rossa sventolata davanti a un toro. Ma questo è il problema con i tori infuriati: possono incornarti." La mia voce si fa più dura. "Ed è esattamente quello che ha fatto mio padre."

Le mani di Chloe si serrano in grembo, le sue nocche diventano bianche, mentre continuo. "Valery era assente per il suo servizio nell'esercito e Konstantin era a Dubai per affari, ma Alina era a casa per le vacanze invernali, avendo appena terminato il suo primo semestre alla Columbia. È lei che mi ha chiamato la sera in cui è iniziata l'ultima lite dei nostri genitori." Mi si stringe la gola, i ricordi così soffocanti che non sono sicuro di poter pronunciare la parte successiva. Eppure, in qualche modo vado avanti, la mia voce che riflette solo una frazione del dolore che mi lacera dentro. "Quando sono arrivato lì, il soggiorno era come la scena di un film dell'orrore, con il sangue schizzato su tutti i pavimenti in legno scintillante e i mobili bianchi. Alina deve aver cercato di intervenire, per proteggere nostra madre, perché è stata buttata contro il muro, uno dei suoi avambracci squarciato, dove aveva cercato di fermare il coltello di nostro padre. E nostra madre—" Mi fermo, poi proseguo gutturalmente. "Era a malapena riconoscibile come umana. Lui l'aveva ridotta in poltiglia prima di farla a pezzi. Ancora oggi, è una delle morti più violente che abbia mai visto."

Il viso di Chloe è cinereo, tremori visibili che attraversano il suo corpo armonioso, e vorrei fermarmi, terminare questa storia, prima che l'orrore nei suoi occhi si trasformi in terrore e repulsione, ma le ho promesso la verità, quindi mi distacco dalle parole che sto dicendo e dall'agonia soffocante che portano con sé.

"Era rannicchiato sul suo corpo, il coltello ancora in mano, mentre mi avvicinavo a lui. Aveva perso il controllo, mi ha detto. Era stato un incidente, ha detto. Io sapevo che non era così, però. Pavel e Lyudmila avrebbero dovuto essere lì quella sera, ma non c'erano. Li aveva mandati via per la notte. Loro e Alina—ma mia sorella aveva dimenticato qualcosa e inaspettatamente era tornata."

"Quindi lui—" La voce di Chloe si incrina. "L'aveva pianificato? Non era stata la coca?"

"Sì. Era fatto fino alla punta dei piedi, le sue pupille dilatatissime. Ma sapeva benissimo cosa avrebbe fatto, mentre si trovava in quello stato—quella sera una squadra di pulizie era stata chiamata e messa in attesa. Lo so perché..." mando giù aria, la gola che brucia per l'acido che sale nel mio esofago. "Perché l'ho fatta intervenire dopo. Dopo che è venuto verso di me con il coltello."

La brusca presa d'aria di Chloe è udibile. "Voleva ucciderti?"

"Può essere. Non lo so. Sapeva che non gli credevo, sapeva che non gliel'avrei fatta passare liscia per l'omicidio di mamma. Quindi, quando è venuto da me, le sue pupille grandi come una monetina, ho agito d'istinto." Guardando il viso sconvolto di mia moglie, dico con voce rauca: "Abbiamo lottato, e quando ho afferrato il coltello, ho fatto quello che mi aveva fatto insegnare da Pavel. L'ho sventrato dall'inguine all'esofago."

46

CHLOE

Poi, si alza in piedi e si dirige a grandi passi verso la finestra, dove mi dà le spalle, possenti e tese dalla tensione, il suo grande corpo immobile e duro come se fosse una delle montagne là fuori.

Lo fisso per qualche istante, assorbendo ciò che mi ha detto, e poi costringo i miei arti congelati a muoversi. "Alina..."

"Ha ripreso conoscenza negli ultimi momenti della nostra lotta" dice, fissando dritto davanti a sé, mentre mi avvicino a lui. La sua mascella sembra essersi trasformata in granito, le labbra sensuali appiattite in una linea dura. "Non me ne rendevo conto, non l'ho sentita gridare di smetterla—non fino a quando non ho finito."

"Quindi, lei...?"

"Mi ha visto ucciderlo, sì. Mi ha visto aprirlo in due."

Faccio un respiro affannoso, rivivendo quei momenti orribili in cui *io* l'ho visto maneggiare il coltello. Agiva contro il mio aggressore, l'assassino di mia madre che stava per violentarmi e togliermi la vita, eppure mi sento ancora male al ricordo. Come doveva essere stato per Alina, che aveva appena diciotto anni la notte in cui aveva visto i suoi genitori morire così brutalmente, uno per mano di suo padre e l'altro per mano di suo fratello?

Cosa ancora più importante, come doveva essere stato per Nikolai?

Che tipo di danno ha inflitto quella notte alla *sua* psiche?

La mia mano trema, quando gli tocco la manica, attirando il suo sguardo verso di me. Il suo viso splendidamente scolpito è accuratamente vuoto, e non mostra nulla dei suoi sentimenti. Ma posso percepire il pozzo dell'angoscia dietro la sua maschera opaca, posso sentire il tormento paralizzante della sua colpa e della sua vergogna.

"Alina lo sa?" chiedo barcollante. "Che è stata legittima difesa? Che non l'hai fatto solo per vendicare vostra madre?"

Le sue ciglia nere si abbassano, velando gli occhi da tigre. "Non lo so. Non abbiamo mai parlato veramente di quella notte. Che cosa cambierebbe? Avevo venticinque anni contro i suoi cinquantasette, ero più veloce e più forte. Avrei potuto strappargli il coltello e immobilizzarlo—non dovevo ucciderlo."

"No?" Riesco a vedere la scena chiaramente come se fosse accaduta davanti ai miei occhi, posso immaginare la versione più vecchia di Nikolai, in forma e forte nonostante la sua età... pericoloso anche senza essere furioso e pieno di coca. E posso vedere un Nikolai venticinquenne, spinto in quella scena da incubo, stordito dalla morte raccapricciante di sua madre e terrorizzato per sua sorella sanguinante e priva di sensi.

Che cosa sarebbe successo, se non avesse sottratto il letale coltello a suo padre?

Anche il suo sangue avrebbe macchiato quella lama, il suo corpo si sarebbe unito a quello di sua madre e sua sorella in una tomba anonima in una foresta russa?

"Che cosa stai dicendo?" La voce di Nikolai si irrigidisce, i suoi occhi scintillano ferocemente, mentre la sua maschera scivola, rivelando la ferita cruda e in putrefazione sottostante. "L'ho ucciso. Mio padre. A chi importa se è stato per legittima difesa o no? Lo volevo morto per quello che le aveva fatto. Volevo il suo sangue—il *mio* sangue—sulle mie mani, e non mi pento di averlo fatto. Perché vedi, zaychik, Alina ha ragione: io *sono* come lui. In tutti i sensi, sono mio padre."

Mi sento come se il mio cuore fosse stato fatto a pezzi, la sua angoscia che mi dilania brutalmente come un coltello. Come ha potuto contenere tutto questo dolore dentro di sé? Com'è riuscito a non farlo a pezzi? "No" dico, la mia voce più ferma a ogni parola. "Non sei tuo padre. E io non sono tua madre. Il loro destino non sarà il nostro—non se non lo permettiamo."

Non so quando è stato durante il suo racconto che ho capito cosa lo motiva, a che punto ho capito che Nikolai *si* è bollato come un mostro sei anni e mezzo fa—e da allora ha fatto del suo meglio per essere all'altezza di ciò che pensa sia la sua natura, del sangue Molotov che vede come la sua maledizione. Non che non ci sia del vero nella sua convinzione. La mia nuova famiglia è oscura e spietata, un ritorno ai tempi in cui la violenza e il potere potevano sistemare le cose. Le loro relazioni meritano un capitolo in un libro sulle dinamiche familiari spezzate, e mio marito è il prodotto di quell'educazione, la sua persona plasmata tanto dalla tragedia della relazione che si stava lentamente dipanando tra i suoi genitori quanto dalla sua fine esplosiva e raccapricciante.

Tuttavia, non è suo padre. Neanche lontanamente. E io non

sono sua madre. Lei non conosceva la natura di suo marito, quando lo sposò, non era preparata per una vita con un uomo così violento e spietato. Mentre io, a causa di mio padre biologico, ho vissuto l'inferno, e anche se non posso dire di non essere stata turbata nel vedere Nikolai uccidere i due assassini, scoprire di cosa è capace non ha cambiato i miei sentimenti— nonostante il mio sgomento iniziale.

Spietato assassino o no, è e sarà sempre il mio amante e protettore.

"No?" Mi afferra la parte superiore delle braccia, le sue dita come fasce d'acciaio. "Come sfuggiremo al loro destino? Mi odi già a un certo livello, vero? Per aver ucciso quegli uomini davanti a te e averti riportata indietro, quando mi hai implorato di lasciarti andare? Per averti costretta a sposarmi?"

Sostengo il suo sguardo ferocemente dorato, rifiutandomi di sussultare per il tumulto vulcanico che vi scorgo, per tutte le emozioni a lungo represse che minacciano di riversarsi in uno tsunami, distruggendo ogni cosa sulla loro strada. "No, Nikolai." La mia voce è morbida e ferma nonostante il battito irregolare del polso. "Te l'ho detto, ti amo. Non ti odio. Non ho mai potuto, quindi non l'ho mai fatto—e non lo farò mai."

Le sue dita si stringono, spingendo più a fondo nella mia carne. "Come puoi esserne così sicura? Hai visto di cosa sono capace, come sono... come sono con te. In che modo esattamente sono diverso da lui?"

Combatto l'impulso di tirarmi indietro dal dolore e dalla rabbia che sanguinano nelle sue parole. Invece, chiedo dolcemente: "Tuo padre amava te e i tuoi fratelli nel modo in cui tu ami Slava? Amava davvero qualcuno tranne se stesso? E non intendo la sua violenta fissazione per tua madre."

La sua espressione non cambia, ma posso sentire la risposta

nel sottile allentamento della sua presa su di me, quindi proseguo. "Forse sei come lui in qualche modo, ma non in tutti. Non quelli che contano. Per esempio, mi faresti mai del male? Male sul serio? Sto parlando di pugni e coltelli, non di essere rude a letto."

Si ritrae, tirando via le mani. "Prima mi ucciderei."

"E Slava? Andresti mai da lui con un coltello... diciamo, mentre sei fatto o ubriaco?"

La rabbia gli balena sul viso. "Cazzo, no."

"Esattamente." Mi avvicino ancora di più a lui, il mio cuore che batte forte come una tempesta. "Perché non sei come tuo padre. Non importa cosa pensa tua sorella... non importa cosa temessi dopo che mi hai salvata."

Le sue narici si dilatano, mentre mi fissa. "Temessi?" La sua voce è ruvida come la carta vetrata, le parole tinte per la prima volta da un accenno di accento russo. "Al passato?" Afferra di nuovo le mie braccia, i suoi occhi di un verde-dorato selvatico. "Pensi di essere al sicuro con me? Perché? Perché ora conosci tutta la brutta verità? Perché pensi di capirmi?"

"Sono sempre stata al sicuro con te." E in fondo, l'ho sempre saputo. Ecco perché sono stata in grado di seppellire la testa sotto la sabbia per tutte queste settimane, perché vederlo uccidere e torturare non mi ha fatta indietreggiare al suo tocco —e perché essere costretta a sposarlo non ha cambiato i miei sentimenti.

Anche quando mi sento come una preda sotto quel suo sguardo intenso da tigre, so che non mi farebbe mai del male.

La sua mascella si flette violentemente. "Come cazzo puoi esserne così sicura? Come puoi fidarti di me e tantomeno amarmi, visto il veleno che scorre nelle mie vene?"

"Tu *mi* ami? Ti fidi di *me*, visto il veleno che scorre nelle *mie* vene?" La mia voce si alza, mentre le parole si riversano fuori, cariche di tutta la rabbia che non ho avuto la possibilità di elaborare, tutto il disprezzo per me stessa che ho soppresso. È come se una diga si fosse rotta, e non posso fermare il torrente amaro, non posso ricostruire il blocco mentale che mi ha tenuta sana di mente per tutte queste settimane. "Sono figlia di uno stupro, il risultato di un bidone della spazzatura sociopatico che ha violentato mia madre adolescente. Almeno i tuoi genitori si sono voluti l'un l'altro a un certo punto—almeno sei stato concepito in qualcosa di simile all'amore."

Mi lascia andare, il suo sguardo che diventa di nuovo opaco. "Non è la stessa cosa."

"Non lo è?" Avvolgo i pugni nella sua camicia, senza lasciarlo voltare. "Pensaci. Il mio sangue è contaminato, come il tuo. Anche mio padre ha ucciso mia madre—non per passione contorta, ma per freddo calcolo. E sicuramente avrebbe ucciso anche me. Potrebbe ancora provarci, infatti. In che modo esattamente sono diverse le nostre storie? Come sono in qualche modo migliore di te? Semmai, siamo una coppia perfetta—o, come ti piace dire, destinati a stare insieme."

Mi fissa, il suo ampio petto che si muove a un ritmo irregolare, e posso vedere che sto arrivando a lui, che sta assorbendo questa verità fondamentale. Una verità che fino a questo momento non avevo compreso appieno.

Forse non credo molto nel destino, ma *qualcosa* mi ha portata qui, a questa famiglia con tutta la sua bruttezza e bellezza. A questo uomo meraviglioso, letale e danneggiato, che non si tirerà mai indietro dal fare ciò che serve per tenermi al sicuro e uccidere i miei demoni... purché io uccida anche i suoi.

Lascio andare la sua camicia e appoggio i palmi su ciascun

lato del suo viso, sentendo la dura forza delle sue ossa sotto la pelle calda e ruvida. "Ti amo, Nikolai... ti amo e voglio stare con te, passato oscuro, ossessività e tutto il resto. Qualunque cosa abbiano fatto i nostri padri, per quanto incasinate fossero le relazioni dei nostri genitori, noi non siamo loro, e non dobbiamo seguire i loro passi. Io non violenterò mai un'adolescente—e tu non mi farai mai del male, non importa quanto siano forti i tuoi sentimenti per me... non importa quali prove dovremo affrontare in futuro."

Il suo petto si solleva più velocemente mentre parlo, gli occhi che si scuriscono fino a diventare del colore del bronzo ossidato. "Chloe..." La sua voce è roca, mentre mette le mani sulle mie. "Zaychik, non hai idea di quanto siano già forti i miei sentimenti per te, di quanto sia distruttiva la mia ossessione per te."

Inumidisco le mie labbra. "Penso di saperlo." Le telecamere sono una buona indicazione. Avremo bisogno di parlarne a un certo punto, ma per ora, ho cose più importanti su cui concentrarmi... come il modo in cui il suo sguardo cade sulla mia bocca e si accende con il familiare calore vulcanico, la fame oscura che mi eccita e, a un certo livello, mi spaventa—ma solo perché evoca in me una risposta altrettanto potente.

Non è l'unico il cui amore ora rasenta l'ossessione.

Mi fissa la bocca per un altro battito, le sue mani che si stringono sulle mie. Poi, respirando forte, schiaccia le sue labbra sulle mie, una mano che mi stringe i capelli, mentre l'altra mi afferra la natica, tirando la mia parte inferiore del corpo contro la sua.

È già duro, il rigonfiamento della sua erezione che spinge dentro di me, mentre mi trascina alla sua scrivania, divorandomi con un bacio brutale, un bacio a cui rispondo con uguale fervore. Cadiamo sulla superficie dura in un groviglio di arti e mani che brancolano avidamente, unendoci in una furia di lussuria e amore, nella tenera violenza della passione.

Nel modo più perfetto per due persone imperfette.

47

NIKOLAI

Mentre gli ultimi echi dell'estasi svaniscono, mi rendo conto della dura superficie della scrivania sotto la mia schiena nuda e del leggero peso del corpo di Chloe adagiato sul mio petto madido di sudore. Il mio cervello è traboccante di endorfine e il mio cuore batte ad un nuovo ritmo di speranza nel petto.

Le ho raccontato tutto, e invece di indietreggiare per la repulsione, mi ha abbracciato.

Ho messo a nudo le parti peggiori di me stesso, e invece di scappare terrorizzata, mi ha detto che siamo destinati a stare insieme.

E lo siamo. Lo sapevo dall'inizio, ma a un certo punto nelle ultime due settimane, mi stava sfuggendo di mano, e ho iniziato a dubitare che la nostra relazione potesse sopravvivere al veleno che mi infetta dentro... il percorso angosciante dei miei genitori.

"Non lo siamo" mormora Chloe, sollevando la testa dalla

mia spalla, e mi rendo conto di aver detto l'ultima parte ad alta voce. Sorridendo teneramente, traccia i bordi delle mie labbra con un dito sottile, i suoi occhi così morbidi e caldi che il suo sguardo è come una carezza fisica sul mio viso. "Decidiamo noi la nostra vita, il nostro futuro."

Mettendomi a sedere, la tiro sul grembo, un eccesso di emozioni che mi riempie il petto, mentre inalo il suo profumo di fiori selvatici e sento le sue braccia esili avvolgersi fiduciosamente intorno al mio collo. Tenerezza e possessività, amore e lussuria, paura e gioia—lottano dentro di me, finché non sembra che la mia cassa toracica non possa contenere tutto.

È possibile?

L'amore di Chloe per me potrebbe essere più di un dolce miraggio?

Questo tipo di felicità potrebbe essere reale e duraturo?

Ci sono così tante cose di cui voglio parlarle, così tante cose che voglio dirle... un'altra confessione che voglio fare riguardo al destino di suo padre. Ma per ora, questo è sufficiente. Non voglio rovinare questo momento perfetto, sollevando argomenti controversi. Quindi, le bacio la sommità della testa e la tengo stretta, felice—veramente felice—per la prima volta nella mia vita.

48

CHLOE

Voglio restare così, coccolata in grembo a Nikolai, per sempre, ma so che prima o poi dovremo muoverci. Con la coda dell'occhio, spio il mio vestito sul pavimento accanto alla sua camicia—insieme al laptop che abbiamo buttato giù dalla scrivania nella nostra passione. Dovremmo recuperare il computer, assicurarci che funzioni... forse parlare anche delle telecamere. O meglio ancora, del nostro futuro in generale. Ma prima di arrivarci, c'è qualcosa che devo dirgli.

Sollevando la testa dalla sua ampia spalla, mi tiro indietro per incontrare il suo caldo sguardo ambrato. "Grazie" dico dolcemente. "Grazie per aver fatto quello che hai fatto a Bransford. So che non è una soluzione perfetta—so che anche detronizzato, potrebbe essere pericoloso—ma penso—"

Un forte colpo alla porta fa sobbalzare entrambi. "Nikolai!" La voce profonda di Pavel è tesa, il flusso di russo che segue urgente.

"Fanculo!" Nikolai mi solleva dalle sue ginocchia e si alza in piedi, afferrando i suoi vestiti e strattonandoli con una serie di movimenti esplosivi.

È un passaggio così improvviso dalla pace che ci stavamo godendo che sono troppo sbalordita per elaborarlo all'inizio. Ma poi l'adrenalina mi schiarisce la mente, e anch'io mi metto in moto.

"Che cosa c'è che non va? Slava è di nuovo malato?" Mi agito per infilare il vestito, il cuore in gola, mentre lo indosso.

Nikolai è già vicino alla parete di fondo, e preme il palmo contro la superficie liscia e bianca. "Slava sta bene" dice cupo, mentre una sezione del muro scivola via, rivelando una stanza piena di armi al mio sguardo sorpreso. "Le nostre guardie. Arkash ha inviato a Pavel un messaggio per aver notato qualcosa di strano, e ora Pavel non riesce a mettersi in contatto con lui o con nessuno dei nostri altri uomini."

Ansimo, il mio pugno che si alza per premere contro le mie labbra. "Pensi che—"

"Siamo stati attaccati? Sì." Afferra un M16 dall'aspetto terrificante. "E se dovessi scommettere, punterei i miei soldi sui Leonov."

49

NIKOLAI

Gli occhi castani di Chloe sono spalancati per la paura e lo shock, mentre appoggio la mia arma sulla scrivania e la accompagno nel corridoio, dove Pavel sta aspettando. Il cuore mi batte furiosamente nel petto, l'adrenalina che pompa nelle vene, mentre ordino duramente: "Porta lei, Slava e Alina nella stanza blindata."

Lui annuisce, afferrando la ragazza in un abbraccio da orso. "Lyudmila e loro due sono già dentro."

"Aspetta!" grida Chloe, mentre lui la prende in braccio e la porta giù per le scale. "Lasciami aiutare. Posso—"

Non sento il resto di quello che dice, perché sono già tornato nel mio ufficio. Non posso prendermi il tempo per calmare la mia zaychik, non quando ogni secondo porta Alexei Leonov più vicino alla nostra porta. E dev'essere lui. Dev'essere lui quello dietro a tutto questo. I nostri volti devono essere apparsi su una telecamera di sicurezza dell'ospedale, e i suoi hacker ci hanno rintracciato qui. È l'unica spiegazione che abbia senso, l'unico modo in cui avrebbero potuto triangolare la nostra posizione.

Se fossimo solo io e Pavel, non mi preoccuperei. Siamo addestrati per questo, pronti ad andare in battaglia in un attimo. Ma anche Chloe e Slava sono qui, così come mia sorella e Lyudmila. È il pensiero di loro in pericolo che mi gela le ossa, inondandomi lo stomaco di acido.

Farò a pezzi Alexei Leonov a denti scoperti, prima di lasciargli strappare mio figlio da me. E se torce un solo capello sulla testa di Chloe o Alina, sviscererò ogni membro della sua famiglia.

Con sforzo, reprimo la mia rabbia e apro il laptop per recuperare le riprese del drone e le immagini dalle telecamere perimetrali. Ciò che conta ora è valutare la situazione. Da dove vengono i nostri aggressori? Quanti sono? Mi si stringe il petto, quando penso ad Arkash e alle nostre altre guardie, molte delle quali miei amici, brave persone con famiglia a casa. Quanti di loro sono già stati uccisi? Quanti feriti?

Non importa cosa, devo sapere.

Afferro il mio laptop dal pavimento e lo apro.

Lo schermo è scuro e silenzioso, e non risponde, quando provo ad accenderlo manualmente.

Fanculo. La caduta deve averlo danneggiato.

Prendo il telefono, invece, e sento il mio sangue ghiacciarsi.

È la stessa storia. Il dispositivo è morto, lo schermo è nero, qualunque cosa io faccia.

Mi giro e premo l'interruttore della luce sul muro.

Funziona.

La mia mente lavora furiosamente, saltando da una

possibilità all'altra. Potrebbero aver inviato una sorta di impulso elettromagnetico, friggendo i nostri dispositivi elettronici? È per questo che Pavel non è riuscito a mettersi in contatto con le guardie? Perché anche i loro dispositivi sono stati disabilitati? Ma allora il telefono di Pavel? Non si sarebbe accorto che non funzionava?

A meno che funzionasse in quel momento.

Se l'impulso fosse stato iper-mirato, avrebbe potuto prima colpire le nostre guardie sul perimetro del complesso, poi colpire la casa.

Non ho idea di come Alexei abbia potuto mettere gli artigli su un'arma così avanzata, ma so una cosa: Konstantin, tecnico paranoico quale è, pensava che un attacco con impulso elettromagnetico non fosse completamente fuori discussione. Ecco perché il nostro generatore di backup è situato all'interno di una gabbia di Faraday in profondità nel sottosuolo, e perché anche le nostre linee elettriche principali sono sotterranee, rinforzate con involucri metallici.

Ai figli di puttana sarebbe piaciuto tagliare la nostra corrente, ne sono sicuro, ma si sono dovuti accontentare di eliminare i nostri droni e le nostre telecamere.

Un lontano *ra-ta-ta-ta* di spari raggiunge le mie orecchie.

Grazie al cielo.

Le guardie devono essere ancora vive, e stanno facendo il loro lavoro.

Getto da parte il mio telefono morto e indosso un giubbotto antiproiettile, poi allaccio diverse pistole e metto in spalla una dozzina di munizioni. Prendo anche due radio funzionanti dall'armeria—come la scatola rivestita di metallo con il generatore, la stanza nascosta è una gabbia di Faraday.

Quando ho finito, Pavel irrompe nel mio ufficio, anche lui armato fino ai denti. "I telefoni e le radio, sono—"

"Morti, lo so. Ecco." Gli metto in mano il secondo dispositivo radio. "Andiamo. È ora che i Leonov sappiano con chi stanno scherzando."

50

CHLOE

"Smettila, Chloe" ribatte Alina, e mi rendo conto di aver ripreso a battere il piede—una manifestazione fisica della mia ansia che inspiegabilmente la infastidisce. In generale, è più nervosa di quanto non l'abbia mai vista, i suoi movimenti a scatti e la spina dorsale così tesa che è un miracolo che possa voltare il collo.

"Scusa." Sposto Slava in modo che sia seduto più comodamente sulle mie ginocchia. "Sono solo preoccupata per loro."

Tengo il bambino tanto per calmarmi quanto per confortarlo. In realtà, di noi quattro, Slava è il meno ansioso, probabilmente perché non capisce l'entità della minaccia che stiamo affrontando. Lyudmila gli ha detto che siamo qui come parte di un'esercitazione di sicurezza, e anche se sono sicura che stia cogliendo la tensione degli adulti, non ha messo in dubbio la spiegazione.

Vorrei poter essere calma anch'io, ma non lo sono. Il mio

petto è dolorosamente stretto, le mie viscere si agitano come se fossero in una lavatrice durante il ciclo di centrifuga. Sono acutamente, terribilmente consapevole del fatto che Nikolai è là fuori, ad affrontare un numero imprecisato di nemici—che possano essere o meno i Leonov.

Per quanto ne sappiamo, Bransford ha inviato un intero esercito di assassini per me. Potrebbe benissimo essere colpa mia, se siamo in pericolo.

Il mio respiro accelera di nuovo, e mi sforzo di inspirare più profondamente per evitare l'iperventilazione. La stanza blindata—un posto che non avevo idea che esistesse fino a quando Pavel non mi ha spinta qui—è scavata nella montagna sotto il garage, ed è abbastanza grande da essere considerata un monolocale, dotata di un letto matrimoniale, due futon, una mini-cucina completamente attrezzata, un piccolo bagno e provviste nella dispensa sufficienti per sopravvivere a un inverno nucleare. In teoria, c'è molto ossigeno qui, ma continuo a sentirmi come se stessimo esaurendo l'aria, come se i muri si stessero avvicinando a me ogni secondo che passa.

Nikolai è là fuori e io sono bloccata qui, incapace di fare qualcosa per aiutarlo.

"Puoi smetterla, cazzo?" Alina balza in piedi. Il suo viso è pallido come quello di un vampiro sotto la luce bianca della striscia LED sul soffitto, il suo petto che si solleva, mentre mi guarda, e mi rendo conto di aver ripreso inavvertitamente a battere i piedi.

Prima che possa fermarmi—non è l'unica ad avere i nervi logorati—Lyudmila dice qualcosa in russo. Sebbene anche il suo viso tondo sia pallido, il tono della sua voce è rassicurante, e Alina ricade sul futon, scostandosi i capelli con una mano tremante, prima di strofinarla sul suo abito da sera rosso.

La fisso, colpita da quanto sembri angosciata, molto più di quando abbiamo avuto l'incidente con Slava. Sa qualcosa che io non so?

Siamo ancora più in pericolo di quanto io immagini?

Metto Slava sul letto e mi avvicino a lei, il pavimento di cemento freddo per i miei piedi nudi—nella fretta di portarmi qui, i miei tacchi a spillo sono rimasti nell'ufficio di Nikolai. Seduta accanto a lei sul futon, le chiedo a bassa voce: "Stai bene?"

Mi guarda, i suoi occhi di giada che brillano troppo intensamente.

"Sta succedendo qualcos'altro?" insisto. "Sembri insolitamente agitata—non che tu non abbia una buona ragione per esserlo."

Apre la bocca per dire qualcosa, poi scuote la testa. "Non è niente." La sua voce è tesa. "Ho un forte mal di testa, ecco tutto."

Ovviamente. Ecco cosa succede, quando è sotto stress. Poverina. Copro la sua mano gelida con la mia, felice di concentrarmi su qualcosa di diverso dalla mia paura debilitante. "Hai le tue medicine?"

"No."

Guardo la scala pieghevole che porta al garage. Quali sono le probabilità che io possa correre di sopra velocemente e prendergliele?

"Non pensarci nemmeno" ribatte, leggendomi nel pensiero con la stessa straordinaria abilità di suo fratello. "Se le volessi, le andrei a prendere personalmente. Ma nessuna di noi deve—"

La luce del soffitto tremola, mentre un forte boato scuote la stanza, facendomi bloccare lo stomaco e facendo piovere gesso sulle nostre teste.

Tutti insieme, saltiamo in piedi e io corro verso Slava, i cui occhi sono ora spalancati per la paura. "Mamma Chloe." La sua voce è sottile, mentre lo sollevo e appoggio il suo robusto peso sul mio fianco. "Dov'è papà? Non mi piace questo. Lo voglio con me."

Stringo le mie braccia intorno a lui. "Anch'io, tesoro. Anch'io. Ma non preoccuparti. Andrà tutto bene. Il tuo papà sarà qui presto. Dobbiamo solo aspettare." Spero che il bambino non possa sentirmi tremare—o vedere l'espressione sul viso di Alina.

Sembra che sia stata posta nel braccio della morte, con l'esecuzione prevista per oggi.

Lyudmila deve notarlo, perché si avvicina a lei e avvolge un braccio attorno alle sue spalle snelle, mormorando qualcosa in russo. Capisco le parole "Alexei" e "braht"—la parola russa per "fratello"—e desidero per la centesima volta conoscere meglio il russo.

Desidero disperatamente anche sapere cosa sta succedendo lassù, se Nikolai e Pavel stanno bene. Oltre a tutte le provviste, c'è un pannello con dei monitor dall'altra parte della stanza—presumibilmente una finestra sul mondo esterno—ma l'unica cosa che siamo state in grado di vedere sui monitor quando li abbiamo accesi erano le interferenze.

"Che cosa pensate che sia stato?" chiedo, incapace di tacere più a lungo. Nonostante i miei migliori sforzi, la mia voce tradisce l'agitazione, il terribile terrore che mi corrode le viscere al pensiero che Nikolai sia ferito. Abbracciando Slava più forte, stabilizzo il tono. "L'esplosione, intendo. Pensate—"

"Potrebbe essere una granata." La voce di Alina è piatta ora, stranamente priva di emozioni, mentre si libera dall'abbraccio solidale di Lyudmila, e anche se i suoi occhi brillano ancora di quella dolorosa luminosità, i lineamenti sono di nuovo composti. "Forse l'hanno lanciata nel garage per distruggere i nostri veicoli ed eliminare l'opzione di fuga. Oppure hanno piazzato manualmente degli esplosivi all'ingresso del garage—il che significherebbe che sono già qui, in casa."

E che Nikolai è gravemente ferito o ucciso.

La nausea che mi torce lo stomaco è così grave che devo deglutire per trattenere il vomito. Devo ricorrere a tutte le mie forze per mantenere la voce ferma per il bene di Slava. "Ci sono pistole quaggiù? Sono stata in un poligono di tiro alcune volte, quindi posso—"

Alina sta già camminando verso il pannello con i monitor, dove preme il palmo della mano contro la parete come aveva fatto Nikolai nel suo ufficio. E come nel suo ufficio, il muro scivola via, rivelando una collezione di armi che renderebbe orgoglioso un trafficante.

"Mio fratello ha previsto tutto" dice, prendendo in mano una Glock. "È improbabile che trovino presto questa stanza, ma se lo fanno, siamo pronte." Carica la pistola con movimenti rapidi e sicuri che mi fanno capire che è stata a un poligono più di un paio di volte.

In realtà, con quell'arma potrebbe essere pericolosa quanto suo fratello—e lui è letale. L'ho visto in azione. Può cavarsela da solo.

Almeno, questo è quello che mi dico per evitare di impazzire totalmente, mentre metto a terra Slava, in modo da potermi armare. Immediatamente si aggrappa alle mie gambe e mi fissa, l'umidità che si accumula nei suoi enormi occhi. "Voglio papà." Il suo labbro inferiore trema. "Dov'è?"

Gli accarezzo i capelli setosi, il mio petto che si contrae in modo doloroso. "Non lo so, tesoro, ma sono sicura che lo vedremo presto. Per ora, dobbiamo solo essere preparati, okay?

In modo che tuo padre sappia che non abbiamo fallito in questo esercizio—e che possiamo prenderci cura di noi stessi—che siamo tutti forti, come Superman."

Slava tira su col naso, ma mi lascia andare le gambe e fa un passo indietro per lasciarmi passare.

"Bravo, ragazzo." Guardo Lyudmila per capire se per ora può prenderlo, ma si sta armando anche lei, maneggiando le armi con la stessa abilità impressionante di Alina. Il che mi fa porre la domanda...

"Che cazzo ci facciamo qui?" esplodo, dimenticando tutto per un momento. "Dovremmo essere là fuori ad aiutarli!" Rendendomi conto che sto spaventando Slava, abbasso la voce, mentre prendo una pistola e comincio a caricarla. "Forse una di noi può restare quaggiù a sorvegliare—"

Un altro boato fa tintinnare i piatti in cucina e fa piovere altro gesso dal soffitto. Le luci tremolano più volte, poi si spengono, facendoci piombare nell'oscurità totale.

Nel silenzio che segue, sento solo il mio respiro affannoso— e i colpi attutiti di spari sopra di noi.

51

NIKOLAI

La mia radio crepita, mentre esco di casa. "Qui Kirilov. Mi ricevi?"

Il mio stomaco si scioglie leggermente. "Sono Nikolai. Ti ricevo." Le guardie devono aver capito cosa stava succedendo e aver preso la scorta di radio di emergenza dalla loro armeria nella gabbia di Faraday. "Rapporto sullo stato, adesso."

"Dodici aggressori pesantemente armati sul lato nord del muro, quindici vicino al cancello. Ne abbiamo eliminati la metà e stiamo trattenendo il resto. Nessun drone o telecamera in funzione, e abbiamo perso il contatto con Arkash e Ivanko sul muro est."

Fanculo. Ciò significa che molto probabilmente c'è stata una violazione. "Prendi tutti gli uomini che puoi e spostati laggiù. Manda anche rinforzi a casa—Pavel e io potremmo averne bisogno."

"Sarà fatto."

La radio diventa silenziosa, e io affretto il passo. Se i nostri

621

nemici sono già qui, all'interno del perimetro, resta pochissimo tempo per preparare un'importante linea di difesa—le bombe che ho interrato intorno alla casa.

La prima è sul vialetto, precisamente a tre metri e mezzo dal portone. Salendo sul tratto di ghiaia abilmente segnato, tiro fuori un telecomando di attivazione remota e digito il pin richiesto per sincronizzarla con gli esplosivi sottostanti. Può essere fatto solo a distanza ravvicinata, quindi nessuno può far esplodere accidentalmente la bomba, afferrando il dispositivo dalla cassaforte del mio ufficio. Non che sia probabile, con Pavel l'unica altra persona che conosce il codice della mia cassaforte, ma con mio figlio che gioca sempre qui intorno, non potevo rischiare.

La seconda bomba è nell'angolo sud-est della casa, la terza vicino al garage. Sincronizzo gli attivatori a distanza con entrambe e informo via radio Pavel di fare attenzione nel suo percorso verso l'interno della casa, parte della quale—le pesanti persiane di metallo che coprono le finestre—posso già vedere.

"Tutto pronto" riferisce. "Sto andando sul tetto."

"Ti raggiungerò tra un minuto."

Con noi posizionati su due angoli, nessuno sarà in grado di avvicinarsi alla casa senza essere visto, e i fucili di precisione e le mitragliatrici che abbiamo posizionato lì terranno a bada qualsiasi nemico, se escludiamo un esercito.

Sto per istruire Pavel nel prendere munizioni extra, quando un minimo movimento alla mia destra attira la mia attenzione. Velocemente, mi metto dietro a un grosso albero e guardo con rabbia e incredulità, mentre figure in abbigliamento nero di tipo SWAT si riversano fuori dalla foresta a dozzine.

52

NIKOLAI

Conto trentatré invasori prima di aprire il fuoco, mirando a quelle che sospetto siano le lacune nella loro corazza. Devo dare credito ad Alexei—questa è un'operazione di livello militare, completa di un esercito in piena regola e ben equipaggiato.

Sono venuti preparati per la guerra, e la guerra è ciò che intendo dar loro.

Non penso a Chloe, Alina e mio figlio nascosti nella stanza blindata sotto casa, non mi concentro su cosa succederà loro, se fallisco. Non posso, non se voglio avere successo. Davanti a me c'è una forza molto più grande del previsto; preparati come eravamo per un attacco, non lo eravamo per uno di questa ferocia o livello.

Ho sottovalutato quanto i Leonov vogliano indietro Slava, cosa Alexei è disposto a fare per portarmi via mio figlio—suo nipote. A meno che... Slava non sia l'unico membro della mia famiglia che stia cercando.

Ma no. Questa è una follia. Quel contratto di fidanzamento è sempre stato uno scherzo da malati, un pezzo di carta inutile.

Non posso credere che Alexei abbia portato questo esercito per prendersi Alina.

I miei proiettili abbattono cinque invasori, prima che si rendano conto di dove mi trovo e aprano il fuoco nella mia direzione. Aspetto dieci secondi, lasciando che i loro proiettili strappino pezzi di corteccia dal mio albero, poi rispondo al fuoco, senza preoccuparmi di mirare. L'obiettivo ora è guadagnare tempo, perché Pavel arrivi sul tetto e perché arrivino i nostri rinforzi, ammesso che lo facciano mai.

Dati i numeri contro i quali ci troviamo, è possibile che Kirilov e i suoi uomini siano già stati eliminati.

Una pioggia di proiettili rimbalza sugli alberi vicini, mancandomi la spalla di centimetri. Gli uomini di Alexei si stanno avvicinando e si aprono a ventaglio, mi rendo conto cupamente. Se rimango qui, sarò circondato in men che non si dica, ma se corro, i loro proiettili mi falceranno ancora più velocemente.

Prendendo una decisione, mi getto sulla pancia e spalmo lo sporco sul viso per nascondere la tonalità chiara della mia carnagione. Poi, scruto attentamente da dietro l'albero, usando le alte erbacce intorno a me come copertura.

Come sospettavo, gli aggressori si sono divisi in due gruppi —uno per circondarmi, l'altro per proseguire verso la casa. Otto delle figure vestite di nero sono sul vialetto, e si avvicinano alla porta d'ingresso, mentre altre cinque stanno strisciando intorno alla casa verso il garage, presumibilmente per cercare di entrare in casa da lì.

Il battito cardiaco mi rimbomba nelle orecchie, il sudore mi inzuppa la schiena, mentre una nuova grandine di proiettili solleva pezzi di terra intorno a me; eppure aspetto, immobile e silenzioso, tutta la mia attenzione sulla minaccia alla mia famiglia, alla donna e al bambino che sono tutta la mia vita.

Se riesco a salvare entrambi, morirò felice.

Se posso garantire la loro sicurezza, nient'altro importerà.

Aspetto, e quando è il momento giusto, faccio esplodere la bomba del vialetto e, un secondo dopo, quella all'ingresso del garage. Deflagrano con la forza delle mine, facendo a pezzi tutti nel raggio di tre metri e dipingendo di rosso il paesaggio notturno.

Distraggono anche gli uomini che mi danno la caccia, che si girano per vedere i loro compagni di squadra fatti saltare in aria. Due secondi sono tutto ciò che guadagno, ma è abbastanza per balzare in piedi e correre verso il gruppo di alberi a lato del garage, girando attorno alla fila di uomini pesantemente armati di fronte a me. Il mio obiettivo è semplice: proteggere a tutti i costi l'ingresso del garage, tenendoli lontano dalla stanza blindata sotterranea.

Un proiettile mi sibila vicino all'orecchio, mentre corro. Un altro bacia il mio bicipite con fuoco pungente.

Mi stanno addosso.

È finita.

Una quiete particolare cala su di me, la certezza che la morte stia arrivando. Il mio battito cardiaco rallenta fatalisticamente, ma il mio corpo continua a muoversi, i muscoli delle gambe che pompano con maggiore sforzo. Un sesto senso mi fa inclinare bruscamente a destra, poi a sinistra, ma un proiettile mi sfiora ancora la spalla destra, lasciando dietro un'altra striscia di fuoco.

Il mucchio di alberi è più vicino ora, a pochi lunghi salti di distanza, ma anche un metro è troppo lontano, quando sei all'aperto con chissà quante pistole che sputano pezzi di piombo letali.

D'istinto, mi piego e rotolo, e diversi proiettili sibilano sopra di me, esattamente dove sarebbero stati il mio busto e la mia testa. La serie successiva di proiettili non mi mancherà, lo so, ma proprio mentre mi preparo a sentirli squarciare la mia carne, sento una violenta scarica di colpi provenire dall'alto—e il mio polso torna in vita, quando riconosco il crepitio di una mitragliatrice.

Pavel è arrivato sul tetto.

Finalmente ho la copertura.

Falcia le figure vestite di nero, mentre si disperdono verso la foresta, e io raggiungo il gruppo di alberi e aggiungo il mio fuoco agli sforzi di Pavel. In poco tempo, tutti i nostri aggressori—quelli che possono ancora muoversi, cioè—si sono ritirati, le loro armi che tacciono, mentre si mettono al riparo.

Anche la mitragliatrice smette di sparare.

Mi asciugo il sudore e la sporcizia dalla faccia e accendo la radio. "Kirilov? Ci sei?"

Un crepitio, seguito da interferenze.

Fanculo.

Cambio canale. "Pavel?"

"Ancora qui. Ma penso che abbiano catturato la maggior parte dei nostri uomini."

Ignoro il pizzicore acuto nel petto. "Lo so. Sarà una fottuta notte."

Mentre parlo, scruto la foresta, cercando ogni accenno di movimento. Secondo i miei calcoli, solo ventiquattro dei nostri aggressori sono a terra, altri nove si sono dispersi, più il numero dei loro compagni sopravvissuti alla battaglia con le nostre guardie.

Sono così concentrato sul mio compito che quasi mi sfugge la figura oscura che emerge dall'ombra proprio all'ingresso del garage—e quando sposto la pistola verso di essa, è troppo tardi.

Mentre il nemico si tuffa di lato per evitare i miei proiettili, la porta del garage esplode in pezzi, l'onda d'urto che quasi mi perfora i timpani.

53

NIKOLAI

Entro in azione, prima che il suono dell'esplosione svanisca.

"Coprimi" sibilo nella radio, e corro verso il buco in fiamme nel garage, ignorando il ronzio acuto nelle orecchie.

Devo arrivare lì, prima che l'aggressore si riprenda dall'esplosione.

Devo intercettarlo, prima che entri e trovi la stanza blindata.

Mentre corro, i proiettili colpiscono il terreno intorno a me, sollevando pezzi di erba e terra, ma la mitragliatrice di Pavel tiene i tiratori sufficientemente lontani da disturbare la loro mira.

Più mi avvicino al garage, più diventa evidente l'entità del danno. Lo stronzo deve aver incollato degli esplosivi direttamente sul fondo della porta, poiché la forza dell'esplosione non solo ha lacerato il metallo pesante, ma ha anche lasciato un buco annerito nel pavimento intorno ad esso. E—*fanculo*. Quelli sono davvero fili scoperti.

L'esplosione deve aver interrotto la corrente anche nella stanza blindata.

Non resterà al buio; tra pochi minuti, entrerà in funzione il secondo generatore, ma posso solo immaginare quanto debbano essere spaventati Chloe e Slava in questo momento. Per quanto siano spessi il soffitto e le pareti della stanza blindata, non è possibile che non abbiano sentito questa esplosione—o, a pensarci bene, la bomba che ho fatto esplodere nelle vicinanze.

Non importa. Li consolerò non appena saremo tutti al sicuro.

A proposito, dov'è lo stronzo che ha messo le bombe? È troppo sperare che il bastardo non sia sopravvissuto alla sua stessa esplosione?

Il mio cuore pompa pura adrenalina, i miei nervi pulsano di accresciuta consapevolezza, mentre passo attraverso l'apertura ardente nel garage buio, trattenendo il respiro per evitare di inalare fumo. È inutile; mentre avanzo più in profondità, mi rendo conto che il fumo ha riempito ogni fessura dello spazio, così denso in alcuni punti da attenuare il bagliore rosso delle fiamme.

Imprecando in silenzio, strappo un pezzo di stoffa dal fondo della mia camicia e mi premo il fazzoletto improvvisato sul viso per evitare di tossire, mentre passo intorno a uno dei nostri SUV, scrutando nell'oscurità nebbiosa in cerca di segni di movimento... ascoltando la tosse di qualcun altro.

E poi lo sento.

Un solo colpo di tosse, seguito da un attacco di tosse in piena regola—solo che non è l'attacco di tosse di un uomo, ma un leggero colpo acuto.

La tosse di un bambino piccolo.

54

CHLOE

"Slava? Slava, dove sei?" Mi muovo a tentoni nell'oscurità,
il cuore che mi batte forte in modo nauseabondo, mentre infilo
la pistola nel mio corpetto. "Alina, Lyudmila, ci siete? Dov'è?
Non riesco a trovare Slava."

"Era proprio accanto a te." Il tono di Alina è teso come il
mio. "Slava! Slavochka, *ti gdye?*"

Nessuna risposta.

Mi giro, le braccia tese. "Slava! Questo non è un gioco. Non
stiamo giocando a nascondino. Lyudmila, lo vedi?"

"No." Sembra altrettanto preoccupata. "Forse è ferito. Ora
cerco di far luce."

Giusto. Devono esserci delle torce da queste parti. Chiudo
gli occhi, poi li riapro, cercando di far sì che la mia vista si
adatti all'oscurità—e, con mia sorpresa, funziona.

Non è buio pesto intorno a me adesso. Infatti, c'è una debole
luce proveniente dall'altra parte della stanza.

Il lato dove si trova la scala.

Il mio battito cardiaco accelera ulteriormente, mentre mi avvicino, facendo del mio meglio per non inciampare. "Slava? Slava, vieni qui!" Il mio panico cresce di secondo in secondo. Non solo il bambino è scomparso, ma sto cominciando a sentire l'odore di qualcosa di acuto e acre.

Fumo.

"Slava!" La mia voce aumenta di tono e volume, mentre più luce raggiunge i miei bulbi oculari, riempiendo il mio stomaco di freddo terrore.

Non ci sono più dubbi su dove sia andato il bambino.

La porta del soffitto in cima alla scala è aperta.

55

NIKOLAI

Il terrore che mi prende è così assoluto che per un attimo sono certo di aver sentito male, che la tosse del bambino non era altro che un'allucinazione provocata da tutto il fumo.

Non può essere mio figlio. È giù nella stanza blindata, dove è fottutamente al sicuro. Dove dovrebbe essere con Chloe e mia sorella.

Ma no. Sento di nuovo quella tosse, seguita da un dolorosamente familiare: "Papà? Papino?"

Il mio stomaco è una palla di ghiaccio, ma mantengo abbastanza lucidità mentale da non urlare che sono qui, nel caso anche il nemico fosse dentro. Invece, scendo e mi avvicino al punto in cui ho sentito la voce di Slava—una mossa che ha il vantaggio di aiutarmi a respirare un'aria più pulita, poiché c'è più fumo in alto.

Tuttavia, la voglia di tossire sta crescendo, le particelle tossiche che mi riempiono i polmoni. Il mio petto si solleva convulsamente, gli occhi mi lacrimano per lo sforzo di sopprimere il riflesso, e so che presto mi tradirò.

Devo localizzare Slava al più presto.

"Papà? Dove sei?"

Fanculo. La sua voce suona più lontana.

Si sta dirigendo verso la porta del garage, cercando di sfuggire al fumo.

Come cazzo è che sta da solo? È successo qualcosa a Chloe e Alina?

Rimanendo basso sul pavimento, corro dietro di lui, il mio cuore che batte forte, mentre i polmoni continuano a urlare che ho bisogno di tossire, di espellere l'aria contaminata.

"Papà?"

La minuscola figura di Slava viene brevemente delineata dal bagliore delle fiamme, quindi attraversa il buco ardente, scomparendo all'esterno.

Fanculo. Tossendo forte, mi alzo di scatto e mi lancio in uno sprint.

Se prendo un proiettile, pazienza.

Scatto fuori, pistola pronta, e lo vedo.

Mio figlio, in piedi a pochi metri di distanza, il suo faccino che si illumina alla mia vista.

"Papà!" Agita un coltello in aria. "Sono venuto per aiutare— come Superman."

Il mio cuore batte per un mix di paura e sollievo, mentre mi avvicino a lui, solo per bloccarmi sul posto, quando una figura scura emerge dall'ombra dietro di lui, la pistola puntata contro di me.

"Vieni qui, Slavchik" dice Alexei Leonov, togliendosi la maschera con una mano per rivelare gli occhi neri che brillano alla luce delle fiamme che crepitano dietro di me. "Adesso sei al sicuro, ragazzo. Tuo zio è venuto per portarti a casa."

56

CHLOE

Dimenticando tutto, sollevo la gonna lunga del mio vestito e salgo la scala, il terrore che cresce, mentre mi arrampico attraverso la porta aperta sul soffitto e il fumo più denso mi avvolge, l'odore acre che mi serpeggia nelle narici e mi fa bruciare gli occhi.

"Slava!" Tossisco, sbirciando attraverso l'oscurità tinta di rosso. "Slava, torna indietro!"

Niente. Nessuna risposta.

"Chloe, aspetta!"

Ignorando il grido di Alina, continuo a salire e scruto l'inferno fumoso che è l'interno del garage. È come la scena di un film catastrofico, con auto ricoperte di intonaco, finestre in frantumi e fiamme tremolanti vicino alla grande porta di metallo—una porta che mostra un gigantesco buco di fiamme.

Il mio battito aumenta vertiginosamente e mi lancio in una corsa, ignorando i frammenti di vetro e di cemento spezzati simili a rocce che graffiano i miei piedi nudi. Il dolore non è niente in confronto al terrore che mi sega lo stomaco.

Quel buco è dove dev'essere andato Slava.

Dev'essere venuto quassù subito dopo l'esplosione ed essere corso fuori, dritto dentro Dio sa quale pericolo.

Almeno ora non si sente il rumore degli spari—ma questo potrebbe cambiare in qualsiasi momento. Tossendo, tiro fuori la pesante pistola dal corpetto e la afferro saldamente con entrambe le mani, per timore che scivoli via dalle mie dita sudate.

"Slava!" Corro attraverso il buco, ignorando le fiamme che divorano i suoi bordi—solo per fermarmi sbandando, presa dall'orrore.

Di fronte a me c'è una scena che sembra uscita da un western: Nikolai e un uomo sconosciuto, le pistole puntate l'una contro l'altra in una situazione di stallo letale, Slava con gli occhi spalancati nel mezzo.

57

CHLOE

In iperventilazione, sollevo la pistola, puntando la canna verso lo sconosciuto. "Lascia cadere la tua arma e stai indietro!"

Voglio sembrare autorevole, invece le mie parole escono in un gracidio rauco e tremante, la mia gola irritata dal fumo.

Lo sguardo scuro dell'uomo si sposta su di me per un millisecondo, ma non si muove di un centimetro. "*Idi syuda, Slavchik.*" La sua voce profonda è stranamente calma. "*Bystro.*"

Con mio grande shock, riconosco la prima parte della frase russa.

Vieni qui, ha detto lo sconosciuto, usando un altro diminutivo del nome del bambino.

Lo sguardo di Nikolai non lascia il viso del suo avversario, anche se so che è consapevole della mia presenza. Posso sentire la tensione letale che emana, vedere la sua mascella dura flettersi.

"Mio figlio non andrà da nessuna parte con te" ringhia in

inglese allo sconosciuto. "Slavochka, mettiti dietro di me. Subito."

Slava sembra confuso, il suo sguardo che si sposta avanti e indietro tra i due uomini. "*Dyadya Lyosha? Papa?*"

Dyadya. Sforzo il cervello per una traduzione, e poi mi viene in mente.

Zio, significa quella parola. E *Lyosha* è probabilmente un diminutivo per *Alexei*.

Nikolai aveva ragione. *Sono* i Leonov—o almeno uno di loro. Lo zio di Slava.

La pistola è pesante nelle mie mani tese, molto più di quanto facciano credere nei film. Cominciano a farmi male i muscoli delle spalle e del collo, gli avambracci sono stanchi per aver impugnato l'arma così strettamente. Ignorando il disagio, la tengo puntata sull'uomo, la mia mente che lavora freneticamente, cercando di pensare a una via d'uscita da questa situazione incasinata.

Dopo tutto quello che Nikolai mi ha raccontato sui Leonov, mi aspettavo quasi delle corna e una coda, e c'è qualcosa di demoniaco nei lineamenti duri di Alexei— specialmente nei suoi occhi. Sono così scuri che sembrano neri, facendomi pensare a pozze di catrame nelle profondità di un vulcano, con una sfumatura rossastra delle fiamme tremolanti che vi si riflettono. Eppure, l'uomo non è brutto, tutt'altro.

Se Nikolai non avesse fissato un livello incredibilmente alto di bellezza maschile, avrei potuto trovare lo zio di Slava pericolosamente attraente.

Non che il suo aspetto abbia importanza, quando tiene la pistola puntata contro Nikolai—e le *sue* braccia muscolose non mostrano alcun segno di stanchezza. Nemmeno quelle di

Nikolai. Entrambi gli uomini potrebbero anche essere fatti di acciaio, i loro volti tesi per l'odio reciproco.

Slava, invece, non sembra prendere parte a quel sentimento. Semmai, sembra combattuto tra suo padre e suo zio, la testa che gira avanti e indietro, la sua postura che parla di sconcerto per la tensione tra i due adulti piuttosto che di paura dell'invasore.

Se il bambino ha subito abusi mentre viveva con la famiglia di sua madre, non è stato per mano di quest'uomo.

Giungendo a una decisione, mi avvicino con cautela. Per quanto io sia terrorizzata per Nikolai, devo portare Slava fuori dalla linea di tiro diretta.

"Slavochka..." Rendo la mia voce più calma e gentile che posso. "Per favore, vieni da me. Mamma Chloe ha bisogno di te qui."

Il ragazzino non si muove. In qualche modo, deve percepire che la sua presenza è l'unica cosa che impedisce alla violenza di intensificarsi.

Rischio un altro mezzo passo in avanti, e Slava finalmente si muove, precipitandosi verso di me. Non appena è abbastanza vicino, lo afferro per un braccio e lo spingo dietro di me, bloccandolo con il mio corpo, mentre comincio a indietreggiare.

Lo sconosciuto emette una risata ruvida, i suoi occhi scuri che lampeggiano brevemente verso l'anello al mio dito. "Mamma Chloe, vero?" Come quello di Nikolai, il suo inglese è americano. "Tesoro... se muovi un altro muscolo, faccio saltare le tue cervella e poi quelle del tuo caro marito. Congratulazioni per le tue nozze, comunque" continua, mentre mi immobilizzo sul posto. "Immagino che il matrimonio sia stato molto recente?"

Gli occhi di Nikolai sono socchiusi, la sua voce letalmente

morbida. "Non sono affari tuoi, cazzo. Ora vattene, prima che dipinga il terreno con il *tuo* cervello. Dato che siamo una famiglia, ti lascerò andare via, prima che arrivino le guardie."

"Quali guardie?" Il sorriso tagliente di Alexei è tutto denti bianchi e crudeltà. "Siamo solo io e i miei uomini qui adesso. E sei fottutamente fatto, se pensi che me ne andrò senza quello per cui sono venuto. Consegnami il figlio di mia sorella e Alina —e forse, solo forse, lascerò vivere te e la tua bella sposa. Visto che stiamo per diventare una famiglia ancora più legata e tutto il resto."

Sbatto le palpebre. Alina? Che cosa c'entra lei? E che cosa intende per famiglia più legata?

La voce di Nikolai si addolcisce ulteriormente, una minaccia letale in ogni sillaba pronunciata dolcemente. "Hai esattamente trenta secondi per stare zitto e tornare indietro, prima che apra il fuoco."

"Con lei e il bambino qui? Non credo." I suoi occhi si fissano su di me per un altro millisecondo. "Inoltre, i miei cecchini vi hanno entrambi nel mirino."

Il mio stomaco si contorce, ma Nikolai mostra solo i denti. "Cazzate. Non hanno una visibilità chiara."

"No? Vuoi scommettere?" Alexei sorride selvaggiamente. "In ogni caso, tutto quello che devo fare è aspettare, e i miei uomini abbatteranno il tiratore sul tuo tetto—a quel punto sarai completamente circondato e prenderò quello per cui sono venuto."

"No, se a quel punto sarai già morto." L'espressione di Nikolai è ghiaccio scuro. "Ti restano venti secondi. Diciannove. Diciotto..."

Il mio battito cardiaco aumenta, il terrore raddoppia ad ogni secondo che passa. Fa sul serio, lo vedo—e anche Alexei, i cui occhi neri si restringono. L'aria impregnata di fumo è così densa di violenza incipiente che posso praticamente assaporare il caldo spruzzo ramato del sangue, mentre i proiettili squarciano la carne e le ossa.

Uno o entrambi questi uomini moriranno qui stanotte.

Nikolai non lascerà che suo figlio venga preso, e Alexei non si tirerà indietro.

Devo fare qualcosa.

Se Nikolai ha ragione sul fatto che i cecchini non abbiano un obiettivo chiaro, siamo in due contro Alexei. Se sparo, forse—

"Fermatevi!" Come uno spettro, Alina emerge dall'oscurità fumosa del garage, il rosso sangue del suo abito che contrasta con il pallore spettrale della sua pelle e la cortina nera dei capelli.

Come me, è armata, ma a differenza mia, tiene la pistola sul fianco, la canna puntata a terra.

"Fermati, Alexei, per favore." Attraversa l'apertura frastagliata, il bagliore delle fiamme morenti che trasforma i suoi occhi di giada in una sfumatura verdastra di nocciola. "Slava non andrà da nessuna parte, lo sai. Mio fratello non rinuncerà a suo figlio. E non è lui—" La sua voce si incrina. "Non è lui quello che vuoi, comunque."

Faccio un respiro, comprendendo finalmente cosa sta succedendo. Quest'uomo e Alina—si conoscono.

Inoltre, pensa di avere qualche tipo di pretesa su di lei.

"Alina, torna indietro." Il tono di Nikolai assume un tono più acuto, mentre l'intera postura di Alexei cambia, una sorta di terrificante desiderio che si accende nel suo sguardo demoniaco, mentre si posa sul viso di Alina.

Lei alza la pistola, puntandogliela in faccia. "Hai una scelta" dice in modo uniforme. "So che sei un ottimo tiratore, ma lo è anche mio fratello—e lo sono anch'io. E anche Lyudmila lì dentro." Punta la testa verso il garage buio. "Forse puoi abbattere uno o due di noi, prima che i nostri proiettili ti trovino—e forse i tuoi cecchini possono aiutarti—ma nessuno se ne andrà illeso. Potresti avere il vantaggio delle forze che ci circondano, ma qui siamo più numerosi di te. Inoltre..." La sua voce assume un'inflessione sardonica. "A che ti servo da morta?"

"Alina, stai zitta e torna dentro" ringhia Nikolai. "Non devi—"

"Verrò con te" continua, ignorando suo fratello. "Onorerò il contratto di fidanzamento. E in cambio, chiamerai i tuoi uomini e dimenticherai tutto di mio nipote. Il suo posto è qui—con suo padre e Chloe; lo puoi vedere personalmente."

Gli occhi di Alexei lampeggiano verso di me per un'altra frazione di secondo, soffermandosi sul bambino che sto proteggendo con il mio corpo, assorbendo il modo in cui si aggrappa alle mie gambe, mentre osserva ciò che accade con occhi enormi e pieni di perplessità.

Ecco perché parlano tutti in inglese, mi rendo conto in un angolo lontano della mia mente. Sperano che Slava non capisca tutto con la sua conoscenza ancora limitata della lingua—e almeno in parte, sta funzionando. Può vedere gli adulti puntarsi addosso le pistole, ma non capisce appieno il motivo.

Lo sguardo di Alexei torna su Alina, le orbite nere che bruciano per una bramosia ancora più oscura. "Bene. Abbiamo un accordo. Metti giù la pistola e cammina verso di me."

"Non farlo, cazzo." La voce di Nikolai è tagliente. "Posso farlo fuori io."

"Può essere." Lei depone la sua arma a terra. "O forse

morirete entrambi. Forse lo faranno anche Chloe e Slava. Pensaci."

La mascella di Nikolai si stringe. "Non ti lascerò fare questo."

Un sorriso amaro sfiora le sue labbra. "Non spetta a te, fratello. Né a me. Tutta quella faccenda del destino in cui credi? Beh, il mio è stato deciso quando avevo quindici anni, ed è ora che smetta di scappare. Tu e Konstantin mi avete protetta abbastanza a lungo."

Nikolai sta per discutere ulteriormente, posso vederlo, ma lei previene qualsiasi ulteriore discussione camminando rapidamente verso Alexei—che la afferra per il gomito e la tira al suo fianco non appena è a portata di mano.

Il modo possessivo in cui la tiene inchiodata contro di sé non lascia dubbi sul suo intento, la sua figura oscura che incombe su di lei facendomi pensare ad Ade che trascina Persefone negli inferi.

Nikolai deve vedere la stessa cosa, perché il suo volto si contorce per la rabbia, e fa un mezzo passo in avanti—solo per fermarsi, quando il dito di Alexei si stringe in modo ammonitore sul grilletto.

"No, Kolya." Gli occhi di Alina brillano intensamente, mentre Alexei inizia a indietreggiare verso la linea degli alberi, trascinandola avanti, mentre tiene la sua pistola puntata su Nikolai. "Starò bene. Prenditi cura di Chloe e Slava, e ci rivedremo a Mosca qualche volta, okay? E di' a Konstantin di non cercarmi. Non voglio che il sangue venga versato per me!"

Le ultime parole ci raggiungono come un grido da lontano, e lo sguardo di Nikolai arde di odio, mentre osserva il nemico scomparire nell'oscurità con il suo premio, le ombre che si chiudono intorno a loro come il feroce abbraccio di un amante.

58

CHLOE

MI SVEGLIO IN MEZZO A UN FASTIDIOSO RUMORE DI TRAPANI E martelli in lontananza—una colonna sonora familiare negli ultimi giorni. Dopo l'attacco della scorsa settimana, sia la casa che i terreni del complesso sono stati sottoposti a importanti ristrutturazioni e miglioramenti della sicurezza, tra cui la quintuplicazione delle nostre forze di guardia.

Nikolai è determinato a garantire che nessuno, che si tratti dei Leonov o di qualche altro nostro nemico, possa violare nuovamente le nostre mura, indipendentemente dal numero di mercenari o delle armi avanzate che possano avere a disposizione.

Aprendo gli occhi, osservo il materasso vuoto accanto a me e la debole luce mattutina che filtra attraverso le persiane. È appena l'alba, quindi mio marito dev'essersi alzato presto per la videoconferenza con i suoi fratelli riguardo alla continua ricerca di Alina—ammesso che la notte scorsa abbia dormito. Con mia grande preoccupazione, i suoi collegamenti notturni sono aumentati in frequenza e in durata dall'attacco, al punto che non so quando si riposerà.

La porta si apre, e l'oggetto delle mie riflessioni entra nella camera.

Mi metto a sedere, il cuore che si stringe per l'espressione cupa sul suo viso.

"Niente?" chiedo a bassa voce, mentre attraversa la stanza verso di me.

Scuote la testa. "È come se fossero scomparsi dalla faccia del fottuto pianeta. Konstantin pensa che la stia trattenendo da qualche parte completamente fuori dal mondo, ma a questo punto nessuno ha idea di dove sia."

"Mi dispiace tanto." Mi allungo per stringergli la mano, mentre si siede sul bordo del letto, ma mi tira in grembo. Avvolgendo strettamente le sue braccia potenti intorno a me, seppellisce il viso tra i miei capelli e inspira profondamente.

Quando si tira indietro per incontrare il mio sguardo, parte della tensione sul suo viso si è allentata. Prendendomi la guancia, mi chiede dolcemente: "Come ti senti, zaychik? Hai dormito bene?"

Giro il viso per dargli un bacio sul palmo, prima di portare la sua mano sul mio petto. "Sì." Sorrido per dissipare la persistente preoccupazione nei suoi occhi. "Sto bene, te lo assicuro."

Dire che Nikolai mi abbia viziata negli ultimi giorni sarebbe un eufemismo. Anche se alcuni tagli superficiali e lividi sui miei piedi nudi erano l'entità delle mie ferite, mi ha trattata come se avessi riportato un'altra ferita da arma da fuoco—o perlomeno, fossi stata gravemente traumatizzata. E anche se è vero che ho di nuovo avuto incubi, sono ben lungi dal cadere a pezzi.

Non che io non sia preoccupata per Alina—lo sono. Nikolai

mi ha raccontato dell'accordo di fidanzamento che il padre aveva stretto con Boris Leonov, quando la ragazza aveva appena quindici anni, e se avevo ancora dei dubbi sul fatto che l'uomo meritasse il suo destino per mano di Nikolai, sono scomparsi in quel momento.

Non mi meraviglia che Alexei avesse agito come se avesse un diritto su di lei. Con quel contratto barbaro—e indubbiamente illegale—ce l'ha. Posso solo sperare che i suoi sentimenti per lei si estendano oltre l'oscura lussuria che ho visto sul suo viso quella notte, e che non sia un uomo così terribile come suggerisce la sua reputazione.

Le labbra di Nikolai si incurvano in un sorriso di risposta, mentre si muove per spostarmi dal suo grembo, ma gli avvolgo le braccia intorno al collo, rifiutandomi di lasciarlo andare. "Sdraiati con me, per favore" mormoro nel suo orecchio. "Non mi va di alzarmi ancora."

Per quanto mi preoccupi per Alina, lo sono altrettanto per quanto Nikolai stia prendendo duramente quello che è successo. Non ha dormito decentemente una sola notte nell'ultima settimana, e si vede nelle cavità più scure intorno ai suoi occhi sorprendenti, i solchi più profondi che racchiudono la bocca sensuale... la sua ossessione inesorabile per Slava e la mia sicurezza.

Non solo si è rifiutato di rimuovere le telecamere dall'interno della casa, quando l'ho chiesto, ma sta facendo indossare a me e Slava braccialetti che gli indicano la nostra posizione esatta e misurano i nostri segnali vitali in ogni momento.

Per ora ho scelto di non discutere su questo, poiché abbiamo avuto problemi molto più grandi su cui concentrarci, inclusi i funerali delle guardie cadute—ulteriore motivo che giustifica l'umore cupo di mio marito. Abbiamo perso più di una dozzina dei nostri uomini nell'attacco, e molti altri sono rimasti gravemente feriti—anche se, fortunatamente, la maggior parte degli amici dell'esercito di Nikolai non era tra questi.

Gli uomini di Alexei li hanno sorpresi in un burrone, impedendo loro di venire in nostro aiuto o di chiederlo via radio, ma tutti tranne Ivanko sono sopravvissuti. Anche Arkash, che ha preso un proiettile pericolosamente vicino alla spina dorsale, dovrebbe riprendersi completamente.

L'altro punto importante in tutto questo è Slava. Una volta che abbiamo spiegato che ciò che ha visto faceva parte dell'esercitazione di sicurezza e che Alina è andata in vacanza con "Zio Lyosha", il ragazzino è tornato allegro, tormentando me, Pavel e Lyudmila con un milione di domande sulle nuove guardie e sui lavori in corso nella tenuta.

"Zaychik..." La voce di mio marito assume una nota più roca mentre io, così innocentemente, lascio che le mie labbra sfiorino il suo lobo dell'orecchio. "Vorrei poter stare con te, ma stamattina ho molto lavoro."

Certo che ce l'ha, ma potrebbe occuparsene dopo aver dormito un po'. Lasciando cadere ogni finzione di innocenza, agito il sedere contro il rigonfiamento crescente nei suoi pantaloni e bacio la parte inferiore della sua mascella. "Per favore... ti prego."

Se c'è una cosa che gli eventi della scorsa settimana non hanno alterato, è il desiderio sessuale di Nikolai—e quel bacio è tutto ciò che gli serve per girarmi sulla schiena e scoparmi, finché non siamo entrambi sudati, e più che soddisfatti. E, come speravo, abbastanza esausti da dormire... almeno quello di noi che non chiude occhio da giorni.

Aspetto finché non sono sicura che sia immerso

nell'abbraccio del sonno, prima di divincolarmi con attenzione da sotto il suo braccio e andare in bagno per fare la doccia e prepararmi per la giornata.

Quando esco, è ancora addormentato, il timbro dello sfinimento pesante sui suoi bei lineamenti. Sorridendo teneramente, lo guardo per un po'. Poi, mi sistemo su una poltrona vicino alla finestra e apro il mio laptop per controllare le notizie, come mi sono abituata a fare ogni mattina negli ultimi giorni.

Come speravamo, altre vittime di Bransford si sono fatte avanti da quando è scoppiata la storia della sua aggressione a Masha—e non solo le due donne che Nikolai ha trovato. Ogni giorno ha portato nuove, sempre più orribili rivelazioni... ecco perché sono diventata così dipendente dalle notizie.

Ogni maledetto titolo vendica ulteriormente mia madre.

Aprendo un browser, vado al mio sito di notizie preferito—solo per fermarmi alle parole scritte in grassetto sullo schermo:

BRANSFORD SI SUICIDA IN UNA CAMERA D'ALBERGO

Con lo stomaco che ribolle, clicco sull'articolo.

A quanto pare, circa trentanove minuti fa, Tom Bransford è stato trovato in un attico del Four Seasons con i polsi tagliati, il biglietto di suicidio accanto al letto che non lasciava dubbi su quanto accaduto.

Cioè, pochi dubbi per chi non conosca mio marito e di cosa sia capace.

Metto da parte il portatile, mi alzo e mi avvicino al letto, con il cuore che batte in modo irregolare, mentre fisso l'uomo che dorme lì—il marito che ho imparato ad amare più della vita stessa.

Lo ha fatto lui?

Ha deciso che, anche privato della sua forza politica e sul punto di essere perseguito penalmente, Bransford rappresentava una minaccia troppo grande per me?

Masha o qualcuno come lei è penetrata in quell'attico del Four Seasons e ha organizzato tutto per far sembrare che Bransford si sia ucciso—come i suoi assassini avevano fatto con mia madre?

Dovrei svegliare Nikolai e chiedere la risposta a queste domande, convincerlo ad ammettere la verità—ma so che non lo farò. Non perché ho ancora paura di affrontare l'oscurità dentro di lui, ma perché mi sto rendendo conto che questa particolare verità non ha importanza.

Suicidio o assassinio, Bransford è morto, e quella parte vendicativa di me—la parte che volevo fingere che non esistesse—è felice. No, più che felice. È decisamente entusiasta.

Che sia stato per mano di Nikolai o per mano sua, Tom Bransford ha ottenuto esattamente ciò che meritava.

Resto vicino al letto per un minuto in più, assorbendo il puro sollievo di quella consapevolezza, la rimozione del peso che non avevo realizzato fosse ancora sulle mie spalle. Lascio filtrare quella sensazione, mentre penso alla bellezza letale del viso di mio marito e alla terribile oscurità nella sua anima—un'oscurità che ora mi rendo conto esiste anche in me.

Quindi, con cautela, per non interrompere il suo tanto necessario riposo, mi sdraio accanto a lui e gli cingo il petto con un braccio. I suoi occhi non si aprono e il suo respiro non cambia, ma si volta e mi stringe contro di lui, il suo corpo potente che si curva intorno a me, scaldandomi, proteggendomi dal mondo.

Il mio petto si dilata, il cuore così pieno che sembra sul punto di scoppiare. Solo un paio di mesi fa ero un'orfana in fuga dagli assassini di sua madre, una donna tutta sola al mondo con un'aspettativa di vita misurata in giorni. Adesso ho mio marito e mio figlio, e un futuro ricco di possibilità.

Forse resteremo qui per i prossimi anni e avrò un lavoro come insegnante in una scuola locale—una scuola che frequenterà anche Slava. O forse andremo a Mosca, e Nikolai riprenderà le redini della sua organizzazione familiare, con tutto ciò che questo comporta. O forse sarà qualcosa di completamente diverso, un percorso che al momento non riesco nemmeno a immaginare.

Qualunque esso sia, ovunque andremo da qui, non importa.

Finché il mio oscuro protettore sarà con me, non avrò paura di nulla.

Insieme, io e Nikolai potremo affrontare il mondo intero.

ANTEPRIME

Grazie per aver seguito l'epica storia d'amore di Chloe e Nikolai! Se tu volessi lasciare una recensione, sarebbe magnifico. Mentre la loro storia termina ne *La Gabbia dell'Angelo*, il viaggio di Alina e Alexei continua in *Bello e Terribile*.

Per essere informati sui miei libri futuri, iscrivetevi alla mia newsletter su www.annazaires.com/book-series/italiano/.

Ora, voltate pagina per leggere gli estratti da *Bello e terribile* e *Le Notti Bianche*.

ESTRATTO DE BELLO E TERRIBILE DI ANNA ZAIRES

Un contratto di famiglia. Un patto oscuro. Nessuna possibilità di fuga.

Undici anni fa, l'ho conosciuto. Un anno dopo, gli sono stata promessa in sposa. Adesso è venuto a rivendicarmi, massacrando chiunque si metta sulla sua strada.

Il mio futuro marito è un mostro che proviene da una famiglia tanto spietata e potente quanto la mia, un uomo dedito alla violenza e alla distruzione... un uomo la cui somiglianza con mio padre è terrificante. Per più di un decennio, mi ha perseguitata, spiando la mia vita.

Lo temo. Lo odio. Peggio ancora, lo voglio.

Mi chiamo Alina Molotova, e Alexei Leonov è un destino a cui non posso sfuggire.

Fredde labbra mi sfiorano la testa pulsante, accompagnate da un lieve profumo di pino, oceano e cuoio. "Shh... è tutto okay. Stai bene. Ti ho appena dato qualcosa per alleviare il mal di testa e renderti le cose più semplici."

Quella voce maschile è profonda e sinistra, stranamente familiare. Le parole sono state pronunciate in russo. La mia mente annebbiata si sforza di mettere a fuoco. Perché in russo? Mi trovo in America, giusto? Come faccio a conoscere questa voce? Questo profumo?

Cerco di sollevare le pesanti palpebre, ma si rifiutano di muoversi. Lo stesso vale per la mia mano, quando tento di alzarla. Ogni cosa mi sembra tremendamente pesante, come se le mie ossa fossero fatte di metallo e la mia carne di cemento. La testa mi ciondola di lato, i muscoli del collo sono incapaci di sostenerne il peso. È come se fossi una neonata. Cerco di parlare, ma dalla gola fuoriesce un verso incoerente, che si mescola ad un rombo distante, ora riconosciuto dalle mie orecchie.

Forse sono una neonata. Così, si spiegherebbe la mia ridicola impotenza e l'impossibilità di comprendere qualcosa.

"Qui, sdraiati." Salde mani guidano il mio corpo su una superficie morbida e piatta. Beh, la maggior parte del mio corpo, almeno. La testa finisce su qualcosa di sollevato e duro, ma comodo. Non un cuscino, è troppo duro, ma nemmeno un sasso. Un oggetto che non cede molto, solo leggermente, ed è anche stranamente caldo.

L'oggetto si sposta di poco, e da un nebuloso angolo della mia mente, emerge la risposta al mistero. *Un grembo*. La mia testa poggia sul grembo di qualcuno. Un uomo, a giudicare dalle grosse e muscolose cosce d'acciaio sotto il mio cranio dolorante.

Il mio battito cardiaco accelera. Nonostante la lentezza e la confusione dei miei pensieri, so che non è normale per me. Non è mia abitudine stare con gli uomini o sul grembo di qualcuno. O almeno, non l'ho mai fatto finora, in tutti i miei venticinque anni.

Venticinque. Mi aggrappo a questo briciolo di consapevolezza. Ho venticinque anni, non sono una neonata. Incoraggiata, cerco di dipanare altri fili aggrovigliati per trovare una risposta a ciò che sta accadendo, ma mi sfugge, e i ricordi, quando riemergono, lo fanno con pigrizia.

Buio. Fuoco. Un demone degli incubi che viene a rivendicarmi.

È un ricordo, o una scena che ho visto in un film?

La puntura di un ago che mi affonda nel collo. Una fiacchezza sgradita che si diffonde nel mio corpo.

Quest'ultima parte sembra reale. Non funzionerà la mia mente, forse, ma il mio corpo conosce la verità. Percepisce la minaccia. La frequenza cardiaca si intensifica man mano che l'adrenalina satura le mie vene. Sì. Sì, proprio così. Posso farcela. Con un'energia dettata dal terrore crescente, mi sforzo di sollevare palpebre, e il mio sguardo, indirizzato verso l'alto, fissa un paio di occhi più neri della notte che ci circonda. Occhi incastonati in un volto dal fascino crudele, che mi ossessiona nei sogni e negli incubi.

"Non opporti, Alinyonok" mormora Alexei Leonov. La sua voce sinistra esprime sia una promessa, sia una minaccia, mentre lui mi passa delicatamente le dita tra i capelli, sciogliendo la tensione pulsante nel mio cranio con un massaggio. "Renderai solo le cose più difficili a te stessa."

La superficie dei suoi calli resta impigliata nei nodi dei miei capelli lunghi, allora ritrae le dita, solo per curvare il palmo sulla mia mandibola. Le sue sono mani grandi, mani pericolose. Mani che hanno ucciso decine di persone solo nella giornata di oggi. Questa consapevolezza mi irrita lo stomaco, nonostante un grumo di tensione si distenda dentro di me. Per dieci lunghi anni, ho temuto questo momento, e finalmente è arrivato.

È qui.

È venuto a prendermi.

"Non piangere" dice piano il mio futuro marito, asciugandomi il viso bagnato con il ruvido contorno del pollice. "Non ti sarà d'aiuto. Lo sai."

Sì, è vero. Niente e nessuno può aiutarmi adesso. Riconosco quel rombo lontano. È il rumore del motore di un aereo. Siamo in volo.

Chiudo gli occhi, lasciando che le nebbie dell'oscurità si impossessino di me.

Volete saperne di più? Visitate www.annazaires.com/book-series/italiano/ per ordinare subito la vostra copia!

ESTRATTO DA LE NOTTI BIANCHE DI ANNA ZAIRES E CHARMAINE PAULS

Potere. Ecco che cosa mi viene in mente non appena lo vedo nel pronto soccorso. Potere e pericolo.

Alex Volkov, uno dei più ricchi oligarchi russi, è tanto spietato quanto magnetico. Ottiene sempre quello che vuole, e quello che vuole sono io, nel suo letto.

Sa dare quel genere di guai da cui ogni donna dovrebbe fuggire, e il proiettile che la sua guardia del corpo ha intercettato per lui ne è la prova.

Dovrei starne lontana, ma per una notte, cedo alla tentazione. In men che non si dica, mi attira sempre più in profondità nel suo mondo, pieno di eccessi e violenza, invadendo non solo la mia vita ma anche il mio cuore.

Quanta fiducia posso riporre in un uomo così pericoloso? Fino a che punto oso rischiare per il suo amore?

<hr>

Allontanandomi dal lavello, do uno sguardo all'indietro, verso il punto in cui si trovava l'uomo ferito... e incrocio un paio d'inflessibili occhi azzurri, intenti a fissarmi.

È uno degli uomini che si trovavano vicino alla vittima, probabilmente un parente. I visitatori non sono generalmente ammessi in ospedale, di notte, ma il pronto soccorso è un'eccezione.

Invece di distogliere lo sguardo, come la maggior parte delle persone sorprese a fissare, l'uomo continua a studiarmi.

Incuriosita e leggermente infastidita, faccio altrettanto.

È alto, ben oltre il metro e ottanta, e con le spalle larghe. Non è bello nel senso tradizionale, sarebbe un termine troppo debole per descriverlo, ma è magnetico.

Potere. Ecco che cosa mi viene in mente, nell'osservarlo. Si legge nell'arrogante inclinazione della testa, nel modo in cui mi guarda con tanta calma, assolutamente sicuro di sé e della propria capacità di controllare tutto ciò che lo circonda. Non so chi sia, né che cosa faccia, ma dubito si tratti di un impiegatuccio di qualche ufficio. È un uomo abituato a dare ordini e farsi obbedire.

I vestiti si adattano bene al suo corpo, e hanno un'aria costosa. Forse, sono addirittura fatti su misura. Indossa un impermeabile grigio, pantaloni grigio scuro a righine leggere, e un paio di scarpe nere di pelle italiana. I suoi capelli castano scuro sono tagliati corti, quasi in stile militare. Un taglio semplice che si adatta al suo viso, rivelando lineamenti duri e simmetrici. Ha alti zigomi e un naso affilato con una gobba appena accennata, come se un tempo se lo fosse rotto.

Non so proprio quanti anni abbia. Il suo volto è privo di rughe, ma non esprime alcunché di fanciullesco. Niente morbidezza, nemmeno nella piega della bocca. Ipotizzo che abbia da poco superato la trentina, ma potrebbe facilmente avere venticinque o quarant'anni.

Non si agita, né appare a disagio durante la nostra prolungata gara di sguardi. Se ne sta semplicemente lì in silenzio, completamente immobile, con gli occhi azzurri rivolti verso di me.

Con sgomento, il mio battito cardiaco accelera il ritmo, mentre un brivido caldo mi corre lungo la spina dorsale. È come se la temperatura nella stanza sia aumentata di colpo di dieci gradi. All'improvviso, l'atmosfera diventa intensamente sessuale, rendendomi consapevole della mia natura di donna, in un modo che non avevo mai sperimentato. Percepisco il tessuto setoso del mio completo intimo sfiorarmi tra le gambe e contro i seni. Tutto il mio corpo sembra accaldato e più sensibile. I miei capezzoli s'inturgidiscono sotto gli strati di vestiti.

Porca puttana. E così, è questo che si prova, ad essere attratte da qualcuno. Non è qualcosa di razionale o logico. Non c'è alcuna connessione tra menti e cuori coinvolti. No, è un bisogno primario e primitivo. Il mio corpo ha percepito il suo in un certo senso animalesco, e desidera l'accoppiamento.

Anche lui lo percepisce. Si capisce dal modo in cui i suoi occhi azzurri si oscurano, con le palpebre parzialmente socchiuse, e le sue narici vibrano, come se cercasse di catturare il mio profumo. Le sue dita si contraggono, prima di stringere i pugni, e in qualche modo, so che sta cercando di dominarsi, per evitare di arrivare a me, qui e subito.

Se fossimo soli, non ho dubbi, mi sarebbe già piombato addosso.

Sempre fissando lo sconosciuto, indietreggio. La forza della mia reazione di fronte a lui è spaventosa, inquietante. Siamo nel bel mezzo del pronto soccorso, circondati da persone, e non riesco a pensare ad altro che al sesso bollente, in grado di attorcigliare le lenzuola. Non ho idea di chi sia, se sposato o single. Per quanto ne sappia, potrebbe essere un criminale o un bastardo. *O uno stronzo infedele come Tony.* Se c'è qualcuno che mi ha insegnato a pensarci due volte, prima di fidarmi di un uomo, è il mio ex fidanzato. Non voglio legarmi ad una persona così presto, dopo l'ultima disastrosa relazione. Non voglio di nuovo quel genere di complicazione nella mia vita.

L'alto sconosciuto, chiaramente, non la pensa come me.

Di fronte alla mia prudente ritirata, socchiude gli occhi, il suo sguardo diventa più tagliente, più concentrato. Poi viene verso di me, e il suo passo è aggraziato per un uomo così imponente. Le sue lente movenze ricordano quelle di una pantera, e per un istante, mi sento come un topo inseguito da un grosso gatto. Faccio istintivamente un altro passo indietro, e la sua bocca severa si serra con disappunto.

Maledizione, mi sto comportando da codarda.

Smetto di allontanarmi e tengo la posizione, raddrizzandomi in tutto il mio metro e settanta di altezza. Io, che sono sempre quella calma e capace, in grado di gestire con facilità situazioni molto stressanti, mi sto comportando come una scolaretta di fronte alla prima cotta. Sì, quest'uomo mi mette a disagio, ma non c'è alcunché da temere. Qual è la cosa peggiore che potrebbe fare? Chiedermi di uscire?

Tuttavia, mentre si avvicina, fermandosi a meno di mezzo metro di distanza, mi tremano leggermente le mani. Così vicino, è ancora più alto di quanto pensassi, supera di diversi centimetri il metro e ottanta, e pur non essendo bassa di statura, mi sento minuscola di fronte a lui. Una sensazione che non mi piace.

"Sei molto brava nel tuo lavoro." Ha una voce profonda e un po' rauca, con un lieve accento dell'Europa orientale. Mi basta ascoltarla, per sentire il ventre rabbrividire in un modo stranamente piacevole.

"Grazie" rispondo con una punta d'incertezza. *Sono* brava nel mio lavoro, ma non mi aspettavo un complimento da questo sconosciuto.

"Ti sei occupata bene di Igor. Grazie per averlo fatto."

Igor dev'essere il paziente a cui hanno sparato. È un nome dall'aria straniera. Russo, forse? Questo spiegherebbe l'accento dello sconosciuto. Anche se parla inglese fluentemente, non è un madrelingua.

"Certo." Vado fiera della fermezza del mio tono. Spero che l'uomo non si accorga dell'effetto che sortisce su di me. "Spero si riprenda in fretta. È un parente?"

"La mia guardia del corpo."

Accidenti. Avevo ragione. Quest'uomo è un pezzo grosso. Significa...

"Gli hanno sparato, mentre era in servizio?" chiedo, trattenendo il respiro.

"Ha intercettato un proiettile indirizzato a me, sì." Nonostante il tono pratico, percepisco una rabbia repressa in quelle parole.

Deglutisco a fatica. "Hai già parlato con la polizia?"

"Ho rilasciato una breve dichiarazione. Parlerò con loro dei dettagli, quando Igor si sarà stabilizzato e riprenderà conoscenza."

Annuisco, senza sapere come replicare. L'uomo davanti a me è stato quasi assassinato, oggi. Chi è? Un boss mafioso? Un personaggio politico?

Se nutrivo dei dubbi su quanto fosse saggio analizzare la strana attrazione tra noi, sono evaporati. Questo sconosciuto porta brutte notizie, e devo stare lontana da lui il più possibile.

"Auguro alla tua guardia del corpo una pronta guarigione" dico con finta allegria nella voce. "Salvo complicazioni, dovrebbe stare bene."

"Grazie a te."

Gli rivolgo un mezzo sorriso, e muovo un passo lateralmente, nella speranza di aggirare quest'uomo e andare dal prossimo paziente.

Cambia posizione, bloccandomi la strada. "Sono Alex Volkov" afferma in tono sommesso. "E tu?"

Il mio battito accelera. L'intenzione maschile di quella domanda mi rende nervosa. Sperando che capisca l'antifona, rispondo: "Solo un'infermiera che lavora qui."

Non afferra il senso, o finge di non farlo. "Come ti chiami?"

Di sicuro, è ostinato. Inspiro profondamente. "Sono Katherine Morrell. Se vuoi scusarmi..."

"Katherine" ripete, e il suo accento conferisce a quelle sillabe familiari una sfumatura esotica. La sua bocca severa si ammorbidisce un po'. "Katerina. È un bel nome."

"Grazie. Davvero, devo andare."

Sono sempre più ansiosa di allontanarmi. È troppo imponente, troppo potentemente mascolino. Ho bisogno di spazio, di un ambiente in cui respirare. La sua vicinanza è opprimente, mi rende nervosa e irrequieta, mi spinge a desiderare qualcosa che, lo so, sarà un male per me.

"Hai del lavoro da sbrigare. Capisco" dice con un'espressione vagamente divertita.

Eppure, non si sposta dalla mia traiettoria. Anzi, mentre osservo in preda allo shock, solleva una grande mano e mi sfiora la guancia con le nocche.

Resto paralizzata, mentre un'ondata di calore mi attraversa il corpo come una saetta. Il suo tocco è leggero, ma è come se mi marchiasse, scuotendomi fino al midollo.

"Mi piacerebbe rivederti, Katerina" mormora, lasciando cadere la mano. "Quando finisce il tuo turno, stasera?"

Lo fisso. Sento che sto perdendo il controllo della situazione. "Non credo sia una buona idea."

"Perché no?" Socchiude gli occhi azzurri. "Sei sposata?"

Sono tentata di mentire, ma prevale la sincerità. "No, ma in questo momento, non m'interessano le relazioni."

"Chi ha parlato di una relazione?"

Sbatto le palpebre. Credevo...

Alza la mano di nuovo, interrompendo il mio pensiero, e stavolta, mi raccoglie una ciocca di capelli per sfregarla tra le dita.

"Io non sto con nessuno, Katerina" mormora, e la sua voce dall'accento palese è stranamente ipnotizzante. "Ma vorrei portarti a letto. E penso che piacerebbe anche a te."

Volete saperne di più? Visitate www.annazaires.com/book-series/italiano/ per ordinare subito la vostra copia!

BIOGRAFIA DELL'AUTRICE

Anna Zaires è un'autrice bestseller di sci-fi romance, romance contemporaneo erotico e dark del *New York Times, USA Today*. È appassionata di libri dall'età di cinque anni, quando sua nonna le insegnò a leggere. Da allora, vive sempre parzialmente in un mondo di fantasia, in cui gli unici limiti sono quelli della sua immaginazione. Al momento risiede in Florida. Anna è felicemente sposata con Dima Zales (un autore fantasy e di science fiction) e collabora strettamente con lui in tutti i suoi lavori.

Per saperne di più, visitate il sito <u>www.annazaires.com/book-series/italiano/</u>.